G. M. PANTHER

WILD DIVISION

Rising Phoenix

novum pro

Dieses Buch ist auch als
e-book
erhältlich.

www.novumverlag.com

Bibliografische Information
der Deutschen Nationalbibliothek:

Die Deutsche Nationalbibliothek
verzeichnet diese Publikation in
der Deutschen Nationalbibliografie.
Detaillierte bibliografische Daten
sind im Internet über
http://www.d-nb.de abrufbar.

Gedruckt in der Europäischen Union
auf umweltfreundlichem, chlor- und
säurefrei gebleichtem Papier.

© 2023 novum Verlag

ISBN 978-3-99131-336-6
Lektorat: Melanie Dutzler
Umschlagfotos: Richard Cote,
Bogadeva1983, Nelsonpeng,
Pressmaster | Dreamstime.com
Umschlaggestaltung, Layout & Satz:
novum Verlag

www.novumverlag.com

Climate neutral
Print product
ClimatePartner.com/16547-2201-1002

1. TRACK

„Wild Division! Wild Division!", schrien Tausende Fans durch die große O²-Arena in London mitten in der dunkelsten Nacht.

Und wie die Sterne, die wie die schönsten Diamanten im Himmel funkelten, erstrahlten genauso viele Handylichter in der dunklen, großen Arena, wodurch eine atemberaubende, ja, eine fast schon unglaubliche Stimmung erschaffen wurde. Plakate unterschiedlichster Größen, Farben und Formen wurden von unzähligen Händen in die Höhe gehoben und hatten Aufschriften wie zum Einen „I love you Wild Division" oder „Your history is OUR history!" Es gab so viele liebevoll gestaltete Projekte und man wusste gar nicht mehr, welches man als Nächstes bewundern sollte. Einzelne Scheinwerfer in verschiedenen Farben huschten durch die tobende Menschenmasse, während wir – vier Mädchen, eine Band – die letzte Silbe unseres neuen Songs „Coming home" sangen.

Diese Band war meine Band und ihr Name war, wie man es laut in der Arena hören konnte, Wild Division.

Gänsehaut überkam mich, Grace O'Reilly, als die Fans wieder einmal ausflippten. Manche Mädchen weinten sogar vor Freude, da für sie an diesem Abend offensichtlich ein Traum wahr wurde. Dieser Gedanke brachte der Band jedes Mal mehr Energie. Ja, es machte uns sogar stolz, dass wir dieses Gefühl bei Menschen auslösen konnten. Besonders war es für mich immer eine Ehre, durch unsere Leidenschaft – das Singen und die Musik, die wir ausleben durften –, einen Saal voller Menschen in Stimmung zu bringen.

Nun standen wir seit einer Weile auf der großen Bühne, die in der O²-Arena, Millennium Dome, aufgebaut worden war, und präsentierten die Songs unseres neuen Albums „Rising Phoenix", welches vor wenigen Monaten auf dem Markt erschienen war.

„Seid ihr bereit für OUR HISTORY!!", rief ich in mein Mikrofon und sofort wurde das Geschrei im Saal noch einmal lauter. Grinsend sah ich zu meinen besten Freundinnen, mit denen ich den Erfolg teilen durfte: Skyler Dancer, Nina McCarthy und Allison Watson, die Mädchen, die mit mir durch Dick und Dünn gehen würden.

Von ihnen kam nun Nina lachend auf mich zu gesprintet und sprang förmlich in meine Arme, da sie durch den Auftritt von Euphorie erfüllt war. Nur knapp konnte ich uns vor dem Fallen bewahren und sie flüsterte in mein Ohr: „Unser letztes Lied für diese Tour."

„Leider, ich liebe dieses Gefühl", entgegnete ich mit Schmetterlingen im Bauch und Nina stimmte mit einem schnellen Nicken zu: „Und ich erst."

Gemeinsam ließen wir unseren Blick über die rasende und kreischende Menschenmenge streifen, wobei wieder ein Schwung an Energie durch meinen Körper schoss.

Die unbeschreibliche Stimmung trieb mich voran und in diesem Moment war kein Anzeichen der Müdigkeit zu spüren. Nein, im Gegenteil, ich war mehr als nur hibbelig und hätte vor Begeisterung laut in das Stadium jubeln können, trotz unseres langen Auftritts. Doch wie lange wir schon in dieser Halle standen und den Fans eine Show ablieferten, war für mich unklar. Denn durch die bombastische Atmosphäre wurde alles egal. Es gab nur noch uns, die Fans und die Musik, die uns in eine andere Welt katapultierte und uns einen unvergesslichen Abend schenkte.

Skyler und Allison rannten plötzlich im höchsten Tempo an mir und Nina vorbei und schrien etwas für mich Unverständliches ins Mikrofon, was aber die Fans wiederum aufschreien ließ. Hätten die beiden Mädchen nicht rechtzeitig vor dem Bühnenrand abgebremst, so wären sie in die Hände der Fans gefallen, die nach den Energiebündeln greifen wollten. Nur noch wenige Zentimeter waren zwischen ihnen verblieben, doch Allison nahm auch noch diese Distanz und klatschte mit einigen Mädchen ab, sodass ich das Gefühl bekam, sie würden in Ohnmacht fallen.

Skyler und Allison waren die Wildesten in der Band, wobei ich gestehen musste, dass das Mädchen mit den haselnussbraunen, geflochtenen Zöpfen, Allison Watson, die Unbeherrschbarste von uns allen war. Sie war diejenige, die gemeinsam mit Skyler das Publikum in Stimmung brachte und immer wieder neu aufheizte. Zwar konnten Nina und ich das auch, doch wir waren bekannt dafür, eher die ruhigere Partie der Band zu sein, und somit beobachteten wir aus der Ferne die Wildfänge bei ihrer Arbeit.

Da ertönten die ersten Akkorde eines bestimmten Intros und jeder in der Arena wusste, dass das Ende des Konzertes bevorstand. Denn sie wussten, zu welchem Song die Melodie gehörte, und dadurch nahm die Lautstärke in der Arena zu. Allisons kastanienbraunen Augen leuchteten wie bei einem Kleinkind auf und sie schrie: „Ihr kennt den Text, Divisioner! Enttäuscht mich nicht!"

„Und ihr müsst mich an meinen Text erinnern!", lachte Skyler in ihr Mikrofon, woraufhin Allison kichernd hinterherrief: „Mal schauen, ob ihr den Text könnt! Aber bitte vergiss bloß nicht wieder deinen Part, Skyler."

„Es tut mir ja leid!", meckerte Skyler und Allison rollte mit den Augen. „Sag mir, wie lange bist du eigentlich schon in der Band?"

„Klappe", entgegnete die Blondine und streckte Allison die Zunge raus, die daraufhin laut lachen musste.

Die Arena wurde ebenso mit Gelächter und Gejubel gefüllt und ich musste ungläubig den Kopf schütteln. Niemals hätte ich mir erdenken können, dass wir hier stehen würden, umringt von Tausenden von Fans, die nur gekommen sind, um dieser Band und ihrer Musik zuzuhören.

Ein Ereignis, welches ein ehemaliger Freund vorausgesagt hatte – und ich hatte darüber gelacht. Für mich war es damals ein Traum gewesen, doch für ihn war es mehr als das und am Ende hatte dieser Freund Recht behalten. Bis zu diesem Tag wusste ich nicht, wie ich ihm und seinem Glauben hätte danken können, denn leider hatten sich unsere Wege auf eine unglückliche Weise getrennt.

„Zeigt uns, was ihr könnt!", erklang die Stimme von Nina neben mir und als Letzte rief ich: „Singt Our History!"

Seit Wochen waren wir durch ganz Europa und Amerika gereist, um die neuen Lieder vorzustellen und unseren Fans die Chance zu geben, Wild Division live zu erleben. Einige Konzerte waren ausverkauft gewesen und obwohl wir schon so viele Auftritte absolviert hatten, verschwanden die Aufregung und die Begeisterung für die Musik niemals. Daran erkannte man, dass es nicht nur eine Leidenschaft war, sondern unser Leben. Das große Publikum, der riesengroße Saal gefüllt mit Jubel und Geschrei und die Performance der neusten Songs waren etwas, was wir niemals missen, geschweige denn hergeben, wollten.

Nun waren wir tatsächlich an unserem letzten Song für diese Tournee angelangt und dieser Song trug den Titel: Our History.

Our History war der erste Song, den wir als Band geschrieben hatten, und hatte seine ganz eigene, kleine Geschichte, da die Entstehung einen eher düsteren Hintergrund hatte. Außerdem war er nicht auf einem unserer Alben zu finden, sondern wir sangen ihn nur an den Konzerten, wofür Wild Division in der Musikwelt und bei den Fans bekannt geworden war.

Auf Instagram behaupteten die Fans, dass nur ein wahrer Wild-Division-Fan, also ein Divisioner, den Text von Our History konnte und obwohl sich schon viele ihn als Studioversion gewünscht hatten, wussten sie, dass es immer bei einem einheitlichen „Nein" der ganzen Band bleiben wird.

Die Scheinwerfer schienen nun in der Farbe Petrol auf und huschten geheimnisvoll durch das Stadium. Sie waren so schön, wild und mysteriös wie die Wellen des Meeres, die je nachdem, wie die Lichtstrahlen auf die Oberfläche fielen, in den unterschiedlichsten Blau- und Grün-Tönen aufleuchteten. Diese Farbe sollte unsere Band, unsere Musik und unser Leben widerspiegeln. Auf der einen Seite konnte es ruhig und wunderschön sein, doch auf der anderen Seite auch wild und unaufhaltsam.

Während die E-Gitarre das verlängerte Intro spielte, rannten Skyler und Allison zum hinteren Teil der Bühne und sprangen mit Anlauf auf zwei erhöhte, separate Podeste. Nina und ich gingen ebenfalls auseinander und stellten uns an den vorderen Bühnenrand, sodass wir mit den anderen Mädchen ein großes Viereck bildeten. Allison und Skyler standen auf den zwei Podesten, während Nina und ich vor ihnen auf dem niedrigen Bühnenteil waren. Wir hatten meistens keine Choreografie in unseren Liedern, doch das hatte den speziellen Grund, dass wir nicht unbedingt die besten Tänzer waren. Nur für Our History hatten wir einzelne, kleine Tanzeinlagen einstudiert, die aber nie synchron waren.

Als wir endlich so weit waren, begannen wir den ersten Chorus unseres Meisterwerkes zu singen.

It was a choice!
It was a way!
Now look where we are!
We are standing here!
After all this time
Finally this is our live!
And you're a part of it, too!
So, let's write our history!

Wie erwartet, fing das Publikum an mitzusingen und die Konzerthalle wurde von Tausenden Stimmen erfüllt, wodurch ich das Gefühl bekam, dass die Wände zu zittern begannen. Eine weitere Gänsehaut überkam mich und wir alle fühlten uns den Fans so nah. Es war, wie sie es immer beschrieben: Der Song verband jeden Einzelnen von uns, als würde er eine übernatürliche Macht mit sich tragen.

Als Nina anfing, die erste Strophe anzustimmen, vermischten sich einzelne Stimmen des Publikums mit ihrem schönen, dunklen Gesang, der jeden in einen unausweichlichen Bann zog. Das Publikum war verzaubert und wippte im Takt hin und her, gefolgt von den Lichtern der Handys, die in den Farben des Regenbogens erstrahlten.

Ninas grüne Augen funkelten dabei wie Smaragde auf und ihre schwarzen, dicken Locken sowie ihre dunkle Hautfarbe ließen sie umwerfend aussehen. Dabei war an ihrem rechten Handgelenk ein Tattoo, ein Kleeblatt, zu erkennen, als sie ihr Mikrofon fester umgriff.

Trotz des langen Singens und des Herumtobens auf der Bühne sah Nina immer noch so aus wie am Anfang des Konzertes. Dagegen waren meine langen, braunen Haare schon längst zu einem hohen, verwuschelten Pferdeschwanz gebunden und auch Allison und Skyler hatten Schwierigkeiten, ihre Frisuren aufrechtzuerhalten.

Nachdem Nina den Refrain mit den Fans gesungen hatte, begann Allison, ihre Strophe zu singen. Sie hatte im Gegensatz zu Nina eine wesentlich hellere und frechere Stimme, die den Mezzosopran verkörperte.

Ich musste schmunzeln, als ich ihrem Gesang lauschte. Die verschiedenen Klänge der Stimmen gaben den Liedern so viel Leben und es war, als würde ein Zauber in der Luft liegen. Ich vergaß manchmal, dass ich einst die alleinige Sängerin der Band war und die anderen Instrumente gespielt hatten. Hinzuzufügen war, dass wir noch nicht einmal zu viert, sondern nur zu dritt waren. Doch das war, bevor man festgestellt hatte, dass unsere Stimmen gemeinsam einen einzigartigen Sound ergaben.

Das Publikum, das einen Chor aus tausenden Stimmen bildete, sang so laut, dass es uns – trotz der Mikrofone – beinahe übertönte und als wir abrupt aufhörten, mitzusingen, stockten die Fans nicht einen Moment im Text, sondern wir konnten mit einem Lächeln den Tausenden Stimmen zuhören.

Nachdem wir den letzten Song vollendet hatten, kamen wir als Band wieder zusammen, um uns von dem großen Publikum zu verabschieden, traurig darüber, dass diese Reise tatsächlich vorbei war. Doch dieser Abschied bedeutete auch, nach Hause zu kommen und zu verschnaufen, um neue Kraft zu tanken.

Die Shirts waren nass vom Schwitzen, die Haare waren durch das Toben zerzaust und wir alle waren außer Atem, erschöpft von dem heutigen Konzert. Nur das Kribbeln war noch in den

Fingerspitzen zu spüren und ich schnaubte in mein Mikrofon: „Ich hoffe, ihr hattet einen wundervollen Abend!"

„Denn wir hatten auf jeden Fall unseren Spaß!", murmelte Skyler und Nina fügte hinzu: „Ihr wart klasse! Danke London!"

Zu dritt liefen wir mit einem Feuerwerk hinter die Bühne, während die Fans ein letztes Mal unsere Namen schrien und durch den Saal hüpften.

„Wir sind stolz auf euch! Hab euch lieb!", waren Allisons letzte Worte, die man durch ihr Mikrofon hören konnte, und erst dann rannte sie uns schnell hinterher. Sie kam hüpfend zu uns gelaufen, während Nina und ich versuchten, den Adrenalinschub herunterzufahren, und Skyler verzweifelt nach einer Flasche Wasser suchte.

„Ich kann nicht mehr", meinte Nina und lief hin und her, um sich zu beruhigen, so wie sie es immer vor und nach einem Auftritt tat, und Allison quietschte: „Aber es war ein genialer Abend!"

„Ich frage mich gerade, wie du noch schreien kannst, Ally", murmelte ich krächzend, als ich mich an eine Wand lehnte und mich zu entspannen versuchte, da ich immer noch komplett aufgedreht war und jede einzelne Zelle, die auf Hochtouren arbeitete, in meinem Körper spüren konnte.

„Wochenlanges Training!", erklärte Allison schulterzuckend und mit einem frechen Grinsen, dabei schien sie überhaupt nicht müde zu sein.

„Ich verstehe, was du meinst", murmelte Skyler, während sie ihr Wasser, welches sie endlich gefunden hatte, in schnellen Zügen leer trank und sich zum Ausruhen hinsetzte. Noch immer schoss ihr das Adrenalin durch die Adern und sie musste die Augen schließen, um richtig durchatmen zu können. Doch ich konnte es nachvollziehen, da sich auch bei mir noch die ganze Welt im Kreis drehte.

Leider gönnte uns Nina keine Ruhe, da sie fordernd sagte: „Kommt her! Es ist Zeit für eine Wild-Division-Umarmung!"

Kaum konnte ich reagieren, da wurde ich auch schon an der Hand gepackt und in eine große Gruppenumarmung gezogen. Sofort spürte ich den schnellen Herzschlag der anderen

Bandmitglieder und sicherlich hörten sie auch meinen. Man hätte meinen können, dass wir alle gleich kollabieren würden. Aber durch die Zufriedenheit und das Wissen, welche Arbeit wir in den letzten Wochen geleistet hatten, hatten wir ein breites Lächeln auf dem Gesicht.

„Hey Mädels!", rief uns jemand zu und als wir uns umdrehten, stand Thomas Watkins, ein Mann um die dreißig Jahre mit kurzen schwarzen Haaren, hinter uns. Er war ein Security-Spezialist und ein guter Freund der Band, der uns schon bei der ersten Tour für das Album Upside Down begleitet hatte, um auf uns aufzupassen.

Als Wild Division hatten wir insgesamt zwei Alben veröffentlicht, für unser Alter sicherlich eine Glanzleistung. Zum Beispiel war ich zu dem Zeitpunkt, als wir den Vertrag für unser erstes Album bei Woodfields Studio unterschrieben hatten, gerade mal sechzehn Jahre alt gewesen und selbst wenn ich die Jüngste war, machte es keinen Unterschied, da die anderen nur ein bis zwei Jahre älter waren.

Auf jeden Fall waren nun zwei Jahre vergangen, in denen wir die Alben Upside Down und Rising Phoenix herausgebracht und mehr als Hunderttausende Fans für unsere Musik gewonnen hatten. Dabei war der Start in der Musikbranche nicht der Einfachste für uns gewesen. Nun hatten wir es aber geschafft und standen wir in den größten Konzerthallen der Welt und bereiteten Menschen eine Freude. Manchmal schien es noch so surreal zu sein, dass wir glaubten, alles wäre nur ein Traum, aus dem wir jeder Zeit erwachen würden. Ja, so stark hatte sich unser Leben in diesem kurzen Zeitraum verändert und in manchen Momenten machte es mir auch Angst, da ich nicht wusste, ob es richtig war.

„Ihr wart heute wieder großartig, Mädels", lobte Thomas, der lachend auf unsere Schultern klopfte, woraufhin wir uns bei ihm bedankten.

Skyler fuhr wie eine kleine Diva durch ihren blonden, zerzausten Bob bei seinem Lob und sagte dann: „Darf ich erwähnen, dass ich bei Freedom die hohen Töne bei der Bridge wieder ohne große Herausforderungen hinbekommen habe?"

„Deswegen singst du auch die hohen Stellen, Sky. Du bist die einzige Sängerin in dieser Band, die das schaffen kann", antwortete Allison, „Ich würde nämlich sterben."

„Jeder in dieser Band war unglaublich und hat heute eine sehr gute Arbeit geleistet", meinte Thomas und wandte seinen Blick zu mir. „Mich würde es aber brennend interessieren, wie du manchmal diese langen Silben aushalten kannst, Grace?"

Ich musste schmunzeln. „Ich habe es in den letzten Jahren gelernt. Aber ich muss hinzufügen, dass ich es liebe, mehr melismatisch als syllabisch zu singen, da es mich herausfordert. Besonders wenn jeder am Ende den gewöhnlichen Refrain singt und ich als Einzige eine andere Stimme hab."

„Und sie gibt wieder an", kicherte Nina, weshalb ich mit den Augen rollen musste, doch dann nahm sie mich spielerisch in den Arm und sagte: „Aber du machst das auch wirklich gut, Küken. Das muss ich gestehen."

„Hallo Leute?", meckerte Skyler, „Wir haben gerade über meine guten, hohen Töne gesprochen."

„Ach, Sky", kicherte Allison, „Du bist eben eindeutig Sopran. Also ist es normal, dass du die höchsten Töne erwischst. Grace dagegen singt zuerst tief und im nächsten Moment ganz hell. Und das ist eine Kunst, die man erst einmal hinbekommen muss."

Sofort hauchte ich ein „Danke" zu ihr, während Skyler einfach nur beleidigt ihre Zunge herausstreckte und die Arme verschränkte.

Da mischte sich Thomas wieder ein und sagte: „Na, kommt, Mädels. So gerne ich mich auch mit euch unterhalte, ich möchte heute noch gerne zu meiner Familie. Also, gebt mir die Mikrofone, macht euch frisch und dann geht es nach Hause."

„Bis es dann wieder Mr. Marks heißt", verzog ich das Gesicht, als ich an unseren Albtraum an Manager denken musste, und mir wurde schlecht bei dem Gedanken, ihm wieder begegnen zu müssen.

„Ach, Grace, hör auf, so zu denken. Dank ihm sind wir dort, wo wir sind. Hier im Millennium Dome, nach einem atemberaubenden

Konzert", fing Nina an und ich seufzte ein „Ja, ich weiß", auch wenn ich von ihrer Aussage nicht begeistert war.

„Und jetzt hört auf, über den Griesgram zu reden, sondern seid auf eure Leistung stolz. Für heute Abend habt ihr frei und das habt ihr verdient. Also lasst uns endlich losfahren."

Jede war von der Nachricht von der Heimkehr begeistert und schnell drückten wir Thomas die Mikros in die Hand, um zu Olivia, unserer Stylistin, in den Umkleideraum zu rennen. Doch bevor wir verschwinden konnten, hielt uns Thomas noch einmal an und sagte: „Damit ihr nicht so lange braucht wie sonst, wartet zum Ansporn eine Pizza im Bus."

Natürlich reichte diese Aussage und wir sprinteten so schnell wie möglich die Gänge hinunter, um in an der Umkleide anzukommen, wo uns Olivia, eine Frau mit roten, hochgesteckten Haaren und aufwendigem Make-up, in den Arm nahm und für unseren Auftritt lobte. „Gut gemacht, Mädchen. Ich bin so stolz auf euch."

„Danke, Liv", grinsten wir und sie nickte zu den frischen Klamotten, die auf einem Stuhl bereit zum Anziehen lagen. Sie war wirklich ein Engel und auch sie kannte uns wie Thomas schon seit der letzten Tournee. Sie kannte unsere Flausen und sorgte manchmal dafür, dass wir an der kurzen Leine gehalten wurden. Doch nun war auch die Zusammenarbeit mit ihr vorüber und ich konnte schon sehen, dass sie alles zusammengepackt hatte.

„Ich werde mich nun leider von euch verabschieden müssen", begann sie, während sie ihre Arme weit öffnete. „Für mich geht es nach Hause und morgen werde ich wieder in meinem Laden arbeiten dürfen."

Sofort gingen wir alle auf sie zu und nahmen sie in die Arme, um ihr für die letzten Wochen zu danken, in denen sie uns mit den besten Outfits versorgt hatte.

„Danke, Liv", murmelte ich nochmal, bevor wir sie wieder losließen und Olivia mit einem großen Koffer und einem Luftkuss aus dem Umkleideraum verschwand.

„Ich werde sie vermissen", seufzte Allison, als sich die Tür schloss und wir vollkommen allein gelassen waren. Ich nickte.

„Es wird auf jeden Fall ungewohnt, seine eigenen Klamotten aussuchen zu dürfen, ohne sich absprechen zu müssen."

Wir mussten kichern, jedoch meckerte Skyler ein „Lasst uns endlich umziehen. Ich will zum Bus und in mein Bett", wodurch wir spielerisch mit den Augen rollten und ich mir mein verschwitztes Shirt auszog, um einen frisch gewaschenen Hoodie anzuziehen.

„Mein Gott, ich sterbe vor Hunger!", murmelte Nina, als sie in wenigen Sekunden ein neues Shirt anzog und das andere in ihrer Reisetasche verschwinden ließ.

„Da stimme ich dir zu", entgegnete ich und versuchte, meine Haare durchzukämmen und zu einem neuen Zopf zu flechten. „Ich bin froh, wenn ich endlich unter eine richtige Dusche komme."

„Und ich erst. Die Dusche daheim ist einfach die beste", stimmte Skyler mit einem Seufzen zu und sprühte sich am ganzen Körper mit Deo ein.

„Besonders sauberer und größer", grinste Allison, die als Einzige kein großes Theater um ihr Aussehen machte und nur eine Beanie Mütze aufsetzte, um ihre Haare zu verstecken.

„Seid ihr fertig?", kam es ungeduldig von Nina, die nervös an der Tür herumtippelte und auf uns wartete.

Ich nickte, als ich meine braune Lederjacke überzog, und kaum konnte ich mich mit meiner Reisetasche durch die Tür an Nina vorbei quetschen, da fing ich auch schon an, den Flur hinunterzusprinten. „Wer als Erste am Bus ist, dem gehört die Pizza!"

Als ich meinen Blick kurz wieder nach hinten schweifen ließ, sah ich nur noch, wie die anderen große Augen bekamen und auf meinen Ausruf reagierten. Allison warf sich die Jacke über und schnappte sich ihre Sachen, um dann mit Nina hinter mir herzurennen.

„Niemals gehört sie dir, Küken!", rief Nina, während Skyler ein „Warte!" schrie, da sie immer noch vor dem Spiegel stand, um ihre Frisur ein letztes Mal zu checken. Doch Allison entgegnete nur ein „Beweg dich, Sky!", wodurch sie gezwungen war, schnellstmöglich hinterherzurennen.

Zu viert rannten wir den langen Gang entlang und ich war die Erste, die die Tür erreichte und den Griff umfasste, um sie aufzureißen. Doch als ich heraustreten wollte, wurde ich sofort von vielen Blitzlichtern geblendet und zurückgewiesen, wodurch ich gegen die anderen Mädchen prallte, die erstarrt stehen blieben. Für einen kurzen Moment hatten wir wohl alle vergessen, was noch auf uns zukommen würde. Denn zuerst mussten wir uns noch durch die große Menschenmenge schlängeln, um zu dem Tourbus zu gelangen, der nur wenige Meter von uns entfernt war und auf seiner Seite mit großen Buchstaben Wild Division stehen hatte.

„Mal schauen, wer als Erste durch die Fans kommt", murmelte Allison seufzend hinter uns und da sie die Kleinste in der Band war, musste sie sich auf die Zehenspitzen stellen, um über unsere Schultern zu sehen.

Da hörte man das Grummeln eines Magens und jede sah zu Nina, die sich an den Bauch fasste und ohne groß zu zögern voranging. „Ich werde sie einfach umrennen. Auf mich wartet eine Pizza."

„Na, dann los", sagte ich, atmete tief ein und folgte Nina durch die riesige, unendliche Menschenmenge.

Der Weg zum Bus war an sich nicht sehr lang, jedoch mussten wir alle paar Sekunden und fast jeden Zentimeter stehen bleiben, um ein schnelles Selfie zu machen oder eine Autogrammkarte zu unterschreiben. Das Resultat: Jeder von uns kam nur im Schneckentempo voran.

Die Security half dabei, die Fans davon abzuhalten, uns komplett zu überrennen, und in manchen Momenten fragte ich mich, was geschehen würde, wenn Thomas' Leute nicht zur Stelle wären. Wahrscheinlich würde es Mord und Totschlag geben und dieser Gedanke machte mir Sorgen. Nein, ich bekam sogar Angst davor und deswegen versteckte ich mich wie so oft hinter meinen Freundinnen, um Schutz zu suchen. Große Menschenmengen machten mir einfach zu schaffen, wenn sie zu nahe waren, und das wussten Nina und Skyler auch in diesem Moment und sie schirmten mich so gut wie möglich von den Fans ab, was jedoch sehr schwierig war. Erst nach einer gefühlten Ewigkeit kam ich dank meiner Bandkollegen am Bus an und mit einem Winken stieg ich erschöpft, aber auch erleichtert ein, da sich mein Herz beruhigen konnte.

Ich setzte mich in die bequeme Couchecke am Ende des Busses und sah aus dem Fenster, um Nina, Skyler und Allison dabei zu beobachten, wie sie sich immer noch durch die Menschenmasse zwängten und mit den Fans agierten. Sie hatten solch eine Freude daran, dass ich sie schon beinahe beneidete, doch wenn ich mich zwischen vielen Menschen, die ihre Aufmerksamkeit auf mich wandten, bewegen musste, dann bekam ich Schnappatmungen. Ich liebte unsere Fans und ich wusste zu schätzen, was sie für uns taten, dennoch hatte ich mich eben noch nicht ganz an die Auswirkungen des Ruhms gewöhnt. Zusätzlich war ich nach den letzten paar Wochen komplett ausgelaugt und konnte mich einfach nicht mehr richtig auf sie konzentrieren. Das war der Grund, warum ich froh war, nach Hause zu kommen, denn dann könnte ich mich der Öffentlichkeit entziehen.

Da ich wusste, dass es dauern würde, bis die anderen Mädchen am Bus ankommen würden, nahm ich mein Handy heraus und startete ein Live-Video auf dem Instagram-Account unserer Band, um nicht ganz inaktiv zu bleiben.

„Hallo, meine lieben Divisioner! Hier ist euer jüngstes Bandmitglied Grace O'Reilly!", waren meine ersten Worte und schon kamen Tausende Fans online, um sofort die ersten Kommentare und Likes abzugeben.

Was für eine verrückte Welt, dachte ich schmunzelnd.

„Wie ihr seht, bin ich gerade ganz allein in unserem Tourbus, da die Mädels sich mit den Unterschriften wieder ewig Zeit lassen. Auf jeden Fall habe ich mich dazu entschlossen, euch für die tolle Unterstützung in den letzten Wochen zu danken. Wir hatten so viel Spaß, unser neues Album Rising Phoenix zu präsentieren, und es war eine tolle Erfahrung, durch ganz Amerika und Europa zu reisen, um euch zu treffen und mit euch zu singen. Dafür ein dickes Danke! Leider hat unsere Reise auch schon ihr Ende gefunden und heute hatten wir einen perfekten

Abschluss in unserer geliebten O2-Arena in London", sprach ich mit einem Lächeln, doch als ich einen bestimmten Namen, Solution 5, in den Live-Chat beitreten sah, musste ich in meiner Rede innehalten und schlucken, da sich mein ganzer Körper augenblicklich anspannte. Doch genau in diesem Moment stiegen Nina und Skyler in den Bus ein und ich wandte meinen Blick, der auf den Namen Solution 5 fokussiert war, ab.

„Hey, ihr lahmen Schnecken", grinste ich und wandte den Bildschirm in ihre Richtung, sodass sie die Fans grüßen konnten.

„Ich hoffe, ihr hattet so viel Spaß wie wir und wenn nicht, dann müssen wir das beim nächsten Mal ändern", war Skylers Kommentar, als Allison als Letzte am Bus ankam und sich seufzend auf die Couch fallen ließ.

„Und nun fahren wir entspannt nach Hause, verbringen ein wenig Zeit mit der WG und schreiben natürlich neue Songs, damit ihr euch nicht zu lange langweilt", lächelte Nina, bevor wir uns verabschiedeten und ich mein Handy für diesen Abend endgültig ausschaltete. Etwas, was ich schon lange nicht mehr machen konnte.

„Könnt ihr es glauben? Wir kommen nach Hause!!", quietschte Allison voller Freude und machte sich auf dem Sofa breit, während Ninas Blick auf eine riesige Pizzaschachtel fiel. „Und ich kann endlich so viel essen, wie ich will."

„Lasst es euch schmecken", meinte Thomas lachend, bevor er sich ans Steuer setzte, was die erhoffte Heimreise ankündigte.

„Danke, Thomas!"

Gierig begannen wir, die Pizza zu verdrücken, während wir über die Erlebnisse des Konzertes sprachen. Währenddessen fuhr Thomas durch die beleuchteten Straßen von London zu unserem Heim, zu den anderen Mitbewohnern und unserem Rhodesian Ridgeback Aramis, den wir durch lange Diskussionen aufgenommen hatten.

Anfangs war ich nämlich gegen die Haltung eines Hundes gewesen, da die Band durch die Arbeit oft aus dem Haus gehen musste und die langen Tourneen waren schon Grund genug, um „Nein" zu sagen. Doch leider hatten die anderen Mitbewohner unbedingt ein Haustier halten wollen und waren mit vielen

Argumenten gekommen, die für die Haltung gesprochen hatten. Schließlich sind wir zu dem Kompromiss gekommen, dass ein Hund einziehen könnte, unter der Bedingung, dass ich keine Verantwortung übernehmen musste. Schließlich hat dieser Hund dennoch mein Herz erobert und hat uns schon oft Trost gespendet, wenn wir wieder in unserer Vergangenheit schwelgten.

„Wir sind da!", schrien Allison und Skyler auf und Nina und ich sahen direkt aus dem Fenster hinaus.

Überall waren die bekannten, aneinandergereihten Bäume zu sehen, die unser Haus von London und von den anderen Stadtbewohnern abgrenzte. Besonders im Sommer, wenn die grünen Blätter die Bäume einkleideten, war das große Gebäude vollkommen abgeschirmt. Doch nun im Winter ragten die kahlen, dunklen Äste der Bäume in den dunklen Nachthimmel, wodurch eine mysteriöse Atmosphäre geschaffen wurde.

„Unser Haus!", rief ich vor Begeisterung, als ich die weißen Wände des modernen Baus mit dem grauen Dach und den großen dunklen Fenstern zu Gesicht bekam, die von einem weichen, goldgelben Licht angestrahlt wurden. Auch der gepflasterte Weg, der zu einer alten, verschnörkelten Tür führte, wurde von kleinen, im Boden eingebauten Lampen erhellt.

„Oh Mann, ich hab schon fast vergessen, wie unser Zuhause aussieht", kicherte Nina, während Allison vor Freude strahlte. „Ich auch."

Der Bus fuhr gerade die Einfahrt hoch, da konnten wir es alle nicht mehr abwarten, endlich auszusteigen. Wir rannten nach vorne und kaum hatte sich die Tür geöffnet, sprangen wir schon raus in den Kies.

„Wir sind zu Hause!!", quietschte Skyler auf und streckte vor Freude die Arme in die Luft, während ich die Augen schloss und die frische, kalte Luft einatmete. Dabei genoss ich die ungewöhnliche, aber angenehme Stille, die ich seit Wochen hatte missen müssen. „Zu Hause."

Meine Muskeln hatten sich entspannt und ich öffnete langsam wieder die Augen, um zu den Mädchen zu sehen, die sich genauso wie ich über die Ankunft freuten.

„Na, kommt, ich gebe euch euer Gepäck. Dann habt ihr wirklich eine Pause verdient", sagte Thomas, um die Aufmerksamkeit zu bekommen, und alle stürmten hinter ihm her. Kaum hatten Skyler, Allison und Nina ihr Gepäck geschnappt, da rannten sie zur Haustür und schrien ein schnelles „Tschüss."

„Danke, Thomas", bedankte ich mich und umarmte ihn zum Abschied ein letztes Mal. „Ich hoffe, dass wir nicht zu anstrengend waren."

„Na ja, wie du siehst, lebe ich noch", entgegnete er mit einem Lachen und wir verabschiedeten uns damit endgültig. Er stieg wieder in den Bus ein und fuhr Richtung Innenstadt, um ihn dort an seinen Platz abzustellen und dann selbst zu seiner Familie heimzukehren.

„Ich hab ihn!", schrie Allison und hob den Haustürschlüssel in die Luft, als ich bei den anderen ankam und ich musste lachend den Kopf schütteln.

„Leute, wir sollten vielleicht ein wenig leiser sein. Die anderen könnten schon schlafen", warnte ich sie dann und sofort wurden sie still.

„Vielleicht könntest du recht haben", flüsterte Nina und ich musste leise lachen. „Aber nur vielleicht."

Wir öffneten so leise wie möglich die Tür und schlichen ins Haus, um die anderen Mitbewohner, die sicherlich schon in ihren Betten lagen, nicht zu stören, besonders weil die Jungs Morice und Lorence ihre Zimmer in der unteren Etage, also im Keller, hatten. Auch Claire, die im Erdgeschoss schlief, könnte mit hoher Wahrscheinlichkeit geweckt werden.

„Endlich zu Hause", seufzte Allison und stellte ihre Reisetasche auf den Boden, während sie tief ein- und ausatmete. Skyler tat es ihr gleich. Jedoch warf sie die Tasche eher, als sie vorsichtig abzustellen, wodurch sie viel Krach erzeugte. Mit hochgezogener Augenbraue sahen wir sie an und nur ein „Sorry" war zu hören.

Ich zog meine Jacke aus, hängte sie auf und nahm wieder meine Tasche in die Hand, die ich kurz auf dem Boden abgestellt hatte, dabei hörte ich, wie Allison über Skylers Verhalten meckerte, während sie auf Zehenspitzen den Flur entlang lief und darauf wartete, dass wir ihr folgten

„Endlich richtiges Essen", murmelte Skyler.

Sicherlich wollte sie Richtung Küche. Doch kurz bevor sie nach rechts in den nächsten Flur abbog, blieb sie abrupt stehen und sah uns fragend an. „Habt ihr keinen Hunger?"

„Natürlich! Hoffentlich waren die anderen einkaufen!", meinte Nina hoffnungsvoll, während Allison entgegnete: „Es war erst Shopping-Freitag. Ich denke, dass noch Essen da sein wird."

„Wir haben gerade noch eine Pizza gegessen. Ist das euer Ernst?", fragte ich und schüttelte schmunzelnd den Kopf, da ich innerlich schon ihre Antwort wusste.

„Na und? Es war nur eine für vier Personen", erklärte Nina, „Und Essen geht immer."

„Ja, bei dir sowieso."

„Ich bringe nur schnell meine Sachen in mein Zimmer", flüsterte Nina mit einem frechen Grinsen und ohne auf meine Aussage einzugehen. Dann lief sie den Flur geradeaus zu der ersten Tür, die zu ihrem Zimmer führte, und verschwand in dem Zimmer mit unseren gesammelten Erfolgen. An den Wänden hingen die goldenen Schallplatten und in einer Vitrine standen die ganzen Awards, die wir in den letzten zwei Jahren entgegennehmen durften. Nina war so stolz auf den Erfolg, dass sie darauf bestanden hatte, alles in ihrem Zimmer aufzubewahren, und hütete es wie einen Schatz, platziert neben den Solution 5 Postern an der Wand.

Auch Skyler rannte mit vollgepackter Tasche an uns vorbei, um ebenso in ihr Zimmer zu gelangen, welches neben Ninas gelegen war.

„So viel zu leise", murmelte ich und musste schmunzeln, als Nina zu uns lief und über Skylers Verhalten kichern musste, während Allison wieder genervt mit den Augen rollte. „Sie ist unmöglich!"

Dann flüsterte Nina: „Na, kommt. Lasst uns in die Küche gehen! Vielleicht hat Claire gekocht und es ist was übriggeblieben."

Kaum hatte sie das gesagt, da verschwand sie auch schon in der Küche, ohne auf uns zu warten. Doch Allison und ich liefen ihr jedoch nicht nach, sondern gingen zur hellen Holztreppe, die zum Obergeschoss führte, um unsere Taschen dort abzustellen und den Lichtschalter zu betätigen. Dann betrachtete ich die gewohnte Umgebung, die ich so sehr vermisst hatte.

Das große Wohnzimmer, welches sich vor mir erstreckte, wurde in hellen, jedoch weichen Farben gehalten. Die weiße Treppe war so gebaut geworden, dass sie aus der Wand hervorgehoben war und somit eine Teilwand des Zimmers bildete. Der Anblick gab mir das Gefühl der Gemütlichkeit und ich wusste, dass ich daheim war. Ja, endlich konnte ich dem ganzen Tumult von den letzten Wochen entfliehen.

„Aramis, mein Schatz! Komm zu Mama!!!", schrie Skyler voller Freude, als man ein leises Tippeln auf dem Holzboden hören konnte und da rannte auch schon Aramis mit einem Halstuch, auf dem unser Bandlogo abgedruckt war, schwanzwedelnd auf Skyler zu.

„Sky! Sei verdammt nochmal still!", fauchte Allison und ich fügte leise hinzu: „Die anderen schlafen!"

„Tut mir leid! Wenn man wochenlang auf Konzerten war, ist leise sein fast unmöglich", meinte Skyler schulterzuckend, worauf ich und Allison mit den Augen rollten.

„Na, kommt. Wir gehen zu Nina. Mal schauen, was sie Essbares gefunden hat", forderte ich leise sie auf, woraufhin Allison auflachte: „Und zu uns sagen, wir sind verfressen" und ich musste sie unschuldig angrinsen.

„Na, komm, Aramis", hörte man Skyler rufen und Allison fauchte ein weiteres: „Sky!", worauf das blonde Mädchen dieselbe Antwort gab wie bisher. Dann lief sie mit Aramis Richtung Küche.

„Wenn unsere Mitbewohner immer noch nicht wach sind, dann sind sie mit gutem Schlaf gesegnet", flüsterte Allison mir zu, was ich mit einem Kichern und einem Nicken bestätigte. Gemeinsam betraten wir die geräumige Küche und ertappten Nina am Kühlschrank, der mit Köstlichkeiten prallgefüllt war.

„Wir sind gerettet!", rief sie uns leise zu und zeigte auf einen massiven Topf auf dem Herd. Ich lief darauf zu und hob den noch warmen Deckel hoch, um zu erkennen, dass Claire ihre berühmten Spagetti Bolognese zubereitet hatte. Als ich mit einem Daumen hoch aufsah, erkannte ich, dass Nina noch eine Packung Sushi in der Hand hielt. Verhungern würden wir also nicht.

Nachdem wir uns ausreichend mit Essen versorgt hatten, gingen wir ins Esszimmer, welches neben der Küche gelegen und nur durch eine Zwischentür getrennt worden war. Ich öffnete sie und erschrak ein wenig, als ich Licht brennen sah und in drei überraschte Gesichter blickte, die um den großen Esstisch saßen und Karten spielten. Es waren Morice, Claire und Lorence, die anfingen, laut zu lachen, während wir uns durch die Tür zwängten.

„Ihr seid wirklich unverbesserlich", waren Lorences erste Worte, nachdem er sich als Erster vom Lachen erholt und seine Brille auf seiner Nase zurechtgerückt hatte.

„Zumindest habe ich wieder mit meiner Vermutung recht gehabt", meinte Morice, ein Junge mit kurzen, blonden Locken, und sah grinsend zu Lorence, der ihm zustimmte. „Sie sind so berechenbar."

„Warum?", fragte Nina und sah mich mit einem verwunderten Blick an, woraufhin ich nur meine Schulter hochzog.

„Wir warten schon seit Ewigkeiten auf euch. Dann hören wir die Haustür, freuen uns, unsere Freunde wiederzusehen, und warten dann gefühlt wieder eine Ewigkeit auf euch. Dabei hören wir euch nur kichern, Lärm machen und Skyler schreien. Und nun taucht ihr zehn Minuten später mit Essen in der Hand auf. Man erkennt eindeutig den Unterschied zwischen unseren und euren Prioritäten", erklärte Claire lachend.

„Wir dachten, dass ihr schlaft", erklärte ich entschuldigend und Morice zog eine Augenbraue hoch. „Schlafen? Wenn wir wissen, dass ihr noch spät abends von einem lauten Konzert heimkommen werdet? Ach, komm schon, Grace, Schlafen ist dann echt unmöglich."

„Besonders im Keller", fügte Lorence hinzu.

„Außerdem: Warum sollten wir schlafen gehen, wenn unsere Freunde wieder heimkommen?"

„Schon gut, Morice. Es tut uns leid", murmelte Allison.

„Auch das Nina mein Sushi in der Hand hält?"

„Nein, das tut mir nicht leid", antwortete Nina und klammerte sich ans Sushi, als würde ihr Leben davon abhängen.

Dafür war unsere Nina auch bekannt. Sie liebte es, zu essen und konnte es auch den ganzen Tag. Sie war wie eine Raupe, die niemals satt werden konnte und sich durch alles durchprobierte. Was mich jedoch immer wieder wundern ließ: Trotz ihrer Leidenschaft zum Essen hatte sie die beste Figur von allen. Sie war schlank und trainiert, was sie auch durch ihre engen Shirts immer betonen musste.

„Du ersetzt das am Montag", forderte Morice sie mit einem erhobenen Zeigefinger auf und sie schüttelte den Kopf. „Hab kein Geld."

Morice lachte auf. „Du und kein Geld? Ich denke, wir müssen jetzt nicht wirklich ausdiskutieren, wer von uns mehr in den Taschen hat."

Nina zog unschuldig ihre Schultern hoch, während wir uns an den Tisch setzten und sie zeigte auf mich, Skyler und Allison.

„Ich muss mein Gehalt mit drei anderen teilen", war ihre Ausrede und sofort musste ich laut lachen.

„Ja, klar. Was für ein Verlust", räusperte sich Morice und versuchte, ein Lachen zu unterdrücken, als Lorence uns genervt ansah. „Könnten wir aufhören, über Geld zu reden? Es deprimiert mich."

„Wieso? Weil du als ältester Mensch in diesem Haus immer noch studieren gehst und kein Geld hast? ODER weil wir dich durchfüttern?", neckte Allison ihn mit frechem Ton, wodurch Lorence sie herausfordernd ansah. „Sicher, dass ihr alle Konzerte durch habt und nicht nochmal gehen müsst?"

Sofort mussten alle lachen und Allison streckte ihm nur die Zunge heraus.

„Endlich seid ihr wieder zu Hause", kicherte Claire, „Es war so ruhig. Ich habe eure Diskussionen schon vermisst."

„Dafür war es ruhig im Haus und man konnte ungestört seinen Hobbys nachgehen", kam es von Morice, der sich am Kinn rieb und hinzufügte: „Zum Beispiel konnte ich in der Garage stundenlang ohne Unterbrechung an meinem alten VW Bus arbeiten."

Bei diesen Worten sah er zu Allison, die ihn entschuldigend ansah, doch etwas sagen konnte sie nicht, denn da meinte Lorence voller Stolz: „Und ich konnte seit langem wieder an meiner Oper weiterarbeiten. Ohne euren Krach."

‚ „Unsere Musik ist kein Krach", murmelte ich provokant, während ich ein Sushi mit den Stäbchen zu meinem Mund führte und meinen Blick nicht ansatzweise zu Lorence schweifen ließ.

„Oh, bitte, Grace, hör auf! Nicht noch heute!", meinte Morice verzweifelt und Claire fügte hinzu: „Morgen könnt ihr wieder so viel diskutieren, wie ihr wollt! Doch jetzt iss dein Sushi und sei still."

Ich musste zufrieden schmunzeln, als die anderen wieder leise kichern mussten, und blieb still, um endlich das Sushi zu essen. Dabei bemerkte ich, dass sich mein ganzer Körper entspannt hatte und meine Gedanken nicht nur um meinen Job kreisten. Die ganze Anspannung und die harte Arbeit der letzten paar Wochen waren wie mit einem Fingerschnippen verflogen und einmal mehr realisierte ich, wie wertvoll mein Freundeskreis, der schon eher ein Teil meiner Familie wurde, für mich war. Selbst wenn jeder in dieser WG seinen ganz eigenen Kopf hatte und wir auch sehr oft nicht einer Meinung waren, bestand unsere Freundschaft schon zu Schulzeiten. Nur Nina hatte sich erst durch die Gründung der Band angeschlossen. Aber ich erinnerte mich noch genau, wie wir uns versprochen hatten, so lange wie möglich zusammenzubleiben und uns gegenseitig zu unterstützen. Ein Versprechen, das wir immer eingehalten hatten. Selbst als Skyler, Allison und ich durch den Vertrag von Chester nach London umziehen mussten. Es hatte sogar damit geendet, dass wir eine gemeinsame WG gründeten und nun seit zwei Jahren im eigenen Haus lebten. Dank Morice hatten wir diese Möglichkeit für dieses prächtige Gebäude, welches nach unseren Vorstellungen eingerichtet worden war, gehabt. Er hatte nämlich seine Eltern gefragt, ihn bei dem Bau des Hauses finanziell zu unterstützen, und sie stimmten zur Verwunderung auch zu, hatten jedoch eine Bedingung. Die WG musste wieder das ganze Geld erarbeiten und zurückgeben. Das war eine Aufgabe, die anfangs unmöglich schien denn schon damals hatte Lorence seinen Traum vom Operngesang verfolgt, und es war klar, dass er erst einmal kein Geld verdienen konnte. Etwas, was er bis zu diesem Tag nicht wirklich konnte. Aber dann gab es noch das Problem mit der Band. Wir hatten große Schwierigkeiten, unsere erste Single in den Charts aufsteigen zu lassen und das erste Album fertigzustellen. Nur Claire und Morice hatten einen festen Arbeitsplatz und waren die Einzigen mit einem festen Gehalt, was damals nicht wirklich viel war oder besser gesagt nicht für ein eigenes Haus reichte. Wir hatten so wenig Geld verdient, dass ich die Befürchtung hatte, das Haus zu verlieren. Das war der Grund, warum ich die Schule geschmissen hatte, um selbst arbeiten gehen zu können. Zum einen hatte ich an unseren gemeinsamen Erfolg, an Wild Division, geglaubt – was sehr leichtsinnig von mir war – und zum anderen hatte ich Geld für die WG einbringen wollen. Wir hatten das Geld einfach gebraucht, deshalb hatte ich in dieser Zeit auch fast alles aufgeopfert.

Ich konnte mich noch genau daran erinnern, wie wir gemeinsam als Band in einem kleinen Café gearbeitet und nebenbei noch ein Album aufgenommen hatten. Das war eine stressige Zeit, die unsere Kraft ausgesaugt hatte und nur durch die Macht unserer Freundschaft erleichtert werden konnte. Gemeinsam als Team hatten wir uns das Geld erkämpft und nach viel harter Arbeit, viel Verzweiflung und Geduld hatten wir das Haus komplett abbezahlen können und hatten endlich keine Schulden mehr.

Zum Glück hatten Morices Eltern Glauben in den Erfolg der Band und zum Glück hatten sie recht behalten. Wild Division war zu einer der erfolgreichsten Bands der Welt geworden und um Geld mussten wir uns sicherlich keine Gedanken mehr machen.

2. TRACK

Nachdem wir noch Ewigkeiten am Esstisch gequatscht hatten und die Zeit für uns gefühlt stehen geblieben war, beschlossen wir, auf die große, lange Couch zu gehen, die nur wenige Meter vom Esszimmer stand. Aramis hatte sich schon lange vorher in sein bequemes Körbchen gelegt und schlief tief und fest auf seinem Platz, während unsere Gespräche weitergeführt wurden.

Endlich konnte er sich wieder in seinem Körbchen entspannen, während wir Geschichten davon erzählten, wie die ganzen Konzerte verlaufen waren und welche Schwierigkeiten es gegeben hatte. Gespannt hörten die anderen zu und stellten viele Fragen.

Lorence hingegen, der kein großer Fan von Popmusik war, hörte eher weniger zu. Zwar versuchte er, eine gewisse Zeit lang mitzusprechen, aber schließlich lag er zusammengekuschelt mit Skyler auf der Couch und führte seine eigenen Gespräche mit ihr. Sie sprachen darüber, wie das Studium verlief und wie sehr sie sich vermisst hatten. Sie waren schon lange ein Paar und durch die vielen Reisen waren sie oft getrennt. Dafür war die Freude umso größer, wenn sie sich wiedersahen und sich in die Arme schließen konnten. Sie versuchten immer, möglichst viel Zeit miteinander zu verbringen, auch wenn das manchmal sehr schwer sein konnte.

Unsere tiefgründigen Gespräche wurden mit einem Schlag unterbrochen, als Ninas Handy klingelte, und nachdem sie auf den Bildschirm gesehen hatte, schrie sie so laut auf, dass der Rest sich die Ohren zuhalten musste. „Ja!"

„Oh Gott! Was ist jetzt geschehen?", fragte ich.

„Solution 5 ist im Fernsehen! Sie haben heute Mittag ein Interview zu ihrer Welt-Tournee und ihrem neuen Album gegeben, welches nächste Woche endlich herauskommt! Und dieses Interview bringen sie gerade im Fernsehen! Das müssen wir uns unbedingt ansehen!", erklärte sie, nahm die Fernbedienung vom Wohnzimmertisch und schaltete den Fernseher an, wobei Nina beinahe vor lauter Aufregung von der Couch hinunterfiel.

„Irgendwie hätte ich gleich sagen können, dass es um diese komischen Jungs geht", meinte Lorence kläglich, während Nina schnellstmöglich das richtige Programm suchte und mir wieder der eine Name durch den Kopf schoss.

Solution 5 war eine bekannte Boy Band, die vor drei Jahren von fünf Jungs gegründet worden war: Nathaniel Evans, Andrew Morris, James Harrison, Luke Donovan und Harry White.

Fünf Jungs, die in nur wenigen Monaten die ganze Welt mit ihrer Musik beeinflusst hatten und mehr als nur bekannt wurden. Dabei sollte man bedenken: Sie sind nicht viel älter als wir. Nina war auch ein totaler Fan von ihrer Musik, die eine große Konkurrenz für uns in den Charts war. Sie hatte alle ihre Alben aufbewahrt und hörte ihre Songs hoch und runter, wodurch sie natürlich jeden einzelnen Text auswendig kannte. Auch während der ganzen Tournee hatte sie aktiv ihre Chronik auf Instagram verfolgt und war dadurch selbst zu einem richtigen Fangirl geworden.

„Oh mein Gott! Seht sie euch an! Sind sie nicht toll?", quietschte sie und zeigte voller Freude auf den Bildschirm, auf dem die fünf Jungs zu sehen waren, die mit einer professionell gekleideten Frau in einem Studio saßen und ein Interview gaben.

„Ich muss ins Bett, bevor ich mich übergeben muss", meinte Lorence und wollte gerade aufstehen, als Nina ihn wieder auf die Couch zurückzog. „Du bleibst!"

Ich hingegen sah gespannt auf den Fernseher und war wie verzaubert. Ich bekam dieses bestimmte Gefühl, als ich das Interview verfolgte. Ein Gefühl, das ich schon sehr lange nicht mehr verspürt hatte und an diesem Tag schon zweimal empfinden durfte. Ein Gefühl, das mit der Zeit mehr als nur unangenehm wurde.

Zuerst ging es in den Fragen darum, ob die Jungs wegen der großen Tournee aufgeregt waren und was sie über ihr drittes

Album dachten. Doch dann stellte die Interviewerin eine bestimmte Frage, die mir einen Schmerz im Herzen verpasste. „Sicherlich kennt ihr noch Grace O'Reilly von Wild Division. Oder wie ihr und eure Fans sie immer nennt Solution-5-Mama?"

Und da endete das Wohlbefinden schlagartig. Denn da gab es noch diese eine Sache in meinem Leben, die ich einfach nicht ausradieren konnte. Ich kannte Solution 5. Sogar sehr gut. Ich hatte ihnen nämlich bei den ersten Schritten zu ihrem Erfolg verholfen. Aber nur wegen eines bestimmten Jungen. Es war der Junge, der auch jetzt meinen Blick auf sich zog. Der Junge, dessen Lächeln sofort verschwand, nachdem mein Name erwähnt worden war. Der Junge, der sich in den letzten drei Jahren kaum verändert hatte und immer noch die schönen, braunen Locken auf dem Kopf hatte. Ja, genau der Junge verursachte diesen Schmerz. Das einzige Merkmal, das für mich neu war, war ein großes Tattoo auf seiner linken Schulter, welches durch sein leicht geöffnetes Hemd zu sehen war.

Es war Harry White, der Schwarm eines jeden Mädchens. Besonders durch seine blauen, glasklaren Augen, die schon immer etwas Gefährliches, ja, etwas Unberechenbares ausstrahlten, hatte er eine gewisse Anziehungskraft.

Mein Blick richtete sich nur noch auf ihn, seine blaue Augen und wie er Sara, die das Interview führte, fixierend ansah. Aber auf keine erfreuliche Weise.

„Oh mein Gott! Sie erwähnen dich! Sie erwähnen dich! Nach drei Jahren bist du immer noch bekannt als die Solution-5-Mama", quietschte Nina aufgeregt und umarmte mich von hinten. Ich lächelte jedoch nur kurz und fühlte dabei immer noch dieses komische, stechende Gefühl im Bauch, das einfach nicht mit Worten zu beschreiben war.

„Mal schauen, ob sie dich auch noch kennen", kommentierte Lorence. Sofort wusste ich, dass er auch nur über diesen einen Jungen sprach.

Skyler erkannte es und haute auf Lorences Brust.

„Lass es! Alte Wunden soll man nicht aufkratzen!", murmelte sie so leise wie möglich zu ihm.

Ich sah nun zu Nathaniel Evans, einem Jungen mit blonden Haaren, der am kleinsten von seiner Band war. Er war auch der Einzige, der keine einzige Tätowierung am Leib hatte.

Er saß neben Harry und im Gegensatz zu ihm wurde Nathaniel ganz nervös, nachdem mein Name gefallen war. Er nickte mit einem großen Lächeln im Gesicht. „Natürlich kennen wir unsere Gracie. Nur dank ihrer Unterstützung stehen wir überhaupt hier."

„Grace gehört praktisch zur Band", fügte James hinzu und Andrew stimmte ihnen zu: „Sie hat zwar niemals mit uns gesungen, aber sie war wirklich eine große Hilfe für uns. Sie ist wie eine kleine Schwester und hat den Titel Solution-5-Mama nicht ohne Grund bekommen. Nein, sie hat ihn sich sogar verdient."

„Interessant. Habt ihr eigentlich mitbekommen, dass sie vor kurzem mit ihrer Band Wild Division auf Tour war?", fragte die Interviewerin als nächstes und Luke antwortete: „Ja, es ist wirklich krass, dass unsere kleine Gracie ihre eigene Erfolgsleiter erklimmt. Aber man muss dazu sagen, dass Wild Division wirklich begabt ist. Die einzige Band, die mit uns mithalten kann."

Dann wandte er sich mit einem Lächeln zur Kamera: „Wir sind alle sehr stolz auf dich, Gracie!" und hob beide Daumen hoch.

Ein kleines Lächeln huschte über meine Lippen und ich verspürte dabei einen heftigen Trauerschmerz. Ich konnte mich noch zu gut an die gemeinsame Zeit erinnern. Es war an einem Contest gewesen, an dem sie teilgenommen hatten, um ihre stimmlichen Fähigkeiten unter Beweis zu stellen. Es waren harte Wochen gewesen, doch irgendwie waren wir dadurch zu einer richtigen, kleinen Familie zusammengewachsen. Ich hatte mit ihnen geprobt, hatte sie vor den Auftritten beruhigt und war immer für alle da gewesen. Für alle. Für jeden Einzelnen. Auch für ihn, ja, besonders für ihn, meinen ehemaligen besten Freund, was für mich selbstverständlich gewesen war. Zumindest war es das mal gewesen.

Auf jeden Fall war ich durch meine Mühen in der Show immer als Solution-5-Mama bezeichnet worden. Dieser Name wurde bis heute von den Fans beibehalten und gepriesen. Ein Name, den ich nicht so schnell loswerden würde, selbst wenn ich es wollte.

Sara wandte sich auf einmal zu Harry, der immer noch mit finsterer Miene auf seinem Stuhl saß. „Wenn ich mich recht erinnere, dann war Grace mit dir am besten befreundet, richtig?"

„Ja, war sie. Damals waren wir Freunde", antwortete er und als ich seine dunkle, raue Stimme hörte, bekam ich am ganzen Körper Gänsehaut. Ich hatte sie schon lange nicht mehr gehört, doch das lag daran, dass ich es zu vermeiden versuchte. Nur dank Nina hatte ich ihn ab und zu aus den Songs heraushören können.

„Es tut mir leid, wenn ich alte, vielleicht nicht so schöne Erinnerungen aufwecke, aber ich wollte wissen, ob ihr nach eurer Auseinandersetzung nochmal Kontakt hattet", sprach die Interviewerin weiter und Harry fuhr mit seiner Zunge über die Lippen, was sicherlich kein gutes Zeichen bei ihm war. Das Thema passte ihm überhaupt nicht und am liebsten hätte er geschwiegen. Vielleicht wäre er sogar aufgestanden und gegangen.

Grace O'Reilly, brummte es sicherlich durch seinen Schädel und es war, als hätten wir eine Gedankenübertragung, denn es war so, als könnte ich seine fluchende Stimme in meinem Kopf hören.

Wieso musste dieses Thema immer wieder erwähnt werden?, fragte ich mich und konnte seinen Zorn selbst durch den Fernseher spüren. Dafür kannte ich seine Körpersprache einfach zu gut. Selbst nach drei Jahren.

Harry atmete tief durch und nach einer gefühlten Ewigkeit antwortete er: „Nein, hatten wir nicht."

„Das bedeutet, dass ihr euch niemals ausgesprochen habt", hakte Sara nach und er nickte schweigend, während er sicherlich hoffte, dass sie nicht weiter fragen würde. Konnte sie nicht sehen, was das Thema ihm antat?

„Und ihr?", wandte sie sich endlich zu den anderen Jungs, die die ganze Zeit angespannt neben dem Lockenschopf saßen und die Köpfe zu Boden wandten. Dabei war der eine unruhiger als der andere. Doch sie sahen sofort zu Sara auf, als sie ihre nächste Frage stellte. „Hattet ihr Kontakt?"

Anscheinend hatte die Frau endlich bemerkt, dass Harry von dem Thema ganz und gar nicht begeistert war und versuchte, das

Interview wieder etwas aufzulockern, was in diesem Moment jedoch unmöglich schien.

„Na ja, anfangs haben Gracie und ich noch viel miteinander geschrieben. Doch mit der Zeit wurde es immer weniger. Bis wir leider komplett den Kontakt verloren haben", antwortete Luke, der insgeheim Harry im Auge behielt, als wollte er es vermeiden, Harry weiter auf die Palme zu bringen.

Nathaniel schien es jedoch nicht so ernst zu nehmen, denn er fügte mit einem Lächeln hinzu: „Doch wir haben ihr bis jetzt immer eine Karte zu unseren Konzerten geschickt."

„Ist das wahr?", fragte Sara mit einem Lächeln und die Jungs nickten. „Kam sie denn auch zu euren Konzerten?"

Die Jungs sahen sich unsicher an und schienen keine Antwort zu wissen.

„Nein", antwortete Harry in einem wütenden Tonfall, dabei ging seine Stimme schlagartig hoch. Zuerst starrte er auf den Boden, während er unruhig mit dem Bein auf und ab wippte, doch dann sah er auf, und wenn Blicke töten könnten, wäre Sara von ihrem Stuhl gefallen und nie wieder aufgestanden. Ich wusste noch, was seine Augen bei einem bewirken konnten, und der Gedanke, die Erinnerung, schüttelte mich.

„Ehrlich gesagt wissen wir es gar nicht so genau", verbesserte Nathaniel schnell, um die Situation wieder zu beruhigen, und man konnte Harry genervt schnauben hören, besonders als Andrew sich zu ihm wandte und fragte: „Wieso glaubst du das?"

„Weil sie zumindest für euch Backstage gekommen wäre", antwortete der Lockenschopf und sah die Jungs ernsthaft an, „Ihr kennt Grace. Wir kennen sie. Wahrscheinlich hat sie die Karten verschenkt. Eigentlich ist es unnötig, dass ihr immer noch welche an sie verschickt."

Im Wohnzimmer wurde es ruhig und man konnte die Anspannung spüren. Bis auf Nina kannten alle den Jungen aus Kindheitstagen und aus der Schulzeit zu gut. Denn bevor sich unsere Wege getrennt hatten und als Nina noch lange nicht in der Band war, war Harry das siebte Mitglied der Truppe gewesen und wir dachten, dass es auch so bleiben würde. Wir alle waren in dieselbe Schule gegangen und trotz unterschiedlicher Klassen hatten wir die meiste Zeit zusammen verbracht.

Und obwohl Harry sich in diesem Interview gut beherrschen konnte, wusste jeder, was er gerade fühlte. Jeder wusste, was tief in seiner Seele vergraben war – und das war pure Verärgerung, nein, der pure Zorn, und das traf mich sehr, da ich wusste, dass dieser Zorn durch mich ausgelöst wurde und berechtigt war.

Auch das, was er über die Karten sagte, stimmte vollkommen. Für jedes Konzert, das in der Nähe stattfand, bekam ich immer eine Karte für einen der besten Plätze geschickt und jedes Mal verschenkte ich sie an Nina, da sie die Band so sehr liebte. Ich war nicht auf einem einzigen Konzert von ihnen gewesen, dabei gab es schon so viele Möglichkeiten.

„Anscheinend ist er immer noch sauer", murmelte Nina traurig in mein Ohr, während sie einen Arm um mich legte, als wollte sie mich trösten.

„Er war schon immer nachtragend."

„Könnt ihr mir nochmal erzählen, wie alles begonnen hat?", fragte Nina in die Runde und die anderen tauschten dieselben panischen Blicke aus. Dann schauten sie zu mir.

Ich bemerkte zwar ihre Blicke, aber ich starrte weiter auf den Bildschirm und meine Augen waren voller Tränen, als ich in die meerblauen Augen sah.

Nina wollte wieder hören, wie Harry zum Contest gegangen war und wie alles danach verlaufen war. Sicherlich wollte sie, dass ich über den Schmerz und den Verlust der Freundschaft redete. Wie sie es immer tat, wenn sie etwas verarbeiten wollte. Dabei vergaß sie manchmal, dass ich noch nie über dieses Thema sprechen konnte.

„Haben wir die nicht schon oft erzählt? Außerdem gibt es die Geschichte auf YouTube von zig Fans nacherzählt", murmelte ich und spielte mit meinen Händen, dabei wischte ich mit einem Ärmel über meine Augen, um die kommenden Tränen wegzuwischen.

„Es tut mir leid. Ich dachte, dass es dir besser gehen würde, wenn du darüber reden würdest. Aber ich hätte bedenken müssen, was für eine Überwindung es für dich sein muss", sagte Nina entschuldigend und umarmte mich weiter, während sie ihren Kopf in meinen Nacken vergrub.

„Ja, reden müsste Grace mal", murmelte Lorence vor sich hin und kassierte sofort wieder einen Schlag von Skyler.

„Ich kann heute nicht mehr viel reden. Ich habe doch noch ein Konzert hinter mir", murmelte ich und ignorierte Lorences Aussage.

Ich sah zu Morice, zu meinem zweitältesten Freund, der wie ein Bruder für mich war. Gemeinsam mit ihm hatte ich die meiste Zeit mit Harry verbracht, angefangen im Kindergarten, und somit kannten wir beide diesen Jungen am besten.

„Du willst, dass ich es erzähle?", fragte er unsicher und starrte in meine Augen, welche sonst voller Freude strahlten. Er machte sich Sorgen, das konnte ich erkennen, und sicherlich hätte er am liebsten ein anderes Thema angefangen, um mich abzulenken.

Doch ich nickte auffordernd. „Wenn du magst."

„Wir kennen dich Grace. Wenn es zu sehr aufwühlt, sag einfach Stopp", sagte Allison fürsorglich und spielte nachdenklich mit ihrer Kette herum, die sie schon bei sich trug, seitdem ich sie kenne. Ich fuhr seufzend mit den Händen durch das Gesicht. „Los. Erzähl."

Morice sah mich ein weiteres Mal besorgt an, doch begann langsam, zu erzählen. „Alles begann an einem einfachen Schultag, den wir in der Schule verbrachten."

„Wow. Wirklich? In der Schule? An einem Schultag?", fragte Lorence und zog eine überraschte Grimasse, als wollte er versuchen, die Stimmung aufzuhellen. Doch mir war nicht mehr nach Lachen, sondern ich wollte verschwinden. So wie Harry in dem Interview. Doch während er Wut verspürte, breitete sich bei mir immer mehr Trauer aus.

„Klappe!", sagten die anderen sofort, worauf Lorence beleidigt war und die Arme verschränkte und Morice weitersprechen konnte.

„Wir waren gerade in der Mittagspause, als …"

Den Rest hörte ich schon gar nicht mehr, denn in meinem Kopf spielten sich direkt die Erinnerungen ab. Wie in einem Kino liefen sie in einer Art Dauerschleife an mir vorbei und es war, als würde ich wieder in der Schule sitzen. Ich konnte den Geruch aus der Kantine riechen und die verschwommenen Stimmen der vielen Mitschüler hören. Es war, als würde ich alles noch einmal erleben, wobei ich gemischte Gefühle verspürte: Ein Gefühl der Freude, ein Gefühl der Unsicherheit und ein Gefühl der Traurigkeit. Ich wurde in ein schwarzes Loch gezogen und in eine andere Zeit gebracht, ohne dass ich etwas dagegen ausrichten konnte.

Vor 3 Jahren:

„Und wie war euer Tag?", fragte Morice, während er in sein Pausenbrot biss und den Rest gespannt ansah.

Zu sechst saßen wir an einem länglichen Tisch in der Schulcafeteria, an dem zwei schmale Bänke standen. Endlich hatte die Mittagspause angefangen und wir konnten uns von dem langen Schultag erholen. Allison, Claire und Skyler hatten schon auf dem ganzen Weg zu unserem Tisch gemeckert, dass sie so hungrig wären, und waren auch die Ersten, die etwas zu essen ergattert hatten. Morice brachte jedoch wie immer sein eigenes Essen mit, da er immer der Meinung war, dass es in der Cafeteria einfach nicht schmeckte. Ich teilte diese Meinung und aß somit nur einen Apfel.

Lorence, der mir gegenüber saß, seufzte und starrte auf sein Essen, in dem er nur ziellos herumstocherte. „Es war einfach nur grauenhaft. Mr. Nicle hatte wieder einen seiner tollen speziellen Tage, die wir alle so sehr lieben. Also Musik war wieder einmal traumhaft. Dabei ist das eigentlich das schönste Fach, das man haben kann."

„Und konnte Simon wieder seine perfekten Antworten geben?", fragte Claire frech grinsend und Lorence sah sie direkt finster an: „Bitte. Erwähne diesen Namen nicht. Der kann ja noch nicht mal die C-Dur-Tonleiter richtig aufsagen. Eigentlich kann er in Musik gar nichts sagen, was nicht so klingt, als wäre er ein Idiot. Der ist einfach nur strohdumm und es ist schon peinlich, ihm nur zuzuhören. Wie soll der den Abschluss

schaffen? Oder die bessere Frage ist: Wie hat er es geschafft, in der Schule so weit zu kommen? Schummelt der? Besticht er die Lehrer?"

„Das ist eine gute Frage", sagte Skyler kichernd.

„Kommt schon, Leute. Nicht jeder hat so viel mit Musik zu tun wie wir. Wir verbringen den ganzen Tag mit diesem Thema. Natürlich haben wir dann mehr Wissen", sagte ich mit hochgezogener Augenbraue und richtete meinen Blick auf Lorence.

Die Gruppe, bestehend aus sieben Leuten, hatte tatsächlich immer etwas mit Musik zu tun. Wir alle sangen im Schulchor und jeder konnte mindestens ein Instrument spielen. Das war ein weiterer Grund, warum wir uns als Freunde gefunden hatten. Die Leidenschaft zur Musik hatte uns zusammengeführt.

Lorence zum Beispiel liebte die Welt der Oper und sprach schon immer davon, eines Tages im Royal Opera House zu singen. Dafür nahm er, seitdem er ein Kind war, Gesangs- und Klavierunterricht. Zu dem beschloss er mit fünfzehn Jahren auch noch die Orgel zu erlernen. In diesem Jahr würde er seinen Abschluss an der Schule machen und für seinen Traum in London studieren gehen. Aber er hatte das Talent dazu, somit waren alle der Meinung, dass sein Traum mit viel Geduld und Ausdauer Wirklichkeit werden würde.

Skyler, Allison und ich trafen uns hingegen ab und zu in Morices Garage, um gemeinsam als Band zu agieren. Wir spielten Covers von bekannten Songs, schrieben ab und zu eigene Passagen und hatten eben eine kleine Band gegründet, aus der sich später die berühmte Band Wild Division entwickeln sollte. Anfangs wollten wir die Musik nur für uns behalten und nicht an die Öffentlichkeit weitergeben. Wir wollten nicht mehr aus unserem Können machen. Wer hätte gedacht, dass wir später zusammen in den größten Konzerthallen stehen würden?

„Korrigiere. Ich habe etwas mit der Musik zu tun. Ihr fabriziert nur neumodischen Schrott", verbesserte Lorence meine Aussage.

„Ohjeee. Nicht schon wieder dieses Thema", murmelte Skyler, nahm ihre Kopfhörer und ihren Zeichenblock aus der Tasche und versuchte, sich aus dem Gespräch so weit wie möglich rauszuhalten. Auch die anderen waren sofort angespannt und versuchten, sich von mir und Lorence fernzuhalten. Sie wussten, dass wir zwei immer eine Diskussion über Musikvorlieben hatten.

Ich wollte gerade etwas gegen Lorences Spruch sagen, da hörte ich eine allzu bekannte dunkle Stimme meinen Namen rufen. Sofort zogen sich meine Mundwinkel nach oben und ich vergaß Lorences doofen Spruch. Nun hatte ein anderer meine Aufmerksamkeit gewonnen.

Harry White, das siebente Mitglied der Truppe, heute bekannt als ein Sänger der berühmten Band Solution 5.

„Harry!", rief die restliche Gruppe und als ich mich zu dem Jungen mit den wunderschönen Locken, die damals ein wenig kürzer waren, umdrehen wollte, wurde ich schon von hinten umarmt. Wie jedes Mal, wenn er vom Unterricht kam.

Er war mit Allison in einer Klasse und somit eine Stufe über Claire und mir. Deshalb konnte er nur die Pausen mit mir verbringen, in denen er sich immer fest an mich klammerte.

Es war schon reine Routine geworden und irgendwie fanden wir es beide witzig. Ich kannte ihn sogar so gut, dass ich wusste, was sein nächster Schritt sein würde.

„Hey", begrüßte ich ihn und blieb fest auf meinem Platz sitzen, als Harry versuchte, sich hinter mich zu setzen.

„Komm. Rück schon, kleines Ding", sagte er ungeduldig und versuchte, mich nach vorne zu schieben. Doch ich rückte auf der schmalen Bank keinen Zentimeter vor.

„Neben mir ist noch genug Platz", meinte ich knapp, während ich mich immer noch nicht von der Stelle bewegte.

„Och, komm schon, Grace. Jetzt rück vor. Du weißt, dass es Tradition ist, so zu sitzen", meckerte er und ich musste auflachen.

„Dann ändern wir eben die Tradition zu: Sitz-neben-mir statt sitze-so-eng-an-mir,-dass-ich-fast-nach-vorne-falle. Denn wir sind zu groß geworden für diese kleine Bank. Das habe ich dir aber schon oft genug gesagt, mein alter Freund", erklärte ich mit einem Lachen.

„Das ist mir egal. Jetzt rück vor", meinte er stur und drückte mich nun mit aller Kraft nach vorne. Harry war natürlich um einiges stärker und schaffte es auch, da meine Finger irgendwann von der Bank abrutschten. Sofort nutzte er die Gelegenheit aus und setzte sich hinter mich, wodurch ich laut schnauben musste. Er schlang seine Arme um meinen Körper, als wäre nichts passiert.

„Ich hasse dich", murmelte ich genervt und spürte die unbequeme Kante. Ich wollte, dass Harry neben mir saß, da es für uns beide bequemer sein würde. Nun tat mir mein Arsch weh wegen seiner Privilegien. Doch Harry war ein Sturkopf und somit würde er an dieser „Tradition" festhalten. Er war der Meinung, dass er mir so näher sein konnte.

„Ich weiß", meinte er und gab mir einen kleinen Kuss auf die Wange, natürlich nur, um mich zu provozieren, was leider sehr gut funktionierte.

„Arschloch."

„Seid ihr endlich fertig mit dem Flirten?", fragte Lorence genervt und zog nun unsere Aufmerksamkeit auf sich.

„Ja, sind wir. Die Sache ist geklärt", antwortete Harry stolz und legte seinen Kopf auf meine rechte Schulter, während er sein bekanntes, unschuldiges Lächeln an den Tag legte.

Innerlich grübelte ich vor mich hin und schimpfte ihn aus. Ich hatte ihn lieb und er war mein bester Freund, doch manchmal konnte er echt nerven und ich würde ihm am liebsten den Hals umdrehen.

„Die Sache ist nicht geklärt. Wir sollten endlich lernen, anders zu sitzen. Der Platz ist einfach zu klein", meckerte ich und versuchte, ihn wegzudrücken, sodass er aufstehen müsste.

Harry presste sich jedoch noch stärker an meinen Körper und da ich zu schwach war, um gegen ihn anzukommen, musste ich ab einem gewissen Punkt seufzend aufgeben.

„Das ist jetzt egal. Du wirst mich nicht los", flüsterte er in mein Ohr und fügte in einer hörbaren Lautstärke hinzu: „Aber jetzt muss ich euch etwas anderes erzählen."

„Kommt ihr endlich zusammen?! Bitte! Denn es wird immer schlimmer mit euch", seufzte Claire und die anderen nickten zustimmend.

„Nicht schon wieder dieses Thema", meinte Harry seufzend und hob wieder seinen Kopf von meiner Schulter.

„Ihr wisst, dass wir nur Freunde sind. Da wird nicht mehr sein."

„Wenn ihr nur Freunde seid, dann benimmt euch wie Freunde und nicht wie zwei Turteltauben, Grace", erklärte Lorence genervt.

„Das ist manchmal wirklich verwirrend. Ihr benehmt euch manchmal schon, als wärt ihr ewig zusammen und dann sagt ihr: ‚Nein wir sind nicht zusammen.' Aber manchmal bin ich mir damit gar nicht mehr *so sicher und frage mich, ob ihr nun doch zusammen seid. Und ja, es ist einfach nur verwirrend", fügte Skyler hinzu.*

Diese Aussage konnte ich sogar in gewissen Maßen verstehen. Die Beziehung zwischen Harry und mir war besonders. Wir waren zusammen aufgewachsen, verbrachten jede freie Minute zusammen und verhielten uns manchmal wirklich wie zwei Liebende. Doch jedes Mal, wenn man uns fragte, schüttelten wir beide den Kopf und kamen mit derselben Aussage: „Wir sind nur Freunde."

Doch da waren wir uns beide einig. Unsere Freundschaft würde immer Vorrang haben und romantische Gefühle waren bei uns niemals im Spiel. Er ging mit anderen Mädchen aus und ich mit anderen Jungs, was auch nicht für Streitigkeiten sorgte.

„Na, mit Verwirrung musst du dich doch am besten auskennen, Sky", gab Harry frech von sich und jeder am Tisch musste lachen.

„Haha, sehr witzig", murmelte Skyler beleidigt.

„Du wolltest uns doch etwas erzählen, dann erzähl auch", forderte Allison ungeduldig auf.

„Okay, hört gut zu. In ein paar Wochen gibt es diese Castingshow ,Sing your Song!' und ich hab euch doch erzählt, dass ich vorsingen möchte."

Davon hatte er tatsächlich schon oft gesprochen und er hatte auch das Potenzial dazu. Seine Gesangsstimme war wirklich sehr schön und war unserer Chorleiterin sofort aufgefallen. Auch die Gruppe hatte es gemocht, wenn er gesungen hatte, und konnte ihm stundenlang zuhören. Außerdem wollte Harry schon immer mehr mit seiner Stimme anfangen. Er wollte berühmt werden und die Castingshow, von der er schon seit Jahren sprach, als Sprungbrett seiner Karriere nutzen. Doch er war bis zu diesem Jahr zu jung gewesen.

„Joa, du hast es erwähnt. So ein- oder zweimal", meinte ich sarkastisch.

„Ich weiß", meinte er grinsend und legte seinen Kopf wieder auf meiner Schulter ab. „Auf jeden Fall werde ich dieses Jahr mitmachen. Alles wurde abgemacht. Ich werde vorsingen."

„Oh mein Gott!! Wie cool!", rief Claire und drehte total auf. Auch die anderen gratulierten sofort und waren begeistert. Nur Lorence musste wieder einen seiner speziellen Kommentare heraushauen: „Du würdest besser etwas Vernünftiges mit deiner Stimme anfangen."

„Ach, Lorence. Zumindest kann ich schon etwas mit meiner Stimme anfangen und muss nicht warten, bis ich es studiert habe", antwortete Harry mit einem verschmitzten Lächeln, worauf Lorence still blieb und ihn ignorierte.

„Okay, jetzt erzähl. Wann fängt es an?", fragte Skyler interessiert und Harry umarmte mich vor Freude immer fester. „In drei Wochen werde ich zum Vorsingen gehen."

„Das bedeutet, in drei Wochen sitze ich allein in der Pause auf der Bank?", fragte ich und tat so, als wäre ich traurig darüber.

„Und genau deswegen müsste ich mit dir reden", meinte Harry und bevor ich fragen konnte, fuhr er fort: „Du kommst nämlich mit."

„Was??", fragten alle gleichzeitig und die anderen Schüler richteten ihre Blicke auf uns, wodurch mein Herz beinahe aus der Brust sprang.

Ich saß erstarrt vor Harry und konnte seinen Worten nicht glauben. Das bemerkte Harry wohl auch und er musste frech grinsen. Nur selten konnte er mich schocken, aber dieses Mal hatte er ins Schwarze getroffen.

„Du machst Witze", sagte ich unsicher und hoffte, dass es so war. Doch diese Hoffnungen verschwanden, als Harry sagte: „Nein, tue ich nicht. Du wirst mit mir zum Contest fahren."

„Wie geil! Das ist die Chance!", quietschte Claire auf und auch die anderen schienen aufgeregt zu sein.

„Ich werde nicht vorsingen, Harry", erklärte ich sofort, woraufhin jeder aufstöhnte.

„Mitmachen könntest du auf jeden Fall", meinte Allison, die schon immer hoffte, dass ich auch einen Versuch wagen würde. Sie meinte immer, dass ich eine außergewöhnliche Stimme hätte, und auch Harry wollte mich des Öfteren anmelden, doch ich wehrte mich dagegen.

„Nein", kam es aus meinem Mund heraus, wie es sicherlich jeder erwartet hatte.

„Ich dachte mir schon, dass du das sagen würdest. Ich weiß, dass du diesen Contests eher abgeneigt bist. Doch ich hatte mir erhofft, dass du meine Unterstützung sein würdest", lächelte Harry unsicher.

„Was ist mit der Schule?", fragte ich und versuchte, eindeutig ruhig zu bleiben, auch wenn mein Herz vor Aufregung auf Hochtouren lief. Wieder einmal stellten sich Fragen in meinem Kopf, die mich unsicher *machten. Was ist, wenn ich mitgehen würde? Würde ich meine Noten aufrecht halten können?*

Harry bemerkte anscheinend meine Unsicherheit und wie jedes Mal fuhr er sanft mit seiner Hand durch mein Haar, um mich zu beruhigen. „Darum musst du dir keine Sorgen machen. Ich kümmere mich darum. Außerdem können deine Noten es verkraften."

„Bitte, sag ja", flehte er, „Ich will nicht ohne dich hin. Besser gesagt, ich kann nicht ohne dich hin."

„Wie könnte ich dich allein irgendwo hinfahren lassen? Ohne mich bist du verloren, du Idiot", antwortete ich lächelnd und seine Augen strahlten vor Begeisterung. Doch keiner am Tisch hatte damals geahnt, dass dieser Contest für die Zerstörung einer Freundschaft verantwortlich sein würde.

„Grace!", hörte ich Allisons Stimme rufen und dadurch riss sie mich aus den tiefsten Gedanken. Alle richteten ihre Blicke auf mich und Morice hatte aufgehört zu erzählen.

„Was ist?"

„Du weinst", entgegnete Skyler besorgt und sofort fasste ich mir an die Wange, um die Tränen wegzuwischen, da keiner meine Schwäche sehen sollte. Doch das war sicherlich unnötig. Jeder wusste, was in mir vorging, und somit half das Verstecken auch nicht mehr.

„Ich ... es ... Ich ... es tut mir leid", murmelte ich mit zitternder Stimme, als ich bemerkte, dass weitere Tränen unkontrolliert herunterliefen.

Skyler stand auf und reichte mir ihre Hand.„Na komm. Morice kann die Geschichte fertig erzählen und wir gehen in die Küche, damit du dich beruhigen kannst."

„Es tut mir leid", murmelte Nina, „Ich hätte es nicht ansprechen sollen."

„Dich trifft keine Schuld", kam es aus mir herausgeplatzt und ich drückte sie an mich, bevor mich Skyler endgültig in die Küche zog.

Ich konnte nur noch hören, wie Morice sagte: „Ich kenne sie schon ewig und habe mindestens genauso viel Zeit mit ihnen verbracht. Man kann eindeutig sehen, dass sie beide immer noch leiden."

Diese Aussage ließ mich endgültig auf dem Boden zusammenbrechen und die Tränen liefen unkontrolliert über die Wange, während ich mich an die Wand lehnte und mein Gesicht in den Händen vergrub. Skyler füllte währenddessen ein Glas mit Wasser, um es mir dann zu geben.

Nur ein leises „Danke" konnte ich murmeln, während Skyler sich neben mich auf den Boden setzte und mir beruhigend über den Rücken strich.

„Es holt dich immer wieder ein", murmelte sie laut seufzend. Ich starrte ins Leere und obwohl ich die Antwort bereits kannte, fragte ich: „Was meinst du?"

„Die Vergangenheit", antwortete Skyler. „Er."

„Was erwartest du? Wir waren beste Freunde, haben jeden Tag zusammen verbracht und dann aus heiterem Himmel änderte ein einziger Streit alles. Wir haben uns niemals ausgesprochen. Wir sind einfach so getrennte Wege gegangen. Das kann ich nicht auf die leichte Schulter nehmen."

„Ich weiß und das erwarte ich auch nicht. Ich habe zwar niemals erfahren, warum ihr euch gestritten habt, aber wenn du es keinem erzählen willst, ist das okay. Ich kann nur sagen, dass ich es schade finde. Ihr hattet eine außergewöhnliche Bindung."

„Ich weiß."

Da stand Skyler wieder auf, lief zum Kühlschrank und hängte etwas ab. Dann lief sie zu mir zurück und gab mir einen kleinen, roten Briefumschlag. Als ich das Symbol von Solution 5 darauf sah, sagte ich: „Dein Ernst?"

Es waren sicherlich wieder Karten für ein weiteres Konzert. Die Jungs gaben tatsächlich niemals die Hoffnung auf. Immer und immer wieder schickten sie mir neue Karten. Nur Harry kannte mich wieder einmal besser und war dagegen. Er konnte sich denken, wie seine ehemalige Freundin handelte, und versuchte, die Jungs davon zu überzeugen, es zu lassen. Die Karten sollten an Menschen gegeben werden, die sie auch zu schätzen wussten. Doch Nathaniel blieb wahrscheinlich der Hartnäckige in der Gruppe und gab die Hoffnung nicht auf. Wie so oft. Er war eben immer der kleine Optimist.

Ich öffnete mit zittrigen Händen den Umschlag und als ich auf einem kleinen Brief Nathaniels Schrift erkannte, traute ich mich schon gar nicht mehr, ihn zu lesen.

„Vielleicht ist das deine Chance, mit ihm zu reden. Vielleicht könnt ihr euch ausreden und vielleicht ist eure Freundschaft nicht verloren. Wie du es gesagt hast. Ihr kennt euch seit Kindheitstagen, habt jeden Tag miteinander verbracht und damals wäre es ein Wunder gewesen, wenn man euch hätte trennen können. Und ich konnte im Interview sehen, dass es ihm ebenso leid tat wie dir", meinte Skyler.

„Er war wütend."

„Das zeigt nur, dass diese Vergangenheit ihn auch noch beschäftigt. Es geht ihm zu Herzen. Deswegen solltet ihr endlich miteinander reden, Grace", sagte Skyler.

„Was willst du von mir?"

Skyler zeigte auf den Umschlag, auf den Namen Solution 5. „Ich möchte, dass du das liest und bemerkst, dass die Jungs dich vermissen. Du solltest endlich auf ihr Konzert gehen. Sie schicken dir jedes Mal, wirklich jedes Mal, eine Karte und ständig gibst du sie Nina. Ich finde, es ist an der Zeit, dass du mal hingehst und nicht sie. Wenn nicht für Harry, dann zumindest für die anderen, die dich immer noch als sehr wertvolles Mitglied schätzen. Andrew, James, Luke und vor allem der kleine Nathaniel."

Ich öffnete den Mund, wollte etwas sagen, doch es blieb im Hals stecken und somit herrschte für eine kurze Zeit eine unheimliche Stille.

„Wenn du jetzt damit kommst, dass dir nicht nach einem Konzert ist, dann reiße ich dir den Kopf ab", fuhr sie fort, bevor ich mit einer Ausrede kommen konnte. „Mein Gott, Grace, du bist ein Teil von Solution 5. Du bist nicht nur bekannt als Mitglied der Band Wild Division, sondern auch als Solution-5-Mama. Also reiß dich zusammen und geh hin."

„Verdammt, Skyler!!", fauchte ich ihr dazwischen und sah sie wütend an, „Das ist nicht so einfach, wie du denkst."

„Dann erklär mir, warum? Warum ist es so schwierig, mit deinem besten Freund zu sprechen?", fauchte Skyler zurück, die offensichtlich unser Verhalten nicht verstehen konnte.

„Er ist nicht mehr mein bester Freund und das hat seinen Grund!"

Skyler musterte mich von oben bis unten, als würde sie nach einer Antwort suchen und das schon seit sehr, sehr langer Zeit. Zwar sagte sie immer, dass es okay wäre, dass Harry und ich nicht über den Streit sprachen, aber ich kannte Skyler. Sie liebte es, Geheimnisse zu lüften, und sicherlich wollte sie unbedingt wissen, wie sich eine so enge Freundschaft in nur wenigen Tagen zerstören konnte.

„Ich bin schon lange kein Teil mehr von Solution 5 und ich habe auch nichts mehr mit ihnen zu tun. Also brauche ich nicht auf ihr Konzert zu gehen. Das hier ist Vergangenheit und ich will damit nichts mehr zu tun haben", erklärte ich und feuerte den Brief in die Ecke. „Wir hatten beschlossen, die Vergangenheit hinter uns zu lassen. Warum kannst du es verdammt nochmal bei mir nicht akzeptieren?"

Dann verlor ich immer mehr Kraft zum Reden und brach wieder in Tränen aus. Skyler sah mich besorgt an und blieb still vor mir stehen.

„Es tut mir leid", murmelte ich und fuhr mir durch die Haare, als ich bemerkte, in welchem Ton ich mit ihr sprach.

„Ja, wir wollten alle die Vergangenheit vergessen und glaub mir, mit meiner möchte ich auch nicht konfrontiert werden. Aber du, Grace, quälst dich damit und sobald nur sein Name fällt, brichst du zusammen. Das ist doch nicht gesund. Also geh schlafen und denk darüber nach, hinzugehen", meinte Skyler und legte beruhigend eine Hand auf meine Schulter.

„Gute Nacht, Küken."

„Gute Nacht."

Dann lief Skyler wieder ins Wohnzimmer und ich konnte hören, dass die anderen nach mir fragten.

„Sie braucht jetzt erst einmal Ruhe. Waren immerhin anstrengende Wochen", war Skylers Antwort und ich musste laut schlucken, um nicht laut schreien zu müssen.

Ich saß immer noch verärgert auf dem Küchenboden und starrte auf den Brief in der Ecke, dessen knallrote Farbe in meinen Augen brannte. Doch konnte ich meinen Blick auch nicht abwenden. Dafür war ich zu sehr damit beschäftigt, die Fragen in meinem Kopf zu beantworten. Sollte ich ihn wirklich lesen? Sollte ich diese Qualen wirklich auf mich nehmen?

Ich war doch schon am Zerbrechen. Ich wollte mit diesen Jungs nichts mehr zu tun haben und mit dieser Vergangenheit schon gar nicht. Ich wollte es nicht klären und wollte diese Menschen vergessen. Für immer.

Doch die Neugierde, was Nathaniel mir schrieb, trieb mich dennoch an und gab mir die Kraft, aufzustehen. Dann nahm ich den Umschlag noch einmal in die Hand und holte zögerlich den kleinen, zerknitterten Brief heraus, den Nathaniel mit viel Mühe und Sorgfalt geschrieben hatte. Da fiel etwas heraus und auf den Boden, doch ich hob es nicht auf, sondern las den Brief mit sehr viel Überwindung:

Hey Gracie,

wie geht es dir, Kleine? Ich habe schon lange nichts mehr von dir gehört.
Zumindest nicht von dir persönlich, was ich sehr bedauerlich finde. Ich beziehungsweise wir wollten dir zu deiner erfolgreichen Tour mit deiner Band Wild Division gratulieren. Wir sind wirklich sehr stolz auf dich, Solution-5-Mama.
Falls du gehört hast, gehen wir auch bald auf unsere erste Welt-Tournee und wie jedes Mal schicken wir dir eine Konzertkarte. Da ich aber das Gefühl habe, dass du sie immer an jemand anderen verschenkst, habe ich dir diesmal zwei Karten geschenkt, in der Hoffnung, dass du endlich mal kommst. Es wäre wirklich schön. Immerhin gehörst du zu uns.

Dein Nath

Wieder einmal schossen mir Tränen in die Augen und ich musste ein lautes Schluchzen unterdrücken, besonders als ich das Ende des Briefes erreichte. Denn jeder der Band Solution 5 hatte unterschrieben. Auch seine Unterschrift befand sich darauf, groß auf der linken Ecke des Blattes. Sachte fuhr ich über seine Schrift, die sich kaum verändert hatte. Mit weiteren Tränen in den Augen bückte ich mich hinunter und hob die zwei Karten zu dem Konzert auf, welches in der O2-Arena stattfinden würde. Natürlich waren es wieder Plätze ganz weit vorne.

Mein Herz wurde schwer und mein Verstand ratterte, sodass der Qualm aus meinen Ohren kam. Ich wurde nachdenklich und wusste nicht, wie ich reagieren sollte. Am liebsten hätte ich den Brief im Kamin verbrannt und so getan, als hätte er niemals existiert und Nina eine weitere Freude bereitet. Egal, was Nathaniel sich erhoffte. Er tat mir leid, doch ich wusste nicht, wie ich reagieren würde, wenn ich in die kalten, bedrohlichen Augen von Harry White sehen müsste. Ein weiteres Mal schüttelte mich diese Vorstellung. Dennoch erwischte ich mich auch bei dem Gedanken doch noch zu dem Konzert zu gehen. Da ich aber wusste, dass ich oft voreilige Schlüsse zog, beschloss ich schlafen zu gehen und dieses Thema ruhen zu lassen.

Während die anderen weiterhin über den Abend sprachen, lief ich aus der Küche Richtung Zimmer und öffnete die Tür, die in mein weiß-graues Zimmer führte, welches voller Bilder und Erinnerungen war. Als ich mitten im Raum stand, legte ich den Briefumschlag auf den Schreibtisch, auf dem unzählige Notenblätter und unfertige Liedtexte herumlagen.

Dann ließ ich mich erschöpft auf das große, weiche Bett fallen, welches ich seit Wochen hatte missen müssen. An Schlaf konnte man nämlich bei einer Tournee eher weniger denken und wenn schaffte man es auch nur wenige Stunden im Bus oder im Flugzeug zu entspannen. Somit war ich so erschöpft, dass ich es nicht mehr schaffte, aufzustehen, um mich fürs Schlafengehen fertigzumachen, und so kam es, dass ich sofort einschlief.

3. TRACK

Im nächsten Moment war ich weder in meinem Zimmer noch in meinem warmen Bett. Nein, mit einem Mal stand ich ganz allein an einem komplett fremden Ort. Falls man es überhaupt als einen Ort bezeichnen konnte. Denn, es war eher ein riesiger, weißer Raum, in dem ich herumirrte.

Ich lief und lief, aber es nahm einfach kein Ende. Überall war das grelle Weiß zu erkennen und der Raum war vollkommen leer. Nur mein dunkler Schatten begleitete mich, während ich durch das Nichts rannte und nervöser wurde.

Mein unregelmäßiger Atem und das schnelle Pochen meines Herzens war das Einzige, was ich hören konnte. Ich bekam am ganzen Körper eine Gänsehaut. Ich hatte das Gefühl, eingeengt und gefangen zu sein, auch wenn der Raum so unglaublich groß zu sein schien. Ich wollte endlich aus diesem beängstigenden Gefängnis raus und wieder in meinem geliebten Zimmer aufwachen. Der unheimlichen Stille entkommen und das rasende Herz beruhigen, welches beinahe aus der Brust sprang, war in diesem Moment mein einziger Wunsch.

„Ich will hier raus", murmelte ich leise vor mich hin und starrte auf meine zitternden Hände, während mich meine Kräfte verließen und ich auf meine Knie sank.

Instinktiv schloss ich die Augen und atmete tief ein und aus, um mich auf meinen Atem und mein rasendes Herz zu konzentrieren, um einen kühlen Kopf zu bewahren. Immerhin war es nur ein Traum. Nach einigen Minuten saß ich endlich mit langsamem und gleichmäßigem Herzschlag auf den Boden und die Augen waren immer noch geschlossen, in der Hoffnung, dass der Raum verschwinden würde.

„Grace!", hörte ich im nächsten Moment eine bekannte Stimme rufen und ruckartig öffneten sich meine Augen.

Ich wusste nicht, woher es gekommen war, und obwohl die Stimme eindeutig zu hören war, konnte ich niemanden in der Nähe erkennen. Nur das endlose, fast schon grelle Weiß war zu sehen, das alles verschluckte und einfach nicht verschwinden wollte. Aber irgendwo musste die Stimme ja herkommen und irgendwo musste dieser Jemand sein, der meinen Namen gerufen hatte.

Ich stand vom Boden auf und fing wieder an, durch den unendlichen Raum zu laufen. Doch mit der Zeit lief ich nicht mehr, sondern rannte. Die Hoffnung, den Ausweg und die Person zu finden, trieb mich an und gab wieder Energie. Aber die Suche hatte keinen Erfolg und immer noch erstreckte sich der unendliche Raum und die Einsamkeit.

„Komm schon. Wo bist du?", fragte ich hoffnungsvoll in den Raum, doch die Person ließ mich sehr lange in der Stille warten.

„Grace!"

Bei der erneuten Ruf meines Namens wurde mir von jetzt auf gleich unwohl in der Magengegend, weshalb ich abrupt stoppte. Nun wollte ich vor dieser Stimme wegrennen und mein Verlangen aus dem Traum aufzuwachen, wurde immer größer.

Ich will hier raus, flehte ich in Gedanken und bekam Panik, dabei spürte ich, wie sich jeder einzelne Muskel anspannte. Mir lief es kalt über den Rücken und die Brust fühlte sich so an, als würde sie jemand zerquetschen. Der Atem wurde noch schneller und ich konnte wieder das rasante Schlagen meines Herzens hören.

Wie hatte ich diese dunkle, einzigartige Stimme nur nicht erkennen können? Wie konnte ich nur so naiv sein und ihr auch noch nachrennen?

In diesem Moment veränderte sich die Umgebung und ich stand wieder verloren an einem neuen Ort. Die unendliche, weiße Sicht verwandelte sich in kleine, kunstvolle Schneeflocken, die langsam auf den Boden fielen und ihn komplett weiß einkleideten.

Irritiert sah ich nach rechts und nach links, um mir einen besseren Überblick zu verschaffen. Ich stand auf einer schmalen Straße, gesäumt von vielen kleinen Häusern, die eine unendliche Kette bildeten. Nur ein älterer Mann störte die Leere der Straße und lief mit seinem rothaarigen, lebensfrohen Dackel den verschneiten Weg entlang, dabei entfernte er sich immer mehr von meinem Standpunkt.

„Wo bin ich?", murmelte ich und ein unsicheres Bauchgefühl kam zur Übelkeit hinzu. Der Ort kam mir bekannt vor, konnte ihn jedoch nicht einer Erinnerung zuordnen. Ich war zwiegespalten zwischen dem Gefühl der Fremdheit und der Geborgenheit. Ich war irritiert und immer mehr Fragen schwirrten durch meinen Kopf. Was wollte man mir zeigen?

„Grace!", hörte ich wieder seine dunkle Stimme rufen und machte eine 180° Wendung.

Mir lief ein Schauer über den Rücken, als ich endlich einen Namen der großen Gestalt zuordnen konnte. Es war Harry White, der als Sechzehnjähriger vor einem kleinen, rot-weißen Haus stand und den Namen seiner besten Freundin rief.

Nun wusste ich auch, wo ich mich befand. Ich war in Chester, dort, wo sich fast meine ganze Kindheit abgespielt hatte, und somit erklärte sich auch das Gefühl der Geborgenheit. Hier war ich aufgewachsen und hier hatte ich meine prägenden Erfahrungen gesammelt.

Zum Beispiel, wie mein Vater mich als kleines Mädchen durch das Haus jagte, wenn ich mal wieder nicht ins Bett wollte, oder wie meine Mutter jeden Abend etwas zu essen kochte und das ganze Haus von dem Duft der Gewürze erfüllt war.

Auch mit Harry hatte ich hier viel Zeit verbracht, was wiederum die schlechten Gefühle erklären würde. Ich realisierte, dass das meine Erinnerungen waren. Denn ich wusste sofort, warum Harry meinen Namen rief und ungeduldig vor einem großen SUV stand. Es war der Tag, an dem wir zum Contest gefahren waren. Also auch der Tag, an dem Harry es kaum abwarten konnte, endlich loszufahren. Er hatte die ganze Nacht kaum schlafen können und jeden mit seiner Aufregung in den Wahnsinn getrieben. Somit stand er schon um sieben Uhr morgens vor der Tür der O'Reilly Familie, obwohl sein Vorsingen erst nachmittags stattfinden würde.

Die ersten Tage, nachdem Harry und ich getrennte Wege gegangen waren, träumte ich diese Erinnerung über unsere letzte gemeinsame Zeit jede Nacht. Danach wachte ich weinend auf und war die restliche Nacht ruhelos. Die Erinnerung hatte sich, ohne dass ich es kontrollieren konnte, immer und immer wieder in meinem Kopf abgespielt und hatte mich wochenlang, nein, monatelang, leiden lassen. Das war ein Grund, warum ich die Vergangenheit hinter mir lassen wollte. Seit einem Jahr war mir dies gelungen, das dachte ich zumindest bis mich heute der Traum wieder einholte. Ich wusste nicht, was ich dagegen tun konnte.

Mit ihm reden, wollte ich nicht. Besser gesagt stellte sich die Frage: Würde er mir überhaupt zuhören? Immerhin waren nun drei Jahre vergangen und sicherlich hatte sich dabei noch mehr Wut angesammelt.

Dennoch überraschte es mich, dass ich wieder von diesen letzten gemeinsamen Erinnerungen träumte. Ich war sehr froh, als sie vor einem Jahr aufgehört hatten, doch nun brodelte alles wieder auf und ich war über diesen Rückschlag verärgert. Ob es von dem Interview ausgelöst worden war? Oder von dem Gespräch mit Skyler?

Langsam näherte ich mich dem Jungen, dessen Locken wild im Wind herumflatterten. Denn wenn dieser Traum so ablief wie die Letzten, dann würde er mich nicht sehen.

Es war alles wie ein Theaterstück, dass ich mir zwar als machtloser Außenstehender ansehen, aber nicht verändern konnte. Ich war nur ein Geist, den man nicht bemerkte.

Mein schlechtes Gewissen drückte schwer auf meinen Magen, als ich seine glitzernden Augen sehen konnte.

„Nun komm schon, kleines Ding!", rief Harry wieder und plötzlich öffnete sich ein Fenster im oberen Stock des kleinen Hauses. Ein Mädchen mit einem geflochtenen Pferdeschwanz steckte ihren Kopf heraus und rief: „Jetzt hetze mich nicht! Ich bin ja gleich da!"

„Gib Gas!", grinste Harry frech und das Mädchen rollte genervt mit den Augen. „Ich komme, du Idiot."

Das Fenster schloss sich und der Lockenschopf sah freudestrahlend auf die Haustür. Ich folgte seinem Blick und die Tür öffnete sich tatsächlich nur wenige Sekunden nach ihrer kurzen Konversation. Doch nicht nur die jüngere Grace trat aus der Tür, sondern auch meine Mutter, Thalia, die ihre damalige, Lieblingsstrickjacke anhatte. Ihre blonden Haare waren noch ganz zerzaust, da sie erst vor kurzem aufgestanden war, um sich von ihrer Tochter zu verabschieden und einen Kaffee für sich und ihren Mann, Matthew, zu kochen.

„Hallo, Mrs. O'Reilly!", rief Harry ihr freudig zu und winkte wild mit seiner Hand. Dabei setzte er das freundlichste Lächeln auf.

Meine Eltern kannte er schon ewig. Das lag aber daran, dass sich unsere Eltern schon immer sehr gut verstanden hatten und dank ihnen hatte sich unsere Freundschaft erst so stark entwickeln können.

„Hallo Harry. Ich wünsche dir viel Erfolg beim Casting. Und komm erst wieder, wenn du das Finale geschafft hast", rief Thalia zurück und er nickte siegessicher. „Natürlich."

Thalia gab der kleinen Grace einen Kuss auf die Stirn und sah ihr nach, als sie mit einem breiten Grinsen und einer großen, grünen Reisetasche auf den aufgeregten Jungen zulief.

„Na, endlich kommst du", meckerte Harry und sah das Mädchen frech an.

„Tut mir leid, Mr. White. Sie sind derjenige, der zu früh vor meiner Haustür steht", verteidigte sie sich und streckte ihm die Zunge heraus.

„Egal. Jetzt komm, Mrs. O'Reilly", meinte er lächelnd, während er ihre Tasche abnahm und den Kofferraum öffnete, um sie neben seine rote Tasche hinzustellen.

„Na, seid ihr aufgeregt?", fragte Harrys Mutter, Lorelai White, eine sehr attraktive Frau mit langen, schwarzen Haaren.

Harry hatte ihre wunderschönen, einzigartigen blauen Augen geerbt und die braunen Haare von seinem Vater, Samuel. Nur die Locken blieben ein Rätsel, da keiner in der White Familie Locken hatte. Doch das machte Harry auch so einzigartig.

„Ich bin eher müde. Aber ja, bin ich dennoch gespannt. Dabei singe ich gar nicht vor", antwortete mein jüngeres Ich lachend.

„Und jetzt stell dir vor, wie ich mich fühle", meinte Harry.

„Ach, du schaffst das", grinste die jüngere Grace und fügte hinzu: „Da mache ich mir keine Sorgen. Trotzdem hättest du nicht früher vor meinem Haus stellen müssen, um mich aus dem Bett zu werfen!"

Lorelai lachte am Steuer. „Grace, ich verstehe dich. Ich bin auch noch müde, doch Harry ließ mir keine andere Wahl und drängelte, damit wir endlich losfahren würden."

„Natürlich muss er dann alle in den Wahnsinn treiben", meinte Samuel.

„Ich will nur nicht zu spät kommen", murmelte Harry.

„Es beginnt erst am Nachmittag! Und du bist sicherlich nicht der Erste, der vorsingen wird!", lachte die kleine Grace und Harry zuckte mit den Schultern.

„Wer weiß", konterte er und sah die kleine Grace mit seinen funkelnden Augen an. Seine Freude, seine Aufregung und Ungeduld waren so ansteckend, dass selbst ich, als Außenstehender, breit grinsen musste.

„Na, komm. Lass uns fahren, bevor Harry noch unausstehlich wird", hörte man seine Schwester Lauren sagen und die ganze Familie musste lachen.

„Ihr seid gemein. Jeder Einzelne von euch", jammerte Harry, schloss den Kofferraum mit einem Knall und öffnete die hintere Tür, um einzusteigen. Doch bevor er reagieren konnte, meinte Lauren: „Halt! Grace sitzt in der Mitte! So quatschst du mir die Ohren nicht voll!"

Er seufzte, hielt die Tür offen und wartete, bis das kleine Mädchen mit dem Zopf reingekrabbelt war. Nachdem Harry als Letzter eingestiegen war, wurde der Motor gestartet und ich konnte dem gedämpften Gespräch nicht mehr zuhören. Somit sah ich zu, wie sie wegfuhren und mich in einer kleinen Rauchwolke zurückließen.

„Das war der Moment, an dem unsere Reise ins Unbekannte begann, mein alter Freund", murmelte ich traurig und im nächsten Moment wurde alles um mich herum schwarz.

Verwirrt sah ich mich in der Dunkelheit um, welche zum Glück nicht so lange anhielt wie der vorherige Raum.

Einen Augenblick später stand ich gemeinsam mit Harrys Familie und der kleinen Grace hinter einer Bühne und wartete auf den Lockenschopf, der mit Herzklopfen auf der Bühne stand.

„Wer bist du?", war die erste Frage, die er zu hören bekam, und so wie Harry eben war, versuchte er, die Aufregung so gut wie möglich zu verstecken. „Mein Name ist Harry White und ich bin vor kurzem 16 Jahre alt geworden. Außerdem komme ich aus Chester."

Während er weiterhin mit der Jury sprach, welchen Song er vorsingen würde, sahen seine Familie und die kleine Grace auf den Bildschirm.

Wer hätte gedacht, dass mein Kopf selbst nach Jahren noch genau die Gesangsstimme von Harry projizieren konnte? Diese warme Stimme, die mich damals immer in einen Bann gezogen und gefesselt hatte.

Jeder hatte es geliebt, ihm zuzuhören. An manchen Nachmittagen hatte ich mit geschlossenen Augen auf seinem Bett gelegen und ihm einfach nur zugehört, wenn er leise irgendwelche Songs vor sich hin sang. Ich tauchte dann ab in eine komplett andere Welt. Wenn ich an solche Augenblicke zurückdenken musste, dann erkannte ich, dass ich diese Zeiten tatsächlich vermisste. Wir hatten so viel und nicht nur positive Ereignisse gemeinsam durchstanden. Ich war mir nicht mehr sicher, wie oft ich mit Harry auf der Polizeistation saß, weil wir wieder irgendwelchen Unfug angestellt hatten. Meistens musste Morice uns wieder aushelfen und dann durften wir uns einen gemeinsamen Vortrag unserer Eltern anhören. Doch genau durch diese Ereignisse war unsere Bindung immer enger geworden. Wir hatten uns aufeinander verlassen können und hatten den anderen niemals im Stich gelassen. Wir wussten auch ohne, dass der andere etwas sagte, was zu tun war. Es war eine Freundschaft, wie sie in den Büchern stand und die sich viele wünschten. Eine Freundschaft, die ich sicherlich nicht vergessen würde.

Nachdem Harry seinen Song vorgetragen und trotz seiner Aufregung, die in seiner Stimme zu hören war, bekam er von der Jury ein „Ja" und war tatsächlich beim Wettbewerb dabei. Die ganze Familie sprühte vor Stolz und Freude und konnte es nicht erwarten, bis der Junge mit dem breiten Grinsen Backstage kommen würde.

Der Moderator der Show beglückwünschte Harry dazu, dass er es in die nächste Runde geschafft und Paul Stevens, ein bekannter Sänger, als seinen Coach gewonnen hatte.

Zum Abschluss wurde noch gefilmt, wie Harry hinter die Bühne ging und kaum war er bei seiner Familie angekommen, rannte die kleine Grace auf ihn zu und umarmte ihn fest. „Du bist der Beste. Ich wusste, dass du es schaffst."

„Danke. Und danke, dass du da bist, kleines Ding."

„Ich kann doch meinen besten Freund nicht allein lassen!", quietschte mein jüngeres Ich, worauf Harry die Umarmung löste und mich zaghafte anlächelte. verzog

„Jetzt sind wir dran mit Umarmen!", meckerte Lauren mit einem Grinsen und Harry drehte sich zu seiner Familie, die ihn für seine Leistung lobte.

„Gut gemacht, Harry", flüsterte ich vor mich hin, „Du hast es wirklich weit gebracht."

Ich wollte das weitere Gespräch mitanhören, da verschwamm wieder die Sicht und ich stand wieder Backstage. Wie bei einem Film spielen sich weitere Erinnerungen ab. Es handelte sich um die ersten Auftritte, die Harry mit Erfolg absolvierte, und darum, wie er in der Show weiter aufstieg.

Ab einem gewissen Punkt ergänzten weitere Ausschnitte, in denen die anderen Bandmitglieder ihre Auftritte absolvierten, meine Erinnerungen.

Andrew, ein Junge mit pechschwarzen Haaren, sang mit seiner außergewöhnlichen, hellen Stimme und faszinierte das ganze Publikum. Dann kamen James und Luke mit ihren dunkleren, wohlklingenden Stimmen und da war noch Nathaniel, der von allen die interessanteste Stimme hatte, zumindest meiner Meinung nach. Besonders sein Akzent war sehr markant.

Die nächsten Erinnerungen waren nur kurz zu sehen und man konnte auch nicht verstehen, was gesagt wurde. Es war, als würde jemand mit einer Fernbedienung zu einem bestimmten Punkt vorspulen.

Zum Beispiel die Proben, die ich mit Harry absolvierte. Ich erkannte, dass ich meistens am Klavier saß, während der Lockenschopf neben mir stand und sang. Harry wollte immer so viel wie möglich proben. Wenn der Coach es nicht tat, dann bat er mich um Hilfe. Natürlich stand ich immer zur Verfügung. Außerdem war er der Meinung, dass es bei mir um einiges entspannter wäre, da Paul sehr fordernd bei den Proben war.

In der folgenden Erinnerung, verkündete die Jury, dass sie die Kandidaten in Gruppen einteilen würden.

Eine Männerstimme verkündete: „Die dritte Gruppe besteht aus den Kandidaten Luke Willis Donovan, Nathaniel Tedric Evans, James Evander Harrison, Andrew Lane Morris und Harry Samuel White."

Und das war der Moment, in dem Solution 5 geboren wurde.

Als nächstes erinnerte ich mich an das erste Treffen der Jungs. Es spielte sich in einem kleinen Aufenthaltsraum ab, wo Harry und ich auf die anderen Jungs gewartet hatten. Harry war an diesem Tag sehr aufgeregt und hatte viele Bedenken, ob er sich mit ihnen verstehen würde, was er natürlich an der kleinen Grace auslassen musste.

Da öffnete sich die Tür und der 17-jährige Nathaniel kam in den Raum gestürmt. Er lief auf mein jüngeres Ich zu und stellte sich freundlich vor: „Hallo! Mein Name ist Nathaniel. Die meisten nennen mich Nath. Wie heißt du?"

„Mein Name ist Grace. Ich bin die Unterstützung für ihn", sagte das Mädchen mit einem Lächeln und zeigte auf Harry, der hinter ihr stand und Nathaniel von oben bis unten musterte.

„Also, seid ihr zusammen?", fragte Nathaniel interessiert.

„Nein, nein. Wir sind nur sehr enge Freunde", beeilte sie sich zu erklären und Nathaniel murmelte: „Interessant, also hätte ich noch eine Chance bei dir?"

„Nein", kam es beschützend von Harry, der sich endlich bemerkbar machte und Nathaniel ein Lächeln schenkte, während er den Jungen immer noch abcheckte.

„Dachte ich mir schon. Auf jeden Fall freue ich mich auf eine Zusammenarbeit, Harry", meinte Nathaniel, der die ganze Sache wohl sehr locker nahm, mit einem Grinsen.

„Die Freude ist meinerseits", antwortete Harry und die Jungs schüttelten sich förmlich die Hände. Ich musste bei diesem Anblick leicht grinsen. Damals waren sie so zurückhaltend und zeigten ihre besten Seiten. Mittlerweile machten sie nur noch Quatsch auf der Bühne und neckten sich gegenseitig, sobald sie die Möglichkeit dazu hatten. Zumindest zeigten das die Videos, die mir Nina ständig zeigte, wenn sie wieder von ihnen schwärmte.

Da öffnete sich die Tür ein zweites Mal und zwei Jungs mit braunen, verwuschelten Haaren tauchten auf. Es waren Luke Donovan, der Junge mit den vielen Sommersprossen im Gesicht, und James Harrison. Sie waren intensiv im Gespräch verwickelt und machten irgendwelche Faxen. Sie hatten sich schon vor der Castingshow gekannt und verstanden sich ausgezeichnet. Sie waren zusammen zur Castingshow gekommen und waren froh, zufälligerweise in derselben Truppe gelandet zu sein.

Sie grüßten freundlich in die Runde und während sie gemeinsam auf den letzten Kandidaten warteten, unterhielten sie sich.

Nach einer Weile kam auch Andrew Morris und es stellte sich endgültig heraus, dass sich diese Gruppe prächtig verstand und die Jungs waren sich schnell einig, für den Erfolg zusammenzuarbeiten.

„Du hast aber nicht vorgesungen", sagte Luke plötzlich zu Grace.

Doch bevor sie reagieren konnte, antwortete Harry: „Nein, sie kam mit mir. Sie hilft mir immer beim Proben."

„Na, dann jetzt nicht nur dir", grinste Luke und zwinkerte mir frech zu.

„Also singst du auch? Spielst du ein Instrument?", kamen die nächsten Fragen von James.

„Ich spiele Gitarre, lerne seit neustem Klavier, und singe ab und zu mit einer kleinen Band zu Hause. Also ja, man kann sagen, dass ich nicht unmusikalisch bin", antwortete die kleine Grace lachend.

„Und ich muss hinzufügen, dass sie wirklich toll singt", ergänzte Harry, woraufhin sie beschämt lächeln musste und nervös mit ihren Händen spielte.

„Wieso hast du dich hier nicht auch angemeldet?", fragte Nathaniel.

Harry legte einen Arm um mein jüngeres Ich und antwortete: „Weil unsere kleine Grace keine Castingshows mag und die Musik für sich behalten möchte."

Bei den letzten paar Worten äffte er sie nach und bekam einen Boxschlag zu spüren, wodurch er aufstöhnen musste.

„Ja, möchte ich auch. Also akzeptiere es."

„Ich hab ja nichts dagegen. Also brich mir nicht die Rippen", meinte Harry und fasste sich gespielt an die Brust.

Ein Lachen war von allen zu hören und auch er konnte sich ein Grinsen nicht verkneifen.

„Du Armer", meinte die kleine Grace und fuhr durch seine Locken, während sie ihn gespielt bemitleidete.

„Ja", murmelte er und wieder musste jeder grinsen.

„Ihr kennt euch schon echt lange, oder?", fragte Andrew.

Die zwei Freunde nickten gleichzeitig und Harry drückte sie an sich drückte, „Schon zu lange."

„Doch jetzt mal etwas anderes", fing Grace an und musterte jeden Einzelnen. „Wir verbringen dieses Wochenende sicherlich zusammen, damit ihr euch für den nächsten Auftritt gut vorbereiten könnt, oder?"

„Ähm ... ja", murmelten die Jungs verwirrt und sie sprach weiter: „Also seid ihr eine richtige Band und braucht somit einen Namen."

Die Jungs sahen sich irritiert an und sofort begann die Diskussion um den Bandnamen, was eine sehr lange Zeit beanspruchte. Es wurde eine riesige Liste angefertigt und ständig wurde abgestimmt.

Die Jungs waren sich ab einem gewissen Punkt einig, dass auf jeden Fall eine Fünf in ihrem Namen vorkommen soll, da sie fünf Mitglieder waren. Doch sie waren auch der Meinung, dass five, also fünf, nicht reichen würde. Dadurch kamen sie in diesem Moment nicht zu ihrem gewünschten Ziel. Der zweite Teil Solution, die wortwörtliche Lösung, kam eher zufälligerweise.

Es war abends in einer Holzhütte und man hatte die Zeit damit verbracht, sich besser kennenzulernen und zu singen. Dabei versprachen sich die Jungs, immer gemeinsam eine Lösung zu finden, und James hatte dadurch die Idee für den Bandnamen Solution 5.

Die nächsten Erinnerungen wurden abgespielt und dieses Mal wieder in Höchstgeschwindigkeit. Einmal hatten wir beschlossen, gemeinsam campen zu gehen, und beim anderen Mal liefen wir nachts durch London, da wegen des bevorstehenden Auftritts keiner schlafen konnte. Doch egal, was wir gemeinsam machten, meistens endete es in Chaos und Gelächter. Auch die Proben waren nicht sehr viel besser. Immer wieder wurde gelacht, weil irgendjemand wieder falsch gesungen hatte oder weil die junge Grace die falschen Töne auf dem Klavier getroffen hatte.

Bei diesem Rückblick auf die schöne Tage musste ich immer wieder mitlachen und mit der Zeit fühlte ich mich auch immer wohler. Die Übelkeit verschwand und nur noch Freude war in meinem Körper zu spüren. Doch anscheinend wollte das mein Gewissen nicht zulassen, denn im nächsten Moment stand ich wieder im Proberaum und sah die kleine Grace allein mit Harry am Klavier sitzen, wodurch meine Stimmung wieder ins Schwanken geriet.

„Bitte nicht", murmelte ich und musste schlucken.

Meine letzte Hoffnung war, dass es wieder ein erfreulicher Moment mit den Jungs sein würde, doch die junge Grace blieb mit Harry allein. Mir wurde bewusst, dass diese Erinnerung keinen guten Ausgang haben und mein ganzes Leben verändern würde.

Es war die letzte Probe vor dem Finale und die letzte Erinnerung, in der Harry und ich zusammen lachten und Spaß hatten.

Mein jüngeres Ich saß am Klavier und wartete gemeinsam mit Harry auf die anderen Bandmitglieder, um ein letztes Mal den finalen Song zu proben. Doch an diesem Tag dauerte es ewig, bis sie kamen und Harry saß unruhig auf dem Sofa, da er Angst hatte, am Abend zu versagen.

„Grace …", fing Harry an und das kleine Mädchen sah zu ihm.

Auf der Couch saß ein unruhiger, eingeschüchterter Junge. Ein Zustand, den man bei Harry White eher selten zu sehen bekam. Der sonst heitere, immer fröhliche Junge wurde auf einen Schlag ganz klein und aufgelöst. Aber das konnte man verstehen. Immerhin stand das große Finale vor der Tür.

„Was ist?"

„Könntest du singen?", fragte er und sah sie mit unsicheren Augen an.

„Wieso?", fragte sie verwundert und er antwortete: „Wenn ich deine Stimme höre, kann ich mich besser beruhigen."

„Okay, was soll ich spielen?"

„Vielleicht 'Just a little bit of your heart' von Ariana Grande?"

Mein jüngeres Ich musste schmunzeln und antwortete: „Wieso frage ich überhaupt? Also gut, gib mir die Gitarre."

Sie ging zu ihm zur Couch. Harry griff nach der Gitarre und gab sie Grace, nachdem sie sich neben ihn platziert hatte. Dann begann sie die ersten Töne des Liedes zu spielen und bald darauf ertönte auch ihre Stimme, die damals noch ganz ungeschliffen klingt. Sie hörte sich sanfter und schwächer an, was ihr einen gewissen Charme verlieh.

Harry sah seiner besten Freundin gespannt zu und als sie beim Singen die Augen schloss, strich er die Haare aus dem Gesicht und hinter ihr Ohr, wodurch sie sanft lächeln musste. Aber ihre Augen blieben weiterhin geschlossen.

Deswegen konnte ich im Gegensatz zu damals sehen, wie sich Harry ihr näherte, kurz zögerte, dann aber ihr Gesicht fasste und sie zaghaft küsste.

Mit einem Stich im Herzen sah ich, wie Grace ruckartig die Augen aufriss und ihn mit ungläubigen Augen anstarrte. Erst als sie realisierte, dass seine Lippen wirklich auf ihren lagen, drückte sie sich mit ganzer Kraft von ihm weg. Harry ließ sie los und sagte nichts, sondern sah zu Grace, die angespannt da saß und ihn einfach nur anstarrte. Auf einen Schlag war sein ganzer Mut, das Mädchen vor ihm zu küssen, verschwunden und wurde durch Unsicherheit und Schuldempfinden ersetzt. Diese Reaktion hatte er sich offensichtlich nicht erhofft.

„Was … was …?", fing das schockierte Mädchen an, jedoch fand sie keine Worte und versuchte, sich immer mehr von ihm zu entfernen, indem sie sich an den Rand des Sofas drückte.

Harry sah sie beschämt an und es tat ihm weh, weil sie zurückwich, das konnte ich eindeutig an den angespannten Schultern erkennen. Sicherlich fragte er sich in diesem Moment, was er bloß getan hatte. Doch es war zu spät und Harry antwortete: „Ich hätte es dir schon früher sagen sollen. Doch ich wusste nicht, wie."

Grace legte die Gitarre zur Seite und stand mit zitternden Händen auf, während sie Harry nicht einmal anschauen konnte. „Bitte nicht."

Dann wandte sie sich zu Harry und hatte immer noch Schwierigkeiten, in seine Augen zu sehen. „Wir hatten geschworen, dass wir nur

Freunde bleiben", sagte sie zu ihm und ihre Stimme fing leicht an zu zittern, „Wir hatten geschworen, dass die Liebe niemals dazwischen kommen würde. Dass unsere Freundschaft viel mehr wert ist."

„Ich weiß, Grace. Doch ich kann es nicht ändern. Ich habe mich in dich verliebt. Meine Gefühle für dich haben sich geändert", murmelte Harry mit ruhiger Stimme und versuchte, ihr in die Augen zu schauen.

Er wollte sie beruhigen. Er wollte ganz entspannt mit ihr reden und so wie immer das Problem, das Hindernis, wie sie es immer bezeichneten, überwinden. Doch Grace wandte ihren Blick immer wieder von ihm ab und wirkte auf einmal so abweisend auf ihn. Unsicher stand sie da, wie ein eingeschüchtertes Kleinkind, und ich weiß noch genau, wie ich mich gefühlt hatte.

Ich hatte damals nicht gewusst, wie ich reagieren sollte. Ich wusste, dass ich keine Gefühle für ihn hatte und die wertvolle Freundschaft war in dem Moment das Einzige, was ich retten wollte. Ich hatte niemals gewollt, dass sich Harry in mich verliebt und sich solche Gefühle zwischen uns stellten.

Die kleine Grace hatte wackelige Beine und konnte kaum stehen, weil tausend Fragen sie im Kopf plagten, was Harry wiederum spürte. Zumindest war es das, was ich in diesem Moment interpretieren konnte.

Er stand langsam auf und ging unsicher auf sie zu, als würde er sich fragen, ob er wieder einen Fehler machte oder nicht. Er legte sachte seine Hände auf ihre Schultern. Besser gesagt, er versuchte es verzweifelt, denn zu seinem Entsetzen wich seine beste Freundin, zurück.

„Wie lange schon?", fragte sie und eine einzelne Träne rollte ihre Wange hinunter, während sie versuchte, zu ihm aufzusehen.

„Ich weiß es nicht. Ich glaube, dass ich sehr lange gegen dieses Gefühl gekämpft habe. Doch seit einem Jahr habe ich diesen Kampf auf jeden Fall verloren. Ich hab zu starke Gefühle für dich. Und du bist für mich nicht nur meine beste Freundin geworden. Du wurdest für mich so viel mehr", erklärte er und ließ auf einmal seufzend die Schultern hängen. „Du fühlst nicht das Gleiche, oder?"

Man konnte sehen, wie das Mädchen immer schwächer wurde, und sie sagte mit schmerzerfüllter Stimme: „Nein, ich habe immer nur unsere Freundschaft gesehen, Harry. Und ich hatte so sehr gehofft, dass du das genauso siehst. Denn genau vor dieser Situation hatte ich immer Angst."

Harry sah zu Boden und man konnte erkennen, dass beide Herzen gebrochen waren und während ich die zwei Teenager genau musterte, spürte ich einzelne Tränen an meiner Wange hinunterfließen.

„Vielleicht hast du auch Gefühle für mich, nur du merkst es noch nicht. Ich habe auch etwas länger gebraucht, bis ich es erkannt habe, weil ich mich genauso wie du an unsere Freundschaft geklammert habe. Bitte Grace, sag mir zumindest, dass da irgendwas ist. Sag mir, dass du zumindest ansatzweise das empfindest, was ich für dich empfinde", flehte Harry verzweifelt und ging nochmal einen Schritt auf sie zu.

Er wollte sie in den Arm nehmen, sie beruhigen und für seine Freundin da sein, doch sie wich zurück und er wusste, dass er sie verloren hatte, und das realisierte ich erst so viel Jahre später.

„Nein, Harry. Ich habe keine Gefühle für dich. Und bitte bleib weg von mir. Fass mich bitte nicht an", sagte sie mit wütender Stimme. In diesem Moment wollte sie nur noch wegrennen. Sie wollte vor ihrem ältesten Freund wegrennen. Vor dem Menschen, mit dem sie schon so viel erlebt hatte. Dieser Gedanke verletzte sie und machte sie zugleich zornig.

Harry ließ seine Arme fallen und murmelte ein trauriges „Okay."

Da tauchten die anderen Jungs auf, die sofort spürten, dass etwas nicht stimmte. Sie sahen die Freunde an, die sich mit zwei unterschiedlichen Gesichtsausdrücken ansahen.

Grace voller Wut auf sich selbst, weil er sich in sie verliebt hatte, obwohl sie das um jeden Preis vermeiden wollte.

Und Harry voller Schmerz, weil er wusste, dass er zum ersten Mal abgewiesen wurde und für seine Freundin nicht da sein konnte.

„Was ist hier los?", fragte Nathaniel besorgt, als würde er schon Schlimmes ahnen.

Doch die Freunde ignorierten seine Frage und sahen sich weiterhin mit verletzten Blicken an. Man konnte die Anspannung sehr gut spüren und es würde nicht lange dauern, bis ein Sturm im Raum toben würde.

Mein jüngeres Ich sagte: „Probt allein. Ich muss hier raus."

„Kleines Ding", murmelte Harry leise ihren Spitznamen, „Lass es uns klären. Bitte, wir werden eine Lösung finden."

„Bitte, nenn mich nicht so. Und nein, Harry. Da kann man nichts klären. Es gibt keine Lösung für diese Art von Problem, außer dass man

getrennte Weg geht. Eine Freundschaft kann so nicht funktionieren", antwortete das Mädchen und ihre Stimme brach beim letzten Satz ab.

„Tu mir das nicht an", sagte Harry und man erkannte, dass auch er so langsam wütend wurde. „Wirf nicht alles hin wegen dieser einen Sache. Nicht nachdem, was wir schon alles erlebt haben!"

Sie schüttelte den Kopf. „Diesmal weiß ich aber nicht, wie ich damit umgehen soll. Es tut mir leid. Das kann man nicht klären."

„Doch kann man, kleine Grace", murmelte ich und verspürte wieder das Verlangen, einzugreifen. Zu sagen, dass man das klären konnte und dass diese Freundschaft es wert wäre. Dass sie kämpfen sollte.

Ich sah, wie die junge Grace aus dem Zimmer hinausging und die anderen einfach zurückließ. Sie ließ Harry mit gebrochenem Herz da stehen und tauchte an diesem Tag auch nicht mehr auf.

Noch an diesem Tag rief sie ihre Eltern an, damit sie abgeholt werden konnte. Somit hatte ich damals seinen letzten Auftritt nicht mitbekommen und ließ ihn mit seinen vielen Sorgen stehen. Ich bekam nicht mit, wie er mit der Band den zweiten Platz belegte, weil die Auseinandersetzung ihn so sehr aus der Bahn warf.

Selbst die Jungs konnten ihn nicht beruhigen und in seinem Leid unterstützen. Keiner von ihnen wusste, worum es sich in dem Streit wirklich handelte. Nur Nathaniel konnte es erahnen, da er uns bei den Proben immer genau gemustert hatte, als hätte er immer eine Vorahnung gehabt. Denn beim Abschied sagte er nämlich noch, dass alles gut werden würde.

Oh, wie falsch er damit nur lag, dachte ich. Ich bekam nicht mehr mit, wie die Jungs trotz ihres zweiten Platzes ihren Vertrag bekamen. Ich war auch nicht bei ihrer Feier dabei, um ihren Erfolg zu feiern, obwohl sie mich eingeladen hatten. Ich ließ die ganze Band und besonders Harry, meinen besten Freund, allein, weil ich dachte, es wäre das Beste.

„Wie konnte ich nur so idiotisch sein? Wieso ließ ich uns so schnell fallen?", fragte ich leise vor mich hin und wusste, dass ich immer noch keine Antwort darauf gefunden hatte.

Da änderte sich wieder einmal die Umgebung und ich saß neben einer Haustür, welche mir bekannt vorkam, auf dem Boden. Es war wieder neben dem rot-weißen Haus, meinem Zuhause. Harry wollte versuchen, die kleine Grace aus dem Loch zu locken, zumindest an diesem Tag.

„Grace!", rief er erwartungsvoll hoch zum Fenster und wartete mit einem zarten Lächeln auf eine Antwort.

Es kam keine Antwort. Es blieb still und kein Fenster wurde geöffnet, nicht ein Einziges. Doch Harry gab nicht auf, da er noch nie derjenige war, der schnell aufgab, und rief noch einmal meinen Namen. Doch leider blieb er ein weiteres Mal erfolglos. Obwohl seine Hoffnung immer mehr schwand, versuchte er es ein drittes Mal. Sein Lächeln war von seinem Gesicht verschwunden und wurde durch einen traurigen Gesichtsausdruck ersetzt. Harry gab nach weiteren misslungenen Versuchen auf und lief zur Haustür. In seiner Hand hielt er ein kleines, verpacktes Päckchen.

„Hätte ich nur nichts gesagt ...", murmelte er vor sich hin, legte das Päckchen vor die Tür und klingelte sachte.

Dann drehte er sich wieder zurück zum Auto und stieg enttäuscht ein. Hätte er nur gewusst, dass die kleine Grace nur wenige Meter entfernt an der Holztreppe stand und ihn durch die verschnörkelte Glasscheibe der Haustür beobachtete.

„Nein, Harry. Du trägst keine Schuld. Ich hätte damals anders reagieren sollen", sagte ich und war in diesem Moment wütend auf das kleine Mädchen, welches nicht auf seine Rufe reagierte. Es regte mich auf, dass ich dieses kleine Mädchen war. Ich war diejenige, die nicht rausgegangen war und mit ihm gesprochen hatte, und ich zahlte den Preis damit, dass ich seit diesem Tag nie wieder mit ihm geredet, geschweige, ihn gesehen hatte.

Ich sah auf das Schächtelchen, welches in rotes Papier eingewickelt war. Meine Lieblingsfarbe, die durch Harry eine spezielle Geschichte hatte, da sie nicht immer mein Favorit gewesen war. Doch durch ihn hatte ich diese Farbe lieben gelernt. In der Vergangenheit schenkte er mir nämlich immer alle Sachen in Rot, obwohl ich die Farbe Grün bevorzugte. Rot war nämlich ursprünglich seine Farbe. Doch irgendwann hatte sich alles gewandelt und die Farben wurden getauscht.

Harry hatte Grün und ich hatte Rot.

Auf dem Päckchen lag ein kleiner Briefumschlag, auf dem mit Harrys Schrift der Namen Grace Marilyn O'Reilly zu lesen war. Ich seufzte und sah durch die Glasscheibe, durch die ich nur die Umrisse meines kleinen Ichs erkennen konnte. „Es tut mir so leid, Harry. Ich war zu *unerfahren und hab dich einfach fallen gelassen. Dabei hättest du mich genauso gebraucht wie ich dich"*, murmelte ich und verspürte wieder eine große Wut auf mich selbst.

Es ist interessant, woraus sich Freundschaften entwickeln und wodurch sie sich auch wieder trennen können. Die Jungs hatten anfangs nur ihre eigenen Ziele vor Augen gehabt, doch dann wurden sie ohne Mitspracherecht in eine Gruppe zusammengesteckt. Durch die gemeinsam verbrachte Zeit näherten sie sich an und wurden zu guten Freunden. Sie hatten die Fehler und Stärken des Anderen gesehen und gewannen dadurch einen starken Zusammenhalt, der sie am Ende so erfolgreich machte. Doch gleichzeitig zerbrach unsere Freundschaft.

Es war wie ein Kreislauf. Es war, als hätte ich aus Harrys Leben verschwinden müssen, damit er neue Möglichkeiten und neue Freunde bekommen konnte. Er hatte seine Band, er hatte seine neuen Freunde und startete in einen neuen Lebensabschnitt. Aber da alles im Leben im Gleichgewicht war, musste er auch mit Verlusten umgehen. In diesem Fall war es seine beste Freundin.

4. TRACK

Langsam öffnete ich die Augen und der Raum wurde durch die Sonne in ein warmes, gemütliches Licht getaucht. Der große, alte Baum vor meinem Zimmer erzeugte die wunderschönen Lichtspiele auf dem Holzboden, denen ich ewig zuschauen könnte.

Ich hatte wohl die ganze Nacht nur von dieser einen Sache geträumt.

Da dachte ich an das Schächtelchen, welches ich in einer Schublade aufbewahrte. Ich wollte es wieder öffnen und die letzte Nachricht, seine letzten Worte an mich, lesen. Schnell setzte ich mich auf und erschrak, als ich bemerkte, dass das Kissen nass war. Anscheinend hatte ich im Schlaf geweint, was zeigte, wie sehr die ganze Sache mich noch mitnahm. Ich realisierte, dass diese Vergangenheit noch lange nicht abgeschlossen war. Doch musste ich wirklich mit ihm reden, um etwas zu ändern? Oder bräuchte ich nur mehr Zeit, um darüber hinwegzukommen?

Ich stand von meinem Bett auf und ging zum Schreibtisch, wo mein Blick direkt auf Nathaniels Brief fiel, der zwischen den zig Notenblättern lag.

Vielleicht ist das deine Chance, mit ihm zu reden, huschte Skylers Stimme durch meine Gedanken und ich spürte, wie sich mein Magen zusammenzog. Mein Verstand sagte nämlich, dass es nichts bringen würde. Wieso sollte Harry noch mit mir reden wollen?

Ich öffnete eine kleine Schublade am Schreibtisch und sofort fiel der Blick auf das braune Schächtelchen, neben dem auch der Brief lag. Ich nahm beides in die Hand und setzte mich mit zitterndem Leib auf den Stuhl. Behutsam öffnete ich die Schachtel, um den Inhalt zu betrachten. Mein Blick fiel auf einen kleinen, silbernen Ring mit drei blutroten Edelsteinen, von denen der in der Mitte eine kleine Herzform hatte. Auf der Innenseite waren die Namen Grace und Harry eingraviert sowie die Worte: *Forever in my heart*. Ich musste schmunzeln und betrachtete die Steine, die im Sonnenlicht in den schönsten Rottönen funkelten. Ich hatte ihn schon so lange aufbewahrt und konnte mich nicht von dem Ring lösen. Genauso wenig wie von der quälenden Vergangenheit. Es war, als würde ich niemals davon wegkommen, egal, wie sehr ich mich anstrengen würde. Es war schon eine rechte Plage.

Ich nahm den Ring aus der Schachtel heraus und steckte ihn langsam an. Obwohl meine Finger sehr lang und dünn waren, passte der Ring wie angegossen und zierte die linke Hand perfekt

Schließlich wandte ich mich zu dem Brief und begann, ihn langsam zu lesen:

Hey, kleines Ding,

ich weiß wirklich nicht, wie oft ich diesen Brief schon angefangen habe, wahrscheinlich schon zum hundertsten Mal. Doch ich finde einfach nicht die richtigen Worte, um an dich ran zu kommen. Das Einzige, was ich sagen kann, ist, dass ich dich verstehe. Ich verstehe, dass du nicht weißt, wie du reagieren sollst und Abstand brauchst. Auch wenn ich es bedauere, weil ich zu gerne in deiner Nähe wäre.
Nun wirst du aber deine Zeit und deine Ruhe bekommen, da ich nach London gehen werde. Wir haben nämlich als Solution 5 einen Vertrag bekommen. Cool, oder?
Das hätten wir sicherlich nicht ohne dich geschafft, deswegen: Danke.

Bevor ich aber erst einmal aus deinem Leben verschwinde, schenke ich dir diesen Ring zu einem Abschied, der hoffentlich nicht ewig anhalten wird. Ich bitte dich, diesen Ring zu tragen, wenn du mich und unsere Zeit vermisst.
Ich weiß nicht, was du genau fühlst, doch ich weiß, was ich für dich empfinde, und ich habe das Gefühl, als würde sich das niemals ändern. Wenn wir uns also in der Zukunft wiedersehen,

meine Gefühle für dich immer noch dieselben sind wie heute und du den Ring an deiner Hand trägst, dann frage ich dich, ob du nicht doch dasselbe fühlst wie ich.

Hab dich lieb, kleines Ding. ♥ *Das wird sich niemals ändern.*

Dein Harry White.

Einige Minuten starrte ich ohne irgendwelche Reaktionen auf seine letzten Worte, die er an mich gerichtet hatte, und das war vor drei Jahren gewesen. Immer wieder musste ich tief durchatmen, um nicht gleich weinen zu müssen. Doch es schien zu schwer zu sein, denn wieder einmal rollte eine einzelne Träne über meine Wange, als ich auf den Ring sah.

Wieso konnte ich nicht damit abschließen? Und warum wurde ich immer wieder von dieser Vergangenheit eingefangen?

Es war ganz einfach: Ich konnte ihn nicht vergessen.

Wenn ich auf die Bühne ging und mein Mikrofon in die Hand nahm, musste ich an ihn denken.

Wenn ich anfing zu singen, musste ich an ihn denken.

Und wenn ich die weiße Gitarre in die Hand nahm, die er mir zum zehnten Geburtstag schenkte, musste ich an ihn denken.

Er war wie ein Parasit, den ich nicht loswerden konnte, und egal, wie stark ich versuchte, mich gegen ihn zu wehren, kam er wie ein Boomerang zurück. Ich würde deswegen noch komplett durchdrehen.

Das Thema steckte tief in meinem Herzen fest und schien auch nicht so schnell zu verschwinden, was ich aber erst jetzt durch den jetzigen Traum erkannte.

„Ich vermisse dich. Immer noch", murmelte ich vor mich hin und sah gedankenverloren auf die zwei Konzertkarten.

Ich wusste, dass ich keine Wahl hatte. Ich musste es tun. Ich musste hingehen. Wie Skyler es mir gesagt hatte. Mir blieb einfach keine andere Wahl. Nicht wenn ich etwas verändern wollte. Und das war mein Wunsch: Endlich die Vergangenheit vergessen können. Endlich meinen Weg ohne Rückschläge gehen können.

Ich musste also Harry White aus den Gedanken loswerden und das würde nur mit Reden funktionieren. Mir war klar, dass das Verhältnis nicht mehr so sein würde wie früher, doch ich hatte die Hoffnung, mein schlechtes Gewissen zu beruhigen und seine Wut, sein unendlicher Zorn, zu lindern.

Zu dem dachte ich an die anderen Jungs, die für diesen Streit nichts konnten. Sie wollten mich sehen, doch ich war wegen dem Lockenschopf nicht gekommen. Vielleicht war dieses Verhalten nicht unbedingt fair. Schließlich teilte ich eine Geschichte mit diesen Jungs und da es ihre erste Welttournee war, sollte ich zumindest dieses eine Konzert besuchen, um zu zeigen, dass sie mir nicht vollkommen egal waren.

Diese Gedanken ließen meinen Kopf aufbrodeln und auch eine gewisse Besorgnis machte sich in mir bemerkbar. Ich hatte Angst vor dem, was kommen könnte, wenn ich es wagen würde.

Um mich wieder beruhigen zu können, sah ich zu den Lichtspielen und atmete tief ein und aus.

„Du kannst das", murmelte ich und versuchte meinen Entschluss zu verinnerlichen. „Ja, du kannst das."

Kaum sprach ich diese Worte aus, da vernahm ich den Geruch von Pfannkuchen und meine beängstigenden Gedanken verschwanden.

Der Hauch von Zimt schien aus der Küche zu kommen und verteilte sich nun im ganzen Haus, wodurch die WG langsam aufgeweckt wurde. Sicherlich bereitete Nina wieder das Frühstück vor. Wie jeden Sonntagmorgen ging sie früh joggen und das bedeutete, dass sie ein ausgefallenes Frühstück für die WG vorbereitete.

Schnell zog ich mich um, da ich die Chance sah, in Ruhe mit Nina über das Konzert zu reden. Dann könnte ich nämlich tatsächlich nicht mehr ausweichen und müsste hingehen. Nina würde dafür sorgen.

Nachdem ich die gestrigen Klamotten durch bequeme ersetzt hatte und die Karten in die Hosentasche meiner Jogginghose verstaute, lief ich aus dem Zimmer und die Treppen hinunter, direkt Richtung Küche.

Durch den ganzen Raum schallte der Song „Memories" von den Jungs, der auf dem zweiten Album „Lifetime" war, und ich konnte schon von der Treppe aus sehen, dass Nina wild durch die Küche tanzte und laut mitsang. Natürlich nutzte sie die Einsamkeit am Morgen, um ihre Lieblingsband zu hören.

Als der Refrain kam, machte ich mich bemerkbar, indem ich mitsang. Natürlich erschrak Nina und drehte sich um. Dabei machte sie ein ziemlich entsetztes Gesicht, das mich zum Lachen brachte.

„Oh mein Gott! Willst du, dass ich sterbe?", fragte sie und versuchte, nach Luft zu schnappen.

„Nicht, bevor die Pfannkuchen fertig werden", antwortete ich unschuldig, während ich weiterhin lachen musste.

„Na, dann, lass es. Denn ich bin noch lange nicht fertig!", meinte sie und musste mitlachen.

„Warum wohl?", neckte ich sie, während das nächste Lied von den Jungs im Hintergrund lief.

„Was? Die Zeit am Morgen kann ich immer nutzen, um laut Solution 5 zu hören. Ohne dass irgendjemand einen Kommentar abgibt", erklärte sie.

„Ich weiß. Und solange du Essen machst, ist es auch okay. Außerdem mag ich die Songs ja auch."

„Oh mein Gott! Wirklich?", fragte sie aufgeregt und verbesserte sofort in ruhiger Tonlage: „Natürlich magst du ihre Musik. Du hast mit ihnen zusammengearbeitet."

„Stopp. Ich war bei dem Contest dabei und hab ihnen geholfen. Aber ich hab sie nicht bei der Karriere begleitet und nicht mit ihnen zusammengearbeitet", erklärte ich sofort.

„Ach, egal. Ist doch fast dasselbe", kommentierte sie, „Aber jetzt komm. Wenn du schon mal wach bist, kannst du mir auch helfen", forderte Nina sie mit einem Grinsen auf und nahm einen Stapel Teller aus dem Schrank, „Du kannst den Tisch schon mal decken."

„Klar. Mach ich doch gern", sagte ich und fing an, den großen Holztisch zu decken.

Nina backte weiterhin Pfannkuchen in der Küche und sang voller Freude mit, wobei sie nur die Stellen von Luke, ihrem Lieblingssänger, mitsang.

Irgendwie steckte ihre gute Laune an und auch ich musste mitsingen. Die Songs der Jungs brachten gute Laune, was ich nicht leugnen konnte, und es wurde klar, warum sie so viele Fans hatten. Nicht nur durch ihr gutes Aussehen gewannen sie die Herzen der Hörer, sondern auch durch ihren einzigartigen Klang.

„Soll ich ihnen auf Instagram gratulieren?", rief Nina plötzlich aus heiterem Himmel, ohne zu wissen, ob ich sie nun gehört hatte oder nicht.

„Was meinst du?", antwortete ich mit der Gegenfrage.

„Solution 5. Sie haben ihre erste große Tour um die komplette Welt und sie bringen am Samstag ihr neues Album ‚Game on' raus. Also kam ich auf die Idee, auf unserem Account ein Live-Video zu machen, in dem ich ihnen gratuliere und vielleicht auch Werbung mache. Immerhin sind wir auch ein wenig berühmt und dadurch könnten wir ihnen vielleicht neue Zuhörer bringen", erklärte Nina und sah mich fragend an, als ich wieder in die Küche lief.

„Wir? Und nur ein wenig berühmt?", kicherte ich und sie rollte mit den Augen. „Du weißt, wie ich das meine. Also, was denkst du?"

„Ich denke, sie werden sich freuen. Also, warum tust du es nicht?", antwortete ich, während ich die selbstgemachte Marmelade aus dem Kühlschrank nahm und sie auf den Tisch stellte.

„Ich weiß ehrlich gesagt nicht, was mich aufhält. Vielleicht wollte ich es nicht unbedingt allein tun", gestand Nina und sofort wurde mir klar, worauf sie hinauswollte. Denn auch sie wollte mich endlich aus meinem Schneckenhaus bringen, wenn es um das Thema Solution 5 ging. Außerdem fand sie den Gedanken toll, dass sie die berühmte Solution-5-Mama wieder zurück ins Leben rufen würde, da viele Fans auf ein Lebenszeichen von mir warteten.

Ich griff nachdenklich in die Hosentasche und ertastete in der einen die Konzertkarten und in der anderen mein Handy. Sollte ich es wirklich tun? Ich blieb unsicher und kaute auf den Lippen herum. Ich wollte Nina beim Video unterstützen.

Doch welchen Hype würde ich dann im Internet starten?, dachte ich. Immerhin kannten die Fans beider Bands die Geschichte zwischen uns. Ich war eben die Solution-5-Mama und auch die ehemalige Freundschaft zu Harry White war eben vorhanden gewesen.

Nein, es war eigentlich noch schlimmer. Seit dem Contest existierte der Ship #Hace, den viele Fans ununterbrochen auf den Social Media Seiten teilten und unterstützten. Sie wollten uns unbedingt zusammen sehen und manche Fans würden sogar alles dafür tun. Deswegen wusste ich nicht, ob ich genau das alles aufwühlen sollte. Wie würde Harry darauf reagieren, wenn ich nach drei Jahren Schweigen aus dem Nichts auftauchte?

Wenn ich am Konzert auftauchen würde, würde schon ein riesiges Drama unter den Fans herrschen. In positiver und negativer Hinsicht. Das war mir bewusst.

Aber vielleicht machte ich mir auch wieder zu viele Gedanken und suchte verzweifelt nach Ausreden, die ich ursprünglich vermeiden wollte. Somit lief ich zu Nina und sagte: „Okay. Wir gratulieren ihnen. Gemeinsam. Vielleicht sollte ich als Solution-5-Mama mal aktiv werden."

Nina drehte sich vom Herd um und sah mich mit freudestrahlenden, aber auch siegessicheren Augen an: „Wirklich?"

„Ja, lass uns den Fans eine kleine Freude machen", grinste ich frech.

„Solution-5-Mama endlich wieder in Aktion", murmelte Nina voller Freude.

Sofort mussten wir lachen und ich griff wieder in die Hosentasche, in der die Konzertkarten waren. Ich nahm eine Karte, zog sie heraus und meinte: „Doch vorher wollte ich dir noch etwas geben. Vielleicht wirst du dich freuen."

Nina quietschte auf, als sie die Konzertkarte sah, und ich musste über ihre Reaktion, über die Leidenschaft für diese Band, grinsen.

„Das ist nicht dein Ernst, oder?", fragte sie und drehte die Karte fünfmal, um sicher zu sein, dass sie echt war. Doch die große Schrift, Solution 5, bestätigte nur ihre Begeisterung noch mehr.

„Doch, ist es. Du wirst auf ihr Konzert gehen und du bist wie immer ganz vorne dabei. Nathaniel hat natürlich die besten Karten ausgesucht. Es wird in der O²-Arena stattfinden wie gewöhnlich", erklärte ich und plötzlich strahlte Ninas Gesicht noch mehr: „Du hast Karten gesagt."

„Ja, er hat dieses Mal zwei geschickt", meinte ich, als ich mich am Nacken kratzte, und nahm zögerlich die zweite Konzertkarte heraus, da ich wusste, dass ich nun nicht mehr entkommen konnte.

„Oh mein Gott!", quietschte Nina ganz laut, „Du kommst mit?!"

„Ich hab lange darüber nachdenken müssen und bin immer noch nicht begeistert. Aber ja. Ich denke, dass ich mitkomme", antwortete ich leise und starrte auf die Karte, auf der groß „Solution – Let's Play The Game" stand, der Name ihrer großen Tour.

„Die große Wiedervereinigung von Solution 5 und Grace O'Reilly! Ich habe es immer gewusst und so lange darauf gewartet!", quietschte Nina wieder auf und sicherlich ging ein Wunsch in Erfüllung.

Ich musste sachte auflachen. „Das werden wir aber im Live-Video nicht rausposaunen. Wir werden ihnen nur gratulieren."

„Warum? So viele Fans würden sich darüber freuen", meinte Nina und war ein wenig enttäuscht, da sie zu gern die Reunion verkündet hätte.

„Ich weiß. Sagen wir, dass es eine Überraschung für die Jungs bleiben soll", zwinkerte ich ihr zu und versuchte dabei, meinen Herzschlag zu kontrollieren. Natürlich war mir bewusst, dass das Auftauchen am Konzert viel Gesprächsstoff bringen würde, doch ich wollte es nicht jetzt schon in Gang setzen.

„Na gut. Aber jetzt starte endlich das Video!", kicherte Nina und machte sich ihre Haare zurecht, „Du solltest auch deine Haare kämmen."

„Als hätten meine Fans mich so noch nicht gesehen. Darf ich dich an unsere erste Tour erinnern, als du und Allison auf die bescheuerte Idee gekommen seid, uns morgens zu filmen, während wir schliefen?", fragte ich und wir mussten herzlich über diese Erinnerung lachen.

Es geschah nach unserem ersten, großen Konzertauftritt, als Skyler und ich sehr erschöpft waren und am nächsten Tag so viel wie möglich schlafen wollten. Natürlich hatten die anderen Bandmitglieder diese Situation in vollen Zügen auskosten müssen.

„Stimmt auch wieder", kicherte Nina, „Die guten alten Zeiten."

„Jetzt komm, mach dein Video und ich kümmere mich um die restlichen Pfannkuchen", sagte ich, nahm die Konzertkarten, heftete sie an den Kühlschrank und löste Nina am Herd ab.

„Gut!", antwortete sie, nahm mein Handy und startete das Video, woraufhin wieder viele unserer Follower online gingen. Auch die ersten Kommentare wie „Guten Morgen!" oder „Geht es euch gut?" machten die Runde.

„Hallo ihr lieben Divisioner! Wir sind gerade dabei, unseren lieben Mitbewohnern Frühstück zu machen, und wie ihr seht, hat Grace mich gerade vom Backen abgelöst. Sag hallo, Grace!", forderte Nina mich auf und filmte mein kurzes Winken.

„Und ja, meine lieben Divisioner, uns geht es sehr gut. Oder?", fragte Nina und ich musste lachend den Kopf schütteln, da ich ihre Nervosität spüren konnte. „Ja, uns geht es super. Doch du wolltest aus einem anderen Grund ein Video machen."

„Das stimmt. Denn die ganze Zeit schwirrte mir eine Idee im Kopf herum und jetzt, da ich meine beste Freundin an meiner Seite habe, werde ich es auch tun", sprach sie weiter und ich fügte hinzu: „Nachdem ich sie dazu aufgefordert habe."

„Wie ihr wisst, liebe ich die Songs von Solution 5 und bin ein richtiger Fan von ihrer Musik", sprach sie weiter und rollte mit den Augen, als ich sarkastisch sagte: „Du magst Solution 5? Oh mein Gott!"

„Klappe! Du bist keine Hilfe!", fauchte Nina und wandte sich wieder der Kamera zu. „Also auf jeden Fall kamen Solution-5-Mama und ich auf die Idee alles, alles Gute zu ihrer Welttournee zu wünschen. Nicht wahr, Solution-5-Mama?"

Natürlich wollte sie mich mit dem Spitznamen extra provozieren und betonte ihn deswegen auf eine besondere Art und Weise. Besonders weil viele Fans, die auf eine Reunion warteten, sofort auf diesen Spitznamen reagierten und wilde Kommentare schrieben.

Ich reagierte gelassen darauf und trat lächelnd hinter Nina. „Wie ihr wisst, habe ich eigentlich sehr lange nichts mehr mit diesen Jungs zu tun gehabt. Doch gestern hat Nina mich dazu gezwungen, mir das Interview von ihnen anzuschauen. Jetzt, wo die Jungs uns zur Tour gratuliert haben, muss ich doch endlich reagieren und sagen: Jungs, ich bin mehr als nur stolz auf euch. Auf jeden Einzelnen. Ich freue mich auf Game on."

„Oh mein Gott! Wie lange wollte ich das schon mit dir machen? Ich glaube, jeder Fan hat darauf gewartet, dass du endlich wieder über Solution 5 redest", schniefte Nina und gab mir einen Kuss auf die Wange.

„Ja, ja. Schon gut." Ich schüttelte den Kopf und sah nochmal auf den Bildschirm, auf dem viele Herzchen zu sehen waren, die zeigten, wie die Fans sich über die Worte freuten.

Danach gratulierte Nina den Jungs noch ein wenig und sprach darüber, wie gut ihre vorherigen Alben waren. Dafür ging sie ins Wohnzimmer und überließ die restliche Arbeit mir. Doch darüber war ich dankbar. Endlich konnte ich wieder richtig aufatmen. Dabei dachte ich immer wieder, dass es für ein größeres Wohl wäre und ich mir keine Sorgen machen müsste. Dennoch war es meinem Herz egal und es sprang vor Aufregung beinahe aus der Brust.

Da vernahm ich Schritte im Haus, was bedeutete, dass die anderen endlich aus ihren Betten krabbeln konnten. Laut gähnend und mit verstrubbelten Haaren liefen Claire und Allison, gefolgt von Lorence, in die Küche, dort wo ich sie mit einem breiten Lächeln begrüßte.

„Was gibt es zu essen?", fragte Claire schläfrig und versuchte ein weiteres Gähnen zu unterdrücken, während ich mit einem „Pfannkuchen" antwortete.

„Oh, wie cool", sagte Allison und streckte sich freudig.

„Ich muss diese grauenhafte Musik ausmachen", waren Lorences einzige Worte, die er rausbringen konnte, und er wollte ins Wohnzimmer gehen, um sie abzuschalten.

„Du kannst jetzt die Musik ausmachen gehen und auf dem Live-Video von Nina drauf sein, während sie Solution 5 zur

Tournee gratuliert. Oder du hältst es jetzt noch paar Minuten aus und man sieht dich nicht im Schlafanzug", kicherte ich frech, woraufhin Lorence mir einen vernichtenden Blick schenkte. Doch ich zuckte nur mit den Schultern und musste grinsen, als ich auf seine abstehenden, braunen Haare, sein verschlafenes Gesicht und seinen relativ bunten Schlafanzug verwies.

„Dann, wenn sie fertig ist"; grummelte Lorence und setzte sich auf einen Hocker, der an der Kücheninsel stand.

„Hast du gratuliert?", fragte Allison mich und Claire ging an den Kühlschrank, weil sie die Konzertkarten von Solution 5 entdeckt hatte. „Es sind zwei Stück?"

„Ja und ja", antwortete ich kleinlaut, während ich mich gegen die Küchentheke lehnte und die Aufmerksamkeit von allen abbekam.

„Gehst du auch auf ihr Konzert?", sprach plötzlich eine helle Stimme und alle sahen zu Skyler, die in die Küche hineintrat.

„Wow. Ihr fragt zu viel", war meine Antwort und ich verschnaufte kurz, bevor ich hinzufügte: „Aber ja. Ich denke, dass ich hingehen werde."

„Wow. Nach drei Jahren entscheidest du dich endlich zum Reden. Gratulation. Wir machen Fortschritte", meinte Lorence und klatschte stolz in seine Hände.

Dieses Mal sah ich ihn vernichtend an, auch wenn ich ihn verstand.

Lorence war derjenige, der mir in den letzten drei Jahren geraten hat, mit den Jungs in Kontakt zu treten. Er war schon immer der Meinung gewesen, dass ich vor der Vergangenheit nicht fliehen konnte. Doch ich war eben ein Sturkopf und es war, als würde Lorence gegen eine Wand reden. Er hatte nur hoffen können, dass ich endlich aus Eigeninitiative etwas unternehmen würde.

Da kam Nina wieder in die Küche und sagte voller Stolz: „Das war der absolute Hammer! Solution 5 war sogar online und hat sich bedankt. Schade, dass ich nicht weiß, wer von den Jungs es war."

Doch bevor jemand etwas sagen konnte, sprach Lorence: „Und jetzt mach ich diese fürchterliche Musik aus. Ist ja schon schlimm genug, wenn heute Mittag wieder euer Songwriting stattfindet. Als ihr weg wart, war es wirklich entspannter. Wann müsst ihr nochmal gehen?"

Nina rollte mit ihren Augen und äffte Lorence nach, der aus der Küche verschwand, um die Musikboxen auszuschalten.

„Morgen!", sagte plötzlich der Siebte aus der WG, der auch endlich in der Küche auftauchte und ein Gähnen verstecken wollte. Neben ihm stand Aramis und schien von allen am meisten wach zu sein.

„Morgen, Morice", antworteten wir gleichzeitig und Nina meinte: „Na super! Alle sind da! Auf zum Frühstück. Ich habe nämlich Hunger."

„Ich auch", bestätigte Skyler und Aramis bellte einmal auf.

„Vielleicht sollte er zuerst etwas zu essen bekommen. Sonst haben wir eher ein ungemütliches Frühstück", grinste Allison und hob den Fressnapf vom Boden auf, um dem Hund das ersehnte Futter zu geben.

„Guten Appetit, Aramis", sagte Nina grinsend, streichelte ihn und ging ins Esszimmer, wo Lorence schon wartend am Esstisch saß.

„Wo bleibt ihr denn? Ich hab Hunger und die Pfannkuchen sind bestimmt schon wieder kalt", meckerte er und nahm sich einen Pfannkuchen auf den Teller.

„Nina und ich waren früh auf. Ihr habt ja länger schlafen müssen", antwortete ich frech und setzte mich auf den gewohnten Platz.

„Genau", stimmte Nina zu.

Dann begann das große, chaotische Frühstück der WG. Dauernd reichten wir irgendwelche Sachen über den Tisch, unterhielten uns und lachten laut, wodurch das Haus mit Leben gefüllt wurde. Durch die verschiedenen Persönlichkeiten hatten wir niemals Langeweile, besonders nicht, wenn wir gemeinsam an einem Tisch saßen. Wir waren wie eine große Familie, die trotz Meinungsverschiedenheiten ein harmonisches Miteinander hatte.

Morice und Nina waren der elterliche Teil der WG und passten darauf auf, dass die anderen, die sich manchmal wie Kinder verhielten, keinen Unfug anstellten. Selbst Lorence, der 21 Jahre alt und somit der Älteste war, führte sich manchmal wie ein kleiner Junge auf, besonders, wenn es darum ging, seine Meinungen zu verteidigen. Gemeinsam mit mir übernahm er den Part von zwei Kleinkindern, die immer ihre Differenzen ausdiskutieren mussten. Das konnte Stunden dauern, da wir beide ziemliche Dickköpfe sein konnten, und meistens mussten die anderen WG-Mitglieder einschreiten.

Allison und Skyler waren die Kinder der WG-Familie, die keiner bändigen konnte. Sie stellten immer irgendwelchen Quatsch an und ständig musste jemand ihnen hinterher räumen. Sei es Kleider, Notenblätter oder andere Gegenstände.

Claire war eher das ruhige Kind. Sie übte immer fleißig Querflöte und war auch diejenige, die in der WG alles im Gleichgewicht hielt. Sie passte auf, dass kein großer Streit in der WG herrschte und hatte starke Überzeugungsmethoden, die sie dabei einsetzte. Sie war sozusagen die große Schwester, auch wenn sie nur wenige Wochen älter als ich war. Nur im Sommer schlich sie gerne aus ihrem Zimmer, um nachts im Pool zu schwimmen, um etwas zu entspannen. Immerhin konnte ein Tag in diesem Haus bei sieben Personen mit sieben verschiedenen Meinungen sehr anstrengend sein.

„Eine Frage an Wild Division", fing Allison an, während sie den nächsten Pfannkuchen auf den Teller legte, und die Band sah sofort zu ihr auf.

„An welcher Stelle waren wir bei unserem neuen Song stehen geblieben?", fragte Allison und sah direkt in drei grübelnde Gesichter.

„Der neue Song ohne Namen …", murmelte Skyler und zog weiterhin eine nachdenkliche Grimasse, während sie nach der Marmelade fragte.

„Der Name war unser kleinstes Problem", meinte ich.

Unser Manager Mr. Marks hatte uns vor der Tour aufgefordert, neue Songs zu schreiben, was wir auch in gewissen Maßen geschafft hatten. Doch die meisten Lieder waren noch unfertig, da entweder die Melodie oder der vollständige Text fehlte.

Aber besonders dieser eine Song, den Skyler als den „Song ohne Namen" bezeichnete, beschäftigte uns sehr, da er kurz vor der Vollendung war. Besser gesagt, er war fertig, doch keiner war mit dem Ergebnis zufrieden.

„Hallo? Wo waren wir denn jetzt?", fragte Allison nochmal.

„Wir hatten den Text. Nur die Melodie war noch unsere Schwierigkeit, wenn ich mich richtig erinnere", antwortete Nina, die aus dem Kopf den Rhythmus des Schlagzeuges zu dem Lied auf den Tisch klopfte.

„Stimmt, irgendetwas hat nicht gepasst", meinte Skyler und Allison verbesserte: „Es fehlt ein wenig Wild Division Style. Vielleicht ist es zu langsam."

„Ich denke, dass es nicht daran lag", murmelte ich, während ich wieder mit meinen Gedanken im Paralleluniversum war. Leise summte ich vor mich hin und die Mädels hatten zwar recht, dass das Lebendige fehlte, aber nicht wegen der Melodie.

Allison entgegnete sofort: „Was denkst du, was fehlt?"

„Ich denke nicht, dass etwas fehlt, aber vielleicht könnten wir den Text anders aufteilen", murmelte ich nach einer Weile vor mich hin und sofort stöhnte Nina auf. „Und unser Küken hat wieder ihre merkwürdigen Ideen im Kopf, was wieder mehr Arbeit bedeutet."

Ich schmunzelte sie entschuldigend an, da ich wusste, was sie meinte. Ich war dafür bekannt, geplante Dinge nochmal spontan umzuwerfen.

„Hast du schon eine Idee, wie du aufteilst?", grinste Skyler mich frech an und da ich immer noch in den Gedanken herumirrte, murmelte ich nur ein kleines „Ja."

„Das bedeutet, sie arbeitet später wieder mit ihren Textmarkern", lachte Allison und riss mich somit endlich aus den Gedanken, da der ganze Tisch kichern musste, besonders die Band, die mich einfach zu gut kannte. Ich musste bei den Songtexten immer alles markieren, um besser arbeiten und die Stimmen besser einzuteilen zu können. Dafür nutzte ich immer dieselben Farben für dieselbe Person. Doch die Farben waren nicht ohne Grund gewählt.

Vor jedem Auftritt bekamen wir immer dieselben Mikrofone, die für die Bandmitglieder individualisiert wurden. Jedes Mikro wurde immer mit dem Namen der Person gekennzeichnet, welcher in einer bestimmten Farbe eingraviert wurde. Sie waren Geschenke von einer alten Freundin namens Mrs. Hulda und die Farben hatte sie uns spezifisch aussuchen lassen, weil sie uns an das Leben vor dem Ruhm erinnern sollten. Skyler entschied sich deswegen für Gelb, Allison für Türkis, Nina für ein Grün und ich mich für ein dunkles Rot.

„So bleibt ihr auf dem Boden der Tatsachen", sagte Mrs. Hulda, die davor gewarnt hatte, dass die Musikbranche Menschen veränderte und das nicht nur auf positive Weise.

„Hallo? Diese Textmarker haben oft ihren guten Nutzen erfüllt", sagte ich lachend und streckte Allison die Zunge raus.

„Wir wollen dich doch nur ärgern. Wir lieben es, wenn das Blatt wieder 500 verschiedene Farben hat", kicherte Nina und klopfte auf meine Schulter.

Beleidigt murmelte ich: „Es sind nur fünf Farben."

„Können wir vielleicht das Thema wechseln?", fragte Lorence.

„Und könnt ihr das bitte später klären? Wir haben doch beschlossen, beim Essen nicht über die Arbeit zu sprechen, Auch wenn eure Arbeit gleichzeitig euer Hobby ist und ihr die Musik liebt", meinte Claire.

„Dann kann ich ja vielleicht mal etwas sagen", meinte Morice, der das ganze Gespräch aufmerksam verfolgt hatte.

„Na, gut", murmelte Allison und war eher weniger begeistert, da sie gerne das Thema „Der Song ohne Namen" klären wollte. „Sprich. Wir hören dir zu."

„Gut. Ich möchte etwas mit euch besprechen", fing Morice an.

„Wir können es versuchen, aber ob das bei unserem Haufen funktioniert", antwortete Lorence und schon begann wieder das Kichern am Tisch.

„Danke", seufzte Morice und wartete nicht darauf bis wir verstummten, sondern warf einfach eine Frage in den Raum. „Wie sieht es mit den Feiertagen aus?"

„Oh Gott. Nicht diese Frage. Ich hatte mir erhofft, dass er es dieses Jahr nicht tun würde", seufzte Lorence laut und kassierte einen verurteilenden Blick von Morice. „Tut mir leid, dass ich plane."

„Deine Planungen sind anstrengend. Wie du."

„Egal. Ich wollte wissen, ob jemand an Weihnachten weggeht oder ob wir zusammen feiern", erklärte Morice und ahnte schon, dass Lorence wieder einmal dazu kommentieren müsste.

„Wir haben Weihnachten bis jetzt immer zusammen gefeiert."

Sofort musste Morice wieder seufzen: „Es kann trotzdem sein, dass jemand vielleicht doch mal zu seinen Eltern möchte."

„Graces Eltern fahren mit einem großen Bus durch die ganze Welt und haben keinen festen Standpunkt. Also kann sie eher schlecht Weihnachten mit ihnen feiern, denn man kann nie wirklich wissen, wo sie gerade stecken. Ninas Adoptiveltern sind zu weit weg und Skylers Geschichte kennen wir alle. Ich denke, auch sie wird mit geringer Wahrscheinlichkeit weggehen. Und Allison …"

„Schon gut, schon gut. Tut mir leid, dass ich gefragt habe, Lorence", unterbrach Morice ihn, der es offensichtlich bereute, gefragt zu haben.

„Aber die Frage war trotzdem berechtigt", meinte Nina, die ihrem Freund helfen wollte. „Doch ich denke, dass jeder da ist, wie Lorence gesagt hatte."

„Gut. Danke für eine normale Aussage, Nina", atmete Morice erleichtert aus und lächelte sie dabei an. Dann kam er mit der nächsten Frage: „Was essen wir an Weihnachten?"

„Raclette, das Traditionsessen von Mrs. Hulda. Wie jedes Jahr, Morice", antwortete Lorence ein weiteres Mal und alle mussten lachen, als Morice verzweifelt versuchte, ruhig zu bleiben.

„Du bist gemein, Lorence", sagte ich und sah Morice mit einem beruhigenden Blick an. Lorence war sicherlich keine einfache Person und da der Junge mit den blonden Haaren perfektionistisch veranlagt war, kam es natürlich des öfteren zu kleinen, unnötigen Kommentaren von Lorence.

„Was denn? Er fragt jedes Jahr dieselben Dinge und jedes Mal sagen wir dasselbe. Ich wollte uns nur große Unterhaltungen ersparen", antwortete Lorence schulterzuckend und schien mit seinen Antworten zufrieden zu sein.

„Na, zum Glück haben wir dich", murmelte Morice vor sich hin und wollte gerade weiter essen, da bekam er ein freches, gruseliges Grinsen. „Hast du auch Ideen für einen Nachttisch, Lorence?"

„Na ja …", fing dieser an und fühlte sich ertappt, da er auf diese Frage keine Antwort hatte.

„Diesmal habe ich aber eine Antwort", meinte Morice stolz über seinen Sieg und schlug Schokoladenfondue vor. Alle waren mit dieser Idee einverstanden, besonders nachdem Nina darauf bestand.

Das Frühstück war schon lange vorbei, als die Gruppe immer noch weiter quatschte. Nur nach einer gewissen Zeit räumten wir den Tisch ab und gingen getrennte Wege.

Lorence und Claire beschlossen, in den Billardraum zu gehen, der sich im Keller befand, um dort ihren Nachmittag zu verbringen. Morice war zuerst nicht begeistert von dieser Idee, jedoch beschloss er schließlich, doch mitzugehen, da Lorence ihn als Entschuldigung zu einem Spiel aufforderte. Doch die Band ging wie geplant ins Wohnzimmer, um sich weiter über meine Idee zu unterhalten.

Das Wohnzimmer war durch drei Stufen in zwei Teile eingeteilt. Wir saßen im erhöhten Bereich auf drei großen Sitzsäcken, während Nina am Schlagzeug saß und leise den vorherigen Rhythmus spielte. Ich hatte währenddessen den geschriebenen Songtext auf meinem Bein liegen und auch die berühmten Textmarker lagen neben mir auf dem Boden, was Skyler und Allison zu einem frechen Grinsen brachte.

Durch ein Bücherregal waren wir von dem anderen Teil des Wohnzimmers abgetrennt und im länglichen Kamin an der Wand, die teilweise aus der Treppe zum obersten Stock bestand, loderte Feuer, das den Raum in ein warmes Licht eintauchte. Mit den großen, weichen Teppich wurde der Bereich also in eine richtige Kuschelecke verwandelt.

Mit der Zeit bekam er jedoch noch eine weitere, musikalische Funktion. Da Lorence seine geliebten Musikstücke an dem großen, weißen Flügel komponierte und wir meistens unsere Liedtexte hier ausdiskutierten, wurde dieser Teil des Wohnzimmers zur Musikwerkstatt.

Während ich überlegte, wie wir den Text anders aufteilen könnten, starrte ich aus dem gegenüberliegenden Panoramafenster, welches sich entlang des Wohnzimmers erstreckte und den Blick auf unseren Garten und den Pool auf der Terrasse ermöglichte.

„So, Grace. Jetzt erzähl, was du an dem Song anders aufteilen wolltest", sagte Nina, die den Rhythmus immer und immer wieder spielte.

„Es war geplant, dass wir den Refrain zusammen singen. Und die Strophen sollen nur von einem ganz allein gesungen werden. Einmal von Nina und einmal von dir, Grace", meinte Allison und ich nickte. „Stimmt. So war es geplant."

„Und welche Idee hast du jetzt?", fragte Skyler seufzend.

„Na ja, dieses Lied handelt am Anfang von Aufgeben. Erst in der Bridge fordern wir die Hörer auf, durchzuhalten und zu kämpfen. Natürlich, vielleicht müssen wir an manchen Stellen noch feilen, das ist klar. Doch ich finde, dass die Melodie passt. Ihr habt vorhin gemeint, es fehlt das Lebendige, aber genau das passt hier nicht. Zumindest nicht am Anfang. Die etwas ruhigere Melodie ist schon okay."

„Okay. Und du denkst, dass es an der Aufteilung liegt?", fragte Allison.

Nickend nahm ich die Textmarker mit den Farben Grün und Gelb und fing an, die erste Strophe zu markieren.

„Ich hatte mir überlegt, dass jeder einen Teil in den Strophen übernimmt. Also in der ersten Strophe fängt Nina an zu singen. Doch Sky sollte nach den ersten paar Versen ebenso einsetzen, sodass am Ende beide Stimmen vereint werden. Die Mischung aus der dunklen Stimme und der hellen Stimme würde gut passen."

Während ich die ersten Zeilen grün markierte, sahen die anderen mir interessiert zu. Sie blieben ruhig und warteten ab, was ich als Nächstes vorschlagen würde. „Dann kommt der Pre-Chorus von mir. Danach singen wir den Chorus wie geplant", sprach ich weiter und markierte die jeweiligen Stelle.

„Und schon ist das ganze Blatt wieder kunterbunt", kicherte Allison und jeder musste mit ihr schmunzeln, doch da alle auf die Arbeit fixiert waren, verschwand das Schmunzeln wieder recht schnell.

„In der nächsten Strophe singt Nina wieder anfangs allein, doch diesmal singe ich am Ende mit ihr. Ich singe auch direkt danach den Pre-Chorus, dann kommt wieder der Refrain und die Bridge singt Allison allein. Nur den letzten Satz singen wir wieder zusammen. So wird der Übergang zum letzten Refrain besonders, da die Melodie dort ausdrucksstärker wird. Und das ist meine Idee für diesen Song. Natürlich müssen wir das erst einmal ausprobieren."

Dann nahm ich endlich wieder Luft, wobei ich innerlich über mich grinsen musste, da die anderen erst einmal sprachlos auf ihren Plätzen saßen.

„Wow. Was für eine Planung", seufzte Skyler und lehnte sich zurück, als wäre sie Achterbahn gefahren.

„Und ich bekomme den schönsten Part im ganzen Song", quietschte Allison stolz und Nina meinte verwundert: „Seit wann singe ich zwei Soli, Grace?!"

„Deine ruhige, tiefe Stimme passt perfekt zu diesem Song. Deswegen wollte ich dich am meisten singen lassen. Außerdem möchte ich deine Stimme fördern", erklärte ich und streckte die Zunge heraus, da ich wusste, dass Nina am meisten nervös war, wenn sie allein singen musste.

„Und bei dir, Allison… diese Stelle singen wollte. Ganz ehrlich, ich will es auch. Jedoch finde ich deine Stimme da am passendsten wegen deines irischen Akzentes. Außerdem hast du diese Bridge ja fast allein geschrieben", erklärte ich und lächelte sie an.

„Danke. Ich weiß es zu schätzen", bedankte sich Allison und umarmte mich.

„Ab jetzt werde ich, wenn du diesen Teil singst, immer ein wenig trauern. Ich finde diese Stelle nämlich echt toll."

Nina und Skyler nickten zustimmend und ich erinnerte mich, wie wir im Tourbus Ewigkeiten diskutierten und herausfinden wollten, wer die Bridge am besten singen konnte. Es war schon ein richtiger Wettkampf gewesen.

„Zumindest ist das nur eine Idee. Natürlich entscheiden wir gemeinsam. Wir werden diesen Song ja auch gemeinsam singen" murmelte ich sofort, um ihnen klarzumachen, dass ich nicht vorbestimmen wollte.

„Wann haben wir deine Ideen mal nicht gemacht?", fragte Nina.

„Ich muss trotzdem fragen", meinte ich schulterzuckend und fühlte mich geschmeichelt, weil Nina recht hatte. Sobald ich eine Idee hatte, hörten die anderen geduldig zu und stimmten am Ende meinen Ideen zu. Selbst wenn sie manchmal verrückt waren.

„Also ich bin dabei", kam es von Allison, die siegessicher die Arme hinter den Kopf machte und breit grinste.

„Von mir aus, auch wenn ich immer kurz davor sein werde, Ally mit ihrer Gitarre zu erschlagen, sobald dieser Song angespielt wird", meinte Skyler und musste über ihre Aussage lachen.

„Das wäre schlecht, weil ich die Hits schreibe, die in den Charts am besten aufsteigen. Also finde dich damit ab. Die Bridge gehört mir", neckte Allison sie und Skyler seufzte: „Können wir über etwas anderes reden? Sonst heule ich."

Ich verstand sie. Die Bridge in diesem Lied war sehr gut gelungen, jedoch wusste ich innerlich auch, dass Allisons Stimme für diesen Teil am besten passte, auch wenn ich lange darüber hatte grübeln müssen. In meinem Kopfkino sah ich die Band auf der Bühne zusammensitzen, während Allison mit ihrer Akustikgitarre in der Hand in der Mitte von uns allen saß.

„Also können wir heute die Melodie üben?", fragte Nina.

„Nein. Heute machen wir nichts mehr."

„Wie?", fragte Allison, die nicht glauben konnte, was ich gerade sagte.

„Komm schon, Mädels. Wir haben wochenlang Musik gemacht. Wir haben uns eine Pause verdient. Lasst uns lieber die anderen zusammentrommeln und Filme ansehen. Wir können ja morgen im Studio proben. Lasst uns heute entspannen", schlug ich vor und sofort nickten die anderen voller Begeisterung.

„Ich hole den Rest", sagten Skyler und Allison gleichzeitig, sahen sich an und sprachen gleichzeitig: „Wir holen sie."

Die anderen mussten daraufhin lachen und Nina fragte mich: „Wollen wir uns um die Snacks kümmern?"

„Ja klar. Vielleicht haben wir ja noch Popcorn", antwortete ich und verschwand mit einem Lächeln in der Küche.

5. TRACK

Am nächsten Morgen fuhr Morice nach einem weiteren gemeinsamen Frühstück als Erster mit seinem weißen VW T-Cross aus der Einfahrt und auch für uns hieß es, wieder einen normalen Arbeitstag im Büro anzugehen. Somit machten wir uns auf den Weg zum Studio und nur Claire und Lorence blieben bei Aramis zu Hause, da Claire meistens abends arbeitete und Lorence, der weiter an seinem Flügel saß und komponierte, schon Semesterferien hatte. Etwas, was alle sehr beneideten.

Jedoch wollten Nina, Skyler, Allison und ich ins Studio fahren, um den neuen Song, der immer noch keinen Namen bekommen hatte, zu proben. Wir wollten gemeinsam im Aufnahmeraum daran herumexperimentieren und ihn einstudieren, damit er für das nächste Album im nächsten Jahr aufgenommen werden konnte.

Aber auch Mr. Marks, unser Manager, wollte uns sehen, um über die vollendete Tour und die nächsten Schritte zu sprechen. Somit fuhren wir am späten Vormittag zum Woodfields Studio, einem großen, unscheinbaren Gebäude mitten in London. Dort hatten wir als Wild Division den Vertrag für das erste Album unterschrieben und dort hatte der Aufstieg in die Charts begonnen – und das alles nur, weil Skyler, Allison und ich zufälligerweise in einer Bar entdeckt wurden und man an den Erfolg dieser Band glaubte. Dank dieses Managements lernten wir auch unsere geliebte Nina kennen, die die Band perfekt ergänzt hatte.

Woodfields Studio war von Mr. Nelson Woodfield, einem anständigen, älteren Herrn mit viel Geduld und Liebe aufgebaut worden. Zu Beginn hatte es gedauert, bis sich Mr. Woodfield einen Namen gemacht hatte und er hatte viel für seinen Erfolg kämpfen müssen. Doch er hatte seinen Traum niemals aufgegeben und dadurch war seine Arbeit in der Musikbranche bekannt geworden. Nun wurden in diesem Gebäude die großen Tourneen geplant und die größten Songs aufgenommen und veröffentlicht. Es war ein kleines eigenes Imperium.

Zusätzlich achtete Mr. Nelson Woodfield, darauf Menschen einzustellen, die ihren Job liebten, ernst nahmen und andere mit Respekt und viel Freundlichkeit behandelten. Die Sekretärinnen, die Manager und die restlichen Angestellten, wie zum Beispiel Thomas, waren immer zuvorkommend. Aber auch die Klienten mussten in das Arbeitsklima passen, um ein harmonisches Miteinander zu ermöglichen. Somit war es wie eine große Familie, die zusammenarbeitete, und dadurch hatten sie in der Musikwelt viel Macht.

Aber was war schon perfekt? Bestimmt nicht Woodfields Studio.

In jedem noch so guten System gab es Fehler, die man übersehen hatte, und ein Fehler war Mr. Marks, der Manager von Wild Division, also von uns. Ein Mann, den wir nicht unbedingt leiden konnten.

Besonders ich schien meine Herausforderungen mit ihm zu haben, doch ich war auch der Meinung, dass er nicht zu dieser Arbeitsstelle passte. Mr. Marks schien mir nämlich zu arrogant zu sein und wenn es ums Geld ging, schrie er als Erster „Hier.“

Aber warum sollten wir uns darüber aufregen? Erstens konnten wir weiterhin unsere Leidenschaft ausüben, ohne Einschränkungen zu haben, und zweitens war es unser Job, da musste man auch unangenehme Dinge aushalten. Außerdem gab uns Mr. Marks auch niemals einen triftigen Grund, ihn durch einen anderen Manager zu ersetzen. Im Gegenteil, er hat geholfen, die Band groß rauszubringen. Zu dem hat er bei der Aufnahme der Alben geholfen und die bombastischen Konzerte organisiert, die jedes Mal ausverkauft waren. Mr. Marks verstand sein Geschäft und das machte ihn auch erfolgreich.

Nun saßen wir also wieder auf den gewohnten braunen Ledersesseln in seinem dunklen, großen Büro, um seinen Vortrag zuzuhören. Doch die meiste Zeit blendete ich seine nervige

Stimme aus, da er sich fast nur wiederholte und immer wieder sagte, wie toll wir doch in Wirklichkeit waren.

Wie immer hatte Mr. Marks einen grauen, teuren Anzug mit einem schwarzen Hemd an, worauf eine blaue Krawatte gebunden worden war. Auch die Haare waren wie üblich glatt zurückgekämmt, wodurch er eine strenge Ausstrahlung hatte. Er saß hinter seinem alten Holztisch, der natürlich von großem Wert war, und versprühte eine Energie, welche mich und eindeutig auch die anderen klein werden ließ.

Stirnrunzelnd saß ich ihm gegenüber und ich fragte mich, wie die anderen ihm entspannt gegenübersitzen konnten, während ich wie ein wildes Tier seinen Nacken umdrehen könnte. Aber eine richtige Antwort konnte ich mir nicht geben. Vielleicht gab es einfach Personen im Leben, die man nicht leiden konnte. Zumindest würde dies das Problem mit Mr. Marks erklären und es würde erklären, warum ich ihn immer noch mit „Mr. Marks" ansprach, obwohl er schon längst „Anderson" angeboten hatte.

Die anderen Bandmitglieder wussten, dass ich die größten Probleme mit Mr. Marks hatte, und so wie immer sprachen sie mit ihm, während ich still neben ihnen saß und mich zurückhalten musste, um keinen doofen Kommentar abzugeben.

„Ich gratuliere euch zu eurer großartigen Tour", lächelte Mr. Marks hinter seinem Schreibtisch und wiederholte sich sicherlich wieder zum fünfhundertsten Mal. Dabei sah er jede mit seinem komischen, unehrlichen Grinsen an. Etwas, was mir jedes Mal eine Gänsehaut bereitete.

„Danke, Mr. Marks", sagte die Band in der selben Tonlage und versuchte dabei, so freundlich wie möglich zu lächeln, was schon eher gequält aussah.

„Wie fühlt ihr euch?"

Nina blickte durch die Runde und antwortete: „Etwas ausgelaugt. Doch wir lieben es, für unsere Fans aufzutreten. Also ist alles perfekt."

„Das ist doch schön." Mit diesen Worten stand er von seinem Schreibtischstuhl auf, ging zu einem großen Fenster und erzählte: „Doch leider können wir uns nicht auf den Lorbeeren von Rising Phoenix ausruhen. Denn unser nächstes Projekt steht schon wieder an."

„Was das wohl wieder bedeutet", murmelte ich zynisch vor mich hin, sodass nur die anderen Mädchen es hören konnten.

Allison trat sofort gegen mein linkes Schienbein, wodurch ich leise aufstöhnen musste. Doch sie erreichte ihr Ziel, da ich wieder still wurde und auf meine Hände starrte, um dem Blick von Mr. Marks auszuweichen.

„Was hast du gesagt, Grace?"

Ich hob sachte meinen Kopf, lächelte gespielt und antwortete: „Ich würde gerne wissen, was für ein Projekt Sie meinen, Mr. Marks."

„Wir werden im nächsten halben Jahr ein neues Album herausbringen. Die nächste Tournee ist auch schon wieder in Planung", verkündete er in die Hände klatschend und die ganze Band saß plötzlich unruhig in den Sesseln. Ich hätte sogar gerne geschrien, weil ich wegen der Nachricht immer mehr innerlich kochte.

„In einem halben Jahr?", fragte ich ungläubig und Mr. Marks nickte nur zustimmend.

Wochenlang waren wir in ganz Amerika und Europa unterwegs gewesen, um das diesjährige Album Rising Phoenix vorzustellen, und nun sollten wir in kürzester Zeit ein neues Album veröffentlichen. Dieser Gedanke erzeugte Panik. Wir alle hatten keine Energie mehr und uns fehlten die Ideen für die neuen Songs. Das hatte sich besonders in den letzten zwei Wochen der Tour bemerkbar gemacht. Stundenlang hatten wir im Bus gesessen und über neue Liedtexte nachgegrübelt, ohne ein Ergebnis zu erzielen. Die Band brauchte dringend eine Pause und nicht noch mehr Arbeit. Uns war zwar bewusst, dass wir auch im nächsten Jahr ein neues Album brauchten wie in den letzten zwei Jahren. Immerhin mussten wir Geld verdienen. Jedoch hatte sich jeder von uns erhofft, dass wir zumindest die letzten paar Wochen, die Weihnachts- und Silvesterzeit, entspannen können, um im neuen Jahr für neue Songs und für ein neues Album neu zu starten.

„Wie stellen Sie sich das bitte schön vor? Wir haben gerade erst ein ganzes Album rausgebracht und waren wochenlang auf Tournee. Wir bräuchten einmal eine Pause", fauchte ich, wodurch ich die Aufmerksamkeit auf mich zog. Doch dieses Mal waren die warnenden Blicke meiner Bandmitglieder egal und ich sprach weiter: „Wir hatten uns erhofft, dass wir das endende Jahr gemeinsam mit unseren Mitbewohnern feiern und entspannen könnten, um vielleicht dann neue Ideen für neue Songs zu sammeln. Glauben Sie wirklich, dass sich so schnell neue Songs schreiben und einstudieren lassen?"

Ich spürte, wie die ganze Wut hochkochte, und hätte diesen Typen gerade wieder zerreißen können, als er einfach nur da stand, kaum zuhörte und schon nachgrübelte, was er entgegnen könnte. In meinem Innern brodelte ein Vulkan, der nur noch wenige Sekunden brauchte, um auszubrechen.

Die anderen Mädchen spürten diese negative Energie, die ich ausstrahlte, und Nina versuchte, meinen Blick zu erhaschen. Es gelang ihr auch und als könnte sie meine aufbrausenden Gedanken verstehen, versuchte sie, mich mit einer Handbewegung wieder zu beruhigen.

Ich atmete tief ein und Nina schenkte mir ein zartes, aufmunterndes Lächeln, als würde sie sagen: „So ist es gut, Küken."

Nina teilte insgeheim dieselben Ansichten wie ich, jedoch meinte sie auch, dass wir dankbar sein sollten für das, was er schon alles für die Band getan hatte. Ohne ihn wären wir nicht erfolgreich und das wusste sie zu respektieren.

„Meine liebe Grace. Ich verstehe deine Punkte sehr gut. Jedoch müssen wir schauen, dass wir euch als Band weiterhin oben an der Spitze halten. Deswegen hatte ich euch gebeten, während der Tour anzufangen, neue Songs zu schreiben", erklärte Mr. Marks in einer entspannten Tonlage, wodurch ich laut schnauben musste. „Wir haben Songs geschrieben, so ist es nicht. Manche sind fertig, andere nicht und wieder andere müssen etwas ausgearbeitet werden. Aber eins haben sie alle gemeinsam. Sie passen noch nicht zu Wild Division und sind somit noch nicht ausgereift. Zum Beispiel wollten wir heute den Song …"

„Der Song ohne Namen", unterbrach Skyler mich lächelnd. Sie wollte sicherlich die Stimmung etwas auflockern und versuchte, um jeden Preis eine Auseinandersetzung zu vermeiden, während ich es weiter darauf ankommen lassen wollte. Doch durch meine Freundinnen wurde ich immer wieder zurechtgewiesen, was ich in diesem Moment eher weniger angepasst fand. Bevor es aber schwere Konsequenzen geben würde, atmete ich wieder tief ein und aus und versuchte, auf meine Freunde zu hören.

„Genau den wollten wir heute einstudieren und bearbeiten", beendete Allison den Satz, damit ich nicht mehr zu Wort kommen konnte.

„Also hättet ihr heute keinen Song dabei, den wir aufnehmen könnten? Oder besser gefragt, könnten wir diesen Song ohne Namen aufnehmen?", fragte Mr. Marks, während sich seine Stirn in Falten legte.

„Eigentlich könnten wir ihn schon aufnehmen", murmelte Allison und ich sah sie ungläubig an. „Was? Nicht dein Ernst, oder, Ally?"

„Sie hat recht, Grace. Du hast doch gestern selbst gesagt, dass die Melodie bleiben kann", stimmte Nina mit ruhiger Stimme hinzu.

„Ich dachte, wir wären hier, um den Song an manchen Stellen noch zu verbessern", sagte ich verwundert über ihre Aussage und konnte den plötzlichen Umschwung nicht verstehen.

„Wir könnten es zumindest probieren", meinte Skyler.

„Den Text können wir ja auch schon. Dafür haben wir ihn während der Fahrt oft genug gemeinsam gesungen, während wir die Melodie gesucht haben", erklärte Nina weiter.

„Okay, Mädels, ich hätte jetzt zwei Möglichkeiten für euch. Ich fände es jedoch gut, wenn wir mit den Aufnahmen beginnen würden", mischte sich Mr. Marks ein und bekam somit die ganze Aufmerksamkeit.

„Welche Möglichkeiten?", fragte Skyler und Mr. Marks antwortete: „Entweder proben wir kurz diesen neuen Song und versuchen, ihn aufzunehmen. Oder wir nehmen endlich Our History auf."

„Nein", kam es aus den Mündern und ich fragte frech: „Ich dachte, dass dieser Song zu lang wäre und sicherlich keinem gefallen würde."

„Diese Bedenken hatte ich, als ich ihn das erste Mal hörte, da hast du recht, Grace. Jedoch haben mir eure Konzerte das Gegenteil bewiesen. Er ist zu einer eurer bekanntesten Songs geworden. Der Song, den ihr nur auf den Konzerten singt. Der Song, der nie aufgenommen wurde. Der Song, der euch mit den Fans verbindet. Und ihr solltet ihn endlich aufnehmen."

„Nein", kam es ein zweites Mal aus der Runde und innerlich musste ich schelmisch grinsen, da ich die gleichen Gedanken teilte.

Our History war der erste Song, den Wild Division geschrieben hatte, und ich konnte mich noch genau daran erinnern, wie wir ihn stolz dem Manager vorgespielt hatten. Dieser hatte jedoch gemeint, dass er nicht gut genug sei, um in der Musikwelt Erfolg zu haben. Nur Nina, Allison, Skyler und ich waren von diesem Song überzeugt und wollten ihn an die Fans weitergeben.

Nachdem also das erste Album Upside Down erschienen war, waren wir zu dem Entschluss gekommen, diesen Song ohne Absprache vorzusingen. Dabei hatten wir beschlossen, dass wir ihn niemals aufnehmen würden, wenn er gut ankommen würde.

Schließlich brachte unser Glaube tatsächlich einen der besten Songs heraus. Ja, es war schon regelrecht ein Symbol von Wild Division und selbst wenn er es niemals als Single schaffen würde, wussten wir, dass er eine ganz große Bedeutung für uns und die Fans hatte. Auch Mr. Marks reagierte, wie wir es erwarteten.

Nach dem ersten Konzert entschuldigte er sich bei der Band und wollte es wieder gut machen, indem er den Song direkt für das zweite Album aufnehmen wollte. Doch die Band hielt zusammen und es blieb immer bei einem geschlossenen Nein. Wir würden diesen Song nicht hergeben, nicht für ihn und sicherlich nicht für Geld.

„Es wäre aber wirklich eine gute Idee. Gibt euren Fans das, was sie wollen. Sie lieben Our History. Jedes Mal, wenn ihr diesen Song auf den Konzerten singt, hört man euch nicht mehr.

Kommt schon. Nimmt diesen Song endlich auf. Es wird Zeit, dass wir ihn euren Fans geben", erklärte Mr. Marks.

„Wir werden den Song ohne Namen aufnehmen", antwortete ich böse grinsend für die ganze Band, die mich mit einem zustimmenden Nicken unterstützte.

„Na dann. Gehen wir zum Aufnahmestudio", seufzte Mr. Marks und stand von seinem Stuhl auf, um Richtung Tür zu gehen. Er öffnete sie und sagte: „Na los. Wir wollen doch heute noch nach Hause kommen, oder? Finley weiß schon Bescheid und ist auf dem Weg ins Studio."

Nun standen auch wir auf, wobei ich noch schnell meinen Rucksack mit den Notizen vom Boden hochhob und Skyler und Allison ihre Instrumente – einen Bass und eine Akustikgitarre – schnappten. Dann folgten wir ihm den Gang hinunter Richtung der Studios, die im Keller gebaut waren, abgeschirmt von dem ganzen Trubel, der im Gebäude herrschte. Wir liefen in einer Reihe hinter Mr. Marks hinterher.

„Niemals würden wir ihm Our History geben. Für wen hält er uns bitte?", murmelte Allison zu den anderen, die daraufhin kichern mussten.

„Niemals", stimmte Nina mit funkelnden Augen zu und ich sagte daraufhin: „Zumindest sind wir uns in dieser Sache einig."

„Was meinst du?", fragte Skyler.

„Den Song, der endlich einen Namen bräuchte, haben wir kaum geprobt. Wir haben ihn nicht einmal in der Konstellation gesungen, wie wir ihn gestern aufgeschrieben haben. Und jetzt wollt ihr ihn schon aufnehmen. Ihr habt es sogar vorgeschlagen. Wir hätten einfach Nein sagen können."

„Ich weiß, Grace. Doch Mr. Marks wollte einen Song haben und dieser Song ist der einzige, den wir jetzt opfern können", erklärte Nina.

„Und Our History kommt nicht infrage", schmunzelte Skyler aufmunternd und legte einen Arm um mich, als sie bemerkte, dass ich von der Idee einfach nicht zu überzeugen war und schmollte.

„Schon gut", seufzte ich, „Ich hoffe, euch ist nur bewusst, was uns jetzt bevorsteht. Das wird harte Arbeit und ich weiß nicht, wie es euch ergeht, aber ich bin erst von einer anstrengenden Tournee zurückgekommen."

„Ach, Küken. Glaub mir, wir schaffen das", munterte Nina sie auf und legte wie Skyler einen Arm um mich, sodass ich in ihrer Mitte lief. „Nun lass uns diesen Song aufnehmen und dann gehen wir entspannt heim."

„Ich hätte gerade einen guten Namen", murmelte Allison neben ihnen.

„Welchen?", fragten die anderen sofort und sie antwortete: „Never ever. Weil wir never ever Our History hergeben."

„Na dann, lass uns Never ever aufnehmen, selbst wenn wir draufgehen werden", lachte ich, als wir uns auf zwei verschiedene Räume auftrennten, wobei ich damit gestraft wurde, bei Mr. Marks im Regieraum zu bleiben, der kurzzeitig verschollen war.

Nina, Allison und Skyler fingen an, ihre Instrumente zum Aufnehmen vorzubereiten, während ich von Finley Larson, einem Tontechniker mit braunem, kurzen Haar, freudig begrüßt wurde. „Na, wie war die Tour?"

„Anstrengend, aber erfolgreich", entgegnete ich mit einem Lächeln und er fragte: „Also, was habt ihr heute zu bieten?"

„Nicht viel", seufzte ich und er sah mich bemitleidend an. „Macht er euch jetzt schon Stress?"

„Wir sollen in einem halben Jahr ein Album aufnehmen und die Songs sind noch lange nicht fertig", entgegnete ich und er runzelte die Stirn. „Oje. Das wird definitiv viel Arbeit für uns."

„Da gebe ich dir recht", schmunzelte ich und er klopfte mir beruhigend auf die Schultern. „Ich werde euch in jeder Hinsicht unterstützen und bei eurem Talent werden wir das definitiv hinbekommen."

„Danke, Finley."

Ich erinnere mich noch daran, wie wir zum ersten Mal völlig unerfahren in dieses Studio getreten waren und Finley, ein Mann um die vierzig Jahre, uns schon damals mit seinem Charme und einzelnen Witzen beruhigt hatte. Er war zwar im Gegensatz zu Thomas oder Olivia immer sehr professionell, aber auch er war immer freundlich und hat mit uns die besten Songs aufgenommen, was schlaflose Nächte, viel Kaffee und viel Verzweiflung und Geduld hieß.

„Solange ihr den Kaffee dieses Mal selbst bezahlt", meinte Finley mit einem Lachen und streckte sich im Stuhl, worauf ich ebenso lächeln muss. „Versprochen."

Dann sahen wir beide durch die Glasscheibe und beobachteten, wie Skyler ihren E-Bass und Allison ihre Akustikgitarre stimmte.

Die hellblaue Gitarre war mit Unterschriften von berühmten Menschen, die wir im Laufe der letzten zwei Jahre treffen durften, vollgeschrieben. Allison hatte es sich nämlich zur Aufgabe gemacht, alle Treffen mit einem Autogramm auf der Gitarre festzuhalten, und sagte immer, dass das ein Geschenk für ihre zukünftigen Kinder werden sollte.

Nina schlug immer wieder den Rhythmus des neuen Songs durch und war mehr als nur fokussiert, da sie keine Fehler spielen wollte. Doch sie bemerkte, dass es schwerer war, als sie eigentlich gedacht hatte, und wurde immer nervöser, was ich an ihrer Körpersprache ablesen und an ihren Fehlern hören konnte.

Das wird schiefgehen, waren meine einzigen Gedanken und machte mich auf dem Stuhl neben Finley ganz klein, was er zu bemerken schien, denn er fragte: „Hast du deine bekannten Blätter dabei?"

Ich nickte und kramte in meinem Rucksack einen kleinen Schnellhefter heraus, den er sofort durchstöberte, während wir auf Mr. Marks warteten. Er schien nachdenklich zu sein, was mich nervös machte, doch dann nickte er und sagte: „Mit etwas Zeit und Geduld könnte das ein guter Song werden. Vielleicht schafft er es auch in die Charts."

„Der Meinung bin ich auch. Aber wie du es sagst: Mit etwas Zeit und Geduld", stimmte ich ihm zu und er wollte gerade etwas sagen, da betrat Mr. Marks mit einer Tasse Tee den Raum und setzte sich auf die Couch. „Lasst uns anfangen."

Somit begannen, die anderen Mädchen den Song zum ersten Mal zu spielen, und es kam, wie erwartet. Die nächsten Minuten vergingen wirklich sehr, sehr langsam und auch die darauffolgenden Stunden schienen im Schneckentempo vorbeizugehen.

Verzweifelt versuchten meine Mädchen, die Instrumentalmusik des Songs aufzunehmen, während ich nur noch den Kopf in den Händen vergrub und hoffte, dass dieser Tag bald sein Ende haben würde. Doch Mr. Marks blieb hartnäckig und optimistisch. Er forderte immer wieder, auf von neuem anzufangen, und das erzeugte eine unangenehme Atmosphäre.

Es gab viele Durchgänge und viele Unterbrechungen, die am fehlenden Enthusiasmus und an den Fehlern lagen. Auch Finley schien es zu bemerken, doch er sagte nichts, sondern folgte nur den Anweisungen.

Die Zeit verging wie im Flug, aber es änderte sich nichts an unserer Situation. Nina kam einmal aus ihrem Rhythmus, dann verspielten sich Allison und Skyler und beim anderen Mal waren sie zu schnell. Natürlich sank die Begeisterung mit jedem weiteren Durchgang immer mehr und auf ihrer Stirn bildete sich Schweiß. Zusätzlich spannten sich ihre Körper immer mehr an, wodurch die Fehler nicht weniger wurden. Aber das war alles zu erwarten. Wir hatten den Song erst gestern fertiggestellt und er war noch nicht gut genug einstudiert worden.

Verdammt, dieser Song war einfach nicht bereit, aufgenommen zu werden, ärgerte ich mich innerlich und versank immer mehr in Gedanken. Dabei starrte ich durch die Scheibe und konnte erkennen, dass die Band keine Kraft mehr zum Spielen hatte.

Konzentriert spielten sie den Song ein weiteres Mal durch und kamen tatsächlich ohne Fehler an ihr Ziel, was mehr als nur Erleichterung für die Mädchen brachte, nur für mich nicht und ich legte die Stirn in Falten. Ich hatte an ihrem Spielen bemerkt, dass ihre Leidenschaft zur Musik fehlte. Es fehlten ihre Energie und ihre Freude in den Augen. Zwar trafen sie die richtigen Töne, jedoch fehlte ihre Begeisterung für die Musik. Ich wollte dazu aber nichts sagen, weil unser Manager sie dann nur nochmal zum Spielen auffordern würde, und noch länger würden die Mädchen nicht durchhalten können. Eine weitere Aufnahme ohne eine Pause zwischendurch würde sie zum Zerbrechen bringen.

Finley schenkte mir einen wissenden Blick. Er wusste es, doch er wollte auch nicht weiter pushen. Offensichtlich erkannte er unser Leid.

Ich hatte noch Glück, da ich in der Band nur meine Stimme zum Einsatz brachte. Zwar konnte ich noch Klavier und Gitarre spielen, jedoch nutzte ich dieses Talent dafür, neue Songs zu schreiben. Somit hatte ich die meiste Energie von allen, aber nur der Anblick von meiner erschöpften Band allein ließ mich schon in ein tiefes Loch fallen.

„Wir probieren es nochmal", meinte Mr. Marks grübelnd und die Hoffnungen verflogen wieder aus den müden Gesichtern, dabei seufzten Allison und Nina in die Mikrofone.

Das hier ergibt keinen Sinn. So würden wir auch nicht an unser Ziel kommen. Nicht er und nicht wir, dachte ich so langsam und sah, wie Skyler ihre Hände entkrampfte.

„Können wir vielleicht einmal eine Pause machen?", jammerte Allison, während sie ihre Hände aneinander rieb. Auch ihre Finger hatten sich verspannt, was eher selten vorkam, und ich musste besorgt ansehen, wie die Band voller Bedenken vor der nächsten Aufnahme stand.

„Nein, wir haben es jetzt einmal geschafft. Noch einmal und ich versichere euch, dass wir es dann haben. Steckt nur mehr Leidenschaft hinein", antwortete Mr. Marks voller Optimismus.

„Nein", sagte ich plötzlich hinter ihm auf der Couch und sorgte dafür, dass Mr. Marks mich fragend ansah. Ich fixierte nur seinen Blick und fügte hinzu: „Macht eine Pause, Mädels."

Sofort atmeten die anderen erleichtert aus und entspannten sich. Allison und Skyler ließen sich sofort auf zwei Stühle fallen. Doch sie hörten nicht mehr, was im Kontrollraum gesagt wurde, da das Mikrofon abgeschaltet wurde.

An Ninas Blick konnte ich aber erkennen, dass sie sich Sorgen machte. Wahrscheinlich hatte sie eine Vorahnung, dass ich gleich ausflippen könnte. Allison blieb entspannt auf ihrem Stuhl sitzen und genoss die gewonnene Pause, während Nina mit besorgten Blick zu Skyler sprach.

„Grace, was soll das? Wir brauchen diesen Song", meinte Mr. Marks genervt und ich wandte meinen Blick wieder zu ihm.

„Nein. Was diese Band braucht, ist eine Pause und die sollten Sie ihr geben! Das ganze Jahr hatten wir immer Konzerte und irgendwelche Verpflichtungen. Wir haben das ganze letzte Jahr damit verbracht, Rising Phoenix fertigzustellen und zu präsentieren. Wir haben dagegen auch nichts auszusetzen. Es ist unsere Leidenschaft. Wir machen das gerne. Doch auch wir haben nur eine gewisse Ausdauer. Wir hatten uns zumindest erhofft, dass wir das restliche Jahr nutzen könnten, um uns zu erholen. Denn dann haben wir auch wieder Energie, um neue Songs zu produzieren. Sehen Sie denn nicht, dass wir nicht mehr können?!“, versuchte ich, ihm verärgert zu erklären, und zeigte auf die anderen Mädels, dabei hatte ich noch nicht einmal bemerkt, dass sie aus dem Raum gegangen waren.

„Junges Fräulein, ich habe meine Gründe, warum ich Druck mache“, antwortete Mr. Marks verärgert, während Finley sich nachdenklich am Kinn rieb, als wollte er etwas sagen. Doch er traute sich nicht.

„Welche denn? Um welchen Preis? Eine Band, die am Limit ist und einfach keine Kraft mehr hat? Denken sie unsere Songs würden dadurch besser werden?“, fragte ich voller Zorn, doch Mr. Marks konnte mir kaum antworten, da wurde die Tür ruckartig geöffnet und meine Band kam hereingestürmt. Gefolgt von Gabriel, einem Mann, der einen glänzenden Anzug trug und seine Haare hoch gegelt hatte.

Ein Lächeln erschien auf seinem Gesicht, als er mich sah und sofort entspannte ich mich.

Gabriel Woodfield arbeitete als Manager bei seinem Vater und war auch sehr beliebt unter den Mitarbeitern. Zu gerne hätten wir ihn gehabt, jedoch war er schon einer anderen Band zugewiesen worden.

„Hallo, Mr. Woodfield Jr.“, begrüßte ihn Mr. Marks und wurde ganz kleinlaut.

„Hallo, Mr. Marks. Ich hatte diesen Aufnahmeraum für die nächsten paar Stunden für mich beansprucht. Ich müsste mit meiner Band einen Song fertig aufnehmen. Ihr Album kommt demnächst und unser übliches Studio wird leider zu einem ungünstigen

Zeitpunkt umgebaut. Deswegen wollte ich fragen, wie lange ihr noch braucht", wollte Gabriel wissen.

„Wir können ihn frei machen", sagte ich, jedoch sagte mein Manager sofort: „Wir brauchen noch Zeit."

„Ja, um diesen Song richtig einzustudieren, und das wird nicht heute passieren! Also kann Gabriel diesen Raum nutzen!"

„Wow, Grace. Beruhige dich", schritt Gabriel sofort ein und fragte: „Was ist los?"

„Grace spielt wieder den Vulkan", murmelte Nina und ich erklärte verärgert: „Nach wochenlanger Tour für unser letztes Album kam unser Manager auf die Idee, in einem halben Jahr ein neues Album rauszubringen."

Gabriel zog eine Augenbraue hoch und grübelte: „Das ist wenig Zeit."

„Ja, ist es, jedoch ist das das Leben einer Band. Man muss Alben rausbringen, um Erfolg zu haben. Außerdem muss ich dazu erwähnen, dass ich den Mädels gesagt habe, dass sie während der Tour neue Songs schreiben sollen", erklärte sich Mr. Marks und Gabriel wandte sich der Band zu. „Habt ihr keine Songs geschrieben?"

„Doch haben wir", fing Allison an und zog eine Grimasse.

„Jedoch haben wir zu wenig für ein Album", murmelte Nina weiter.

„Ich habe vorgeschlagen, Our History aufzunehmen" sagte Mr. Marks und Gabriel legte seine Stirn in Runzeln: „Okay. Und da ich euch kenne, habt ihr Nein gesagt, richtig?"

„Richtig."

„Vielleicht ist es jedoch an der Zeit, es aufzunehmen", meinte Mr. Marks wieder und sofort sagte die ganze Band wieder ein lautes „Nein".

Gabriel stand nachdenklich neben uns und er wusste, dass die Band an diesem Song hing. Trotzdem sagte er: „Vielleicht hat Mr. Marks recht. Vielleicht solltet ihr Our History aufnehmen."

„Was?"

Gabriel reagierte sofort, um die Band zu beruhigen: „Ihr müsst das aus meiner Sicht sehen. Ich brauche diesen Raum und zwar so schnell wie möglich. Mr. Marks braucht einen neuen Song. Jedoch ist euer einziger Song, den ihr relativ schnell aufnehmen könnt, Our History."

„Ja, aber…", fing Nina an, wurde jedoch von Gabriel unterbrochen: „Ich mache jetzt einen Vorschlag. Wir nehmen Our History auf und…"

„Gabriel, wir wollen nicht…", versuchte nun Allison einzugreifen, doch wiederum unterbrach Gabriel: „Jetzt lasst mich ausreden, verdammt."

Still sahen wir uns an und waren der Idee schon abgeneigt, dabei war Gabriel noch lange nicht fertig. Doch ich bemerkte, dass es keinen Zweck hatte, und Nina nickte Gabriel zu, um zu zeigen, dass er ohne weitere Unterbrechungen weiter sprechen konnte.

„Danke", seufzte er und atmete kurz durch. „Wir werden den Song aufnehmen, doch da ich weiß, dass ihr wegen Mr. Marks dagegen seid, werde ich ihn mit euch aufnehmen. Somit habt ihr zumindest einen Song vor Weihnachten und euer Manager ist zufrieden. Dafür sollt ihr die freie Zeit bekommen, um die Weihnachtszeit entspannt genießen zu können."

„Aber…", fing Mr. Marks an, doch Gabriel funkelte ihn wütend an. „Ich denke, das wird sich machen lassen."

Mr. Marks schwieg und ich sah zu den anderen Mädchen. Unsere Köpfe kochten und keiner sagte ein Wort. Sollten wir wirklich unseren geliebten Song Our History hergeben? So lange hatten wir ihn vor einer Aufnahme bewahrt und dadurch wurde er zum Heiligtum.

„Lasst es uns tun", seufzte Nina und stimmte somit als Erste zu. Sie sah die anderen aufmunternd an und forderte sie auf, ihr zuzustimmen. Skyler und Allison nickten daraufhin, waren jedoch ganz und gar nicht begeistert. Nun lag es nur noch an mir.

Ich wollte am liebsten meine Lippen versiegeln und konnte nicht glauben, was geschah. Jeder sah mich erwartungsvoll an und mir wurde bewusst, dass der Rest sich fest entschieden hatte. Mir blieb also keine Wahl.

„Wie heißt es so schön? Ohne Opfer gibt es keinen Sieg", murmelte ich schließlich und sah zu Gabriel, der daraufhin lächelte.

„Na, dann gehen wir wieder an unsere Instrumente", seufzte Nina und verschwand mit den anderen in den Aufnahmeraum.

„Sie können gehen, Mr. Marks. Sie haben frei. Ich kümmere mich um die Mädchen", sagte Gabriel und wies unseren Manager raus.

Mr. Marks ging eindeutig verärgert aus dem Raum und ich konnte mir ein Grinsen nicht verkneifen, da er nicht das bekam, was er wollte. Dann wandte sich Gabriel zu Finley und sagte: „Ich werde dir die Materialien für die Audiobearbeitung schicken."

„Gut", meinte Finley und verabschiedete sich mit einem Lächeln, doch vorher wandte er sich zu mir und flüsterte: „Genieße es. Gabriel ist gut in diesem Job. Vielleicht gewissermaßen sogar besser als ich."

Ich musste kichern und Gabriel räusperte sich – ein Zeichen dafür, dass er doch alles mitbekommen hatte. „Danke, Finley, für dieses Kompliment. Aber wir haben noch viel zu tun. Also …"

„Natürlich", war Finleys letztes Wort und dann verschwand er aus dem Raum, sodass ich mich mit einem breiten Grinsen zu Gabriel wandte, der eine Augenbraue hochzog. „Was?"

„Danke."

„Wofür? Ihr habt euer größtes Opfer gebracht bei dem Ganzen" meinte Gabriel und sein freches Grinsen wurde immer größer.

„Ich bedanke mich, dass du dich bereit erklärt hast, den Song mit uns aufzunehmen. Sonst hätten wir sicherlich nicht Ja gesagt", erklärte ich und er rollte mit den Augen. „Freue dich nicht zu früh. Ich fordere viel bei einer Aufnahme. Also warte bis zum Ende ab."

„Lasst uns endlich anfangen", hörten wir Nina ungeduldig rufen und wir mussten lachen, wobei Gabriel meinte: „Seid euch nur bewusst, dass wir nicht ewig machen können. Meine Band müsste bald kommen und ich will sie nicht warten lassen."

„Dann geben wir unser Bestes."

Sofort ging es an die Arbeit und dieses Mal fiel es ihnen viel einfacher. Vielleicht lag es daran, dass sie Our History in- und auswendig konnten, denn in einem Durchlauf schafften sie es, die Instrumentalmusik aufzunehmen.

Nina, Skyler und Allison fühlten sich sicherer beim Spielen und hatten auch wieder ein wenig Energie gefunden, da sie das Lied so sehr verinnerlicht hatten. Sie spielten mit einer Leichtigkeit die Instrumente und wirkten eindeutig entspannter als bei Never ever. Der weitere Beweis, dass der Song einfach noch nicht bereit war.

„Sehr gut gemacht, Mädels", sagte Gabriel durch das Mikrofon, als wir nach paar Minuten durch waren, und ich bemerkte, wie ich durch Gabriel ein breites Lächeln im Gesicht bekam.

Gabriel liebte seinen Job und man konnte seine unendliche Leidenschaft sofort erkennen, da er wie ein kleines Kind neben mir saß. Natürlich war er diszipliniert und erwartete von uns harte Arbeit, aber er hatte seinen Spaß und holte dadurch das Beste aus dem Song heraus. Das war der Grund, warum er jetzt in seinen jungen Jahren schon mehr Erfolg hatte, als Mr. Marks jemals haben könnte. Ihm ging es nicht um das Geld, sondern um die Musik und es machte ihm einfach nur Spaß, im Regieraum zu sitzen und die Kontrolle zu haben.

Die Mädchen waren mehr als nur erleichtert, als sie fertig waren, und Allison sagte: „Jetzt fehlt nur noch der Gesang. Und dann sind wir komplett am Arsch. Also schaff dich hierher, Grace. Jetzt!"

Ich musste lachen und Gabriel fragte: „Könntest du mir nochmal kurz sagen, worum es in dem Song geht? Ich möchte wissen, welche Gefühle ihr in dem Song herüberbringen möchtet. Dann kann ich mich darauf konzentrieren. Und wie ist er aufgebaut? Wenn ich mich recht erinnere, redet ihr zwischendrin."

„Das ist richtig", sagte ich, „In Our History erzählt jeder von uns kurz über sich selbst. Doch auch, was die Fans uns zurückgeben. Zum Beispiel erzählt Nina, dass sie eine Familie durch Wild Division und die Fans gefunden hat, obwohl sie es nicht wollte."

„Interessant. Und wie habt ihr ihn aufgebaut?", fragte Gabriel, während er sich entspannt in den Sessel zurücklehnte und die anderen Mädchen im Raum beobachtete.

„Es fängt mit dem Refrain an und danach sagt Nina, dass sie eigentlich nichts erzählen möchte. Nachdem wir sie jedoch auffordern, singt sie die erste Strophe allein. Den darauffolgenden Refrain singt sie ebenso. Nachdem sie den fertig gesungen hat, fordert sie Allison auf, weiter zu singen. Das Lied selbst ist nur aus Refrain und Strophe aufgebaut."

„Okay. Also wird nach jedem Refrain gesprochen?", fragte Gabriel nach und zog ein verwundertes Gesicht.

„Genau. Wir fordern sozusagen die nächste auf, ihre Geschichte zu erzählen", stimmte ich zu und Gabriel fragte weiter: „Wie seid ihr auf diese Idee gekommen?"

„Es war am ersten gemeinsamen Abend. Die Songidee entstand am Lagerfeuer und bei einem sternenklaren Nachthimmel. Es war wirklich magisch. Alles war frisch und neu für uns. Die Unsicherheit, was in der Zukunft aus uns werden würde. Außerdem hat an diesem Abend jede ihre eigene, kleine Geschichte erzählt, die sie mit sich trägt. Geschichten, die uns bewegen und ausmachen und wir haben geschworen immer füreinander da zu sein. In guten sowie auch schlechten Zeiten. Dieses Versprechen beinhaltet der Song, wodurch er so wichtig für uns geworden ist. Zu dem sollen wir uns durch diesen Song an unsere Vergangenheit erinnern. Sie brachte uns zusammen. Dank ihr entstand Wild Division."

Jede von der Band hatte ihre kleine Vergangenheit und nicht nur ich hatte meine Herausforderungen gehabt. Nina war bei Adoptiveltern groß geworden. Sie hatte also niemals erfahren, wo ihre richtigen Eltern waren, und hatte nur noch einen älteren Bruder, der auch nicht über diese Vergangenheit sprach. Auch Allison und Skyler hatten eine schwierige Vergangenheit, die sie mitschleifen mussten. Aber auf der Ranch von Ninas Eltern, am Lagerfeuer, hatten wir beschlossen, alles hinter uns zu lassen und gemeinsam Hand in Hand in die Zukunft zu gehen.

„Das ist wirklich ein schöner Gedanke", sagte Gabriel und ich musste schmunzeln. „Das ist es."

„Grace! Kommst du endlich?", schrie Allison.

„Na, dann zeig mir, was Wild Division kann", forderte Gabriel grinsend auf und ich nickte freudig.

Schnell lief ich zu den anderen Mädchen, die den Aufnahmeraum so vorbereitet hatten, dass der Gesang aufgenommen werden konnte. Wir stellten uns für Our History bereit und nachdem Gabriel „Los" sagte, tauchten wir in die Musikwelt ab.

Mit voller Kraft sangen wir den ersten Refrain, was schon eine Gänsehaut bereitete. Dann fing Nina an, ihre Strophe zu singen, und wieder einmal verzauberte sie jeden im Raum mit ihrer schönen, dunklen Stimme, die eine unglaubliche Kraft hatte. Auch den Refrain sang sie mit einer ansteckenden Energie, wodurch die anderen Mädchen schmunzeln mussten und im Takt mit wippten. Dann sagte Nina zu Allison: „*Now I don't want to tell anymore! But Ally has more.*"

Genau das war Allisons Aufforderung, ihre Strophe zu präsentieren. Ihre Stimme war die weichste von allen und somit bildete sie einen Kontrast zu Ninas starkem, dominierenden Klang. Doch durch Allisons Akzent wurde auch etwas Freches ausgestrahlt, wodurch ihre wilde, verrückte Persönlichkeit sehr gut widergespiegelt wurde. Auch sie kam zum Ende ihres Teiles und forderte Skyler zum Singen auf: „*Now enough of my story. What's Sky's story?*"

Nun erklang die helle Stimme von Skyler, die schon fast märchenhaft klang. Sie war so klar und sauber. Ja, man konnte sie schon fast mit dem schönen Gesang von Disney-Filmen vergleichen. Ich war tief in meine Welt gesunken und erschrak fast, als Sky sagte: „*Now it's your turn, Grace! Hopefully your story is a good one.*"

Mit einem Lächeln im Gesicht begann ich meinen Teil zu singen und spürte wie das Adrenalin, die Leidenschaft zur Musik, durch die Adern floss. Sofort schloss ich die Augen, um in den vollen Genuss zu kommen. Und schon erklang meine Stimme, die ich nicht ganz zu beschreiben wusste. Sie war zwar sehr kraftvoll und stark, doch zugleich konnte sie auch so sanft und weich klingen. Dabei mischte sich mein britischer Akzent dazu.

Nachdem ich den Refrain gesungen hatte, setzten die anderen Mädchen wieder ein, um den Song einen krönenden Abschluss zu geben, indem der Refrain gemeinsam wiederholt wurde. All unsere Stimmen vermischten sich und erzeugten einen einzigartigen Klang. Ja, jede Stimme war so unterschiedlich und doch fügten sie sich so gut zusammen.

Der letzte Ton verklang und nun sprach ich als letzte ins Mikrofon: „*But it's only the beginning.*"

„Sehr gut gemacht", erklang Gabriels Stimme im Raum und man konnte andere Stimmen im Hintergrund hören. Doch verstehen konnte man sie nicht, da sie zu weit weg vom Mikrofon standen. Dadurch wurden wir neugierig.

„Kommt nochmal zu mir"; forderte Gabriel uns auf und sofort liefen wir aus dem Raum hinaus, während wir uns aufgeregt unterhielten.

„Ich bin gespannt, wen Gabriel als Client hat", murmelte Nina nachdenklich, während sie die wildesten Vorstellungen im Kopf hatte.

„Es ist auf jeden Fall eine Band", entgegnete Allison und Skyler fragte: „Aber welche?"

„Ich denke, das dürfen wir gleich erfahren", sagte ich lachend, öffnete die Tür und erstarrte, wodurch mein Lachen schlagartig verstummte. Ja, mein Herz beinahe stehen blieb, als ich in ein tiefes, gefährliches Blau sah.

6. TRACK

Als ich die Tür zum Kontrollraum öffnete, stoppte ich ruckartig in meiner Bewegung. Durch das Mikrofon waren die Stimmen verzerrt worden, doch jetzt konnte ich die Stimmen klar und deutlich hören, wobei ich mir erhoffte, dass ich mich irren würde.

„Warum bleibst du stehen?", fragte Allison und ich stotterte: „Ich..."

Doch weiter konnte ich schon nicht antworten, denn Nina nahm mir die Worte mit einem leisen Quietschen: „Es ist Solution 5!"

„Was? Bedeutet das etwa, dass Harry auch da ist?", fragte Skyler plötzlich begeistert und sofort schüttelte es mich am ganzen Körper. Ja, ich bekam sogar weiche Knie.

Allison sah Skyler mit freudestrahlenden Augen an und, ohne zu zögern, stürmten sie in den Raum hinein, wobei die Tür laut aufging und das gefährliche Blau deutlich sichtbar wurde. Sie hatten ihren alten Freund wie ich schon Ewigkeiten nicht mehr gesehen und somit wollten sie den Moment nicht verpassen, ihm endlich wieder „Hallo" zu sagen.

Meine Hoffnungen, dass ich vielleicht falsch vermutet hatte, verflogen, denn die Couch, auf der Mr. Marks noch vor paar Minuten gesessen hatte, wurde von fünf Jungs belagert.

Ich erkannte den Jungen mit seinen strohblonden Haaren und dem unverkennbaren Lachen, Nathaniel Evans. Ich erkannte den Jungen mit dem frechen Grinsen, der immer für einen neuen Scherz bereit war, Luke Donovan. Ich erkannte auch Andrew Morris, der ruhigste Junge, und James Harrison, der mental am ältesten und somit auch der Verantwortungsvollste von den Jungs war. Und natürlich erkannte ich auch den Jungen mit den langen Locken, die bis zu seiner Schulter gingen, und seine unverkennbaren, kristallblauen Augen.

„Harry White."

Er sah sofort auf, als die Tür aufflog, und ich wurde von seinem Blick aufgespießt, der mich wie ein Messer durchbohrte. Doch schnell wanderten seine Augen weiter zu Allison und Skyler, die freudig auf ihn zuliefen und ihn beinahe vom Sessel herunterwarfen, als sie ihn umarmten. Sofort schlang er seine Arme um sie und musste über ihre Aktion schmunzeln.

Mein Hals fühlte sich rau an und ich wusste nicht genau, wie ich reagieren sollte. Besser gesagt, ich wollte, so schnell wie es ging, verschwinden. Einfach nur umdrehen und wegrennen und nie wieder zurückkommen.

Natürlich hatte ich mir vorgenommen, die Jungs wiederzusehen, doch nun kam es mir zu schnell vor und mein ganzer Körper spannte sich an. Ja, in mir breitete sich sogar die Panik aus.

Wieso musste das Schicksal uns jetzt schon zusammenführen? Wieso musste ich ihn jetzt schon sehen?, fragte ich mich innerlich.

„Oh mein Gott. Sie sind es wirklich", flüsterte Nina begeistert neben ihr und ich krächzte leise: „Ja, sind sie."

„Wusstest du, dass Gabriel sie managt?", fragte sie weiter und bevor ich mit einem „Nein" antworten konnte, sahen vier Augenpaare zu mir.

Ehe ich reagieren konnte, rief Nathaniel schon meinen Namen und sprang von der Couch auf, während die anderen Jungs es ihm gleich taten. Freudig rannten sie zu mir und umarmten mich stürmisch, während ich komplett erstarrte. Nina konnte sich nur gerade so noch retten, indem sie einen Schritt zur Seite ging, bevor die vier Jungs mich in ihre Arme schlossen und fast erdrückten. Sofort konnte ich ihre pure Liebe spüren und musste traurig schmunzeln, als ich sagte: „Schön, euch wiederzusehen, Jungs."

Nur widerwillig ließen sie mich wieder los und auf ihren Gesichtern war das schönste Lächeln zu sehen, das mich augenblicklich ansteckte. Meine Panik verminderte sich und ich spürte sogar, wie sich ein Kribbeln in meinem Körper ausbreitete.

„Es tut so gut, dich wiederzusehen", kam es von Andrew, als er einen Arm um meine Schulter schlang.

Ich sah grinsend zu dem Jungen mit den grünen Augen auf, welche geheimnisvoll aufleuchteten, und verspürte sofort einen großen Schub voller Freude, wodurch ich Andrew fest an mich drückte.

„Unsere kleine Schwester hat uns wohl auch vermisst", murmelte er neckend und ich konnte nur noch mit einem Nicken antworten.

Wie lange hatte ich dieses Wort – Schwester – nicht mehr von ihm gehört. Für Andrew war ich schon immer wie eine kleine, zusätzliche Schwester gewesen und er hatte mich auch immer so behandelt.

Ich bemerkte, wie sehr ich die Jungs vermisst hatte und obwohl es einen unglücklichen Ausgang damals genommen hatte, war es doch eine sehr schöne Zeit gewesen. Wir hatten so viel Spaß und waren während des Contests zu einem richtig guten Team geworden.

„Wie geht es euch?", fragte ich.

Sofort fingen die Jungs aufgeregt an, meine Frage zu beantworten, dabei erzählten sie mir gefühlt ihre halbe Lebensgeschichte. Aber ich bemerkte, wie mein Blick immer wieder zu ihm, zu Harry, wanderte, der nur wenige Meter von mir weg stand.

Mit seinem breiten, muskulösen Rücken zu mir gewandt, stand er bei Allison und Skyler und unterhielt sich freudig mit ihnen. Anscheinend freute er sich, alte Freunde wiederzusehen, worüber ich lächeln musste.

Zugleich verspürte ich aber auch einen heftigen Schmerz in meiner Brust, als ich ihn so musterte. Besonders als er mit seiner linken Hand durch seine verwuschelten Locken fuhr, um sie aus seinem Gesicht zu streifen, wurde ich in ein tiefes, dunkles Loch versetzt. Manche Angewohnheiten änderten sich eben nie. Auch nicht seine Art, seine Ausstrahlung und besonders nicht sein Lachen.

Ich verspürte einen unerträglichen Stich in der Brust, als würde mir jemand ein Schwert mitten durch das Herz bohren. *Wer hätte gedacht, dass es so schmerzhaft sein würde?*, dachte ich.

Ich bemerkte an seiner Körpersprache, dass er auch angespannt zu sein schien. Er fühlte sich zwar wohl, weil er Skyler und Allison wiedersah, aber da ich nur wenige Meter von ihm weg stand, schien sich jeder seiner Muskeln automatisch anzuspannen, als wäre er kurz davor, angegriffen zu werden.

„Sie sieht nervös aus", sagte Luke auf einmal zu mir, da er offensichtlich mein verschwundenes Lächeln bemerkt hatte und mich nun ablenken wollte, um meine gute Laune beizubehalten.

Ich sah wieder zu ihm und er nickte zu Nina, die nervös und doch voller Begeisterung allein dastand.

Oh Gott, Nina, dachte ich und hätte mir selbst eine Ohrfeige geben können, weil ich Nina allein gelassen hatte. Erstens schwebte sie wohl gerade im siebten Himmel, da sie genau vor ihrer Lieblingsband stand, und zweitens kannte sie von der Band niemanden persönlich. Allison und Skyler waren alte Freunde von Harry und über mich musste man nicht sprechen.

Bevor ich etwas sagen konnte, antwortete schon James: „Ist sie nicht ein großer Fan von uns? Sie hat Werbung für unser neues Album gemacht. Ich war online und habe es gesehen."

Ich nickte zustimmend und ein „Oh, verstehe" kam von Luke. Ein sanftes, freches Lächeln breitete sich auf seinen Lippen aus, während er seine Hände zusammenfaltete und gelassen zu ihr ging.

Auf dem Gesicht von Nina sah man nur noch ein breites Grinsen und ich wusste, dass sie dieses Gespräch niemals vergessen würde.

Luke hatte sogar eine besondere, ja, beruhigende Wirkung auf Nina, da sie sich in seiner Gegenwart entspannte und mit ihm gelassen lachen konnte, als würde sie ihn schon ewig kennen und das nicht nur durch irgendwelche Zeitschriften.

„Und vielleicht kannst du jetzt Harry begrüßen", murmelte Nathaniel zu mir und nickte zu dem Lockenschopf, der das alles gar nicht mitbekam.

Sofort sahen sich Andrew und James unsicher an und offensichtlich waren sie genauso wenig begeistert wie ich. Auch sie erinnerten sich zu gut an unsere Auseinandersetzung von vor drei Jahren und wollten diese unangenehme Stimmung nicht wieder erzeugen, besonders nicht, nachdem sie mich endlich wiedersahen.

Nur Nathaniel schien wieder positiver Dinge zu sein, denn bevor ich mich gegen diese Idee entscheiden konnte, brachte er mich zum Schweigen, indem er meinen Arm packte und mich einfach zu Harry zog, dabei versuchten Andrew und James, ihn noch davon abzuhalten. Aber dann stand ich schon längst vor ihm mit schnell schlagendem Herzen und obwohl Harry schon immer größer gewesen war als ich, fühlte ich mich nun noch kleiner. Ich fühlte mich schwach und meine Freude wandelte sich wieder in pure Panik um.

Harry sah von den Mädels weg und hielt mich mit seinem durchbohrenden Blick fest – dem Blick, den ich mir noch bei dem Interview vorgestellt hatte – und es schüttelte mich nun noch mehr, zu wissen, dass es real war.

Ich bekam nichts aus dem Mund heraus und auch Harry schwieg. Er sah mich einfach nur an und ich hatte das Gefühl, als hätte er die ganze Macht übernommen.

Ich will hier weg, dachte ich verzweifelt und wollte endlich allein sein.

Nur Nathaniel blieb weiterhin entspannt und optimistisch.

„Na, kommt ihr zwei. Ihr habt euch ewig nicht mehr gesehen. Jetzt sagt zumindest Hallo", forderte er uns mit einem Lächeln auf und ich hatte das Gefühl, als würde er geduldig auf eine Umarmung warten.

Harry sah ihn provozierend an und reagierte überhaupt nicht auf mich, wodurch mein Herz wieder in kleine Stücke zerbrach.

Und diesen Jungen sah ich als meinen besten Freund an. Einst konnten wir miteinander lachen. Nun können wir uns nicht einmal richtig in die Augen schauen, dachte ich innerlich und spürte, wie Tränen hoch kamen. „Ich denke, das war keine so gute Idee."

Es wurde immer schwieriger für mich, die Tränen zurückzuhalten, und mein Atem wurde unruhiger. Ich musste hier dringend weg. Sicherlich wollte ich nicht vor Harry schwach werden.

Ein unbeschreiblicher, heftiger Schmerz, der sich immer weiter in meinem ganzen Körper ausbreitete und mich beinahe lähmte, machte die Situation nicht einfacher und ich wusste nicht, wie lange ich noch seine Gegenwart aushalten konnte. Ja, ich sah mich schon am Zusammenbrechen. *Wie war ich bloß auf die Idee gekommen, auf ihr Konzert zu gehen?*

Ich wollte mich nur noch verkriechen und meinen Kummer hinausschreien, doch Nathaniel hielt mich gegen meinen Willen an meinem Handgelenk fest, wodurch ich nicht fliehen konnte. Doch er sah mich nur mit seinen goldschimmernden, ruhigen Augen an, als würde er sagen: „Du bist nicht allein. Dir wird nichts passieren."

Ich atmete tief ein und aus und mir wurde klar, dass Nathaniel mich nicht so schnell gehen lassen würde, und somit versuchte ich mich zu beruhigen. Auch wenn es in diesem Moment fast unmöglich schien.

Währenddessen sah Nathaniel Harry böse an, was recht ungewöhnlich bei ihm war, doch es zeigte seine Wirkung. Harry seufzte und streckte mir plötzlich formell die Hand hin, ohne irgendwelche Emotionen zu zeigen.

„Hey", kam es kühl von ihm und Gänsehaut überkam mich, als ich seine tiefe, dunkle Stimme hörte, und kurz dachte ich, dass die Tränen doch noch unkontrolliert ausbrechen würden.

„Hey", kam es leise krächzend aus mir heraus und mit zitternder Hand nahm ich seine, was mehr als nur eine Überwindung war. Sofort dachte ich, ein Stromschlag würde durch mich hindurch fließen, als sich unsere Hände berührten. Doch es war zum Glück nur von kurzer Dauer, denn Harry ließ sie sofort wieder los und wandte sich mit einem „Zufrieden?" zu Nathaniel.

„Es ist ein guter Anfang. Also ja", antwortete Nathaniel ernsthaft und hielt dabei festen Augenkontakt mit Harry, der dabei einen immer düsteren Blick bekam. Anscheinend forderten sie sich heraus und ich war kurz davor, dazwischen zu gehen, auch wenn ich nicht wusste, ob es richtig war und für wen ich einschreiten sollte. Dabei sollte es doch einfach sein. Nathaniel war nämlich derjenige, der sich gerade behutsam um mich kümmerte. Aber so war es nicht. Ich verspürte eindeutig den Drang, Harry zu beschützen.

Gabriel, der das ganze Spektakel von seinem Stuhl aus beobachtet hatte, übernahm nun das Wort und löste die Anspannung zwischen den Jungs.

„Es tut mir leid, euch trennen zu müssen, doch, Jungs, wir müssen diesen Song heute fertig aufnehmen. Am Samstag bringt ihr euer neues Album raus. Also los", forderte er sie auf und Harry nickte nur.

Luke schenkte Nina noch ein letztes Lächeln, winkte ihr zum Abschied und rief: „Wir sehen uns wieder, Gracie. Und das bitte nicht nach drei weiteren Jahren. Sonst wird das schwerwiegende Konsequenzen für dich haben."

Dann verschwand er aus dem Raum. Harry wollte es ihm natürlich gleichtun und wollte sich gerade umdrehen, da stockte er in seiner Bewegung.

„War schön, euch wiederzusehen, Ally, Sky", sagte er schließlich und lächelte ihnen dabei freundlich zu. Mir schenkte er aber keinerlei Beachtung.

„Idiot", hörte ich Nathaniel neben mir murmeln.

„Nimm es ihm nicht übel, Nath. Er hat all das Recht dazu, so zu reagieren", meinte ich und legte eine Hand auf seine Schulter.

„Dafür ist es zu lange her. Er sollte endlich mal diese Wut ablegen", entgegnete Nathaniel und sah mich ernsthaft an.

„Er braucht Zeit", antwortete Allison und ich stimmte ihr mit einem Nicken zu. „Definitiv."

„Die sollten wir ihm auch geben. Aber vielleicht können wir ihm helfen, diese Zeit zu verkürzen. Ich hab da nämlich eine Idee", meinte Skyler und die Blicke richteten sich auf sie.

„Sprich. Ich bin ganz Ohr", forderte Nathaniel sie auf und daraufhin kam die Antwort: „Wir könnten nach eurer Aufnahme ‚feiern' gehen, indem wir zu dem Café Mrs. Hulda's Home gehen und dort Kuchen essen."

„Das ist eine klasse Idee", sagte Nina aufgeregt, als sie endlich aus ihrer Traumwelt entfliehen konnte und zu uns gelaufen kam. Man konnte immer noch die Herzchen in ihren Augen sehen und ich konnte wieder entspannt lächeln.

Danke, Nina, dachte ich und war froh, dass Nina eine solch beruhigende Wirkung auf mich hatte. *Was würde ich nur ohne dich tun?*

Zuerst hatte ich überlegt, Skylers Vorschlag abzulehnen, doch jetzt, wo ich Nina sah, sagte ich nur noch: „Ich bin dabei."

„Na, dann machen wir es so. Die Jungs sind sicherlich dabei. Und Harry muss damit einfach klar kommen", sagte Nathaniel und ich zog, ohne etwas zu sagen, eine Augenbraue hoch.

„Siehst du? Du nimmst ihn immer noch in Schutz. Genau wie früher. Also sollte er auch entspannter sein. Immerhin sind jetzt drei Jahre vergangen", erklärte er und klang immer noch verärgert.

„Doch er hat einen Grund für sein Verhalten", entgegnete ich ihm.

„Mr. Evans, Mr. Evans, bitte kommen", rief Luke im Raum nebenan mit verstellter Stimme und die anderen Jungs mussten daraufhin lachen. Auch Harry schien ein wenig lockerer zu sein, kaum nachdem er aus dem Raum gegangen war, und kicherte mit ihnen.

Nathaniel reagierte damit, schnell aus dem Kontrollraum zu rennen, um die Jungs nicht länger warten zu lassen.

„So, Jungs, jetzt konzentriert euch. Immerhin wollt ihr noch mit den Mädels weg", sagte Gabriel mit einem verschmitzten Grinsen ins Mikrofon und die Jungs sahen verwirrt zu Nathaniel, der nickend neben ihnen stand.

„Was heißt das?", fragte Harry ihn mit hochgezogener Augenbraue und sah eher wenig begeistert aus, worauf Nathaniel frech antwortete: „Ich denke, dass du es schon verstanden hast, mein alter Freund."

Harry sah ihn wieder provozierend an, während die anderen Jungs wohl von der Idee begeistert waren. Doch was dieser Lockenschopf von der Idee mit dem Treffen wirklich hielt, konnte keiner wirklich einschätzen. Selbst ich erkannte nicht, ob er wütend oder unsicher war. Oder ob er einfach keine Lust hatte.

Gabriel räusperte sich und forderte sie auf, sich wieder zu konzentrieren. Dann begann die Aufnahme des Songs oder – besser gesagt – die Aufnahme des Refrains.

Nina saß gespannt auf der Couch und beobachtete alles, was hinter der Glasscheibe vor sich ging, während ich die Augen schloss, in eine komplett andere Welt eintauchte und wie die anderen aufmerksam der Musik zuhörte.

Die Jungs hatten wirklich gute Stimmen und wie bei uns vereinten sie sich im Refrain zu einem besonderen Klang, der einzigartig war. Aber da stoppte der Gesang plötzlich und nichts war mehr zu hören, weshalb ich meine Augen wieder öffnete. Nur ein Lachen brach bei den Jungs aus.

Harry hatte seinen Einsatz im Refrain verpasst und ärgerte sich nun. Doch wegen des Lachens der Jungs konnte selbst er ein kleines Grinsen nicht verstecken. Der Refrain war anscheinend so aufgebaut, dass er im Wechsel mit den anderen singen sollte.

„Verdammt, Harry! Du hast es schon wieder verpasst", kicherte James und Harry meinte: „Es tut mir leid. Ich vergesse immer, dass ich im Refrain etwas allein singen muss. Das ist ungewohnt. Tut mir leid, Gabriel!"

„Schon okay. Probieren wir es nochmal. Harry, konzentriere dich bitte", forderte Gabriel mit einem Lachen auf und der Lockenschopf entgegnete mit einem Schmunzeln: „Ich versuch es."

„Konzentration war noch nie Harrys Stärke. Mir tun die Lehrer heute noch leid", murmelte ich unbewusst vor mich hin und die Mädels mussten darüber laut lachen.

Auch die Jungs kicherten im anderen Raum, da ich offensichtlich so laut gesprochen hatte, dass es durch das Mikrofon zu hören gewesen war.

Harry setzte ein finsteres Gesicht auf und fauchte: „Was weißt du schon?!"

Sofort spannte sich mein Körper wieder an und jeder wurde still. Nur ein kleines „Sorry" kam aus meinem Mund, als ich bemerkte, dass ich ihn durch meine Bemerkung nur noch mehr verärgerte.

„Lass uns beginnen", forderte Harry schroff auf und legte seine Stirn in Falten, um sich zu konzentrieren und somit begann der zweite Versuch, der ein voller Erfolg war.

Nach der gelungenen Aufnahme gingen die Bands aus dem großen Gebäude von Woodfields Studio und waren in einem intensiven Gespräch. Auch Nina unterhielt sich wieder entspannt mit Luke und als die anderen sie ansprachen und ins Gespräch miteinbezogen, glaubte ich schon fast, dass sie vor Freude platzen würde. Immerhin wurde für sie ein Traum wahr.

Mit großem Geplauder liefen wir die Straßen von London entlang zu dem kleinen Café namens Mrs. Hulda's Home in der Nähe des Studios. Dort gingen wir immer gerne hin, da es ein kleines, ruhiges Plätzchen war, wo nur wenige Leute ein und ausgingen. Na ja, besser gesagt wo einst aus- und eingingen. Denn seitdem die Fans erfahren hatten, dass die ganze Band Wild Division dort einst gearbeitet hatte, traf man immer wieder auf einen Divisioner, der sich erhoffte, die Band zu treffen. Meistens hatten sie auch Glück, da wir nach einem Arbeitstag im Studio gerne dorthin gingen, und einen Kaffee tranken.

Wir liefen gemütlich durch eine kleine Gasse und ich kuschelte mich in meinen dicken, grauen Strickschal und steckte die Hände in die Tasche meines langen Wintermantels, um mich vor der bitteren Kälte zu schützen. Dabei lief ich in der Mitte der Truppe, umringt von den anderen, die sich immer noch freudig unterhielten. Anscheinend verstanden sie sich sehr gut und lernten sich besser kennen. Mir fiel aber auch auf, dass Harry etwas weiter hinten lief und eher auf den Boden sah. Er hielt sich aus jedem Gespräch heraus und hatte wie ich die Hände in der dicken Jacke verstaut. Seine Haare hatte er unter eine graue Beanie gebracht und er trug ebenfalls einen Schal um seinen Hals, wodurch ich das Gefühl bekam, er würde sich verstecken. Vielleicht taten wir es ja insgeheim beide und nahmen die Kälte nur als Ausrede.

Auf jeden Fall hatte Harry noch kein Wort gesagt, seit die ganze Truppe unterwegs war. Zu gerne hätte ich gewusst, was er dachte oder fühlte, und innerlich verspürte ich das Bedürfnis, mit ihm zu reden und mich nach seinem Wohlbefinden zu erkunden. Doch irgendwas hielt mich davon ab. Wahrscheinlich die Gedanken an den Streit und die Gedanken, wie er in einem Gespräch reagieren würde.

Würde er überhaupt mit mir reden? Würde ich überhaupt mit ihm reden?, schwebten die Fragen immer wieder durch meinen Kopf. Denn die Begrüßung war ja schon eine große Herausforderung gewesen und war mehr als nur verbesserungsfähig. Vielleicht war auch das der Grund, warum er so abseits lief und still war. Vielleicht wollte er einfach nichts mehr mit mir zu tun haben. Immerhin habe ich ihn damals sehr stark verletzt. Dieser Gedanke festigte sich immer mehr, da es mir sehr logisch herüberkam.

„Keine Sorge. Der ist nur so, weil er seinen Text nicht beim ersten Mal hinbekommen hat", erklärte Andrew mit einem aufmunternden Lächeln und ich zwang mir selbst ein Schmunzeln auf. „Wenn du meinst."

Innerlich wusste ich jedoch, dass es nicht nur um den Song ging. Nicht ansatzweise. Wahrscheinlich prallten auch seine Gedanken an unsere gemeinsame Vergangenheit auf die Gegenwart und er wusste nicht, was er tun sollte. Vielleicht dachte er gerade an den Moment, als sich unsere Wege endgültig getrennt hatten. Oder er versuchte einfach nur, Abstand zu mir zu halten, um nicht nochmal verletzt zu werden.

„Wir sind da!", schrie Allison und rannte voraus zu einem kleinen, weißen Laden im Vintage Style.

Die großen Fenster waren schon weihnachtlich geschmückt und somit sah das Café noch gemütlicher aus als sonst. Der Laden wurde von Mrs. Huldas ältesten Tochter, Mary Annabelle, geleitet und nur ab und zu half die jüngste Tochter Olivia aus, wenn sie gerade nicht als Stylistin für Wild Division arbeitete.

Mrs. Hulda selbst war für die Band mehr als nur eine große Hilfe gewesen. Sie hatte uns einen Job gegeben, als wir ihn am dringendsten gebraucht hatten, und hatte sich liebevoll um uns alle gekümmert, wodurch sie einen ganz besonderen Platz im Herzen von Wild Division hatte.

Als wir die ersten Weihnachten in London verbrachten und noch nicht viel Geld hatten, hatte Mrs. Hulda uns zu ihrem Familienfest eingeladen, womit sie uns ein wundervolles Weihnachten ermöglicht hatte. Dort hatten wir auch ihr traditionelles Weihnachtsessen, Raclette, kennengelernt. Mrs. Huldas Eltern waren nämlich aus der Schweiz eingewandert und hatten manche Traditionen nach England gebracht. Da die ganze WG von diesem Gericht begeistert war, gab es bei uns keinen Truthahn wie bei den meisten englischen Familien, sondern Raclette.

„Ob sie wieder den leckeren Apfelkuchen haben?", sagte James schwärmend vor sich hin und Nathaniel nickte: „Sie müssen einfach."

„Ihr kennt den Laden auch?", fragte Nina freudig und Andrew antwortete: „Natürlich. Der beste Ort, um sich entspannen zu können."

„Und um Kuchen zu essen", fügte Luke hinzu und zuletzt meinte Nathaniel: „Und um Songs zu schreiben."

Harry lief währenddessen immer noch schweigend hinterher und der Gedanke daran, dass er ganz in der Nähe war, ließ mich immer noch unsicher fühlen. Ich hatte nämlich einen inneren Kampf zwischen zwei Emotionen, wodurch ich mich nicht entspannen konnte. Mir war einfach unklar, welches Gefühl stärker war – die Freude oder die Unsicherheit. Trotz gemischter Gefühle konnte ich es jedoch kaum erwarten, den Nachmittag mit den anderen Jungs zu verbringen.

Allison öffnete die schwere, weiße Holztür des kleinen Ladens und das Klingeln eines Glöckchens ertönte durch den Raum, der in weißen und fliederfarbenen Tönen gestrichen war. Sofort stieg der angenehme Geruch von Gebackenem und frisch gemahlenen Kaffee in die Nase, als würden sie einen herzlich willkommen heißen.

„Oh Mann, hab ich einen Hunger", murmelte Nina leise neben mir.

„Du hast immer Hunger", lachte ich und zog den unwiderstehlichen Geruch ein, wobei ich spürte, wie mein Magen grummelte.

„Grace!", hörte ich plötzlich eine helle Frauenstimme rufen und als ich einen kleinen Rotschopf hinter der weißen Theke hervortreten sah, musste ich lächeln.

„Hallo Mary!", rief ich zurück und hörte Allison meckern: „Natürlich begrüßt sie dich als Erste!"

Da flüsterte ich frech grinsend zurück. „Ich war auch ihre beste Mitarbeiterin."

„Wir waren auch nicht schlecht!", protestierte Skyler und ich antwortete: „Ja, ihr konntet euch nur beim Kuchen nicht beherrschen."

Skyler wollte gerade nochmal etwas sagen, da war Mary schon bei uns und schloss jeden in eine kurze Umarmung.

„Schön, euch wiederzusehen", meinte sie und sah uns mit ihrem sanften Blick an, „Ihr wollt sicherlich an euren speziellen Platz, richtig?"

„Ja, bitte", meinte Nina lächelnd und Skyler fügte hinzu: „Wir hätten dieses Mal nur fünf Leute mehr."

Mary sah zu den Jungs und ihre Augen wurden groß. Dann sah sie wieder uns an und grinste breit. „Solution 5? Und Wild Division zusammen? Oh mein Gott, wie cool ist das denn? Wer hätte gedacht, dass ich euch eines Tages gleichzeitig betreuen darf?"

James umarmte mich von hinten, rubbelte mir über die Haare und meinte: „Na, immerhin sehen wir endlich unsere Solution-5-Mama wieder. Das müssen wir doch feiern."

„Auf jeden Fall. Euer Platz ist zumindest frei und reicht locker für euch alle", grinste Mary, „Geht schon mal vor. Ich komme gleich nach."

Alle nickten dankend und zusammen liefen wir in die hintere, abgeschirmte Ecke des Cafés. In dieser Ecke war eine gemütliche Sitzfläche, die mit vielen Kissen und Decken ausgepolstert war, was auch der Grund war, warum das der Lieblingsplatz der Mädchen war. Außerdem waren dort vier dicke Sitzsäcke platziert, die etwas fester waren als üblich, damit man besser sitzen konnte.

Ich setzte mich auf die Eckbank und Nathaniel zögerte nicht eine Sekunde, mir hinterher zu rücken. Skyler sicherte sich währenddessen schnell einen ihrer geliebten Sitzsäcke, denn auch

Harry, Luke, Andrew und Allison wollten sich einen schnappen. Am Ende musste Luke, seinen Sitzsack aufgeben, da Harry ihm einen frech grinsend weggeschnappt hatte, und er setzte sich kopfschüttelnd zu Nina auf die Eckbank.

Kaum hatten alle ihre dicken Jacken ausgezogen, da kam auch schon Mary und fragte mit einem Lächeln: „Was kann ich euch denn bringen?"

„Apfelkuchen", sagten fünf Leute auf einmal und alle mussten lachen. Sogar Harry konnte es nicht vermeiden und sofort machte mein Herz einen Satz. Es erfreute mich, wieder sein ehrliches Lachen zu sehen und im Gegensatz zu seinen gefährlichen, blauen Augen strahlte dieses Lächeln etwas Warmes und Freundliches aus. Doch es verschwand wieder in Windeseile, als er bemerkte, dass ich ihn anstarrte, und die Hoffnungen, dass er sich doch noch in meiner Gegenwart lockern würde, verschwanden.

„Okay. Wer möchte jetzt alles Apfelkuchen?", fragte Mary schmunzelnd und plötzlich hoben alle ihre Hände für den berühmten Apfelkuchen von Mrs. Hulda. Nur Harry und ich hatten wohl beide etwas anderes im Kopf und innerlich hatte ich schon eine Vermutung, was er bestellen würde. Nämlich dasselbe wie ich. Zumindest, wenn er denselben Geschmack wie früher hatte.

„Was möchtet ihr zwei?", fragte Mary nun uns und ich zögerte mit der Antwort, da ich dachte, dass Harry vielleicht zuerst sprechen würde, doch als ich zu ihm sah, nickte er mir nur auffordernd zu, und ich antwortete: „Kirschstreusel wäre toll."

„Dasselbe für mich, bitte", sagte Harry und räusperte sich dabei.

Als ich wieder seine dunkle, raue Stimme hörte, überkam mich ein weiteres Mal Gänsehaut. Aber gleichzeitig musste ich sachte über seine Antwort schmunzeln. Kirschstreusel war nämlich schon immer der Lieblingskuchen von uns gewesen. Früher konnten wir es nie abwarten, bis meine Oma den nächsten Kuchen gebacken hatte und meistens hatten wir ihn auch an einem Tag komplett aufgegessen. Manche Vorlieben änderten sich eben nie.

Ich sah kurz auf und bemerkte, dass Harry mich mit seinem Blick fixierte. Vielleicht hatte er dieselben Gedanken in diesem Moment, denn seine Augen wirkten sehr nachdenklich. Doch sie verkörperten auch eine gewisse Bedrohung, weshalb ich meinen Blick schnell wieder abwandte, als Mary fragte, welche Getränke wir haben wollten.

Ich hoffte, dass er seinen Blick ebenso abwenden würde, doch selbst als Mary mit der Bestellung fertig war, konnte ich immer noch seinen durchbohrenden Blick spüren, worauf ich unruhig wurde und auf dem Sitz hin und her rutschte.

Ich muss hier weg, war mein einziger Gedanke.

„Ich helfe dir", platzte es aus mir heraus und bevor Mary etwas entgegnen konnte, fügte ich hinzu: „Das schaffst du nicht alles allein. Lass mich dir helfen, Mary."

Ohne zu zögern, stand ich vom Tisch auf und lief zusammen mit Mary hinter die schöne, große Theke, die aus demselben Holz gebaut war wie die große Eingangstür. Wenn ich mich recht erinnerte, war beides von Mrs. Huldas Ehemann angefertigt worden, der die Träume seiner Frau verwirklichen wollte. Leider hatten wir ihn nie kennenlernen dürfen, da er vor unserer Ankunft in London verstorben war. Dabei hätten wir zu gerne die Liebesgeschichte von dem älteren Paar gehört. Da aber Mrs. Hulda nur mit einem Schmunzeln antworten würde, war klar, dass wir über den Verlauf ihrer Liebe nur rätseln konnten.

Als ich hinter der Theke war, ging ich direkt zur Kaffeemaschine, um die ersten Bestellungen, die die Truppe aufgegeben hatte, fertigzustellen, und nahm Tassen aus den Regalen.

„Weißt du denn noch, wie das funktioniert?", fragte Mary lächelnd.

„Na klar. Zwar hatten ich und diese Kaffeemaschine immer einen Kampf ausgetragen, aber irgendwann habe ich dann ja doch noch verstanden, wie man das Teil richtig bedient. Jetzt dürfte es kein Problem mehr für mich sein", antwortete ich und wir mussten beide lachen.

„Trotzdem rate ich dir, vorsichtig zu sein. Den dieses Mal würde dein schöner Strickpullover draufgehen und nicht die Arbeitskleidung."

„Ich werde es zumindest versuchen", antwortete ich und sah kurz zu meiner Truppe in der hinteren Ecke.

Sie schienen sich wirklich sehr zu amüsieren und unterhielten sich ohne Pause über alle möglichen Dinge. Auch Harry schien mit ihnen zu sprechen, denn ab und zu tauchte auf seinem Gesicht ein zartes Schmunzeln auf und ich konnte sehen, wie sich seine Lippen bewegten. Das zu sehen, tat mir weh. Anscheinend wollte er tatsächlich nicht reden, wenn ich dabei war. Doch konnte man es ihm übelnehmen?

Ich war damals nicht wirklich nett zu ihm gewesen und hatte ihn im Stich gelassen, obwohl er seine Freundin gebraucht hätte. Sicherlich war es nicht einfach, mit mir im selben Raum zu sein.

„Ich gehe den Apfelkuchen holen", meinte Mary, die meinem Blick folgte, und lächelte geheimnisvoll, wie es ihre Mutter auch immer tat.

Sie kannte die berühmte Geschichte zwischen dem Schönling Harry White und der beliebten Grace O'Reilly. Zu gern hätte sie gewusst, was damals in ihrem Streit ablief, doch das würde ein Rätsel bleiben. Anfangs hatte sie mich des Öfteren ausgefragt, doch ich behielt die Antwort immer für mich, weshalb sie es aufgegeben hatte nachzufragen. Ich war kein Mensch, der gerne über mein Privatleben sprach.

Ich grinste sie an. „Sag mir bloß nicht, dass er noch lauwarm ist."

„Doch. Genau so, wie deine Truppe es liebt."

„Sie werden den ganzen Kuchen aufessen."

„Diese Bedenken habe ich auch, meine Liebe. Besonders bei Nina und bei Nathaniel. Die beiden könnten ja immer essen", murmelte Mary lachend.

„Die könnten nicht nur. Die essen auch immer", antwortete ich frech und während Mary lachend in die Backstube verschwand, wandte ich mich wieder meiner Aufgabe zu, wobei ich in Gedanken versank und mein Lächeln verschwand.

Ich bereitete gerade die heiße Zitrone für Skyler zu, da bemerkte ich eine Kundin an die Theke treten, und fragte: „Was möchten Sie haben?"

Das junge Mädchen blieb kurz wie erstarrt stehen und dann quietschte sie auf: „Oh mein Gott! Du bist Grace O'Reilly von Wild Division!!"

„Ja, die bin ich", lächelte ich und stellte Skylers Getränk ab.

„Ich liebe euer neues Album Rising Phoenix. Besonders euren Song Coming home finde ich so was von gigantisch", erzählte sie begeistert und ich antwortete voller Freude: „Ich danke dir. So etwas zu hören, bedeutet mir viel. Besser gesagt uns."

Freudestrahlend sah das Mädchen mich an, als ich frech grinsend fragte: „Was möchtest du?"

„Eine Unterschrift, ein Selfie mit einer der besten Sängerinnen. Dabei wollte ich eigentlich nur einen Latte Macchiato zum Mitnehmen holen", sagte sie und versuchte, sich dabei so ruhig wie möglich zu verhalten.

„Kommt alles sofort. Sag mir nur, wie du heißt."

„Rachel."

„Ein sehr schöner Name", schmunzelte ich und schnappte einen Becher, auf den ich Rachels Namen schrieb. Darunter setzte ich meine Unterschrift, die durch ein Herzchen als I-Punkt bekannt war.

Danach bereitete ich mit einem Grinsen das Getränk zu und war überrascht, dass ich mich noch an jeden Handgriff erinnern konnte. Ich war zwar noch nie der Experte im Kaffee zubereiten gewesen und somit würde der Macchiato nur halb so gut werden wie der von Mary. Aber dennoch konnte ich Rachel voller Stolz die Latte Macchiato überreichen. „Ein Getränk von Grace O'Reilly persönlich."

„Oh mein Gott, danke", lachte Rachel und nahm das Getränk entgegen.

„Und noch ein Selfie, richtig?", fragte ich nach und riss dabei die Kundin aus einer Starre, was mich zum Lachen brachte.

„Ja, ja, das wäre klasse", antwortete sie, nahm ihr Handy raus und machte die Kamera an, um ein Selfie zu machen.

Mit meinem besten Lächeln posierte ich für die Kamera und nach nur wenigen Bildern hörte ich nur noch ein leises „Danke."

„Gerne. Ich wünsche dir einen schönen Tag."

„Danke. Dir ebenso.“

„Ich dachte, du gibst nicht gerne Autogramme“, sagte Mary, als die Kundin aus dem Geschäft ging, und tauchte wieder hinter der Theke auf.

„Kommt drauf an, wie der Fan reagiert“, bekam sie als Antwort und als ich zu ihr sah, erkannte ich, dass Mary kleine Kuchenteller liebevoll mit einem leicht dampfenden, goldbraunen Apfelkuchen mit Puderzucker angerichtet hatte.

„Der sieht wieder richtig gut aus. Mrs. Hulda hat sich wieder selbst übertroffen. Wie geht es ihr überhaupt?“, fragte ich neugierig.

„Sehr gut. Sie hat einen Stand auf dem Weihnachtsmarkt und schenkt wie jedes Jahr ihren Glühwein aus. Sicherlich würde sie sich freuen, wenn ihre Lieblinge vorbeikommen würden“, antwortete Mary und ich musste grinsen: „Sicherlich finden wir die Zeit dazu.“

Während ich die Getränke für die ganze Truppe fertig anrichtete, bereitete Mary noch zwei Teller mit Kirschstreusel zu, um sie dann auf dem Tablett abzustellen.

In diesem Moment kam Andrew zu uns und fragte: „Kann ich euch behilflich sein?“

„Nein. Wir sind gerade fertig geworden“, sagte ich und wollte gerade das Tablett nehmen, da schnappte es Andrew mir aus der Hand.

„Ich will das machen“, meinte er frech grinsend.

Zusammen liefen wir zu den anderen, die sich sofort wie Kleinkinder über das Essen freuten. Als ich Harry sein Stück Kuchen hinstellte, erstarrte ich, da ein „Danke, Grace“ von ihm zu hören war.

Nach fast drei Jahren, hatte er tatsächlich meinen Namen ausgesprochen. Zwar klang es immer noch gezwungen, jedoch hatte er ihn überhaupt aussprechen können, wodurch ich sachte lächeln musste und einen Hoffnungsschimmer bekam.

„Gerne“, antwortete ich und setzte mich neben Nathaniel, um den restlichen Nachmittag mit den anderen zu verbringen.

Wir sprachen über alle möglichen Dinge und schlossen dabei enge Freundschaften.

Nina verstand sich am besten mit Luke und himmelte ihn mit Herzchenaugen an, während Allison amüsiert mit Nathaniel quatschte und Skyler sich in einem Gespräch mit Andrew befand. Nur Harry sprach kein einziges Wort. Er saß schweigend da und durchbohrte mich mit seinem Blick, während ich mit James über die letzten drei Jahre sprach.

7. TRACK

Der restliche Nachmittag verging recht schnell und wir mussten leider wieder getrennte Wege gehen, da es draußen dunkel wurde, und Mary, die die Öffnungszeit wegen uns schon verlängert hatte, wollte endlich nachhause zu ihrer Familie. Wir hatten sehr lange gequatscht und viel dabei gelacht. Um Harry war es jedoch weiterhin still geblieben und das war ein Verhalten, das nicht für ihn sprach. Ich wusste noch von früher, dass Harry es liebte, in Gespräche mit einbezogen zu sein, und er konnte ein richtiger Quatschkopf sein. Doch an diesem Nachmittag merkte man davon überhaupt nichts.

Kurz, bevor alle heimfahren wollten, beschlossen wir, dass wir dieses Treffen wiederholen sollten. Also verabredeten wir uns dazu, in den nächsten paar Tagen weiterhin Zeit miteinander zu verbringen und uns nachmittags im Café zu treffen. Da alle von dieser Idee begeistert waren, konnten Harry und ich es nicht ablehnen und stimmten widerwillig zu.

Wir, Wild Division, fuhren ausgelassen nach Hause und sprachen darüber, wie schön es war, die Jungs zu treffen. Nina schwärmte dabei immer wieder von Luke, der in Wirklichkeit noch sympathischer wäre, als sie es sich vorgestellt hätte. Natürlich neckten Allison und Skyler sie deswegen und brachten sie dadurch in Verlegenheit, indem sie sagten: „Da ist jemand schwer verknallt."

Dennoch verschwand die Begeisterung in Ninas Augen keine Sekunde und sie antwortete nur damit die Zunge herauszustrecken.

Ich blieb jedoch still und dachte über Harry nach. So viele Fragen schwirrten im Kopf und ich fühlte mich so klein.

Ich bin schuld daran, dass er so ist, dachte ich mit schlechtem Gewissen und suchte unbewusst Wege, um den alten, mir bekannten Harry wieder herauszulocken.

Als wir zu Hause ankamen, bemerkten wir, dass unsere Mit-
bewohner bereits schliefen und wie spät es eigentlich schon war.
Leise sagten wir „Gute Nacht" und verschwanden in unseren
Zimmern.

Als ich hinter meiner Tür verschwand, schaute ich auf mein
Handy und bekam einen leichten Würgereiz, als ich einen verpassten Anruf von Mr. Marks auf dem Bildschirm sah. Auch die
Nachricht, die er hinterlassen hatte, wollte ich nicht unbedingt
abhören. Doch da es wichtig sein könnte, tat ich es trotzdem und
ließ die Nachricht abspielen.

„Hallo, Grace. Ich wollte dir sagen, dass ich dich morgen in
meinem Büro sprechen möchte. Es ist wichtig und ich wollte mit
dir darüber sprechen", hörte ich und musste schlucken.

Verwirrt starrte ich aus dem Fenster und auf den großen, alten Baum, durch den die Lichtstrahlen des Mondes schienen
und das Zimmer in eine unheimliche Atmosphäre eintauchten.
Millionen Fragen schwirrten durch den Kopf und dabei platzte
er mir schon wegen Harry White. Doch nun beschäftigte mich
auch noch die Frage, warum Mr. Marks mit mir sprechen wollte. Es schien sehr wichtig zu sein, doch warum rief er nicht die
ganze Band an und nur mich?

Ich schnappte mir meinen Schlafanzug am Kleiderhaken und
wollte gerade ins Badezimmer gehen. Doch da bemerkte ich, dass
Allison sich noch fertig machte, und ich lehnte mich seufzend an
die Wand, um darauf zu warten, dass sie raus kam. Zum Glück
dauerte es bei ihr niemals zu lang, nicht so wie bei Skyler, die
manchmal Stunden darin verschwinden konnte.

„Tut mir leid, wenn du lange warten musstest", sagte sie und
riss mich aus den Gedanken, die mich immer noch plagten. Ich
murmelte nur leise: „Nein, nein, schon gut. Ich wünsche dir
eine gute Nacht, Ally."

Während ich das zu ihr sagte, fragte ich mich, ob ich ihr von
dem verpassten Anruf erzählen und sie um ihre Meinung fragen

sollte. Doch ich blieb unsicher. *Wie sollte ich jetzt reagieren? Immerhin hatte Mr. Marks nicht ohne Grund angerufen, oder?* Zumindest schien es so, als hätte er nur mich angerufen. Um genau zu sein, konnte ich das nicht wissen. *Und wenn er die anderen angerufen hätte, hätte Allison oder jemand anderes etwas gesagt, oder? Aber dann stellte sich die Frage, ob sie nur so handelten wie ich und unsicher waren.*

Ein schnelles „Gute Nacht" kam aus Allisons Mund geschossen, die mich nachdenklich musterte und wahrscheinlich ahnte, dass ich fern vom Stern war. Doch sie stellte keine Fragen. Wahrscheinlich dachte sie, dass meine Gedanken sich um die Ereignisse von heute drehten. Immerhin kochte die Vergangenheit bei mir hoch und im Gegensatz zu Allison war das Wiedersehen mit Harry für mich eine Qual gewesen.

Ich machte mich schnell bettfertig und dachte dabei immer wieder darüber nach, was Mr. Marks besprechen könnte. Doch ich müsste wohl bis zum nächsten Morgen warten und somit versuchte ich, meine Fragen aus dem Kopf zu jagen.

Doch kaum hatte ich mich in mein Bett gelegt, plagten mich schon andere Gedanken meinen Kopf, die sich natürlich nur um diesen einen Jungen drehten. Nur dieser eine Name schwirrte in Großbuchstaben in meinem Kopf herum und immer, wenn ich die Augen schließen wollte, sah ich ihn, wie er an diesem Tag mir gegenüber gesessen hatte.

Ich sah sein markantes Gesicht, seine kristallblauen, mörderischen Augen, in denen man sich verlieren konnte, und ich sah die einzelnen Strähnen, die in sein Gesicht fielen. Ich spürte seine ganze Präsenz, dabei überkam mich eine Gänsehaut und ich öffnete ruckartig die Augen, um dem Bild zu entfliehen, wie er mich mit seinem Blick beinahe ermordet hätte.

Ich starrte auf die dunkle Zimmerdecke und dachte über das plötzliche Wiedersehen nach. Von jetzt auf gleich und mit voller Wucht waren wir beide auf die Vergangenheit geprallt und wir wussten nicht, wie wir darauf reagieren sollten. Es war komisch und ich konnte mich nicht entscheiden, wie ich darüber fühlen oder denken sollte. *Ob er wohl auch so viele Fragen im Kopf hatte und ob er sich genauso viele Gedanken machte?*

Sein Verhalten, seine Körpersprache und sein Aussehen, die sich in den Jahren kaum verändert hatten, machten mir am schlimmsten zu schaffen, da alles an ihm dasselbe zu sein schien. Der einzige Unterschied war, dass er still sein konnte, und das war eine Eigenart, die überhaupt nicht zu ihm passte. Er war bekannt dafür, eine große Klappe zu haben und sich in jede Angelegenheit einzumischen. Er hatte immer nach Herausforderungen gesucht und deswegen auch viele Probleme bekommen. Es war ihm auch egal, ob er mich da hineinzog oder nicht, was häufiger zu Streitereien zwischen uns führte. Aber heute hatte ein zurückhaltender, verärgerter Junge vor mir gesessen, der seinen Mund nicht einmal hatte öffnen können, und der Gedanke, dass es wegen mir gewesen war, ließ mich schlecht fühlen.

Mir wurde klar, dass es keinen Zweck hatte, schlafen zu wollen. Ich war zu wach und musste mich von diesen Gedanken und Fragen ablenken, auch wenn das innerliche Gewissen sagte, dass das nicht klappen würde. Ich nahm meine Strickjacke vom Schreibtischstuhl und verließ leise das Zimmer. Langsam lief ich die Treppe hinunter, um schlussendlich in der dunklen Küche zu landen. Dort schenkte ich mir erst einmal ein Glas Wasser ein und lehnte mich an der Theke an, um tief durchzuatmen. Aber als ich einen weiteren Schluck trank, tauchte wieder das Gesicht von Harry in meinem Kopf auf und ich spürte die Tränen aufsteigen, da ich einfach nicht entkommen konnte. Besonders nicht nach heute.

Seit drei Jahren hatte ich ihn nicht mehr gesehen außer im Fernsehen oder in Social Media, wenn jemand wieder ein Bild von ihm gepostet hatte. Doch nun hatte er wieder leibhaftig vor mir gestanden und sah genauso aus wie früher. Ich hatte nur erkennen können, dass seine kindlichen Züge im Gesicht langsam verschwanden und er sich zu einem attraktiven, jungen Mann entwickelt hatte. Sofort verspürte ich wieder den Schmerz in meiner Brust, als ich darüber nachdachte, dass wir nicht ansatzweise eine Kommunikation geführt hatten.

Ich atmete tief ein und aus und wusste, dass ich nicht mehr so viel darüber denken sollte. Sonst würde ich die nächsten paar

Tage noch wahnsinnig werden. Immerhin würden wir uns nun öfter sehen und das würde schon eine Herausforderung werden.

Ich musste mich ablenken, um die Tränen zurückzuhalten, und somit kam ich auf die Idee, ein wenig Klavier zu spielen. Ich verspürte ein Verlangen und wusste sofort, was ich spielen würde, auch wenn ich nicht wusste, ob es eine gute Idee war. Ich nahm das Glas Wasser und lief ins Wohnzimmer zu dem großen, weißen Flügel, der im dunklen Raum mysteriös in den schönsten Farben schimmerte. Der längliche Kamin war ausgebrannt und somit war es stockdunkel in diesem Raum, was ihn geheimnisvoll wirken ließ, da nur der Mond durch das Panoramafenster schien. Doch diese Atmosphäre änderte sich schnell, als ich den Lichtschalter betätigte. Der Raum wurde in ein weiches, nicht zu helles Licht getaucht. Dieser Platz hatte wirklich etwas Magisches an sich. Es war wirklich die Werkstatt der Musik.

Ich lief zu einem kleinen Schränkchen mit drei Türen in der hinteren Ecke des Raumes. Zwei von diesen Türchen gehörten Lorence, der diese Fächer nutzte, um seine Klaviernoten und seine eigenen Kompositionen zu verstauen. Dafür brauchte er sehr viel Platz und wenn man dort etwas rausholen wollte, fielen einem meistens die Notenblätter entgegen. Das rechte Türchen jedoch überließ er freundlicherweise der Band und wir nutzten es, um unsere Songs sauber und ordentlich in einem Ordner abzuheften. Doch dieses Schränkchen beinhaltete so viel mehr für mich.

Langsam öffnete ich das Türchen und fand die zwei großen Ordner, in denen die Liedtexte und die Pläne der Tourneen der veröffentlichten Alben verstaut waren – einmal von Rising Phoenix unserem neusten Album und dann vom ersten Album Upside Down.

Ich musste schmunzeln, als ich den Ordner zu den ersten Songs nahm und das Albumcover sah. Vier schwarze Silhouetten von kleinen Katzen waren darauf abgebildet. Die erste Katze saß entspannt neben den anderen drei, die eindeutig aktiver in ihrer Tätigkeit waren. Eine spielte voller Freude mit Schmetterlingen und wirkte dadurch sehr abgelenkt. Die anderen zwei spielten zusammen mit einem Wollknäuel. Somit spiegelte sich die Band Wild Division in den Katzen wider.

Der Namen Upside Down kam von Skyler, die diese vier Kätzchen während einer Probe gezeichnet hatte, und gemeinsam hatte sich die Band für die Farbe Petrol, unsere Bandfarbe, entschieden. Wer hätte damals gedacht, dass dieses Album die Band einmal so weit nach oben bringen und so viele Zuhörer bringen würde.

Aber ich legte den Ordner wieder zur Seite und griff hinter den Ordner zu Rising Phoenix, da ich etwas ganz Bestimmtes suchte. Etwas, das ich nicht mit der Band teilte, sondern für mich selbst aufbewahrte.

Als ich es ertastet hatte, nahm ich es sachte und zog ein kleines, braunes Lederbuch heraus. Auf der Vorderseite stand: *To my daughter.*

Es war schon ein altes Büchlein und war in der Vergangenheit sehr viel benutzt worden. Es war ein Geschenk meiner Mutter an meinem 16. Geburtstag, nachdem die Band Wild Division unter Vertrag genommen worden war. Sie hatte gemeint, dass ich in diesem Büchlein alle Ideen aufschreiben und dabei an sie denken sollte. In diesem Büchlein hatte ich meine allerersten Songideen aufgeschrieben und wenn ich manchmal darüber las, musste ich schmunzeln. Manche Texte waren wirklich ein Graus und man konnte erkennen, dass sich meine Art, wie ich mit Worten umging, stark verändert hatte. Aber andere Ideen wiederum hatten uns schon geholfen, Texte zu vollenden.

Auch heute noch nutzte ich dieses Büchlein auf der Tour, um eigene Texte oder Melodien aufzuschreiben. Aber ich teilte diese Ideen nur selten mit der Band, da ich in diese Texte Gedanken und Gefühle einbezog, die mich sehr stark bewegten. Natürlich tat ich das bei allen Liedern, auch bei denen, die ich mit der Band schrieb. Doch diese Themen waren wiederum anders. Sie dienten eher zur Verarbeitung von Erinnerungen oder anderen Dingen und waren dadurch sehr persönlich.

Ich suchte genau nach so einem Song und als ich das Büchlein aufschlug, fiel auch schon ein kleines zerknittertes Blatt heraus.

Ich schlug das Buch wieder zu und nahm den Zettel in die Hand, denn genau diesen Song hatte ich gesucht. Das Papier hatte viele Flecken und an bestimmten Stellen schon Einrisse. Sofort erinnerte ich mich an die vielen Tränen, die während des Schreibens vergossen wurden. Dieser Song war in meiner dunkelsten Zeit entstanden und war für mich sehr wertvoll, da es mein erster Liebessong war. Doch bis auf einen einzigen Menschen kannte niemand ihn, denn meine Bandmitglieder wüssten sofort, worum es gehen würde. Harry Samuel White.

Nachdem der Lockenschopf aus meinem Leben verschwunden war, hatte sich bei mir etwas verändert. Meine Gefühle hatten sich gewandelt. Das heißt, ich hatte meine wahren Gefühle für Harry entdeckt. Eine ebenso tiefempfundene Liebe, die so lange tief in mir vergraben war, und ich hatte sie erst bemerkt, als es zu spät war. Doch als ich ihm meine Liebe gestehen wollte, hatte er schon eine Beziehung mit einer anderen Frau, was dazu führte, dass ich geschwiegen und mich versteckt hatte. Natürlich ärgerte es mich, weil ich zu langsam meine Gefühle realisiert und Harry mal wieder recht gehabt hatte. Doch es war, wie gesagt, einfach zu spät und selbst wenn ich für dieses Chaos zuständig war, hatte sich gleichzeitig ein Groll in mir aufgebaut, weil er so schnell mit jemand anderem zusammen war, obwohl er mir erst kurz davor seine Liebe gestanden hatte. Vielleicht war ich einfach zu sehr verletzt und hatte deswegen niemals darüber gesprochen. Zumindest nicht freiwillig. Denn da gab es eine Person in meinem Leben, die die wahre Geschichte kannte. Diese Person half mir auch, den Liebeskummer zu bestehen.

Ich spürte, wie meine Hände zu zittern anfingen, als ich das Blatt Papier entfaltete, und atmete tief durch. Dann ging ich zurück zum Flügel, setzte mich hin und begann, die ersten Akkorde von „Isn't it strange?" zu spielen.

Eine sanfte, traurige Melodie ertönte im Raum, die schon sehr lange nicht mehr gespielt worden war. Die Finger glitten über die Tastatur und trotz der kleinen Fehler versetzte die Melodie mich in eine Art Trance:

We were often together
Boy, we stuck together
Even if we know our dark side
Our Friendship never divide
Time doesn't stop, things change.
We changed. Isn't it strange?

In den ersten paar Zeilen war ein Ziepen in der Brust zu verspüren und meine Stimme wankte. Genau wie damals. Nur da waren die Worte fast unaussprechlich und es war ein Schmerz zu verspüren, der nicht zu beschreiben war. Es war Liebeskummer und ich kannte den Grund, der diesen Kummer auslöste, seit Kindheitstagen. Ein Junge, der mich in so viele Problem hineingezogen hatte und dem ich manchmal den Kopf hätte abreisen wollen. Besonders als er einmal auf die Idee kam, ein Auto kurzzuschließen, um durch die Stadt zu fahren. Am Ende des Tages saßen wir beide auf dem Revier und mussten auf unsere Eltern warten. Ich war an diesem Tag stinksauer auf Harry, aber am Ende brachte er mich dennoch zum Lachen. So wie immer, wenn ich wieder schlechte Laune hatte.

Sitting in a room with the last light!
Once four shone bright!
Peace became war!
Faith became disbelief!
Love became pain!
Hope will burn alone,
Saying: Get up, fight and pick up your crone!
Never give up! No!

Bei der zweiten Strophe schossen dann einzelne Tränen in meine Augen, da der Text mich zu sehr an mein altes Leid und an die vielen, besonderen Momente mit Harry White erinnerte, deren Wert ich erst nach dem Verlust der Freundschaft erkannt hatte. Eine Zeit, die voller Abenteuer steckte. Abenteuer, die uns zu einer engen Freundschaft geführt hatten.

You wanted us together
You and me forever
Oh dear, stay by my side this time
But I knew we were not fine
My heart felt a great change!
I felt love. Isn't it strange?

Die Bridge des Songs war der Wendepunkt und sie erzählte davon, dass ein großer Fehler begangen worden war und dass es zu spät war, ihn wieder gut zu machen. Ich hatte damals lange gebraucht, um den Song zu schreiben, doch durch ihn konnte ich mir ein wenig Trost geben. Musik berührte mich nicht nur sehr stark, sondern sie half mir auch dabei, einen anderen Blickwinkel zu sehen. Die Musik war eine Art Kommunikationsmittel, das die Gefühle besser ausdrücken konnte als gesprochene Worte.

All the time
I was so blind
And you were always so kind
I know how you felt lost,
Seeing me with other guys the most.
Your smile changed!
Isn't it strange?

Isn't it strange?
Now I recognize my mistake!

Isn't it strange?
Now I felt rage!

Isn't it strange?
How things changed?

I swear to never do it again!
I will try to live without you
Even though I have no clue

And I will …

Sitting in a room with the last light!
Four will shine bright!
And war becomes peace!
Disbelief becomes faith!
Pain becomes love!
Hope won't burn alone,
Saying: „Get up, fight and pick up your crone!
Never give up! No!

Die letzten Töne des Liedes wurden angespielt und Stille breitete sich wieder im Wohnzimmer aus. Nur mein stockendes Atmen und ein leises letztes Schniefen waren von mir zu hören, als ich mit einer Hand die Tränen wegwischte und auf meinen Schoss sah, um mich wieder von all den Emotionen zu beruhigen.

Plötzlich zuckte mein ganzer Körper zusammen, als ein Klatschen hinter mir zu hören war, und ich drehte mich ruckartig um und sah Lorence, der sich auf einen Sitzsack gesetzt und gespannt zugehört hatte.

„Tut mir leid, wenn ich dich geweckt habe", murmelte ich und versuchte, meine Gefühle wieder unter Kontrolle zu bekommen. Ich nahm den Songtext, legte ihn wieder in das kleine Büchlein und ging zu dem Schränkchen, um es zu verstauen.

„Ich konnte eh nicht schlafen, vor allem nicht nach deinem misslungenen Klavierspiel", antwortete Lorence verschlafen und gähnte dabei laut.

„Danke", seufzte ich und musste leicht schmunzeln.

Für Lorence spielte ich immer grauenhaft Klavier. Er meinte immer, dass ich lieber bei der Gitarre und beim Gesang bleiben sollte. Das stimmte auch auf eine Weise. Ich war begabt beim Singen und Gitarre spielen, doch das Klavier war eine größere Herausforderung.

„So schlecht war ich doch gar nicht", versuchte ich, mich mit einem Grinsen zu verteidigen, lief zu einem Sitzsack, der neben Lorence stand, und ließ mich dort nieder.

„Na ja, es ist verbesserungswürdig", antwortete Lorence und fixierte mich mit seinen Augen, wie Harry es an diesem Tag getan hatte. Doch im Gegensatz zu Harrys Blick strahlten Lorences Augen keine Wut, sondern Besorgnis aus. Aber obwohl die Blicke so unterschiedlich waren, erinnerte es mich zu stark an das heutige Wiedertreffen und ich war mehr als froh, als Aramis angelaufen kam und sich neben Lorence setzte.Dadurch wandte Lorence nämlich seinen Blick ab und schenkte Aramis die Aufmerksamkeit, indem er ihn streichelte. Ich konnte währenddessen ausatmen und mich wieder etwas entspannen.

Es blieb still und keiner sagte mehr ein Wort, sondern wir beide musterten Aramis, der sich freudig vor Lorences Füße legte und anscheinend meine Traurigkeit spüren konnte, da er mich mit wachen, freundlichen Knopfaugen ansah.

Ich schmunzelte und streckte meine Hand aus, worauf er schwanzwedelnd zu mir lief und seinen Kopf in meine Handfläche drückte. Ich streichelte ihn durch das kurze Fell und spürte, wie seine Gegenwart mir dabei half, freier zu atmen.

Vielleicht war es doch keine so schlechte Idee, einen Hund aufzunehmen, dachte ich mit einem Lächeln, denn es hatte sicherlich seine Vorteile.

Lorence und ich saßen einfach nur da und streichelten Aramis, der diese Aufmerksamkeit genoss und auch ausnutzte. Dabei dachte ich daran, wie ich Lorence das erste Mal getroffen hatte.

Er war noch nie eine einfache Person und anfangs musste ich mich an seine Art gewöhnen. Trotzdem lernte ich, seine Gegenwart zu schätzen und somit wurde er auch ein wichtiges Mitglied in der WG. Er war immer ehrlich und sagte, was in seinem Kopf herumschwirrte. Manchmal konnte das zwar sehr weh tun, aber letztendlich sagte er die Wahrheit, was alle sehr zu schätzen wussten, da nicht viele Menschen so handelten. Wenn die WG also eine ehrliche Meinung wollte, dann ging sie zu ihm. Denn Lorence hörte sich immer die ganze Geschichte an und sagte dann, was er davon hielt. Das schätzte jeder in der WG und somit lernten die anderen, mit seiner speziellen Art umzugehen, auch wenn es sehr anstrengend werden konnte. Er war sozusagen der weise, alte Mann, den man aus den Filmen kannte.

„Du hast diesen Song seit Ewigkeiten nicht mehr gespielt", unterbrach Lorence plötzlich die Stille und sah zu mir auf, worauf ich schlucken musste. „Ich weiß."

„Ich habe damals gesagt, dass zwischen euch mehr als nur Freundschaft war. Und jeder hatte es gewusst", meinte Lorence, hörte auf, den Ridgeback zu streicheln, und wandte sich voll und ganz zu mir. Er kannte mich zu gut. Ich würde jetzt alles tun, um diesem Thema aus dem Weg zu gehen, jedoch wollte er mir keine Chance geben, um zu entkommen, und somit zwang er mich schon förmlich, in seine Augen zu sehen. Das hatte er schon öfter mit mir getan.

„Ich weiß", antwortete ich wieder, wobei meine Stimme beinahe zerbrach und ich mit einer Hand durch meine Haare fuhr.

Lorence seufzte laut. Sicherlich konnte er sich auch noch sehr gut an die schwierige Zeit meines Herzschmerzes erinnern. Eine Zeit, die für ihn anstrengend war, denn ich hatte ständig versucht, meine Gefühle, meinen Schmerz, zu verstecken, indem ich den anderen sehr oft etwas vorspielte.

Doch wem konnte ich in dieser Truppe schon etwas vorspielen? Jeder wusste, dass zwischen Harry und mir mehr als nur Freundschaft war. Dafür war es zu offensichtlich. Und jeder wusste auch, dass es einen heftigen Streit gegeben und ich darunter gelitten hatte, als Harry mit seiner Boy Band nach England ziehen musste.

Lorence war der Einzige, der wollte, dass ich es verarbeitete und das passierte bestimmt nicht dadurch, wenn ich so tun würde, als wäre alles gut. Somit ging er mir schon regelrecht auf die Nerven, um mich endlich zum Sprechen zu bekommen. Eines Tages schaffte er es auch und ich brach in Tränen aus, während ich ihm die ganze Wahrheit erzählte. Er hatte sein Ziel erreicht und seine Vermutungen, dass es um Liebe ging, wurden bestätigt.

Ab diesem Zeitpunkt war Lorence immer für mich da und wenn ich jemand zum Reden brauchte, hörte er mir zu. Doch irgendwann bemerkte er auch, dass sich mein Leid nicht besserte. Egal, wie viel er versuchte, für mich da zu sein. Nur einer könnte mein Herzschmerz kurieren und das war nicht er.

Somit hatte Lorence ab einem gewissen Punkt auf mich eingeredet, mit Harry zu sprechen, um diese Sache endlich zu klären. Aber ich war eben ein Sturkopf und das war dasselbe, als würde man mit einer Wand reden. Lange hatte ich mich gegen diese Idee gewehrt und Lorence suchte sich Hilfe bei den anderen WG-Mitgliedern. Er erzählte ihnen zwar nicht die wahre Geschichte, aber er wollte, dass sie ihm helfen, und sie sollten mich dazu bringen, mit meinem besten Freund zu reden. Lorence hatte sich für mich sehr viel Mühe gegeben und das wusste ich zu schätzen.

Erst Wochen später hatte ich beschlossen, bei Harry anzurufen und Lorence sah endlich einen Lichtblick für eine mögliche Beziehung, dabei hatte er es fast aufgegeben. Aber gerade als ich alles gestehen, mich bei Harry entschuldigen und meine Gefühle endlich offenbaren wollte, kam ein Bericht von Harry und seiner neuen Freundin im Fernsehen, was dazu führte, dass Lorence Harry am liebsten in der Luft zerreißen wollte. Besonders als ich alles noch sah, meinte Lorence, dass seine ganze Arbeit umsonst war und somit hatte er lange Groll auf Harry. Am liebsten hätte er ihn erdrosselt und in einem See verschwinden lassen. So hatte er es zumindest immer ausgedrückt.

Natürlich rief ich nach dem Bericht nicht mehr bei Harry an und ich schrieb ihm erst recht nicht, auch wenn ich noch wochenlang auf seinem Chat war, um zu schauen, ob er online war oder nicht. Mein Herz wurde zerquetscht und so entstand Isn't it strange?, während Lorence wieder die Zeit damit verbrachte, bei mir zu sein. Das tat die ganze WG und manchmal saßen sie auf der Couch und waren einfach nur für ihr mich – ihr Küken – da, um mich zu trösten.

„Wir haben ihn heute wiedergesehen", sagte ich nach einer Weile und starrte ins Leere, konnte aber aus dem Augenwinkel erkennen, dass Lorence meine Körpersprache musterte.

„Wen habt ihr getroffen?", fragte er, um mehr zu erfahren.

„Harry…", murmelte ich und musste kurz laut schluchzen, während ich die Hände vor das Gesicht hielt, um die Tränen zu verstecken.

„Sky hat mir davon erzählt. Sie meinte, alles wäre gut verlaufen", erzählte Lorence. Natürlich wollte er wieder alles wissen, auch die andere Seite der Geschichte, und somit fragte er nach. Auch wenn er wusste, dass er Salz in die Wunde streute.

Ich dachte wieder an Harry, wie er still gegenüber gesessen und nichts gesagt hatte. Nur sein Blick war des Öfteren auf mich gerichtet. Ein Blick, der mir Angst gemacht hatte, obwohl ich dachte, dass ich dieses Gefühl niemals bei Harry verspüren müsste. „Was willst du hören?"

„Konntest du reden?"

„Natürlich konnte ich reden", meinte ich und musste kurz auflachen.

„So meinte ich das nicht. Hast du mit ihm geredet?"

„Ich habe …", begann ich, doch Lorence zog nur eine Augenbraue hoch und ich seufzte: „Nein, ich habe nicht mit ihm geredet. Zumindest nicht so, wie du es dir vorstellst", womit ich sicherlich die Antwort gab, die Lorence schon erwartet hatte.

„Wieso nicht?"

„Keine Ahnung. Ich wusste nicht, wie ich mich mit ihm unterhalten sollte", antwortete ich und ein unwohles Gefühl breitete sich wieder in meinem Bauch aus. „Ich wusste es einfach nicht."

„Woran lag es?"

„Ich habe mich so unsicher gefühlt. Ich wusste nicht, was ich sagen sollte. Unsere Wege haben sich ja nicht auf die schönste Art und Weise getrennt. Was soll man da reden?", fragte ich und die Stimme wurde immer leiser.

„Wegen eines Streits, der drei Jahre zurückliegt, redest du also nicht mit deinem ehemaligen besten Freund?"

„Lorence, das ist nicht so einfach. Wir haben uns in den drei Jahren nicht einmal wiedergesehen. Ein Gespräch zu finden, ist da nicht so einfach. Es war ja schon schwierig, ihm nur Hallo zu sagen. Außerdem hat er sich auch nicht bemüht, mit mir zu sprechen", rechtfertigte ich mich und verschränkte die Arme.

„Ich hab dir schon vor drei Jahren gesagt, dass du mit ihm reden musst. Warte nicht darauf, dass er reagiert. Denn mit der Zeit wird es auch nicht einfacher und einer muss den Schritt wagen. Und ich finde, diese Aufgabe liegt bei dir. Du schuldest es ihm. Er hat ja versucht, mit dir zu reden", erklärte Lorence und zeigte plötzlich auf meine linke Hand, an der ich immer noch den Ring von Harry trug.

Mir fiel dieser Ring erst jetzt wieder auf und mein Herz begann schneller zu schlagen. Ich hatte ihn gar nicht mehr an meinem Finger gespürt und Harry, der mir den Ring geschenkt hat, saß an diesem Nachmittag am selben Tisch wie ich.

Hat er den Ring gesehen? Ich bekam wieder Panik und mein Atem wurde schneller, als ich mit meiner Fingerkuppe über die Steinchen strich.

Lorence bemerkte offensichtlich meine Unruhe, die er in mir auslöste, und fügte hinzu: „Leider kann ich dir nur Ratschläge geben, Grace. Und wenn du nicht darauf hören willst, dann kann ich dir leider auch nicht helfen. Ich kann dieses Gespräch nicht für dich führen und das weißt du. Das ist etwas zwischen dir und Harry."

„Ich weiß", murmelte ich, starrte auf die funkelnden Edelsteine an meinem Finger und bemerkte wieder Tränen in den Augen, die die Sicht verschwommen wirken ließen.

„Ihr wart immer zusammen und habt viele Schwierigkeiten gemeistert, was eure Freundschaft immer nur verstärkt hat. Aber nur wegen eines Liebesgeständnisses ist bei euch alles zerbrochen. Versuch doch zumindest, diese Freundschaft wieder aufzugreifen und zu retten. Rede endlich mit ihm, wenn er dir wichtig ist. Denn gerade bietet dir das Leben die beste Möglichkeit dazu."

Ich saß still im Sitzkissen und dachte darüber nach, was Lorence sagte. Er hatte recht. Die Freundschaft zu Harry war etwas ganz Besonderes und statt sie zu retten, warf ich sie einfach weg.

Lorence stand mit einem Seufzen auf und sagte: „Sky hat vor, die Jungs zu unserem Spieleabend am Freitag einzuladen. Das wäre deine Chance, mit ihm zu reden. Vermassle es nicht, Grace. Nochmal fange ich dich nicht auf."

Ich nickte nur. „Ich werde es versuchen."

„Nicht versuchen. Mach es. Es wäre besser für dich", verbesserte Lorence und ging Richtung Flur, um zurück in sein Zimmer zu gehen.

„Gute Nacht, Grace", sagte er und nachdem ich ihm auch eine gute Nacht gewünscht hatte, verschwand er aus dem Raum und ging in den Keller.

Nur Aramis war immer noch bei mir und sah mich mit seinen treuen Hundeaugen an, wodurch ich schmunzeln musste. Er spürte mein Leid eindeutig und wollte anscheinend bei mir bleiben, um mich weiter zu trösten. Aber als ein Pfeifen von Lorence zu hören war, sagte ich mit einem sanften Lächeln zu ihm: „Na, geh schon."

Aramis schien mich zu verstehen, denn er lief sofort Lorence hinterher. Ich stand währenddessen auf, machte das Licht im Zimmer aus und ging die Treppen hoch. Als ich vor der Zimmertür stand und die Türklinke hinunterdrücken wollte, fasste ich an den Ring und Lorences Worte dröhnten mir durch den Kopf. Es würde mich große Überwindung kosten, aber ich kam zu dem Entschluss, es zumindest zu versuchen, mit Harry zu reden. *Doch was ist, wenn es niemals mehr so wie früher sein wird?*

Am nächsten Morgen verließ ich schon früh das Haus, ohne den anderen zu erzählen, wohin ich gehen würde. Ich lief nur nervös zur Garage, fuhr mit meinem Sportwagen, einem weißen Chevrolet Camaro, hinaus und in Richtung Studio.

Als ich ankam und durch das große Gebäude lief, schwirrten wieder tausende Gedanken wegen des Treffens mit Mr. Marks durch meinen Kopf. Besonders zwei Fragen waren sehr präsent: *Was wollte er mit mir besprechen? Und warum ohne die restliche Band?*

Ich hatte ein flaues Gefühl im Magen und als ich vor der Tür zu Mr. Marks' Büro stand, wäre ich am liebsten wieder nach Hause gefahren. Nur zögerlich klopfte ich an die Tür und als Mr. Marks „Herein" sagte, betrat ich den großen Raum.

Mr. Marks tippte etwas in seinen Computer und sah nicht auf, um herauszufinden, wer hereingekommen war, sondern fragte nur unhöflich: „Was wollen Sie? Ich bin beschäftigt?"

Sofort war ich wieder genervt von ihm und eine gewisse Wut baute sich auf, doch zum ersten Mal versuchte ich, diese zu zügeln.

„Ich weiß nicht. Sie wollten mit mir reden", antwortete ich und sofort sah er überrascht auf. „Oh, Grace. Es tut mir leid. Ich hatte nicht bemerkt, dass du es bist. Setz dich doch."

„Das hat man gemerkt"; gab ich zynisch zurück, setzte mich hin und wartete darauf, dass er etwas sagte. Aber es blieb still. Etwas, was mich nervte, da ich schnellstens wieder abhauen wollte.

„Worum geht es?", fragte ich nach paar Minuten, als Mr. Marks auf seinen Computer starrte und mich sozusagen wieder ignorierte. Er sah auf, lächelte kurz sachte und legte dann seine Stirn in Falten. „Es geht um euer Album Rising Phoenix."

„Was ist damit?"

„Ich hab wirklich alles versucht, damit sich diese Situation ändert. Ich habe auch sehr oft überprüft, ob ich mich auch nicht irre. Doch leider ist es die traurige Wahrheit und es besorgt mich sehr. Das Album lässt sich sehr schwer verkaufen. Wir haben zu wenige Käufer", sprach er und ich sah ihn ungläubig an. Zwar hatte ich ihn eindeutig verstanden, trotzdem hoffte ich, mich verhört zu haben. „Wie bitte? Was soll das heißen?"

„Das bedeutet, wir machen Verluste. Wir haben ein geringes Einkommen, Grace", kam es von ihm.

„Wollen Sie mich auf den Arm nehmen? Bitte sagen Sie mir, dass dies ein schlechter Scherz ist. Denn sonst würde ich es nicht verstehen. Die Konzerte waren doch ausverkauft, oder nicht?", fragte ich sofort und verstand die Welt nicht mehr. „Außerdem ist unsere Single ganz oben in den Charts!"

Ich dachte wirklich, dass man mir nur einen schlechten Streich spielen würde. Die Konzerte waren ausverkauft und in den Social Media wurde so viel von unserem Album gepostet, dass meine Benachrichtigungen platzten. Außerdem erinnerte ich mich noch daran, wie ich im Café erst eine Unterschrift für Rachel gegeben habe. Nun aber kam Mr. Marks und wollte mir erklären, dass sich das Album nicht verkaufte.

„Das ist wahr. Ich sage nicht, dass es sich gar nicht verkaufen lässt und es nicht ankommen würde. Aber wir machen Verluste und unsere Verkaufszahlen fallen. Wild Division gewinnt keine neuen Zuhörer. Selbst durch die Single nicht", antwortete er.

Immer noch mit einem fassungslosen Gesichtsausdruck saß ich vor ihm und schüttelte meinen Kopf, während mir plötzlich eine andere Frage durch den Kopf schwirrte. „Wieso erzählen Sie nur mir von diesem Problem? Warum haben Sie nicht die ganze Band hierher bestellt?"

„Weil du die Band leitest. Du hast das Sagen. Du bist sozusagen der Chef von Wild Division", antwortete er und ich feuerte sofort auf ihn ein: „Halt. Stopp. Ich führe diese Band nicht. Wir sind ein Team, das zusammenhält. Und wenn jemand der Chef ist, dann Nina. Sie hat mehr Einfluss auf die Mädchen. Das wissen Sie aber genau."

„Tut mir leid, wenn ich es dann falsch interpretiert habe", entgegnete Mr. Marks in einem ruhigen Ton. Aber ich kochte vor Wut und wollte nur noch wissen: „Also, warum bin ich allein hier? Sie haben doch sicherlich einen Grund dafür. Also, kommen Sie endlich zum Punkt, Mr. Marks."

Mr. Marks sah mich erst einmal nur still an, doch dann lehnte er sich seufzend in seinen Stuhl zurück und meinte: „Na, gut. Ich hatte zuerst gedacht, dass ich die ganze Band retten könnte, indem wir ein neues Album in kürzester Zeit rausbringen würden. Vielleicht würden wir damit wieder auf die Beine kommen, doch ihr habt tragischerweise keine neuen Songs geschrieben. Ihr braucht Zeit, um neue Ideen zu bekommen, was ich verstehe. Das Problem ist: Wir haben keine Zeit. So kam mir eine andere Idee in den Sinn, mit der wir schnelleren Erfolg haben könnten."

Ich saß komplett angespannt im Sessel und konnte schon ahnen, dass mir die Antwort nicht gefallen würde. „Und die wäre?"

„Sagen wir es mal so. Wir brauchen etwas Neues. Etwas, was die Presse interessieren könnte, und ich hatte mir überlegt, dass du dich von der Band trennen und eine Solo-Karriere starten könntest. Denn bei dir sehe ich die besten Möglichkeiten für einen neuen Aufstieg und dadurch auch wieder Gewinn und Erfolg", antwortete er.

Kurz hörte ich auf zu atmen, als ich spürte, wie mir die Galle bei seinem Vorschlag hoch kam. Mir wurde schlecht und ich musste erst mal nach den richtigen Worten suchen. Aber die Wut, die in mir brodelte, gab mir zur gleichen Zeit enorme Energie und ich feuerte mit zitternder Stimme zurück. „Wie bitte? Sie wollen, dass ich die Band verlasse?! Ist das ihr Ernst? Vergessen Sie diese Idee sofort. Ich werde das nicht tun."

„An deiner Stelle würde ich mir das nochmal überlegen", erklang eine dritte Stimme im Raum und Gänsehaut überkam mich.

Ich drehte mich um und sah einen großen Mann mit zurückgegelten, blonden Haaren und einem Dreitagebart, wodurch mir ein weiteres Mal die Sprache verschlagen wurde. Seit mehr als einem Jahr hatte ich ihn nicht wiedergesehen und wieder einmal traf ich auf meine Vergangenheit. Nun bekam der Satz „Du kannst der Vergangenheit nicht entkommen" eine ganz neue Bedeutung. Zuerst traf ich Harry und jetzt ihn.

„Philip", murmelte ich und starrte in seine braunen Augen, die mich mit einem weichen, freundlichen Ausdruck ansahen, und während das Blau von Harry mich gestern aufgespießt hatte, war dieser Blick wie eine zarte Umarmung, die mich geborgen fühlen ließ.

Philip Sawyer, der den Raum betreten hatte, war mein Exfreund. Er hatte mir vor zwei Jahren geholfen, über Harry hinwegzukommen und war immer für mich da. Ja, er hatte mich sogar aufgebaut und mir Liebe geschenkt, wodurch ich mich irgendwann auf ihn fixiert hatte und das Gefühl bekam, mich in ihn zu verlieben. Auch wenn ich nun wusste, dass er nur meine Flucht vor Harry war. Auf jeden Fall waren wir recht schnell zusammengekommen und in den ersten Monaten hatten wir wirklich eine sehr schöne Zeit verbracht.

Aber etwas hatte immer in unserer Beziehung gefehlt, weshalb ich leider das Gefühl für ihn auch wieder verlor. Philip hatte mich zwar geliebt und hatte alles versucht, um mir jeden Wunsch zu erfüllen. Doch mir hatte es an Abenteuer gefehlt, da Philip wegen seiner Arbeit oft auf Reisen war und wenn er dann mal nach Hause kam, wollte er sich eher entspannen, während ich etwas mit ihm unternehmen wollte. Dadurch hatte sich mein Gefühl für ihn, die bekannten Schmetterlinge im Bauch, verloren. Ich spürte kein Kribbeln, keine Liebe und keine Aufregung. Das war etwas, das nur Harry mir geben konnte.

Ich hatte lange gebraucht, bis ich Philip die verloren gegangene Liebe gestanden hatte und natürlich hatte er darauf sehr verletzt reagiert. Doch es hatte damit geendet, dass wir uns friedlich getrennt hatten und freundschaftlich miteinander auskommen wollten. Den Kontakt hatten wir aber verloren, da wir beide zu sehr mit der Arbeit beschäftigt waren.

Nun stand er wieder vor mir und er hatte sich stark verändert. Er schien mehr trainiert zu haben und er hat sich die Haare etwas länger wachsen lassen. Außerdem trat er viel selbstbewusster auf, was ihm wirklich gut stand. Nur seine weichen Gesichtszüge und sein zartes Lächeln waren geblieben.

„Hallo Grace. Schön, dich wiederzusehen", lächelte Philip und ging zu dem Sessel, um sich schließlich neben mich hinzusetzen.

„Was machst du denn hier?"

„Ich möchte euch beziehungsweise dir helfen."

„Indem ich die Band verlasse? Vergiss es. Du solltest meine Antwort darauf kennen", antwortete ich mit einem zickigen Unterton und legte die Stirn in Falten, worauf Philip mich zärtlich anlächelte. „Ich verstehe, dass dir diese Band viel bedeutet. Doch Mr. Marks hat mir erzählt, dass es Probleme mit euren Alben gibt. Ihr braucht eine Lösung."

„Ja, anscheinend. Doch ich werde nicht die Band verlassen, nur um an der Spitze zu bleiben", gab ich zurück und verschränkte die Arme, um zu zeigen, dass ich meine Meinung nicht ändern würde.

„Aber für ein neues Album habt ihr keine Songideen, oder?", fragte er und ich schnaubte laut, bevor ich versuchte, eine Antwort zu finden. „Ja, haben wir, aber…"

„Na, siehst du. Aber ich würde eher sagen, dass ihr Schwierigkeiten habt, Songs zu finden, die euch allen gefallen. Denn wenn ich dich richtig einschätze, weiß ich, dass du irgendwo eine

Mappe voller Songs hast, die du gerne veröffentlichen willst. Nur die anderen waren dagegen."

„Ich ..."

„Oder?"

„Ja, aber ..."

„Na also, Grace. Du hast so viele Fans durch deine ..." fing er an, jedoch unterbrach ich ihn sofort: „Unsere! Philip, es sind nicht meine Songs. Wir haben die zusammen geschrieben! Es sind unsere Songs!"

„Trotzdem bist du die Kreativste unter euch. Du hast so ein großes Talent, wenn es darum geht, mit der Musik zu arbeiten. Ein Talent, das nicht jeder hat. Lange Zeit konntest du diese Begabung mit den anderen Mädchen teilen. Doch jetzt funktioniert es nicht mehr. Natürlich könnten wir versuchen, euch mit einem neuen Album nochmal aufsteigen zu lassen. Es ist nur ein großes Risiko, das schnell nach hinten gehen kann. Stattdessen könnten wir dein Talent weiterhin mit der Welt teilen und sogar verbessern, indem du eine Solokarriere einschlägst", erklärte er und ich hatte das Gefühl, eine Panikattacke zu bekommen. „Was redest du da?"

„Es wäre eine Idee und wie du weißt, wollte ich mir mein eigenes Geschäft aufbauen. Und ich habe es geschafft. Ich bin ein erfolgreicher Manager in den Vereinigten Staaten und ich könnte dich weiterbringen, Grace", meinte er und sofort stellte ich nur eine Frage: „Und was wäre mit den anderen?"

„Ich würde mich um sie kümmern", mischte sich Mr. Marks ein. „Doch du, Grace, hättest die größte Chance, allein groß raus zu kommen. Du solltest es versuchen."

„Ich will und werde Wild Division nicht aufgeben. Nicht, nachdem wir so hart gekämpft haben", murmelte ich voller Wut. Dabei dachte ich an den harten Aufstieg als Band und daran, wie lange es gedauert hatte, bis das erste Album draußen war. Ich dachte daran, wie stolz wir auf unsere Arbeit waren und wie sehr wir uns freuten, als die ersten Fans Unterschriften haben wollten. Wild Division kam bei den Menschen gut an, hatte hunderttausende Fans gewonnen und auch beim zweiten Album schien alles perfekt – zumindest hatte es den Schein. Sicherlich würde ich das nicht einfach so aufgeben, nur wegen mehr Ruhm.

„Jede Band löst sich einmal auf. Es gehört dazu. So viele Bands haben sich getrennt und manche haben Solokarrieren eingeschlagen", sagte Mr. Marks.

„Wild Division ist aber nicht irgendeine Band. Sie wird sich nicht trennen und ich werde eine Lösung finden, um es zu verhindern", sagte ich, stand auf und wollte aus dem Raum gehen, da holte Philip mich ein, packte mich am Handgelenk und murmelte: „Das wäre deine Chance, groß raus zu kommen, Grace."

„Ja, vielleicht wäre es das. Doch nicht ohne meine Band. Ich werde Nina, Skyler und Allison bestimmt nicht im Stich lassen. Nicht für meinen eigenen Vorteil. Solange ich noch eine Chance habe, alles aufrecht zu halten, werde ich es versuchen", entgegnete ich und riss mich von ihm los, während er fragte: „Und was wirst du jetzt tun?"

„Die Songs für das neue Album von Wild Division schreiben und nach Weihnachten werde ich etwas vorlegen können."

8. TRACK

Die Zeit verstrich und ich saß die meiste Zeit am Schreibtisch, während die anderen aus meiner Band ihre gewonnene Freizeit genossen. Ich konnte ihnen von unserem eigentlichen Problem nichts sagen. Erstens brachte ich es nicht über mein Herz und zweitens wollte ich den anderen keine Sorgen bereiten. Es reichte schon, wenn ich immer wieder daran denken musste, dass Mr. Marks eine Solokarriere vorgeschlagen hatte. Gedanken, die mir große Wut und große Sorge breiteten. Ich konnte einfach nicht glauben, dass Rising Phoenix nicht richtig in der Musikwelt ankam. Es war so surreal.

Nun endete es damit, dass ich alle Songs, die während der Tournee geschrieben worden waren, zusammen kramte und stundenlang in meinem Zimmer saß, um neue Melodien aufzuschreiben. Außerdem hatte ich immer und überall ein Notizbuch dabei, um spontane Songideen und Motive aufzuschreiben. Die Arbeit stand nun in meinem Fokus und ich vergaß somit den Rest der Welt. Das wirkte sich natürlich auf die Umgebung und meine Mitmenschen aus, die von meinem Verhalten genervt waren. Denn ich schenkte bei den weiteren Treffen mit den Jungs und den Gesprächen nur wenig Beachtung. Natürlich hatte ich dann auch nicht mit Harry gesprochen, um die herrschende Anspannung zwischen uns zu lösen. Nein, meistens saß ich einfach nur schweigend daneben und war mit den Gedanken eigentlich ganz woanders, da ich wusste, dass Wild Division es brauchte, um überleben zu können.

Es war Freitagnachmittag und wie an den vorherigen Tagen hatten wir uns wieder im Café von Mrs. Hulda versammelt. Zu meiner Verwunderung saß ich dieses Mal neben Harry auf einem Sitzsack und fühlte mich sogar relativ entspannt. Zumindest schlug mein Herz nicht mehr ganz so schnell wie sonst. Entweder gewöhnte sich mein Körper endlich an seine Anwesenheit oder die Arbeit war daran schuld.

„Grace!", hörte ich rufen und ich sah von meinem Notizblock auf, direkt in die verärgerten Augen von Nina.

Alle, wirklich alle, sahen mich an und ich konnte erkennen, dass meine Bandkollegen besorgt und zugleich verärgert waren, weil ich mich in meine Welt verkrümelt hatte.

„Es tut mir leid, Nina", entschuldigte ich mich mit schlechtem Gewissen und starrte auf meine Hände, die nervös mit dem Bleistift spielten.

„Was ist bloß los mit dir? Nach dem Konzert hast du uns noch gesagt, dass wir eine Pause brauchen und seit Dienstag bist du nur noch am Arbeiten", meinte Allison besorgt und Skyler fügte hinzu, „Dabei haben wir endlich unsere wohlverdiente Pause. Gabriel hat Mr. Marks doch aufgetragen, uns mehr Zeit zu verschaffen."

„Ich habe meine Gründe", antwortete ich und Nathaniel fragte: „Welche?"

„Gute Ideen", antwortete ich, jedoch klang es eher wie eine Frage als wie eine ernstgemeinte Antwort. Denn es war gelogen. Ich bekam nicht ansatzweise gute Einfälle, selbst wenn ich sehr viel auf dem Block notierte und ununterbrochen arbeitete. Mein Kopf streikte bei dem Gedanken, einen neuen Song entstehen zu lassen.

„Ich denke, das reicht jetzt", hörte ich eine dunkle, tiefe Stimme neben mir sagen und ich war wieder überrascht, dass der Junge mit den braunen Locken mit mir reden konnte.

Seit gestern hatte Harry offensichtlich bemerkt, dass er mich nicht ewig ignorieren konnte, und begann, einzelne Worte mit mir auszutauschen. Vielleicht aber auch nur, weil Nathaniel ihn wieder einmal dazu gezwungen hatte, da war ich mir manchmal nicht so sicher.

„Wie bitte?", fragte ich kühl, während ich in seine glasklaren Augen sah, und spürte, wie sich ein kleiner Groll in mir aufbaute.

Er erwiderte diesen Blick und statt zu antworten, schnappte er sich einfach Block und Stift von meinem Schoss. „Du hast mich verstanden. So undeutlich spreche ich nicht."

Ich sah ihn finster an, ohne dabei wirklich zu realisieren, mit wem ich mich gerade auseinandersetzte. Doch es war mir in diesem Moment auch egal. Es ärgerte mich, dass er es wagte, so mit mir zu reden. Früher hatte Harry das machen können, als er auf mich aufpassen musste. Doch jetzt war ich alt genug und wir beide hatten uns zu lange nicht mehr gesehen, als dass er die Erlaubnis hätte, mir zu sagen, was ich tun sollte.

„Gib es mir zurück, Harry", fauchte ich ihn an und streckte die Hand aus, um es zurückzufordern, doch er reagierte nicht und zuckte nicht ansatzweise, weshalb ich mich nochmal wiederholte: „Gib es zurück."

Doch ich bekam nur ein „Vielleicht später" als Antwort.

Man konnte die Anspannung zwischen uns spüren und ich bekam Bedenken, dass wir uns gleich an den Hals springen würden, um den anderen zu erdrosseln. Harry beobachtete mich genau und die Wut in seinen Augen linderte sich zu meiner Verwunderung. Stattdessen musterte er mich genau, dabei schien er etwas zu suchen, als wollte er eine Antwort auf mein Verhalten. Sofort musste ich schlucken, denn ich kannte diesen Blick zu gut, da er schon früher existiert hatte. Wenn ich meinen Kummer für mich hatte behalten wollen, dann hatte Harry mich meistens so angesehen und alles getan, um von den Sorgen zu erfahren. Das Problem dabei war, dass er immer gewonnen hatte.

„Wie du willst, Mr. Bestimmer", murmelte ich und seufzte, da ich wusste, dass Harry mir die Sachen nicht so schnell zurückgeben würde, dafür war sein Sturkopf größer als meiner.

„Hast du das letzte Thema überhaupt mitbekommen?", fragte er nun provokant, doch bevor ich antworten konnte, nahm Andrew mich wie ein großer Bruder in Schutz. „Das ist doch egal. Du hattest auch mal so eine Phase, wenn ich dich daran erinnern darf, Harry. Du konntest nicht aufhören, zu arbeiten und musstest erst einmal lernen, nichts zu tun. Das ist bei unserem Job gar nicht so einfach. Und nun geht es eben Grace so."

„Wir alle kennen das, wenn man zu sehr in Gedanken versunken ist", fügte Luke hinzu und somit schwieg Harry wieder, dabei fuhr er mit der Zunge nur über die Lippen.

„Heute machst du nichts mehr", sagte Skyler und sofort feuerte ich zurück: „Und das hast du mir zu sagen?"

„Wow, Grace. Beruhige dich. Wir wollen dir nur helfen. Du bist eindeutig überfordert. Du machst dir selbst Druck" mischte sich James ein und ich erkannte, dass er genauso besorgt war wie der Rest. Doch das waren sie mit Recht.

Mit müden Augen und zerzausten Haaren saß ich vor ihnen, während ich nur in mein kleines Büchlein schrieb. Ein Anblick, der bei mir eher selten war.

„Es tut mir leid", sagte ich und fuhr mit den Händen durch mein Haar, während ich aufstand und meinen Mantel anzog.

„Wo willst du hin?", fragte Nina und war kurz davor, mit mir zu kommen, als wollte sie sicher gehen, dass es mir gut ging. „Soll ich mitkommen?"

„Was? Nein!", antwortete ich mit erschöpfter Stimme, „Ich bin nur müde und vielleicht habt ihr recht. Vielleicht muss ich erst einmal lernen, wieder zu entspannen. Ich bezahle, gehe nach Hause und lege mich vielleicht ein wenig hin. Wir sehen uns später, Jungs."

Als ich meinen Geldbeutel herausnahm, murmelte Harry: „Geh heim. Wir machen das", dabei schien er in seinen Gedanken versunken zu sein, da er nicht einmal zu mir aufsah. Nur noch ein „Danke" kam von mir und ich verließ das Café.

Als ich außerhalb des kleinen Ladens war, zog ich die Kapuze hoch, damit man mich nicht so schnell erkennen konnte, und atmete die frische, kalte Luft ein. Ich genoss die Stille und dachte darüber nach, was ich jetzt machen würde. Da Harry mein Buch geschnappt hatte, blieb mir wohl keine andere Möglichkeit, als eine Pause zu machen.

Das Schicksal wollte das aber wohl nicht erlauben, denn da vibrierte mein Handy und ich zog es aus der Manteltasche heraus. Ich erkannte sofort Mr. Marks' Nummer und die Anspannung machte sich wieder breit, als ich den Anruf entgegennahm. „Grace O'Reilly."

„Hey Grace. Ich bin es. Philip", meldete sich eine andere Stimme und ich zog irritiert die Augenbraue hoch. „Wieso rufst du mit der Nummer von Mr. Marks an?"

„Ich bin in seinem Büro. Ich hatte gerade ein Gespräch mit ihm und wollte dir unser Resultat erzählen", sagte Philip, „Also hör zu."

„Okay. Was gibt es?", fragte ich und atmete noch einmal tief ein und aus, um ruhig zu bleiben und nicht wieder wie ein Vulkan auszubrechen.

„Wir kamen zu dem Entschluss, dass wir euch Zeit geben, um uns einige Songs vorzulegen. Besser gesagt, ich konnte Mr. Marks davon überzeugen. Ich verstehe nämlich, dass die Band euch sehr viel bedeutet und ihr somit nicht so schnell aufgeben wollt. Doch ihr braucht Songs und die Zeit dafür, sie zu schreiben. Deshalb liegen zwei Möglichkeiten vor: Solokarriere starten oder so schnell, wie möglich einzelne, neue Songs rausbringen", erzählte Philip und bei dem Wort Solokarriere musste ich schwer schlucken.

Sollten wir uns wirklich trennen, nur weil der Gewinn nicht stimmte? Oder die Zuhörerzahl? Um dann durch eine Trennung mehr Aufmerksamkeit zu bekommen?

Mir war klar, warum eine Solokarriere mehr Erfolg haben könnte. Jede könnte ihre Ideen ausleben und müsste nicht auf die Kompromisse der anderen eingehen. Jede könnte ihre eigenen Songs schreiben und ihre eigene Musikrichtung wählen und vielleicht könnte man durch die Trennung wieder ein wenig Aufsehen in der Musikbranche erregen, was vielleicht für den Einzelnen nochmal mehr Zuhörer bringen würde. Dieser Weg wäre einfach. Doch ich würde auch den steinigen Weg gehen, wenn er Wild Division retten würde. Außerdem geht es um die Musik und nicht um das Geld oder den Erfolg. Oder?

„Wie viel Zeit für wie viele Songs?", war somit meine Frage und Philip antwortete: „Vier Songs bis nach den Feiertagen."

„Das ist viel."

„Zwei Wochen. Ich denke, dass es machbar ist. Our History und Never ever hätten wir ja schon. Sie müssten nur noch begutachtet und aufgenommen werden. Also brauchen wir nur noch zwei. Wir wollen nur schon mal mit etwas arbeiten können, Grace", erklärte Philip.

„Ich weiß", murmelte ich verzweifelt und dachte über mögliche Songs nach, die für unser Album genutzt werden könnten.

„Was ist, wenn wir die vier Songs nicht vorlegen?", fragte ich und Philip meinte: „Dann wird Mr. Marks dir die Solokarrieren wieder vorschlagen. Denn er denkt, dass ihr Ideen für Songs habt. Doch ihr müsst sie zusammen schreiben und das erfordert mehr Aufwand, als man denkt. Bei den Solokarrieren könntet ihr euren Weg gehen."

„Ich weiß. Aber dazu wird es nicht kommen", sagte ich und beendete somit das Gespräch.

Schnell lief ich zur nächsten Bushaltestelle und fuhr nach Hause. Zum Glück wurde ich während der Fahrt nicht von irgendwelchen Fans angesprochen, denn ich hätte wohl kaum die Geduld gehabt, ihnen entgegenzukommen. Ich bemerkte nur, wie manchmal ein Kamerablitz aufleuchtete. Das war der Beweis, dass ich trotz Kapuze und gesenkten Kopfes nicht unerkannt blieb. Somit war ich froh, als ich daheim ankam, wo ich mich sofort an den Schreibtisch setzte.

Ich suchte Songs aus, die vielleicht einfach beendet werden konnten, und nahm schließlich einen halbfertigen Song namens Confusion heraus, der den Zustand meines Kopfes perfekt beschrieb, und fing an, daran zu arbeiten. Doch auch hier vergingen wieder die Minuten und es kamen keine Ideen, selbst wenn auf einem separaten Zettel spontane Einfälle gekritzelt worden waren. Leider hatte Harry immer noch das Notizbuch, was mir nun wirklich helfen könnte.

Vor lauter Müdigkeit fuhr ich mit der Hand durch mein Gesicht. Dabei spürte ich, wie die Verzweiflung immer mehr in mir aufstieg und sich so viele Tränen sammelten, dass sie auf das leere Blatt fielen. Ich fing an zu schluchzen und hatte Angst. Angst vor der Zukunft und vor den Veränderungen, die kommen würden, wenn ich das hier nicht bewältigen könnte.

Wieso konnte nicht alles so bleiben, wie es war?, fragte ich mich verzweifelt und fühlte mich, als wäre eine Horde Nashörner über mich gelaufen.

Ich starrte auf das leere Blatt Papier, welches durch die Tränen immer mehr verschwamm, und hatte keine Lust mehr. Auf nichts mehr. Ich hatte auch keine Lust auf den heutigen Abend und kurz dachte ich darüber nach, den Abend einfach hinzuschmeißen, um für heute allein zu sein. Auch die Motivation und meine Kraft fehlten. Harry würde sowieso nur die Zeit totschweigen und ich wäre mit den Gedanken wieder auf einem fernen Planeten, während die anderen wieder ihren Spaß hätten.

Ich spürte, wie mich die Erschöpfung einholte und je mehr ich versuchte, Antworten auf die Fragen zu suchen, desto mehr holte mich der Schlaf ein und ich senkte den Kopf auf die Schreibtischplatte.

Ein lautes Klopfen ließ mich jedoch wieder hochschrecken und als ich auf die Uhr sah, erkannte ich, dass die gefühlten fünf Minuten Schlaf in Wirklichkeit zwei Stunden waren.

Ich musste kurz aufstöhnen, als ich einen deutlichen Druck in dem Kopf spürte, der sich mit den Sekunden immer mehr zu einem unerträglichen Pochen umwandelte.

„Bitte nicht jetzt streiken. Ich brauche dich noch", murmelte ich leise und strich über die Stirn, um etwas zu entspannen.

Da klopfte es erneut und ich hatte schon wieder komplett vergessen, dass jemand vor der Zimmertür stand.

„Herein", murmelte ich leise, während ich den Schlaf aus den Augen rieb, und die Tür ging langsam auf.

„Ich komme gleich", antwortete ich, ohne herausfinden zu wollen, wer in mein Zimmer hereintrat, und rieb mit meinen Ärmeln noch einmal über meine Augen.

„Ich habe von meiner Mutter gelernt, dass man seine Gäste begrüßt und nicht zu spät kommt. Ich dachte, dass du so eine Erziehung auch von Thalia bekommen hast", hörte ich eine tiefe, dunkle Stimme kühl sagen und erschrak, weshalb ich mich im Stuhl schnell umdrehte. „Was?"

In einem rotkarierten Hemd und einer schwarzen engen Jeans lehnte sich er, Harry White, am Türrahmen an und setzte den versteinerten Blick auf, den er in den letzten Tagen immer hatte. Seine langen Haare lagen verwuschelt auf seinem Kopf und seine kalten Augen starrten ohne Emotionen in meine.

„Kommst du?", fragte Harry kühl, wobei er auf den Flur zeigte, und ich stotterte: „Ich … na ja … ich … komme gleich. Ich muss nur … Ich …"

„Was musst du?", fragte er diesmal mit einer ruhigeren, für mich beängstigenden Stimme und trat ganz in mein Zimmer ein.

Leise schloss er die Tür und setzte sich auf die Bettkante, während er mich genau musterte, wie ich nervös auf dem Stuhl hin und her rutschte.

Schnell drehte ich mich um, damit ich nicht mehr mit seinem Blick konfrontiert wurde. Außerdem wollte ich nicht allein bei ihm sein, auch wenn es eine gute Möglichkeit wäre, um mit ihm zu sprechen. Doch dafür hatte ich an diesem Tag keinen Kopf und auch keine Kraft mehr. Das Herz schlug immer schneller und die Hände zitterten wie Espenlaub.

Ich kramte die Notenblätter zusammen, auch wenn ich nicht wusste, warum ich etwas vor ihm verstecken wollte. Wem machte ich etwas vor? Harry konnte nicht getäuscht werden. Dafür war er zu raffiniert.

„Warum bist du in meinem Zimmer? Wieso kommt keiner der anderen?"

„Freundlich", murmelte Harry, jedoch antwortete er: „Die anderen dachten, dass du schlafen würdest, und wollten dich nicht stören."

„Wow. Und deswegen dachtest du, dass du nachschauen müsstest, ob ich wirklich schlafe? Was wenn es so gewesen wäre?", fragte ich, denn in gewisser Weise war es sogar die Wahrheit – selbst wenn ich nicht auf meinem Bett eingeschlafen war.

„Sagen wir es so. Ich hatte schon die Vermutung, dass du eher daheim an irgendwas anderem arbeiten würdest. Ich habe die richtige Möglichkeit gesucht, um in dein Zimmer zu kommen und dich hier rauszuholen. Weil, wie gesagt, es ist unhöflich, Gäste nicht zu begrüßen", antwortete er.

„Es tut mir leid. Ich war nur...", fing ich an, mich zu verteidigen, doch er beendete schon den Satz: „Beschäftigt?"

„Ja."

„Wieso machst du das?", fragte er sofort und hatte immer noch diesen kühlen Unterton, der mir Gänsehaut bereitete.

„Was meinst du?", fragte ich und drehte mich wieder zu ihm um, wobei ich laut schlucken musste, als ich in seine kalten Augen starrte.

Es vergingen Sekunden und keiner wagte, etwas zu sagen, sodass eine unangenehme Stille im Zimmer herrschte. Jedoch hatte Harry wieder denselben Blick aufgesetzt wie am Mittag. Er suchte nach einer Antwort in meinen Augen. Doch warum? Ich verstand es nicht. Besser gesagt, ich verstand ihn nicht. Seit Tagen sprach er nicht richtig mit mir und jetzt interessierte er sich auf einmal für mein auffälliges Verhalten. Konnte es vielleicht daran liegen, weil es noch Gewohnheit von früher war? Oder weil Harry schon immer dafür bekannt war, allen zuzuhören und Güte zu zeigen?

„Was ist?", seufzte ich und wollte, dass er endlich aus meinem Leben verschwand. Für immer und ewig. Ich wollte ihm nicht von meinen Problemen erzählen müssen. Nein, ich wollte ihn einfach nur noch vor die Haustür setzen und ihn weg scheuchen.

„Ich kenne dich, Grace. Ich bemerke, dass dich etwas bedrückt", meinte er knapp und ich entgegnete schnippisch: „Ja, und? Warum interessiert dich das plötzlich? Wieso redest du überhaupt mit mir?"

Harry ignorierte gekonnt meine Fragen und machte sich nicht ansatzweise die Mühe, aufzustehen, um aus meinem Zimmer zu gehen. Im Gegenteil. Er blieb geduldig sitzen, als würde er erst dann gehen, wenn er die Wahrheit erfuhr.

„Was bedrückt dich, Grace?"

Vielen Dank für diese Frage, Harry, dachte ich und konnte immer noch nicht glauben, dass er sich plötzlich wieder für mein Leben interessierte.

Doch ich würde nicht das kleine Mädchen sein, dass sich seinem besten Freund anvertraut und ausweint. Schließlich war ich älter und Harry war zu einem Fremden geworden. In drei Jahren konnten sich Menschen stark verändern. Selbst wenn manche Eigenschaften dieselben waren, war er dennoch nicht der Harry, den ich einst gekannt hatte. Ich versuchte, diesen Gedanken beizubehalten, erhob mich vom Stuhl und schüttelte den Kopf. „Ich glaube, dass dich das nichts angeht, Harry."

Sofort stand auch er auf und kam bedrohlich auf mich zu. Seine Präsenz hatte große Auswirkungen auf mich, denn meine Gefühle spielten verrückt. Es war, als würde ich auf einem Karussell sitzen, welches nicht mehr stehen bleiben wollte. Das Herz fiel beinahe aus der Brust und ich musste sehr stark dagegen ankämpfen, nicht doch in die Rolle des kleinen Mädchens zu fallen, da seine Ausstrahlung mich schwach wirken ließ. Ein Gefühl, das ich nicht leiden und nur er auslösen konnte. Wahrscheinlich nutzte er es in diesem Moment auch aus, denn ich konnte ein düsteres, unscheinbares Grinsen auf seinen Lippen erkennen, welches aussagte: „Jetzt spuck es schon aus."

Harry war kurz davor, wieder etwas zu sagen, da er tief Luft holte, doch da ich nicht wusste, ob ich ihm dieses Mal standhalten könnte, lief ich schnell zur Tür und versuchte, das Thema zu wechseln.

„Ich denke, dass die anderen schon lange genug gewartet haben", sagte ich mit unsicherer Stimme und öffnete die Tür, während ich ihn aus meinem Zimmer wies.

Harry musterte mich wieder eine Zeit lang, doch er blieb zum Glück still und lief schweigend Richtung Tür.

Als er an mir vorbei laufen wollte, wandte er sich nochmal um und stand direkt vor mir, sodass ich seinen unverkennbaren Geruch wahrnehmen konnte. Der Duft seines Parfüms aus Sandelholz, Vanille und Zedernholz mit einer Herznote von Jasmin und Kamille, der mir schon immer das Gefühl der Geborgenheit gegeben hatte, stieg mir in die Nase. Ein Gefühl, als wäre ich nur bei ihm sicher und erst dann könnte mir kein Leid der Welt etwas anhaben. Natürlich sorgten diese Gedanken, dieses aufdringliche Aroma, für Herzklopfen und ich hatte schon Bedenken, dass Harry es hören könnte.

„Mir hat mal ein Mädchen gesagt, dass sich Songs nicht unter Druck schreiben lassen", murmelte Harry und sofort musste ich schlucken, als ich Pfefferminze in seinem Atem riechen konnte. Ja, es bereitete mir schon eine Gänsehaut, nur zu wissen, dass seine meerblauen Augen auf mich gerichtet waren, um mich aus der Fassung zu bringen.

Schluckend starrte ich auf den Boden. „Sie hatte mit dieser Aussage auch recht. Doch … Doch manchmal bleibt keine andere Wahl."

Harry fuhr mit der Zunge über die Lippen und schnaubte, als er mir plötzlich mein Notizbuch unter die Nase hielt. Er hatte eine bestimmte Seite aufgeschlagen, auf der das meiste durchgestrichen war. Er wusste also von meinem Gedankenchaos. Aber ich wollte es ihm das Buch nur abnehmen und nichts dazu sagen. Leider war Harry schneller und zog es rechtzeitig weg, wodurch ich gezwungen war, in seine Augen zu schauen.

„Egal, wer dir Druck macht. Er ist es nicht wert. Jeder kann sehen, dass du nicht mehr kannst. Du bist erschöpft. Mensch, Grace, du solltest besser auf dich aufpassen", sagte Harry und klang dabei sogar ein wenig besorgt.

Ungläubig zog ich eine Augenbraue hoch, sah wieder auf und entgegnete verärgert: „Wieso… Wieso interessierst du dich für mein Leben? Du warst in den letzten drei Jahren nicht für mich da und es war dir egal. Also brauchst du dich jetzt auch nicht dafür interessieren, ob es mir schlecht geht oder nicht. Also lass mich endlich in Ruhe!"

Nach dieser Aussage wollte ich die Treppe hinuntergehen, doch Harry packte mich schnell am Arm und zog mich in einem Ruck zu ihm zurück, um mich dann fest gegen die Wand zu drücken.

Wütend und mit fester Stimme schnaubte er: „Oh nein! Ich war nicht der Grund, warum ich in den letzten drei Jahren nicht da war. Vielleicht erinnerst du dich da an etwas!"

„Du …", fing ich an, doch Harry unterbrach mich sofort mit einem Abwinken, wobei er mich losließ. „Lass es. Ich denke, dass jetzt nicht der richtige Zeitpunkt für dieses Gespräch ist. Wir sollten lieber zu den anderen gehen und es für heute Abend sein lassen."

„Und wann sollen wir es dann klären? Wann wäre es dir denn passender?", fragte ich sofort provokant und klopfte mit dem Fuß auf den Boden, worauf er mich strafend ansah. Dann antwortete er kühl: „Mir egal. Nur nicht jetzt."

Ohne ein weiteres Wort ging er an mir vorbei und ich wurde mehr als nur zornig, weil es offensichtlich war, dass er abhauen wollte.

Dieses Arschloch.

„Harry White, bleib sofort stehen!", zischte ich und erreichte damit, dass er auf mein Wort abrupt still stand und mich mit einem noch finsteren Blick ansah. „Wieso sollte ich genau für dich stehen bleiben?"

„Weil ich es klären möchte. Und wenn nicht jetzt, wann dann?", fragte ich und mein Zorn war in der Stimme klar zu erkennen. Doch schlagartig wurde ich kleinlaut und bemerkte meinen Fehler, als Harry langsam und bedrohlich mit erhobenem Finger auf mich zu ging.

„Du willst es plötzlich klären? Ist das dein Scheiß-Ernst? Ich wollte es schon vor drei Jahren klären, Grace! Vor drei Jahren, hörst du!", fauchte er, „Verdammt, du hast dich quer gestellt! Nicht ich!"

„Ja, ich weiß! Und es tut mir leid, okay?! Ja, ich habe damals einen Fehler begangen. Aber ich wusste damals einfach nicht, wie ich reagieren sollte! Besser gesagt, ich wusste nicht, wie ich es klären sollte!", verteidigte ich mich sofort und spürte, wie meine Stimme dabei abbrach.

„Und jetzt nach drei Jahren weißt du es, oder wie?", fauchte er und sah mich verärgert an. „Sag mir, dass das nur ein schlechter Scherz ist."

„Ist es nicht!", zischte ich zurück und er stellte sich nun genau vor mich hin und es war so, als würde der Sturm in seinen Augen nachgeben, als er fragte: „Willst du es wirklich klären?"

„Ja!" Meine ernsthafte Aussage hatte wohl Wirkung auf ihn, denn sein Blick änderte sich zu etwas Weicherem. Außerdem versuchte er, sich zu entspannen, indem er tief ein und ausatmete.

„Wieso willst du es nach so langer Zeit klären? Du könntest es auf sich beruhen lassen", fragte er mit sanfter Stimme, wobei ich spürte, dass er sich sehr zurückhalten musste, um nicht wieder wütend zu werden.

„Da hast du recht. Das könnte ich."

„Warum tust du es dann nicht?"

„Weil ich... Weil ich nicht mehr von dir ignoriert werden will, Harry White. Ich möchte nicht, dass du wie ein kleines, trotziges Kind neben mir sitzt, und ich möchte mich mit dir normal unterhalten können wie mit den anderen auch. Und es nervt mich, mit meinem ehemaligen besten Freund nicht mal eine normale Konversation führen zu können, ohne vernichtende Blicke austauschen zu müssen."

Harry schwieg in den ersten paar Minuten und ich wartete ungeduldig auf eine Antwort, was eine gefühlte Ewigkeit dauerte, und kurz dachte ich, dass es ihn amüsierte, mich auf die Folter zu spannen. Doch dann hörte ich ein knappes „Na gut."

Sofort fauchte ich ihn an: „Na gut? Das ist deine einzige Antwort darauf?"

Plötzlich tauchte zum ersten Mal ein freches, aber entspanntes Grinsen auf seinem Gesicht auf und seine Augen funkelten mich herausfordernd an, als er provokant eine Schritt auf mich zukam und wiederholte: „Ja, na gut."

„Ist ja wieder mal typisch. Kannst du nicht einmal in deinem Leben eine normale Antwort ...", meckerte ich vor mich hin, doch mir stockte der Atem, als ich während meines Satzes zu ihm aufsah und in meinem Ausbruch gestoppt wurde.

„Bist du fertig?", fragte Harry und hielt mir seine Hand hin, dabei blickte er mich mit auffordernden, aber auch entspannten Blick an.

„Ich verspreche dir, dass wir darüber reden werden. Ich möchte im Übrigen auch wieder normal mit dir reden können. Nur heute sollten wir keine großen Gespräche mehr führen. Wir wollen doch den anderen nicht den Abend ruinieren, oder? Also komm, lass uns heute den Abend entspannt genießen. Frieden?", fragte er und hielt mir nochmal deutlich seine Hand hin, worauf ich ihn sprachlos ansah. „Ich zähle gleich von drei runter, wenn du bis dahin …"

Ohne dass er weitersprechen musste, nahm ich seine Hand und diesmal kam ein „Na gut" von mir. Kaum hatte ich seine Hand ergriffen, zog Harry mich zu sich und ins Wohnzimmer hinunter.

Die anderen hatten es sich schon längst im Wohnzimmer bequem gemacht und hatten überall Spiele überall verteilt herumliegen. Zusätzlich standen auf dem Tisch unzählige Bierflaschen, was daraufhin deutete, dass die Jungs schon seit längerer Zeit in der WG waren.

Allison und Nina tranken immer wieder von einem Glas Sherry und bei dem Mädchen mit den haselnussbraunen Zöpfen konnte man bereits die knallroten Wangen erkennen, wodurch mir klar war, dass sie schon viel zu viel getrunken hat. Denn im Gegensatz zu Nina, die sehr viel vertragen konnte, war Allison immer schnell vom Alkohol abgeschossen. Auch die Jungs waren gut dabei, da Nina und Skyler dafür sorgten, dass sie genügend zu trinken hatten. Sie hatten sich den Spaß erlaubt, die Jungs mit Alkohol abzufüllen, um herauszufinden, wer von ihnen am meisten ertragen konnte. Zum Glück hatten die Jungs schon vorausgeplant und sicherheitshalber ihre Schlafsachen mitgebracht, die nun quer im Wohnzimmer verteilt lagen.

Die ganze Truppe schien sich prächtig zu verstehen, denn der Raum wurde mit Lachen und lauten Stimmen gefüllt. Nur Lorence schien die Jungs nicht sonderlich zu mögen, da er als Einziger an keiner Konversation teilnahm und sich bequem auf der Couch breit machte, sodass nur Skyler neben ihm sitzen konnte. Luke hatte sich stattdessen gemeinsam mit Andrew einen Sitzsack geschnappt und sich gegenüber der Couch hingesetzt.

„Sie scheinen sich zu amüsieren", murmelte ich freudig und Harry entgegnete überraschenderweise: „Nur Lorence ist wieder der Spielverderber. Typisch."

Ich musste ein Grinsen unterdrücken und als ich zu Harry sah, war ein leichtes, zögerliches Lächeln auf seinem Gesicht zu erkennen. Doch es verschwand ruckartig, als die anderen bemerkten, dass wir da waren, und ich kicherte: „Hey Jungs. Lange nicht mehr gesehen."

„Ja, Ewigkeiten", sagte Luke sarkastisch, während Nathaniel schmerzerfüllt hinzufügte: „Es war eindeutig zu lange! Ich will nicht mehr von dir getrennt sein, meine geliebte Gracie!" Dabei legte er verletzt seine Hand auf die Brust und schniefte laut, worauf alle lachen mussten.

Laut lachend sagte ich: „Was redest du für einen Unsinn?"

„Oh Gott, Nath. Der Alkohol bekommt dir nicht gut", murmelte Harry und Nathaniel fauchte mit einem Kichern: „Halt du die Klappe, Harry! Ich vertrage mehr als du!"

Dann bemerkte ich erst, dass mich Nina mit einem entschuldigenden Blick ansah und fragte: „Was ist los?"

„Tut mir leid, dass wir dich nicht geweckt haben. Wir dachten, dass du schläfst", entschuldigte Nina sich, worauf ich mit einem Lachen antwortete: „Ja, ja, du hattest nur Angst, ich würde dir alles wegtrinken."

Ein Lächeln wurde auf Ninas Gesicht gezaubert und jeder musste wieder lachen. „Wer weiß."

„Und wir dachten, dass du dich in diesem Haus verlaufen hast", sagte James zu Harry, der daraufhin grinsen musste.

„Nein, ich habe das Bad gefunden. Danke für deine Sorge, James. Ich bin nur auf Grace gestoßen und wir haben uns ein wenig unterhalten", antwortete der Lockenschopf frech und klopfte mir zaghaft auf meine Schulter, dabei sah Harry mit einem sanften Blick zu mir.

Ich schenkte ihm ein kleines Lächeln und er wandte seinen Blick wieder den anderen zu. Ich war verwundert, dass er so handelte, als wäre die Auseinandersetzung vor meinem Zimmer gar nicht passiert.

„Ihr habt euch unterhalten? Und ihr lebt noch? Geht das überhaupt?", fragte Andrew unsicher und sah so aus, als ob er bereit wäre, zwischen uns zu gehen, falls es ausarten würde, doch ich sagte: „Ja, das geht. Harry und ich haben nämlich erkannt, dass Ignorieren keine Lösung ist."

„Ach echt?", murmelte Nathaniel sarkastisch und sah Harry wieder mit diesem herausfordernden Blick an.

„Ja", antwortete Harry verschmitzt lächelnd, „Wir haben erkannt, dass wir uns tatsächlich wie normale Erwachsene unterhalten können. Krass, oder nicht?"

„Und deswegen haltet ihr Händchen?", fragte Lorence nun und nickte zu unseren Händen, worauf wir beide seinem Blick folgte.

Wir hatten gar nicht bemerkt, dass wir immer noch die Hände fest hielten und sofort ließen wir uns los, während sich eine unangenehme Stimmung aufbaute. Das hätte nicht passieren sollen. Es fühlte sich für uns beide offensichtlich mehr als nur falsch an.

„Lorence, du stellst immer noch die falschen Fragen", räusperte sich Harry und fuhr sich durch seine langen Haare.

„Aha. Und du machst immer noch die falsche Musik, alter Freund", sagte Lorence, woraufhin Harry ihn finster ansah, und sie starrten sich gegenseitig an, um herauszufinden, wer länger durchhalten könnte.

Alle außer die Jungs von Solution 5 seufzten bei dieser Aktion. Diese Diskussion hatte keiner vermisst, denn nichts konnte so anstrengend sein wie ein Lorence Sullivan und ein Harry White, die wieder einmal über die Musik sprachen.

„Ihr habt euch jetzt drei Jahre nicht gesehen. Müsst ihr wirklich wieder mit euren Sticheleien anfangen? Habt ihr nicht Besseres zu tun?", fragte Claire und schlug ihre Hand gegen die Stirn.

Skyler seufzte: „Zumindest ändern sich manche Dinge einfach nie."

„Hey!", kam es gleichzeitig von Harry und Lorence, woraufhin beide lachen mussten und sich die Hände reichten, als würden sie Frieden schließen.

„Also. Was spielen wir?", fragte ich und setze mich auf die Couch, dabei zwang ich Lorence, dazu Platz zu machen. Harry folgte mir und setzte sich neben mich, wodurch mein Herz einen Satz machte.

Wie konnte er so schnell umschalten? Gerade eben war er noch wütend und hatte nicht reden wollen. Er hatte sich sogar dem Gespräch entziehen wollen. Entweder konnte er wirklich gut schauspielern oder er wurde tatsächlich lockerer.

„Wir dachten, dass wir Activity spielen könnten", antwortete Andrew kindisch und hielt das Spiel voller Freude in die Luft.

„Oh Gott. Erlös mich bitte", murmelte Harry verzweifelt und ich sagte daraufhin motivierend: „Warum denn nicht?"

Er schüttelt nur seinen Lockenschopf und seufzte laut, woraufhin ich laut lachen musste und ihn zögerlich mit der Faust anstupste. „Wir werden es überleben."

„Ich vertraue dir nicht, wenn du so etwas sagst. Zu schlechte Erfahrungen schwirren mir da im Kopf herum", antwortete Harry und mein Mund klappte auf: „Zu Unrecht. Immerhin sitzt du ja noch hier und atmest."

„Die Frage ist wohl eher, wie lange ich hier noch sitzen und atmen werde", entgegnete er frech und ich wandte den Blick beleidigt ab.

Doch innerlich musste ich vor Freude auf quietschen. Wie sehr hatte ich diese Gespräche mit ihm vermisst. Am liebsten hätte ich ihn umarmt und „Danke" in die Welt geschrien. Sicherlich war es aber dafür noch zu früh.

„Super. Dann bildet Teams", meinte Andrew in die Hände klatschend und sofort klammerte sich Lorence ganz fest an Skyler. „Meins!"

„Danke, dass du mich gefragt hast"; seufzte Skyler und vergrub ihr Gesicht in ihren Händen, wobei sie leicht verzweifelt schien.

„Partnerarbeit?", hörte ich währenddessen von zwei Seiten und erkannte, dass Nina und Harry gleichzeitig gefragt hatten.

„Ähm…", fing ich an und war leicht überfordert, da ich mit dieser Situation nicht gerechnet hatte. Es machte mir Angst, dass Harry, ohne zu zögern, gefragt hatte.

Was ist hier los?, dachte ich.

„Sie ist mein!", meinte Nina und packte meinen linken Arm. Aber Harry sah mich entspannt an und ignorierte Nina, als wäre er sich seines Sieges schon sicher, und sagte: „Du könntest dich auch von ihr trennen und es wieder wagen, mit mir zu arbeiten. Oder hast du Angst?"

„Ähm…"

Ja, ich war definitiv überfordert und fragte mich, wie ich in diese Lage geraten war. Mit Nina hatte ich bis jetzt immer gute Partnerarbeit geleistet und hatte auch immer viel Spaß, da wir uns gegenseitig vertrauen konnten. Es war sozusagen Tradition, ein Team zu sein. Doch Harry war eben mein ehemaliger bester Freund und der Gedanke, dass er mit mir zusammenarbeiten wollte und mich sogar gefragt hatte, gab mir wieder die Chance, ein relativ gutes Verhältnis aufzubauen.

„Nimm Nina", meinte Lorence und Harry fragte: „Wieso sollte sie?"

„Erstens sind sie sonst immer Partner. Zweitens hätten wir dann noch eine Möglichkeit, zu gewinnen, denn wenn es wie früher läuft, dann haben wir keine Chance mehr. Ich vertraue euch bei dieser Sache nicht", erklärte er.

„Nina, sollen wir zusammen arbeiten?", fragte Luke nun in die Runde hinein, da er von der ganzen Sache nichts mitbekommen hatte, und Nina antwortete quietschend: „Gern."

Sofort ließ sie alles stehen und liegen und setzte sich freudig neben Luke auf seinen Sitzsack, um dann ihren Kopf an seiner Schulter abzulegen.

Mein Mund klappte auf und ich sah sie ungläubig an. „Hallo? So schnell ersetzt du mich?"

„Tut mir leid, Grace. Du hast ja noch – Harry", meinte Nina unschuldig und wies auf Harry, der mit Luke rätselhafte Blicke austauschte.

„Turteltauben. Lass sie machen", murmelte Harry leise zu mir und räusperte sich dabei, dann wandte er sich wieder zu mir und fragte ein weiteres Mal: „Und willst du jetzt Partnerarbeit machen?"

Ich nickte und verspürte innerlich ein komisches, unbeschreibliches Gefühl. „Ja, klar, können wir."

„Klasse", murmelte er und hielt mir seine Hand hin: „Auf eine gute Zusammenarbeit."

„Auf eine gute Zusammenarbeit", stimmte ich zu und nahm seine Hand, wobei ich wieder diesen Stromschlag verspürte.

„Nina!", rief Morice laut, der sich mit Andrew zusammen geschlossen hatte und das Händeschütteln mitbekommen hatte.

„Was?", fragte Nina erschrocken und hob ihren Kopf von Lukes Schulter.

„Wieso hast du die Zusammenarbeit zwischen Harry und Grace nicht verhindert?", fragte Allison leicht panisch, wobei sie kichern musste. Sie versuchte, ernst zu bleiben, jedoch funktionierte das nicht wirklich und sie musste die ganze Zeit unkontrolliert lachen.

„Warum sollte ich?", fragte Nina unwissend und Morice erklärte seufzend: „Weil die sich zu gut kennen. Wir werden kaum eine Chance haben, denn Harry und Grace haben so ihre Tricks bei diesen Spielen. Ich spreche aus Erfahrung. Im Kindergarten hatte ich schon nie eine Chance gegen die beiden. Irgendwann wurde es langweilig."

„Leute. Wir haben uns drei Jahre nicht mehr gesehen. So gut werden wir uns jetzt auch nicht mehr kennen. Also...", fing ich an, doch Harry unterbrach mich sofort. „Aber stellt euch darauf ein, zu verlieren."

„Echt jetzt?"

„Oder etwa nicht?", fragte Harry mit einem frechen Grinsen, welches ansteckte, und er sagte: „Na, siehst du."

„Schön, dass ihr euch wieder versteht", meinte Nathaniel erleichtert, der neben Allison saß und uns vergnügt beobachtete. Dabei trank er einen Schluck von seinem Bier. Er war offensichtlich stolz darauf, dass seine Mühen sich auszahlten, auch wenn er nicht wusste, dass es zwischen uns beiden schon geknallt hatte.

„Wir versuchen es zumindest", antwortete ich lachend und Harry meinte: „Ja, es ist zwar schwierig mit dieser Frau. Aber..."

„Ach, das wird schon. Ich glaube an eure Freundschaft", meinte Nathaniel nur noch. „Besser gesagt, an eure Bindung. Das habe ich immer."

Harry räusperte sich und sagte, um vom Thema abzukommen: „Wolltest du Nina nicht noch etwas geben, Lu?"

„Oh, ja", meinte Luke plötzlich aufgeregt und seine Augen strahlten etwas Kindliches aus, was jedoch nichts Ungewöhnliches für ihn war. Er war zwar der Älteste der Band, jedoch führte er sich die meiste Zeit wie ein Kleinkind auf.

„Andrew, hol mal das Geschenk für Nina aus meiner Tasche", forderte er ihn auf und Andrew nickte. Er stand auf und lief zu einem wirklichen großen Haufen aus Rucksäcken, Decken und Kissen.

Ich sagte verwundert: „Bitte sagt mir nicht, dass ihr einziehen wollt."

„Nein. Ich muss dich enttäuschen. Wir übernachten nur", antwortete Harry und musste über meinen Kommentar lachen.

„Okay. Und sicher, dass ihr das für nur eine Nacht braucht?"

„Du willst uns nicht auf Tournee sehen. James und Andrew haben schon ihre Packliste geschrieben. Dabei dauert es noch, bis wir gehen", kicherte Nathaniel vor sich hin.

„Echt jetzt?"

James nickte. „Im Gegensatz zu manch anderen Leuten wie zum Beispiel Nath oder Harry, bin ich gerne vorbereitet und werfe nicht alles auf einmal in meinen Koffer."

„Pah! Zumindest mache ich mir keinen Stress", verteidigte sich der Junge mit den blonden, zerzausten Haaren und Harry nickte mit seinem Kopf, während er sich mit seinen Händen durch die Haare fuhr.

„Seid ihr aufgeregt? Immerhin ist es eine Welttournee", wollte Nina nun wissen und die Jungs nickten gleichzeitig. Doch zum Antworten kamen sie nicht mehr, da Andrew es endlich geschafft hat, in den Untiefen der Tasche das Geschenk zu finden. Er kam mit einem kleinen Päckchen angelaufen und gab es voller Freude Nina.

„Was ist das?", fragte Nina neugierig und James meinte: „Wenn wir es dir jetzt sagen würden, dann hätten wir es nicht einpacken müssen."

„Moment! Ich habe verpackt! Und darf ich erwähnen, dass ich nicht einpacken kann. Also fühl dich bitte geehrt", murmelte Harry und setzte dabei einen stolzen Blick auf, worauf ich ein „Das stimmt" sagte.

„Jetzt mach schon auf!", sagte Allison ungeduldig und Nina fing auf der Stelle an, das grün schimmernde Papier von dem Inhalt zu lösen.

„Oh mein GOTT!", schrie sie auf einmal und die Jungs mussten laut lachen, als sie ihren begeisterten Blick sahen.

„Was ist?", fragte Skyler sofort irritiert, als hätte sie von der ganzen Situation nichts mitbekommen.

Nina hatte große Augen und starrte weiterhin auf den Inhalt, während Luke antwortete: „Es ist unser neues Album Game on …"

„…, das erst morgen auf den Markt kommen soll", fügte James hinzu, der dann seine Bierflasche nahm und freudig einen Schluck trank.

„Jedoch wussten wir, dass Nina ein großer Fan ist …", fing dann Andrew an und wurde von Nathaniel abgelöst: „… und haben uns deshalb dazu entschlossen, es ihr früher zu geben."

„Und unsere Unterschriften dürfen natürlich nicht fehlen", kam es noch von Harry, der sich entspannt nach hinten lehnte, die Arme hinter den Kopf machte und sich über Ninas Reaktion amüsierte.

„Viele, vielen Dank!", meinte sie und umarmte Luke, der beinahe nach hinten auf den Boden fiel. Er hatte ein breites, stolzes Grinsen, schlang seine Arme fest um sie und vergrub sein Gesicht in ihren Haaren, als würde er sie niemals loslassen wollen.

„Turteltauben. Sag ich doch", kam es wieder frech von Harry und ein „Klappe!" rutschte aus meinem Mund, woraufhin er mich sachte gegen die Schulter schlug. „Ist doch wahr."

„Die müssen wir sofort anhören", meinte Nina freudig, stand auf und ging zur Stereoanlage, um die CD einzulegen.

„Oh, bitte nicht. Nicht jetzt", meckerte Lorence und Morice meinte: „Ich denke, dieses eine Mal werden wir es überleben."

Und schon wurde das erste Lied abgespielt und die Jungs begannen, laut mitzusingen. Der einzige Unterschied war, dass sie extra schief sangen, um Lorence Ohren noch mehr zu quälen. Besonders Harry machte sich einen Spaß daraus und lehnte sich weit zu ihm, damit er alles hören konnte. Doch Lorence reagierte damit, dass er eine Bierflasche nahm und Harry damit drohte, das Bier über ihn zu schütten, wenn er nicht aufhören würde, ihn zu nerven. Natürlich wirkte das auf Harry und er rückte schnellstmöglich von Lorence weg, der triumphierend grinste.

9. TRACK

Am nächsten Morgen wurde ich von den ersten Sonnenstrahlen aufgeweckt, die durch das Fenster meines Zimmers schienen. Mit einem wohligen Gefühl streckte ich mich im großen Bett aus und erinnerte mich mit einem Lächeln im Gesicht an den gestrigen Abend, der mir auch noch immer in den Knochen steckte.

Harry und ich hatten gestern tatsächlich ein gutes Team abgegeben und waren in den meisten Spielen erfolgreich gewesen. Jedoch hatten Nina und Luke immer sehr gut mithalten können. Natürlich musste Harry wieder seine Kommentare zu den beiden abgeben und dadurch entwickelte sich eine Art Konkurrenz zwischen Luke und ihm. Welches Team ist besser? Hace oder Nuke?

Nina hatte gestern ihren ganz eigenen Spaß gehabt und kam Luke Donovan so nah wie noch nie. Nachdem die anderen und ich in unsere Zimmer gegangen waren, hatten Nina und Luke noch Ewigkeiten miteinander gequatscht und gekichert, was man auch lang durch das Haus hören konnte. Durch den gestrigen Abend hatte jeder gemerkt, dass zwischen ihnen mehr als nur Freundschaft herrschte. Denn als es immer später geworden war und Nina ab einem gewissen Punkt von der Müdigkeit geplagt worden war, hatte sie sich so hingelegt, dass ihr Kopf auf Lukes Schoss gelegen hatte. Doch die Tatsache, dass Luke auch noch angefangen hatte, ihr durch die langen Locken zu streichen, hatte bewiesen, dass etwas zwischen ihnen gefunkt hatte, und der Alkohol hatte da eher weniger eine Rolle gespielt. Sie ließen sich aber auch nicht beirren, als Harry sich über sie lustig gemacht hatte.

An diesem Abend wurde mir jedoch definitiv die größte Freude bereitet, da ich mich nämlich seit langem entspannt mit Harry unterhalten konnte. Dafür war ich dankbar, denn wir konnten nebeneinander sitzen, trinken und lachen, *ohne* vernichtende Blicke.

Voller Elan stand ich von meinem Bett auf und lief aus meinem Zimmer, um in den nächsten Raum einzutreten. Es war der große, begehbare Kleiderschrank der Mädchen in dieser WG. Ein wahrer Traum. Es war ein weißes, helles Zimmer, das kreisförmig aufgebaut war und in dessen Mitte ein runder, ausgepolsterter Sitzsack stand. An den Wänden standen hohe Schränke, die wie ein großes Regalsystem aufgebaut waren, und gegenüber von mir konnte man noch durch ein rundes Fenster sehen, durch das verspielte Lichtstrahlen in den Raum traten.

Ich sah mich in unserem unordentlichen und vollgestopften Schrank um und konnte sofort erkennen, welcher Teil wem gehörte. Nina, Claire und ich hatten einen eher aufgeräumten Schrank, während die anderen beiden das Chaos hüteten und verteilten. Wenn man also in diesen Raum hineintrat, musste man damit rechnen, dass einem Klamotten entgegenfielen. Zum Beispiel wie das knappe Top von Skyler, welches genau vor meiner Nase aus dem Real fiel und nun auf dem Boden lag.

„Mensch, Sky", fluchte ich leise, während ich es behutsam an einen Kleiderhaken hängte.

Der Teil von Skyler war eindeutig am schlimmsten. Vielleicht lag es aber auch daran, dass dort die meisten Klamotten vorhanden waren und sie es einfach liebte, Shoppen zu gehen. Ständig musste unsere Dancer die besten Marken und die außergewöhnlichsten Klamotten haben, natürlich auch die neusten. Dieses Verhalten hatte sie sich durch ihre Eltern angeeignet, die durch den Besitz einer Firma sehr reich waren. Dadurch hatte Skyler von ihrer Mutter Kathleen Dancer, einst Kathleen Frost, gelernt, was es heißt, sich richtig anzuziehen. Doch dies war wiederum eine andere Geschichte, eine andere Vergangenheit.

Ich lief in die hintere Ecke des Raumes, wo sich meine Sachen befanden, und öffnete die Schranktür, um etwas Bequemes herauszusuchen. Ich entschied mich für eine einfache Jogginghose und einen petrolfarbenen Hoodie, der von der ersten Tour war.

Auf dem Rücken waren alle unsere Konzertdaten aufgelistet und auf der Vorderseite stand: Wild Division – Upside Down. Das war der Stolz der Band und deswegen liebte es jeder, die Klamotten von unserem ersten Erfolg zu tragen. Sogar Skyler, obwohl es, wie sie immer betonte, nicht zu ihrem Kleidungsstil passte.

Schnell machte ich mich fertig, band die Haare zu einem unordentlichen Dutt zusammen und lief die Treppen hinunter, wo ich auf fünf schlafende Jungs stieß. Ich musste bei dem Anblick leicht grinsen, denn James und Andrew hatten es sich auf den großen Sitzsäcken vor dem Kamin bequem gemacht und kuschelten sich in ihre Schlafsäcke, wobei Andrew schon fast komplett in seinem Sitzsack versank und alle vier von sich streckte.

Harry und Nathaniel hatten sich stattdessen mit kuscheligen Decken und dicken Kissen auf der Couch breit gemacht. Nur Luke schlief ganz allein auf dem Boden und rollte sich zu einem kleinen Ball zusammen. Er hatte gestern am meisten getrunken und somit hatten Harry und Nathaniel ihn nach langem Überreden von der Couch verbannt, da sie die Befürchtung hatten, dass Luke sich noch übergeben müsste. Doch sein Magen hatte schon immer viel vertragen können, sodass zum Glück alles gut verlaufen war und er jetzt entspannt schlief.

Nur knapp konnte ich einem Lachen entkommen, als sich Luke im Schlafsack umdrehte und etwas Unverständliches vor sich hinmurmelte.

„Mensch, wie sehr ich euch vermisst habe", murmelte ich leise vor mich hin und musste schmunzeln, dabei sah ich zu Harry, dessen Locken über das Gesicht fielen und seine Augen verdeckten. Er schien entspannt und friedlich zu sein und als ich ein sachtes Lächeln auf seinen Lippen erkennen konnte, schlug mein Herz schneller.

Da keiner im Haus wach war, beschloss ich, mich nützlich zu machen und schon mal für das Frühstück zu sorgen. Sicherlich würde nach dem gestrigen Abend jedem ein guter Morgenkaffee und frische Brötchen gut tun.

Ich ging in die Küche, schrieb einen kleinen Zettel, den ich an den Kühlschrank haftete, und zog etwas Warmes an, um in die Stadt zu fahren, um Brötchen zu holen. Dafür ging ich zu einer kleinen Bäckerei mitten in London, die ich zufälligerweise mal entdeckt hatte und deren Qualität ich zu schätzen wusste. Die Verkäuferin Sophie wusste immer genau, welche Wünsche die Kunden hatten, und ich musste schon gar nichts mehr sagen. Doch es gab noch einen anderen Grund, warum ich gerne hierher kam.

Hier wurde ich nicht als die Grace O'Reilly von Wild Division angesehen, sondern als das Mädchen aus Chester. Ich wurde nicht als Berühmtheit angesehen, sondern als eine normale Kundin, was ich sehr schätzte, da mich die Journalisten, wie auch an diesem Morgen, auf Schritt und Tritt verfolgten, selbst wenn ich *nur* das Frühstück besorgte. Doch sie erinnerten mich daran, wer ich in Wirklichkeit war: eine Person des öffentlichen Lebens.

Ich musste zugeben, manchmal vermisste ich meine geliebte Privatsphäre, die ich durch den Vertrag abgeben musste, und es nervte mich auch, dass ich ständig darauf achten musste, was ich in der Öffentlichkeit tat, da die Presse immer versuchte, einen Skandal zu finden, um diesen schnellstens der Welt mitzuteilen. Mr. Nelson Woodfield hatte uns davor gewarnt, doch bis heute konnte ich mich nicht daran gewöhnen.

Mit einem Lächeln betrat ich den Laden und vernahm den Geruch von frischgebackenen Brötchen und gemahlenem Kaffee, während Sophie mich schon mit einem Lächeln begrüßte: „Hallo, Grace. Dieselbe Anzahl wie jedes Mal?"

„Hallo, Sophie. Diesmal sind ein paar Mäuler mehr zu stopfen."

„Wie viele?", fragte sie und ich musste schmunzeln, als ich an die Jungs dachte, und sagte: „Wir sind zu zwölft. Also."

„Wie groß soll eure WG eigentlich noch werden?", fragte sie lachend und fing direkt an, Brötchen in eine Tüte zu füllen. Dabei achtete sie darauf, dass es eine große Auswahl gab.

„Ich hoffe doch, dass wir nur zu siebt bleiben. Wir hatten gestern nur Besuch von alten Freunden", antwortete ich und sie musste lachen, als sie die Brötchen auf den Tresen legte. „Kann es noch etwas für dich sein?"

Ich verzog das Gesicht, um nachzugrübeln, und beschloss am Ende, noch ein paar Croissants mitzunehmen. Sophie verpackte alles fein säuberlich und legte es auf dem Tresen ab, während ich meinen Geldbeutel aus der Tasche nahm. „Danke schön, Sophie."

„Immer wieder gerne."

„Schönen Tag wünsche ich dir."

„Den wünsche ich dir auch", entgegnete sie mit einem Lächeln und ich wollte mich gerade umdrehen, da erstarrte ich sofort, als eine Stimme sagte: „Wie ich sehe, amüsierst du dich gut, Grace. Solltest du dir nicht Gedanken um die Songs machen, statt mit anderen zu feiern?"

Sofort spannten sich alle Muskeln an und mein Kopf fing wieder an zu dröhnen, da die Gedanken direkt zu den Songs, die unfertig auf meinem Schreibtisch lagen, wanderten.

Genervt nahm ich die Tüten vom Tresen und drehte mich verärgert um, worauf ich Philip sah. Er saß an einem Tisch am Schaufenster, während er seinen Kaffee in kleinen Schlucken genoss und die Menschen auf den Straßen beobachtete.

„Danke, Philip, für diesen Kommentar. Aber ich denke, dass ich, so weit es geht, ein normales Leben führen darf", zischte ich ihn an. Ich hatte sicherlich keine Lust, jetzt mit ihm über das Problem zu reden. Auch wenn ich wusste, dass dieses Thema wichtig war, wollte ich nicht, dass die Gelassenheit von gestern Abend zerstört wurde. Harry hatte es nämlich nicht nur geschafft, mich aus dem Zimmer zu locken, sondern er hatte mir auch dabei geholfen, den restlichen Abend abschalten zu können. Dank ihm konnte ich das Songwriting vergessen, aber Philip ließ alles wieder hochkochen.

Schnellen Schrittes lief ich aus der Bäckerei zu meinem Auto und gerade, als ich es mit dem Schlüssel aus der Ferne öffnete, hörte ich jemanden hinterher rennen.

„Grace! Es tut mir leid!"

Doch ich ignorierte Philips Rufe und wollte gerade die Autotür öffnen, da kam er mir zuvor und knallte sie wieder zu. Dann lehnte er sich dagegen, um mir die Möglichkeit, wegzufahren und zu entkommen, zu nehmen. Nun war ich nicht nur genervt, sondern auch verärgert.

„Grace, hör zu. Ich habe das nicht so gemeint", erklärte er bedrückt und fuhr sich seufzend durch die Haare. „Es tut mir leid."

„Was tut dir leid? Dass meine Band und ich zugrunde gehen und uns bestimmte Leute – also DU und Mr. Marks – sagen, dass wir uns trennen sollen? Findest du das etwa witzig?", fragte ich mit erhobener Stimme und sah ihn dabei vernichtend an.

„Nein! Wie gesagt, es tut mir leid. Ich hatte nicht bedacht, wie viel dir diese Band eigentlich wert ist. Ich hätte eher fragen sollen, wie ihr mit dem Songwriting voran kommt", erklärte er.

Momentan gar nicht, dachte ich und bekam ein ungutes Gefühl. Ich musste daran denken, dass die anderen Mädels von dem Problem keine Ahnung hatten und dachten, dass alles gut war. Ich blieb nachdenklich vor Philip stehen und gab keinen Kommentar dazu ab.

„Hast du es den anderen etwa noch nicht erzählt?", fragte er und seine Augen weiteten sich, als ich mit einem „Nein" antwortete.

„Warum nicht?"

„Du fragst mich ernsthaft warum? Weil ich ihnen nicht auch noch die Feiertage ruinieren möchte. Ich möchte nicht, dass wir an Weihnachten stillschweigend nebeneinandersitzen und uns ständig Gedanken darüber machen, ob wir weiterhin gemeinsam Musik produzieren können oder ob sich unsere Wege tatsächlich trennen müssen, obwohl wir uns geschworen haben, immer zusammen zu bleiben! Nein, es reicht schon, wenn ich mir allein diese Gedanken mache und stundenlang an den Songs sitze, um eine verdammte Lösung zu finden", fauchte ich ihn an und er legte die Stirn besorgt in Falten. „Also schreibst du die Songs momentan allein?"

„Ja, tue ich und zum ersten Mal fällt mir nichts für einen Song ein! Sonst kommen bei mir die Ideen nur so herausgesprudelt. Doch jetzt, wo ich sie dringend bräuchte, fallen sie mir nicht ein!", schluchzte ich, „Verdammt, Philip! Ich habe Angst um meine Band! Ich habe Angst um Wild Division! Und ich könnte kotzen, wenn du so etwas sagst wie: Solltest du dir nicht Gedanken um die Songs machen, statt mit anderen zu feiern? Weil, glaube mir, ich tue nichts anderes und ich war froh, als mich meine Freunde für eine Zeit lang ablenken konnten!"

Ich begann am ganzen Körper zu zittern und Tränen schossen mir in die Augen. Wild Division war mehr als nur eine Band. Es war mein Leben und meine dazugewonnene Familie. Jeder war anders, aber trotzdem haben wir gemeinsam für den Aufstieg gekämpft und so viele Konzerte bewältigt. Wenn zum Beispiel eine auf der Tournee krank geworden war, hatte die andere ihren Teil gesungen. Man hatte sich gegenseitig auf der Bühne ausgeholfen und niemals hatte jemand den anderen in Stich gelassen. Oder wenn die Busfahrten tierisch langweilig geworden waren, hatte immer irgendjemand eine Idee zum Quatsch machen. Ich hatte Angst, das hinter mir lassen zu müssen, und konnte mir nicht vorstellen, ohne die Mädels aufzutreten.

Philip bemerkte, dass ich durch die Tränen immer schwächer wurde und bald vor Schwäche zusammenbrechen würde, da meine Beine nur noch aus Wackelpudding bestanden. Ohne zu zögern, nahm er mich in den Arm und gab mir den nötigen Halt.

Augenblicklich ließ ich mich noch mehr fallen und ich spürte seine Wärme, seine Kraft, während ich seinen ruhigen Herzschlag hörte und mein Gesicht in seiner Brust vergrub. Philip blieb ruhig und gab mir die Zeit, um mich wieder zu beruhigen, dabei strich er mir sachte über den Rücken.

„Es tut mir leid, Grace. Ich hätte wissen müssen, dass es dich belasten würde", murmelte er traurig. „Und ich verspreche dir, wir finden eine Lösung."

„Und welche?"

Keiner wusste, was er sagen sollte, und ich konnte nur seinen Atem hören, als er seine starken Arme weiterhin um mich geschlungen hatte, und ich wusste nicht, wie ich den Wasserfall, der aus meinen Augen austrat, aufhalten sollte. Nur ab und zu konnte ich ein „Shht" von ihm hören, wobei er sachte seine Lippen auf meinen Scheitel platzierte. „Es wird alles gut, mein Mädchen."

Immer wieder sprach er in einem ruhigen Ton auf mich ein und erst nach einer Weile drückte er mich von sich weg, aber nur um mir mit dem Daumen meine letzten Tränen von der Wange zu streichen. „Hör auf zu weinen. Ich weiß, es ist schwierig, aber beruhige dich, mein Mädchen."

Erst jetzt sah ich, dass ich durch meine Tränen sein Hemd nass gemacht hatte, und ich wischte mit einem Ärmel über meine Augen, als ich ein „Tut mir leid" murmelte.

Er schmunzelte und zuckte mit den Schultern. „Schon okay."

„Aber dein Hemd."

„Das ist jetzt egal", entgegnete er und klemmte eine Strähne, die mir ins Gesicht fiel, hinter die Ohren, „Wichtig ist es, dass es dir wieder besser geht. Hörst du?"

Ich nickte und spürte, wie ich immer noch auf schwachen Beinen stand. Auch Philip schien es zu spüren, denn er öffnete die Autotür, um mich auf dem Fahrersitz abzusetzen, und ging dann vor mir in die Hocke.

Nervös spielte ich mit dem Autoschlüssel und wartete auf eine Aussage, doch es kam keine. Nur ein Seufzer war von ihm zu hören, was mir seine Besorgnis zeigte, und dann als er ein „Hör zu ich …" anfing, kam ich ihm dazwischen und krächzte: „Es steht schlecht um die Band. Oder?"

Er sah zu Boden, nickte jedoch sachte und meinte: „Leider schon, zumindest laut Mr. Marks. Er hat mir erzählt, dass die Zahlen stark runtergegangen sind, und hat mich um Rat gefragt. Leider habe ich meine Zweifel, dass ein neues Album helfen könnte, wenn die Zahlen weiter so fallen. Es tut mir so leid, Grace."

„Und die Solokarrieren können uns angeblich helfen. Oder wie?", fauchte ich genervt und fuhr mit der Hand durchs Gesicht, dabei spürte ich, dass nun auch meine letzte Kraft aufgebraucht worden war.

„Ich sage nicht, dass das die beste Lösung ist. Besonders nicht, wenn ihr so eine enge und besondere Bindung habt. Doch ich denke, dass die Solokarriere neuen Wind bringen würde. Verstehst du, es würde Aufsehen erwecken und vielleicht Neugierde bei neuen Fans. Vielleicht könntet ihr sogar mehr erreichen, da jede vielleicht ihre eigene Musikrichtung ausleben kann und sich selbst dadurch findet. In einer Band muss man viele Kompromisse eingehen und die Musik kann dadurch schnell eintönig und langweilig werden. Aber in Solokarrieren könnt ihr euch ausprobieren", erklärte er mit sanfter Stimme, als wollte er es mir so behutsam erklären wie möglich, doch es schwirrte mir nur eine Frage durch den Kopf. „Was ist mit der Band?"

Ich sah ihn verzweifelt an und er stupste mit seinem Zeigefinger auf meine Nase, als er sagte: „Nur weil ihr auseinandergehen würdet, muss es ja kein endgültiges Ende sein. Wir können sagen, dass ihr eine Pause macht und erst einmal euren eigenen Weg gehen wollt. Ihr seid jung. Ihr wollt noch viel lernen. Jeder würde es verstehen. Und nach einer gewissen Zeit, wenn ihr immer noch Lust habt und euch ausgetobt habt, könnt ihr euch wieder zusammenschließen. Vielleicht kann diese Trennung euch neue Inspiration geben. Vielleicht bekommt ihr bessere Ideen, die ihr später bei der Wiedervereinigung nutzen könnt."

Aufmerksam hörte ich ihm zu und spürte, wie ich mich nach und nach beruhigte, auch wenn ich einen Kloß im Hals hatte. Die Idee, dass wir uns trennen sollen, war grauenhaft, aber Philips Ansprache brachte mir einen inneren Konflikt, da ich es nie aus seiner Sicht gesehen hatte. Vielleicht würde es ja der Band tatsächlich helfen, wenn jede mal ihren eigenen Weg gehen würde und eine neue, eigene Herausforderung bewältigen müsste. Aber dann stellte sich mir die Frage, ob wir uns wiederfinden würden. Am Ende genießen wir die Solokarrieren zu sehr und dann? Dann würde die Band Wild Division Vergangenheit werden.

„Ist das wirklich die einzige Lösung?", fragte ich und blieb skeptisch. Denn wer wusste schon, was richtig sein würde und was uns die Zukunft bringen würde? Ich hatte bestimmt keine Antwort darauf.

„Hör zu. Ich mache dir einen Vorschlag. Wenn ihr ohne viel Stress die vier Songs zusammen bekommt, können wir nochmal darüber reden. Ich werde auch gerne noch einmal mit Mr. Marks sprechen, um Zeit für euch zu gewinnen. Aber ich möchte nicht, dass ihr euch Druck macht, um sie zu schreiben, oder du die Songs allein schreibst. Denn die Songs gehören dann nicht der Band, sondern dir. Das ist nicht Sinn und Zweck des Ganzen", erklärte Philip, „Verstehst du das?"

„Ja, tue ich", seufzte ich und er strich mir durch die Haare, um dann mit einer einzelnen Strähne zu spielen. „Ich mache mir Sorgen: „

„Ich mir auch."

„Ich meinte, um dich", erklärte er mir und ich musste schlucken, aber ich sagte dazu nichts, sondern starrte nur in seine weichen Augen. „Es wird sich eine Lösung finden, okay? Im besten Fall zugunsten der Band."

„Und was, wenn wir es nicht schaffen?", fragte ich mit zitternder Stimme und er lächelte traurig und sagte: „Dann solltest du das Angebot annehmen und ein Soloalbum aufnehmen."

„Ein Vertrag bei dir?"

„Ja. Ich würde mich gerne um dich kümmern", bestätigte er mir mit einem liebevollen Grinsen. „So wie ich es immer getan habe."

Ich wurde wieder still und die Gedanken sowie Gefühle spielten verrückt. Vielleicht war das auch der Grund, warum plötzlich ein „Okay" aus meinem Mund rutschte, ohne dass ich nochmal darüber nachdenken konnte. „Wenn wir die Songs zusammen bekommen, werden wir gemeinsam als Band eine Lösung finden. Wenn wir es nicht schaffen – dann gehe ich mit dir nach Amerika und werde ein Soloalbum aufnehmen."

Mein Herz schrie innerlich, dass es ein Fehler war, doch seine Augen strahlten etwas Vertrauenswürdiges aus und ließen mich weich werden, besonders als sein Gesicht durch meine Antwort kurzzeitig aufleuchteten. Dann meinte er frech: „Die Songs für dein eigenes Album sind ja schon vorhanden."

Obwohl meine Augen immer noch mit Tränen gefüllt waren, musste ich über seinen Kommentar schmunzeln und nicken, worauf er mich anstupste. „Mein Mädchen, die große Künstlerin."

„Ich bin nicht mehr dein Mädchen", entgegnete ich mit einem traurigen Blick und seine Mundwinkel fielen schlagartig. „Ich weiß."

„Du bist ein guter Mann, Philip", versuchte ich, ihn aufzumuntern, „Aber du hast jemanden verdient, der dich bedingungslos liebt, und ich habe dich zwar gern, aber ..."

„Aber dein ganzes Herz konnte ich nicht erobern. Ich weiß", unterbrach er mich und sein Gesichtsausdruck wirkte bedrückt. „Dein Herz gehörte schon immer jemandem anderen."

Ich sah zu Boden und wusste nicht, was ich dazu sagen sollte, doch Philip legte einen Finger unter mein Kinn und hob es an, um dann zu sagen: „Aber lass mich in dieser Situation als dein guter Freund da sein. Bitte, Grace."

„Okay."

„Gut."

„Aber eins solltest du dir merken. Die Band ist immer noch Priorität und unser ganzer Stolz. So schnell gebe ich sie nicht auf. Deswegen werde ich erst Möglichkeiten suchen, sie zu retten", erklärte ich und sah ihm dabei tief in die Augen, worauf er defensiv die Hände in die Luft hob. „Ja, schon gut. Und wie gesagt, ich werde versuchen, dir zu helfen. Versprochen."

„Danke."

„Wir sehen uns dann. Frohe Weihnachten, Grace", waren seine letzten Worte und er strich mir noch einmal durch die Haare. Dann stellte er sich aufrecht hin, wodurch mir erst bewusst wurde, dass er sehr groß war. Durch seinen Anzug und seine zurückgegelten Haare war Philip wirklich ein sehr attraktiver Mann und hatte eine beeindruckende Ausstrahlung.

„Frohe Weihnachten", murmelte ich Philip leise hinterher und sah ihn, nachdem er ein neues Hemd aus dem Kofferraum nahm, in seinen teuren Sportwagen einsteigen und wegfahren.

Eine Weile lang starrte ich ins Leere und dachte über unser Gespräch nach.

War eine Solokarriere wirklich eine Lösung? Ich wusste es nicht. Doch ich wusste, dass ich einen Fehler beging. Ich traf eine Entscheidung ohne meine Band und innerlich wusste ich schon, dass das seine Folgen haben würde.

Seufzend setzte ich mich richtig ins Auto und startete den Motor, den ich laut aufheulen ließ, um dann schnellstmöglich zurück zur WG zu fahren. Als ich daheim ankam und die Haustür öffnete, lauschte ich, ob jemand von den anderen sprach oder andere Geräusche zu hören waren. Doch es blieb still und ich musste bei dem Gedanken traurig schmunzeln, dass die anderen immer noch im Traumland waren und nichts von meinem Verschwinden mitbekamen.

Ich zog die Schuhe aus und lief in Richtung Wohnzimmer, wo ich überraschender Weise Harry und Andrew auf der Couch an ihren Handys sitzen sah. Der Junge mit den schwarzen, bereits hoch gegelten Haaren sah kurz auf und ich dachte, er würde mir zuwinken. Ich zeigte ihm die Brötchen, doch Andrew schüttelte nur verneinend seinen Kopf und winkte mich wieder ins Wohnzimmer herein, während Harry, ohne aufzusehen, rief: „Grace! Komm her! Jetzt! Frühstück kann warten!"

Verwirrt ging ich zu ihnen und als ich den Raum kam, sah ich, dass die Couch von den restlichen Mitbewohnern belagert wurde.

Nina saß natürlich wieder bei Luke und Andrew forderte Skyler die ganze Zeit auf, etwas in ihr Handy zu schreiben. Alle außer Lorence und Morice starrten auf ihre kleinen Bildschirme und schienen über etwas aufgeregt zu sein. Es war, als würden sie darauf warten, in der Lotterie zu gewinnen. Ich sah Lorence fragend an, der nur mit einem Schulterzucken antwortete und Aramis, der sich neben ihn hinlegte, kraulte.

„Was...", fing ich an zu sprechen, doch sofort kam nur ein „Pssst" von den anderen, was mich wieder zum Schweigen brachte.

Nur Harry sah endlich auf. Etwas sagen tat er aber nicht, sondern er klopfte auf die Couch. Verwirrt über die Situation, setze ich mich neben ihm und als ich über seine Schulter auf sein Handybildschirm sah, erkannte ich, dass Harry auf Twitter war und etwas eingetippt hatte: „Es ist endlich so weit! Game on für neue Songs!" Darunter war ein Video von den Jungs zu sehen.

Natürlich. Heute war der Tag, an dem das neue Album von Solution 5 rauskommen würde. Ich hatte es komplett vergessen und hätte mir an den Kopf schlagen können, als ich mich daran erinnerte, dass Nina gestern die erste CD geschenkt bekommen hatte. Sofort wurde ich auch hippelig. „Wie lange noch?"

Nina quietschte: „In weniger als einer Minute!" und Skyler fügte hinzu: „Und Wild Division wird als Erstes gratulieren."

„Auf Twitter und auf Instagram!", erklärte Allison, doch kaum konnte ich dazu etwas sagen, da rief James: „Es ist vollbracht!! Bombardiert Social Media!" und umarmte voller Freude Andrew, der deswegen beinahe von der Couch herunterfiel.

„Los! Los! Los!", feuerte Nathaniel an und sofort klickte Harry auf Senden. „Was für ein schöner Start in den Tag. Für uns und die Fans."

Ich nahm das Handy aus der Hosentasche und öffnete Twitter, wo der Beitrag von Harry angezeigt wurde. Natürlich gab ich, ohne groß zu überlegen, ein Like ab und retweetete mit den Worten: „Glückwunsch! Bin stolz auf euch! Eure Solution-5-Mama."

„Warte, du folgst mir auf Twitter? Seit wann?", fragte Harry, als er mit großen Augen auf mein Handy starrte, und ich sah ihn mit hochgezogener Augenbraue an: „Harry. Ich folge dir schon immer. Das war noch vor dem Contest und vor deiner Zeit als der Harry White von Solution 5."

„Oh", kam es nur aus seinem Mund und ich musste lachen.

„Folge ich dir?", fragte er als Nächstes und schnappte sich mein Handy, worauf ich ein „Hey!" meckerte, er aber nur ein „Anscheinend nicht. Wieso folge ich dir nicht?" sagte.

„Ähm, weiß nicht", meinte ich nur mit hochgezogenen Schultern und wollte ihm mein Handy wegnehmen, doch er meinte nur: „Das ändern wir sofort. Wenn du mich stalkst, stalke ich dich. Ganz einfach."

„Oh Gott, Harry", murmelte ich und schlug dabei lachend die Hand gegen den Kopf, worauf er zu mir aufsah und seine kindlichen Wesenszüge zur Schau stellte. „Was?"

„Sicher, dass du schon nüchtern bist?"

„Aber so was von."

„Ich nicht."

„Du hast nur keine Ahnung."

Zum ersten Mal seit langem fühlte ich mich in seiner Nähe mehr als nur wohl und kurz dachte ich, dass alles so wie früher war. Als wäre niemals etwas geschehen. Wir saßen gemeinsam auf der Couch und machten Quatsch, als wären wir Kleinkinder. Ein Zustand, der mir nur allzu bekannt war. Grinsend saß er vor mir und scrollte durch meine Beiträge, zu denen er immer einen Kommentar abgeben musste. Doch ich hörte ihm kaum zu, sondern war von seinem Lachen fasziniert, welches immer breiter wird.

Er lacht, dachte ich. *Ich habe es geschafft.* Er war endlich der alte Junge von früher mit der großen Klappe. *Danke,* dachte ich als Letztes und sah wieder einen Hoffnungsschimmer für die Freundschaft.

„Wir müssen euer neues Album feiern gehen!", meinte Skyler freudig und Andrew fragte: „Was kommt dir da in den Sinn?"

„Wir gehen heute Abend in einen Club. Tanzen, trinken und haben Spaß", meinte sie mit einem verschmitzten Grinsen und Andrew zog eine Augenbraue hoch. „Das klingt gar nicht mal so übel."

„Bin dabei!", stimmten Nina und Allison zu und auch die anderen schienen von der Idee nicht abgeneigt zu sein. Nur Lorence murmelte: „Glückwunsch zum Album. Doch ich werde mich nicht dem Komasaufen anschließen. Ich war froh, als ich gestern im Bett lag."

„Och, komm, Lorence. Es würde dir nicht schlecht tun, endlich mal aus deiner alten Haut zu schlüpfen", kam es von Harry, der ihn verschmitzt angrinste und sofort von Lorence einen Schlag auf den Hinterkopf bekam.

„Klappe, Harry!"

Dann rückte Lorence auf der Couch vor und schnappte sich die Brötchen, was dazu führte, dass Aramis freudig von der Couch sprang. Dann lief er ohne einen weiteren Kommentar in die Küche.

„Kannst du nicht mal mehr Begeisterung zeigen? Warum hast du es gerade so eilig?", fragte Skyler und Lorence erklärte: „Ich möchte nicht länger Hunger leiden müssen, okay? Und da wir das Thema Album erledigt haben, können wir ja essen gehen."

Auch Morice stand vom Boden auf und streckte sich, während er sagte: „Er hat recht. Hunger habe ich auch."

„Na, dann. Lass uns den Tisch decken", forderte Nina den Rest auf und nach kurzer Zeit saßen alle am Tisch, auch wenn es sehr eng war und wir rücken mussten. Natürlich saß ich neben

Harry, aber meine Aufmerksamkeit galt nur Luke sowie Nina, die immer wieder verdächtige Blicke austauschten. Mir blieb auch nicht anderes übrig, da sie mir gegenüber saßen und wirklich auffällig waren.

„Was schaust du so blöd, Grace?", fragte Nina, die meinen Blick spürte, und ich antwortete frech: „Nichts. Ich finde, ihr würdet nur gut zusammenpassen. Wann ist es so weit? Oder seid ihr schon?"

„Klappe!", fauchte Nina sofort zurück und versuchte, eine finstere Miene zu ziehen, doch man konnte erkennen, dass sie ein Lachen unterdrückte, weshalb die anderen losprusteten und so viel lachten, dass sie nach Luft schnappen mussten. Ich streckte Nina frech die Zunge raus, da ich weiß, wie sehr sie einst für Luke geschwärmt hatte, und musste kichern, während ich ein Brötchen mit Butter beschmierte.

„Du solltest mal auf dein Liebesleben achten, Gracie. Ich denke, dann hast du genug zu tun", meinte Luke frech grinsend, der anscheinend Nina verteidigen wollte, und ich sah geschockt auf. „Wie bitte?"

„Graces Liebesleben ist langweilig. Besonders als Single. Da passiert einfach nichts! Dabei wäre es vielleicht dringend nötig", erklärte Allison und ich fragte fassungslos: „Hallo? Was soll das jetzt heißen?"

„Na, du suchst dir keinen Freund. Dabei bräuchtest du dringend einen. Wann hattest du das letzte Mal Sex?", erklärte Allison weiter und Skyler, die gerade an ihrem Kaffee trank, musste plötzlich laut husten und stellte wieder ihre Tasse ab. Als ich ihren Blick zu Harry sah, war mir sofort klar, worum es ging, und ich sah sie stirnrunzelnd an, worauf sie mit einem unschuldigen Lächeln antwortete und sich räusperte.

„Vergiss es. Ich bin glücklicher Single. Außerdem habe ich keine Zeit für eine Beziehung oder für Sex", murmelte ich zu Allison und sah sie mit einem mahnenden Blick an, um ihr zu sagen: „Es reicht."

Da räusperte sich Harry und rutschte nervös auf seinem Stuhl hin und her, als wollte er etwas sagen. Doch statt einen Kommentar abzugeben, biss er in sein Brot und schwieg. Das Thema gefiel ihm überhaupt nicht und er fuhr auch mit seiner Zunge über die Lippe, was mich anspannen ließ, da ich wusste, dass das ein schlechtes Zeichen bei ihm war.

„Das sagst du nur, weil du diese langweilige Beziehung mit Philip hattest", meinte Nina und ich wurde von Harrys Verhalten abgelenkt, da ich mich mit einem „Es war nicht langweilig" verteidigte.

„Deswegen hast du dich auch von ihm getrennt."

„Ich habe mich getrennt, weil ich keine Gefühle mehr für ihn hatte, nicht weil ich Langeweile hatte. Philip war immer für mich da und ich wusste, dass ich ihm vertrauen konnte. Aber zumindest kann ich sagen, dass ich eine Beziehung hatte, die länger als drei Monate gedauert hat", entgegnete ich und sah Allison dabei herausfordernd an, worauf ihr Mund weit aufklappte. „Du... Ich ..."

„Ja?"

„Willst du Stress? Ich glaube, du willst Stress!", meinte Allison, doch dabei zog sie die Mundwinkel hoch. Alle lachten und das war an dieser Truppe so toll. Es gab öfter waghalsige Kommentare, doch niemals konnte jemand böse auf den anderen sein.

Dennoch konnte ich sehen, dass ich einen wunden Punkt bei Allison getroffen hatte, da sie sich kleiner machte. Sie hatte nämlich ständig einen neuen Freund, von dem sie sich nach drei Wochen wieder trennte. Meistens hatte sie mit ihnen nur Spaß und sagte immer: „Ich bin noch jung. Ich muss mich nicht binden. Ich möchte mein Leben in vollen Zügen genießen."

Für dieses Verhalten hatte sie einen bestimmten Grund und der lag in ihrer Vergangenheit. Auch wenn Allison es verneinte, wussten alle, wie verletzt sie nach ihrer ersten Liebe war. Seitdem konnte Allison sich nicht mehr an jemanden binden und sobald sie spürte, dass sich Gefühle entwickelten, trennte sie sich von dem Jungen, was zeigte, dass Allison Bindungsängste hatte. Leider sprach sie nicht darüber, sondern schwieg und überspielte es mit ihrer wilden Art.

Doch die Vergangenheit war Vergangenheit. Man musste manche Dinge nicht aufwühlen oder, besser gesagt, sie gingen einen nichts an. Man sollte vermeiden, sie zu konfrontieren. In meinem Fall war es unmöglich, da meine Herausforderung direkt neben mir saß.

„Egal, wie. Deine Beziehung hat am Ende auch nicht gehalten. Also konnte es ja nicht deine *große* Liebe gewesen sein", meckerte Harry genervt neben mir und sofort war ich durch sein Benehmen verärgert, weshalb ich zischte: „Deine Beziehungen haben auch nicht gehalten!"

Ich sah zu ihm und da war wieder sein mörderischer Blick, den ich in den letzten Tagen oft genug ertragen durfte, und es war so, als würde er sagen: „Pass auf, was du jetzt sagst."

Luke bemerkte die Anspannung und räusperte sich, um die Aufmerksamkeit auf sich zu ziehen. „Wir sind noch jung. Wir müssen nicht sofort unsere Liebe des Lebens finden. Ich finde, dass wir das immer im Hinterkopf behalten sollten."

„Wie du meinst. Von mir aus", murmelte Harry mit einem Schnauben und hielt nachdenklich sein Wasserglas in seiner Hand. Seine Stirn war dabei in Falten gelegt und ich hatte das Gefühl, als hätte er am liebsten nochmal etwas gegen mich gesagt. Doch er schwieg, da Andrew und James ihn nun mahnend ansahen, was die Situation nicht wirklich besser machte.

Dann zwang Harry sich ein Lächeln auf und meinte: „Anderes Thema. Was machen wir bis heute Abend?"

Sofort kamen die anderen wieder ins Gespräch, aber Harry und ich hörten ihnen nicht mehr zu. Die Stimmung am Tisch, besser gesagt, zwischen uns beiden, war wieder gedrückt. Harry saß schlecht gelaunt neben mir und starrte nachdenklich auf seine Hand, die das Glas immer wieder hin und her drehte. Zu gern hätte ich jetzt gewusst, worüber er nachdachte, doch es blieb ein Rätsel und somit saß ich mit unruhigem Bein, das auf und ab wippte, neben ihm, zu gedankenverloren, um mich am Gespräch der anderen zu beteiligen.

Die Zeit verging im Schneckentempo, aber irgendwann saßen wir zu neunt vor dem Kamin, um gemeinsam zu musizieren, was

Harry entspannen ließ. Durch die Musik schien er fröhlicher zu werden und er fing auch wieder an, zu lachen.

Doch in meinem Kopf stellten sich unzählige Fragen, als ich ihn beobachtete: War das echt oder brodelte in ihm ein Vulkan, der bald ausbrechen würde? Und wenn ja, wann würde der große Knall kommen?

10. TRACK

Der Nachmittag verging wie im Flug und irgendwann beschlossen alle, sich für den Club umzuziehen. Während die Mädchen von Wild Division im riesigen Kleiderschrank eine Modeschau veranstalteten und die Jungs von Solution 5 zu ihren Wohnungen fuhren, um das perfekte Outfit für den Abend zu finden, machten sich Claire, Lorence und Morice auf der Couch breit und entspannten. Sie haben beschlossen, „Games of Thrones", Lorences Lieblingsserie, zu schauen.

Statt mit ihnen zu faulenzen, hatte ich mich für ein elegantes, glitzerndes Top entschieden, welches ich auf einer engen Jeans anzog. Außerdem machte ich mir sogar die Mühe, mich zart zu schminken. Natürlich machte ich daraus kein so großes Projekt wie Skyler, die die Fashion-Queen spielte. Doch als sie sah, dass ich meine Haare offen lassen wollte, hatte sie darauf bestanden, meine Haare kunstvoll zu einer schönen Frisur zu flechten, damit ich ansatzweise zu unserem Image passen würde. Zumindest hatte sie es so ausgedrückt und mich in ihr Zimmer gezogen, um mich an ihren Schminktisch zu setzen. Nina und Allison hatten sich für blaue Cocktailkleider entschieden, die sie einst bei einer After Party getragen hatten, und beschlossen, im Partnerlook zu gehen.

Ja, und nun waren wir seit einer Weile in einem kleinen Club, der in London sehr beliebt war, und jeder schien sich prächtig zu amüsieren. Skyler tanzte schon nach wenigen Shots ausgelassen auf der Tanzfläche herum. Darunter waren sogar Songs von Wild Division und Solution 5, was natürlich für noch mehr Stimmung sorgte. Andrew hatte ab einem gewissen Punkt beschlossen, sich ihr zu gesellen, und somit rockten sie gemeinsam die Tanzfläche, während sie immer wieder innehielten und über die Tanzbewegungen des anderen lachten.

Allison quatschte seit Stunden mit Nathaniel an der Bar, was für sie untypisch war, da sie sonst immer auf der Jagd nach einem One-Night-Stand war. Kurz hatte ich die Befürchtung, sie hätte es auf Nathaniel abgesehen, doch an ihrer Körpersprache, die etwas Gelassenes und weniger Aufreizendes ausstrahlte, erkannte ich, dass beide einfach nur ununterbrochen Quatsch machten. Sie forderten sich zum Trinken auf und es sah so aus, als würden sie Wahrheit oder Pflicht spielen.

Als ich zu unseren Turteltauben sah, hatte sich Nina bereits an Luke geklammert, und nun tanzten sie Arm in Arm über die Tanzfläche. Dabei himmelte meine Freundin das Solution-5-Mitglied mit Herzchenaugen an. Sie schwebte schon den ganzen Abend auf Wolke sieben und presste sich an seinen Oberkörper, während sie gewagte Tanzbewegungen ausführte, um ihn wahnsinnig zu machen. Man konnte am Ende nur noch erkennen, dass Luke etwas in Ninas Ohr raunte, während er sie fest an der Taille hielt und sein Feuer in den Augen wuchs. Natürlich nickte Nina und ließ sich aus der Menschenmenge führen. Was dann mit ihnen geschah, wusste keiner. Besser gesagt, konnte es sich jeder vorstellen, aber keiner wollte es aussprechen. Sie verschwanden im Nichts und tauchten an diesem Abend nicht mehr auf, was als Information ausreichte. Ich konnte nur noch hören, wie Lukes Motorrad laut aufheulte, und somit war mir klar, dass sie ihre eigenen Pläne für den Abend hatten.

Während die zwei Liebenden ihren Spaß hatten, saß ich gegenüber von Harry, der immer wieder mit James anstieß und sich mit ihm amüsierte. Obwohl ich mich in ihr Gespräch einmischen und mit ihnen hätte trinken können, hielt ich mich zurück und blieb still. Vielleicht weil ich immer noch nachgrübelte, was sich wirklich in Harrys Kopf abspielte, oder ich wollte endlich herausfinden, wie er funktionierte.

Ich beobachtete ihn immer und immer wieder, um seine Körpersprache zu entschlüsseln, aber sie schien dieselbe wie damals zu sein. Trotzdem blieb er ein Rätsel, das nicht gelöst werden konnte. Das Einzige, was ich in den letzten Stunden hatte herausfinden können: James und Harry schienen sich prächtig zu verstehen und hatten eine sehr gute Freundschaft. Doch das war nichts neues.

Ich hatte aber noch einen anderen Grund, warum ich nicht mitfeierte und einfach nicht in Stimmung kam. Ich hatte innerlich nämlich ein Verlangen, welches sagte: „Verschwinde von hier", und ich wollte durch die Nacht laufen, um die Stille und Ruhe zu genießen, die ich auf der Tournee eher weniger genießen konnte.

Plötzlich kam mir eine grandiose Idee, die noch mehr dazu aufforderte, von hier abzuhauen. Ich erinnerte mich an das Gespräch mit Mary. Sie hatte doch erzählt, dass Mrs. Hulda auf dem Weihnachtsmarkt, der nur ein paar Straßen weiter im Southbank Centre war, einen Stand hatte und Glühwein verteilte. Ja, das war es. Ich wollte sie besuchen und ein wenig über den schön geschmückten Weihnachtsmarkt laufen. Ich wollte die leuchtenden Lichterketten betrachten, ich wollte den Duft von Plätzchen und heißem Apple Cider riechen und die weihnachtliche Stimmung verinnerlichen. Durch die Tournee und das Songwriting war alles angespannt und wir waren niemals für uns. Ständig saßen wir aufeinander und ich spürte, dass ich ein wenig Zeit allein gebrauchen könnte. Außerdem war Weihnachten. Was gab es in dieser festlichen Zeit Besseres zu tun als über den Weihnachtsmarkt zu laufen?

Mit einem Mal sprang ich von meinem Sitz auf und Harry sah mich irritiert an, als würde er die Welt nicht mehr verstehen. Und ich erkannte auch, wie er durch meine Aktion zusammenschreckte. Doch ich reagierte nicht, sondern grinste wie ein kleines Kind vor mich hin und zog meinen dicken Wintermantel und Schal an, während ich nur noch ein Ziel vor Augen hatte.

„Wo geht... Wo geht es hin, Grace?", murmelte James vor sich hin und man konnte klar erkennen, dass er zu viel getrunken hatte, da seine Augen glasig waren und er es kaum schaffte, die Worte richtig auszusprechen.

„Ich gehe heim, James. Es war ein anstrengender Tag für mich", log ich lächelnd, da ich nicht überredet werden wollte, zu bleiben, und ich erkannte, wie mich Harry nachdenklich musterte. „Ich begleite dich."

„Ich …", fing ich an, um ihm zu erklären, dass keine Begleitung nötig war, aber Harry sagte schon: „Keine Widerrede! Du wirst nicht alleine gehen."

Er zog seine gefütterte Lederjacke an und stand wenige Augenblicke später neben mir. An seinen Bewegungen war zu erkennen, dass er schon zu viele Shots hatte, da er ein wenig herum torkelte. Aber er versuchte es, so gut wie möglich, vor mir zu verbergen, und grinste mich stolz an, worauf ich nur eine Augenbraue hochzog und innerlich lachen musste.

„Wir können James hier nicht allein lassen. Nicht so", fiel mir ein und nickte zu James, der uns immer noch grinsend ansah und eher weniger von dem Gespräch mitbekam.

Ich hoffte, dass Harry darauf reinfallen und hierbleiben würde, denn ich wollte ihm nicht erklären, dass ich in Wirklichkeit etwas anderes vor hatte, als nach Hause zu gehen. James war in seinem benebelten Zustand eine sehr gute Ausrede.

Für einen kurzen Moment dachte ich auch, dass ich gewinnen würde, da Harry nachdenklich daneben stand und nicht wusste, was er tun sollte. Doch zu meinem Pech hatte Harry einen Einfall, was meine Hoffnungen wieder schwinden ließ.

„Warte hier", meinte er und lief zu Nathaniel, der sich immer noch mit Allison unterhielt.

Die Jungs besprachen etwas und sahen dabei immer wieder zu mir und James, der kicherte: „Ihr könnt gehen. Ich komme klar."

Ich sah ihn skeptisch an und grinste: „Vergiss es. In diesem Zustand glaube ich dir gar nichts mehr."

Ich sah zu dem Lockenschopf und ich sah, wie Nathaniel mit seinem Kopf nickte und sich gemeinsam mit Allison einen weiteren Drink an der Bar bestellte. Dabei schien er noch einen frechen Kommentar an Harry abzugeben, da dieser ihn gespielt gegen die Schulter boxte. Etwas, was Nath nur zum Lachen brachte. Dann klopfte Harry als Letztes auf seine Schultern und lief mit einem verschmitzten Grinsen zu mir zurück. „So, es hat sich geklärt. Nathaniel passt auf und bringt James heim. Also komm. Lass uns gehen."

„Musstest du die zwei wirklich beim Flirten stören und sie zum Babysitten anheuern?", schmunzelte ich und nickte zu Nathaniel, der uns beobachtete, und als er meinen Blick bemerkte, lächelte er mich sachte an und sagte etwas zu Allison, die ebenso aufsah und uns musterte.

„Na ja, es reicht doch schon, wenn Lu heute Nacht seinen Spaß hat", meinte Harry mit einem Räuspern, der das ganze Schauspiel bemerkt hatte, und reichte mir seine Hand. „Jetzt lass uns verschwinden."

Gemeinsam liefen wir aus der Bar und als ich an die kalte, frische Luft kam, atmete ich tief ein und aus, um mir einen klaren Kopf zu schaffen. Ich genoss den Moment der Stille und die geheimnisvolle Atmosphäre der Nacht, die ich so sehr liebte. Denn weit und breit waren keine Menschen und man konnte in der Öffentlichkeit sein, ohne Angst zu haben, erkannt zu werden.

„Endlich", hörte ich Harry neben mir nach einer Weile murmeln und ich sah zu meiner rechten Seite. Seine Augen waren geschlossen und ein zartes Lächeln war auf den Lippen zu erkennen. Dann sah ich zu, wie er tief durchatmete und sein Atem langsam in die kalte Luft aufstieg.

„Alles okay?", fragte ich ihn, da er schon etwas angetrunken war.

Er nickte und öffnete langsam wieder seine Augen, die solch ein tiefes Blau hatten und wie Kristalle in dem Licht der Straßenlaterne auffunkelten. Dadurch strahlten sie eine gewisse Gefahr und Faszination aus. Ja, sie fesselten mich und wieder einmal musste ich eingestehen, dass ich diese Augen schon immer bewundert hatte. Kein Wunder, dass so viele Mädchen bei ihm Schlange standen.

„Mir ging es noch nie besser. Ich mag es ja, feiern zu gehen. Doch manchmal heiße ich die Ruhe doch eher willkommen" murmelte er und ich musste ihn schmunzelnd beobachten. „Ich verstehe, was du meinst. Nach den ganzen Konzerten bin ich dankbar für die Stille."

„Oh ja", entwich es ihm prustend und ich musste mit ihm lachen. Schnell verstummte ich aber wieder, da Harry mir seinen Arm hinhielt und sagte: „Na komm. Ich bringe dich heim."

Ich musste ihn angrinsen, woraufhin Harry mich irritiert anschaute und fragte: „Was ist los?"

„Ganz ehrlich. Ich wollte nicht heim. Ich wollte da raus", antwortete ich und nickte in Richtung Club.

Harrys Lächeln verschwand mit einem Schlag und er sah mich mit seinen fixierenden Augen an. Er stellte sich aufrecht hin und ich musste meinen Kopf heben, um ihn überhaupt ins Gesicht zu sehen. Es beeindruckte mich sehr und doch bekam ich eine Gänsehaut am ganzen Körper, als er mit einer noch tieferen Stimme fragte: „Das bedeutet, dass du gerade gelogen hast?"

„Schon."

„Also hast du heute Nacht noch ein anderes Ziel?", fragte er grüblerisch und ließ dabei seine Schultern hängen.

„Ja, ich hatte da noch etwas in meinem Hinterkopf schwirren."

Ich bemerkte, dass sein Gesichtsausdruck ein wenig traurig zu sein schien, als ich ihm dieses Geständnis machte. Auch seine Körperhaltung wirkte plötzlich nicht mehr so selbstbewusst. Seine freudige Art hat sich schlagartig in Luft aufgelöst und wurde durch einen angespannten, ernsthaften Jungen ersetzt, weshalb ich mich schuldig fühlte und fragte: „Sag mir nicht, dass du dich so sehr auf diesen Spaziergang gefreut hast."

„Ganz ehrlich", antwortete Harry, „Schon. Ich hatte gehofft, mit dir Zeit zu verbringen. Allein, um vielleicht mal in Ruhe mit dir reden zu können. Wie du es ursprünglich wolltest."

Er hat sich tatsächlich gefreut und er wollte reden, raste es durch meinen Kopf und das schlechte Gewissen plagte mich, da ich mit einer Lüge kam. „Oh, das … wusste ich nicht."

„Na dann, kann ich nochmal rein gehen. Vielleicht ein anderes Mal. Viel Spaß noch", murmelte er enttäuscht vor sich hin und wollte wieder in den Club gehen, dabei trat er an einen kleinen Kieselstein und ließ ihn verärgert über die Straße rollen.

Nachdenklich kaute ich auf den Lippen, während ich ihn beobachtete, und murmelte: „Komm doch mit."

„Was?", fragte er und drehte sich zu mir, wodurch mein Herz schneller klopfte und ich mich fragte, ob meine Idee so gut war. Aber ich wollte endlich über meinen Schatten springen und sagte in einer festeren, lauteren Stimme: „Komm mit."

Er sah mich verwundert an und fragte: „Soll ich?", als wollte er sicher sein, dass er mich richtig verstanden hatte. Ich nickte und sagte: „Ja. Komm mit mir. Wie in alten Zeiten."

Sofort entspannte sich Harrys Körperhaltung und ich fühlte mich auch wohler, als ein kleines, herausforderndes Grinsen in seinem Gesicht auftauchte.

„Möchtest du das wirklich? Wie in den alten Zeiten?", neckte er mich und schien sich wie ein kleines Kind zu freuen, als er mit einem großen Schritt auf mich zukam.

Sicherlich mussten wir an bestimmte Momente aus unserer Vergangenheit denken und plötzlich fingen wir gleichzeitig an zu lachen, als könnten wir die Gedanken des anderen lesen. Erst als ich wieder richtig Luft bekam, entgegnete ich mit erhobenem Zeigefinger. „Solange wir nicht wieder irgendwelchen Scheiß anstellen. Dieses Mal könnte es nicht nur in der lokalen Zeitung landen, sondern im ganzen Internet."

„Ach, komm, das war witzig", kicherte Harry und ich zog eine Augenbraue hoch. „Du hast mich nachts im kunterbunten Schlafanzug aus dem Bett gescheucht, um dann das Auto eines Mitschülers kurzzuschließen und durch die Stadt zu fahren. Wenn du dich daran erinnerst, haben wir am Ende in einer Arrestzelle gesessen."

Harry schloss die Augen und stellte sich offenbar den Abend noch einmal bildlich vor, bevor er leise murmelte: „Das waren noch wirklich gute Zeiten."

„Trotzdem müssen wir sie nicht wiederholen", kicherte ich und Harry wollte gerade etwas dagegen sagen, da hörten wir ein lautes Kreischen.

Mein Blick fiel über Harrys Schulter und ich erkannte eine Gruppe voller Mädchen, die schreiend auf uns zu rannten und schon beängstigend nah waren.

Harry folgte meinem Blick und seine Augen verstrahlten sofort etwas Panisches aus, während er murmelte: „Oh Gott … Bitte nicht jetzt."

„Der Nachteil des Ruhms!", kicherte ich und er murmelte nur noch ein „Dafür habe ich jetzt wirklich keinen Nerv", bevor er meinen Arm packte und mich mit seiner Kraft von den Fans wegzog. Einfach so fing er an zu rennen und da ich nicht schnell genug reagieren konnte, stolperte ich ihm erst einmal hinterher.

„Sollte man so seine Fans behandeln? Wegen ihnen bist du erfolgreich! Vergiss das nicht!", lachte ich laut.

„Ich liebe meine Fans. Wirklich. Aber ich wollte einen entspannten Abend verbringen. Und kreischende Mädchen, die dich beinahe umbringen, um an dich heranzukommen, nenne ich nicht Entspannung. Du etwa?", fragte er zurück und ich schüttelte den Kopf, während ich weiter lachen musste. „Nicht wirklich."

„Na, also. Jetzt lauf, kleines Ding.".

„Na, dann, bin ich mal gespannt, wer schneller ist, alter Mann", antwortete ich frech, löste mich von seinem Griff und fing an, loszusprinten, weshalb er mich erst einmal verwundert ansah. Doch als er merkte, was ich vorhatte, rief er nur noch ein „Na, warte!"

Somit rannten wir im höchsten Tempo die beleuchtete Straße entlang, verfolgt von einer Gruppe kreischender Fans, und all die geschmückten Häuser, die in den schönsten Farben strahlten, um das Fest der Liebe willkommen zu heißen, beachteten wir gar nicht.

Wir schlugen neue Richtungen ein, liefen in die nächste Straße links oder die nächste rechts, doch wir wurden die Fans einfach nicht los. Immer noch schrien sie seinen Namen und rannten uns hinterher, ohne irgendwelche Müdigkeit zu zeigen. Aber trotz der Anstrengung und des vielen Rennens amüsierten wir uns prächtig und konnten nicht aufhören zu lachen. Leider spürte ich dadurch auch, wie mich meine Kräfte langsam verließen, und im Gegensatz zu Harry, der immer noch fit war, würde ich nicht mehr lange durchhalten können.

Ich hätte mit Nina und Skyler joggen gehen sollen, dachte ich nur.

Harry hatte meine Erschöpfung offensichtlich mitbekommen, denn im nächsten Augenblick rannte er blitzschnell an mir vorbei, ergriff meine Hand und zog mich in eine enge, dunkle Gasse, sodass ich wieder stolperte. Wenn er mich nicht aufgefangen hätte, wäre ich sogar hingefallen.

Ohne etwas zu sagen, legte er seinen Zeigefinger auf den Mund und forderte mich auf, leise zu sein. Ich nickte nur und versuchte, meinen Atem so ruhig wie möglich zu halten. Dabei schlug mein Herz bis zum Gehtnichtmehr und ich konnte spüren, wie meine Wangen vor Anstrengung rot wurden. Gleichzeitig hörte ich dem schweren Pochen von Harry zu und konnte seinen Geruch nach dem wohlriechenden Sandelholz wahrnehmen. Ich atmete tief ein und aus, in der Hoffnung, es würde mich beruhigen. Doch leider bemerkte ich dadurch nur, wie nah ich ihm eigentlich war, und das Blut schoss noch mehr durch meinen Kopf.

Harry bekam davon zum Glück nichts mit. Er beobachtete nur aufmerksam das Geschehen auf der Straße, um zu schauen, ob sein Plan aufging.

„Sie sind weg", murmelte er, nachdem die Fans strikt an der Gasse vorbei rannten und er sich sicher sein konnte, dass wir alleine waren.

Nun standen wir also in der kleinen Gasse und beruhigten uns, während wir festen Augenkontakt hielten und nicht voneinander ließen. Erst, als wir uns endlich beruhigt hatten, richtete sich Harry wieder auf und fragte: „So. Jetzt. Wo willst du hin?"

„Lass dich überraschen. Na, komm." Ich reichte ihm eine Hand und, ohne zu zögern, nahm er sie, was mich innerlich wie die Fans aufschreien ließ. Irgendwas löste er bei mir aus und dabei war ich mir nicht sicher, ob es nur unsere Freundschaft von damals war. Es fühlte sich gut an, doch innerlich wusste ich auch, dass es falsch war.

„Na, dann folge ich dir", lächelte Harry vertrauensvoll.

Anfangs wusste ich nicht wirklich, wo wir uns befanden, doch Harry half mir schnell auf die Sprünge und so kamen wir schnell am eigentlichen Ziel, Southbank Centre, an.

Ich starrte voller Freude auf die Lichter des Weihnachtsmarktes und musste feststellen, dass er noch schöner war, als ich es mir vorgestellt hatte. Überall leuchtete es kunterbunt auf und die Nacht wurde zum Spielplatz der Farben.

„Auf einen Weihnachtsmarkt?", fragte Harry ungläubig und sah sich um, dabei ließ er meine Hand los und drehte sich im Kreis, um alles zu betrachten.

Dutzende Stände waren errichtet worden und jede Gestaltung war bewundernswert. Es sah magisch aus und es schien jeden Besucher, besonders die Kinder, zu verzaubern. Es war, als würde man in einer anderen Welt spazieren gehen. Der ganze Körper kribbelte vor Aufregung und ich konnte es nicht mehr abwarten, alle Stände zu besuchen.

Voller Freude sah ich zu Harry und sicherlich kam ich ihm gerade wie ein kleines Mädchen vor. Doch das war mir auch egal. „Es ist doch Weihnachten, oder nicht? Außerdem wollte ich hier jemandem einen Besuch abstatten. Also, was sagst du dazu?"

„Ach, ich weiß nicht. Hast du die vielen Menschen gesehen? Hier werden wir auch keine Ruhe haben. Dann hätten wir gerade nicht wegrennen müssen", erklärte Harry und schaute kritisch zu den Menschen, die kreuz und quer über den Markt liefen.

Ich rollte mit den Augen und hatte eine Idee, um ihn von seinen Bedenken abzulenken. Grinsend zog ich meinen dicken Schal aus und bevor Harry etwas mitbekam oder weiter meckern konnte, wickelte ich seinen kompletten Kopf damit ein, sodass nichts mehr von ihm zu sehen war, nur noch einzelne Locken, die herausfielen.

„Du kannst ja so gehen. So sieht dich keiner. Und es steht dir wirklich ausgezeichnet", meinte ich kindisch und hörte Harry laut seufzen.

„Haha. Sehr witzig. Vielen Dank für nichts. Wer von uns beiden hat heute Abend nochmal mehr getrunken?", antwortete er in den Schal, während er zart lachen musste.

„Man kann auch ohne Alkohol Spaß haben und lustig sein, Mr. White", erklärte ich und verschränkte die Arme, während Harry seinen Kopf wieder befreite, sodass er nicht mehr wie eine

Mumie aussah. Doch den Schal selbst behielt er weiter an und kuschelte sich darin ein, um sich vor der Kälte zu schützen. Dabei konnte ich sehen, wie er tief einatmete, da die warme Luft in kleinen Wolken aus seinem Mund stieg. „Also, kleines Ding. Was machen wir jetzt?"

„Hm?", kam es verwundert aus mir heraus und ich dachte, ich hätte mich verhört, aber nein, er hatte es an diesem Abend tatsächlich schon zum zweiten Mal gesagt. Das letzte Mal war vor drei Jahren gewesen und ich hätte nie erwartet, meinen alten Kosenamen nochmal von ihm zu hören.

Kleines Ding. Ich hätte vor Freude schreien können, doch versuchte, mich so gut wie möglich zurückzuhalten, sodass sich nur ein verträumtes Lächeln auf meinen Lippen formte.

„Erde an Grace? Bist du da?", fragte Harry, der mich verwirrt ansah, als hätte er nicht mitkommen, wie er mich noch vor wenigen Sekunden genannt hatte. „Geht es dir gut?"

„Was?", stotterte ich verschollen in meiner Schwärmerei über den Moment, doch dann schüttelte ich den Kopf, um meine Gedanken neu zu ordnen und sagte: „Also erst einmal. Ja, ich bin da. Zweitens was war das für eine Frage, Harry. Was macht man wohl auf einem Weihnachtsmarkt?"

Ohne zu zögern oder auf eine Antwort zu warten, lief ich in die Richtung, in der Mrs. Huldas Hütte stand. Vorher drehte ich mich aber nochmal zu Harry um. Ich sah, dass er sich nicht von seinem Platz bewegte und unsicher zur Menschenmenge sah. Aufgrund meiner Erfahrungen konnte ich sein Verhalten sofort verstehen und nachvollziehen. Zu oft verspürte ich diese Furcht selbst. Dieses Mal jedoch, empfand ich kein Angstgefühl, sondern eine innere Zuversicht und streckte ihm daher meine Hand entgegen. Ich wollte ihn nämlich von seinen Bedenken befreien.

„Entspann dich und verbring die Zeit mit mir. Die anderen Menschen sollst du vergessen. Sie sind ja auch nur hier, um eine schöne Zeit mit ihren Liebsten zu verbringen. Also warum solltest du das nicht auch?", fragte ich ihn und forderte ihn mit einem Nicken auf, mir zu folgen.

„Zeit mit meinen Liebsten?", grinste er verschmitzt, als wollte er seine wahren Gefühle verdecken, und ich musste kichernd mit den Augen rollen. „Gott! Du weißt, wie ich das meine!"

„Nein, ganz ehrlich, das weiß ich nicht", meinte er und rieb sich über das Kinn. „Vielleicht kannst du es mir aber erklären."

Ich zog nur eine Augenbraue hoch und sagte: „Entweder du kommst jetzt mit oder du bleibst hier, du Idiot." Dabei streckte ich ihm erneut die Hand hin, um ihm klarzumachen, dass er mitkommen soll.

Harry sah mich weiterhin unsicher an und zögerte einige Sekunden, doch dann ergriff er meine Hand und hauchte ein leises „Okay."

Ich lächelte und zog ihn ohne große Bedenken hinter mir her. Und obwohl wir durch die großen Menschenmassen liefen, blieben wir tatsächlich unentdeckt, wofür ich dankbar war, da sich Harry entspannte und immer mehr die Sorgen vergaß.

Während wir unseren Weg durch die vielen Familien bahnten, hätte ich vor Freude laut in den Himmel schreien können, denn erst jetzt bemerkte ich, wie stark ich Harry und seine Art vermisst hatte. Ja, endlich wurde mir bewusst, welches Leid ich mit mir herumtragen musste.

Wir schlenderten durch die bunten Lichter, sahen uns einzelne Stände an, während wir gezielt in die Richtung liefen, wo sich Mrs. Huldas Stand befand. Es war eine kleine, verschneite Holzhütte, die mit den schönsten Lichterketten dekoriert wurde und die Farben in den Himmel strahlten.

Zusammen gingen wir in die kleine Stube und sofort sah ich Mrs. Hulda, eine ältere, kräftigere Frau mit kurzen, grauen Haaren und einer Brille. Sie brachte gerade zwei heiße Tassen mit Apple Cider zu einem Pärchen und unterhielt sich mit ihnen. Als sie aber mich sah, hörte sie sofort mit ihrer Arbeit auf, entschuldigte sich und kam auf uns zu. „Schön, dich wiederzusehen, Grace. Ich wünsche dir eine schöne Weihnacht."

„Hallo, Mrs. Hulda. Und auch von mir frohe Weihnachten."

Sie hatte wieder ihr geheimnisvolles Lächeln auf den Lippen und musterte mich mit ihrem aufmerksamen Blick. Doch sie sagte nichts, sondern wandte ihren Kopf zu Harry. „Du bist nicht allein, wie ich sehe. Wer bist du, junger Mann?"

Harry streckte höflich seine Hand aus und antwortete: „Ich bin Harry. Ich bin ein…"

„Ein sehr guter Freund aus Kindheitstagen. Und Harry, das ist Mrs. Hulda. Ohne sie wäre die Band nicht dort, wo sie jetzt ist", beendete ich seinen Satz, da er ins Stocken kam, und Mrs. Hulda sah mich skeptisch an, sagte aber nur: „Euer Erfolg ist allein euer Verdienst."

„Sie wissen, dass das nicht stimmt", entgegnete ich und wandte mich dann zu Harry, um zu erklären: „Sie hat uns das richtige Singen beigebracht. Außerdem gründete sie das kleine Café, in dem wir uns immer getroffen haben."

„Das mit dem Café dachte ich mir bereits", lächelte Harry und sah dann zu Mrs. Hulda. „Also sind Sie diejenige, die es geschafft hat, dass Grace endlich etwas Professionelles mit ihrer Stimme anfängt?"

Mrs. Hulda lächelte wieder geheimnisvoll, wie sie es immer tat. Es war ein Lächeln, bei dem niemand wusste, was sie gerade dachte, aber dieses Mal behielt sie ihre Gedanken nicht, sondern antwortete: „Sie hatte viele Zweifeln, das stimmt. Aber die Erinnerung an einen bestimmten Freund hat sie dazu aufgemuntert, weiterzumachen. Nicht wahr, Grace?"

Ich konnte sehen, worauf sie hinaus wollte und murmelte beschämt: „Mrs. Hulda."

Sie wusste von meiner Geschichte mit einem ehemaligen besten Freund. Zwar hatte ich ihr nie die Details erzählt und hatte auch nie einen Namen genannt, aber wahrscheinlich wusste sie schon längst, wer Harry war.

„Ist das wahr?", fragte der Lockenschopf verwundert und sah mich fragend an, doch Mrs. Hulda antwortete bereits: „Ihr Mikrofon, Harry. Ihr Mikrofon", wodurch mein Herz beinahe stehen blieb.

„Was ist damit?", fragte Harry neugierig und sie lächelte ihn nur an, gab aber keine Antwort auf seine Frage. „Lassen wir das. Ich denke, dass ihr hier seid, um miteinander Zeit zu verbringen und nicht um mit mir zu quatschen. Also, kommt. Ich schenke euch einen Glühwein aus."

Harry, der durch Mrs. Huldas Worte grüblerisch zu sein schien, und ich folgten ihr zur Theke und die ältere, kleine Frau schenkte zwei Tassen heißen Glühwein ein. Dann stellte sie diese auf den Tresen.

„Dieses Jahr ist der Weihnachtsmarkt besonders schön und ist perfekt, wenn man reden muss. Er hat etwas Magisches an sich, sodass alles viel leichter ist. Deswegen geht noch ein Stück", forderte sie uns auf und gerade als ich meinen Geldbeutel herausnahm, sagte sie: „Das geht aufs Haus."

„Mrs. Hulda, Sie brauchen das Geld eher als ich", protestierte ich und wollte gerade bezahlen, da legte Harry schon das Geld auf den Tresen und er schenkte mir ein süßes Lächeln. „Das geht auf mich."

Dann schnappte er sich die zwei gefüllten Tassen und lief wieder raus in die Kälte, wo der Dampf des warmen Getränkes in den Himmel stieg.

„Ein netter, junger Mann", meinte Mrs. Hulda und musterte mich genau, als wollte sie meine Reaktion nicht verpassen.

„Was?"

„Du solltest mehr Vertrauen haben."

„Wie meinen Sie das?"

„Habe Vertrauen in ihn. Er ist nicht so, wie du denkst. Ich denke, das hat eure Beziehung damals zum Scheitern gebracht."

„Warte, was?"

„Du wirst es schon herauszufinden. Aber warte nicht zu lange und begehe nicht den Fehler zweimal, meine liebe Grace Marilyn O'Reilly. Ich weiß, dass du dazu neigst, schnell aufzugeben, doch in der Liebe muss man lernen, auch einmal zu kämpfen."

„Wovon reden Sie, Mrs. Hulda?", fragte ich verwirrt, um eine Antwort zu bekommen, „Sie wissen schon, dass er nur ein Freund ist, oder?"

Mrs. Hulda musterte mich ein letztes Mal. „Weißt du es auch?"

„Ich… Wie meinen Sie das?", stotterte ich, doch bekam keine Antwort. Nicht von ihr oder durch mein Nachdenken. Ich bekam nur wieder dieses geheimnisvolle Lächeln geschenkt und schon ging Mrs. Hulda zum nächsten Kunden.

„Kleines Ding, wo bleibst du schon wieder?", rief Harry ungeduldig, doch ich sah nur Mrs. Hulda nach und grübelte. In mir herrschten verschiedene Emotionen, dabei stand die Verwirrung im Vordergrund.

Natürlich ließ Harry aber nicht locker und rief ein weiteres Mal: „Kleines Ding! Jetzt komm. Der Glühwein wird kalt!"

Schnell lief ich mit tobenden Gedanken zu dem wartenden Lockenschopf und mit den Tassen in der Hand schlenderten wir über den Weihnachtsmarkt und plauderten. Doch zu unserem eigentlichen Problem kamen wir. Es war, als würden wir es vermeiden wollen.

Wir standen gerade an einem Stand und betrachteten die geschnitzten Holzfiguren, da wurde Harry von einem Fan erkannt. Diesmal versteckte sich der Lockenschopf aber nicht, sondern schenkte dem Mädchen, die mit ihrer Schwester auf dem Arm angelaufen kam, ein freundliches Lächeln.

„Eine Frage: Seid ihr nicht Harry White und Grace O'Reilly?", fragte das Mädchen schüchtern und als ihre Fragen mit einem Nicken bestätigt wurde, strahlte sie vor Freude. „Oh mein Gott! Ich bin Jolie und ich bin ein riesengroßer Fan. Könnte ich vielleicht ein Selfie mit euch haben? Bitte?"

„Aber nur, wenn du niemanden erzählst, dass wir hier sind. Und stell dieses Foto bitte erst morgen in die Social Media Welt. Okay?", bat Harry und der Fan nickte sofort, worauf ich ein „Na, dann komm" sagte und der Fan sein Handy hervor zückte.

Vor dem Selfie, bestand Harry darauf, die kleine Schwester, Holland, noch in die Arme zu nehmen. Erst als er ein „Los" sagte und Holland ein süßes Lächeln schenkte, posierten wir vor der Kamera und setzten ein breites Lächeln auf.

„Vielen Dank!", meinte Jolie fast sprachlos und fragte auch noch um eine Umarmung von Harry, was er natürlich erlaubte. Ja, er drückte sie sogar fest zurück und wartete darauf, dass sie zuerst losließ.

Du bist zu gut für diese Welt, Harry, dachte ich nur noch, als Jolie mit einem breiten Lächeln weiter ging und Holland fest an sich drückte.

Nach einer Weile kamen Harry und ich an einer kleinen Schlittschuhbahn an und beschlossen, uns ein wenig an den Rand zu stellen und die Leute auf dem Eis zu beobachten, die elegante Kurven zogen oder den Kindern das Eislaufen beibrachten.

„Und kannst du mittlerweile Schlittschuh fahren?", fragte Harry und lehnte sich mit dem Rücken gegen die Abtrennwand, wodurch ich in seine funkelnden Augen sehen konnte.

„Jemand Bestimmtes wollte es mir beibringen, wenn ich mich recht erinnere", entgegnete ich mit einem leisen Kichern, wobei ich zu sah, wie ein junges Mädchen und ein Junge Hand in Hand über das Eis fuhren.

„Dieser jemand wollte das, das stimmt. Leider musste sich jemand anderes quer stellen", sagte Harry, der meinem Blick folgte, und sein Gesichtsausdruck wurde ernster. „Sie dachte nämlich, dass Nicht-Reden und Ignorieren helfen würde."

„Ich und Querstellen? Ich habe mich nicht quergestellt", protestierte ich und auch mein Gesichtsausdruck verfinsterte sich, da ich wusste, dass ich diesem Gespräch nun entgegentreten musste.

„Stimmt. Ich würde eher sagen, dass du unfair warst", meinte Harry und seine Miene vollzog sich, sodass sie Wut und Traurigkeit ausstrahlte.

„Ich war nicht unfair", murmelte ich und starrte weiterhin auf die tanzenden Lichter, um den Augenkontakt mit ihm zu meiden.

„Also war es nicht unfair, dass du mich tagelang ignoriert hast?", fing er an und bevor ich etwas sagen konnte, sprach er mit verbitterter Stimme weiter: „Also war es nicht unfair, als du immer aufgelegt hast, wenn ich dich angerufen habe? Und war es auch nicht unfair, dass du mir aus dem Weg gegangen bist? Mensch, Grace. Ich wollte nur reden, aber du hast mich eiskalt stehen gelassen."

Während er alles aufzählte, baute sich die Wut in ihm auf und wurde eindeutig durch seine Körpersprache ausgedrückt, da er mit dem Fuß auf den Boden klopfte und seine Arme vor der Brust verschränkte, als wollte er sich selbst vor etwas beschützen.

„Ich brauchte damals Zeit", begann ich zu antworten, auch wenn ich wusste, dass nichts mein Verhalten rechtfertigte. „Ich weiß, dass es doof war. Aber damals wusste ich es nicht besser. Ich habe einfach Zeit gebraucht, Harry."

„Das habe ich auch verstanden und ich wollte dir die Zeit geben. Doch du warst nicht nur eine Person, für die ich Gefühle hatte, Grace. Du warst meine beste Freundin. Ich habe dir vertraut und ich hätte dich wirklich gebraucht. Außerdem konnte ich mich immer auf dich verlassen und wir haben immer zusammengehalten. Egal, welches Problem wir gehabt haben. Kaum hatte ich aber von meinen Gefühlen erzählt, hast du mich zurückgewiesen. Ich hatte so sehr gehofft, dass wir zusammen eine Lösung finden würden. Doch du hast mich allein gelassen. Du hast mich im Stich gelassen", erzählte Harry und es herrschte eine unangenehme Stille zwischen uns, dabei musste ich zusehen, wie er sich eine einzelne Träne, die im Licht der Scheinwerfer glitzerte, aus dem Gesicht wischte.

„Harry … ich …", murmelte ich, doch fand keine Worte. Er unterbrach mich mit einem „Jetzt rede ich, Grace."

Ich schwieg und er wusste, dass ich zuhören würde, denn er sprach weiter: „Das Schlimmste aber war, als du mich einfach stehen gelassen hast. An dem Tag der Abreise. Du hast noch nicht einmal auf Wiedersehen gesagt und ich musste wegfahren, ohne mich von dir, meiner besten Freundin, zu verabschieden. Weißt du eigentlich, wie ich mich gefühlt habe? Als wäre ich dir komplett egal. Später durfte ich dann auch noch erfahren, dass du dich von den anderen vier verabschiedet hast. Findest du immer noch, dass das fair war?"

„Nein", murmelte ich leise und unverständlich, als ich selbst die Tränen verdrängen musste. Harry schien mich trotzdem verstanden zu haben, denn er meinte: „Na siehst du."

Auf einmal wurde mir etwas bewusst. Er dürfte niemals etwas von meinen wahren Gefühlen erfahren. Ich wollte nämlich gar nicht wissen, wie er auf die Wahrheit reagieren würde.

Sicherlich würde es ihn nur noch mehr verletzten und das könnte ich nicht ertragen. Der Grund, warum ich mich dazu beschloss zu Schweigen.

„Wochenlang habe ich gehofft, dass eine Nachricht von dir kommen würde. Ja, ich war sogar auf deinem Chat drauf, um nur zu sehen, ob du online bist. Doch niemals kam etwas an. Irgendwann realisierte ich, dass sich die Dinge geändert hatten. Du würdest nicht mehr mit mir reden. Und unser Verhältnis würde niemals so werden wie früher. Also versuchte ich, ohne dich auszukommen. Dann traf ich …" sagte er und bevor er es aussprach, ergänzte ich in meinen Gedanken: *Sie.*

Ich sah ihn an und war verwundert, als sich ein zartes Lächeln auf seinen Lippen bildete.

Wie kannst du nur lachen, dachte ich und fand diesen Jungen wegen seiner Stärke bewundernswert. Er wurde so stark von mir verletzt und zurückgewiesen, aber dennoch verlor er niemals sein einzigartiges Lachen.

„Dich im Studio wiederzusehen, war ein Schlag für mich. Und ich muss ehrlich sein. Ich wollte nichts mehr mit dir zu tun haben. Ich hatte solch einen Hass auf dich. Ich habe geschworen, nicht mit dir zu reden, weil du mich in ein riesiges Loch geschossen hast. Weil ich wegen dir leiden musste und es dir egal war. Doch leider bist du jemand, auf den ich nicht lange wütend sein kann. Ich kann einfach nicht böse auf dich sein. Das war schon früher so", lachte Harry auf und schüttelte dabei den Kopf, als würde er es selbst nicht verstehen. „Am Spieleabend hatte ich beschlossen, mit dir zu reden. Es war zwar eine Herausforderung und ich musste lange darüber nachdenken. Aber das war es mir wert. Dein Lachen versetzte mich in die Zeit zurück und, Grace, diese Zeit ist für mich so wertvoll. Ich liebte die Augenblicke mit meiner besten Freundin. Egal, wie verrückt und gefährlich sie waren."

Ich musste zart lächeln, während ich auf die bunt leuchtende Eisfläche starrte. Auch Harry folgte meinem Blick und wir beide versanken in den gemeinsamen Erinnerungen. Ich dachte zum Beispiel daran, wie wir uns zum ersten Mal im

Kindergarten getroffen und gemeinsam mit Morice die erste Clique eröffnet hatten. Auch die Stunden, die wir auf dem Bett verbracht und einfach nur miteinander gesprochen hatten, würden mir für immer in Erinnerung bleiben. Wir hatten so viel Spaß und verbrachten jede freie Minute miteinander. Es waren wirklich verrückte und schöne Zeiten. Sie waren einfach unvergesslich.

„Grace, lass uns unseren Streit, dieses Gespräch, vergessen. Klar, es gehört zu unserer Vergangenheit. Aber lass uns einfach neu anfangen und unsere Freundschaft wieder aufzubauen. Bitte, denn für mich war sie sehr viel wert", sprach Harry nach einer Weile weiter und unterbrach die angenehme Stille. „Und sie hat mir in den letzten Jahren gefehlt."

Nachdem ich ein leises „Okay" gehaucht hatte, stellte Harry sofort seine Tasse ab und zog mich in eine innige Umarmung. Dabei vergrub er sein Gesicht in meinen Nacken und atmete tief ein und aus.

Für einen kurzen Moment war ich überrascht, doch dann schlang auch ich meine Arme um ihn, und als ich seinen aromatischen, wohlbekannten Duft einatmete, verspürte ich das Gefühl der Sicherheit, weshalb ich ihn noch fester in die Arme schloss. „Es tut mir so leid, Harry."

„Ich weiß. Doch das ist jetzt Vergangenheit, kleines Ding. Lass uns von vorne anfangen."

„Gut. Aber erwarte jetzt nicht, dass ich als Entschuldigung Schlittschuh fahren werde", murmelte ich leise kichernd und sofort spürte ich seine Lippen am Ohr. „Keine Sorge. Eines Tages werde ich dich zwingen."

Seine lockigen Haare waren gerade so lang, dass sie auf meine Schulter und meinen Nacken fielen, wodurch ich gekitzelt wurde und kichern musste. Doch es störte mich nicht ansatzweise. Im Gegenteil, es zeigte mir, dass ich nicht träumte. Harry war bei mir und ich bemerkte, dass ich diese Umarmung, meinen alten Freund, gebraucht hatte.

„Ich habe dich vermisst", sagten wir gleichzeitig und mussten lachen.

„Wer hätte gedacht, dass uns etwas trennen könnte", murmelte er und ich sagte: „Doch selbst die Zeit konnte uns nicht für immer trennen."

Leider wurde der Moment der Versöhnung gestört. Denn auf einmal wurden wir von einem Blitzlicht auseinandergetrieben. Erst jetzt bemerkten wir eine Horde Fans, die nur paar Meter weg standen und Dutzende Bilder machten.

„Oh mein Gott! Sie sind wieder zusammen unterwegs! Harry White und Grace O'Reilly sind vereint!", hörten wir ein Mädchen schreien und Harry seufzte: „Das war's mit unserer Ruhe. Morgen stehen wir hundertprozentig in den Social Media."

„Bereit zum Rennen?", flüsterte ich ihm zu und er bekam ein freches Glänzen in seinen Augen. Er nickte, schnappte sich seine Tasse und gemeinsam sprinteten wir beide zum zweiten Mal für diesen Abend weg von den Fans. Wir liefen zu Mrs. Huldas Hütte, stellten die Tassen ab und riefen ihr gleichzeitig ein „Danke" zu, aber sie schenkte uns nur wieder ein geheimnisvolles Lächeln, als würde sie etwas im Schilde führen.

Noch eine ganze Weile rannten wir von dem Weihnachtsmarkt weg. Zumindest so lange bis ich wieder außer Atem war.

„Erstens, wohin gehen wir? Und zweitens, warum rennen wir immer noch?", fragte ich schwer atmend und verlangsamte mein Tempo. „Die sind uns noch nicht einmal gefolgt."

„Ich wollte nur kein Risiko eingehen", lachte Harry, der neben mir Halt machte, und fügte hinzu: „Na, komm. Lass uns heim gehen. Denn jetzt bin ich tatsächlich müde."

Während wir durch die dunklen Straßen liefen, machten wir die ganze Zeit Quatsch und sprachen über gemeinsame Erinnerungen. Wahrscheinlich hatte der Alkohol im Blut eine bestimmte Rolle an diesem Abend gespielt, doch vielleicht half es uns auch, lockerer zu sein und unsere Freundschaft in Einklang zu bringen.

Leider schien Harry noch etwas anderes auf dem Herzen zu haben, denn mit einem Schlag verhallte sein Lachen und sein Gesicht verfinsterte sich wieder.

„Was ist los?", fragte ich und war beunruhigt über sein Verhalten.

Er sah mich nur ernsthaft an und fragte: „Ich bemerke, dass du dir in letzter Zeit sehr viele Gedanken machst. Das ist doch richtig, oder?"

„Ja, vielleicht."

Dabei dachte ich an das Gespräch mit Philip vor der Bäckerei und sofort legte ich die Stirn in Runzeln. *Wieso musste Harry dieses Thema nun ansprechen?*

Harry lief kurz schweigend neben mir und musterte mich mit diesem nachdenklichen Blick. „Darf ich erfahren, warum?"

„Was meinst du?", fragte ich und blieb stehen, was er mir gleich tat.

„Na ja, ich will wissen, was dich bedrückt. Hat es vielleicht mit Philip zu tun und weil er wieder in London ist? Ich habe ihn nämlich letztens im Woodfields Studio gesehen", murmelte Harry unsicher und ich musste kurz schmunzeln. „Fragst du gerade wirklich, ob ich wegen meines Ex so komisch drauf bin?"

„Ja."

„Nein. Mit Philip hat es nichts zu tun. Zumindest nicht so, wie du es dir denkst", erklärte ich und meine Miene verfinsterte sich noch mehr.

„Wie darf ich es dann verstehen?"

„Die Band geht zugrunde", kam es aus mir herausgesprudelt, ohne dass ich es kontrollieren konnte, und ich schlug mir die Hand vor den Mund, da ich gar nicht vor hatte zu sprechen.

„Wie bitte?"

„Unser Album Rising Phoenix lässt sich nicht gut verkaufen."

„Und das bedeutet?"

„Wir müssen uns wahrscheinlich trennen. Also Solokarrieren starten. Und diese Option ist für Mr. Marks anscheinend die beste und einzige Lösung", erklärte ich traurig und fluchend fuhr Harry sich mit der Hand durch seine Haare. „Scheiße."

Dann wandte er seinen Blick wieder zu mir, seine Stirn in Falten gelegt. Er suchte offensichtlich nach den richtigen Worten.

„Ich verstehe es ehrlich gesagt nicht. Ich dachte, es würde gut für euch laufen."

„Das dachte ich auch. Aber die Realität sieht anscheinend anders aus."

„Und Mr. Marks meint, dass eine Solokarriere die Lösung wäre?", wollte er wissen und ich verbesserte: „Mr. Marks und Philip."

„Also machst du dir deswegen so viel Druck?", fragte Harry, woraufhin ich zustimmend nickte. „Ich möchte nicht, dass die Band auseinander geht. Wir haben so hart für unseren Erfolg gekämpft. Ich möchte nicht einen Weg ohne sie einschlagen müssen. Wir sind eine Band. Ein Team. Eine Familie eben."

„Komisch. Nina, Skyler und Allison haben nichts davon erzählt. Wissen sie denn überhaupt davon?", fragte er und ich stand grübelnd vor ihm, da ich ihm keine Antwort geben wollte. Doch er zog schon eine Augenbraue hoch, da er es längst wusste und es von mir nur bestätigt haben wollte. „Also, nein?"

„Nein."

„Wieso nicht?"

„Weil ich zumindest ihnen fröhliche Feiertage gönnen möchte!", erklärte ich mich und spürte, wie ich lauter wurde, worauf er sofort ein „Hey, hör auf! Ich versuche nur, es zu verstehen" sagte und ich ein „Entschuldigung" murmelte.

„Eine Frage habe ich aber noch. Denkst du, dass es, wenn du jetzt wartest, besser wird?", fragte er weiter mit ruhiger Stimme und ich seufzte: „Nein. Natürlich nicht."

„Du musst es ihnen sagen", meinte er mit ernstem Ton und klang dabei wie meine Eltern, wenn ich etwas angestellt hatte. Doch ich schüttelte nur den Kopf. „Noch nicht. Und du bleibst auch ruhig!"

„Wieso? Wie lange möchtest du denn bitte schön warten? Bis alles zu spät ist und du schon dein eigenes Album aufnimmst?", fragte er und sein Gesichtsausdruck wurde ziemlich düster. Anscheinend war er von meinem Plan nicht ansatzweise begeistert.

„Nein!"

„Dann sag es ihnen!"

Ich schüttelte den Kopf. „Es gibt noch eine andere Möglichkeit. Und die möchte ich zuerst ausprobieren. Wenn ich es schaffe, nach den Weihnachtstagen vier Songs vorzulegen, dann wird Mr. Marks noch einmal der Band eine weitere Chance geben. Dann müsste man sich überhaupt keine Sorgen machen und die anderen müssten dann auch nichts erfahren."

Harry sah mich verständnislos an und schüttelte den Kopf. „Und dafür setzt du dich so unter Druck. Ist das dein Ernst?"

„Mehr oder weniger. Ich will es schaffen, ohne dass die anderen sich Sorgen machen müssen."

„Was, wenn du es nicht schaffst?"

„Dann werden wir uns trennen. Und ich werde einen Vertrag bei Philip annehmen. Er hat es mir angeboten."

Harry sah mich grübelnd an und bei der Erwähnung, dass Philip mich unter Vertrag bringen würde, schien er noch weniger begeistert zu sein. „So weit wird es nicht kommen."

„Wie meinst du das?", fragte ich und sah in seine nun feurigen Augen, die etwas Kampflustiges ausstrahlten. Dann legte er einen Arm um meine Schulter und lief mit mir zum Auto.

„Ich verspreche, dass ich nichts sagen werde. Es ist deine Entscheidung, ob du sie unwissend stehen lassen willst. Gefallen tut mir das zwar immer noch nicht, aber es ist deine Sache und du musst es sagen. Dennoch solltest du dir merken: Allein schaffst du das nicht und das solltest du auch nicht. Besser gesagt, ich lasse das nicht zu. Und solange du schweigen willst, werde ich dir helfen und dich beim Songwriting nerven."

„Du willst mir helfen?"

„Wiederholen werde ich mich nicht."

„Danke."

„Wir schaffen das schon, kleines Ding", munterte er mich auf und drückte mich fest an sich.

Ich war froh, dass ich endlich mit jemandem darüber sprechen konnte und dass Harry seine Unterstützung angeboten hatte. Zum ersten Mal sagte niemand, dass die Solokarriere die Lösung wäre, sondern man gab mir Hoffnung für die Band. Ja, Harry gab mir Hoffnung für Wild Division.

11. TRACK

Harry hielt sein Versprechen. Denn schon am nächsten Tag sorgte er dafür, dass wir zu zweit in mein Zimmer gingen, während die anderen den Nachmittag damit verbrachten, Filme zu schauen. Doch es schien sie auch nicht sonderlich zu stören, dass Harry und ich plötzlich verschwunden waren.

Nun lag ich also mit geschlossenen Augen auf dem Bett, während Harry neben mir saß und ständig etwas auf dem Block herumkritzelte, radierte oder neue Notizen hinzufügte. Ich musste zugeben, dass er um einiges motivierter war als ich. Immer wieder las er Passagen vor, die er oder ich geschrieben hatten, und dann schlug er Lösungen vor, wie man etwas verbessern, kombinieren oder verändern konnte. Dabei sprudelte er regelrecht vor Ideen.

Leider bemerkte er nicht, dass ich ihm kaum zuhörte und wenn er wieder fragte: „Sollen wir das so machen?", murmelte ich unbewusst ein „Ja" oder ein „Mhm."

In Wahrheit genoss ich einfach nur seine Präsenz und war vollkommen entspannt, auch wenn die Situation, dass die Band vor dem Aus stand, keinen wirklichen Grund dazu gab. Eigentlich sollte ich in Panik geraten und laut schreien, doch durch Harrys Anwesenheit und das Wissen, dass er mir helfen wollte, sah ich alles nicht mehr als Bedrohung an. Nein, im Gegenteil: Ich war positiv gestimmt und war mir sicher, dass wir alles schaffen würden.

„Grace", hörte ich auf einmal seine raue Stimme nach mir rufen und ruckartig öffnete ich die Augen, um nur in ein tiefes Blau zu schauen.

Ein unschuldiges Grinsen breitete sich bei mir aus, als ich sein verurteilendes Gesicht sah, und ich fragte: „Ja? Was ist?"

„Hast du meine Frage mitbekommen?", wollte er wissen, dabei zog er eine Augenbraue hoch, und ich öffnete den Mund, um etwas zu antworten, doch ich ertappte mich selbst.

Ich wusste nicht ansatzweise, was er gesagt hatte, und mir war auch klar, dass ich ab einem gewissen Punkt einfach nur noch dem Klang seiner dunklen, angenehmen Stimme zugehört hatte. Doch ich erkannte, wie Harry geduldig auf eine Antwort wartete, und murmelte ein unsicheres „Vielleicht."

Natürlich konnte ich dem Lockenschopf nichts vormachen und sah zu, wie er mit den Augen rollte, um mir dann die Frage zu stellen: „Was habe ich denn gesagt?"

„Ähm …", fing ich an und grübelte darüber nach, was er hätte fragen können, und als ich ein weiteres Mal keine direkte Antwort gab, hörte ich ein lautes Seufzen von ihm. „Ist ja mal wieder typisch Grace. Immer fern vom Stern."

„Gar nicht wahr!"

„Ach, komm, ich sehe es doch. Genau in diesem Moment", lachte er und musterte mich von oben bis unten.

Ich folgte seinem Blick und musste ihm leider Recht geben. So, wie ich gerade auf dem Bett lag mit dem Kopf auf dem Ellbogen gestützt, könnte man meinen, dass ich gleich einschlafen und ins Traumland verschwinden würde.

„Tut mir leid", murmelte ich mit einem frechen Schmunzeln, weshalb Harry ein weiteres Mal mit den Augen rollen musste. Dann räusperte er sich und nickte zu dem Blatt Papier, welches vor ihm lag. „Komm schon. Konzentriere dich, kleines Ding. Das hier ist eine wirklich ernste Sache, und du solltest ihr mehr Beachtung schenken."

„Ich weiß", antwortete ich und sah zur Decke. „Ich weiß, dass das eine ernsthafte Sache ist. Aber…"

„Aber was?"

„Ich bin einfach nur froh über den Gedanken, dass unsere Freundschaft eine zweite Chance bekommen hat", gestand ich ihm und ließ mich seufzend auf meinen Rücken fallen, um dann freudig die Arme in die Luft zu strecken. Harry beobachtete mich dabei mit wachsamen Augen und musste schmunzeln. „Bist du das?"

„Sehr", entgegnete ich mit ernster Stimme, um ihm zu zeigen, wie wichtig mir das Ganze war. Um zu zeigen, dass er als Freund wichtig war und dass ich alles dafür tun würde, um das aufrecht zu erhalten.

„Weißt du was?"

„Was?"

„Dann bin ich auch froh", meinte er und streichelte mir über mein Bein, dabei schien er ängstlich zu sein, als würde er gerade etwas Falsches tun. Doch als ich ihn mit einem aufmunternden Gesichtsausdruck ansah, musste er selbst schmunzeln.

Dann aber räusperte er sich und nickte zu dem vollgekritzelten Block, da er weiterarbeiten wollte. Außerdem nahm er den Bleistift wieder in die Hand, wobei ich das Gefühl hatte, dass ihn etwas bedrücken würde und es nur mit dem aufgezwungenen Lächeln verstecken wollte.

„Alles gut?", fragte ich, dabei legte ich meine Stirn in Falten und beobachtete seine Körpersprache genau. Ich sah, wie er bei meiner Frage zusammenzuckte, als hätte ich ihn auf frischer Tat erwischt, und seine ganze Gesichtsmuskulatur spannte sich an. Doch er nickte nur. „Ja, alles ist klasse."

Trotzdem behielt ich das Gefühl, dass ihn noch etwas beschäftigte, und ich wollte gerade weiter nachfragen, sagte er schon: „Ich kann es nur noch nicht glauben, dass du wieder neben mir sitzt, kleines Ding."

Ich musste schmunzeln und dieses Mal war ich es, die ihm über das Bein streichelte und sagte: „Ich verstehe, was du meinst", während ich mich aufsetzte und sein Aussehen musterte.

Harry trug wieder eine enge, schwarze Jeanshose und eines seiner berühmten Hemden, welches dieses Mal in einem zarten Grün gehalten war. Aber am schönsten waren immer noch diese braunen, leichten Locken und seine einzigartigen Augen. Und nachdem ich alles an ihm genau betrachtet hatte, sah ich auch genau in dieses mysteriöse, glasklare Blau. Ich betrachtete sie mir und es war als, würden sie das Meer widerspiegeln. Doch es war wild, rau und unkontrollierbar. Als würden die hohen Wellen gegen die Felsenküsten Englands schlagen und als würde ein großer Wirbelsturm auf hoher See toben. Diese Augen spiegelten ihn perfekt wider. Nie wusste man, was als nächstes durch seinen Kopf schwirrte, und man würde es auch nie herausfinden. Dafür war dieses Meer, welches in seinen Augen zu sehen war, zu stark, zu geheimnisvoll und zu undurchdringbar.

Plötzlich bemerkte ich, wie wir uns beide beobachtet hatten und dadurch unbewusst nähergekommen waren, als würden wir uns wie Magnete gegenseitig anziehen. Unsere Gesichter waren nun nur wenige Zentimeter voneinander entfernt und ich hatte ein unwohles Gefühl im Magen. Es fühlte sich falsch an, ihm so nah zu sein, und ich wollte mich zurückziehen, da ich mich so beklemmt fühlte. Doch als hätte man mich verzaubert, blieb ich versteinert vor ihm sitzen und hielt die Luft an. Besonders als ich seinen Atem auf meiner Haut spüren konnte und eine Gänsehaut am ganzen Körper spürte, dachte ich, einen Fehler zu begehen. Ich wusste wirklich nicht, wie ich diese Situation einschätzen sollte, und innerlich schrie eine Stimme: „Hör auf!"

Mit einem Mal hörte ich aber ein Räuspern von Harry und es schien so, als wäre er selbst von Nervosität geplagt. Als hätte er nun auch endlich bemerkt, in welcher Situation wir uns gerade befanden. Aber etwas sagen konnte er auch nicht und wenn ich genauer hinsah, erkannte ich sogar mehr als nur Schüchternheit in seinen Augen. Es war Angst. Die Angst, etwas Falsches zu tun und den inneren Kampf zu verlieren.

„Lass uns an diesem Song arbeiten", räusperte er sich ein weiteres Mal und rückte blitzartig von mir weg, als hätte er sich an einer heißen Herdplatte verbrannt. „Ich habe dir gesagt, dass ich dir helfe, aber nicht, dass ich alles allein machen werde", fügte er als Letztes hinzu, dabei versuchte er zu lachen, was jedoch sehr schwach war, und als er sich am Nacken kratzte, war mir klar, dass ihn Unbehagen plagte.

Vielleicht würde er davon erzählen, wenn ich ihn erst einmal mit seinen tobenden Gedanken in Ruhe ließe, und suchte somit eine Möglichkeit, um ihn von seinem Leid abzulenken. „Schon gut. Ich werde mich konzentrieren. Doch können wir woanders hingehen?"

„Woanders?"

„Ja", zuckte ich mit den Schultern und sprang förmlich von meinem Bett auf, wobei ich nur noch ein Ziel im Kopf hatte. Durch diese Aktion hatte ich sofort Harrys Neugierde geweckt und ich musste darüber schmunzeln, als ich zur Zimmertür lief und sie öffnete.

„Hey, hey, hey. Wo willst du hin?", fragte er in einem ernsten Ton und sah mich mit einer hochgezogenen Augenbraue an. „Wir haben Arbeit zu erledigen. Schon wieder vergessen? Wenn ja, mache ich mir Sorgen um dein Gedächtnis."

Mit einem Lachen rollte ich mit den Augen. „Jetzt komm mit und lass dich überraschen, du Spinner."

„Pass auf, was du sagst", kam es von ihm mit erhobenem Zeigefinger, doch er sprang grinsend vom Bett auf und kam zu mir getapst wie ein kleiner Junge. Dann verwies er auf den Block und die Stifte, die er mit sich genommen hatte, und meinte: „Du kommst von dieser Arbeit trotzdem nicht weg, hast du verstanden?"

Lachend schnappte ich seine freie Hand, ohne ihn wirklich ernst zu nehmen, und wollte ihn hinter mir herziehen, doch er blieb wie eine Säule stehen und ich sah ihn fragend an.

„Grace, hast du verstanden?", wiederholte er seine Frage und packte mich nun am Handgelenk, als wollte er mich am Weglaufen hindern.

An seinem Gesichtsausdruck konnte ich erkennen, wie sehr Harry mir helfen wollte, und zum ersten Mal bemerkte ich, wie erwachsen er doch geworden war. Während ich alles wieder etwas lockerer sah, behielt er das Wesentliche im Auge und versuchte, mich an der kurzen Leine zu halten.

Er passte auf mich auf, dachte ich mir und bemerkte, wie ich nun auch ernster wurde. „Ja, das habe ich."

„Na, dann ist ja gut", entgegnete er und stupste mich an der Nase. „Bleib auf dem Boden der Tatsachen, Grace. Zumindest in dieser Sache."

Ich nickte. „Können wir nicht trotzdem Spaß haben?"

„Ach, jetzt auf einmal. Vor paar Tagen hast du noch etwas anderes gesagt", feixte er frech und betrachtete mich genau, worauf ich eine Grimasse ziehen musste. „Du bist anstrengend."

„Ich weiß, aber ich habe dich ja gewarnt."

Als ich ihn dann wieder hinter mir herziehen wollte, blieb er ein weiteres Mal stehen, als hätte er Wurzeln geschlagen, und ich seufzte: „Was jetzt?"

„Zu meiner vorherigen Frage, die du nicht mitbekommen hast. Hast du eine Gitarre?", fragte er und ich sah ihn ungläubig an. „Ja. Warum?"

„Gut. Die werden wir brauchen. Holst du sie?", forderte er mich auf, dabei verwies er mich wieder ins Zimmer, und ich nickte mit einem: „Klar."

Mit diesen Worten und mit einem weiteren Lachen ging ich zurück und schnappte meinen Gitarrenkoffer, der unter dem Bett verstaut war. Dann, nachdem ich wieder Harrys Hand schnappte, zog ich ihn die Treppen hinunter.

Kurz bevor wir unten ankamen, sah ich ins große Wohnzimmer auf die Couch, die von der restlichen Truppe belagert wurde, die wie eine kleine Familie vor dem flackernden Bildschirm saß und einen Film ansah. Dabei hatten sie sehr viele Snacks und Getränke um sich herumstehen. Es war ein wirklich schöner Anblick und selbst Lorence schien sich an die Gesellschaft von Solution 5 gewöhnt zu haben, denn er lag entspannt neben James und schien sich amüsiert mit ihm zu unterhalten.

Doch mein Ziel war sicherlich nicht das Wohnzimmer, sondern die Küche, und somit zog ich den verwirrten Lockenschopf, der mir hinterher stolperte, in die andere Richtung. Er schien von meinem Benehmen irritiert zu sein, doch er hinterfragte es nicht, sondern machte mit.

„Und was hast du jetzt vor?", fragte er voller Neugier und setzte sich bei der Kücheninsel hin, während ich meine Gitarre auf dem Boden abstellte, um zwei große, farbenfrohe Weihnachtstassen aus dem Schrank zu holen. „Heiße Schokolade."

„Heiße Schokolade?"

„Ja."

„Warum?"

„Du wolltest, dass ich mich konzentriere. Mit heißer Schokolade kann ich das am besten. Und Claire hat sicherlich noch ein paar Plätzchen übrig für uns. Also…"

„Also kamst du auf die Idee, deine Zeit lieber damit zu verbringen, ganz viel Zucker in dich hineinzustopfen, statt zu arbeiten, was eigentlich viel wichtiger wäre", beendete er meinen Satz mit einem Auflachen und ich sah ihn voller Freude an. „Ja."

„Super, ich bin dabei. Ich könnte diese Pause brauchen und im Gegensatz zu dir habe ich sie mir auch verdient. Also, wo sind die Plätzchen?", fragte er, dabei konnte ich endlich wieder den kleinen Jungen in ihm sehen, und ich zeigte mit einem Grinsen hinter ihn auf ein Regal, auf dem ein großes Glas mit den buntverzierten Keksen stand.

„Gut, ich richte die Plätzchen an und du machst die Trinkschokolade. Immerhin hast du in einem Café gearbeitet. Wenn du kein heißes Getränk zubereiten kannst, wer dann", sagte er, als er den Block und den Stift auf der Theke ablegte, und ich lachte: „Das hat bei mir nichts zu bedeuten."

„Jetzt habe ich Angst. Vielleicht sollte ich doch …", grinste er, doch seinen Satz konnte er schon nicht mehr beenden, da ich ihm gegen den Arm schlug. „Hör auf. So schlimm ist es auch wieder nicht."

Lachend nahm er das Glas aus dem Regal und wir begannen, alles schön anzurichten. Er kümmerte sich darum, die Plätzchen auf die Platte zu legen, wobei er sich sehr viel Mühe gab, alles an den richtigen Platz zu legen. Währenddessen sorgte ich für die heiße Schokolade.

Als ich die beiden Tassen mit der heißen Flüssigkeit auf ein Tablett stellte, fragte Harry: „Habt ihr keine Marshmallows?"

„Du trinkst immer noch mit Marshmallows?", schmunzelte ich und er zuckte mit den Schultern. „Ich finde es lecker. Und außerdem warst du immer diejenige, die keine wollte und am Ende meine aß."

„Dass du dich daran erinnerst", kicherte ich und lief zu einem Wandschrank, um eine Packung Marshmallows herauszuholen. Dabei dachte ich an den Moment, als seine Mutter uns immer heiße Schokolade gemacht hatte. Jedes Mal hatte sie gefragt, ob wir mit oder ohne Marshmallows haben wollten, und jedes Mal hatte ich es verneint. Aber am Ende hatte ich die süße Schaumzuckerware aus Harrys Tasse gefischt und aufgegessen.

„Wie könnte ich so etwas vergessen", hörte ich ihn leise murmeln, wobei ich Traurigkeit in seiner Stimme vernahm, als würde er sich wieder in seinen tiefsten Erinnerungen verlieren.

Das wollte ich sicherlich nicht erreichen und kurz fragte ich mich, warum ich nicht einfach meinen Mund halten konnte. Offensichtlich beschäftigte die Vergangenheit ihn mehr als mich und obwohl ich ihn im Interview so wütend gesehen hatte, wurde mir in diesem Moment bewusst, dass die große Trauer nur von dem Zorn unterdrückt worden war. Er wollte nicht, dass man sein Leid sehen konnte. Und selbst wenn er gesagt hatte, dass er die Vergangenheit mehr und mehr hinter sich lassen möchte, wusste ich, wie schwer es ihm in Wirklichkeit fiel.

Nachdem ich wieder eine kurze Zeit in meinen Gedanken versunken war und eine Lösung suchte, um ihn aus diesem Loch zu holen, schüttelte ich meinen Kopf und drehte mich zu ihm herum, um zu sehen, wie er gedankenverloren mit seinen Händen spielte und auf den Boden starrte. Diesmal war er fern vom Stern.

„Harry, was ist los?", fragte ich ihn, in der Hoffnung, er würde endlich sein Leid mit mir teilen, selbst, wenn er nur seine Wut, die er gegen mich gehegt hatte, rauslassen würde.

Ich sah, wie sein Kopf in die Höhe schoss, und er sich mit aller Mühe ein Lächeln aufzwang. „Was?"

„Du bist in Gedanken. Willst du sie nicht lieber mit mir teilen?", fragte ich besorgt, als ich näher zu ihm trat und einzelne Marshmallows in die Tassen fallen ließ.

Seine Mundwinkel fielen bei meiner Frage wieder und er musterte mich von oben bis unten, als würde er kurz davor sein, mit mir zu reden. Doch dann schüttelte er den Kopf. „Nein."

„Bist du dir sicher?", fragte ich ihn und versuchte dabei, seinen Blick einzufangen, den er unruhig auf die Plätzchen richtete. Er leckte sich über die Lippen, das Zeichen, dass ihm der Verlauf des Gesprächs nicht gefiel. „Ja. Denn wir wollten nicht mehr über dieses Thema reden."

„Dennoch beschäftigt es dich", machte ich ihm klar und er zuckte mit den Schultern. „Ich werde schon darüber hinwegkommen."

„Doch statt es zu verdrängen, kannst du auch darüber reden",
bot ich ihm ab, doch er schüttelte nur den Kopf, dabei versuchte er, meinem Blick auszuweichen, und ich seufzte. „Harry,
du …"

„Ich möchte nicht darüber sprechen, Grace!", zischte er zurück, wobei ich die Wut in ihm erkennen konnte. Er sah mich
dabei mit mörderischen Augen an, sodass sich das schlechte Gewissen in mir breit machte, und ich musste schlucken. Dabei
spürte ich, wie ich wegen seiner erhöhten Stimme zusammenschreckte, was Harry bemerkte, denn er fuhr sich seufzend durch
die Haare. „Tut mir leid. Es ist nur…"

„Nein, du brauchst dich nicht zu entschuldigen", platzte es
aus mir heraus und ich nahm das Tablett mit den Keksen und
der heißen Schokolade. Nun war ich es, die versuchte, seinem
Blick auszuweichen, dabei sammelte ich meine ganze Kraft, um
weiterzusprechen. „Ich weiß, was ich dir vor drei Jahren angetan habe, und ich weiß auch, wie sehr ich dir weh getan habe.
Ich möchte niemals erfahren müssen, wie du dich fühlst. Und
glaube mir, mein schlechtes Gewissen verfolgt mich noch heute
in den tiefsten Träumen. Selbst als ich dachte, ich wäre über den
Streit hinweg, war ich es nicht."

„Was meinst du damit?", fragte er interessiert und ich stellte das Tablett wieder ab, um meine Hand auf seine zu legen und
mit meinem Daumen über seine Haut zu streicheln. „Erinnerst
du dich, als Mrs. Hulda von dem Mikrofon sprach?"

Er nickte und ich musste tief durchatmen, als er fragte: „Was
ist damit?"

„Die Farben der Mikrofone haben einen speziellen Grund.
Zum Beispiel hat Allison die Farbe Blau, weil es sie an das Meer,
welches sie mit ihrem Vater bereist hat, erinnert. Du weißt ja,
wie sehr er ihr am Herzen lag. Auf jeden Fall sollen uns die Farben an die Vergangenheit erinnern und…"

„Und du hast Rot", unterbrach er mich, als er meinen Gedan-
kengang vollendete, dabei sah er mich verdattert an. „Warum?"

„Warst du nicht derjenige, der mich immer dazu aufgefordert hat, mit meiner Stimme etwas anzufangen?", fragte ich mit

einem Lächeln, doch Harry behielt seinen versteinerten Blick. „Grace, warum Rot? Warum meine Lieblingsfarbe?"

Ich musste schmunzeln. „Weil du für mich ein wertvoller Teil aus meiner Vergangenheit bist und weil mich der Verlust meines besten Freundes sehr lange beschäftigt hat, besser gesagt, bis zum Gespräch auf dem Weihnachtsmarkt."

Harry musste schmunzeln und ich erklärte: „Was ich dir damit sagen will. Ich verstehe, wenn es dir noch schwerfällt, normal mit mir zu reden. So etwas braucht Zeit. Klar, die Tatsache, dass wir uns wiedergefunden haben, ist schön und ich bin dankbar. Dennoch bringt sie vieles zum Verarbeiten mit. So viel Schmerz und so viel Enttäuschung. So etwas kann man nicht in nur wenigen Tagen reparieren. Und vergessen schon gar nicht."

„Trotzdem sollten wir nicht dem längst Vergangenen nachtrauern, sondern nach vorne schauen", entgegnete Harry und ich zuckte. „Wie ich bereits gesagt habe. Dafür braucht es Zeit und das wissen wir beide. Aber Reden würde dir vielleicht helfen. Wenn nicht mit mir, dann vielleicht mit jemand anderem. Nina zum Beispiel ist eine gute Zuhörerin. Vielleicht kannst du bei ihr dein Leid loswerden, wenn schon nicht bei mir."

Der Lockenschopf schwieg, als wüsste er darauf keine Antwort und ich wusste, dass ich ins Schwarze getroffen hatte, und lächelte ihn an, da ich ihm seinen Schmerz zu gerne nehmen wollte. Doch da ich der Auslöser dafür war, würde ich das nicht können.

„Na, komm", forderte ich ihn mit zarter, aber auch besorgter Stimme auf und wollte aus der Küche gehen, um das nächste Ziel vor meinen Augen zu erreichen.

„Was hast du vor?", war seine einzige Frage, dabei machte er sich keine Mühe, aufzustehen und mir zu folgen.

„Ich zeige dir jetzt meinen Lieblingsplatz. Er hilft mir beim Songwriting und beim Nachdenken", erklärte ich und er stand langsam von seinem Stuhl auf.

„Im Wohnzimmer ist es laut", erinnerte er mich, als wüsste er schon, welchen Platz ich meinte, und genau in diesem Moment hörte ich ein Lachen von den anderen Mitbewohnern.

„Wer sagt, dass dieser Ort im Wohnzimmer ist?", fragte ich ihn mit hochgezogener Augenbraue und Harry sah mich verwirrt an. Nur einzelne Laute kamen aus seinem Mund und ich musste ihn schelmisch angrinsen. „Ja?"

„Man hat mir gesagt, dass das der Ort ist, an dem ihr eure Songs schreibt. Dort, wo die Sitzsäcke stehen", sprudelte es verwirrt aus ihm heraus, wodurch ich noch breiter grinsen musste. „Für die Band ist er das. Ja. Aber ich habe da noch einen anderen Rückzugsort, den ich sehr gerne mag. Und wenn du ihn sehen willst, musst du mir wohl folgen."

Ohne länger auf ihn zu warten, lief ich mit dem Tablett Richtung Wohnzimmer und hörte nur, wie mir jemand hinterherrannte. Es war natürlich niemand anderes als der bekannte Lockenschopf, der mir mit einem leisen „Wo gehst du hin?" folgte, den Gitarrenkoffer in der Hand hielt und den Block sowie den Stift unter den Arm klemmte.

Leise schlichen wir uns an den anderen vorbei, die zu sehr damit beschäftigt waren, einen Weihnachtsfilm anzuschauen und als ich langsam und leise die Glastür, die in dem Panoramafenster eingebaut worden war, öffnete, zischte Harry: „In den Garten? Ist das dein Ernst? Weißt du eigentlich, wie kalt es draußen ist?"

„Jetzt komm", forderte ich ihn auf und verschwand in die Kälte, um in eine bestimmte Richtung, zu einem bestimmten Raum, der unter dem Balkon der WG war, zu laufen.

Nur widerwillig folgte mir Harry, der versuchte sich selbst zu umarmen, damit er sich mit einem Reiben wärmen konnte. Doch als wir an dem kleinen, besonderen Raum ankamen, drückte ich ihm das Tablett in seine Hände.

„Das wirst du büßen, hörst du? Wenn ich krank werde, dann ist das …"

„Ja, ja, schon klar", unterbrach ich ihn, ohne wirklich auf sein Jammern einzugehen, und suchte nach dem Schlüssel, den wir in einem Blumentopf versteckten.

„Verdammt, Grace. Willst du mich umbringen?", fragte der ungeduldige Junge mit klappernden Zähnen, während ich den kleinen, separaten Raum aufsperrte

„Du bist schlimm, weißt du das?"

„Du bist nicht viel besser, Mörderin", bibberte er, doch ich gab keine Antwort mehr, sondern betrat mit einem Lachen das gemütlichste Zimmer unserer WG.

Er war vom Rest des Hauses abgeschirmt und man konnte es auch wirklich nur über die Terrasse erreichen. Das Besondere an diesem Raum war, dass er voller Bücher war und im Gegensatz zu den anderen Zimmern im Haus war dieses altmodisch eingerichtet, sodass man das Gefühl bekam, es wäre aus einem Märchen entsprungen.

An drei von vier Wänden standen breite, vollgestopfte Regale, die mit Lesestoff jeglicher Art – von Science-Fiction bis zu Fantasy, von einer guten Romanze zum spannendsten Krimi – ausgestattet waren. Da jeder in der WG gerne Bücher las, hatte es auch nicht sehr lange gedauert, bis die ganzen Regale befüllt waren. An einer der drei Wände war noch ein Kamin eingebaut und der Boden wurde mit vielen verschiedenen Teppichen ausgestattet.

Aber das war nicht das Schönste an diesem Raum. Denn an der vierten Wand war eine große Fensterbank, die mit einem edlen, mit Blumen verzierten Stoff überzogen war. Farblich passend zu den Kissen und Decken, die den Platz auspolsterten. Zusätzlich hatte man durch das große Bogenfenster eine gigantische Sicht auf den Garten, der im Sommer mit den schönsten Farben erstrahlte. Aber auch wenn es regnete und der Himmel durch einen grauen Schleier bedeckt war, gab es Nachmittage, an denen ich mich mit der WG in diesen Raum verkrümelte und nur las. Dabei war niemals ein Ton von irgendjemanden zu hören – selbst nicht von Allison und Skyler.

„Grace, ich finde diesen Raum ja wirklich beeindruckend. Aber es ist immer noch kalt", stammelte Harry hinter mir, der nervös von einem Bein auf das andere sprang. Dabei war er aber so vorsichtig, dass die Schokolade nicht verschüttet wurde.

„Das ändern wir gleich", meinte ich mit einem Schmunzeln, „Mach es dir schon einmal gemütlich."

„Ha, der war gut. Meine Zehen sterben gerade ab. Und ja, dein Zimmer war gemütlich", meckerte er, ging jedoch zur Fensterbank, wo er das Tablett abstellte und sich hinsetzte.

Während er sich mit einer dicken Wolldecke einwickelte, kümmerte ich mich darum, den Kamin anzumachen, der das Zimmer in wenigen Minuten in ein warmes Licht tauchte.

„Das dauert, bis der alles geheizt hat", schlotterte Harry, der sich immer mehr in die Decke einkuschelte, und ich musste kichern. „Du stellst dich an. So kalt ist es doch nicht."

Er sah mich verurteilend an und als ich die zweite Decke um mich selbst wickeln wollte, fragte er mit verstellter Stimme: „Warum brauchst du die? Ich dachte, es wäre nicht so kalt."

„Klappe", fauchte ich, nahm meine Trinkschokolade, die eine angenehme, warme Temperatur hatte, und nickte zu dem Block mit den Notizen. „Du wolltest arbeiten? Also, wo kann ich dir helfen?"

„Wir wollten gemeinsam daran arbeiten. Und du hilfst nicht mir, ich helfe dir", korrigierte Harry und wir lehnten wir uns nebeneinander an die Wand, um endlich konzentriert an dem vorliegenden Song zu arbeiten.

„Pack mal deine Gitarre aus", forderte Harry mich nach einer Weile auf und, ohne etwas zu entgegnen und zu zögern, öffnete ich den Gitarrenkoffer, um das weiße, schlichte Instrument auszupacken.

Als ich es aber auf meinen Schoss legte und mein Pick aus der Seitentasche herausnahm, bemerkte ich, wie Harry die Gitarre betrachtete und einen überraschten Blick hatte.

„Du hast sie immer noch", meinte er und nahm sie sachte von meinem Schoss, um sie zu stimmen. Dabei behandelte er das Instrument mit solch einer Sorgfalt, als wäre es aus Glas gemacht.

„Na, klar", grinste ich. „Sie hat mir schon viele, gute Dienste getan."

Er musste schmunzeln und fing an, einzelne Akkorde zu spielen, dabei erzählte er: „Die Gitarre hat mein ganzes Taschengeld aufgebraucht. Außerdem hat es ewig gedauert, bis ich die Richtige für dich gefunden hatte. Ich glaube, ich ging dem Verkäufer auf die Nerven."

„Ich bin dir dankbar für diese Gitarre. Sie ist mir sehr wichtig und hat mir schon viel geholfen", gestand ich ihm und er hörte auf, zu spielen, um mich ansehen zu können. „Wirklich?"

„Ja, sie erinnert mich daran, dass du immer an mich geglaubt hast. Wild Division existiert teilweise auch wegen dir", erklärte ich und er meinte: „So wie du teilweise für die Entstehung von Solution 5 zuständig bist. Also sind wir quitt."

„Kann man so sagen", grinste ich und er begann eine bekannte Melodie zu spielen. Es war Memories und ich musste lächeln. „Eins der wenigen Lieder von Solution 5, die ich mir anhöre."

Er lachte auf. „Na, was für ein Glück."

Er begann zu singen und ich hörte seiner geschmeidigen Stimme zu. Dabei fühlte ich mich in der Zeit zurückgesetzt. Ich hatte das Gefühl, wieder in seinem alten Kinderzimmer zu sitzen, und ich genoss jede einzelne Sekunde, in der ich seinem Gesang lauschen konnte.

The love is still alive
My feelings just won't die
The memories, the moments we share
Are they dreams?
Or living nightmares?
It's like you're still on my side
I will never deny
The best memories in my life.

Leider endete der Zauber seiner Stimme viel zu früh und die Magie des Momentes verschwand schlagartig. Somit öffnete ich langsam die Augen und beobachtete ihn dabei, wie er weiterhin die Gitarre begutachtete.

Ob er wieder einmal in Erinnerungen schweifte? Es wäre für mich keine Überraschung. Denn ich erinnerte mich noch genau daran, wie Harry mir das Spielen der Gitarre mit viel Geduld und Liebe beibrachte. Zur Belohnung hatte er seine ganzen Ersparnisse gesammelt, um mir eine eigene Gitarre zu schenken. „Aber bei Konzerten spielst du kein Instrument. Richtig?"

„Nein", antwortete ich, „Nur Allison spielt ab und zu."

„Warum du nicht?"

„Ha, ich glaube, dafür habe ich keinen Nerv", gestand ich, dabei schüttelte mich der Gedanke, vor Tausenden von Menschen zu spielen. „Wieso nicht?"

Ich zuckte mit den Schultern und hatte keine wirkliche Antwort, trotzdem versuchte ich, ihm eine zu geben: „Mich macht der Gedanke nervös."

„Aber Singen nicht, oder wie?", lachte er auf und ich zuckte wieder mit den Schultern. „Weiß nicht. Vielleicht."

„Das solltest du ändern. Man muss immer etwas riskieren, doch manchmal ist es das wert", meinte er und starrte gedankenverloren auf mein Instrument, doch bevor ich fragen konnte, was er damit meinte, reichte er mir wieder die Gitarre und sagte: „Und ich sage dir, du kannst sehr gut spielen. Zumindest so, wie ich es in Erinnerung habe."

„Danke", hauchte ich leise und er schmunzelte, „Hattest aber auch einen guten Lehrer. Nicht nur vom Aussehen, sondern auch vom Können her."

Ich musste laut lachen. „Das stimmt."

„Du gibst also zu, dass ich gut aussehe?", fragte er frech nach und ich sah ihm tief in die Augen, um dann laut zu seufzen.

„Wer könnte diesem Gesicht schon widerstehen?", wollte ich wissen und fuhr sachte durch seine weichen, langen Locken, wodurch ein in leises Brummen seinen Lippen entfloh, doch ungewollt. Denn sofort sah er mich mit großen Augen an und schien beschämt zu sein. Ich jedoch musste darüber lachen und meinte: „Du bist wirklich einzigartig, Harry. So jemanden wie dich trifft man nur einmal."

„Danke", schmunzelte er und räusperte sich. Dann sah er wieder zu den Noten und krächzte: „Lass uns weiterarbeiten."

„Wolltest du wirklich nicht mehr mit mir reden?", fragte ich und er sah ruckartig zu mir auf, wobei seine Augen etwas Trauriges ausstrahlten. „Grace, wir haben doch gesagt, dass wir nicht mehr darüber reden wollen."

Da ich spüren konnte, dass ihn etwas bedrückte, fragte ich sofort weiter nach, in der Hoffnung, er würde es mir endlich sagen. „Harry, worüber denkst du nach? Bitte sprich mit mir."

Er seufzte und kaute auf den Lippen herum, als hätte er einen inneren Kampf.

„Du hast mir weh getan", murmelte er schließlich mit tief verletzter Stimme und ich senkte den Kopf. „Ich weiß."

„Nein, Grace. Das weißt du nicht. Du hast gar keine Ahnung, wie sich so etwas anfühlt", entgegnete er und bevor ich dazu etwas sagen konnte, fügte er hinzu: „Du weißt nicht, wie es sich anfühlt, zurückgewiesen zu werden. Was es heißt, das Mädchen zu verlieren, um das du dich Jahre lange liebevoll gekümmert hast, als wäre sie dein Ein und Alles. Du weißt gar nicht, wie stark meine Gefühle für dich waren."

Ich schwieg und beobachtete, wie er in sich zusammenfiel, als er noch hinzufügte: „Kennst du das Gefühl, wenn du nicht atmen kannst? Als hätte dir jemand dein Herz herausgerissen und es zertrampelt?"

„Nein."

„Ich schon."

Ich konnte die Tränen in seinen Augen sehen und fühlte mich schlecht und hilflos gegenüber seinem Schmerz. Dieses Mal sprach er nicht über unsere zerbrochene Freundschaft, sondern über die Gefühle, die Liebe, die er für mich verspürt hatte, und ich hatte das Gefühl, dass ich ein Mörder war.

„Es tut mir so leid, Harry. Und du hast recht, ich weiß nicht, wie es sich anfühlt. Aber glaube mir, ich habe auf meine eigene Weise gelitten", entgegnete ich und dachte an Isn't it strange?, an meine Träume und an Lorence, der mich getröstet hatte.

„Wie meinst du das?", fragte Harry und ich zuckte mit den Schultern, während ich mit meinen Händen spielte. „Auch ich hatte mein Leid, Harry. Ich habe meinen besten Freund verloren. Klar, ich war selbst schuld und das gebe ich zu. Trotzdem hatte ich ebenso einen Verlust."

Harry nickte, fragte zu meinem Glück jedoch nicht weiter nach, da ich nicht wusste, ob ich die Wahrheit weiter verschweigen könnte.

Nun nahm ich aus Nervosität den Block mit dem Bleistift, da ich dieses Mal nicht darüber reden wollte. Als ich jedoch den

Block nahm, blitzte etwas an meiner Hand auf und mir fiel wieder der Ring auf, den ich immer noch nicht abgenommen hatte.

Sofort sah ich zu Harry, der die roten, funkelnden Steinchen ebenso mitbekam, und er fuhr sich mit der Zunge über die Lippe, wodurch mein Herz schneller schlug. Schnell zog ich die Hand gemeinsam mit dem Block zurück, dabei tat ich so, als würde der Ring nicht existieren, und sagte: „Lass uns weiter machen."

„Ich kann dir nicht versprechen, dass es so sein wird wie früher", meinte Harry und ich dachte, mein Herz blieb stehen. „Wie meinst du das?"

„Unsere tiefe Freundschaft. Ich weiß nicht, ob es noch einmal so sein kann und ob ich dir das wieder geben kann", gestand er, wobei er seinen Blick weiterhin auf den Ring richtete, und ich dachte, ein Dolch würde in mein Herz gebohrt werden, wodurch ich Schnappatmungen bekam. Was wollte er mir mit dieser Aussage klar machen?

„Das verlange ich auch nicht", krächzte ich, wobei ich versuchte, nicht verletzt zu klingen, selbst wenn ich es war. Aber ich konnte es vor Harry nicht geheim halten, denn er legte einen Arm um meine Schultern und zog mich zu sich. „Na, na… nicht traurig sein. Ich habe lediglich gesagt, dass ich nicht weiß, ob wir diese Art von Freundschaft wieder haben können. Das heißt aber nicht, dass wir es nicht versuchen können."

„Ich glaube, ich will das auch nicht mehr", murmelte ich und legte meinen Kopf auf seine Schulter, wobei ich die Augen schloss und seinen Geruch in meine Nase einzog. Harry legte seinen Kopf auf meinem ab und schien sich ebenso zu entspannen.

„Was willst du dann, Grace?", fragte er mit einer sanften Stimme und ich spürte, wie mein Herzschlag schneller wurde. Ich wusste nicht, was ich ihm sagen sollte. Ich wusste einfach keine Antwort. Aber Harry ließ nicht locker und fragte ein weiteres Mal: „Grace, was willst du? Sag es mir."

Dabei hob er wieder den Kopf, was ich ihm gleichtat, und ich sah zu ihm auf, um in die einzigartigen Augen zu sehen. Dabei spürte ich wieder diesen magischen Bann, als würde man mich fesseln. Es war stark und ich hatte das Gefühl, nicht zu entkommen.

Ich spürte seinen Atem auf meinem Gesicht und selbst als Harry die Nähe bemerkte, wich er nicht zurück. Ich verspürte wieder dieses unangenehme, schlechte Gefühl und wollte vor ihm zurückweichen, doch durch meine Position zwischen Fenster und Harry war ich gefangen.

Zu meiner Erlösung klingelte mein Handy neben mir und Harry schien auch wieder zu seinen Sinnen zu kommen, da er seine Stirn auf meine ablegte und die Augen schloss, um tief durchzuatmen.

Ich fuhr ihm durch die Haare und wandte mich meinem Handy zu, um darauf zu schauen. Es war eine Nachricht von Philip, der mir wieder von den Zahlen berichtete und anmerkte, dass wir handeln mussten, da Mr. Marks Druck machte.

Doch meine Gedanken galten wieder einmal nur Harry und dem, was dieser Junge in mir auslöste. Dabei wusste ich noch nicht einmal, was genau ich für ihn fühlte. Somit murmelte ich ein „Ich weiß es nicht" auf seine Frage, während wir aneinander gekuschelt blieben.

12. TRACK

Der Kontakt zu Solution 5 wurde in den folgenden Tagen weniger, blieb jedoch bestehen, und Harry und ich schrieben uns des Öfteren über WhatsApp. Wir verstanden uns gut und die Situation an jenem Tag, an dem wir uns ungewöhnlich nahegekommen waren, schien vergessen zu sein. Denn wir hatten wieder denselben Quatsch im Kopf wie zuvor.

Natürlich vergaßen wir dabei nicht die Arbeit und so kam es, dass der dritte Song tatsächlich in den letzten Tagen vervollständigt wurde. Außerdem war der vierte schon in der Endphase, also beim Feinschliff, wodurch ich positiv gestimmt war und daran glaubte, dass sich das Problem lösen würde, ohne dass die anderen Mädchen davon erfahren mussten. Selbst die Nachrichten von Philip beirrten mich nicht, obwohl er immer wieder betonte, dass Mr. Marks ungeduldig wurde.

Nun war es kurz vor Weihnachten und der Lockenkopf hatte beschlossen, dass der letzte Song nach den Feiertagen – kurz vor dem Abgabetermin – beendet werden sollte und wir uns jetzt auf unsere Freunde konzentrierten, die wir in letzter Zeit eher vernachlässigt hatten.

Am 24. Dezember würde der große Vorbereitungstag sein und das bedeutete, dass sehr viele Menschen in die Geschäfte stürmen würden, um ihre Einkäufe erledigen zu können. Die Gefahr, als Wild Division erkannt zu werden, war dadurch natürlich noch größer und somit fand unser Weihnachtseinkauf immer wenige Tage vorher statt, was in dieser WG schon Chaos genug war.

Am frühen Morgen, direkt nach dem Frühstück, fuhren wir in die Stadt, um die vielen Pläne, die wir für diesen Tag gemacht hatten, abarbeiten zu können. Das war der Grund, warum wir zwei Autos nutzten: eines für unsere Einkäufe und eines für den Weihnachtsbaum, der wie jedes Jahr von nur einer Person, Morice Knight, ausgesucht wurde. Auch das hatte seinen speziellen Grund.

Als wir am Geschäft ankamen, spielte sich dieselbe Routine ab wie jedes Jahr, angefangen damit, dass Skyler und Lorence sich sofort zwei große Einkaufswagen schnappten. Auch die Begründung war dieselbe wie die Jahre zuvor. Während Lorence meinte, dass er somit den entspanntesten Teil haben würde, waren Nina und Skyler der Meinung, dass ein Einkaufswagen einfach zu wenig sei.

Skyler rannte mit den Mädchen ins Geschäft und Lorence lief entspannt hinter mir und Morice her. Die Frage war, wie lange dieser Zustand bei ihm anhalten würde – wenn es aber so wie sonst ablaufen würde, nicht sehr lange.

Bevor wir ins Geschäft gingen, hatte ich noch die Kapuze an der Lederjacke hochgezogen. Nicht, dass ich mich wegen dieser Truppe schämen würde, aber ich wollte heute auf keinen Fall von Fans erkannt werden. Wenn jemand erkannt werden sollte, dann Skyler, Nina oder Allison. Sie konnten mit dem Ruhm manchmal besser umgehen, während ich mich meistens von der Öffentlichkeit fern hielt. Der Grund hatte etwas mit Skylers Mutter zu tun, die in der Vergangenheit dafür gesorgt hatte, dass sich eine Art Phobie vor großen Menschenmassen bei mir entwickelte.

Nun betraten wir zu siebt das große Geschäft und somit begann der große Shopping-Freitag und wieder einmal spielte sich alles wie im vorherigen Jahr ab.

Morice musterte immer wieder den Zettel in seiner Hand und lief dem Einkaufswagen hinterher, wobei Lorence ihm entweder zu schnell oder zu langsam fuhr. Währenddessen rannten Nina und Claire kreuz und quer durch das Geschäft, um die für das Weihnachtsessen nötigen Lebensmittel zu besorgen, und Allison und Skyler hatten nur Quatsch im Kopf, da sie mit dem Einkaufswagen durch die Gänge rasten.

Vieles wurde doppelt und dreifach in den Einkaufswagen gelegt, was dem perfektionistischen Morice nicht sonderlich gefiel, und somit sorgte er sich darum, die überschüssigen Waren wieder zurückzustellen. Dabei führte er mit Nina einige Diskussionen, da sie mit gefühlt allem angerannt kam.

Aber als wir an der Abteilung der Weihnachtsdekorationen vorbeikamen, veränderte sich etwas bei ihm und er bekam Herzchenaugen. Ab diesem Punkt war ihm alles egal und er lebte nur noch in seiner eigenen Welt, wodurch aus dem perfektionistischen, erwachsenen Morice ein kleines Kind wurde, das mit voller Begeisterung bei den Dekorationen verschwand.

„Der hat einen Knall", murmelte Lorence neben mir und musste lachen, „Jedes Jahr das gleiche Spiel. Können wir nicht einmal einen normalen Einkauf machen?"

„Wahrscheinlich nicht", kicherte ich und sah Morice nach, dabei musste ich daran denken, wie lange ich diesen Jungen schon kannte.

Seit dem Kindergarten hatten Morice, Harry und ich schon viel Zeit miteinander verbracht und während der braune Lockenschopf der Junge mit den verrückten, manchmal gefährlichen Ideen war, war Morice mit seiner ruhigen und vorsichtigen Art der Ausgleich. Er sorgte immer dafür, dass Harry und ich keine Probleme bekamen, oder hatte sie schon oft ausgebügelt. Nur in wenigen Momenten wurde er selbst zu einem kleinen Jungen. Das war, wenn er an seinem alten, mintgrünen VW Bus in der Garage arbeitete, oder die vielen Lichterketten, Düfte und Lieder in der Weihnachtszeit sah.

Da Morice nun verschollen war, blieb ich als Kontrolleur am Wagen stehen. Leider war ich nicht so beständig wie er und somit lag am Schluss sicherlich mehr drin, als eigentlich gebraucht wurde.

„Leute? Ihr schleppt jede Kleinigkeit her, doch an den Käse, den wir nun wirklich brauchen, denkt ihr nicht, oder wie?", fragte Lorence lachend, der mit mir beim Nachkontrollieren half und im Einkaufswagen wühlte.

Kaum hatte er die Frage ausgesprochen, da spürte man einen Windhauch am Rücken, und ich sah, wie Skyler mit Allison in hoher Geschwindigkeit vorbeirannte, sodass Lorence genervt fragte: „Wo rennt ihr jetzt hin?"

„Wir besorgen das, was du vermisst" antwortete Skyler und grinste frech, woraufhin ich die Augenbraue hochzog. „Wie viel?"

„Ähm ... viel", sagte Allison nachdenklich.

„Wir sind sieben Personen. Also ...", grübelte Claire vor sich hin, wobei sie von Nina unterbrochen wurde: „Ich korrigiere, zwölf."

„Wieso zwölf?", fragte Claire nach und sah in fünf grübelnde Gesichter, woraufhin ich ein: „Leute?" hinzufügte.

„Gott. Habt ihr es ihr noch nicht gesagt?", fragte Lorence die anderen Mädchen und sah jede Einzelne vorwurfsvoll an,.

„Ich dachte, du würdest es ihr weitersagen", wandte sich Nina an Skyler, die nur defensiv ihre Hände in die Luft hob. „Ich hab nichts gemacht."

„Das merkt man", waren Allisons Worte, woraufhin Skyler genervt fragte: „Und warum hast du nichts gesagt?" und Allison mit „Selbe Begründung wie Nina" antwortete.

„Leute, egal, wer was sagen sollte, könntet ihr mir dann zumindest jetzt sagen, worum es geht?", fragte ich verwirrt und Claire meinte: „Keine Angst. Ich weiß es auch nicht."

„Na, das beruhigt mich. Also, warum sind wir zu zwölft?"

„Na ja...", fing Allison an und plötzlich tauchte Morice aus dem Nichts auf.

„Ich habe die Jungs zu unserem Weihnachtsfest eingeladen, da sie nun in gewisser Weise zu uns gehören. Ich wollte euch eigentlich überraschen. Deswegen habe ich nicht mit euch gesprochen. Jedoch musste Luke sofort mit Nina darüber kommunizieren und es machte mehr oder weniger die Runde", erklärte er und sah Nina dabei vorwurfsvoll an, die nur ein leises „Entschuldigung" murmelte.

„Wir feiern gemeinsam Weihnachten! Mit Solution 5!", jubelte Allison, indem sie freudig die Hände in die Höhe streckte, und ich blieb regungslos vor ihnen stehen.

Ich spürte, wie der Kopf die Nachricht langsam verarbeitete, und erst nach gefühlten Ewigkeiten formte sich ein Lächeln in meinem Gesicht. *Wir feiern Weihnachten zusammen,* wiederholte ich immer wieder in meinem Kopf und hätte vor Freude in die Luft gehen können und fragte deswegen schon fast quietschend: „Echt jetzt?"

Die Mädels nickten mit einem Lächeln und Nina schwärmte: „Luke hat als Erster zugesagt. Er hat gesagt, dass er sich freut, uns über die Feiertage nerven zu dürfen."

„Da freut sich jemand sehr", zwinkerte Allison Nina frech zu und stupste sie an, woraufhin Nina beschämt schmunzelte. „Vielleicht."

Sofort erinnerte ich mich an den Abend im Club, als sie verschwanden, und mir fiel wieder ein, dass ich sie dazu ausfragen wollte. Ich wollte nämlich herausfinden, ob Harry recht hatte und ob Luke und Nina wirklich etwas am Laufen hatten.

„Aber nicht nur sie", kam es von Skyler, denn offensichtlich verschwand mein doofes Grinsen nicht und das amüsierte sie sehr.

„Klappe.", murmelte ich und spürte, wie der Kopf glühte. Aber meine Gedanken drehten sich schon längst wieder um Harry. Seitdem wir unsere neuen Nummern ausgetauscht hatten, schrieben wir häufig miteinander, auch bis spät in die Nacht. Die meisten Nachrichten waren unbedeutend und wahrscheinlich würde keiner unsere Chatverläufe verstehen. Mich erinnerten sie jedoch an die gemeinsame Zeit von früher.

„Solange Harry nicht wieder den Platz des besten Freundes einnimmt", kommentierte Nina frech und legte einen Arm um meine Schultern. „Hast du verstanden, Küken?"

„Niemand kann dich ersetzen", kicherte ich und sah sie freudestrahlend an, worauf sie nur meine Kapuze von meinem Kopf zog und mir einen kleinen Kuss auf die Wange gab. „Ich weiß."

„Vielleicht wird er aber endlich einen anderen Platz einnehmen", sagte Lorence hoffnungsvoll und alle mussten lachen, wobei Morice ein „Das wäre ein großes, aber schönes Wunder" hinzufügte.

„Ja, ja. Träumt weiter", murmelte ich beschämt und bemerkte, wie ich wieder rot wurde, da mir der Gedanke daran ein flaues, unbeschreibliches Gefühl gab. „Sind wir fertig mit dem Einkauf?", fragte ich, um das Thema zu wechseln und die anderen sahen sich fragend an, um schließlich gleichzeitig zu nicken.

Gemeinsam gingen wir zu den Kassen, wobei Lorence „Zum Glück muss ich nicht bezahlen" sagte und Allison schon ihre Kreditkarte hervornahm. „Nein, ich kümmere mich dieses Mal darum."

Ich wollte währenddessen wieder die Kapuze aufziehen, aber Nina hielt mich davon ab und meinte: „Du bist bei uns, Küken. Wir beschützen dich. Du brauchst keine Kapuze. Also lass sie unten und entspann dich. Sie hat keine Kontrolle."

„Wie du meinst, Mama", lächelte ich sie unsicher an und sie entgegnete: „Gut so."

Dann kam mir plötzlich ein anderer Gedanke, um mich von dem Thema abzulenken, und ich begann zu schmunzeln. „Wie läuft es eigentlich mit Luke?"

„Gut. Wir verstehen uns."

„Gut? Komm schon. Was war an dem Abend in der Disco? Oder am Spieleabend? Hattet ihr Spaß?", fragte ich grinsend und zwinkerte Nina zu, da ich sehen konnte, wie sie sich bei meinen Fragen verdächtig auf die Lippen biss.

Doch ich bekam keine Antwort, sondern nur ein freches Grinsen. Dabei zog Nina wieder die Kapuze hoch und meinte: „Das geht kleine Kinder nichts an."

„Hey!", sagte ich lachend und zog die Kapuze wieder runter, als ich ein „Jetzt sag schon" forderte.

Leider kamen da die anderen zu uns und Nina lief ihnen ohne ein weiteres Wort hinterher. Ich rannte ihr nach und flüsterte in ihr Ohr: „Also hattet ihr was am Laufen?"

Nina sah mich mit hochgezogener Augenbraue, sodass ich die endlich die Hoffnung bekam, die Antwort zu hören. Aber meine beste Freundin war schon immer eine harte Nuss und sie blieb mit einem weiteren Grinsen still.

„Wann kommt ihr zusammen?", feuerte ich los, da ich einfach nicht aufgeben wollte, und Nina antwortete mit der Gegenfrage: „Wann hast du etwas mit Harry am Laufen?", womit sie mich zum Schweigen brachte.

Nina zwinkerte mir zu, da sie diese Reaktion erwartet hatte. Noch schlimmer war es, als Lorence „Das frage ich mich schon lange, Nina!" sagte und ich den Kopf in meinen Händen versteckte, um die Röte meiner Wangen zu verstecken. Leider brachte das die ganze Gruppe nur zum Lachen und Lorence klatschte sich mit Nina ab.

Wir brachten die Einkäufe zum Auto und als wir alles in das Auto der Band – einen grauen SUV – verladen hatten, fragte Morice mit voller Energie: „Wer kommt mit zum Baumkauf?"

„Ich nicht. Das tue ich mir nicht an. Nicht mit dir", sagte Lorence sofort glasklar und Skyler sah ihn mit erschrockenen Augen an, die aussagten: „Oh Gott. Das hast du jetzt nicht ernsthaft gesagt."

Alle anderen sahen sich nachdenklich an. Ja, vielleicht sogar eher panisch. Suchend nach einer Ausrede, um dem alljährlichen Einkauf des Weihnachtsbaumes zu entkommen. Jeder wusste, dass das mit Morice kein Vergnügen war. Er hatte nämlich immer eine bestimmte Vorstellung, wie der Baum aussehen sollte. Es musste der größte sein und er durfte nicht ansatzweise eine kahle Stelle aufweisen. Meistens dauerte es einige Stunden, bis er den Richtigen gefunden hatte, und wenn jemand anders einen Vorschlag hatte, fand er immer einen Grund, warum dieser Baum nicht ins Wohnzimmer passte. So kam es dazu, dass jeder in der WG die Flucht ergriff, wenn es wieder hieß, einen Baum auszusuchen.

„Wieso nicht?", fragte Morice verwundert und ich erklärte: „Lorence, Skyler und ich wollten in die Stadt, um die restlichen Geschenke besorgen."

Morice hob ungläubig die Augenbraue: „Das könnt ihr doch danach machen. Oder nicht?"

„Nein! Wir wollten heute noch heimkommen", sagte Lorence sofort, woraufhin Skyler die Hand gegen den Kopf schlug und ich schnell hinzufügte: „Was Lorence damit sagen will, ist, dass ich zum Beispiel noch fünf weitere Geschenke brauche und keine Ahnung habe, was ich holen soll. Deswegen wollten wir durch die Geschäfte laufen, uns inspirieren lassen und einen entspannten Tag verbringen."

„Also kurz gesagt, nicht mit dir", erklärte Lorence und man hörte Skyler nur leise ein „Oh Gott" murmeln.

„Okay. Dann geht ihr shoppen. Aber nächstes Jahr gehst du wieder mit Grace", sagte Morice und zeigte drohend auf mich. Er kannte mich zu gut und sicherlich wusste er auch schon, dass ich im nächsten Jahr wieder eine Entschuldigung hätte, weshalb ich unschuldig grinste.

„Allison? Claire? Was ist mit euch?", fragte Morice nun und die beiden Mädchen sahen sich panisch an, als würden sie sich eine schnelle Ausrede ausdenken. Schließlich sagte Claire: „Allison und ich wollten zu Hause unsere Geschenke einpacken. Wir dachten, dass es ein guter Zeitpunkt wäre, da die anderen außer Haus sind. Außerdem müssen die Einkäufe nachhause gebracht werden."

„Nina?", fragte Morice gnadenlos weiter, als wäre er ein Raubtier auf der Jagd, und ich wusste, dass irgendeiner mit ihm gehen und leiden musste.

Nina schien überfordert zu sein und nur ein „Ähm …" kam von ihr, worauf Morice teuflisch grinsen musste. „Sehr gut, Nina. Du hast anscheinend nichts zu tun. Also kommst du mit mir, wenn die anderen denken, sie müssten sich drücken."

Mit diesen Worten schnappte er Nina am Ärmel und zog sie zum Auto, wobei nur ein leises „Oh Gott" von ihr zu hören war.

Ehe sie sich versah, saß sie schon in Morices Wagen, der vom Parkplatz wegfuhr. Ich sah nur noch, wie sie durch die Scheibe ein „Helft mir!" mit dem Mund formte.

Wir sahen sie nur mitleidig an und Skyler sagte: „Sie tut mir irgendwie leid."

„Nina hätte nur irgendwas sagen sollen, um sich zu entschuldigen. Sie ist selbst schuld. Jetzt muss sie schauen, wie sie klarkommt", gestand Lorence und ich sah ihn mit hochgezogener Augenbraue an. „Dein Ernst?"

„Genau. Allison und ich haben ja auch eine Ausrede gefunden. Sie hätte nur mitmachen müssen", meinte Claire ein und klatschte sich mit Allison ab, wobei sie lachen musste.

„Armer Morice. Wir sind schon gemein", sagte Allison und Lorence zuckte mit den Schultern. „Hättest ja mitgehen können."

„Oh, bitte nicht", sagte das Mädchen mit der Beanie und wieder musste jeder lachen, da wir uns denken konnten, wie Ninas Nachmittag aussehen würde. Dafür haben wir alle dieselben Erinnerungen an den ersten gemeinsamen Einkauf und Morice fand seinen Spaß daran, einen von uns zu zwingen.

„Nina wird es überleben. Immerhin hat sie die meiste Geduld von uns allen", sagte ich in der Hoffnung, ich könnte mich selbst überzeugen, doch das tat ich nicht. Allison nickte: „Es kann sich ja nur um Stunden handeln."

„Und was macht ihr jetzt wirklich?", wollte Skyler wissen und Allison antwortete: „Na ja, das, was Claire gesagt hat. Zwar war das eine spontane Ausrede, aber irgendwie stimmt es auch. Die Einkäufe müssen heimgebracht werden und Geschenke muss ich tatsächlich einpacken."

„Geht mir genauso", stimmte Claire zu und Skyler murmelte: „Wie könnt ihr schon alle Geschenke haben?"

„Ich hab sie auf unserer Tour gesammelt", meinte Allison stolz, während Claire antwortete: „War letzte Woche mit Morice schon einkaufen."

„Gute Vorbereitung", sagte ich bewundernd und sie nickten.

„Nehmt den Wagen", meinte Skyler und warf den Autoschlüssel, den Allison locker auffing. „Was ist mit euch?"

„Wir fahren Bus", meinte Lorence und ich bekam große Augen. „Mit einem was?"

Lorence sah mich schelmisch an. „Du weißt schon. Ich meine diese öffentlichen Verkehrsmittel, die normale Menschen nutzen."

„Weißt du eigentlich, wie viele Menschen unterwegs sind? Ich bin ja schon froh, aus dem Geschäft heil raus gekommen zu sein", meckerte ich und er zog nur die Augenbraue hoch. „Und in den Geschäften in London kannst du nicht erkannt werden?"

„Da kann man schnell rein und raus schleichen, ohne entdeckt zu werden. Im Bus sitzt man eine Weile", erklärte ich und mein Magen drehte sich.

Leider nahm es Skyler in diesem Moment wohl nicht so ernst, denn sie sagte: „Das geht für unsere Grace überhaupt nicht" und sah mich mit einem gespielten, traurigen Blick an, worauf ich fauchte: „Sky, du weißt genau, dass ich Probleme damit habe. Nicht immer, aber mehr als ihr. Und du solltest am besten wissen warum."

Skyler verzog ihr Gesicht, als würde sie das schlechte Gewissen plagen. Doch Lorence mischte sich mit einem emotionslosen Schulterzucken ein. „Du hast dich für das Leben im Ruhm entschieden. Niemand hat dich zu dem Vertrag gezwungen. Also bist du selbst schuld."

Dann fing er an, in Richtung Bushaltestelle zu laufen, woraufhin Skyler mir nur kurz auf die Schultern klopfte. „Du schaffst das schon, Küken. Wir sind ja bei dir. Sieh es als Training an. Sie h"

Dann lief auch sie los und ließ uns zurück, während ich noch ein „Na, vielen Dank!" hinterher rief.

„Manchmal frage ich mich, warum du den Vertrag angenommen hast", murmelte Claire, als würde sie es nicht verstehen, aber endlich eine Antwort haben wollen. Ich sah zu ihr auf und sagte: „Weil ich es liebe, den Menschen, unseren Fans, eine Freude zu machen. Und das durch unsere Musik und mit meinen besten Freunden. Etwas Besseres könnte es für mich nicht geben. Ich liebe die Musik, ich liebe auch die Fans. Ich liebe alles. Nur …"

„Nur manchmal wird es dir zu viel", unterbrach mich Claire und ich nickte zustimmend. „Ich bin wirklich froh, die anderen zu haben. Sie können nämlich besser mit dieser Welt umgehen. Ohne sie wäre ich, glaub ich, schon längst Hackfleisch."

„Das ist eben die Macht von Wild Division. Aber ganz ehrlich, auch mir wird es manchmal zu viel. Das ist normal. Immerhin sind wir noch sehr jung", fügte Allison hinzu. „Aber ich denke, gemeinsam werden wir noch damit klarkommen und hineinwachsen. Nicht wahr, Küken?"

„Grace! Wo bleibst du? Ich wollte heute noch heim!", rief Lorence und ich seufzte: „Na dann. Viel Spaß daheim und bis später."

„Bis später", sagten Claire und Allison und sahen mir nach, als ich wieder die Kapuze hochzog und mit den anderen beiden zur Bushaltestelle lief. Kaum waren wir dort angekommen, da wurden auch schon die ersten Fotos geschossen und ich musste laut seufzen. „Wie ich es befürchtet hatte."

„Ach, komm schon", munterte Skyler mich auf. „Genieße doch lieber das Rampenlicht, als dich zu verstecken. Du bist ein hübsches Mädchen. Zeig der Welt, was du drauf hast."

„So wie du?", fragte ich und ließ mein Blick über ihr Outfit wandern, welches wieder nur aus Markenklamotten bestand und in gewisser Maßen zu bunt für mich war.

Sie sah mich verurteilend an, zeigte auf mich und meinte: „Zumindest renne ich nicht immer mit der selben Lederjacke umher."

„Wie bitte?", fragte ich, doch Lorence meinte: „Da kommt der Bus" und ich hatte das Gefühl, mein Magen würde ein Looping fliegen. Zumindest spürte ich, wie mir schlecht wurde, als wir einstiegen und sofort das Getuschel los ging.

Obwohl wir nicht sehr lange Bus fuhren, fühlte es sich für mich wie eine Ewigkeit an und ich starrte aus dem Fenster, um mich mit der Gegend abzulenken. Dennoch konnte ich spüren, wie ich wieder frei atmen konnte, als wir ausgestiegen waren und im Tumult von vielen Menschen durch die Innenstadt Londons liefen. Doch da sie zu sehr damit beschäftigt waren, über den Platz zu rennen und auf ihr Handy zu starren, fühlte ich mich weniger beobachtet und konnte mich wieder beruhigen, während wir verschiedene Läden besuchten, um die Geschenke für unsere Freunde zu besorgen.

Wir liefen gerade wieder über die Gasse, da kamen wir an einem kleinen, unauffälligen Laden vorbei, in dessen Schaufenster ein schwarzes Hemd hing, welches ein goldenes, edles Rosenmuster an der rechten Schulter hatte. Es war ausgefallen und einzigartig, aber genauso elegant wie Harry White. „Das ist es."

„Grace, wo bleibst du schon wieder?", fragte Lorence mit einem Seufzen und ich entgegnete: „Lorence, Skyler, geht schon mal vor. Ich denke, dass ich gerade das perfekte Geschenk für Harry gefunden habe."

Lorence und Skyler kamen Hand in Hand zu mir und betrachteten das pechschwarze Hemd, auf das ich zeigte.

„Ja. Es passt zu seinem schlechten Geschmack", meinte Lorence dann nach einer Weile, während Skyler es genaustens analysierte. „So schlimm finde ich es gar nicht und eine gute Qualität hat es auch. Ich kenne diese Marke."

„Also hab ich deine Zustimmung?", fragte ich sie und sie nickte. „Ja, hast du. Es würde ihm gut stehen. Hast doch noch ein gutes Auge für die Mode, meine Liebe."

„Egal, wie. Dieses Hemd ist zu teuer für dieses Aussehen", erklärte Lorence und zeigte auf das Preisschild, das eine gewisse Summe zeigte, doch ich zuckte nur mit den Schultern und entgegnete frech: „Im Gegensatz zu dir kann ich es bezahlen. Immerhin verdiene ich etwas und auch nicht unbedingt wenig."

„Und wenn. Weißt du überhaupt, welche Kleidergröße er hat?", fragte Lorence sofort mit beleidigtem Unterton, dabei verschränkte er die Arme.

„Ich kann es herausfinden."

„Sag mir jetzt nicht, dass du ihn fragst", sagte Skyler und ich schüttelte lachend den Kopf. „Nein! Natürlich nicht."

Ich tippte schnell eine Nachricht an Nathaniel, der vielleicht die Größe von Harry wusste. Immerhin verbrachten sie sehr viel Zeit miteinander. Ich sah, wie er sofort online ging. Doch er antwortete erst nach einer Weile und schien irritiert zu sein, denn er fragte: „Was ist das für eine Frage?"

Als Skyler die Nachricht las, meinte sie: „Warum sollte er so etwas auch wissen? Ich weiß noch nicht einmal deine."

Doch kaum hatte Skyler diesen Satz beendet, da sah ich wieder drei Punkte, und wir warteten darauf, was er zu sagen hatte. „Keine Angst. Ich finde es heraus. Wenn ich in paar Minuten nicht zurückschreibe, hat Harry mich gekillt, weil ich seine Heiligtümer angefasst habe."

„Na, siehst du", entgegnete ich, „Es gibt für alles eine Lösung."

„Willst du jetzt hier warten, bis Nath dir geantwortet hat, oder wie?", fragte Lorence ungläubig. „Falls er überhaupt antwortet."

„Nein, natürlich nicht. Wir kommen sicherlich später nochmal vorbei und bis dorthin hat Nathaniel die Kleidergröße herausgefunden", erklärte ich und Skyler meinte: „Sehr gut. Ich habe noch viel zu erledigen."

Somit liefen wir weiter und in ein großes Einkaufszentrum, wo Lorence ohne ein Wort verschwand, doch wahrscheinlich nur um ein Geschenk für Skyler zu besorgen.

Dafür zerrte mich Skyler regelrecht ins nächste Geschäft und während sie durch das Geschäft flitzte, sah ich mich interessiert um und erkannte eine Abteilung mit Zeitschriften.

Sofort war ich interessiert, was in der Welt so geschah und über welche Promis gesprochen wurde. Gedankenverloren sah ich über die Zeitschriften und las ab und zu die Überschriften, dabei sah ich bekannte Persönlichkeiten, die ich bereits kennenlernen durfte.

Als ich gerade ein Heft in der Hand hielt, um einen Artikel über einen bekannten Freund zu lesen, hatte eine andere meine Aufmerksamkeit und mir stockte der Atem. „Das kann doch nicht wahr sein!"

Ich schloss die Augen, schüttelte den Kopf und öffnete sie nochmal. Doch die Zeitschrift war noch da und das Titelbild, welches die Überschrift „Wiedervereinigung" hatte, blieb bestehen. Darunter war ein großes Bild von Harry und mir.

Schnell legte ich das Heft, welches ich in der Hand hielt, weg und schnappte die Zeitschrift, betrachtete kurz das Bild und schlug sie hektisch auf, um genauer zu erfahren, was berichtet wurde. Als die Seite mit dem Artikel aufgeschlagen war, konnte man sofort ein großes Bild vom Weihnachtsmarkt sehen. Groß war es auf zwei Doppelseiten abgedruckt worden, umringt von Text und anderen Fotos.

Sprachlos begann ich, die verschiedenen Beiträge zu lesen. Man erzählte von der Zeit am Contest, wie wir so eng befreundet gewesen und später durch einen Streit separate Wege gegangen waren. Dabei stellten die Autoren auch Theorien auf, um was sich der Streit handelte. Natürlich ging es um die Liebe.

In einem anderen Text wurde von unseren Karrieren, dem getrennten Weg, erzählt, wobei auch die Beziehung mit Philip erwähnt wurde, welche letztendlich in die Brüche gegangen war. Auch von Harrys Beziehungen, die kurzlebig waren, wurde berichtet.

Erst am Ende wurde der Hauptgrund für den Artikel angesprochen. Es wurde berichtet, wie Fans und viele andere Menschen uns auf dem Weihnachtsmarkt herumlaufen gesehen hatten, und schockierenderweise machten sie sofort Spekulationen, ob etwas zwischen uns laufen würde und wie lange schon.

Ein unwohles Gefühl breitete sich in mir aus. Dabei mischte sich auch ein wenig Hass dazu. Ich konnte es nicht leiden, wenn die Medien unbedingt im Privatleben herumschnüffeln mussten. Es war einfach nur falsch.

Aus Neugierde öffnete ich die Social Media Seiten, die ich seit längerem nicht mehr betreten hatte. Ich wurde auf vielen Bildern verlinkt und als ich zufälligerweise auf einen Link klickte, sah ich weitere Beiträge von den Fans, die von dem gemeinsamen Abend sprachen. Manche Fans wirkten begeistert angesichts der Versöhnung. Ich fand nämlich Kommentare wie: „Endlich haben sie sich wiedergefunden" oder „Ist das wirklich wahr? Ich kann es nicht glauben. #Hace."

Aber natürlich kamen auch viele negative Beiträge wie „Harry ist zu gütig für diese Welt. Grace hat ihn einfach am Contest stehen gelassen. Es wäre besser gewesen, wenn sie ihn nicht nochmal gesehen hätte. Unser armer Schatz. Jetzt geht der Horror von vorne los" oder wie „Diese Bitch sollte sich wieder verkriechen. Harry, bleib weg von ihr! Sie hat dich nicht verdient!"

Bei dieser Art von Kommentaren musste ich heftig schlucken und mein Körper spannte sich mit jedem Beitrag mehr an. Gute wie schlechte Kommentare waren zu sehen und in mir herrschte Chaos. Ein Chaos von Gefühlen. So viel Hass und so viel Freude herrschte in der Fanwelt, mehr als ich gewohnt war. Sonst konnte ich sehr gut damit umgehen und ignorierte ihn, da ich wusste, dass viele andere Fans die Band und unsere Musik unterstützten. Doch in diesem Fall war es anders. Diese Art von Hass konnte ich nämlich verstehen. Es war zwar schön, dass Harry und ich uns wieder vertragen hatten. Doch war Harry vielleicht wirklich zu gütig für diese Welt? Und hatte ich ihn überhaupt nochmal verdient?

Ich hatte ihn so sehr verletzt und ich musste wieder an die Tränen denken, die am Weihnachtsmarkt vergossen wurden. Aber trotz seines Schmerzes war er dazu bereit, unsere Freundschaft wieder aufzubauen. Ja, er wollte sogar beim Songwriting helfen. Vielleicht war ich wirklich ein Monster.

Ich sah nochmal in das Heftchen, machte ein Foto und schickte es Harry. „Du hattest recht. Wir wurden zu einem der Hauptthemen."

Ich ging zurück auf eine Social Media Seite und sah weitere Bilder vom Weihnachtsmarkt, während ich nervös auf meinen Lippen herumkaute. Auf dem Bild hatte Harry seinen Kopf in meinen Nacken vergraben und ich hatte den Kopf so auf seiner Brust liegen, dass man ein zartes Lächeln erkennen konnte. Kein Wunder, dass die Medien aufkochten.

„Bitte nicht", murmelte ich, dabei dachte ich besorgt darüber nach, wie Harry darauf reagieren würde. Doch zu meinem Glück wurde ich aus den Gedanken gerissen, als Skyler rief: „Grace! Wo bist du schon wieder? Ich brauche deine Hilfe!"

Skyler kam mit einer großen, grauen Tasse angerannt, die in goldener Schrift „Games of Thrones" draufstehen hatte. Sie schien sehr edel, aber auch auf eine schicke Art einfach zu sein und könnte somit ein gutes Geschenk für Lorence werden.

Ich wollte gerade das Heft weglegen und etwas dazu sagen, da fragte Skyler neugierig: „Was hast du da?"

Ihre Augen wurden schlagartig groß, als sie das riesige Bild sah, und sie riss mir die Zeitschrift aus der Hand, um sie wieder aufzuschlagen.

„Nein!", quietschte Skyler freudig auf. „Hast du mir vielleicht etwas zu beichten?"

„Ich …", fing ich an, doch zu meiner Erleichterung erkannte ich den mir allzu bekannten Brillenträger, und sagte: „Lorence kommt!"

Skyler reagierte schnell und versteckte die Tasse, indem sie sie einfach irgendwo abstellte, sodass es aussah, als würde sie dort hingehören.

„Ich hab euch ewig gesucht", sagte Lorence, dessen Blick natürlich sofort auf die Zeitschrift fiel, und nachdem er kurz drüber geschaut hat, fragte er: „Seid ihr endlich zusammen?"

„Oh, wie schön das nur wäre", quietschte Skyler, „Endlich würden sich zwei Liebende nach Jahren wieder finden."

Sofort spürte ich, wie mir warm wurde und das Blut in den Kopf schoss, und stotterte: „Gott! Stopp! Nein! Wir sind nicht zusammen."

„Oh Mann. Wäre ja auch zu schön gewesen", sagte Skyler enttäuscht, fügte aber dann hinzu: „Vielleicht wird das ja noch."

Lorence fragte: „Habt ihr zumindest miteinander gesprochen?"

„Ja. An dem Abend, als wir im Club waren, schlichen Harry und ich uns auf den Weihnachtsmarkt. Dort haben wir uns ausgesprochen und so konnten auch die Bilder entstehen."

„Deswegen wart ihr plötzlich weg", murmelte Skyler vor sich hin und ich musste schmunzeln. „Ja."

Da vibrierte mein Handy und ich zog es aus der Hosentasche, in der Hoffnung, Nathaniel hätte mir geschrieben, doch es war Harry, der geantwortet hatte, und mit einem Schlucken öffnete ich seine Nachricht. „Hab es auch schon gesehen. Beachte manche Beiträge einfach nicht. Das sind Idioten, die nur eifersüchtig sind. Aber ich muss auch zugeben, dass wir schon immer ein schönes Paar abgegeben haben."

Sofort verspürte ich Schmetterlinge im Bauch, besonders als ich noch den Zwinker-Smiley sah, den er hinterherschickte.

Skyler schien meine Reaktion zu bemerken, denn sie bekam plötzlich ein breites Lächeln und sagte: „Zumindest bist du Hals über Kopf in ihn verliebt."

„Ich...", stottere ich und wollte es verneinen, doch ich tat es nicht, da ich es nicht aussprechen konnte. Skyler sah mir währenddessen über meine Schulter und las die Nachricht. „Und er ist es anscheinend auch."

„Klappe!", fauchte ich, spürte aber, dass ein Grinsen nicht zu vermeiden war. Innerlich musste ich mit den Gefühlen kämpfen, aber am Ende wurde mir bewusst, was ich tatsächlich fühlte. Meine Gefühle für Harry waren wieder da. Ich war verliebt.

Früher hatte ich es als freundschaftlich eingestuft, aber jetzt wusste ich, was es wirklich war. Ich bekam wieder Herzflattern, wurde jedoch zugleich nervös, weil ich es nicht fühlen sollte. Es war ja schon ein Wunder, dass wir uns endlich wieder als

Freunde gefunden hatten. Trotzdem wurde ich Skylers Aussage, dass er auch in mich verliebt war, nicht los und fragte: „Denkst du wirklich?"

Skyler lachte kurz auf und Lorence meinte: „Ich bin mir da sicher und ich wäre auch mal froh, wenn ihr endlich eure Liebe ausleben würdet."

„Wie meinst du das?"

„Ihr hattet schon immer Gefühle füreinander. Und durch den Streit habt ihr eure Liebe niemals ausgelebt", erklärte Lorence, als wäre das Thema das normalste auf der Welt, während ich das Gefühl bekam, mein Herz würde aus der Brust springen. „Ich..."

„Nein, sag jetzt nichts und hör zu", unterbrach mich Skyler, „Jeder konnte damals sehen, was wirklich zwischen euch war. Ihr wart nur blind. Also bitte lass es dieses Mal zu."

„Was ist, wenn ich es zulasse und es schief geht? Was, wenn ich Harry dadurch komplett verliere? Meine Freundschaft zu ihm war immer so viel wert", entgegnete ich und legte meine Stirn in Falten. „Doch noch wichtiger ist: Was ist, wenn es zu spät ist?"

„War das früher auch deine Angst? Hast du dich deswegen so sehr in den Gedanken gefressen, die Freundschaft aufrecht zu halten?", fragte Skyler, während sie auf das Bild von dem Contest in der Zeitschrift zeigte und mit den Zähnen knirschte. „Ich weiß es nicht. Ich denke, da spielen verschiedene Ursachen ihre Rolle."

„Grace?", rief mich Lorence aus meinen Gedanken und ein „Ja?" entfloh meinen Lippen, woraufhin er sagte: „Du solltest endlich akzeptieren, dass zwischen dir und Harry schon lange keine Freundschaft mehr ist."

„Du denkst, dass die Freundschaft tot ist?", fragte ich und starrte auf das Bild, auf dem Harry und ich uns fest umarmten.

Wieder einmal behielt Lorence recht. Auf dem Foto sah unser Verhältnis tatsächlich mehr als nur freundschaftlich aus, was schließlich meine Frage bejahte.

Lorence folgte meinem Blick und schien meine Bedenken zu verstehen, denn er legte beruhigend eine Hand auf meine Schulter und sagte: „Sagen wir es so. Die Freundschaft hat sich zu etwas anderem entwickelt. Zu etwas Besserem. Wie ein aufsteigender

Phönix. Sie musste also sterben, damit etwas Stärkeres zwischen euch entstehen konnte. Das ist eben die Liebe."

„Das muss aber nichts Schlechtes heißen", fügte Skyler hinzu und Lorence schüttelte den Kopf: „Nein, definitiv nicht. Aber ihr müsst euch endlich darauf einlassen."

„Denkst du?", murmelte ich gedankenverloren und er musste mich sachte anlächeln. „Ja, denke ich. Und soll ich dir noch etwas sagen?"

„Was?"

„Ich bin davon überzeugt, dass er nur wegen dir zögert. Mensch, der Junge liebt dich. Er wartet nur auf ein Zeichen von dir. Also geh auf ihn zu", forderte Lorence mich auf und ich murmelte „Na, vielen Dank."

„In zwei Tagen verbringen wir gemeinsam Weihnachten. Das Fest der Liebe. Vielleicht habt ihr die Chance auf Zweisamkeit", meinte Skyler und ich bekam große Augen, während ich „Skyler!" zischte.

Lorence und Skyler mussten nur darüber lachen, während ich im Gesicht rot wurde und versuchte, es mit meinen Händen zu verstecken. Dabei dachte ich, dass ich mich von diesem Gespräch nie erholen könnte. Ich war so verwirrt und fragte mich, ob sie recht haben könnten.

„Das wird schon", meinte Lorence, der offensichtlich meine Gedanken lesen konnte, und bekam ein freches Lächeln. „Ist ja nur Harry."

„Das macht es nicht besser", hauchte ich und in meinem Bauch flogen tausende Schmetterlinge herum, als ich einen Entschluss fasste. Vielleicht würde ich ihm niemals erzählen, was ich damals gefühlt hatte, aber ich könnte ihm gestehen, was ich in diesem Moment für ihn fühlte. Die einzige Frage war: Würde er immer noch wollen?

13. TRACK

Trotz Dekorierens und langer Gespräche mit der WG verstrichen die nächsten Tage für mich kaum. Es war, als würde jemand die Zeit anhalten. Der Grund dafür waren zwei Dinge. Erstens war es die Vorfreude auf das bevorstehende Weihnachtsfest. Der Gedanke daran, dass ich es nicht nur mit der WG verbringen würde, sondern auch mit Solution 5 ließ mich auf den höchsten Wolken fliegen.

Leider hat mich nicht nur die Vorfreude in den letzten Tagen begleitet, sondern auch Schuldgefühle und Unsicherheit waren präsent, was mich an gewissen Punkten in ein tiefes Loch hineinversetzte.

Es war wie ein Ping-Pong-Spiel zwischen zwei Zuständen. Einmal herrschte die Freude und einmal das schlechte Gewissen, das mit der Zeit immer stärker wurde. Die Begründung für dieses Ping-Pong-Spiel war, dass ich nicht nur mit Harry geschrieben hatte, sondern auch mit Philip.

Er hielt mich nämlich auf Stand wegen des Albums. Doch leider gab es dieses Mal keine guten Nachrichten. Im Gegenteil, es schien, als würde die Solokarriere in den Fokus rücken, was mir Bauchschmerzen bereitete. Besonders als Philip an diesem Morgen schrieb: „Es tut mir leid, mein Mädchen. Ich hab es versucht."

Nun war ich wie hin und her gerissen zwischen Erzählen und Nicht-Erzählen. Außerdem stellte sich wieder die Frage, ob ich die Band doch noch verlieren könnte, und das Schlimmste war: Ich stand zwischen zwei verschiedenen Meinungen.

Philip versuchte seit neustem, mich auf den Gedanken einzustellen, dass es vielleicht wirklich an der Zeit wäre, neue Wege einzuschlagen, und alles nicht ohne Grund passieren würde. Aber er war auch der Meinung, dass ich der Band nichts davon erzählen sollte. Seine Begründung lag darin, dass er nicht wollte, dass die Mädchen Groll auf mich hatten, damit eine spätere Reunion der Band möglich sein würde.

Tja, das war zumindest die eine Meinung. Die andere kam nämlich von dem Lockenschopf: Harry White. Er war davon überzeugt, dass ich für die Band kämpfen sollte, und wenn sie mir wirklich am Herzen liegen würde, dann wäre sie noch lange nicht verloren. Zusätzlich drängte er mich auch zum Reden, denn allein könnte ich diesen Kampf nicht mehr gewinnen, auch nicht mit ihm an der Seite.

Natürlich herrschte somit ein regelrechtes Chaos in meinem Kopf, worauf ich vertrauen sollte. Besser gesagt, wer recht hatte. Das Schlimmste war, dass ich selbst keine Meinung dazu hatte. Denn bis jetzt verliefen alle meine Entscheidungen in die falsche Richtung.

Somit kam es, dass ich in den vergangenen Nächten hellwach in meinem Bett gelegen hatte, als mit den anderen Mädchen zu sprechen, was Harry natürlich weniger erfreute. Besser gesagt, es nervte ihn. Er war von meinem Handeln ganz und gar nicht begeistert und reagierte somit eher verärgert auf die Nachrichten, wenn es zu diesem Thema kam. Doch er hielt sein Versprechen und blieb still. Nur als ich ihm von Philips Plan erzählte, wurde er zornig. Er sagte, dass Philip Schwachsinn reden würde, denn die Wahrheit käme immer raus.

Aber selbst, wenn ich wollte, fand ich nie den richtigen Moment, um zu reden. Es herrschte nämlich eine angenehme Atmosphäre in unserer WG, die ich nicht unbedingt wie eine Seifenblase zerplatzen wollte.

Vielleicht war es falsch und vielleicht würde es heftige Konsequenzen geben, aber was hätte ich tun sollen? Der Bote der schlechten Nachricht sein und alles ruinieren?

Gedankenverloren saß ich auf einem Sitzsack und spielte auf meiner Gitarre. Und während ich darüber nachgrübelte, was mein nächster Schritt sein würde, saß Lorence am Flügel und spielte eine Eigenkomposition.

Eine zarte, leichte Melodie füllte das Wohnzimmer und katapultierte mich in eine andere Welt. Ich bekam nicht mehr mit, was um mich herum geschah, und bemerkte auch kaum, dass ich Akkorde passend zu Lorence Musik spielte. Es gab nur noch mich, die Musik und ihre Leidenschaft. Nichts anderes. Die Musik umhüllte mich, erwärmte mein Herz und entspannte meinen Körper, sodass sie mir Trost spendete für meine düsteren Gedankengänge, die sich darum drehten, wie ich den anderen die Wahrheit behutsam erklären könnte. Doch jedes Mal artete die Situation aus und somit wurde ich in ein tiefes Loch gezogen. Ich war wie gefangen. Gefangen in der Angst, das Falsche zu tun und zu scheitern.

„Grace!", hörte ich plötzlich Allisons Stimme laut rufen und ich schüttelte den Kopf, da ich in einem großen Bogen aus meiner Traumwelt ins Wohnzimmer katapultiert wurde. Für einen kurzen Moment irritierte es mich und ich musste sogar aufhören, Gitarre zu spielen, um zu realisieren, dass ich eigentlich in London und in meiner WG war.

Ich sah, wie Allison voller Freude die Treppe hinunterrannte und in ihrer Hand ihre Gitarre hielt. Doch es fehlten die Saiten und ich konnte mir in etwa denken, was Allison haben wollte. Dafür hatte sie diese Frage schon zu oft gestellt. Trotzdem fragte ich grinsend: „Was ist los, Ally?"

Während Allison versuchte, ihre Worte zu finden, zupfte ich wieder unbewusst einzelne Akkorde auf der Gitarre und war kurz davor, wieder in meinen Gedanken abzudriften. Immer wieder spielte ich dieselbe Akkordfolge. Immer und immer wieder und dabei spiegelten sie meine Emotionen wider – falls ich in diesem Moment überhaupt welche hatte.

Eigentlich sollte ein Gefühl der Gemütlichkeit in mir herrschen. Denn durch den Kamin und die Freude der anderen wurde eine harmonische Atmosphäre geschaffen. Passend dazu war der Himmel draußen auch noch ungemütlich grau und kleine Schneeflocken fielen in den schönsten Formen zu Boden und bedeckten ihn gleichmäßig, um mit der Zeit eine weiße, märchenhafte Landschaft entstehen zu lassen.

Harry hat recht, seufzte ich innerlich. Ich müsste mit ihnen reden, auch wenn es mir nicht gefiel. Aber eine andere Option blieb mir nicht übrig, da ich dieses bedrückte Gefühl sonst nicht loswerden würde. Dennoch blieb ich weiterhin still und versuchte stattdessen, die Konzentration auf Allison, ihren komischen Dutt und ihren weihnachtlichen Schlafanzug zu richten.

„Könnte ich bitte Gitarrensaiten von dir ausleihen?", fragte Allison mit Hundeaugen und sofort huschte ein zartes Grinsen über mein Gesicht. „Natürlich. Sie sind in meiner Schreibtischschublade."

„Du bist ein Schatz." Schon war Allison auch wieder die Treppe hoch gerannt, um dann letztendlich in meinem Zimmer zu verschwinden.

Lorence hatte die ganze Aktion natürlich mitbekommen, hörte aber nicht auf weiterzuspielen, sondern stimmte nur Stille Nacht an. „Du wirst diese Saiten nie wieder zurückbekommen."

„Ich denke, ich werde damit leben können", antwortete ich und zupfte die passenden Akkorde auf der Gitarre. Dabei musste ich bei Lorences Statement sanft schmunzeln.

Allison hatte sich schon oft Saiten von mir ausgeliehen, doch niemals zurückgegeben. Sie war eben ein kleiner Chaot, aber da wir in einer Band waren und es dadurch immer ein Geben und ein Nehmen gab, hatte ich mich damit abgefunden, immer auf Vorrat für uns beide Gitarrensaiten zu kaufen.

Da kamen Nina und Claire ins Wohnzimmer gelaufen und stellten auf den Wohnzimmertisch schöne, durchsichtige Gläser ab, die für den Eggnog gedacht waren, den Nina wie jedes Jahr zubereitet hatte. Jeder liebte dieses Getränk und selbst Lorence, der sonst keinen Alkohol trank, konnte nicht widerstehen, einen Schluck davon zu trinken. Dafür hatte Nina einfach ein zu gutes Händchen für Köstlichkeiten.

„Ihr könntet ruhig mal helfen, ihr Faulpelze!", meckerte Nina herum und auch Claire schien ihr zuzustimmen, da sie heftig nickte. „Steht auf und macht euch nützlich."

„Ich helfe doch!", verteidigte ich mich sofort, woraufhin Nina nur die Augenbraue hob und ich frech grinsend auf meine Gitarre zeigte. „Ich stimme die Gitarre für das spätere Musizieren!"

„Ich spiele mich auch nur ein", kopierte Lorence meine Ausrede und ich murmelte sachte grinsend. „Du bist doch immer eingespielt."

„Und deine Gitarre ist immer gestimmt", äffte Lorence mich nach und als Antwort streckte ich ihm nur die Zunge heraus, weshalb wir beide lachen mussten.

„Jetzt hört auf! Ihr seid keine Kleinkinder mehr!", griff Claire ein und Nina meinte: „Manchmal bin ich mir bei denen nicht so sicher." Dabei sah sie uns leicht verärgert an, woraufhin ich und Lorence nur unschuldig die Schultern hochzogen und uns abklatschten.

„Bei was soll ich denn helfen? Plätzchen backen wir mit den Jungs. Dekoriert haben wir schon. Also was bleibt übrig?", fragte ich und wartete geduldig auf eine Antwort, doch bevor sie etwas sagen konnten, beschwerte sich Lorence: „Außerdem sind Sky und Morice auch nicht da! Und Allison kramt anscheinend Grace' ganzes Zimmer um, so lange, wie sie schon wieder braucht. Dabei weiß sogar ich, in welcher Schublade die Saiten sind, und ich spiele keine Gitarre."

„Woher weißt du, wo bei mir die Gitarrensaiten sind?", fragte ich und sah ihn verwundert an, woraufhin er mit einem Schulterzucken entgegnete: „Ich kann es mir denken."

Ich sah ihn weiter fragend an, doch er gab keine weiteren Erklärungen, sondern wandte seine Aufmerksamkeit wieder den anderen beiden zu. „Also, sagt, was können wir schon tun?"

„Gott, Kinder", hörte man Skyler sagen, die mit einer großen Tüte voller Geschenke ins Wohnzimmer kam. „Habt ihr denn eure Geschenke unterm Baum? Habt ihr euch umgezogen?"

Ich sah erst Lorence und dann mich an. Im Gegensatz zu Skyler und den anderen WG-Mitgliedern hatten Lorence und ich noch unsere gewöhnlichen Kuschelhosen und farblosen Shirts an.

Jedes Jahr hatten wir die besondere Tradition, dass wir uns über die Feiertage passend ankleideten, und natürlich kontrollierte Skyler, die Fashion-Queen, ob alle sich daranhalten würden. Logischerweise musterte sie uns deswegen in diesem Moment eher kritisch und sagte: „Wie es aussieht, wohl nicht."

„Nein, natürlich nicht", meckerte Nina und verschränkte die Arme, „Also, was habt ihr zu eurer Verteidigung zu sagen?"

Von mir war nur ein Schnauben zu hören, während Lorence erklärte: „Erstens, Geschenke bringe ich morgen runter. Denn erst morgen ist die Vergabe. Ich bin nicht so wie ihr und lege sie jetzt schon unter den Baum. Zweitens, ich werde mich sicherlich nicht wie Morice oder du als Tannenbaum verkleiden."

Ich stimmte ihm mit zu und fragte: „Müssen wir uns wirklich umziehen?"

„Ja!", kam es von Skyler, Claire und Nina gleichzeitig, die so langsam von unserem Verhalten genervt waren, und ich sah zu Lorence, der die Augenbraue hochzog. „Können wir es nicht ein Jahr ausfallen lassen?"

„Nein", meinte Skyler mit einem kühlen, glasklaren Ausdruck und Claire zeigte mahnend auf uns. „Ihr werdet euch umziehen. Selbst Solution 5 hat sich nicht so angestellt, als wir ihnen geschrieben haben, was für ein Dress-Code an Weihnachten herrscht. Also könnt ihr euch auch daranhalten. Habt ihr verstanden?"

Ich musste schlucken, doch nickte nur. „Dann werde ich gleich einen Pullover suchen gehen."

„Ich hab dir schon einen aufs Bett gelegt", entgegnete Nina frech und ich rollte mit den Augen, beleidigt, weil die anderen gewonnen haben.

„Dann wäre das geklärt", meinte Skyler und begann, unterschiedlich große Geschenke unter den Baum zu legen. Da kam auch Allison wieder in den Raum und an ihrer Seite war Morice, der von allen den buntesten Pullover trug und dessen blonde Locken zu Berge standen.

„Genau das meinte ich", flüsterte Lorence mir zu, als er Morice sah und wir beide mussten kichern und uns wieder abklatschen.

Morice bemerkte es und sagte nur: „Solltet ihr euch nicht umziehen?"

Lorence wollte etwas entgegen feuern, da klingelte es an der Haustür. Aramis sprang freudig aus seinem Körbchen auf und rannte zur Haustür und Nina und Allison schrien gleichzeitig: „Ich mach auf!"

Ich musste lächeln, als die Mädchen ein Wettrennen zur Tür machten, und fing wieder an, Gitarre zu spielen. Dieses Mal spielte ich den Song Coming home. Das war der erste Song, den wir für unser Album Rising Phoenix ausgesucht hatten, und der Lieblingssong von uns.

„Das passt perfekt", meinte Skyler, die sich zu mir setzte und ich musste lachen: „Natürlich. Die Familie ist vereint. Kannst du noch deine Stelle?"

Skyler sah mich provokant an, musste jedoch kichern. „Ich kann den Refrain und den Pre-Chorus. Du?"

„Geht mir genauso", grinste ich und wir begannen beide zu singen, woraufhin die anderen Mädchen einstimmten und Lorence ein „Oh, bitte nicht" murmelte.

Coming home to friends
Sharing memories we made
Along the way
Happy to know
There is a place to call home.
And even with distance
We're never apart.
We're a family by heart.

Ich sah, wie die Jungs ins Wohnzimmer kamen, und grüßte sie mit einem freundlichen Nicken, während Nina und Allison schon lauthals den Refrain sangen.

Dann spielte ich die kommende Strophe, doch niemand sang weiter, bis Allison auf einmal sagte: „Oh Gott, tut mir leid. Ich hab meinen Einsatz verpasst!"

Sofort mussten alle lachen und die letzten Töne erklangen durch den Raum.

„Mehr können wir auch nicht mehr", gab Skyler mit einem sachten Lächeln zu und ich musste kichern, während Andrew ein „Schämt euch" kicherte. „Ihr habt gerade erst eure Tournee beendet."

Erst jetzt bemerkte ich, dass die Jungs mit Taschen und Tüten vollgepackt waren, und innerlich musste ich sie deswegen auslachen. Sie sahen aus wie vollgepackte Esel, die gleich umfallen würden. Wahrscheinlich hatten sie wie beim letzten Mal zu viel eingepackt und da sie nun auch zwei Tage übernachten wollten, war mir klar, dass sie es wieder übertrieben hatten.

„Wo können wir irgendwo die Geschenke abstellen? Sie werden so schwer", jammerte Andrew und Morice zeigte voller Stolz auf unseren Weihnachtsbaum, den er geschmückt hatte. Die Begründung war, dass einer von uns Chaoten die schönen Glaskugeln kaputt machen könnte.

„Gott sei Dank", seufzte James erleichtert, als er seine Tüte abgestellt hatte und den schwanzwedelnden Hund durchkuschelte. „Hast du mich vermisst? Ja, das hast du!"

Ich musste kichern, bemerkte aber, dass Harry mich mit aufmerksamem Blick ansah und sagte: „Ich bräuchte deine Hilfe beim Verpacken. Die Jungs wollten mir nicht helfen."

„Das ist nicht wahr!", verteidigte sich Andrew, „Wir waren nur froh, als wir die eigenen endlich verpackt hatten!"

Ich musste mit den anderen laut lachen, doch Harry nickte unauffällig zu den Mädchen, die sich mit unseren Gästen unterhielten. Als wollte er mich wieder fragen: „Hast du geredet?", und sofort wurde ich ruhig, da mich das schlechte Gewissen plagte. Außerdem schüttelte ich den Kopf, worauf er verärgert mit seinen Augen rollte.

Instinktiv lief ich zu ihm und umarmte ihn, wobei er beinahe das Gleichgewicht verlor, und murmelte so leise in sein Ohr, dass nur er es verstehen konnte. „Sei bitte nicht böse."

„Du musst es ihnen verdammt nochmal sagen", flüsterte er in einem ernsten Ton zurück, wodurch ich schlucken musste.

Wehmütig sah ich zu ihm auf und als würde er spüren, dass mich etwas quälte, entspannten sich seine Gesichtszüge. „Sollen wir hoch?"

Ich nickte nur als Antwort und er rieb mir, so gut es ging, über den Rücken. Es tat mir gut und irgendwie entspannte es mich ein wenig. Zwar hatte mir Harry in den letzten paar Tagen auch viele Vorträge gehalten, aber am Ende zeigte er immer noch seine Zuneigung, um mir etwas Trost zu spenden.

Langsam löste ich mich von ihm, damit es nicht zu auffällig sein würde, auch wenn die anderen damit beschäftigt waren, Pläne für den heutigen Tag zu schmieden, und kaum etwas von unserem Gespräch mitbekamen. Nun sah ich zu den vielen Tüten, die Harry in der Hand hielt und fragte: „Soll ich etwas nehmen?"

„Ähm, ja. Bitte", stammelte er und gab mir die Plastiktüten in die Hand. Dabei sagte er: „Das sind die Geschenke."

„Also die, die ich für dich verpacken soll?", fragte ich frech grinsend und er rollte mit den Augen, entgegnete jedoch: „Ja, genau die."

Nachdem er dann seine Reisetasche, einen Schlafsack und ein Kissen neben den Sachen der anderen Jungs abstellte, kam er zu mir gelaufen, nahm mir wieder eine Tüte ab und sagte: „Dein Geschenk musst du natürlich nicht einpacken."

Dann nahm ein relativ großes Geschenk heraus und ich musste wieder über Harrys Verpackungskünste kichern, da er damit offensichtlich seine Probleme hatte.

Harry sah mich mit mahnendem Blick an und sagte: „Sag bloß nichts", als hätte er meine Gedanken gelesen.

Schnell hob ich nur defensiv die Hände hoch, dabei konnte ich ein weiteres Lachen nicht unterdrücken. „Ich habe nichts gesagt!"

„Aber Lachen ist auch verboten! Du weißt, dass ich nicht verpacken kann", meckerte Harry, als er das Päckchen unter den Baum legte, und Luke meinte: „Er kann es wirklich nicht. Schon das Zuschauen war ein Spektakel."

„Klappe, Lu!", meckerte Harry und Skyler sagte frech: „Jetzt hast du ja wieder deine Grace zum Verpacken."

„Skyler", murmelte ich leise.

Sie zwinkerte mir nur wissend zu und ich spürte, wie Harry einen Arm um meine Schulter legte und sagte: „Zum Glück."

Ein Kribbeln machte sich in meinem Körper breit und Lorence beobachtete mich mit einem Lächeln, als hätte er nach Jahren sein Ziel, uns zusammenzubringen, endlich erreicht.

„So, was ist der Plan bei euch?", fragte ich in die Runde, um den komischen Blicken meiner Freunde zu entkommen, und Nina meinte: „Backen, Musizieren, Spaß haben und endlich die

Weihnachtsstrümpfe am Kamin aufhängen. So, wie wir es besprochen hatten."

Dann wandte sie sich zu den Jungs, die sofort zustimmend nickten, auch Luke, der stolz hinzufügte: „Ich hab an meinen Weihnachtsstrumpf gedacht." Bei der Aussage lächelte er Nina auf die süßeste Art an. Harry flüsterte mir ins Ohr: „Zwischen den zwei lief hundert Pro etwas."

„Bestimmt", entgegnete ich und beobachtete unsere Turteltauben, die uns einfach nichts vorspielen konnten.

„Auf jeden Fall möchte und werde ich meinen Wunschzettel verbrennen", meinte Nathaniel freudig und hielt einen Zettel in die Luft, womit er jeden zum Lachen brachte. Natürlich sah er uns dann düster an und schnaubte: „Das hat Tradition! Also hört auf, zu lachen. Ihr seid die Langweiler hier!"

„Endlich bin ich nicht mehr allein", sagte Allison sofort voller Freude und zog ihren eigenen Wunschzettel aus der Hosentasche heraus.

„Na, dann macht ihr mal", sagte ich aufmunternd und Harry fügte hinzu: „Wir werden jetzt erst einmal in Graces Zimmer verschwinden."

„Aber ja nichts Unanständiges machen", unterbrach Luke mit frechem Ton, woraufhin Harry ihm an den Hinterkopf schlug und sagte: „Um Geschenke einzupacken, du Idiot!"

Dieses Mal konnte ich mir das Lachen nicht verkneifen und sagte: „Viel beim Spaß beim Backen. Und keine unanständigen Sachen machen."

Dabei zwinkerte ich Nina zu, die mir nur einen warnenden Blick zuwarf, und ich klatschte mit Harry ab, der über meinen Gegenschlag grinsen musste. „Gut gemacht."

Dann liefen wir die Treppe hoch in mein Zimmer während Nathaniel und Allison zu dem Kamin rannten, verfolgt von Aramis, um endlich ihre Wunschzettel zu verbrennen.

„Kinder", hörte ich Harry murmeln und ich musste kurz an die gemeinsamen Weihnachten in der Kindheit denken, woraufhin ich schmunzelte. „Erinnerst du dich an deine Wunschzettel von früher? Die fanden nie ein Ende."

Auch Harry musste lachen und entgegnete: „Und du warst langweilig! Du hast nie einen geschrieben. Also sag nichts."

Lachend liefen wir ins Zimmer, dabei höre ich Nina noch rufen: „Zieh den Pullover an!" und ich schloss mit einem „Ja, mach ich, Mama" die Tür ab, dabei atmete ich tief ein und aus.

Nachdem ich mich dann zu meinem Bett begeben und die Tüten in meiner Hand dort abgelegt hatte, drehte ich mich zu Harry, der einen blauen Weihnachtspullover, auf dem Solution 5 stand, in der Hand hielt und mich verschmitzt anlachte. „Von wegen du bist kein Fan!"

Mit einem Schmunzeln, das ich eigentlich unterdrücken wollte, und einem „Was redest du da? Das bin ich auch nicht" wollte ich den Pullover aus seinen Händen reißen, doch er hielt daran fest, sodass ich direkt vor ihm stehen bleiben musste.

„Du bist ein Fan", wiederholte er und sah mir intensiv in die Augen, dabei sah ich, wie er sich wie ein kleiner Junge freute. „Du hast einen Weihnachtspullover von uns. Du kannst es nicht leugnen."

„Nina hat ihn auf mein Bett gelegt. Vielleicht wollte sie nur einen Streich spielen", meinte ich und er fuhr sich spielerisch mit der Zunge über die Lippen. „Lügnerin."

„Du hast doch gesehen, was sie trug. Denselben nur in Grün", sprach ich weiter, bekam dabei aber ein immer größeres Grinsen, was mich verriet.

Harrys Augen glitzerten vor Begeisterung. „Du kleine Lügnerin. Jetzt gib es zu. Es ist deine Größe. Du bist ein Fan!"

Ich antwortete nur mit einem Auflachen und er jubelte: „Erwischt! Jetzt zieh ihn an."

„Was?", platzte es aus meinem Mund und sah ihn verdattert an, als er wiederholte: „Zieh ihn an."

„Jetzt?"

„Jetzt", bestätigte er und ich vergrub mein Gesicht in den Händen, da ich einen hochroten Kopf bekam. „Oh, Harry."

Der Lockenschopf tat einen Schritt zurück und wartete darauf, dass ich mich umzog. Doch ich sagte: „Dreh dich um."

„Was?", kam es nun von ihm und ich lachte. „Harry, ich ziehe mich nicht vor dir um!"

„Warum nicht?", fragte er, als wäre es das Normalste auf der Welt.

Irritiert schüttelte ich den Kopf und die Hitze in meinem Körper wurde beinahe unerträglich. Dennoch schaffte ich es, zu sagen. „Dreh dich um."

Seufzend mit einem „Schon gut" drehte er sich um und mit Herzrasen begann ich, mein Shirt auszuziehen, dabei spürte ich, wie meine Hand zitterte, als ich den blauen Pulli in die Hand nahm und ihn überzog. Einmal mehr wurde mir bewiesen, was Harry in mir auslösen konnte, und ich wusste: Ich liebte ihn.

„Wunderschön", hörte ich seine Stimme murmeln, als ich ihm endlich die Erlaubnis gab, sich umzudrehen, und er ließ seinen Blick an meinem Körper entlangwandern. Ich räusperte mich, spürte dabei, wie ich kurz davor war, ihm um den Hals zu fallen, um ihn zu küssen. Doch um diesem Drang zu entkommen, verwies ich auf die Tüte, dabei tat ich so, als hätte ich seinen Kommentar nicht gehört. „Lass uns die Geschenke verpacken."

„Natürlich", meinte er, wandte seinen intensiven Blick aber nicht von mir ab, als würde ihn mein Verhalten nur noch mehr dazu auffordern.

Schnell nahm ich ein paar Geschenkpapierrollen aus der Zimmerecke heraus, in der noch viele andere standen, und ging wieder zum Bett, worauf ich mich mit Herzklopfen im Schneidersitz setzte.

Harry schien seinen Spaß mit mir zu haben, doch er ließ endlich von mir ab, als hätte er mich fürs Erste genug gequält. Dann lief er zu den anderen Geschenkrollen und fragte: „Wie viel Geschenkpapier brauchst du so im Jahr?", dabei begann er, sie abzuzählen.

„Klappe", kicherte ich, „Man kann nie genug haben. Außerdem braucht man immer eine Auswahl. Und wenn das Papier eben schön ist, muss man es mitnehmen."

„Das hast du schon früher gesagt", sagte Harry leise schmunzelnd und fügte ungläubig hinzu: „Jesus! Zwanzig Geschenkpapierrollen. Grace, das ist wirklich gruselig. Es wurde mit den letzten Jahren schlimmer!"

Ohne zu antworten, entleerte ich die Tüte und nahm eine kleine Box. Als ich las, was drin war, bekam ich große Augen und sah Harry fassungslos an. Dieser musste laut lachen und setzte sich endlich zu mir.

Ich hingegen versuchte, nicht zu grinsen und so ernsthaft wie möglich zu bleiben, was jedoch schwer war. Mit einem Räuspern fragte ich: „Für wen – Für wen sind die Kondome, Harry?"

„Für wen wohl? Für Luke und Nina. Sie sind die Einzigen, die momentan ihren wilden Spaß haben. Und ich finde, sie sollten vorsichtig sein. Immerhin sind noch sehr jung", erklärte er frech und ich schlug die Hand gegen den Kopf: „Oh Gott, bitte nicht."

Kopfschüttelnd nahm ich die nächsten Geschenke, vier Kissen, aus der Tüte, auf denen die Namen der Jungs eingearbeitet waren. *Also bekommt Luke zum Glück nicht nur einen Scherz geschenkt*, dachte ich erleichtert, während ich den gestickten Namen mit dem Daumen entlangfuhr.

„Die sind wirklich sehr schön", murmelte ich und Harry nickte. „Sie sind für die Tour. Immerhin schlafen wir auf unseren Flügen sehr viel. Dann ist so etwas praktisch. Besonders Nathaniel beklagt sich immer über Nackenschmerzen."

Bei dem Wort Tournee fielen meine glücklichen Gesichtszüge und mein Magen zog sich zusammen. Denn für mich und die Mädchen stand infrage, ob es überhaupt ein nächstes Mal geben würde, und dieser Gedanke machte mir Angst.

Harry bemerkte meinen Umschwung und fragte: „Was ist los?"

„Was meinst du?", entgegnete ich und er zog eine Augenbraue hoch.

„Grace, du weißt, was ich meine. Im Wohnzimmer hast du mich noch umarmt, als würde die Welt davon abhängen", meinte er und ich seufzte. „Es frisst mich auf."

„Was?"

„Das Nicht-Reden", antwortete ich und er zuckte mit den Schultern: „Ich habe dir meine Meinung dazu gesagt, Grace. Mehr kann ich nicht tun. Du musst …"

„Es sagen. Ich weiß", murmelte ich und ließ mich einfach nach hinten auf das Bett fallen. „Ich weiß einfach nicht, wie ich es ihnen erklären soll. Oder wann. Sie scheinen alle so gut gelaunt zu sein. Ich möchte nicht diejenige sein, die das zerstört."

„Wenn du länger wartest, tut es jemand anderes. Und ganz ehrlich dieser Philip ist so idiotisch. Die Wahrheit kommt immer raus", ärgerte er sich und ich murmelte „Ich weiß", woraufhin er einfach weitersprach: „Wie hat er es überhaupt geschafft, dein Freund zu werden? Ich verstehe es ehrlich gesagt nicht. Er ist ein Idiot."

Bevor ich antworten konnte, murmelte er ein kleines „Ach, egal" und erklärte dann seine Wut gegen Philip. „Ich sage dir, wenn herauskommt, dass du die ganze Zeit von diesem Problem wusstest und es jemand anderes sagen musste, dann hast du diese Band tatsächlich für immer verloren. Philips Idee würde alles nur noch schlimmer machen."

„Und wie soll ich es ihnen sagen?", fragte ich und spürte, wie Harry sich seufzend neben mich legte. „Ich weiß es nicht."

Ich wandte das Gesicht zu ihm und er tat das Gleiche, so dass wir direkten Augenkontakt hielten und die Gesichter nur wenige Zentimeter entfernt waren. Es blieb für eine Weile still, da keiner eine Idee hatte, doch dann meinte Harry: „Wenn du magst, helfe ich dir dabei. Ich werde nichts sagen, aber dabei sein, falls es ausartet."

„Denkst du, es wird ausarten?", fragte ich und es wurde wieder still, aber auch dieses Mal fand er eine Antwort. „Vielleicht. Ich weiß es nicht. Aber ich weiß, dass die Wahrscheinlichkeit nur größer wird, wenn du länger wartest."

„Gut. Ich werde es tun", krächzte ich schließlich, dabei dachte ich, ich müsste bei diesen Worten sterben. „Ich verspreche es. Ich weiß nur nicht, wann der richtige Moment ist."

„Den wirst du nicht finden, glaube mir. Du wirst nur weitere Ausreden suchen, um es weiter vor dir herzuschieben. So lang, bis es einfach zu spät ist und du es bereust", erklärte Harry, dabei strich er mir eine Strähne aus dem Gesicht. „Aber du bekommst das schon hin, kleines Ding. Und wenn es zu schlimm wird und ihr Abstand braucht, wohnst du eben eine Weile bei mir."

Sofort weiteten sich meine Augen. Hatte er das gerade wirklich gesagt? Bot er mir tatsächlich an, bei ihm zu wohnen? Mein Herz raste, meine Kehle wurde trocken und ich musste seinem Blick ausweichen, um nicht vollkommen meine Nervosität zu verraten.

„Ich hoffe doch, dass es nicht so weit kommt", meinte ich fassungslos, während ich mich aufsetzte, und er musste lachen: „Hey. So schlimm ist es auch nicht, bei mir zu wohnen. Frag Luke."

„Du weißt, wie ich das meine", entgegnete ich ihm und fuhr seufzend durch mein Gesicht, während er sich neben mich setzte, einen Arm um mich legte und einen kleinen Kuss auf meine Wange gab. „Ich weiß."

Ich schlang meine Arme um seinen Hals und vergrub das Gesicht in seiner Brust, um seinen unverkennbaren Geruch einzuatmen und mich endlich zu beruhigen. Es war, als wäre er ein Anker. „Aber danke. Nur sei bei mir, wenn ich es ihn sage."

Harry umarmte mich zurück und legte seinen Kopf auf meinen, dabei rieb er weiter tröstend über meinen Rücken. „Wie könnte ich dich allein lassen, kleines Ding."

Für eine ganze Weile blieben wir in dieser Position sitzen und sagten kein einziges Wort. Allein die Gegenwart des anderen reichte uns aus. Dabei ließ mich Harry nicht los und gab mir die Zeit, die ich brauchte, um mich besser zu fühlen.

„Danke", seufzte ich und löste mich von ihm, um mit einem Ärmel über meine feuchten Augen zu reiben. Dann sah ich zu Harry auf, der mich angrinste. „Lach."

„Was?"

„Jetzt lach", forderte Harry mich auf und als ich „Harry, ich kann nicht" antwortete, begann er mich ohne Vorwarnung und mit einem „Dann helfe ich dir dabei" an den Seiten zu kitzeln, wodurch ich auf mein Bett fiel und versuchte, ein Prusten zu unterdrücken. „Harry!"

„Jetzt lach!"

„Warum?"

„Erstens, weil ich es dir befehle. Ganz einfach. Zweitens wirst du das hinbekommen. Und drittens, es sind deine Mädels. Vielleicht werden sie eine Weile wütend sein, aber wenn du es ihnen sagst, werden sie dir verzeihen. Davon bin ich überzeugt. Und außerdem ist Weihnachten. Oder nicht?", erklärte er und hörte nicht ansatzweise auf, mich zu kitzeln. „Also jetzt, fang endlich wieder an zu lachen."

„Harry, hör auf!", schrie ich und versuchte, mich aus seinem Griff zu winden, doch er hielt mich fest und zog mich zu sich zurück, sodass ich keine Chance hatte, hochzukommen, und kurz davor war, dem Bedürfnis zu lachen, nachzugeben.

„Versprich mir, dass du lachst", kicherte er, da er merkte, dass ich es nicht mehr länger unterdrücken konnte.

In der Hoffnung endlich aus seinen Klauen entkommen zu können, nickte ich. Doch leider reichte es ihm nicht aus und während ich meine Lippen zusammenpresste, um nicht lachen zu müssen, sagte er: „Sag es."

Schließlich ging mir die Luft aus und ich quietschte: „Ja! Ja! Aber jetzt hör endlich auf!", dabei breitete sich ein Lachen auf meinem Gesicht aus.

Sofort stoppte Harry in seiner Aktion und legte sich hin, als wäre nie etwas passiert. Hätte ich nicht so komisch gegrinst, dann hätte man meinen können, ich hätte mir alles nur eingebildet.

Nachdem ich mich beruhigt hatte, sah ich zu ihm, um zu bemerken, dass er seinen Blick auf mich fixiert hatte. Kurz schluckte ich, verlor aber nicht das Lächeln und sagte: „Lass uns Geschenke verpacken, okay? Immerhin ist Weihnachten."

„Gut so", meinte Harry, der mir über die Wange strich. „Hör niemals auf, zu lachen. Hast du verstanden?"

„Ja", kicherte ich und er nickte, bevor er sich wieder aufsetzte und fragte: „Und jetzt zurück zum Wesentlichen. Brauchst du nicht noch Schere und Klebstreifen? Ich glaube, mit fünf Tonnen Geschenkpapier allein ist es nicht getan."

„Klappe, du Idiot. Im Gegensatz zu dir kann ich verpacken", kicherte ich und schlug ihn in die Seite, woraufhin er lachen musste.

„Jetzt sag. Wo finde ich deinen Bastelkram?", wollte er wissen und ich antwortete: „In meiner Schublade", dabei zeigte ich auf den Schreibtisch. Aber als ich aufstehen wollte, um alles zu holen, hielt mich Harry zurück und meinte: „Der Gentleman macht das schon."

„Na, dann, Mr. White", entgegnete ich und während er aufstand, um an meinen Schreibtisch zu gehen, suchte ich das passende

Geschenkpapier für die Jungs aus und wartete darauf, dass Harry zurückkam. Ich hörte auch, wie er die Schublade öffnete, aber er kam nicht.

„Ja, ich weiß, ich hab viele verschiedene Sorten von Klebeband sowie Geschenkpapier", fing ich an, mit einem Lachen zu erklären, da ich dachte, dass er wieder von der Auswahl verblüfft war, doch als ich mit einem „Aber ..." aufsah, stockte ich in meinem Satz und mir blieb beinahe der Atem weg.

Harry hielt mit fassungslosen Augen ein kleines Schächtelchen und einen Brief in der Hand. Sofort wusste ich, was er gefunden hatte, und mein Herz schlug im rasenden Tempo. So schnell, dass ich dachte, mir würde schwarz vor Augen werden.

Bitte nicht, dachte ich und hätte mich schlagen können, weil ich Harry nicht die richtige Schublade gesagt hatte. Ja, ich hätte selbst gehen sollen, um diese Situation zu verhindern. Doch nun hatte er aus Versehen die falsche Schublade geöffnet und hielt den Brief sowie die Schachtel für den Ring in der Hand. Sicherlich huschten zig Gedanken und Gefühle durch seinen Kopf. Ein komplettes Gefühlschaos, welches ich ihm gerne erspart hätte.

„Du hast den Brief immer noch", murmelte er leise und seine Stimme brach dabei am Ende, was mein Herz kurz stillstehen ließ.

Langsam öffnete er den Brief. Sicherlich wollte den Inhalt, seine letzten Worte für mich, lesen, und die Panik breitete sich in mir aus.

Schnell sprang ich mit einem „Nicht!" von meinem Bett auf und wollte ihm alles abnehmen, aber da zog er es schnell weg. Ja, er klammerte sich schon förmlich daran und mir war klar, dass er es nicht ansatzweise loslassen würde, dabei sah er mich mit schmerzerfüllten Augen an. Erst jetzt sah ich wirklich, wie sehr ich ihn damals verletzt hatte und hätte wieder in Tränen ausbrechen können.

„Gib es her."

„Nein."

„Bitte."

„Vergiss es."

Mir wurde bewusst, dass er von diesem Thema nicht mehr ablassen würde und ich hatte Angst, ihm das sagen zu müssen, was ich eigentlich verheimlichen wollte.

Ich musste mich schütteln, als Harry meine Hand, an der der Ring war, in seine nahm und sanft über meine Finger strich. Ein sanftes Lächeln kam zum Vorschein. Eine Sache, die mich unruhig machte, und ich wusste nicht, wie und ob ich reagieren sollte. Mir gefiel diese Situation überhaupt nicht, besonders nicht, als sein Lächeln wieder verschwand und sich seine Stirn plötzlich in Falten legte. Dabei sah er mich mit einem gefährlichen Blick an, bei dem ich beinahe „Ja, ich hatte dich geliebt" geschrien hätte.

Doch ich blieb still und spürte, wie mir warm wurde und ich zu schwitzen anfing. Ich war mehr als nur nervös und flehte innerlich: *Bitte lass es schnell vorbei gehen.*

„Erinnerst du dich an mein Versprechen im Brief. An die Frage, die ich dir stellen würde, wenn ich den Ring an deinem Finger sehe", murmelte er, während er mit der Zunge über Lippen fuhr, und ich spürte, wie mir schlecht wurde. Natürlich erinnerte ich mich an die Frage, wie könnte ich auch nicht? Erst vor kurzem hatte ich sie noch durchgelesen.

„Ich denke, jetzt kann ich es einlösen. Aber ich werde sie ein wenig abwandeln, denn ich möchte lieber wissen, hast du damals wirklich keine Gefühle gehabt?", fragte er und ich konnte hören, wie schwer es für ihn war, diese Worte in einem zusammenhängenden Satz zu sagen.

Sofort sprang mir das Herz aus der Brust und ich bekam noch weichere Knie. Wie lange könnte ich dem Gespräch noch standhalten, ohne in diesem Moment zusammenzubrechen oder ihm alles augenblicklich zu gestehen? Konnte ich überhaupt entkommen?

Ich wandte meinen Blick ab und zog mit aller Kraft meine Hand aus seinem Griff, als wollte ich mich vor ihm zurückziehen und mich verstecken. Ich atmete tief ein und aus, um einen kühlen Kopf zu bewahren, und schrie in Gedanken: *Ich will weg.*

„Grace", hörte ich ihn sachte rufen, dabei fuhr er mit seiner Hand zärtlich über meinen Arm, sodass ich zurückschreckte wie ein verschrecktes Reh. Aber ich mir wurde klar, dass meine Zeit abgelaufen war, und mit großer Überwindung antwortete ich: „Wie gesagt, ich habe Fehler gemacht."

Sofort wurden seine Augen größer und er ging einen Schritt auf mich zu, um mich an den Schultern zu packen. Ja, er fixierte mich förmlich, sodass ich nicht mehr weglaufen konnte, und ich dachte, mein Gefühlschaos hätte nicht schlimmer werden können, doch durch seine blauen Augen, seine Berührung und seine Präsenz wurde ich förmlich wahnsinnig. Denn mein Herz forderte mich auf: „Sag es, Mädchen."

Anscheinend konnte Harry ahnen, dass ich mich am liebsten in der Ecke verkriechen und nie wieder auftauchen wollte. Denn sein Griff wurde immer fester und er versuchte, mich mit seinem Augenkontakt zu fesseln.

„Was meinst du damit?", fragte er mit festem Ton und als ich mein Gesicht abwandte, weil es mir schwerfiel, ihn anzusehen, sprach er nochmal mit fordernder Stimme: „Grace, was meinst du damit?"

Ich kaute auf meinen Lippen, kämpfte gegen den Drang, es zu sagen, und mit einem Mal wusste ich, dass ich verloren hatte. Somit sagte ich: „Das, was ich gesagt habe. Ja, ich hatte nur die Freundschaft gesehen und ja, ich hatte dadurch nicht erkannt, was wirklich ablief. Erst als du weg warst, bemerkte ich meinen Fehler."

Als ich aufsah, spürte ich, dass Harry plötzlich ebenso nervös wurde. Seine Zunge wanderte wieder langsam über seine Lippen, um sie zu befeuchten, dabei hatte er den tierischen Blick einer Raubkatze, als er fragte: „Also hattest du …"

„Gefühle?"

„Hattest du?"

„Ich bemerkte es, als es zu spät war", krächzte ich und er fauchte: „Grace, sag mir verdammt nochmal die Wahrheit. Hattest du Gefühle für mich?"

„Ja!", entgegnete ich, „Ja, ich hatte Gefühle für dich!"

Ich hätte nicht gedacht, dass Harrys Griff um meine Schulter fester werden könnte, doch so war es.

„Wieso hast du nichts gesagt? Weißt du eigentlich, was du mir damals angetan hast? Ich dachte, dass mein Herz nie wieder heilen könnte, und jetzt sagst du mir, dass du doch Gefühle für mich hattest. Wieso hast du nichts gesagt?", wollte er wissen, dabei rüttelte er an meinen Schultern, und ich sah in seine Augen, die sich mit Tränen füllten und einzeln die Wangen herunterliefen. *Was hast du diesem Jungen angetan?*, fragte ich mich und ich wusste, dass die Fans recht hatten. Ich war ein Monster und ich hatte es nicht verdient, bei ihm zu sein. „Ich wollte es dir sagen."

„Wieso hast du nicht?", fauchte er mich an, worauf ich sofort die Stirn runzelte und unkontrollierbar entgegnete: „Weil es schon zu spät war. Weil du ja direkt mit der Nächstbesten eine Beziehung eingehen musstest!"

Sofort wurde mir bewusst, dass die Wut von damals überhandnahm, und fügte schnell ein sanftes „Tut mir leid" hinzu. Sicherlich hatte ich nicht das Recht, so zu reagieren. Eher er. Er sollte derjenige sein, der Wut zeigen sollte. Doch er blieb ruhig. Ja, er blieb wieder einmal gnädig, was mich umso mehr aufregte.

Ich fuhr fluchend durch meine Haare und versuchte, mich zu beruhigen, da mir klar war, welches Gefühl mich plagte. Es war die Eifersucht. Ein Gefühl, welches ich für gewöhnlich hasste und nur selten verspürte. Doch es zeigte mir wiederum, dass ich eindeutig Gefühle für ihn hatte.

Lorence hatte recht. Unsere Freundschaft war tot, aber dafür herrschte jedoch etwas Stärkeres. Etwas, worauf ich mich wohl erst einlassen musste und wovor hatte ich Angst.

Harry sah mich mit seinen stahlblauen Augen an und meinte: „Aber nur um von dir weg zu kommen. Um dich endlich aus meinen Gedanken zu verjagen und diesen Scheiß-Schmerz zu überwinden."

„Und wie meinst du das jetzt?", fragte ich und sofort kam er wieder einen Schritt näher. „Mein Gott, Grace. Ich war Hals über Kopf in dich verknallt. Denkst du wirklich, dass ich dich einfach so vergessen konnte? Ich habe mir damals erhofft, dass ich durch eine Beziehung mit jemand anderen meine Gefühle für dich auslöschen könnte."

„Und konntest du?", fragte ich nun interessiert und er musste auflachen, dabei umfasste er sachte mein Gesicht. „Nein. Ab einem gewissen Punkt hatte ich bemerkt, dass ich diese Gefühle einfach nicht abschalten kann. Was meinst du, warum die restlichen Beziehungen so schnell in die Brüche gingen? Sie waren zwar nicht unschön und ich mochte meine Partnerinnen. Aber sie waren einfach nicht du. Sie waren nicht meine Grace Marilyn O'Reilly. Sie gaben mir einfach nicht das Gefühl, das du mir gegeben hast."

„Und jetzt?", hauchte ich unbewusst, dabei wollte ich diese Frage gar nicht stellen. Aber nun war es zu spät und mit Mut konnte ich zum ersten Mal richtig in seine Augen sehen.

Ein freches Grinsen huschte über sein Gesicht und unsere Lippen waren auf einmal nur wenige Meter voneinander entfernt. Ja, ich konnte seinen Atem, der nach Pfefferminze roch, auf der Haut spüren und kurz bekam ich vor dem nächsten Schritt Angst, auch wenn ich ein inneres Verlangen danach hatte und es kaum abwarten konnte. Gänsehaut durchfuhr mich, als ich die Worte „Es hat sich niemals geändert" hörte.

Wir kamen uns immer näher und unsere Lippen streiften sich sachte, wobei ich spürte, wie mich ein Blitzschlag durchfuhr, der mir immer mehr das Bedürfnis brachte, ihn endlich mit voller Leidenschaft zu küssen. Doch kaum konnten unsere Lippen kollidieren, da hörten wir jemanden unseren Namen rufen: „Grace! Harry!"

Sofort schreckten wir auseinander, als wir realisierten, dass Nina uns rief, und ich fühlte mich ertappt, obwohl die Zimmertür verschlossen war und keiner reinkommen konnte.

Mein Herz raste und ich verspürte Enttäuschung in mir. Wir beide kamen uns endlich näher, doch natürlich musste uns dieser Moment genommen werden.

„Vielleicht sollten wir mal die Geschenke einpacken", räusperte Harry, der ein trauriges Lächeln bekam, als wäre er ebenso enttäuscht. „Es wäre zumindest besser. Nicht, dass Lu in dein Zimmer hineinplatzt und uns so sieht."

Ich nickte sprachlos und wollte mich gerade von ihm abwenden, da zog mich Harry noch einmal zu sich zurück. „Ich werde immer für dich da sein, Grace. Ich verspreche es dir. Du wirst nicht allein dastehen."

Ich lächelte ihn an. „Danke."

Harry kam mir wieder näher, aber er gab mir nur sachte einen Kuss auf die Stirn, während er mit seiner Hand durch meine Haare streifte. Dabei durchfloss mich eine Energie, die ich nicht beschreiben konnte. Ich fühlte eine gewisse Geborgenheit und genoss seine Berührung. Ich war dankbar, dass er endlich wieder in meinem Leben war.

„Grace! Harry! Schafft euch runter oder ich übernehme das für euch! Und glaubt mir, das wollt ihr nicht!", schrie Luke bedrohlich durch das ganze Haus und wir mussten laut lachen.

„Okay, jetzt habe ich Angst", murmelte Harry und ich grinste: „Dann lass uns schnell die Geschenke einpacken, bevor wir es noch bereuen werden."

Kurz bevor Harry mich losließ und wir uns an die Arbeit machen konnten, flüsterte er in mein Ohr: „Den Kuss fordere ich noch ein. Keine Angst. Und wenn ich ihn einfordere, dann werde ich ihn in vollen Zügen genießen, junges Fräulein."

Ich musste schlucken, spürte dabei, wie die Röte in mir hochstieg, was Harry wiederum zum Lachen brachte. Beim Verpacken selbst blieben wir aber beide mucksmäuschenstill und somit kamen wir recht schnell zurück zu den anderen, die uns in der Küche in eine wilde Mehlschlacht hineinzogen.

Den Rest des Tages verbrachten wir damit, zu backen, zu musizieren und Spaß zu haben, bis wir schließlich abends erschöpft mit einem weihnachtlichen Pyjama auf der Couch landeten und gemeinsam den Film „The Polar Express" anzuschauen.

Nina lag eingekuschelt in Lukes Armen, während ich neben Harry lag und meinen Kopf auf seiner Schulter ablegte. Da ich müde war, fiel es mir schwer, konzentriert den Film, den ich sonst so sehr liebte, mitzuverfolgen, und durch Harrys angenehmen Geruch wurden meine Augen immer schwerer.

Er gab mir Sicherheit, Wärme und ein Gefühl, das ich nicht erklären konnte. Der Gedanke, dass wir gesprochen hatten, gab mir ein Glücksgefühl, und wenn ich daran dachte, dass er mir versprochen hatte, den unvollendeten Kuss noch zu beenden, spürte ich tausend Schmetterlinge in meinem Bauch.

Ich kuschelte mich immer fester an ihn und ich konnte spüren, dass er es genoss, da er seine Arme immer fester um mich schlang.

„Bleib wach, kleines Ding", war das Einzige, was ich noch von ihm murmeln hörte, doch ich gab nur noch ein Schnurren von mir und schlief auf ihm ein.

14. TRACK

Am nächsten Morgen wurde ich mit einem Lächeln wach, als die Sonne durch das Fenster schien und mich mit ihrer Wärme aufweckte, doch als ich meine Augen öffnete, stellte ich fest, dass ich mich in meinem Bett befand und wie gewöhnlich den großen Baum vor meinem Fenster sehen konnte. Doch leider konnte ich die friedliche Stille nicht sehr lange genießen, denn da vernahm ich ein polterndes Geräusch außerhalb meines Zimmers. Ja, das ganze Haus schien zu beben und leichte Besorgnis breitet sich in mir aus. Es kam mir nämlich nur so vor, als würde eine Horde Elefanten durch das Wohnzimmer rennen und dabei alles zerstören.

Ich setzte mich sachte in meinem Bett auf, dabei hörte ich Allison nur noch „Wuhu! Endlich Geschenke! Grace, steh auf!" rufen, als sie die Treppe hinunterrannte und ihre Stimme sich mit den anderen vermischte.

Endlich fand ich meine Orientierung wieder und wusste, was los war. Es war Weihnachtsmorgen und an Weihnachten schlugen die Kinderherzen meiner WG höher. Da nun auch noch Solution 5 unter uns war, herrschte im Wohnzimmer eine ziemliche Stimmung, selbst am frühen Morgen. Doch um ehrlich zu sein, konnte ich es selbst nicht mehr abwarten, die Geschenke zu öffnen und sprang somit förmlich aus dem Bett.

Mit zerzausten Haaren und im Pyjama lief ich freudig aus meinem Zimmer und die Treppen hinunter, um im Flur auf Claire und Lorence zu treffen, die zu meinem Glück nicht viel besser aussahen. Ich erkannte nur, dass Lorence eine große Tüte mit sich schleppte.

Als Gruppe liefen wir ins Wohnzimmer und trafen dort auf die anderen Kleinkinder und einen aufgeregten Ridgeback, der wild umhersprang und mit dem Schwanz wedelte.

Ungeduldig saßen Nathaniel, Andrew, Allison und James vor dem Baum, während sich der Rest auf der Couch breit gemacht hatte. Nur Morice kam noch aus dem Esszimmer gelaufen und nach seinem Aussehen zu urteilen, war er wohl schon am längsten wach, da er gekämmte Haare und frisch Klamotten anhatte. Außerdem konnte ich erkennen, dass der Tisch schon für das Essen gedeckt war und wie immer hatte er sich sehr viel Mühe gegeben. Es war alles perfekt. Selbst die Zutaten für das Raclette standen schon fertig und fein geschnitten auf dem Tisch. Er hatte sich wirklich um alles gekümmert und wieder einmal wusste ich, warum er der sogenannte Papa der WG war.

„Na, endlich!", jubelten Andrew und James gleichzeitig, als sie bemerkten, dass alle vereint waren, und streckten die Arme in die Luft.

Bei ihrem kindischen Verhalten musste ich lachend den Kopf schütteln und ich sah zu, wie sie vom Boden aufstanden und zum Baum liefen, um die Geschenke unter den Leuten zu verteilen. Nathaniel hingegen lehnte sich nur nach vorne, da er zu faul war, sich mehr zu bewegen, und versuchte, krampfhaft an ein Päckchen zu kommen, auf dem groß sein Name zu sehen war.

„Das ist – meins!", stammelte er und gab nicht auf, bis er den Zipfel des Geschenkpapiers hatte und es zu sich ziehen konnte.

„Wir hätten dir helfen können, das weißt du schon", meinte James und Nathaniel sah ihn provokant an, während er das Geschenk umklammerte.

„Mein Geschenk", war seine einzige Antwort und James rollte mit den Augen, während er ein Geschenk an Skyler überreichte.

Es folgten weitere Geschenke, wobei jeder rätselte, was wohl in seinem eigenen Päckchen war.

Nachdem ich die ganze Szene mit einem Lächeln beobachtete, sah ich zu Harry, der auf einen freien Platz neben sich verwies, und ich setzte mich mit einem leisen „Danke" hin.

Als er meinen ganzen Körper musterte, fragte ich ein „Was?", woraufhin er kommentierte: „Dass du zu spät gekommen bist, kann wohl nicht am Zurechtmachen liegen."

„Du siehst nicht viel besser aus", kicherte ich, dabei schlug ich ihm gegen den Arm. „Also, sag bloß nichts."

„So, du bekommst deine Geschenke erst am Ende, junges Fräulein. Dieses Verhalten geht so nicht!", meinte er beleidigt, während er sich am Arm rieb und ein trauriges Gesicht machte. „Ins Bett bringe ich dich in Zukunft auch nicht mehr! Wobei ich erwähnen darf, dass du echt kein Fliegengewicht bist."

„Harry!", fauchte ich geschockt, woraufhin er frech auflachte und seine Hand durch meine Haare wuschelte. „Spaß!"

„Aber danke, dass du mich ins Bett gebracht hast", murmelte ich und spürte, wie ich rot wurde. Der Gedanke, ließ mein Herz höher schlagen und ich spürte, wie die Hitze immer weiter in mir stieg. Sein frecher Blick, den er sofort aufsetzte, machte es in diesem Moment sicherlich nicht besser. *Wie konnte ich diese Gefühle damals nicht erkennen?*, fragte ich mich selbst. Denn es war doch so offensichtlich gewesen.

„Gerne. Aber jetzt bloß nicht rot werden", meinte er kichernd und gab mir einen Kuss auf den Kopf, während er einen Arm um meine Schulter legte und mich an sich drückte.

„Harry, jetzt hör auf", sagte ich leicht beschämt, dabei vergrub ich meinen Kopf in seiner Brust, um mich zu verstecken, und er murmelte in mein Ohr: „Niemals. Dafür sehe ich dich so zu gerne in diesem Zustand."

„Harry, hör auf, mit Grace zu flirten, und mach dein Geschenk auf", unterbrach Luke mit einem Lachen und Harry sah ihn mit einem finsteren Blick an. Dann nahm er aber ein Geschenk, mein Geschenk, in die Hand und ich sah ihn neugierig an, um seine Reaktion nicht zu verpassen. Doch Harry wäre nicht Harry gewesen, wenn er nicht mitten im Auspacken innegehalten hätte, weil ihm plötzlich etwas anderes in den Sinn kam.

Er stand mit einem „Warte!" auf und lief zu einer etwas kleineren Tüte unter dem Baum, die als Einzige keinen Besitzer gefunden hatte. Ich musste laut seufzen, als er sein halb ausgepacktes

Geschenk ablegte. Doch dieser Lockenschopf dachte eben immer zuerst an die anderen und somit war mir klar, dass er keine Ruhe geben würde, bis er diesen Gedanken beendet hätte.

„Mensch, Harry! Jetzt pack aus! Das kann auch noch warten!", meckerte Nathaniel herum und Harry entschuldigte sich nur mit einem Grinsen, bevor er sich zu dem Rest, vor allem zur WG, drehte. „Wir wollten uns bei euch bedanken, weil ihr uns für die Feiertage eingeladen habt und da wir bald auf Tournee gehen werden, hatte ich die Idee, euch so zu danken, indem ich euch noch weitere VIP-Tickets sichere, damit ihr als komplette WG unser Konzert besuchen könnt. Außerdem hat Grace dann keine andere Wahl, als zu kommen."

Nina musste kurz quietschen und Luke reagierte darauf, indem er sie an sich drückte und sein schönstes Lachen aufsetzte.

„Grace hat ja ursprünglich schon eine Karte und ich denke, Nina bekam die zweite. Also …", fing Harry an und gab dem Rest der WG die Karten. Als er Morices und Lorences grübelnden Blick sah, sagte er: „Ihr werdet es überleben und ich verspreche euch, dass ihr auch Spaß haben werdet. Vielleicht gefällt dir am Ende sogar unsere Musik, Lorence."

„Nicht einmal in deinen Träumen, Harry", war die einzige Antwort von Lorence. „Sicherlich werde ich an diesem Tag sterben."

„Na dann, war es schön, dich kennengelernt zu haben", zwinkerte Harry ihm zu, bevor er sich wieder neben mich hinsetzte und einen Arm um mich legte, während Morice ein „Ich bin mal gespannt" murmelte.

Dabei klang er zwar immer noch skeptisch, aber er schien sich darauf einzulassen und optimistisch zu sein, nicht wie Lorence, der die Karte genaustens studierte.

„Zumindest bekommst du jetzt das hässlichste Geschenk", murmelte er. „Passt zu deinem grauenhaften Aussehen."

„Lorence!", schrien alle anderen und ich schüttelte lachend den Kopf. Auch Harry konnte sich ein freches Grinsen nicht verkneifen. „Freundlich wie immer, Lorence."

„Rede nicht so viel. Pack aus", entgegnete Lorence und nickte ihm zu, worauf sich Harry das Geschenk schnappte und es langsam öffnete, während er provokant Lorence musterte. Doch schnell änderte sich sein Gesichtsausdruck, als er die schöne Schachtel, in die das Hemd fein säuberlich reingelegt worden war, öffnete.

„Wow", murmelte er, als er es in seine Hände nahm und betrachtete.

Es passt perfekt, lobte ich mich selbst und konnte mir das Hemd schon gut an Harry vorstellen.

„Der Stoff ist weich und leicht. Man erkennt sofort, dass das gute Qualität ist", kommentierte Skyler und ich musste ihr recht geben, da es locker und leicht in seiner Hand lag.

„Danke", sagte Harry mit einem Lächeln zu mir und sah mit hochgezogener Augenbraue zu Nathaniel: „Deswegen habe ich dich in meinen Sachen schnüffelnd gefunden."

Schnell hob der blonde Junge seine Hände in die Luft, wobei er sagte: „Weiß nicht, wovon du redest" und zwinkerte mir dabei frech zu.

Ich formte ein „Danke" mit meinem Mund und spürte plötzlich, wie Harry mich fest umarmte. „Jetzt fühle ich mich ja schon fast schlecht mit meinem Geschenk. Danke, kleines Ding."

Dann ließ er mich wieder los und nickte zu dem schlecht verpackten Päckchen, welches ich in die Hand nahm. Dabei musste ich feststellen, dass es recht schwer war.

Aber das erklärte sich, als ich dann den Inhalt sah. Ich bekam ein komisches Gefühl im Bauch, das ich nicht zuordnen konnte. Einerseits war das Geschenk wirklich sehr schön und hatte eine besondere Bedeutung. Ja, es gefiel mir sehr. Aber ich wusste auch, worauf Harry damit hinauswollte. Es waren nämlich Schlittschuhe.

Sie waren so weiß wie der Schnee, der draußen fiel, und an den Seiten waren wunderschöne, feine Verzierungen zu erkennen, die in der Farbe Rot gehalten wurden und die Form einer Rose widerspiegelten. Sanft fuhr ich über sie und musste innerlich lächeln. Harry wollte wohl unbedingt Schlittschuh fahren und anscheinend hatte der Abend auf dem Weihnachtsmarkt ihm falsche Ideen eingepflanzt.

„Wow, sind die schön! Gib mal her!", forderten Claire und Allison mich gleichzeitig auf und ich überreichte ihnen jeweils einen Schuh, den sie sofort fasziniert betrachteten.

„Danke", murmelte ich ihm zu und musste zart lächeln, auch wenn mir der Gedanke, aufs Eis zu gehen, ein wenig Angst bereitete.

Natürlich bemerkte Harry meinen schwankenden Unterton, den er zwinkerte mir mit einem herausfordernden Grinsen zu. „Und glaub mir. Ich freue mich schon darauf, sie mit dir auszuprobieren."

„Bedeutet das, wir werden bald zusammen Schlittschuh fahren?", fragte Nina aufgeregt und Luke murmelte: „Bitte nicht."

„Das denke ich mir auch", stimmte Lorence zu und Skyler nickte eifrig bei seiner Aussage. Anscheinend waren sie von dieser Idee eher weniger begeistert und leider musste ich ihnen in dieser Hinsicht recht geben. Ich hatte auch nicht wirklich Lust dazu. Doch anscheinend würde ich nicht mehr drum herum kommen. Nicht, wenn Harry darauf bestehen würde.

„Wieso nicht?", fragte Andrew, der ein Strahlen ins Gesicht bekam, und James meinte: „Es wäre eine coole Idee."

„Ja. Wenn man Schlittschuh fahren kann", erklärte Luke und Nina sah ihn plötzlich mit verliebten Augen an: „Ich bringe es dir bei."

Diese Worte überzeugten den Jungen mit den Sommersprossen natürlich sofort und er meinte: „Bin dabei."

„Wie du dabei sein wirst, kleines Ding. Dieses Mal entkommst du mir nicht, hörst du?", murmelte Harry in mein Ohr und ich bekam Gänsehaut, besonders als er mir einen Kuss auf meine Wange gab, der länger als nur eine Sekunde dauerte.

Dann ging das Geschenke auspacken in die nächste Runde und diesmal packte Nathaniel das Geschenk von Harry aus, welches er sofort mit leuchtenden Augen pries und kuschelte.

Er war wie ein Kleinkind und irgendwie fand ich sein Verhalten am schönsten. Zwar freuten sich James und Andrew genauso, doch keiner konnte jemals solch eine Freude zeigen wie unser geliebter Nathaniel.

Wir alle beobachteten Harry, der ein kleines, viereckiges Päckchen zu öffnen begann. Als er das Geschenk endlich herausnahm, bekam jeder einen Lachkrampf und Nathaniel rollte sich sofort auf dem Boden, als würde er gleich vor Lachen ohnmächtig werden. Auch ich konnte es mir einfach nicht verkneifen und grinste den Lockenschopf an, der mich mit offenem Mund anstarrte, als könnte er es nicht glauben. Doch ich zuckte nur mit den Schultern, während er die Packung Kondome in seiner Hand hielt. Es war dasselbe Geschenk, das er für Luke besorgte, und wenn die Verpackung nicht anders aussehen würde, hätte man meinen können, dass die Geschenke vertauscht worden waren.

„Was soll das, Lu?", fragte Harry verdattert und sah nun zu Luke, der uns mit einem frechen Grinsen beobachtet hatte und sich zurücklehnte, als wollte er diesen Moment in vollen Zügen auskosten.

„Na, für was wohl. Natürlich für Grace und dich, mein Lieber", erklärte er dann, als wäre es das Normalste auf der Welt, und zwinkerte uns zu, woraufhin ich im ganzen Gesicht rot wurde und versuchte, ihn mit einem Kissen abzuwerfen, damit er den Mund halten würde. Leider traf ich nicht ihn, auch wenn ich richtig gezielt hatte. Denn Luke schaffte es, sich mit Nina abzuschirmen, die es am Ende auch abbekam.

„Hey! Haltet mich da raus!", fauchte sie und schnappte sich das Kissen, um mich und Harry abzuwerfen, dabei schirmte mich Harry schnell mit einem Arm ab, während er Luke mit einem verschmitzten Lächeln ansah. „Dann öffne mal schön mein Geschenk für dich, mein alter Freund."

Luke bekam große Augen, als hätte er Harrys Gedanken lesen können, und legte seine Stirn in Falten, wobei nur noch „Bitte nicht" zu hören war, als er begann, sein kleines, viereckiges Geschenk zu öffnen.

Nathaniel, der sich gerade beruhigt hatte, fing wieder an, laut zu lachen, wobei sein Kopf knallrot wurde, und James und Andrew sahen sich mit hochgezogener Augenbraue an, als würden sie denken: „Kleinkinder."

Luke sah Harry mit finsterem Blick an und meinte: „Du..."

„Was? Wenn du mir jetzt sagst, ihr hattet noch nichts am Laufen, dann lache ich", unterbrach der Lockenschopf ihn und man konnte sehen, wie sich Lukes Mundwinkel unkontrolliert nach oben zogen, wodurch der ganze Raum zu lachen begann und Harry ein „Hab ich dich" kicherte.

Seufzend blickte Luke zu Boden, da er wusste, dass er geschlagen war, doch dann sah er wieder auf, und Harry sowie er lehnten sich vor, um abzuklatschen. „Sicherheit geht vor!"

Nina und ich sahen uns kopfschüttelnd an. Aber obwohl das Thema uns beide betraf und wir ernst bleiben wollten, konnte man sehen, dass wir den Kampf verloren und selbst grinsen mussten. Ich hoffte nur innerlich, dass dieses Thema recht schnell erledigt sein würde, da es ein inneres Verlangen nach Harrys Berührungen auslöste. Ein Verlangen, welches sich beim restlichen Auspacken nicht legte. Das war der Grund, warum ich mich nicht traute, zu Harry zu schauen, da ich die Befürchtung hatte, mich nicht beherrschen zu können.

Die nächsten Stunden verbrachten wir damit, gemeinsam die Weihnachtsansprache der Queen anzuschauen, Raclette zu essen und uns weiter über unsere Geschenke zu unterhalten. Dabei lernten die Jungs von Solution 5 zum ersten Mal das Raclette kennen.

Am Anfang stellte sich jeder sehr tollpatschig dabei an, die kleinen Pfännchen zu füllen, weshalb sehr oft gelacht werden musste. Doch mit der Zeit bekamen sie Praxis und sie schienen von unserem traditionellen Essen begeistert zu sein.

Wir aßen stundenlang, quatschten und es gab sogar Situationen, in denen wir uns gegenseitig etwas vom Teller klauten. Es war chaotisch, aber genauso witzig, und sogar Lorence schien sich endlich damit abgefunden zu haben, in Solution 5 neue Freunde gefunden zu haben. Besonders mit James schien er sich gut zu verstehen, da die beiden sich immer wieder verlachten.

Durch die Stimmung in der ganzen Truppe verging die Zeit am ersten Weihnachtstag ziemlich schnell und ich bekam auch nicht wirklich mit, ab welchem Punkt wir plötzlich in unserem Wohnzimmer saßen und uns mit dem Nachtisch vollstopften.

Als Allison und ich unsere Gitarren in die Hand nahmen, fiel Nathaniels Blick sofort auf das blaue Instrument mit den Unterschriften, und er fragte: „Ist das die berühmte Gitarre von Allison Watson?"

Sofort nickte das Mädchen mit den haselnussbraunen Haaren, die frech antwortete: „Ja, das ist die berühmte Gitarre von Allison Watson und ich sage dir: Sie ist eine gute Sängerin."

Sofort musste jeder lachen, doch Nathaniel ließ sich nicht beirren, sondern meinte nur: „Zeig mal her. Welche Unterschriften hast du denn schon?"

„Auf jeden Fall noch nicht eure", entgegnete Allison grinsend, als sich der blonde Junge neben sie setzte, und zog einen silbernen Stift aus ihrer Hosentasche, damit Nathaniel unterschreiben konnte.

Natürlich waren die Jungs sofort einverstanden und nachdem Nathaniel mit schwungvoller Schrift seinen Namen auf die Gitarre geschrieben hatte, forderte schon James ihn dazu auf, die Gitarre weiterzugeben und sagte freudig: „Jetzt heißt es Autogrammstunde!"

Ich musste schmunzeln, während ich einzelne Töne anspielte, und fragte: „Welches Lied sollen wir singen, während ihr unterschreibt? Gibt es Wünsche?"

„Ein Lied von dem neuen Album der Jungs!", schlug Nina vor und überraschenderweise meinte Morice: „Warum nicht? Wenn wir schon auf das Konzert müssen, will ich zumindest die Lieder kennen."

„Du verrätst mich?", fragte Lorence ihn ungläubig, woraufhin Morice nur emotionslos die Schultern zuckte. „Vielleicht wird es noch spaßig."

„Verräter", murmelte Lorence, musste jedoch lachen und nickte mir dann zu. „Spiel. Ich will, dass es schnell zu Ende geht und wir zu den *traditionellen* Weihnachtsliedern kommen."

Ich begann, den ersten Song, der mir von Solution5 einfiel, zu spielen und bekam eine Gänsehaut, als der Raum von den unterschiedlichsten Stimmen erfüllt wurde.

Wir waren vollkommen im Einklang und für kurze Zeit hatte ich die Idee, dass wir ein gemeinsames Lied aufnehmen könnten. Sogar Lorence schien beeindruckt zu sein, denn als ich meinen Blick heimlich zu ihm schweifen ließ, erkannte ich, wie er mit einem Lächeln aufmerksam zuhörte und sein Bein sachte auf und ab wippte.

Nachdem ich die letzten Akkorde anspielte und der einzigartige Chor von Stimmen erlosch, begann Allison sofort, das nächste Lied zu spielen, und ich hörte ein „Grace" von Harry, der eine kleine Erdbeere mit Schokolade in der Hand hielt und sein schönstes Lächeln aufgesetzt hatte. Natürlich wusste ich, was er damit bezwecken wollte, trotzdem konnte ich es mir nicht verkneifen zu sagen: „Ich denke, ich kann selbst essen. Danke, Harry."

Natürlich wusste ich, was ich mit diesen Worten bei ihm auslöste, und musste zusehen, wie er ein trauriges Gesicht aufsetzte und mich mit einem Hundeblick ansah, dabei hielt er mir die Erdbeere immer noch hin und murmelte: „Ach, komm. Bitte, bitte!"

Ich wollte gerade nachgeben und mich zu ihm lehnen, da hörte ich Nina sagen: „Du machst das falsch, Grace."

Mit hochgehobener Augenbraue wandte ich mich zu ihr und auch Harrys Aufmerksamkeit galt den Turteltauben, die seine Idee nachmachten. Denn Luke nahm ebenso eine Erdbeere, überzog sie mit Schokolade und führte sie zu Ninas Lippen, damit sie sie bis zum Stängel abbeißen konnte. Dabei sahen sie sich intensiv an und ich hatte das Gefühl, sie würden gleich übereinander herfallen.

„Okay. Vielleicht machen wir das doch nicht. Das ist wirklich gruselig", murmelte Harry, der die ganze Szene mit geschocktem Gesichtsausdruck beobachtet hatte, und Luke musste laut lachen. Doch bevor er eine Bemerkung machen konnte, tippte ich Harry an der Schulter an, wodurch er seinen Blick wieder zu mir wandte, und ich sagte: „Gib mir einfach die Erdbeere, mein Held."

Sofort bekam ich große Augen, als ich bemerkte, was ich sagte und hörte ein „Uhh" von den Jungs, worauf ich beschämt zu Boden sah und ein „Oh Gott" murmelte. Aber Harry kicherte nur und ich sah langsam wieder auf, als er sagte: „Ich finde ihn toll. Behalte ihn, kleines Ding."

276

Ich schmunzelte sanft und er streckte wieder die Hand aus, damit ich in die Erdbeere beißen konnte, deren Saft sich wie ein Netz auf meine Zunge legte, und in dem Moment, als wir uns dabei ansahen, wusste ich, dass es zwischen uns gewaltig knisterte. Es war nur noch eine Frage der Zeit, bis wir dem anderen verfallen würden.

Dann wandten wir unsere Konzentration wieder der Musik zu und wir verbrachten den Abend damit, die verschiedensten Lieder zu singen, wobei Lorence ab einem gewissen Punkt an den Flügel ging und bei den Liedern, bei denen er die Noten wusste, mitspielte. Dabei ertappten wir ihn auch dabei, wie er Songs von Wild Division spielen konnte.

Durch den vielen Wein und das Gequatsche wurde es schnell zur Nacht und am Ende saßen nur noch Harry und ich im Wohnzimmer, umringt von den anderen Jungs, die alle tief und fest schliefen.

Nathaniel lag neben Aramis, der sich fest an ihn gekuschelt hatte, auf dem Boden, während Luke und Andrew die Couch ergattert hatten. Auch Harry hatte sich dort einen Schlafplatz eingerichtet, sodass er nur noch unter die Decke schlüpfen musste, und James hatte sich die Sitzsäcke so zusammengestellt, dass er eine bequeme Liegefläche hatte und mit verschränkten Armen schlief, dabei hatte er eine Weihnachtsmütze auf dem Kopf sitzen.

Harry und ich hatten uns jedoch zu sehr in eine Konversation verwickelt, da wir ab einem gewissen Punkt über unsere Vergangenheit und die vielen Erinnerungen sprachen, die wir miteinander teilten. Das war der Grund, warum ich auf die Idee kam, durch die alten Fotoalben zu stöbern.

Nun saßen wir im Schneidersitz vor dem brennenden Kamin, teilten uns eine große, grobgestrickte Decke und hatten ein Fotoalbum vor uns liegen, um die Bilder anzuschauen, dabei mussten wir oft innehalten, um nicht die anderen durch unser Lachen aufzuwecken.

Zu jedem Bild hatten wir eine Geschichte und hätten Ewigkeiten darüber sprechen können. Wir hatten wirklich jede freie Minute miteinander verbracht und es war kein Wunder, dass unsere Eltern immer gesagt hatten, dass uns nichts und niemand trennen könnte. Damit hatten sie wohl recht. Denn das Beste war, dass uns nicht mal ein Streit und die Jahre, in denen wir uns nicht sahen, auseinanderhalten konnten.

„Erinnerst du dich noch daran?", fragte ich ihn und zeigte auf ein Bild, auf dem wir als Kleinkinder am Strand saßen und eine Sandburg bauten. Zumindest hatten wir es versucht. Denn was auf dem Bild zu sehen war, war eigentlich nur sehr viel Matsch und zwei Kinder, die von oben bis unten dreckig waren. Jedoch lachten sie voller Freude in die Kamera und hatten die Arme über die Schultern des anderen gelegt.

„Natürlich erinnere ich mich", kicherte Harry kurz und ein großes Grinsen war auf seinem Gesicht zu sehen, „Ich kann mich noch sehr gut erinnern, wie ich meinen Eltern auf die Nerven gegangen bin, nur damit wir zum ersten Mal zusammen in Urlaub fahren konnten. Ohne meine Eltern oder Lauren."

Mit einem leisen Lachen fuhr er sich durch die Haare und blätterte weiter, während ich einfach nicht anders konnte, als ihn anzustarren.

„Wie geht es ihr?", fragte ich einfach darauf los und er hob seinen Blick, sodass sich unsere Augen trafen.

„Ihr geht es gut. Und sie ist froh, dass wir wieder Kontakt haben. Als sie das Bild von uns am Weihnachtsmarkt sah, schrieb sie mir sofort: Ich habe es doch gewusst. Euch kann nichts trennen", äffte er seine Schwester nach und ich musste sachte schmunzeln, während ich in die tanzenden Flammen sah. „Das hat sie wohl recht."

„Zum Glück", murmelte er und ich sah wieder zu ihm, dabei sah ich ein Verlangen in seinen Augen, das mir eine Gänsehaut bereitete.

Harry musterte mich von oben bis unten und fuhr verführerisch mit der Zunge über seine schmalen Lippen, auf denen mein Blick hängen blieb. Dabei hatte ich das Gefühl, dass er irgendetwas sagen wollte. Aber am Zucken seines Mundes konnte ich sehen, dass er innerlich dagegen ankämpfte. Schließlich verlor er den Kampf, denn da murmelte er wie aus dem Nichts:„Ich liebe dich."

Schluckend saß ich vor ihm und spürte, wie ich eine Gänsehaut bei den Worten bekam. Dabei musste erst einmal realisieren, was er da sagte. Außerdem klopfte mein Herz so laut, dass ich die Befürchtung hatte, dass er es hörte. *Hatte er das L-Wort wirklich gesagt?*

„Was?", fragte ich ungläubig, da ich es einfach nicht in den Schädel bekam, und hörte, wie meine Stimme zitterte. Da kam Harry mir näher, schmunzelte sachte und raunte in mein Ohr: „Ich liebe dich, Grace Marilyn O'Reilly. Ich habe niemals damit aufgehört."

Weitere Gänsehaut überkam mich und zugleich flogen tausende Schmetterlinge durch meinen Bauch, was mir das Gefühl gab, gleich zu explodieren oder in Ohnmacht zu fallen. Seine Worte, seine unglaubliche Anziehungskraft und seine Nähe verursachten bei mir eine Nervosität, die ich noch nicht einmal bei meinen Auftritten verspürt hatte. Ja, selbst wenn ich sie kombinieren würde, könnte es nicht das zusammenfassen, was ich in diesem Moment fühlte.

Seine wunderschönen, langen Haare lagen durcheinander auf seinen Kopf, die er mit einem Griff wieder zurecht wuschelte, und seine blauen Augen funkelten noch schöner durch das Licht des Feuers. Seine unglaublich schönen Lippen, die zu einem sanften Lächeln geformt waren, und seine generelle Präsenz waren beeindruckend, was mich vor Aufregung am ganzen Körper zittern ließ. Ich wusste nicht, wie ich damit umgehen sollte, und er tat mir leid, weil ich nichts entgegnete. Doch ich konnte nicht. Ich bekam diese Worte nicht aus meinem Mund. Nur mein Herz schrie laut: „Ich liebe dich auch", was es mir klar und deutlich durch das schnelle, laute und unkontrollierbare Schlagen zeigte.

Als Harry langsam näherkam und zu mir rückte, wich ich keinen Millimeter zurück. Aber ich konnte es auch nicht. Ich war wie gelähmt und ließ zu, dass er mit seiner Hand eine Strähne aus meinem Gesicht strich und hinter mein Ohr klemmte.

Sofort lehnte ich meinen Kopf in seine Hand, schloss meine Augen und genoss seine Wärme, seine Nähe und seinen einzigartigen Geruch nach Sandelholz.

Doch es war nur von kurzer Dauer und ich spürte, wie er seine Hand zurücknahm und wie ich innerlich nach mehr schrie. Ich wollte, dass er bleibt, bei mir ist und mich nicht verlässt. Aber etwas sagen konnte ich immer noch nicht. Es war, als hätte man mich verflucht, um nicht sprechen zu können. Aber auch keine Bewegung, keine Geste, konnte von mir kommen, um ihm zu zeigen, dass es okay war. Dass er mich berühren konnte. Dass er bei mir sein durfte. Warum schien es so schwer für mich, wenn mein Verstand und mein Herz dasselbe sagten?

Zu meinem Glück spürte Harry mein Verlangen nach seiner Berührung und legte seine Hand wieder unter mein Kinn, um es sanft anzuheben. Sein Gesicht kam dabei meinem immer näher und ich konnte schon seinen Atem auf meiner Haut spüren.

Ein unglaubliches Gefühl machte sich in mir breit und wurde immer größer und stärker. Es war, als würde ein Feuerwerk in mir explodieren. Seine Nähe ließ mich im siebten Himmel schweben und ich wusste, dass meine Gefühle für ihn und auch mein Verlangen nach seinen Lippen echt waren.

Lass dich darauf ein, murmelte ich in meinem Kopf und spürte, wie mein Körper endlich nachgab und ich mich bewegen konnte, denn ich lehnte mich zu ihm und war fest dazu entschlossen, ihn zu küssen.Ich wollte endlich den Geschmack seiner Lippen kosten und ich wollte wissen, ob seine Lippen auch genauso weich und zart waren, wie sie aussahen.

Ich wollte das Verlangen in mir ausleben und somit schloss ich für einen Moment die Augen, um den Moment auf mich einwirken zu lassen. Aber obwohl ich immer noch seinen Atem und seine Körperwärme spüren konnte, geschah nichts, wodurch ich mich irritiert fragte, ob ich etwas falsch interpretiert hatte.

Sofort machte ich die Augen auf und erkannte, dass Harry in seiner Bewegung zögerte und innehielt. Außerdem legte er nun seine Stirn auf meine und schnaubte, als würde es ihn viel Kraft kosten, sich zu zügeln. Aber diesmal schaffte er es und er starrte mir in die Augen.

Harry schien über etwas nachzugrübeln. Etwas, das ihn von dem Kuss abhielt. Vielleicht war es die Angst, dass ich ihn ein zweites Mal verstoßen und verlassen würde.

Durch seinen flehenden Blick konnte ich erkennen, dass er nach Erlaubnis fragte. Er wollte wissen, ob es für mich okay wäre, und ich wusste, dass ich nun dran war, etwas zu tun, besser gesagt, es war an der Zeit, endlich meine Worte wiederzufinden.

Ich schloss meine Augen und fokussierte mich auf meinen Herzschlag, den ich beruhigen wollte, und atmete ein zweites Mal tief durch, da die Aufregung in mir sehr stark war. Als ich so weit war, sah ich in sein tiefes Blau hinein und sagte: „Tu es. Ich werde bleiben."

Diese Worte reichten aus und Harry zögerte keine Sekunde mehr. Ehe ich mich versah, schloss er die letzte Distanz zwischen uns und seine sanften Lippen schnappten meine mit Gier auf. Es war, als würden mich tausend Stromschläge durchfahren und ein Kribbeln, ein weiteres Feuerwerk, machte sich in meinem Körper breit, als ich den süßen Geschmack von den Erdbeeren und der Schokolade vernahm und die Augen schloss.

Ein Gefühl der Wärme und Sicherheit umgab mich, als wäre es eine Wolke, die uns beide umhüllte, und ich spürte, wie sich eine innere Stärke aufbaute. Ein Gefühl, das ich auf diese Weise noch nie vernommen hatte.

Es war ganz klar: Es war er. Er ganz allein und er allein gab mir das Gefühl, wirklich zu Hause zu sein. Als wäre er ein Schiff, das mich sicher und geborgen in einen Hafen fuhr.

Der Kuss war zart und vorsichtig, doch ich konnte seine ganzen Gefühle die er für mich hatte, spüren. Damals war ich zu sehr geschockt, um mich darauf einzulassen, doch nun, wo ich ihn mit klopfendem Herzen zurück küsste, wusste ich, was ich verpasst hatte. Leider distanzierte sich Harry wieder von mir und auch die Wärme seiner Lippen verließ mich.

Nachdem ich meine Sinne wieder kontrollieren konnte, öffnete ich meine Augen, um eine Antwort darauf zu finden, warum

Harry aufgehört hatte. Sofort erkannte ich das Gefühl der Unsicherheit, welches sich in seiner Körperhaltung widerspiegelte. Seine Muskeln waren angespannt und seine Stirn legte sich in Falten, als hätte er immer noch Bedenken, das Falsche zu tun. Außerdem fuhr er mit seiner Zunge über seine Lippen. Das war die einzige Eigenart an ihm, die mir sagte, dass ihn etwas störte.

Ich war so sehr damit beschäftigt, herauszufinden, was ich Harry sagen könnte, um ihm seine Angespanntheit zu nehmen, dass ich zusammenzuckte, als Harry seine Hand über meine Wange streichen ließ.

„Grace, sag endlich was. Bitte. Deine Stille macht mich wahnsinnig. Was fühlst du für mich? Sag es mir endlich", fragte er und seine Stimme klang dabei schon fast kläglich, als wollte er endlich nach ewigen Warten die Wahrheit von mir erfahren. Wahrscheinlich war das auch der Fall, denn da hörte ich wieder ein flehendes „Bitte, Grace."

Doch statt einer Antwort schenkte ich ihm nur ein zartes Lächeln und kam ihm wieder näher. Mir fiel nur eine einzige Möglichkeit ein, um ihm meine Zuneigung zu zeigen. Ich legte meine Hände um sein Gesicht, zog ihn näher zu mir und presste meine Lippen ganz fest auf seine, um ihm nochmal klarzumachen, dass ich diesmal bei ihm bleiben würde.

Harry schien diese Geste zu verstehen, denn sofort erwiderte er den Kuss, indem er sich stärker an mich presste und seine Hände um meinen Körper schlang, um mich festzuhalten.

Mit der Zeit war der Kuss auch nicht mehr zärtlich, sondern fordernd und intensiv, wodurch meine Gefühle wie eine Achterbahn rauf und runter fuhren und mich verrückt machten. Ich legte meine Hände um seinen Nacken und ließ mich voll und ganz auf seine Begierde ein, indem ich auf seiner Unterlippe knabberte und ein leichtes Brummen aus Harry herauslocken konnte. „Du spielst ein gefährliches Spiel, kleines Ding."

In einem Ruck drückte er mich auf den Boden und hielt meinen Körper fest unter seinem gefangen, um mit seiner Hand unter mein Shirt zu fahren und mich mit meinen Sinnen auf eine andere Reise zu schicken, dabei flüsterte er: „Aber das kann ich auch."

Sofort entfloh mir ein leises Stöhnen, als er mit einer sanften Berührung über meine fast brennende Haut fuhr und sich jeder Muskel in meinem Körper anspannte. Diese Reaktion ließ ihn frech grinsen und er küsste seinen Weg langsam zu meinem Nacken hin, um meinen schwachen Punkt zu erhaschen. „Weißt du eigentlich, wie lange ich dieses Verlangen hatte?"

Eine Antwort konnte ich ihm nicht geben. Nur ein Keuchen war zu hören, als er mich wieder an meinem schwachen Punkt neckte und mir die Gelegenheit zum Sprechen nahm.

Er hauchte „Du hattest es auch. Gib es zu" und zog mir den Pullover aus, um mir noch näher sein zu können. „Dieses Verlangen."

Er ließ spielerisch seinen Zeigefinger über meine bebende Haut fahren und die Hitze in mir wurde unerträglich, sodass ich seine Hände nahm, um nochmal aufatmen zu können.

Während ich versuchte, zu verschnaufen, murmelte Harry ein weiteres, intensives „Ich liebe dich" und gab mir einen gierigen Kuss auf den Bauch, wodurch ich wieder nach Luft schnappen musste und die Erregung klar und deutlich spüren konnte.

„Ich dich auch."

Es war nur ein Hauchen von mir. Ja, es war kaum hörbar. Doch endlich rutschten mir die Worte raus, die so lange in mir gefangen waren.

Harry schien es dennoch gehört zu haben, denn sein Kopf schoss in die Höhe und er sah mich mit einem fesselnden, hungrigen Blick an, als er sagte: „Was?"

Ich biss mir auf die Lippen, da ich ihn necken wollte, doch ich konnte ihm schon nichts mehr verheimlichen, denn ein breites, wissendes Grinsen machte sich auf seinem Gesicht breit. „Sag das nochmal."

„Dann verdiene es dir", entgegnete ich in einem frechen Ton und Harry lachte leise auf. „Ich habe drei verdammte Jahre lang auf diese Aussage gewartet. Ich denke, das hab ich schon."

Mit diesen Worten verfinsterte er sein Gesicht und drückte mich fest auf den Boden, um dann in einem dominierenden Ton zu sagen: „Jetzt sag es nochmal."

Ich musste kichern, doch dann strich ich ihm durch seine Haare, um ein ernstes, diesmal lauteres „Ich liebe dich" zu sagen. Ja, ich fühlte mich bei diesen Worten sogar so sicher, dass ich es sofort wiederholte. „Ich liebe dich, Mr. White."

Harry presste sofort seine Lippen auf meine und schnaubte zwischendrin ein „Endlich", wobei sein Verlangen nach mir spürbar größer wurde, da er sich schon beinahe an mich krallte.

Mein Verlangen wurde ebenso wieder stärker und ich begann, unter sein Shirt zu greifen, um es dann über seinen Kopf zu ziehen und seinen muskulösen, gut trainierten Oberkörper zu enthüllen. Ich ließ meine Finger spielerisch über seine Muskeln entlangfahren, die sich unter der Berührung anspannten, und ich konnte den Ansatz eines leichten Six-Packs erkennen.

„Gefällt dir, was du siehst?", fragte Harry, dabei sah er mit einem stolzen Grinsen an sich herunter, doch statt dem kleinen Narzissten die gewünschte Antwort zu geben, zuckte ich nur mit den Schultern und sagte: „Noch weiß ich es nicht."

„Du, freches, kleines…", fing Harry an, zu sagen, doch hielt auf einmal inne, als eine Art Murmeln neben uns zu hören war.

Harry und ich hielten sofort inne und sahen zu dem Jungen mit den blonden Haaren, der sich in sein neues Kissen kuschelte. Endlich wurde uns wieder klar, wo wir uns befanden, und mein Herz schlug bei dem Gedanken, was wir beinahe getan hätten, aus der Brust.

Doch wir hatten Glück, denn Nathaniel hatte sich nur im Schlaf umgedreht und Aramis legte seinen Kopf auf seinem Bein ab. Erleichtert mussten wir ausatmen und sogar ein wenig lachen, weil wir so sehr abgelenkt waren.

Wir sahen uns in die Augen und man konnte noch immer das Verlangen nach unseren Lippen erkennen. Ja, das Verlangen war immer noch da und somit kam mir Harry wieder näher. Doch nicht um mich zu küssen, sondern um leise in mein Ohr zu flüstern. „Ich glaube, hier wäre es nicht so gut, little darling."

Während er die Worte leise in mein Ohr hauchte, knabberte er verspielt an meinem Ohrläppchen herum und strich weiterhin zärtlich über meine Haut, als würde er auf eine Einladung warten, mich in mein Zimmer zu begleiten.

„Dann komm mit mir hoch", flüsterte ich zurück und spielte dabei mit seinen Locken.

Harry zog sein Gesicht weg und ich konnte wieder den kleinen Jungen mit den leuchtenden Augen erkennen. Dabei sah ich zu, wie er meinen ganzen Körper musterte und mich mit seinem hungrigen Blick beinahe auszog.

Ohne zu zögern, stand er auf, um mir dann ebenso auf die Beine zu helfen. Dann schnappten wir unsere Shirts, nahmen uns an der Hand und liefen Richtung Treppe.

Kaum hatten wir es geschafft, in meinem Zimmer zu verschwinden und die Türe zu schließen, fragte er: „So, wo waren wir eigentlich stehen geblieben?"

„Ich weiß es nicht. Ich glaube wir wollten schlafen gehen", neckte ich ihn und sah ihn dabei mit einem teuflischen Grinsen, was das Tier in ihm nur noch mehr weckte.

„Na, warte", grinste Harry und drückte mich mit aller Kraft gegen die Wand, um dort weiterzumachen, wo wir vor kurzem aufgehört hatten. „In diesem Zustand sollte man mich wirklich nicht provozieren, kleines Ding."

Mit diesen Worten drückte er seine Hüfte gegen meine, wobei ich eindeutig spüren konnte, was ich mit ihm angestellt hatte.

„Du machst mich wahnsinnig, weißt du das?", murmelte er, wobei er sich noch einmal an mir rieb, und ich antwortete nur damit, meine Hüfte gegen seine kreisen zu lassen, wodurch er selbst keuchen musste. „Das bekommst du zurück."

Somit kosteten wir wieder den Geschmack unserer Lippen und seine Berührungen brannten sich in meine Haut ein, als er begann, den Bund meiner Hose hinunterzuziehen und über meine empfindlichste Stelle zu streicheln. „Heute Abend gehörst du nur mir, hast du verstanden?"

Ich nickte nur und ließ mich mit einem Seufzen auf seine Berührungen ein, bevor er ein „Schrei für mich" forderte und mich zum Bett stieß.

In uns beiden brannte eben ein Verlangen, welches in den letzten Jahren unterdrückt worden war und nicht so schnell verschwinden würde. Unsere Lippen konnten sich einfach nicht mehr lösen und wir konnten auch nicht aufhören, uns anzufassen.

Wir erkundeten jeden einzelnen Zentimeter unseres Körpers und der Moment, in dem wir uns nah kamen wie noch nie, schien Ewigkeiten anzuhalten, ja, er schien fast schon unendlich zu sein. Dabei krallte ich mich beim Höhepunkt fest an Harry, während ich seinen Namen erschöpft in den Nacken hauchte und er sich wieder fest an mich klammerte. Ja, sogar für einen Moment in mir verweilte und ich somit seinen nassgeschwitzten, heißen Körper auf meiner bebenden Haut spüren konnte.

Ich erinnerte mich noch ganz genau daran, wie ich am Ende unserer gemeinsamen Nacht in Harrys Armen lag und vollkommen außer Atem war. Ich war umhüllt von einer Duftwolke, die aus Harrys unverkennbaren Geruch nach Zedernholz und Vanille entstand, und während er ein letztes „Ich liebe dich" in mein Ohr flüsterte, schlief ich mit einem Kribbeln im Bauch ein.

Aufgeweckt wurde ich von den ersten Sonnenstrahlen, die durch mein Fenster schienen, aber auch eine gewisse Wärme sorgte dafür, dass ich langsam zu meinen Sinnen kam. Mein Kopf lag immer noch auf Harrys Brustkorb, der sich gleichmäßig hob und senkte, und ich atmete seinen unwiderstehlichen Duft ein, um mir zu beweisen, dass es kein Traum war.

Als ich meine Augen öffnete, lagen seine Arme immer noch fest um mich geschlungen, als wollte er mich nie wieder loslassen.

Sanft sah ich zu ihm auf und bemerkte, dass er immer noch tief und fest schlief. Dabei formte sich ein zartes, zufriedenes Lächeln auf seinem Gesicht ab und sein Kopf war zu mir gewandt. Noch einmal mehr kuschelte ich mich an seinen warmen Körper, um einfach nur seine Gegenwart zu genießen.

Nach einer Weile aber hob ich meine Hand, um zuerst über seinen wohlgeformten Körper und dann über jedes einzelne Tattoo zu fahren, die ich in dieser Nacht erkunden durfte.

Harry hatte ein großes Schultertattoo, welches seine Muskeln betonte, und ein weiteres an seiner V-Leiste. Obwohl ich generell gegen Tattoos war, musste ich zugeben, dass sie ihm standen und ich keines an ihm missen wollte.

„Gefällt dir nun, was du siehst?", hörte ich eine dunkle, verschlafene Morgenstimme räuspern und ein Lächeln breitete sich auf meinem Gesicht aus.

„Sagen wir so: Es ist brauchbar", antwortete ich, woraufhin ein kleines, raues Lachen zu hören war, und ich spürte, wie er mich an sich drückte. „Lügner."

„Doch was ist das?", fragte ich interessiert und fuhr ein bestimmtes Muster nach, welches in seinem Schultertattoo eingearbeitet war.

„Eine Triskele."

„Wofür steht es?", fragte ich weiter und ich sah wieder zu ihm auf, dabei erkannte ich, wie sein Gesicht wieder ernster wurde. „Es kann viele verschiedene Bedeutungen haben. Es kann zum Beispiel Geburt, Leben und Tod heißen. Es kann aber auch für Vater, Mutter und Kind stehen."

„Und was bedeutet es für dich?"

„Hinfallen, aufstehen, weitergehen", antwortete er und ich nickte, während ich weiter über das Symbol streichelte. „Es ist sehr schön."

„Ich ließ es nach unserem Streit machen", gestand er mir und ich schenkte ihm einen fragenden Gesichtsauszug, dabei stützte ich mich auf meinem Ellenbogen ab. „Warum?"

„Ich war sehr verletzt, wodurch ich in ein tiefes Loch fiel. Jedoch hat mir Lu dabei geholfen, wieder herauszukommen, also aufzustehen. Durch ihn bekam ich auch die Idee für das Tattoo", erklärte er und ich musste schlucken. „Luke weiß es also?"

„Lu und Nathaniel. Lu hat nachgefragt und Nathaniel wusste es seit dem ersten Tag. Er wusste schon immer, dass zwischen uns mehr als nur Freundschaft war. Das wusste er seit dem ersten Händedruck", meinte er und ich nickte. „Erinnert mich ein wenig an Lorence und Skyler. Sie waren bei mir diejenigen, die wussten, was wirklich ablief. Zwar hab ich die ganze Geschichte nur Lorence erzählt, aber Skyler wusste es auch, ohne zu fragen, schätze ich."

„Das kann sein", entgegnete er und kraulte mir durch die Haare, sodass ich wieder langsam meine Augen schloss und mich entspannte.

„Wusstest du eigentlich, dass dein Haar nach Kokosnuss riecht?", fragte er und ich musste über seine Frage kichern. „Kann sein."

„Das hat es schon immer", murmelte er und atmete tief ein und aus, als wollte er sich diesen Duft genaustens einprägen. „Wie der Sommer. Es erinnert mich an den warmen Strand, an die ruhigen Wellen und ihr zartes Rauschen."

Die nächsten paar Minuten blieben wir still und hörten nur dem Atem des anderen zu, doch es war keine unangenehme Ruhe. Es war eher so, als würden wir den Moment verinnerlichen. Erst nach einer Weile hörte ich wieder ein Räuspern von Harry. „Wie viel Uhr ist es eigentlich?"

„Warte", murmelte ich und musste fast über ihn klettern, um an den Wecker auf meinem Nachttisch zu kommen. Als ich ihm dann die Uhrzeit sagte, erschrak er und warf mich beinahe vom Bett hinunter, um dann seine Hose einzufangen und sich anzuziehen.

„Oh Gott, Harry! Was ist denn jetzt los?", fragte ich verwundert und verspürte einen ungewöhnlichen Krampf im Bauch, da ich nicht wusste, was diese Reaktion zu bedeuten hatte.

„Es tut mir so leid, Grace", fing er an, kam zu mir und gab mir schnell einen Kuss auf die Lippen. „Doch ich muss so schnell wie möglich ins Wohnzimmer zurück und mich dort schlafen legen."

Nach dieser Erklärung flitzte er zur Tür. Doch als er sie öffnen wollte, hielt ich ihn auf, indem ich seinen Namen rief. Natürlich blieb er sofort stehen und sah mich mit seinen verschlafenen Augen an, während ich schnell meinen Pullover anzog, der neben meinem Bett lag, und aufstand, um zu ihm zu gehen.

„Warum?", fragte ich ihn, als ich genau vor ihm stand und dann mit einer Hand durch seine weichen Haare streifte.

Er atmete tief ein und aus und drückte seinen Kopf gegen meine Handinnenfläche. „Weil wir uns dann beide ewig lang Sprüche anhören müssen. Darf ich dich dabei ganz besonders auf Lu und Lorence verweisen? Nath wird sicherlich auch nicht ruhig bleiben."

„Also schämst du dich wegen heute Nacht", sagte ich und rieb mit einem provokanten Grinsen mein Kinn. „So ist das also. Vielleicht muss ich meine Bettqualitäten nochmal überprüfen."

„Oh Gott, nein! Du bist perfekt!", platzte es aus Harry heraus und er schlang seine Arme um mich, um einen Kuss auf meinen Nacken zu pflanzen. „Es war die beste Nacht seit langem. Doch ich möchte keine dummen Sprüche hören wie ‚Na endlich. Hat ja lange genug gedauert' oder ‚Was habe ich euch gesagt?' oder willst du das etwa? Dann kann ich auch bleiben und wir könnten wieder ein wenig Spaß haben. In die dritte Runde haben wir es ja leider nicht mehr geschafft."

Ich musste lachen und schlang meine Arme um seinen Oberkörper, um dann meinen Kopf auf seine Brust zu legen. „Es soll unser Geheimnis bleiben", murmelte ich und fügte hinzu: „Ich möchte nicht, dass man dich fertig macht. Dafür bin ich schon zuständig."

„Ach, also willst du mich jetzt loswerden."

„Ganz genau", kicherte ich, hob meinen Kopf und gab ihm einen Kuss auf die Wange, was ein Lächeln in sein Gesicht zauberte. Danach löste ich mich wieder von ihm und er stupste mit seinem Finger meine Nase an. „Also bis später?"

„Bis später."

Dann lief Harry halbnackt aus meinem Zimmer und die Treppen hinunter, während ich oben Wache hielt, damit keiner unserer Mitbewohner etwas mitbekam.

Da blieb Harry abrupt stehen und ich spitzte die Ohren, weil ich dachte, jemand hätte uns gesehen. Wahrscheinlich hörte ich auch für einen kurzen Moment auf, zu atmen. Doch zum Glück war keiner zu sehen und ich rief leise: „Jetzt geh schon!"

Doch statt auf mich zu hören, rannte er wieder die Stufen zu mir hoch, wodurch ich irritiert fragte: „Was ist denn jetzt wieder?", worauf er mit trauriger Stimme flüsterte: „Ich vermisse dich jetzt schon."

Ich musste kichern: „Verdammt, Harry! Jetzt verschwinde!"

„Also haben wir jetzt wirklich ein Geheimnis?", fragte er schmunzelnd und ich antwortete ihm mit einem sanften Nicken.

Er kam mir wieder näher und küsste mich schnell hintereinander auf den Mund. Dabei wurde er immer gieriger und ich konnte spüren, dass er wieder erregt war. Doch ich drückte ihn nur kichernd weg.

„Jetzt hör auf und verschwinde!", murmelte ich ihm zu und er meckerte „Du bist gemein", doch ich packte ihn nur an den Schultern und drehte ihn um, damit er endlich runter ins Wohnzimmer laufen würde.

Immer schneller werdend huschte Harry die Treppen hinunter und als er unten ankam, drehte er sich nochmal zu mir, um mir einen erhobenen Daumen zu zeigen.

Ich nickte ihm zu und somit verschwanden wir beide an unseren Plätzen. Er legte sich in seinen Schlafsack und ich huschte wieder in mein Zimmer, wo ich erst einmal vor Glück aufquietschen musste und mich mit einem breiten Grinsen im Spiegel ansah. Dabei erkannte ich an meinem Nacken einen großen Knutschfleck, der mich an die nächtlichen Ereignisse erinnerte.

Ich habe die Nacht mit Harry White verbracht, dachte ich, dabei fühlte ich mich wie ein Fangirl und sprang vor Freude in die Höhe. *Endlich,* dachte ich, *endlich hatte sich alles geklärt.* Es fühlte sich alles so befreiend an.

Nach zwei Stunden saßen wir wieder gemeinsam am Tisch, um zu frühstücken, dabei war ich froh, meinen Knutschfleck mit meinem roten Rollkragenpullover abdecken zu können.

„Also", fing Allison plötzlich an, als ich von meinem Orangensaft trank, und sofort richteten sich alle Blicke auf sie. „Wer von euch ist heute Nacht ständig durch die Flure gerannt und hat gekichert?"

Sofort verschluckte ich mich und musste laut husten, woraufhin Harry mir behutsam auf den Rücken klopfte. Dabei konnte ich sein freches Grinsen erkennen, welches er zu unterdrücken versuchte, und somit trat ich mit voller Wucht auf seinen Fuß, wodurch er aufstöhnte.

Statt eine Antwort auf Allisons Frage zu geben, starrte ich in die Runde und sah noch andere schuldbewusste Gesichter, wodurch ich mich wieder entspannte. Denn zum Beispiel tauschten Luke und Nina auffallende Blicke aus. Sofort war mir klar, dass nicht nur ich meinen Spaß in dieser Nacht hatte.

Auch Skyler und Claire schienen unruhig zu sein und ich fragte mich, was die beiden in dieser Nacht wohl angestellt hatten. Doch trotz der schuldigen Gesichtsausdrücke sagte keiner etwas und als Allison bemerkte, dass keiner etwas sagen würde, meinte sie: „Wehe, das geht jetzt jede Nacht so! Sonst wird das Konsequenzen für euch alle haben!"

Sofort mussten alle lachen und auch Allison konnte sich ein Grinsen nicht verkneifen. Harry und ich schenkten uns ein Lächeln und hielten kurz Händchen unter dem Tisch, wobei er sich zu mir lehnte und flüsterte: „Der Knutschfleck steht dir."

Sofort fasste ich mir an den Hals und sah ihn geschockt an, doch er beruhigte mich sofort. „Man sieht nichts. Keine Angst."

Da wurde unsere Aufmerksamkeit auf etwas anderes gelenkt, als die Handys der Mädels vibrierten. Auch ich bekam eine Nachricht und als ich sie sah, stupste ich Harry unter dem Tisch an. Ich fand keine Worte und ich spürte, wie mir schlecht wurde.

Die Nachricht war von Mr. Marks, der uns als Band in sein Büro beorderte, weil er uns schlechte Nachrichten verkünden und eine Lösung für ein gewisses Problem vorstellen wollte.

Harry sah mich mit großen Augen an. Anscheinend stellten wir uns dieselbe Frage. Was war mit der Chance, dass die Band zusammenbleiben könnte? Harry und ich wollten doch noch den letzten Song fertig schreiben. Anscheinend war zu spät.

Da schrieb auch Philip mir und als Harry wegsah, las ich mir schnell seine Nachricht durch: „Wir müssen reden und ich sage schon einmal: Es tut mir so leid, mein Mädchen."

Mir kamen die Tränen hoch, während die anderen Mädels gemeinsam mit den Jungs rätselten, was die Nachricht bedeutete.

Harry sah mich stattdessen mit einem auffordernden Blick an und ich wusste sofort, was er von mir verlangte.

Meine Zeit war abgelaufen und nun konnte ich mich nicht mehr verstecken. Deswegen räusperte ich mich, um die Aufmerksamkeit der anderen zu bekommen, und murmelte: „Ich muss mit euch reden."

15. TRACK

„Wie bitte?", fauchte Allison verständnislos, nachdem ich den Mädchen die ganze Geschichte der letzten paar Wochen erzählt hatte und dabei beinahe zerbrach. Ja, ich spürte sogar, wie mein ganzer Körper vor Angst schlotterte, da ich gleich ihre Reaktionen sehen würde.

Die anderen Mädchen hatten mir aufmerksam zugehört und ich musste zugeben, die Wahrheit zu sagen, war schwieriger, als ich gedacht hatte.

Immer wieder musste ich Pausen einlegen, um nicht komplett den Tränen zu verfallen, die mir nach und nach auf meinen Schoss fielen. Zu sehr hätte ich Harry an meiner Seite gehabt, so wie er es mir versprochen hatte. Sicherlich hätte ich dann viel mehr Kraft gehabt, mich zu erklären, und ich würde mich nicht so verloren fühlen. Doch er war nicht hier, sondern unten im Keller bei den restlichen WG-Mitgliedern.

Er hatte nämlich dafür gesorgt, dass der Rest nichts von diesem Gespräch mitbekam, und überredete sie, in den Keller zu gehen, um dort im Billardraum ihre Zeit zu verbringen. Natürlich waren die anderen nicht begeistert, weil er sie wegschickte. Schließlich wollten sie auch hören, was ich zu besprechen hatte. Doch Harry war hartnäckig geblieben und hatte es somit geschafft, sie wegzubringen, auch wenn es einen kleinen Machtkampf zwischen ihm und Lorence gab.

Nun saß ich mit den anderen Mädchen im Wohnzimmer und vergrub mit Tränen in den Augen mein Gesicht in den Händen, während ich als letzten Satz ein „Es tut mir leid" murmelte und auf den großen Sturm wartete.

Allison hatte ihre Stirn während des Gespräches immer mehr in Falten gelegt und es war so, als würde sie gleich wie ein Hurrikan ausbrechen, wodurch ich leicht eingeschüchtert war. Wenn Allison wütend war, dann war sie wütend und ja, es konnte sehr beängstigend werden.

Skyler beobachtete mich währenddessen mit großen Augen und ihr Mund stand weit offen, als würde sie meinem Geständnis nicht glauben. Und Nina? Tja, Nina saß schweigend und rührte sich nicht ansatzweise. Ich konnte nur sehen, wie die Tränen in ihren smaragdgrünen Augen glitzerten. Sie war wie eingefroren und starrte auf ihre zittrigen Hände, als wollte sie die Nachricht, die ich übermittelt hatte, um jeden Preis vergessen.

„Wieso hast du nichts gesagt?", murmelte Skyler fassungslos, nachdem sie laut geschluckt hatte, und musterte mich mit ihren hellblauen Augen. Doch ich konnte ihrem Blick nicht richtig entgegnen, da ich Angst hatte, dass mein Herz brechen würde. „Ich wollte euch nicht beunruhigen."

„Nicht beunruhigen?!", platzte es aus Allison, „Ist das dein Scheiß-Ernst?"

„Es tut mir so leid", antwortete ich mit ruhiger Stimme, um sie nicht noch weiter zu reizen, doch sie brüllte mich nur noch an. „Das hättest du dir vorher überlegen sollen! Du hättest uns sagen sollen, was los ist. Ja, wir wären beunruhigt gewesen, doch zumindest hätten wir dann die Chance gehabt, etwas zu ändern! Dann hätten wir gemeinsam Songs geschrieben! Gemeinsam als Band! Nicht nur du ganz allein! Verdammt! Jetzt ist alles zu spät und es ist deine Schuld!"

Mein Mund stand weit offen, doch ich wusste nicht, was ich sagen sollte und es kamen nur unverständliche Laute aus mir heraus, die keinen Kontext hatten.

Allison hob ihre Hand, um mir zu signalisieren, dass ich nichts sagen sollte, und ich verstummte. Sie sah mich mit vernichtendem Blick an. „Weißt du was?! Verschwinde aus meinem Blickfeld!"

„Wie bitte?", fragte ich. Es waren die ersten Worte, die ich fand, und auch die einzigen, die ich aussprechen konnte. Die Art und Weise, wie sie diese Worte ausgesprochen hatte, ließ mich am ganzen Körper zittern.

Ich sah zu den anderen und hoffte, dass sie etwas sagen würden. Doch sie taten es nicht. Sie reagierten nicht und Nina spielte immer noch mit ihren Händen. Sie schien mit ihren Gedanken auf einem anderen Planeten zu sein, dabei bekam ich das Gefühl, das sie am liebsten wegrennen wollte.

„Ich sagte: Verschwinde! Sofort!!", fauchte Allison, sprang von der Couch und verwies mit ihrem Finger auf mein Zimmer, wodurch ich am ganzen Körper zusammenzuckte. Besonders als sie noch zischte: „Ich will und kann dich gerade nicht sehen! Oder ich tue etwas, was ich bereuen werde."

„Aber, Allison…", stammelte ich und Allison schrie: „Halt die Klappe! HALT einfach deine Klappe. Ich will *nichts* mehr von dir hören! Hast ja so oder so die ganze Zeit den Mund gehalten, also kannst du es jetzt auch tun!"

Verletzt von ihren Worten war ich es nun, die auf den Boden starrte, und hörte Skyler auf einmal sagen: „Grace … Es wäre wirklich besser, wenn du jetzt gehen würdest."

„Aber…"

„Grace, geh", forderte Skyler mich mit einem ernsten Ton auf, dabei zog sie Allison zurück auf die Couch und verwies sie ebenso auf den oberen Stock, um mir zu sagen, dass ich endlich verschwinden sollte.

Mit einem strömenden Wasserfall und verschwommener Sicht stand ich auf und lief die Treppen hoch, wobei ich wieder einen kurzen Blick auf meine aufgebrachten Freundinnen richtete und mein Herz in Millionen Stücke gerissen wurde.

Skyler war damit beschäftigt, Allison, die ihren Kopf in den Händen vergrub, zu beruhigen, indem sie immer wieder auf sie einsprach. Mir war dabei klar, dass sie beide weinten. Dennoch schien es Allison am meisten zu beschäftigen. Zu sehr konnte ich mir vorstellen, was sich in ihr ablief. Die Band war nach ihrer schwierigen Vergangenheit ihr Ein und Alles.

Sie hatte in jungen Jahren ihren Vater, der jahrelang gegen Krebs gekämpft hatte, verloren und durch diesen Verlust auch ihre Mutter und ihren Bruder, Jake Watson. Die Musik und die Band hatten ihr geholfen, über ihre schlimmen Erinnerungen und Verluste hinwegzukommen.

Plötzlich sprang Nina von der Couch auf und ich hatte kurz die Hoffnung, sie würde zu mir kommen, um zu reden. Mir war dabei auch egal, ob sie mich anschreien würde oder nicht. Hauptsache, sie würde mit mir kommunizieren, denn ihr Schweigen war definitiv eine größere Strafe für mich.

Aber meine beste Freundin kam nicht. Ja, sie sah noch nicht einmal zu mir auf, sondern verschwand mit schnellen Schritten aus dem Wohnzimmer, während Skyler nur noch „Wo gehst du hin?" rief.

Doch Nina reagierte nicht auf ihre Worte, sie blieb weiterhin still und ich konnte nur noch ein lautes Knallen der Haustür hören, was aussagte, dass meine beste Freundin weg war. Als ich wenige Sekunden später das Aufheulen ihres Sportwagens hören konnte, wusste ich, dass sie wütend war und nicht so schnell wieder auftauchen würde.

„Was hast du nur getan?", murmelte ich mir leise zu und schüttelte fassungslos den Kopf, während ich meinen Weg weiter in mein Zimmer bahnte, dabei fühlte sich jeder Schritt so schwerfällig an. Ich musste sogar aufpassen, dass ich nicht stolperte, so schwach fühlte ich mich in diesem Moment.

Als ich kurz davor war, die obere Etage zu erreichen, hörte ich schnelle Schritte, die die Kellertreppen hoch rannten.

„Grace!", rief eine dunkle, raue Stimme, die mir sofort sagte, dass Harry nach mir suchte. Doch ich ignorierte ihn. Mein einziger Wunsch war, zu fliehen und allein zu sein. Ich wollte mich in mein Zimmer verkriechen und nie wieder herauskommen. Wahrscheinlich wäre dies auch die beste Entscheidung für uns alle.

Schnell lief ich zu meinem Zimmer und verschwand, wobei ich Harry die Treppen hoch rennen sah. „Grace! Nicht! Lass mich rein!"

Doch ich schloss nun auch den letzten Spalt und versperrte die Tür, da ich wusste, dass ich sonst keine Ruhe vor ihm haben würde. Doch es war eben Harry, der mir hinterherlief, und schon hörte ich ihn mit ernsthaftem Ton fordern: „Grace, mach auf!"

An der Lautstärke seiner Stimme war zu erkennen, dass er nun direkt vor meinem Zimmer stand. Dabei konnte ich mir vorstellen, wie er sich wie gewöhnlich bei unangenehmen Situationen mit der Zunge über die Lippen leckte.

Seufzend legte ich meine Stirn an der Tür ab und murmelte: „Geh. Ich komme klar."

„Sicherlich nicht."

„Harry, bitte. Ich will allein sein", entgegnete ich mit einem Schluchzen, welches ich zu unterdrücken versuchte, und Harry, der meinen Schmerz bemerkte, sagte in einer sanfteren Stimme: „Ich habe dir versprochen, dich nicht allein zu lassen. Also lass mich das einhalten und öffne die Tür."

„Nein", schüttelte ich den Kopf und ließ mich langsam zu Boden fallen, während Harry noch einmal ein „Grace, bitte mach auf" flehte.

Ich sagte nichts mehr, sondern schüttelte nur den Kopf, was er natürlich nicht sehen konnte. Aber sicherlich wusste er, was für ein Wrack ich war und dass die Tränen unkontrolliert meine Wange hinunterliefen, da ich immer noch wimmerte.

Ich hörte ein Seufzen auf der anderen Seite und ein Rumpeln an der Tür, woraufhin er sagte: „Ich werde hier bleiben, kleines Ding. Ich lasse dich nicht allein. Nicht jetzt."

Mir war sofort klar, dass er sich hingesetzt hatte und nur darauf wartete, dass ich ihm endlich die Tür öffnete. Ich musste sachte über diese Geste schmunzeln, aber ich fand die Kraft nicht, um ihm entgegenzukommen und ihm den Gefallen tun, ihn reinzulassen.

„Wie ist es gelaufen?", hörte ich ihn fragen und ich musste dadurch noch mehr schluchzen, worauf er ein „Es wird wieder", murmelte.

„Woher willst du das wissen?"

„Weil ich es weiß."

Ich musste bei dieser Aussage boshaft auflachen und den Kopf schütteln. „Ja, klar. Du hättest sie sehen sollen. Nina wurde schlagartig still und ist abgehauen. Mein Gott, wer weiß, wo sie nun ist, Und Allison? Na ja, ich denke, du konntest sie hören. Immerhin war sie laut genug, sodass es jeder hören konnte."

Er schwieg, was für mich Antwort genug war.

„Du hast es den anderen gesagt, oder?"

„Sie gaben keine Ruhe", gestand er und ich seufzte, woraufhin er meinte: „Nach Allisons Ausbruch hatte ich keine Chance mehr, standzuhalten. Besonders Luke war hartnäckig."

„Was haben sie gesagt?", fragte ich, besorgt, dass nicht nur die Mädchen wütend auf mich sein würden, und als Harry seufzte, stellten sich mir die Nackenhaare. „Sie sind wütend."

„Sagen wir es so: Sie sind nicht begeistert davon, dass du es verheimlicht hast. Aber sie werfen es dir nun auch nicht vor. Im Gegenteil, Solution 5 will hier bleiben und das Ganze mit euch regeln", erzählte er mir in einem ruhigen, sanften Ton, als wollte er mich dadurch beruhigen.

„Also bleibt ihr hier?"

„Natürlich."

Obwohl es mir schmeichelte, dass Solution 5 hier bleiben wollte, um uns zu helfen, wünschte ich, sie würden gehen. Der Streit zwischen mir und den Mädchen würde sich sowieso nicht in Kürze regeln und sie könnten uns auch bestimmt nicht helfen.

„Und was habt ihr vor, zu tun?"

„Luke hat beschlossen, Nina suchen zu gehen, um sie zu beruhigen. Da sie sich momentan am nächsten stehen, hat er auch die beste Möglichkeit, an sie heranzukommen. Lorence meinte, dass Nina sich wahrscheinlich beim Hyde Park versteckt, und Luke hat nicht gezögert und fuhr mit Motorrad hinterher", sagte er und ich musste lächeln.

Natürlich würde sich Nina dort verstecken. Schon oft hatte ich sie dort gefunden, wenn sie über etwas nachgrübelte und allein sein wollte. Sicherlich war es nun auch ihr Zufluchtsort, nachdem ich die Nachricht über die Trennung der Band überbrachte. Es gäbe keinen besseren Augenblick, das war ich mir bewusst.

„Nathaniel kümmert sich um Skyler und Allison, wobei ich nicht weiß, ob sein Optimismus gerade so hilfreich ist", sprach er weiter. „Und ich kümmere mich natürlich um dich. Also lässt du mich jetzt rein?"

„Nein", meinte ich, da mein Wunsch, niemanden bei mir zu haben, immer noch bestand und ich hörte ein „Verdammt" von ihm flüstern, wodurch ich wieder schmunzeln musste.

Sicherlich hatte er kurz die Hoffnung, dass ich nachgeben würde, da sich mein Schluchzen durch seine beruhigende Art immer mehr legte.

„Du weißt, dass ich dich jetzt nicht mehr in Ruhe lasse, oder?", kam als nächstes von ihm und ich entgegnete: „Ich befürchte es."

„Also kannst du mich jetzt auch reinlassen, oder?"

„Harry …"

„Hm?"

„Geh zu den anderen. Hilf Nathaniel, Allison zu beruhigen, oder geh zurück in den Billardraum", forderte ich ihn auf und ich hörte ihn genervt schnauben. „Ich werde für dich da sein, okay? Ich werde auch morgen für dich da sein, hörst du? Ich werde dich nicht verlassen."

„Danke."

„Das ist selbstverständlich für mich. Ich habe dich lang genug allein gelassen", meinte er und ich spürte, wie die Tränen an meiner Wange hinunterliefen, dabei dachte ich: *Ich habe dich nicht verdient.*

„Also lässt du mich jetzt rein?", fragte Harry ein weiteres Mal und ich schüttelte den Kopf. „Nein. Immer noch nicht."

Harry seufzte laut auf, um mir zu zeigen, dass er nicht begeistert war, aber dann sagte er: „Ich komme in fünf Minuten wieder. Ich will sichergehen, dass es Nathaniel noch gut geht."

Dann hörte ich, wie er langsam aufstand und die Treppen hinunter ging. Kaum war es ruhig, konnte ich wieder erleichtert ausatmen und ich sammelte meine ganze Kraft, um aufzustehen, um mich auf meinen Schreibtischstuhl zu setzen. Dort sah ich zu dem kleinen Ordner mit den Songs, die Harry und ich Mr. Marks nach den Weihnachtstagen geben wollten.

Die Wut brodelte in mir auf und ich nahm den Ordner, um ihn durch das Zimmer zu werfen, da ich einfach keine Lust mehr auf diese verdammte Situation hatte, dabei verteilten sich lose Blätter im Zimmer. Hätte nicht einfach alles so bleiben können, wie es war?

Offensichtlich nicht.

Ich nahm mein Handy in die Hand und beschloss, Mr. Marks anzurufen, um ihm meine Meinung zu sagen. Aber Philip schien schneller zu sein, da ein Anruf von ihm einging, und mit einem Fauchen hob ich ab. „Was willst du?"

„Ich weiß, dass du wütend bist", entgegnete er mit sanfter Stimme, doch im Gegensatz zu Harrys beruhigender Stimme, sah ich bei ihm nur noch rot. „Ihr habt mir bis nach den Feiertagen gegeben!"

„Das weiß ich, aber..."

„Aber was? War das wieder nicht schnell genug für euch? Hat es nicht gereicht?", zischte ich, „Hier liegen drei fertige Songs, die gemeinsam mit Harry White geschrieben worden sind, und ein vierter steht noch offen. Was wollt ihr mehr? Oder war alles nur eine Lüge, um uns falsche Hoffnungen zu bereiten?"

„Grace..."

„Was?"

„Es gab nie ein wir", ärgerte er sich, „Ich wollte helfen. Erinnerst du dich? Ich wollte für euch sogar mehr Zeit gewinnen! Also beruhige dich, okay? Atme tief ein und aus."

Zuerst wehrte ich mich gegen seine Bitte, doch als er ein „Tue es" forderte, atmete ich tief ein und aus, wie er es wollte, dabei spürte ich, wie es mir wieder besser ging.

„Gut so, mein Mädchen", sagte er und ich rieb mir die Stirn, da sich ein stechender Schmerz in meinem Kopf breit machte. „Was passiert jetzt?"

Philip blieb kurz still, aber dann sagte er: „Ich weiß, es wird schwer sein, aber ich schätze, du musst deine Band loslassen."

Ich bekam eine Gänsehaut am ganzen Körper. „Wie bitte?"

„Ich finde es wirklich schön, dass du dich wieder mit deinem Kindheitsfreund verstehst und dass du Songs mit ihm geschrieben hast, ist toll, aber für ein weiteres Album für Wild Division reicht es nicht. Mr. Marks hat beschlossen, es sein zu lassen. Es hat keinen Zweck", erklärte Philip und ich begann wieder, laut zu schluchzen. „Bitte nicht."

„Grace, wir haben es versucht", meinte er und fügte dann hinzu: „Aber du brauchst dir keine Sorgen zu machen. Sicher werdet ihr einen Weg finden, eines Tages wieder Musik zu machen. So lange gehst du deinen eigenen Weg und ich verspreche, dich als Solo-Künstlerin zu unterstützen. Du hast also nichts zu verlieren, oder?"

„Ich habe momentan alles verloren", fauchte ich zurück und legte, ohne ihn zu Wort kommen zu lassen, auf, um dann laut ein „Scheiße" zu schreien.

Ja, vielleicht würde ich einen Vertrag für ein Soloalbum bekommen, doch was war der Preis? Ich hatte immer noch meine besten Freundinnen, meine Bandkollegen, angelogen und ich hatte momentan eher Bedenken, dass wir nicht wieder miteinander sprechen würden.

Nina war verschwunden und weinte sich sicherlich gerade bei Luke aus. Zum ersten Mal konnte ich nicht für sie da sein, um sie zu trösten. Nein, dieses Mal musste es jemand anderes tun, weil ich es vermasselt hatte.

„Grace!", hörte ich plötzlich meinen Namen rufen, doch es war nicht wie erwartet Harry. Die Stimme war heller und erst als sie „Na, komm, mach auf!" sagte, erkannte ich James, der im Gegensatz zu Harry weniger fordernd war. Doch ich antwortete nicht, sondern blieb still. Vielleicht würde er es aufgeben, wenn ich ihn glauben ließ, ich würde schlafen.

„Grace, mach die Tür auf!", fluchte Harry, wobei er an die Tür klopfte und sein Ton klang befehlshaberisch. Doch da war nun auch eine dritte Stimme, Andrews Stimme, zu vernehmen, die auch eher gelassen klang. „Harry, lass sie. Gib ihr Zeit."

„Ich will sie aber nicht allein lassen und sie soll diese verdammte Tür öffnen", meckerte der Lockenschopf und James meinte: „Du kannst sie nicht dazu zwingen, die Tür zu öffnen."

„Ich kann es aber versuchen", entgegnete er und klopfte mit einem „Mach auf!" wieder gegen die Tür, wurde jedoch von Andrew abgehalten. „Lass es."

Ich bahnte meinen Weg zum Bett und beschloss, weiterhin still zu bleiben, was zu funktionieren schien. Denn ab einem gewissen Punkt hörte ich Andrew sagen: „Lassen wir sie in Ruhe. Sie wird herauskommen, wenn sie will. Und du wirst nicht hier bleiben und ihr auflauern, alter Freund."

Sicherlich meinte er Harry, der in diesem Moment sehr hartnäckig zu sein schien. Aber selbst, wenn ein Teil von mir bei ihm sein wollte, hielt ich trotzdem an dem Gedanken fest, allein zu bleiben. Ob ich mich damit bestrafen wollte, blieb mir unklar, doch es schien eine gute Begründung zu sein. Denn warum sollte man mich trösten, wenn ich für dieses Chaos zuständig war?

Ich wusste nicht, wie lange ich in meinen Gedanken schwelgte und an die Zimmerdecke starrte, doch ab einem gewissen Punkt war ich eingeschlafen und ich konnte all den Kummer für eine Weile vergessen. Aber als es wieder an meiner Zimmertür klopfte, schreckte ich wieder auf und sah verschlafen auf die Uhr, wobei ich bemerkte, dass es draußen schon dunkel war.

„Grace", hörte ich James leise rufen, der ein weiteres Mal gegen die Tür klopfte, und ich seufzte: „Bitte, lass mich in Ruhe."

„Sicherlich nicht, Schwesterherz", kam es von Andrew, der auflachen musste, „Komm schon. Du hast seit Stunden nichts mehr gegessen und getrunken. Mach die Tür auf."

„Nein!", protestierte ich und hörte ein Murmeln der beiden, was ich aber nicht weiter beachtete. Lieber ertrank ich wieder in meinen Gedanken um meine Band. Doch da hörte ich ein Knacken an meiner Tür und wie der Schlüssel zu Boden fiel.

Das würden sie nicht, dachte ich und setzte mich mit großen Augen im Bett auf. Doch meine Vermutung bestätigte sich, als plötzlich beide Jungs in mein Zimmer stolperten, wobei Andrew ein Teller mit Spagetti Bolognese in der Hand hielt und James eine Flasche Wasser.

„Sagt mir nicht, dass ihr gerade mein Schloss geknackt habt", fauchte ich aufgebracht, als ich mich auf meine Füße stellte und sie anschreien wollte. Doch beide führten nur ihre Zeigefinger zum Mund, während ein „Psst!" aus ihren Mündern kam.

Fragend sah ich sie an und James antwortete damit, in den Flur zu nicken.

Neugierig sah ich hin und erkannte einen schlafenden Harry, der gegen die Wand angelehnt war und die Arme verschränkt hatte.

„Oh Gott", murmelte ich und Andrew meinte: „Dieser Sturkopf hat sich keinen Millimeter bewegt. Es ist schon beeindruckend, wie sehr dich dieser Junge begehrt."

„Aber er würde dir und uns den Kopf abreisen, wenn er sehen würde, dass wir es geschafft haben, in dein Zimmer zu kommen", meinte James, „Deswegen wecken wir ihn jetzt mal lieber nicht."

Mit diesen Worten schloss er wieder leise die Tür hinter sich, sodass Harry von unserem Gespräch nichts mitbekam. Andrew musste kichern. „Außerdem muss ja nicht jeder wissen, dass ich Schlösser knacken kann. Am Ende nutzt Harry das ständig aus, wenn du dich wieder einsperrst."

Ich musste schmunzeln und nickte zu dem Teller, den er hielt. „Ninas Lieblingsessen? Hat Claire gekocht?"

„Nein, hat sie nicht. Aber Luke hat es geschafft, Nina zu beruhigen und nach Hause zu bringen. Dafür musste er ihr etwas zu kochen", erklärte James und ich bekam große Augen. „Luke und Kochen? Hat er jemals in seinem Leben etwas gekocht?"

„Nein, ich war selbst verwundert, weil es nicht ganz misslungen war. Und das Highlight ist: Die Küche ist nicht abgebrannt", meinte Andrew mit einem Lachen und setzte sich aufs Bett. „Und jetzt solltest du essen."

Er klopfte neben sich aufs Bett und James nickte mir auffordernd zu, sodass ich keine Wahl hatte, als auf sie zu hören und mich zwischen die beiden zu setzen. Ich fühlte mich beim Essen leicht beobachtet, da beide ziemlich still blieben und mich einfach nur ansahen, als würden sie auf etwas warten. Doch ich aß in Ruhe auf, in der Hoffnung, sie würden ihr Interesse verlieren und ihre Fragen vergessen. Leider waren es eben James und Andrew, die wie zwei große, nervige Brüder waren, und als ich alles aufgegessen hatte, wusste ich, dass ich ihnen nicht ausweichen konnte.

„Was wollt ihr?", fragte ich sie mit einem Seufzer, der aussagte, dass sie gewonnen hatten, und nahm James die Wasserflasche ab.

Andrew sah zu James und dann wieder zu mir. „Warum hast du nichts gesagt, Schwesterherz? Wir hätten euch geholfen."

„Was hättet ihr schon tun können?", fragte ich mit schweren Herzen, wobei mir die Tränen wieder in die Augen stiegen.

James stupste mich an der Schulter an, sodass ich zu ihm aufsah, und er schenkte mir ein aufmunterndes Lächeln. „Wir wissen es nicht, aber es hätte sich eine Lösung gefunden. Wir hätten zum Beispiel Gabriel nach Hilfe fragen können oder wir hätten euch Songs von uns geben können, die es nicht auf unsere Alben geschafft haben."

„Das hätte ich nicht zugelassen", meinte ich und Andrew legte einen Arm um meine Schulter, damit er mich zu sich ziehen konnte. „Wir hätten dich auch nicht gefragt. Wir hätten es einfach getan."

Als ich ihn deswegen verurteilend ansah, zuckte er nur die Schultern „Grace, wir sind Freunde. Nein, halt, stopp. Wir sind wie Geschwister. Das heißt, wir als deine Brüder sind für dich da. Auch für deine Mädchen, die uns auch ans Herz gewachsen sind."

„Sieh dir nur Luke und Nina an", mischte sich James mit einem Lachen ein und Andrew nickte: „Genau. Also … du hättest mit uns reden können. Wir hätten dir geholfen. Nicht nur dein geliebter Harry White, weißt du?"

„Ich weiß, was ich getan habe. Und es tut mir leid", murmelte ich und wischte mir die Tränen weg, worauf Andrew mich mit einem „Komm her" fest umarmte und ich meinen Kopf in seinem Nacken vergrub, dabei spürte ich, wie mich James von der anderen Seite umarmte.

„Wieso hast du es überhaupt getan?", hörten wir eine Frauenstimme und mein Kopf schoss in die Höhe, aber Andrew und James ließen nicht von mir ab, sondern hatten mich liebevoll eingekesselt, um für mich da zu sein. Ich erkannte Claire, die mein Zimmer betreten und die Arme verschränkt hatte

„Es war Weihnachten und wir waren alle so gut gelaunt. Besonders dank Solution 5 war es wirklich magisch", erklärte ich.

„Ich wollte das nicht zerstören. Ihr wisst gar nicht, wie sehr mich das Thema aufgefressen hat."

Aufmerksam hörten mir die anderen drei zu, wie ich ihnen von den letzten paar Tagen erzählte, und ich spürte, wie mein Herz mit der Zeit leichter wurde. Da keiner von ihnen mich anschrie, sondern alle mir in Ruhe zuhörten, was mich so beschäftigte, spürte ich, wie meine Kopfschmerzen vergingen und ich leichter atmen konnte.

„Ich werde mit ihnen reden", kam es am Ende von Claire, die sich gegen die Wand gelehnt hatte, und ich sah sie verwundert an. „Was?"

„Ich werde mit ihnen reden. Zwar kann ich nicht dafür sorgen, dass sie dir sofort verzeihen. Aber ich denke, ich kann sie etwas beruhigen und ihnen deine Sichtweise erklären. Trotzdem sollte dir bewusst sein, dass dein Verhalten falsch war. Nina ist am meisten verletzt, aber das muss ich dir, glaube ich, nicht sagen", meinte sie und ich nickte zaghaft, während James fragte: „Mit ihnen reden? Wie es Nathaniel versucht hat? Er kam mir mit Allison recht überfordert vor."

Claire grinste. „Glaube mir. Ich habe meine Methoden, wie ich diese Mädchen im Zaum halten kann. Ich bin dafür zuständig, dass sie sich überhaupt benehmen können. Hast du mal die Beiträge von den Fans gesehen? Ich trete diesen Mädchen gerne in den Arsch, wie man es immer so schön sagt."

Dann wandte sie sich wieder mit einem sanften Lächeln zu mir und sagte: „Versuch, dich bis morgen auszuruhen. Die anderen sind schon schlafen gegangen."

„Luke ist bei Nina, richtig?", meinte James mit einem verschmitzten Lächeln, als er mich losließ und sich zu Claire gesellte, die sagte:„Wo denn sonst?"

Dann gingen sie aus meinem Zimmer. Nur Andrew blieb noch bei mir sitzen und fragte: „Geht es dir besser?"

„Ja, ein wenig", antwortete ich und sah auf den leeren Teller. „Danke. Ich weiß, dass es deine Idee war. Ich weiß es zu schätzen."

„Gerne", murmelte er und nahm mich in den Arm, um mich auf die Stirn zu küssen und über den Scheitel zu streicheln. Dann stand er auf und nahm den Teller mit sich. Bevor er aber aus dem Zimmer verschwand, fragte er: „Willst du Harry bei dir haben oder eher nicht?"

„Ich würde gerne noch ein wenig allein sein", entgegnete ich und er nickte. „Gut. Dann versuche ich, ihn nach unten zu zerren. Schlaf gut, Schwesterherz."

„Danke, Andrew."

Ich hörte, wie Andrew Harry weckte, der sofort aufsprang und fragte: „Ist sie wach? Lass mich zu ihr!"

Aber Andrew hielt ihn davon ab, in mein Zimmer zu stürmen, und sagte: „Morgen kannst du wieder bei ihr sein, alter Freund."

16. TRACK

Der 26. Dezember verlief sicherlich nicht so, wie ich ihn mir vorgestellt hatte, und es herrschte eine unglaubliche Spannung zwischen der Band und mir, die sich wiederum auf die WG übertrug. Doch wer hätte anderes erwartet? Ja, Harry hatte es mir sogar vorausgesagt.

Aber nun war es schon wieder Morgen und ich fuhr allein mit meinen Gedanken zu Woodfields Studio. Die Mädchen hatten ohne mich das Haus verlassen und als ich aus meinem Zimmer kam, war alles ruhig. Ich hatte nur eine Nachricht von den Solution-5-Jungs bekommen, die neue Klamotten aus ihren Wohnungen holen wollten, und die restlichen WG-Mitglieder schienen noch zu schlafen.

Kaum kam ich bei Woodfields Studio an, herrschte Eiszeit. Die Wut und die Enttäuschung, die ich von meinen Bandmitgliedern spüren konnte, waren beängstigend. Harry hatte zwar mich davor gewarnt, aber es kam mir trotzdem schlimmer vor. Besser gesagt, es war ein unerträglicher Schmerz für mich und eine Konsequenz, die mir wie ein Stein im Herz lag. Selbst, als wir in Mr. Marks Büro saßen, wurde kein Wort gewechselt.

Schweigend saßen wir nebeneinander und hörten, was Mr. Marks zu sagen hatte. Doch da hörte ich eher weniger zu. Dafür hatte ich dieses Thema, das alles zerstörte, zu oft gehört.

Als Philip dann auch noch den Raum betrat und mich mit einem leisen „Es tut mir so leid" umarmte, dachte ich, dass die Mädchen mich am liebsten zerfleischen wollten, besonders, als dieser davon zu sprechen begann, die Solokarriere in Anspruch zu nehmen. Dabei nahm er mich als Beispiel, da er mich aufnehmen würde.

Danke Philip, war der einzige Gedanke, der mir in diesem Moment durch den Kopf ging, und ich knirschte auf den Zähnen herum. *Besser könnte es nicht laufen.*

Er sprach davon, dass wir uns als Band nicht ewig trennen müssten. Vielleicht würden wir uns wiederfinden und wieder gemeinsam als Band musizieren, nachdem jede kurzzeitig ihren eigenen Weg gehen würde. Dabei gefiel mir das Wort „Vielleicht" nicht, denn damit bestand die Möglichkeit, dass wir für immer getrennt sein würden.

Die Mädchen saßen mit verschränkten Armen vor ihm und man könnte meinen, dass Qualm aus ihren Ohren stieg. Wahrscheinlich hatten sie Mordgedanken und ich stellte mir alle möglichen Szenarien aus, wie sie mich unter die Erde bringen würden. Dabei sprach Philip weiter wohlwollend auf sie ein. Wir sollten nicht traurig über den Verlust sein, sondern uns über neue Möglichkeiten, die sich nun ergaben, freuen. Ja, vielleicht würden wir sogar noch mehr Ruhm bekommen.

„Das ist aber nicht unser Ziel und sicherlich nicht unser Wunsch", fauchte ich ihn plötzlich an, als bei mir die Sicherung durchging, und jeder starrte mich an, auch die Mädchen, die große Augen machten, da ich noch nie in diesem Ton mit Philip gesprochen hatte.

„Ich weiß, Grace. Tut mir leid, ich…", fing mein Ex-Freund an und ich zischte: „Erspar dir das! Ich habe in letzter Zeit genug gehört."

Ich spürte, wie die Tränen an meiner Wange herunterliefen und ich am ganzen Körper zitterte. Außerdem wurde mir übel. Es war, als hätte ich die letzte Kraft gesammelt, um einen letzten verzweifelten Schlag auszuüben. Dabei hatte ich den Kampf schon längst verloren.

Trotzdem wehrte ich mich gegen den Gedanken, einer Solokarriere nachzugehen. Selbst wenn die Band und ich ein unschönes Verhältnis hatten, waren sie immer noch meine Familie.

„Ihr solltet diese Nachricht jetzt erst einmal verdauen", kam es von Mr. Marks, der alles in Ruhe beobachtet hatte und nun von seinem Stuhl aufstand. Dabei spannte sich jeder meiner Muskeln an und mein Hass gegenüber diesem Mann hätte wirklich nicht größer werden können.

„Ich erwarte in den nächsten Tagen eine Antwort von euch, wie ihr gerne weitermachen würdet. Meine Mail-Adresse habt ihr ja." Mit diesen Worten entließ er uns, doch bevor wir aus dem Büro entlassen wurden, hielt mich Philip am Arm fest und sagte: „Können wir uns vielleicht noch unterhalten?"

Ich schwieg und sah zu Boden, weshalb er seufzte und mit seiner Hand über mein Gesicht strich. „Warte draußen auf mich, okay?"

Ich nickte nur, doch fühlte immer noch eine Unsicherheit in mir. Wollte ich diesen Schritt überhaupt wagen? Das Einzige, was ich in diesem Moment wollte, war die Versöhnung mit meiner Band. Alles andere wurde mir plötzlich egal.

Mit gesenktem Kopf verließ ich das Büro und schloss die Tür hinter mir, sodass wir zu viert auf dem Flur standen. Es herrschte immer noch ein Schweigen, doch an unseren Blicken konnte man die gemischten Gefühle sehen. Ich erkannte Wut, Angst und Traurigkeit. Sicherlich konnte keine damit abschließen, dass die Ära von Wild Division zu Ende war.

„Es tut mir so leid", murmelte ich kläglich und wagte es kaum, in ihre Gesichter zu sehen, da einzelne Tränen meine Wange hinunterflossen.

„Was tut dir leid? Dass du die Band im Stich gelassen hast? Dass du eine Solokarriere eingehst?", fragte Allison voller Zorn, dabei rieb sie über ihre Stirn, als wollte sie aus diesem Albtraum aufwachen.

„Ich habe diese Band nicht im Stich gelassen", entgegnete ich sofort und zügelte dabei meine Lautstärke, da ich sie sicherlich nicht provozieren wollte. Dazu hatte ich kein Recht. Nicht nachdem, was ich ihnen angetan hatte. Trotzdem war ich mit Allisons Aussage nicht ganz einverstanden und fügte noch hinzu: „Ich wollte uns nie schaden."

„Und warum hast du nicht früher etwas davon gesagt, als wir noch eine Chance als Band hatten? Wir hätten gemeinsam Songs für ein neues Album schreiben können und sicherlich wären wir zu viert schneller gewesen. Vielleicht hätten wir dann noch eine Chance gehabt", sprach Skyler auf mich ein und versuchte dabei, so ruhig wie möglich zu klingen.

„Ihr wart die letzten paar Tage so ausgeglichen. Die Tour hatte eure Kraft ausgesaugt und endlich hatten wir etwas Ruhe. Dann bekam ich die schlechten Nachrichten und als ich euch entspannt sah, wollte ich nicht alles ruinieren", erklärte ich und hauchte: „Es war aber ein Fehler, das weiß ich und es tut mir leid. Ich wollte nicht, dass es so weit kommt."

Zum ersten Mal sah mich Nina mit ihren sonst wachen Augen an und beobachtete mich. Sie schwieg aber weiterhin, was mich hibbelig machte und innerlich verzweifelt schreien ließ. Zu gern hätte ich die Stimme meiner besten Freundin gehört oder eine Umarmung von ihr gehabt. Doch es kam nichts, was natürlich verständlich war. An ihrer Stelle hätte ich sicherlich nicht anders gehandelt.

Skyler versuchte, die ganze Situation zu klären, und sagte: „Grace. Wir sind nicht nur eine Band, sondern auch eine Familie. Du hättest mit uns reden sollen. Dann hätte es dich nicht allein beschäftigt. Zumindest verstehe ich, warum du in der einen Woche so grauenhaft ausgesehen hast. Aber du solltest verstehen, dass wir gemeinsam eine Lösung gefunden hätten. Nun ist es zu spät und wir können nichts mehr machen."

„Es sei denn, das ist es, was du wolltest. Wegen mehr Ruhm und weiterem Erfolg", fauchte Allison und Skyler sah sie mit großen Augen an: „Ich denke nicht, dass sie…"

„Wie bitte?", unterbrach ich Skyler, die sofort Panik in die Augen bekam.

Wahrscheinlich sah sie schon, dass es ausarten würde.

Ich sah jedoch weiterhin Allison an und wurde mit einem finsteren Blick konfrontiert. Zuerst dachte ich, dass ich mich verhört hatte und hoffte es auch sehr. Doch je mehr ich darüber nachdachte, desto mehr wurde mir bewusst, dass ich sie hundertprozentig verstanden hatte. Ich spürte, wie die Wut in mir aufkochte und ich selbst zum Vulkan wurde. Ich wollte mir nichts unterstellen lassen. Ich verstand zwar Allisons Wut, immerhin hatte ich etwas Unverzeihliches getan. Jedoch gab es ihr nicht das Recht, mir solche Sachen vorzuhalten.

Allison sagte provokant: „Du hast mich schon verstanden."

„Ich würde dieser Band niemals schaden! Und sicherlich nicht, weil ich mehr Ruhm haben will", schrie ich sie an und machte einen Schritt vor. „Im Gegenteil, ich habe sogar versucht, ihr zu helfen! Ich wollte Wild Division nicht schaden!"

Sofort schritt Skyler ein, die Allison und mich vor schlimmeren Aktionen bewahrte und sah dabei Nina flehend um Hilfe an, doch es brachte nichts, denn Allison fauchte. „Das hast du aber, Grace!"

Sicherlich hätte sie mir schon längst die Augen ausgekratzt, wenn Skyler nicht ihre Arme weit ausgestreckt hätte, um Abstand zu wahren, doch als sie merkte, dass wir uns nicht beruhigten, funkelten ihre Augen uns gefährlich an und sie fauchte: „Kommt schon, Leute! Nicht hier und nicht jetzt! Wir sollten das zwar klären, aber Schreien hilft uns nicht weiter. Verdammt! Wir sind in der Öffentlichkeit. Also hört endlich auf und reißt euch zusammen, bis wir zu Hause sind!"

„Das ist mir egal!", fauchte Allison, „Sollen sie es doch wissen. Grace Marilyn O'Reilly hat nämlich offensichtlich nicht das Prinzip einer Band verstanden! Denn in einer Band schreibt man die Songs zusammen und nicht allein."

„Mein Gott, reg dich ab!", zischte ich, „Ja, ich habe einen Fehler gemacht und ja, ich hätte vorher darüber nachdenken sollen! Aber ich kann es nicht mehr ändern, okay?"

„Du hättest am besten die Schule beendet", meinte Allison abwertend, „Wäre dir sicherlich zugutegekommen."

Ich raste vor Wut und wollte wieder etwas entgegnen. Dafür holte ich gerade tief Luft, um den nächsten Vortrag zu halten, da schritt Nina überraschenderweise ein. „Es reicht."

Ihre Stimme, die ich seit dem gestrigen Morgen nicht mehr gehört hatte, klang so sanft und zerbrechlich, als würde es sie zu viel Kraft kosten, etwas zu sagen. Ihre Augen funkelten Allison und mich mahnend an und das abwechselnd.

Sofort blieben wir still und senkten die Köpfe. Nina hatte eindeutig die Oberhand, was wieder bewies, wer die Führung in unserer Gruppe hatte.

„Wir sollten nach Hause gehen", forderte Nina uns auf und sah dann zu mir. „Du bist mit deinem Auto hier. Richtig?"

Ich nickte auf ihre Frage und sie meinte: „Gut. Wir treffen uns daheim und wir werden dieses Thema noch heute klären. Da Philip noch mit dir reden wollte, kommst du nach."

Ich schenkte ihr ein zartes, dankbares Lächeln, doch ihr Gesicht blieb versteinert. Sie blieb emotionslos, wodurch meine Mundwinkel wieder fielen, und ich wusste, dass sie uns nur für das allgemeine Wohl auseinandergebracht hatte.

Als die anderen zwei Mädels vorausliefen, starrte Nina mich weiterhin an, blieb jedoch still. Innerlich schrie mein Herz nach ihrer Stimme und nach dem Mädchen, auf das ich mich immer hatte verlassen können. Es tat mir sehr weh, sie so verletzt zu sehen.

Als ich sah, dass sie sich, ohne zu sprechen, von mir abwenden und gehen wollte, rief ich ihr mit einer zittrigen Stimme hinterher. „Bitte, verzeih mir!"

Sie blieb abrupt stehen und drehte ihren Kopf zu mir, sodass ich in die smaragdgrünen Augen sehen konnte. Sie strahlten keine Wut oder Traurigkeit aus, sondern noch etwas viel Schlimmeres. Etwas, was ich bei Nina nur selten gesehen hatte. Ich erkannte die pure Enttäuschung, was weitere Tränen in meine Augen brachte. „Es tut mir so leid. Ich wollte dich nicht enttäuschen."

Zuerst musterte Nina mich wieder nur schweigend und für einen kurzen Moment dachte ich, dass sie, ohne etwas zu sagen, weiter gehen würde. Doch dann sagte sie mit zarter Stimme: „Grace, dir muss bewusst sein, dass dein Handeln falsch war und dass du momentan dem Zusammenhalt der Band geschadet hast."

„Ich weiß und es tut mir leid. Ich wollte wirklich nicht, dass es so weit kommt. Du musst verstehen, dass ich einfach nicht wusste, wie ich es euch schonend beibringen sollte. Ich wollte diese Band sicherlich nicht zerstören. Glaube mir", erklärte ich, „Es tut mir so unfassbar leid. Bitte, Nina, verzeih mir."

Ihr Schweigen und ihr Verhalten waren definitiv eine Strafe für mich, was sie anscheinend auch wusste und deswegen auch ausübte. Denn sonst hielt meine beste Freundin immer zu mir und war auch immer für mich da, selbst wenn wir kleinere Streitereien hatten. Dieses Mal hatte ich es aber zu weit getrieben und somit war ihre Stille meine Qual.

„Wir werden reden. Und vielleicht werde ich dir mit der Zeit verzeihen können. Ich kann dir aber nicht sagen, wie lange es dauert. Momentan muss ich mich eher zurückhalten", erklärte sie und fügte mit trauriger Stimme hinzu: „Ich möchte nämlich nicht meine beste Freundin anschreien müssen."

Mit diesen Worten drehte sie sich um und ging den Gang entlang, um mit den anderen aus dem Gebäude zu gehen. Noch lange sah ich ihr nach und spürte dabei, wie ich immer mehr den Willen zum Kämpfen verlor.

Meine beste Freundin war verletzt und enttäuscht. Meine Band war wütend auf mich und innerlich verspürte ich dieselbe Wut auf mich selbst. Zum ersten Mal wurde mir nämlich wirklich bewusst, was ich eigentlich getan hatte. Ich hatte nicht nur etwas verschwiegen. Ich hatte den anderen auch die Chance genommen, für unsere Band zu kämpfen.

„Was habe ich nur getan?" Ich hatte nicht nur den Zusammenhalt unserer Band zerstört, sondern ich auch unsere Freundschaft aufs Spiel gesetzt. Selbst wenn es also jetzt noch eine Möglichkeit gab, als Band zusammen zu bleiben, war unklar, ob die anderen mich noch haben wollten.

„Verdammt!", fluchte ich und hätte mir selbst eine klatschen können. Doch ich wurde aus meinen Gedanken gerissen, als die Tür zu Mr. Marks Büro schlagartig aufgerissen wurde, und schnell drehte ich mich um, um Philip aus dem Raum gehen zu sehen.

„Dürfte ich mit dir noch wegen des Vertrages reden? Und wie es weiter geht?", fragte er und ich war direkt wieder genervt von diesem Thema.

„Muss das jetzt sein?", fragte ich zurück. „Ich habe nämlich gerade größere Probleme."

Die hatte ich tatsächlich und das angekündigte Gespräch beruhigte mich ganz und gar nicht. Denn nach diesem Gespräch würde entschieden, was wir wirklich tun wollten, und somit war dieses Thema wohl sichtlich wichtiger als Philips blöder Vertrag. Aber er ließ nicht locker, sondern sah mich mit einem liebevollen Blick an. „Bitte, Grace. Nur für einen Moment."

„Aber..."

„Grace, bitte", murmelte er, trat dabei näher zu mir und forderte mich somit auf, seinen Blick zu erwidern.

„Okay. Aber ich muss noch nach Hause und das so schnell wie möglich. Ich muss die ganze Sache mit meiner Band regeln und die ist eindeutig wichtiger als dieser Vertrag."

„Natürlich. Ich glaube daran, dass sich das wieder bessert", munterte er mich auf und ich schnaubte genervt. „Daran zweifle ich momentan."

Da kam Philip mir auf einmal näher, umfasste mein Gesicht und gab mir einen Kuss auf die Stirn, als wollte er mich durch seine Nähe beruhigen. Sein Handeln überraschte mich, wodurch ich für einen Augenblick wie erstarrt war und nicht reagierte. Aber dann spürte ich, wie sich ein negatives Gefühl in mir ausbreitete. Es fühlte sich falsch an, als würde ich jemanden betrügen, und somit drückte ich mich sofort von ihm weg. „Bitte lass das."

„Es... Es tut mir leid", entgegnete er und klang dabei etwas überrascht, als hätte er mit dieser Reaktion nicht gerechnet. Aber er ging wieder einen Schritt zurück und kratzte sich beschämt am Nacken. „Dann... Dann lass uns wieder ins Büro gehen."

Dabei öffnete er höflicherweise die Tür, damit ich eintreten konnte. Doch als ein brauner Lockenschopf um die Ecke trat, richtete sich mein Blick direkt auf diesen einen Jungen und, ohne es zu merken, breitete sich ein Lächeln auf meinem Gesicht auf.

Mit einem Schlag vergaß ich Philip und meine Probleme und ich freute mich innerlich, als ich Harry erkannte. *Er war gekommen. Er war tatsächlich hier.*

„Hey, Harry", grüßte ich ihn und sprang ihm schon fast um den Hals, da ich bemerkte, dass ich seine Umarmung nach all dem Trubel gebrauchen konnte. Harry reagierte aber nur zaghaft auf meine Umarmung. Zwar umarmte er mich zurück, aber nicht so fest wie sonst, und als ich mich wieder löste, sah ich, dass er angespannt war. Sofort stellte mein Kopf wieder alle möglichen Fragen und versuchte, Harrys Gedanken zu entschlüsseln.

Harry richtete sich vor Philip auf und streckte aus Höflichkeit seine Hand hin. „Harry."

„Philip", entgegnete dieser knapp und nahm die Hand entgegen.

Was ich zwischen ihnen sah, diese enorme Anspannung, gefiel mir ganz und gar nicht. Sie musterten sich von Kopf bis Fuß, als würden sie ihren Erzfeind analysieren, und sie ließen ihre Hände eher verkrampft wieder los. Sie ließen sich nicht ansatzweise aus den Augen und ich hatte das Gefühl, als würden sie gleich einen Kampf austragen.

„Wo geht es hin?", fragte Harry skeptisch und richtete die Frage an uns beide, obwohl er weiterhin Philip mit seinen fixierenden Augen ansah. Seine Stimme klang kühl und mir gefiel das überhaupt nicht. Denn sonst war Harry ein Mensch, der gegenüber anderen, besonders Fremden, offen und herzlich war.

Bevor ich seiner Frage antworten konnte, sprach schon Philip für mich: „Wir werden über den Vertrag für ein Soloalbum sprechen und dabei einen Tee trinken. Wieso?"

Harry musterte ihn weiterhin und sah mich dann mit finsterem Blick an, wodurch ich eine Gänsehaut bekam. „Also wirst du diesen Vertrag wirklich annehmen?"

Ich versuchte ein weiteres Mal, zu antworten, dass ich mir unsicher wäre, aber da kam Philip wieder zuvor: „Ja, wird sie. Und somit wird sie auch bald mit mir nach L.A. fliegen. Das heißt, sie wird London hinter sich lassen und etwas neues wagen."

Sofort bekam ich große Augen und stellte mir selbst die verwirrende Frage, ob ich das wirklich wollte. Harry sah mich ebenso ungläubig an und seine Stirn legte sich in Falten, als hätte Philip ihm die falsche Antwort gegeben. Ich spürte, dass er eine Wut in sich aufbaute. Aber nicht gegen mich. Kurz dachte ich, dass er Philip noch etwas sagen wollte, doch dann sah er mich an und entschied sich wohl dagegen. Er schwieg. Sowie ich still blieb. Ich wehrte mich nicht gegen Philips Aussage, selbst wenn ich unsicher blieb. Vielleicht war das auch der Grund, warum Harry wütend war.

„Harry, wir reden daheim", meinte ich, um die ganze Situation etwas zu entspannen, dann sah ich zu Philip auf. „Lass uns gehen."

Noch einmal sah ich entschuldigend zu Harry, der daraufhin murmelte: „Es gibt nichts zu besprechen. Ich sehe schon, worauf es hinausläuft."

Er sah mich kurz mit seinen durchbohrenden Augen an. Dann starrte er wieder zu Philip. Seine Stimme klang dabei anders als sonst. Noch nie hatte ich ihn so sprechen hören und für einen kurzen Moment dachte ich, dass er tatsächlich eifersüchtig war. Etwas, was ich nicht verstand, denn zwischen mir und Philip herrschten sicherlich keine Gefühle mehr. Trotzdem sah Harry so aus, als würde er Philip am liebsten hier und jetzt ermorden wollen. Um ihm seine Anspannung zu nehmen, rückte ich näher zu ihm, womit ich es schaffte, dass er den Blick endlich von Philip löste.

Sachte gab ich ihm einen Kuss auf die Lippen, wobei er sofort versuchte, meine aufzuschnappen und nach mehr zu verlangen, als wollte er, dass ich bei ihm blieb.

Ich hatte das Gefühl, dass er vor etwas Angst hatte. Aber bevor er mich mit sich reißen konnte, zog ich mich wieder von ihm zurück und er sah mit einem flehenden Blick an.

„Wir sehen uns später", murmelte ich entschuldigend zu und sein Gesicht verfinsterte sich schlagartig. „Mal schauen."

Mit diesem Satz drehte er sich um und verschwand, ohne ein letztes Mal nach mir zu sehen. Währenddessen grübelte ich, was er damit meinte, und verspürte ein eher schlechtes Gefühl. Ich hatte die Ahnung, dass Harry heute Abend eher nicht da sein würde.

Nachdem Harry endgültig verschwunden war, packte mich Philip am Arm und zog mich mit sich. Dabei spürte ich einen komischen Stich in meinem Herzen, als würde er mich mit aller Gewalt von Harry wegreißen. Doch ich wehrte mich auch nicht oder rannte dem Lockenschopf nach. Nein, ich ließ mich von Philip beeinflussen und folgte ihm sogar ohne Worte ins Büro, dort wo eine Sekretärin uns Tee servierte.

Langsam trank ich Schluck für Schluck, während Philip davon erzählte, wie sehr er sich über unsere zukünftige Zusammenarbeit freute. Dann schwärmte er von L.A. und dass es mir sicherlich gefallen würde, dabei erklärte er mir auch die nächsten Schritte, wie wir nun vorgehen könnten, ganz genau. Doch ich bekam nur einzelne Teile seines Vortrages mit, denn meine Gedanken waren schon wieder woanders. Sie galten wieder nur einer Person und diese Person hatte vor kurzem angespannt vor mir gestanden.

Harry White, dachte ich immer wieder. Dieser Junge würde mich noch wahnsinnig machen. Wieso spielte er so sehr mit meinen Gedanken und meinen Gefühlen?

Plötzlich hörte ich Philip meinen Namen laut und deutlich rufen und ich schüttelte meinen Kopf mit einem Räuspern. „Tut mir leid. Ich war …"

„In Gedanken", beendete Philip und beobachtete, wie ich aus meiner Tasse Tee trank und mich ertappt fühlte.

„Du denkst an ihn. Richtig?", schlussfolgerte er und lehnte sich in seinem Sessel zurück, als ich nickte und seufzend mit meiner Hand durch die Haare fuhr.

„Du solltest ihn fallen lassen", kam es nur emotionslos aus seinem Mund gesprudelt und er nahm einen Umschlag heraus, in dem der Vertrag drinnen war, dabei tat er so, als wären seine Worte nicht wichtig gewesen.

„Warte, was?", fragte ich verwirrt, nachdem ich seine Worte noch einmal analysierte, und wollte wissen, was er damit gemeint hatte.

„Wenn ich darüber nachdenke, wie verletzt du damals wegen diesem Player warst. Und wenn ich darüber nachdenke, wie er mit jedem Flittchen in die Kiste steigt, seitdem er berühmt ist. Du solltest ihn eindeutig fallen lassen", erklärte er schulterzuckend und ich spürte, wie sich mein Mund schlagartig öffnete. „Wie bitte?"

Philip seufzte laut, legte den Umschlag ab und richtete seinen Blick auf mich, dabei strahlten seine Augen etwas Besorgtes aus. „Grace. Du musst mich verstehen. Ich bin 25 Jahre alt.

Also war ich schon mal in der Haut von Harry. Ich weiß, was in seinem Kopf los ist."

„Und das heißt?", fragte ich weiter.

„Das heißt, er probiert sich aus. Er ist ein 19-jähriger Junge, der sein Leben in vollen Zügen auskosten möchte und vieles riskiert. Besonders kostet er seinen Erfolg in vollen Zügen aus. Deswegen spielt er gerne mit den Gefühlen anderer. Dabei ist ihm egal, was sie fühlen und sobald er hat, was er will, lässt er sie fallen. Ganz einfach. Ich möchte nur nicht, dass das mit dir geschieht. Das hast du nicht verdient", erklärte er und sah mich finster an, „Besser gesagt, ich möchte dir nicht sagen, was du zu tun hast. Aber ich würde an deiner Stelle vorsichtig mit dem Thema Harry White sein. Er ist ein Player und ich möchte nicht, dass du verletzt wirst. Ich muss doch mein Mädchen schützen."

„Philip …", murmelte ich und er lächelte mich traurig an. „Ich weiß. Dein Herz habe ich schon lange verloren, aber lass mich trotzdem auf dich aufpassen. Bitte."

Ich schnaubte „Danke für deine Vorwarnung" und machte mir mehr Gedanken darüber, als ich eigentlich sollte. Ich kannte Harry besser als er und sicherlich würde er mich niemals verletzen. „Harry…"

„Ist nicht mehr der Junge, den du kanntest. Du solltest bedenken, dass du ihn lange nicht mehr gesehen hast. Menschen verändern sich sehr schnell. Außerdem wenn ich mich erinnere, hast du selbst mal gesagt, dass er schon in der Schule mit den Mädchen gespielt hat. Er nutzt gerne seinen Charme aus" unterbrach er mich und ich musste laut schlucken.

In dieser Hinsicht gab ich ihm recht. Harry hatte sich in den letzten Jahren weiterentwickelt. Vielleicht war er nicht der, den ich einst so gut kannte. Vielleicht war er ein komplett anderer Mensch. Harry könnte mir viel sagen, um mich ins Bett zu bekommen oder seinen Spaß zu haben. Außerdem war er tatsächlich ein Player, wenn ich näher darüber nachdachte.

Schon in unseren Schulzeiten hatte ich zusehen müssen, wie ihm die schönsten Mädchen verfallen waren. Was wenn sich dieses Verhalten verstärkt hatte? Ich musste nur an alle Beziehungen denken, die er in den letzten drei Jahren geführt hatte. Zwar hat mir Harry den Grund dafür erklärt. Doch wer sagte, dass er die Wahrheit erzählt hatte?

Nun rätselte ich, wie viele Frauen schon auf seinen Charme reingefallen waren, und mir wurde immer schlechter. Wie viele hatten schon eine Nacht mit ihm verbracht? Bei dieser Frage kam mir die Übelkeit hoch und ich wurde unsicher. Was, wenn ich auch nur ein kurzes Abenteuer war? Er hätte auf jeden Fall Erfolg gehabt.

Was, wenn das aber wiederum falsch war? Was, wenn er wirklich Gefühle hat?, fragte ich mich auf der anderen Seite und wollte gerne wissen, wie viele Frauen das schon hatten denken müssen. Ich hoffte, dass Philip mit seinen Bedenken falsch lag, doch wann hatte mich Philip schon einmal belogen? Zu dem könnte die rosarote Brille, die ich zur Zeit trug, die Wahrheit verdecken.

Mein Kopf schien vor Fragen zu platzen und zu gerne hätte ich einen Plan gehabt, der mit sagte, was nun richtig und falsch war. Denn je mehr ich über alles nachdachte, umso unsicherer wurde ich und wollte einfach nur verschwinden. Ich war überfordert und wollte stehen bleiben, um verschnaufen zu können.

„Mach dir jetzt nicht so viele Gedanken darüber. Es war nur meine Meinung und ich traue diesem Typen einfach nicht. Aber als dein Ex könnte ich viel sagen", sprach Philip weiter und trank nun selbst von seinem Tee.

Ich sah ihn grüblerisch an und wusste nicht genau, wie ich antworten sollte. Aber ich konnte jetzt keine Entscheidungen mehr treffen. Besser gesagt, das wollte ich auch in diesem Moment nicht. Ich sah, wie Philip mir ein Dokument und einen Stift vorlegte.

Nein, das geht mir zu schnell, dachte ich und schüttelte den Kopf. „Philip, sei mir nicht böse, aber ich denke, dass ich erst einmal Zeit brauche."

„Wie meinst du das?", fragte er und ich erklärte: „Du musst verstehen, dass mir das alles gerade zu schnell ging. Ich habe gerade meine Band verloren. Verstehst du?"

„Ja, das tue ich. Dennoch musst du dir Gedanken darüber machen, was du jetzt machen willst", entgegnete Philip und legte den Stift nun genau vor mich hin, dabei wartete er nur darauf, dass ich ihn in die Hand nahm. Aber ich schüttelte wieder den Kopf und sagte: „Philip, nein! Ich möchte erst einmal mit meiner Band reden. Ich will nicht etwas eingehen, worüber ich mir zu 100% sicher bin. Bitte, verstehe das."

Ich sah ihn ernsthaft an und seit langem war ich bei einer Entscheidung sicher. Ich wollte diesen Vertrag nicht eingehen.

„Wie meinst du das? Ich dachte, wir hatten abgemacht, dass du den Vertrag annimmst, wenn es keine andere Lösung gibt", meinte Philip verwundert und ich antwortete: „Das stimmt auch. Aber ich möchte es trotzdem mit meiner Band abklären und keine voreiligen Schlüsse ziehen. Es ist in letzter Zeit viel geschehen. Ich möchte einfach nichts mehr riskieren, oder besser gesagt, vorsichtiger handeln."

„Aber irgendwann musst du dich entscheiden. Ich werde nicht ewig in London bleiben", erklärte Philip und hörte sich dabei leicht genervt an, was meine Entscheidung noch mehr unterstützte. „Trotzdem werde ich mich hier und jetzt nicht entscheiden. Du musst verstehen, dass das alles hier Neuland für mich ist. Ich möchte einfach nichts überstürzen. Wer sagt, dass ein Soloalbum die einzige Lösung ist? Will ich überhaupt ohne die Mädels allein weiter machen? Oder gehe ich lieber aus dem Musikgeschäft? Außerdem wüsste ich nicht, wo ich in L.A. wohnen könnte. Philip, gib mir eine Verschnaufpause. Ich weiß nicht, wo ich hingehöre. Und momentan ist mein einziges Ziel, die Freundschaft zu meiner Band aufrecht zu erhalten."

Ich wusste nicht, was ich momentan wirklich wollte. Besonders jetzt, nachdem Philip mich vor Harry gewarnt hatte, schwirrten abermals zig Fragen in meinem Kopf umher. Alles schien so verwirrend zu sein. Ich wusste nicht, wieso die Situation auf einmal so außer Kontrolle geraten konnte.

Philip sah mich besorgt: „Ich verstehe dich. Doch Grace, glaube mir, die Solokarriere wird dir guttun. Du könntest deine Persönlichkeit mehr entfalten und Neues über dich lernen. Du kannst deiner eigenen Musik nachgehen und brauchst mit anderen keine Kompromisse einzugehen. Und das mit der

Wohnung lässt sich auch klären. Dieser Vertrag könnte dir so viel bieten. So viel mehr als Wild Division allein. Vergeude dein Talent nicht."

Ohne zu zögern und nur einem Nicken, stand ich auf und entschuldigte mich: „Es tut mir leid, aber ich werde mich jetzt nicht entscheiden, Philip. Ich melde mich bei dir. Versprochen. Aber momentan ist das Verhältnis zu meiner Familie wichtiger."

Ich schnappte meinen Wintermantel, lief aus dem Woodfields Studio und fuhr nach Hause zu meiner Band, die tatsächlich auf der Couch versammelt war und über etwas zu grübeln schien.

Als ich das Wohnzimmer betrat, richteten sich die Augenpaare auf mich und sofort kamen meine Schuldgefühle hoch. „Tut mir leid. Es hat länger gedauert, als ich gedacht hatte."

Doch es kam keine Antwort und ich spielte nervös mit dem Autoschlüssel. Umso mehr war ich verwundert, als Skyler von der Couch aufstand und auf mich zulief.

Sie blieb vor mir stehen, lächelte mich an und umarmte mich ohne Vorwarnung, weshalb nur ein „Ähm …" aus meinem Mund kam. Doch ich hieß ihre Umarmung mehr als willkommen und vergrub mein Gesicht in ihrem Nacken. Als dann auch noch Nina und Allison von der Couch aufstanden und mich umarmten, verstand ich die Welt nicht mehr.

Das letzte Mal, als wir so gestanden hatten, war nach unserem letzten Konzert unserer Tour gewesen und da war noch alles in Ordnung gewesen.

„Wir verzeihen dir", hörte ich Skyler in meinen Nacken murmeln und Allison fügte mit einem Seufzen hinzu: „Doch gib uns nur ein wenig Zeit dafür. Noch sind wir zu aufgewühlt."

„Wieso tut ihr das?", fragte ich sie und spürte eine innere Dankbarkeit, auch wenn ich diese Umarmung nicht wirklich verstand.

Noch vorhin hatten sie wütend das Woodfields Studio verlassen und nun nahmen sie mich in den Arm. Einfach so und ohne Begründung. Doch dann sah ich über Skylers Schulter und erkannte Claire, die sich an der Wand angelehnt hatte und mir nun zuzwinkerte. Ich lächelte sie an und formte ein lautloses „Danke", sodass die anderen Mädchen, die sich fest an mich klammerten, nichts mitbekamen, und Claire verschwand mit einem Lächeln im Keller.

„Wir erklären es dir", antwortete Allison schließlich und die Mädchen ließen mich los. Sie verwiesen mich auf die Couch und unsicher folgte ich ihrer Bitte, worauf Nina zu sprechen begann: „Während du noch weg warst, haben wir uns ausgesprochen. Ohne dich."

„Zuerst waren wir ziemlich wütend und mussten Dampf ablassen", fügte Allison hinzu, dabei kratzte sie sich am Nacken. „Und gewissermaßen sind wir immer noch sauer."

„Jedoch hat Claire uns zusammen gepfiffen. Sie hat uns ihre Meinung gesagt und das in einem sehr direkten Weg", erklärte Skyler und Allison fügte leise murmelnd hinzu: „Sie hat wieder ihren Job als Arschtreterin von Wild Division übernommen."

Ich sah die Mädchen immer noch verwirrt an und das Mädchen mit der Beanie erklärte: „Sie hat zwar unsere Wut verstanden, jedoch hat sie auch gesagt, dass wir uns einmal in deine Lage hineinversetzen sollten, und das haben wir in den letzten fünf Minuten getan."

„Wieso in meine Lage versetzen? Ich bin eindeutig diejenige, die sich entschuldigen sollte. Ich bin auch nicht diejenige, die man bemitleiden muss", murmelte ich und Skyler erklärte: „Na ja, für dich war es auch nicht unbedingt einfach, die Wahrheit zu erzählen. Es war Weihnachten. Wir waren gut gelaunt und du wolltest es nicht zerstören. Sagen wir es so: Wir wissen nicht, wie wir gehandelt hätten. Vielleicht sogar auf dieselbe Weise wie du."

„Trotzdem war es falsch. Ich hätte das nicht tun sollen. Denn nun scheint alles zu spät zu sein."

„Leider", murmelte Nina und setzte sich seufzend auf die Couch, dabei rieb sie ihre müden Augen.

„Für uns bedeutet das nämlich, dass wir aus dem Musikgeschäft austreten", erklärte Skyler und ich sah sie mit großen Augen an. „Wir könnten doch alle eine Solokarriere starten. Und am Ende kommen wir, wie Philip es sagte, wieder zusammen."

Sie schüttelten zu dritt den Kopf, was mich sofort zum Schweigen brachte, und Nina erklärte mit schwerem Herzen: „Grace.

Wir akzeptieren deine Entscheidung für den neuen Vertrag. Auch wenn wir glauben, dass hinter dieser Entscheidung andere Personen stehen. Aber du bist achtzehn Jahre alt und darfst frei entscheiden. Du kannst nach L.A. gehen, aber wir selbst werden keine Solokarrieren eingehen. Wir haben geschworen, dass wir nur als Wild Division berühmt werden. Das werden wir auch einhalten. Wir werden warten, bis du dein Album fertig hast. Wenn du dann immer noch magst, dann werden wir gemeinsam einen Weg finden, wieder gemeinsam aufzusteigen."

„Wir haben auch überlegt, dass dieser Zug uns später neue Fans bringen wird. Vielleicht hätte dein Soloalbum somit eine gute Seite", fügte Allison traurig hinzu, „Vielleicht müssen wir auch einfach optimistisch sein und akzeptieren, dass es jetzt nicht mehr weiter geht."

„Ich verspreche euch, dass ich diese Band niemals aufgeben werde. Ich werde zurückkommen und nur ein einziges Album aufnehmen", murmelte ich. „Ich verspreche es euch."

Meine Band schenkte mir ein sachtes Lächeln und wir umarmten uns wieder, dabei murmelte ich noch ein: „Wir bekommen das hin."

Sie nickten und als wir losließen, fragte Allison: „Was sollte unsere letzte Aktion als gemeinsame Band sein, bevor wir für eine Zeit lang von der großen Bildschirmfläche verschwinden?"

„Ich hätte da schon eine Idee", sagte Nina und ein verschmitztes Lächeln formte sich auf ihren Lippen, woraufhin ihr alle gespannt zuhörten.

17. TRACK

Die nächsten Tage vergingen wieder etwas gelassener. Zwar konnte man spüren, dass die Mädchen von meiner Entscheidung, ein Soloalbum aufzunehmen, nicht begeistert waren und es war immer noch nicht komplett ausgeglichen bei uns, aber wir bemühten uns wieder näher zu kommen, und versuchten, den Zusammenhalt der Band zu reparieren, auch wenn das eine gewisse Zeit brauchen würde. Somit war auch Ninas Nachrichten über ein Musikvideo, das die Jungs drehen wollten, mehr als nur willkommen gewesen, um unsere Gemeinschaft wieder zu stärken.

Nina war von Andrew eingeladen worden, bei den Dreharbeiten mitzuwirken und das Video mit ihnen zu drehen. Natürlich wurde für Nina damit auch ein weiterer Traum wahr. Sie war nicht nur mit Solution 5 befreundet oder stand dem berühmten Luke Donovan sehr nah, sondern sie durfte tatsächlich mit ihnen in einem Musikvideo mitspielen. Außerdem wäre es ein guter Abschluss, bevor Wild Division aus dem Musikgeschäft gehen und ich ein Soloalbum aufnehmen würde.

Ich hatte Philip von unserer Entscheidung berichtet und er war mehr als nur begeistert davon. Doch als er sagte, dass er genau an dem Drehtag nach L.A. fliegen würde, beschloss ich, dass ich hinterher fliegen würde. Ich wollte diese letzte gemeinsame Arbeit im Musikvideo nicht hinwerfen müssen. Besser gesagt, wollte ich das Verhältnis zu den Mädchen nicht auf die Probe stellen, besonders weil der Sturm sich noch nicht ganz gelegt hat.

Was mit Harry in den letzten paar Tagen war, schien etwas komplizierter zu sein. Besser gesagt, er war komplizierter. Seitdem er mich mit Philip auf dem Flur gesehen hatte, war wieder eine gewisse Spannung zwischen uns und er wurde mir gegenüber kühler.

Genau genommen ging er mir regelrecht aus dem Weg und sprach nicht ein einziges Wort mit mir, was bei mir für Verärgerung sorgte. Immer, wenn ich in den Raum kam, wurde er direkt still und schwieg, bis ich wieder raus ging. Oder er ging aus dem Raum, was alles natürlich noch besser machte. Seine Launen wechselten wie das Wetter in meinem geliebten London und waren mehr als nur anstrengend. Kaum hatte sich das eine Problem gelöst, da kam das nächste und es hieß schon wieder Harry White, was mir Zähneknirschen bereitete. Nun war die Stimmung wieder angespannt. Ich würde sogar sagen, dass es schlimmer war, als vor unserem Gespräch auf dem Weihnachtsmarkt.

Hat ja lange gehalten, waren meine einzigen Gedanken über das beleidigte Kleinkind.

Nun stand ich gemeinsam mit den anderen auf unserem Balkon, der in der obersten Etage war. Dick in unseren Jacken eingepackt warteten wir, bis der Countdown zum nächsten Jahr bei Null ankommen würde.

Es war eine klare, kühle Nacht und durch die funkelnden Diamanten im Himmel war die Nacht perfekt, um draußen zu feiern. Wir konnten uns auf unsere Sitzlounge setzen und in Kissen und Decken einkuscheln, wodurch die Kälte erträglich wurde.

Anfangs unterhielten wir uns über die Pläne im nächsten Jahr. Dabei erzählten wir auch leider die schlechten Nachrichten über die Trennung von Wild Division. Nathaniel war außer sich vor Wut und dachte, wir würden einen schlechten Scherz machen. Doch leider mussten wir ihm erklären, dass das keiner war, und er saß geschockt vor uns.

„Sie können euch doch nicht einfach trennen, oder? Und ich glaube immer noch nicht, dass ihr keinen Erfolg habt. Ist eure Single nicht in den Charts und wart ihr mit eurem Erfolg nicht dicht hinter uns?", durchlöcherte James uns mit seinen Fragen und wechselte schockierte Blicke mit den anderen Jungs.

Andrew meckerte: „Wir konnten ja noch nicht einmal gemeinsam auftreten."

„Ja, ich weiß. Leider sieht es wohl so aus, als würden wir momentan unsere Probleme in der Musikbranche haben und unseren

Namen als bekannteste Girlsband verlieren", meinte Allison traurig und Nina seufzte: „Doch wir werden uns wiederfinden. Wir werden wieder aufsteigen und das Allerwichtigste ist …"

„Wir werden uns einen anderen Manager suchen", beendete ich voller Stolz meinen Satz und freute mich darüber. Vielleicht hatte diese Situation am Ende doch ihren guten Zweck, da wir nicht mehr von Mr. Marks herumkommandiert werden würden. Der Vertrag mit ihm war endlich zu Ende.

„Und du willst wirklich ein Soloalbum aufnehmen? Ich dachte, entweder die Band oder gar nicht?", fragte Andrew, der neben mir stand, und trank einen Schluck von seinem Bier.

Sofort veränderten sich die Gesichtsausdrücke der Mädchen und man konnte sehen, dass sie von diesem Thema überhaupt nicht begeistert waren. Ja, dass der sogenannte Sturm immer noch nicht vorüber war. Ich spürte ein unwohles Gefühl aufsteigen, da ich wusste, dass dieses Thema momentan eher kritisch war.

„Sie weiß es offensichtlich selbst nicht. Daran merkt man, dass jemand anderes seine Finger im Spiel hat", murmelte Harry plötzlich aus seinem Sessel und trank einen großen Schluck, während er weiterhin ins Leere starrte.

„Das ist nicht wahr. In den letzten Wochen ist nur so viel passiert. Gutes und Schlechtes. Irgendwie kommt alles ins Gleichgewicht. Ich habe meine Jungs wiedergefunden und die schönste Zeit mit euch verbracht. Gleichzeitig haben wir auch die Nachricht bekommen, dass sich unsere Band trennen müsste. Ja, ich habe auch noch meine besten Freundinnen angelogen. Ich möchte mit diesem Soloalbum nur herausfinden, was ich wirklich will und den anderen den Freiraum geben, um alles, was geschehen war, zu verarbeiten. In letzter Zeit war das Chaos zu sehr im Vordergrund", erklärte ich direkt, doch Harry zuckte nur mit seinen Schultern. „Man kann es sich natürlich auch schön reden."

„HARRY!", fauchten die Jungs gleichzeitig, doch dann wandte sich Andrew mit einem Lächeln zu mir.

„Aber er hat in gewisser Weise recht. Ich denke, dass du für diese Erkenntnis nicht unbedingt gehen müsstest. Wir alle stehen hinter dir und lassen dich nicht allein, egal, was in letzter

Zeit geschah. Doch wenn du denkst, dass du es brauchst, dann tue es, kleine Schwester", schmunzelte Andrew und legte seinen Arm um meine Schulter, um mich an sich zu drücken und einen Kuss auf meinen Kopf zu geben. „Das wird schon."

„Danke", war das Einzige, was ich noch sagen konnte, und ich hörte, wie Harry leise vor sich hin meckerte, wodurch ich laut seufzen und den Kopf schütteln musste, doch ich ließ mich davon nicht beirren.

Das neue Jahr rückte näher und jeder hatte sich mit irgendjemanden zusammengefunden und quatschte ausgiebig mit ihm. Luke und Nina flirteten wieder um die Wette, während Claire sich freudig mit James unterhielt und Allison mit Nathaniel herumalberte.

Die anderen amüsierten sich also und ich? Ja, ich saß neben einem übellaunigen Harry White und nicht ein einziges Wort entfloh unseren Lippen, sondern wir starrten einfach ins Leere. Der einzige Unterschied zwischen mir und ihm war, dass ich fast keinen Schluck Alkohol runter bekam und ich bei Harry die Flaschen nicht mehr zählen konnte. Sicherlich war er schon betrunken und komplett benebelt. Selbst wenn man es ihm auf den ersten Blick nicht anmerkte.

Nachdenklich saß er in seinem Sessel und trank Schluck für Schluck, ohne sich irgendwie in eine Konversation einzumischen.

Leicht genervt saß ich neben ihm und würde gerne verstehen, welches Problem er hatte. *Was beschäftigte mal wieder diesen idiotischen Typen?*, fragte ich mich selbst und bemerkte gar nicht, dass ich ihn anstarrte.

„Was?", fragte Harry plötzlich und seine eiskalten Augen starrten auf mich nieder, worauf ich schlucken musste. Doch ich bekam kein Wort raus und konnte seinem Blick nicht entfliehen, wie jedes Mal.

Als sich Nina etwas Neues zu trinken holen gehen wollte, sprang ich förmlich aus meinem Sessel, wobei ich bemerkte, wie Harry zusammenschrak und endlich weg sah.

„Bleib bei Luke! Ich geh neue Getränke holen", bot ich an und lächelte ihr frech zu, in der Hoffnung, dass ich von Harrys schlechter Laune wegkommen könnte.

Nina nahm dieses Angebot mit einem Schmunzeln an und lief sofort wieder zu Luke, mit dem sie ihre Konversation fortführte und sich in seine Arme kuschelte.

Ich lief währenddessen ins Haus, die Treppen zum Wohnzimmer hinunter und in die Küche, die mir nun mehr als nur Willkommen war. Dort begrüßte mich die ersehnte Stille und ich atmete tief ein und aus. Endlich war ich allein.

Ich konnte spüren, wie ich mich langsam wieder entspannte, und lehnte mich an die Küchentheke. Ich seufzte laut und fuhr mit meinen Händen durch die Haare.

Was für ein Chaos, waren meine einzigen Gedanken und spürte meine Erschöpfung von den letzten Wochen. Zum ersten Mal in meinem Leben fühlte ich mich mehr als nur fehl am Platz. Ich fühlte mich in diesem Haus nicht mehr wohl, nicht mehr Zuhause.

Während die anderen ihren Spaß hatten und sich gelassen unterhielten, wurde es für mich immer ungemütlicher, besser gesagt, unerträglich. Vielleicht spielte sich das alles auch nur in meinem Kopf ab. Aber trotzdem blieb ich skeptisch.

Mich plagte einfach das schlechte Gewissen, dass ich meine Familie belogen hatte. Außerdem wurde ich das merkwürdige Gefühl nicht los, dass sie mir nicht komplett verziehen hatten. Denn sobald das Thema Solokarriere aufkam, veränderte sich die Laune der Mädchen. Sie waren mit dieser Idee immer noch nicht warm geworden. Aber ich verstand sie. Wir hatten versprochen, dass wir uns niemals trennen würden. Eher würden wir zusammen untergehen.

Nun war ich aber auf dem Weg, etwas allein anzugehen. Doch eins war mir bewusst: Ich hätte sie einfach nicht anschwindeln sollen. Denn nun zahlte ich den Preis der Schuldgefühle, was mir auch das Gefühl gab, von hier verschwinden zu müssen. Ein Verlangen, die anderen in Ruhe zu lassen und nie wieder zurückzukehren. Doch könnte ich Wild Division jemals hinter mir lassen?

„Wieso?", hörte ich jemanden fragen und ich zuckte zusammen, da ich die Stimme sofort erkannte. Wie jedes Mal konnte ich sie nicht verkennen und mir lief ein Schauer über den Rücken, da mir die dunkle, bedrohliche Tonlage gar nicht gefiel.

„Was meinst du?", fragte ich so ruhig wie möglich, als ich mich umdrehte und Harry im Türrahmen stehen sah, dabei erkannte ich erst jetzt, wie müde er in Wahrheit aussah.

Seine kühlen, kristallklaren Augen fixierten mich, dabei kam er langsam auf mich zugelaufen. „Wieso hast du zugelassen, dass er dich anfasst?"

„Wie bitte?", fragte ich ungläubig. Ja, zuerst wusste ich gar nicht, worüber er sprach und sah ihn fragend an. Doch dann kam mir nur ein Gedanke und mir wurde klar, was sein Problem war. Der Stirnkuss. Aber musste man sich deswegen so aufführen? Oder war sein generelles Problem vielleicht sogar Philip Sawyer? Dabei musste ich ganz an den Anfang denken, als wir am Frühstückstisch gesessen hatten.

Harry kam mir immer näher und ich bemerkte, wie seine Präsenz mir zum ersten Mal Angst machte. Er machte sich größer, als er schon war, und wirkte dadurch auch bedrohlicher, wodurch ich mich kleiner machte.

„Du gehörst mir", murmelte er mit einer dunklen, rauen Stimme, was dazu führte, dass ich einen Schritt zurück ging. Doch bevor ich noch weiter zurückweichen konnte, packte mich Harry am Handgelenk und zog mich zu sich, sodass ich gegen seine Brust knallte. „Du gehörst mir."

„Harry. Du bist betrunken. Lass mich los", bat ich ihn, doch ich hörte nur ein leises „Nein" von ihm. „Niemals. Nie wieder lasse ich dich los."

Ich sah zu ihm auf und erwiderte seinen finsteren Blick. Dabei versuchte ich, mich von ihm wegzudrücken, doch er ließ mich nicht. Er hielt mich weiter fest und verstärkte seinen Griff, wodurch ich seinen Zorn eindeutig spüren konnte. „Tue es nicht."

„Was?"

„Mit ihm gehen", antwortete er, „Du gehörst mir, verstehst du?"

„Harry, ich bin ein eigenständiger Mensch, kein Objekt. Du besitzt mich nicht. Also hör auf, das zu sagen", antwortete ich mit ernster Stimme, um ihm meinen Standpunkt klarzumachen.

„Wieso nicht?", fragte Harry und ließ mich ruckartig los, sodass ich nach hinten stolperte und mich an der Theke abstützen musste.

Bevor ich aber irgendetwas antworten konnte, sprach er schon weiter: „Was hat er, was ich nicht habe? Wieso warst du eigentlich mit ihm in einer Beziehung und nicht mit mir, obwohl ich dich niemals im Stich gelassen habe? Wieso gehst du mit ihm nach L.A. und bleibst nicht bei mir? Was hat er, was ich nicht habe? Sag es mir, Grace! Warum bin ich nicht gut genug für dich? Hast du mich deswegen, damals im Stich gelassen? War ich dir einfach nicht gut genug?"

Während er Frage für Frage stellte, spürte ich, wie sich in mir Wut und Unverständnis aufbauten. „Sag mal, Harry! Spinnst du! Erstens gehöre ich dir nicht! Zweitens ist die Beziehung mit Philip schon lange vorbei!", erklärte ich ihm und er fauchte: „Und dennoch gehst du mit ihm nach L.A.!"

„Mein Gott, Harry! Du weißt, warum."

„Ganz ehrlich. Nein, weiß ich nicht! Aber ich würde es gerne verstehen! Denn im Gegensatz zu ihm war *ich* immer für dich da. Hast du gehört, *ich* war immer für dich da und *ich* habe an deine Band geglaubt. Er nicht!", schrie er mich schon fast förmlich an. „Aber trotzdem rennst du ihm wie ein braves Hündchen hinterher, wenn er nur ein paar nette Worte zu dir sagt, als wäre er der Größte!"

Wütend zeigte ich auf ihn. „Harry, es reicht! Ich renne ihm nicht nach. Und du weißt ganz genau, dass ich dankbar für deine Hilfe bin. Also hör auf, dich aufzuregen!"

„Dann sag mir, warum du nicht bei mir bleibst?", entgegnete er kläglich. Dabei kam er wieder näher, um mit seiner Hand über meine Wange zu streichen. „Warum bleibst du nicht endlich bei mir?"

„Harry …", hauchte ich leise seinen Namen, da ich nicht wusste, wie ich antworten sollte. Ich wollte nur, dass er sich wieder beruhigte.

Da umfasste er mein Gesicht und murmelte: „Er nutzt dich aus, Grace. Er verändert dich. Er ist nicht der Richtige. Bitte verlass mich nicht. Bitte, bleib bei mir. Renne nicht wieder weg."

Seine Lippen wurden ohne Vorwarnung auf meine gepresst und diesmal war er anders als in unserer ersten gemeinsamen Nacht. Nein. Er war stürmischer und etwas anderes, was mir Unwohlsein bereitete. Harry wurde besitzergreifend. Es war, als wollte er mich einsperren und Macht über mich besitzen. Etwas, was ich nicht leiden konnte und das sollte er auch durch meine vorherigen Beziehungen wissen.

Mit ganzer Kraft drückte ich mich von ihm weg und fauchte: „Harry! Hör auf!"

„Das hast du bei ihm aber nicht gesagt, als er dich küsste! Nein, du hast es sogar zugelassen", meckerte Harry und warf die Hände in die Luft, wodurch ich mit erhobenem Zeigefinger auf ihn zu ging. „Ich habe keine Gefühle mehr für Philip, wenn es das ist, was du wissen willst!"

Ich spürte, wie mich nun der Zorn unter Kontrolle hatte, und als er den Mund öffnete, um etwas zu sagen, schrie ich: „Wieso kommst du auf die Idee, er würde mich ausnutzen oder verändern? Du kennst ihn doch gar nicht. Und warum solltest du der Richtige sein? Wer bestätigt mir das?"

„Weil ich dich verdammt nochmal kenne, Grace! Seit unserem fünften Lebensjahr! Du hättest diese Band niemals aufgeben. Du hättest die Mädchen nicht aufgeben. Dafür bist du einfach zu stur! Noch vor paar Wochen hättest du alles für sie getan! *Du* hast dich sogar bis zur größten Erschöpfung abgearbeitet, erinnerst du dich?", fragte er und ich zog die Augenbraue hoch. „Fragst du mich das gerade wirklich? Ich war zufälligerweise dabei, du Idiot!"

Er knirschte mit den Zähnen, atmete schwer und schien zu überlegen, was er mir sagen könnte, und dann atmete er tief ein. „Aber eins hast du nicht bemerkt."

„Und was habe ich anscheinend nicht bemerkt, Mr. Harry White?", fragte ich ihn provokant und er zischte: „Im Gegensatz zu dir habe ich gesehen, wie sich deine Meinung durch diesen Mistkerl verändert hat. Und das nur durch wenige, einzelne Worte, die überhaupt nichts bedeuten. Trotzdem wurde dein Kampfgeist dadurch immer mehr abgeschwächt! *Du* hast immer mehr aufgegeben und hast dich darauf eingelassen, während ich versucht habe, dir Mut zu geben. Und jetzt gehst du auch noch mit ihm, nur weil er denkt, es sei richtig! *Du* gibst deine Band auf, nur weil er denkt, es sei richtig!"

„Wer sagt, dass es falsch ist!", brüllte ich und er packte mich an den Schultern, als wollte er mich wachrütteln. „Verdammt, Grace, warum bist du so naiv? Wach auf! Er will nicht dich! Er will nur diesen Scheiß-Vertrag, damit er mir dir angeben kann! Die große Grace O'Reilly von der ehemaligen Band Wild Division ist bei ihm unter Vertrag. Wow! Was meinst du, wie die Gelder für ihn fließen werden! Außerdem wird er dadurch noch mehr Kontakte knüpfen können! Du bist sein Jackpot! Kapiere es endlich!"

Kurz stockte ich und musste das erst einmal verdauen, als er mich wieder losließ. Doch ich spürte, wie die Wut in mir immer weiter aufkochte und ich ihn nun konfrontierte, indem ich mit meinem Zeigefinger auf seine Brust zeigte. „Dann kennst du Philip zu schlecht, Harry White! Er würde so etwas nie wollen! Es gab einfach keine andere Wahl!"

„Man hat immer eine Wahl, Grace O'Reilly!"

„Welche!? Sag mir, welche?!"

„Indem du erst einmal hier bleibst und dir erst einmal Gedanken machst, wie du Schritt für Schritt vorgehst! Und nicht gleich einem Vollidioten, einem Lügner, hinterherrennst!", erklärte er mit einem tiefen Hass in der Stimme, „Und in der Hinsicht gebe ich dir tatsächlich recht. Du weißt nicht, was du willst!"

„Aber du weißt es, oder wie?"

„Nein, tue ich nicht."

„Dann halte dich aus meinem Leben raus! Ja, ich weiß nicht, was ich will. Doch vielleicht werde ich es durch dieses Soloalbum erfahren", erklärte ich und Harry lachte boshaft auf. „Ach so, heißt Persönlichkeitsfindung für dich etwa, dass du mit deinem manipulierenden Ex nach L.A. fliegst und deine Zeit mit ihm verbringst? Steigst du dann auch mit ihm in die Kiste, wenn er fragt? Musst du dich dort auch erst finden? Probierst du dich aus? Und war ich dann dein kurzer Spaß, den man hinter sich lassen kann? Waren deine Gefühle überhaupt real? Oder war das nur dein schlechtes Gewissen?"

„Halt, stopp, Harry! Im Gegensatz zu dir bin ich loyal, indem ich bei meinen Partnern länger als nur paar Wochen bleibe, und meine Gefühle sind real. Im Gegensatz zu dir steige ich nicht mit jedem Flittchen ins Bett!", sagte ich verärgert aus mir heraus und fügte zickig hinzu: „Wahrscheinlich hast du mich von deiner Liste gestrichen. Hatte ich mit Grace Marilyn O'Reilly Sex? Ja. Gut, kann ich abhaken."

Plötzlich bemerkte ich, was ich tatsächlich sagte, und die Tränen flossen bei diesem Gedanken meine Wange hinunter. Daran erkannte ich, dass ich tatsächlich Angst hatte, dass Harry mich nur wie jedes andere Mädchen behandelte. War das in Wahrheit schon die ganze Zeit mein Problem?

Harry sah mich mit großen Augen an, als könnte er nicht fassen, was ich da gerade sagte. Dann öffnete er seinen Mund, doch er blieb kurzzeitig still und stand wie ein Karpfen vor mir. „Was hast du da gerade gesagt?"

„Du hast mich schon verstanden", murmelte ich und griff unbewusst an den Ring an meinem Finger, dabei versuchte ich, ihn abzustreifen, aber es war, als würde er feststecken.

„Hat er dir das gesagt? Hat er dich das glauben lassen?", fragte er sofort in Weißglut und ich schrie: „Nein! Hat er nicht!"

„Wieso glaube ich dir das nicht?!", fragte er und packte mich an den Schultern, während seine Augen vor Wut schon fast brannten. „Grace, ich liebe dich und ich habe dir erklärt, warum meine Beziehungen kurzlebig waren! Jetzt bitte hör auf, so eine Scheiße zu denken!"

„Das könntest du auch nur gesagt haben, um mich endlich ins Bett zu bekommen! Ich bin doch nur eine weitere Trophäe für dich", schluchzte ich und mein Herz zog sich dabei zusammen, als wollte es mir sagen: „Hör auf, weiterzureden!"

„Glaubst du das jetzt wirklich von mir?", fragte Harry offensichtlich verletzt und kurzzeitig tat er mir leid. Vielleicht war ich in diesem Moment wirklich nicht fair, doch hatte ich diese Wut in mir, die mich unkontrolliert weitersprechen ließ.

„Tut mir leid, Harry. Aber ich weiß nicht, ob ich dir glauben soll. Besser gesagt, ich weiß überhaupt nicht, wem ich glauben soll. Jeder sagt mir etwas anderes. Jeder will immer etwas anderes. Dabei frage ich mich, was will ich? So langsam glaube ich, dass das alles hier ein riesengroßer Fehler war", murmelte ich in Tränen und schaffte es genau in diesem Moment, den Ring von meinem Finger zu lösen, „Vielleicht auch du und die Gefühle für dich. Vielleicht ist das alles nur ein Schwindel und einfach ein riesengroßer Fehler."

„Was machst du da?", fragte Harry sofort mit großen Augen und ich nahm seine Hand und legte den Ring hinein. „Grace! Was zur Hölle soll das?"

„Ich werde den Vertrag annehmen. Aber glaube mir, ich habe für Philip keine Gefühle mehr. Doch irgendwas sagt mir, dass ich auch nicht bei dir bleiben kann. Vielleicht brauche ich Zeit für mich allein, bevor ich mich auf jemand anderen konzentriere. Vielleicht tut es auch der Band gut, Abstand zu halten", erklärte ich und wischte mir die Tränen weg, damit ich ihm so wenig Schwäche wie möglich zeigte, um ihm zu zeigen: „Ich brauche dich nicht."

„Nein! Verdammt! Das sind seine Worte, nicht deine!", versuchte Harry, mir sofort zu erklären, und schüttelte mich, während er mit Tränen in den Augen wiederholte: „Das sind seine Worte, nicht deine, Grace!"

„Verdammt nochmal! Nein! Sind sie nicht! Ich bin 18 Jahre alt, Harry! Ich bin nicht mehr das kleine Mädchen, das du beschützen musst. Ich kann so langsam eigene Meinungen bilden", fauchte ich ihn an und riss mich aus seinem Griff.

„Das sind nicht deine richtigen Meinungen", murmelte er verzweifelt und ich funkelte ihn wütend an, woraufhin er endlich schwieg.

„Was ist hier los?", hörte ich plötzlich jemanden fragen und wir sahen gleichzeitig zum Türrahmen, wo Nina verwundert stand, und sie schien schon länger da zu stehen.

Ich sah meinen Möglichkeit zum Gehen und als Harry mich wieder festhalten wollte, schrie ich: „Fass mich nicht an!"

Er zuckte zurück und zog seine Hände zurück, während ich mich auf den Weg in mein Zimmer machte und ein „Fass mich einfach nicht an!" wiederholte.

Der Abend war für mich definitiv gelaufen, was somit auch ein wirklich tolles Ende sowie ein guter Start für ein Jahr war. Am liebsten hätte ich mich in Luft aufgelöst und diese ganzen Probleme hinter mich gelassen. Ja für eine kurze Zeit wünschte ich mir sogar, dass Harry und ich uns niemals wiedergetroffen hätten, denn dann hätte ich mir diesen Zirkus aus tobenden Gefühlen ersparen können.

Als ich an Nina vorbei ging, sagte ich: „Ich werde an dem Musikvideo nicht teilnehmen. Es tut mir leid, aber ich kann nicht. Nicht, wenn er dabei ist. Ich werde am Freitag abreisen."

Nina sah mich mit traurigen Augen an und sah dann zu Harry, der voller Wut, Angst und Verzweiflung hinter mir stand, aber sich nicht mehr traute, etwas zu sagen. Nur kurz wandte ich wieder einen Blick zu ihm und spürte, wie wieder die Tränen flossen, auch bei ihm, dabei fuhr er nervös mit der Zunge über seine Lippen, was mir zeigte, dass in ihm das Chaos herrschte.

Nina nickte, nahm mich in den Arm und drückte mich fest an sich. Eine Umarmung, die ich seit langem nicht mehr spüren durfte, und erst jetzt spürte ich, wie sehr ich meine beste Freundin brauchte, denn ich fing an, laut zu schluchzen, als sie sagte: „Wir werden auf dich warten. Wir alle werden das."

„Danke."

Und so geschah es, dass ich für den restlichen Abend in mein Zimmer verschwand, auf meinem Bett lag und die Decke anstarrte, als es Mitternacht schlug und das neue Jahr willkommen geheißen wurde. Ich spürte jedoch nur, wie heiße Tränen meine Wangen hinunterliefen. Dabei umfasste ich meine roten Handgelenke, die durch Harrys festen Griff entstanden waren. Ich wusste immer noch nicht, was genau was vor wenigen Minuten in der Küche geschehen war, und noch weniger wusste ich, was mit mir los war. Ich erkannte mich selbst nicht mehr und bekam Angst. Ich wusste nur, dass mein Entschluss, London zu verlassen, immer fester wurde und das starke Verlangen, Harry endgültig hinter mir zu lassen, immer größer wurde. Ich wollte anfangen, meinen eigenen Weg zu gehen, sobald ich in Los Angeles ankam, um dann nur für mich zu sein.

Vielleicht wurde es Zeit, den Weg ganz allein zu gehen. Ohne WG, ohne Band und ohne die Jungs. Ganz allein. Vielleicht wurde es Zeit, in die Zukunft zu gehen, um neue Dinge auf eigene Faust zu erkunden. Ich verspürte einen tiefen Ehrgeiz, der mich antrieb und meine Angst, allein zu sein, übertrumpfte.

Während diese Gedanken durch meinen Kopf schwirrten, begann ich laut zu schluchzen und die Tränen strömten wie bei einem Wasserfall. Dabei hörte ich, wie die anderen Menschen draußen das neue Jahr mit Freude begrüßten. Während sie feierten, weinte ich und bekam keine Luft mehr. Dabei dachte ich an nur eine einzige Person, die mein Leben auf den Kopf gestellt hatte, und nun musste ich ein zweites Mal wegen ihr leiden.

18. TRACK

„GRACE! GRACE! Wach auf!", hörte ich eine panische Stimme schreien und spürte, wie jemand an mir rüttelte.

Sofort schlug ich die Augen auf, wobei ich nicht wusste, was um mich geschah. Ich starrte in die goldbraunen, panischen Augen von Nathaniel Evans, die mit einem Schlag Erleichterung ausstrahlten. „Na, endlich."

„Nathaniel. Was zum …"

„Keine Zeit zum Reden. Wir müssen Harry vor einem sehr großen Fehler bewahren", erklärte er, stand auf und rannte aus meinem Zimmer, während ich ein verschlafendes „Warte. Was?" fragte.

Mit einem Satz war ich aus meinem Bett und rannte dem blonden Jungen nach, der direkt in den Kleiderschrank lief und mein Abteil durchstöberte. Dann warf er mir eine Jeans und einen Pullover zu, die er zufällig auswählte, und wollte, ohne etwas zu sagen, im Höchsttempo wieder aus dem Zimmer rennen.

Doch bevor er an mir vorbei rasen konnte, packte ich ihn am Arm und fragte: „Nath, wo ist Harry? Und warum bist du so aufgeregt?!"

„Verdammt! Er… Er ist heute Morgen aufgestanden und hat sich eilig angezogen. Erst nach einigen Augenblicken hatte ich realisiert, dass er mehr als nur wütend war. Eigentlich – wow, so habe ich Harry noch nie gesehen", stammelte Nathaniel und ließ dabei sämtliche Informationen außen vor. „Ja, es war schon fast…"

„Nath, wo ist er?", fragte ich ein weiteres Mal, „Und was hat er vor?"

„Er meinte, dass er jemanden vor einem Fehler bewahren möchte", stammelte der blonde Junge mit den zerzausten Haaren und musterte mich dabei ganz genau, wodurch sich mein Herz zusammenzog.

„Dieser Vollidiot", murmelte ich vor mich hin und er meinte: „Das waren auch meine Gedanken."

„Er ist bei …"

„Philip."

Nun ging alles sehr schnell. Ich zog mich in Windeseile an und raste gemeinsam mit Nathaniel die Treppen hinunter ins Wohnzimmer, wo die anderen Jungs verschlafen auf dem Boden saßen und sich die Augen rieben.

„Wo ist Harry?", fragte Andrew verwirrt von unserer Aufregung und ich rief verärgert als Antwort: „Scheiße bauen!"

Ich schnappte mir meine Autoschlüssel und gemeinsam mit Nathaniel fuhr ich mit Vollgas Richtung Studio. *So ein Idiot*, fauchte ich in meinem Kopf und vergaß dabei fast, dass Nathaniel darauf bestanden hatte, mitzukommen.

„Wo können sie nur sein", stammelte er unruhig. „Hätte ich es doch nur schneller realisiert."

„Nath, alles ist gut. Ich kann mir in etwa denken, wo sie sind", antwortete ich und ließ den Motor des Sportwagens ein weiteres Mal aufheulen.

Die Reifen quietschten laut auf, als ich über die Straßen fuhr, und wenn ich an der Ampel stand, die nicht grün werden wollte, umfasste ich das Lenkrad vor Anspannung immer fester, sodass meine Knöchel weiß wurden. Ich spürte, wie sich Nervosität und Besorgnis in mir aufbauten und mit meinem puren Zorn vermischten. Warum kannte ich diesen Idioten überhaupt? Und wie sind wir dazu gekommen, uns anzufreunden?

Er war wild und unberechenbar. Er war das große Chaos und hatte schon immer nach Schwierigkeiten und Herausforderungen gesucht, während ich lieber den einfachen Weg ging. Er war das komplette Gegenteil von mir und trieb mich mit seiner Energie in den Wahnsinn. Und trotzdem verbrachten wir so viele unvergessliche Momente miteinander. Dabei fragte ich mich, ob es das überhaupt wert war. Immerhin brachte es mir so viel Schmerz.

Mein innerer Vulkan brodelte aber noch wegen einer anderen Sache so enorm. Harry wollte sich nämlich wieder in mein Leben einmischen, um mich angeblich vor einem Fehler zu bewahren. Hatte ich ihm gestern nicht klar und deutlich gesagt, dass ich alt genug war, um eigene Entscheidungen zu treffen? Anscheinend nicht. Und das Letzte, was ich in diesem Moment wollte, war ein Harry White, der wieder nach Problemen suchte und dann noch meinetwegen.

„Verdammt", zischte ich, als wir an einer roten Ampel standen, die einfach nicht umspringen wollte. Durch meinen Wutausbruch zuckte Nathaniel schreckhaft neben mir zusammen und ich seufzte ein „Tut mir leid", während die Ampel auf Grün sprang und ich wieder aufs Gas trat.

„Schon gut", murmelte er und beobachtete mich, wodurch ein „Was?" aus meinem Mund entfloh und ich ihn mit gerunzelter Stirn ansah.

„Deine Gefühle für ihn sind wirklich stark", meinte er und ich lachte auf. „Du meinst den Zorn, den ich auf ihn habe? Ja, da gebe ich dir recht."

Nathaniel schüttelte den Kopf. „Das meinte ich nicht. Natürlich bist du wütend. Aber nur, weil du zugleich besorgt um ihn bist. Der Beweis, dass du ihn liebst und letztens die Nacht mit ihm verbracht hast."

„W-Was?", stotterte ich fassungslos, worauf Nathaniel frech grinste: „Ach, Grace. Ich wusste es vom ersten Augenblick an, als ich euch am Contest sah. Und ich muss dazu sagen, ich wollte euch zusammenbringen. Schön, dass es am Ende auch geklappt hat."

„Na ja, lang funktioniert hat es ja auch nicht", murmelte ich verärgert und Nathaniel zuckte mit den Schultern. „Das war schon immer das Problem bei euch. Ihr müsst es unnötig kompliziert machen."

Auf diese Aussage entgegnete ich nichts mehr, denn wir kamen endlich an unserem Ziel an. Aber ich hätte auch nicht die richtigen Worte gehabt, um Nathaniel eine Antwort zu geben.

Nachdem ich das Auto geparkt hatte, sprinteten wir gemeinsam die Straße zum Studio entlang. Als wir näher kamen, hielt Nathaniel plötzlich inne, weshalb ich auch stoppte.

Ich hörte zwei Stimmen, die laut miteinander diskutierten, und sah ihn mit großen Augen an. Wir hatten sie gefunden. Dafür waren ihre Stimmen für mich zu leicht zu erkennen. Sie kamen vom Eingang des Studios, der durch einen weißen Van verdeckt wurde.

Wir liefen näher zum Gebäude und ich verspürte innerlich einen Schmerz, als wir endlich hinter den Van sehen konnten.

Vor dem silbernen Gebäude stand tatsächlich der braune Lockenschopf aufgebracht vor einem Mann in einem schwarzen Anzug. Dabei sah Philip im Gegensatz zu Harry so viel größer und muskulöser aus. Sie schienen in einer heftigen Diskussion verwickelt zu sein, doch ich konnte noch nicht richtig verstehen, worum es ging. Trotzdem wusste ich, dass es um nichts Gutes ging und dachte: *Lass diesen Horror doch endlich enden.*

Gerade als ich zu den Jungs rennen wollte, um dem Ganzen ein Ende zu bereiten, hielt mich Nathaniel schützend hinter sich und drängte uns hinter den Van, dabei führte er einen Finger vor seinen Mund, um mir zu signalisieren, dass ich still sein sollte. Anscheinend wollte er die ganze Situation erst einmal beobachten und abwarten, wie sie verlief.

Ich hingegen kochte vor Wut und wollte natürlich sofort dazwischen gehen, aber leider war Nathaniel pfiffiger und schaffte es, mich zurückzuhalten.

„Bleib verdammt nochmal weg von ihr! Hast du verstanden? Hör auf, sie für deine Zwecke und Vorteile zu benutzen!", fauchte Harry und sah dabei aus, als würde er Philip gleich einen Schlag verpassen.

Philip hingegen versuchte, so ruhig wie möglich entgegenzuwirken, auch wenn ich an ihm erkannte, dass er von Harrys Anwesenheit nicht erfreut war.

„Ich weiß nicht, wovon du redest, Junge. Es war ihre alleinige Entscheidung", sagte er, während er Harry vernichtend ansah. „Sie ist alt genug, um zu wissen, was sie tut."

„Nein. Du hast sie zu dieser Entscheidung geführt. Du hast sie verändert und dadurch hast du sie mir auch genommen!", entgegnete Harry in einem scharfen Ton, der mir kurzzeitig die Luft nahm.

„Ich habe sie dir nicht genommen, du Idiot! Ich glaube, dass du nicht akzeptieren kannst, dass sie niemals dir gehören wird", antwortete er und als Harry einen bedrohlichen Schritt auf Philip zuging, rief ich: „Hört auf! SOFORT!"

Nathaniel versuchte, mich noch zurückzuhalten, jedoch ließ ich es dieses Mal nicht zu. Meine Wut gegenüber diesen Männern, die sich wie Kleinkinder aufführten, brachte mich zur Weißglut.

Philip wandte seinen Blick zu mir, während Harry sich zu mir umdrehen musste und seine Augen immer größer wurden.

„Hört beide auf! Hört endlich damit auf! Ich bin kein Gegenstand, den man hin und her schieben kann, wie es passt. Hört auf, herauszufinden wollen, was richtig für mich ist!", fauchte ich beide an. Dann lief ich zwei Schritte auf sie zu, während Nathaniel stehen blieb. Anscheinend hatte er beschlossen, uns die Situation allein regeln zu lassen und erst einzugreifen, wenn es ausarten würde.

Sofort verfinsterte sich Harrys Gesicht wieder und er zeigte auf Philip: „Ich versuche, dich vor einem Fehler zu bewahren! Seitdem du wieder mit ihm Kontakt hast, hat sich deine Meinung komplett verändert! Besonders in den letzten Tagen vor Weihnachten. Ich habe es doch selbst gesehen! Und glaube mir, die alte Grace hätte ihre Band niemals aufgegeben! Niemals! Unter keinen Umständen! Lieber hätte sie die Musik aufgegeben! Sie wäre niemals einen Vertrag für ein Soloalbum eingegangen!"

„Ich glaube ja eher, dass dieses Kleinkind mit dem Gedanken nicht klar kommt, dass er dich niemals bekommen wird. Damals nicht und heute nicht", kicherte Philip, wodurch sich Harry immer mehr anspannte und seine Zähne zusammen biss.

Sein Atem wurde unruhig und ich konnte spüren, dass er sich zurückhielt, um keinen falschen Zug zu machen. Sein Körper zitterte vor Wut und ich wusste nicht, wie lange er sich noch beherrschen könnte. Ich hoffte, dass Philip keinen weiteren Kommentar abgeben würde. Harry war manchmal zu leicht reizbar.

„Oder vielleicht stört ihn der Gedanke, dass du schon einmal meine Freundin warst und nicht seine. Vielleicht hat er Angst, dass das wieder geschieht", waren die nächsten Worte, die Philip nachdenklich von sich gab und dabei verwies er auf Harry.

Ich konnte kaum reagieren, da drehte sich der Lockenschopf um und verpasste Philip einen rechten Haken, sodass er taumelte und Harry verärgert ansah. Er erholte sich auch schneller, als Harry dachte, und verpasste ihm einen heftigen Gegenschlag.

Im Gegensatz zu Philip konnte sich der Lockenschopf aber nicht auf den Beinen halten und fiel zu Boden. Er hielt sich das Kinn, das schmerzte, und seine Augen brannten vor Wut. Philips Schlag ging eindeutig nach hinten los, und ich hatte die Befürchtung, gleich einer Schlägerei zuschauen zu müssen.

„HÖRT AUF! ES REICHT!", schrie Nathaniel mit fester Stimme und ich war froh, dass er mir endlich zur Seite stand.

Wir stellten uns Rücken an Rücken und passten darauf auf, dass Philip und Harry sich nicht ein weiteres Mal an den Kragen gingen.

„Geh mir aus dem Weg, Junge", fauchte Philip Nathaniel an, während ich schon ein zweites Mal versuchte, Harry davon abzuhalten, Philip zu Hackfleisch zu verarbeiten.

Komm schon, Harry. Reg dich ab, murmelte ich in meinen Gedanken und starrte fest in seine saphirblauen Augen.

„Tut mir leid, aber an meinen besten Freund kommen Sie nicht mehr", meinte Nathaniel und ich war schon beinahe geschockt, wie ernsthaft er dabei klang.

Danke, Nath, sagte ich mir innerlich im Kopf und war dankbar für seine Unterstützung. Beide hätte ich sicherlich nicht aufhalten können.

„Harry, beruhige dich, bitte", murmelte ich und zwang den Lockenschopf dazu, in meine Augen zu sehen. Er schnaufte laut, leckte sich über die Lippen und wehrte sich eine Zeit lang gegen mich, jedoch versuchte er am Ende, auf mich zu hören, und ging einen Schritt zurück, auch wenn ich erkennen konnte, dass es ihm nicht passte und ein Schnauben zu hören war.

Nachdem beide sich etwas beruhigt hatten, sah ich zu Philip hinter mir und sagte: „Ich komme wegen des Albums mit, nicht wegen dir oder sonst jemanden. Du bist nur mein Manager! Mehr nicht. Ich habe keine Gefühle mehr für dich. Ich denke, dass du so langsam realisiert hast, wen ich momentan wirklich in meinem Herzen trage. Oder?"

Philip sah mich musternd an, seufzte und nickte zustimmend. „Ja. Es ist nur… Er ist nur nicht… Ach, egal. Ja, ich hab es verstanden."

Ich sah, dass er mit meiner Aussage nicht ganz zufrieden war und am liebsten etwas entgegnet hätte, aber er blieb still. Ich hingegen war froh, endlich Klartext sprechen zu können, und ob ich es wollte oder nicht, meine Gefühle galten nur der einen Person.

Diese Person stand nun vor mir und sein Blick musterte mich von oben bis unten. Seine Haare lagen durcheinander auf seinem Kopf, noch schlimmer als sonst, und seine Augen sahen müde und erschöpft aus. Auch der Kleidungsstil war ungewöhnlich.

Statt seiner bunten Hemden, enger Hosen und einer edlen Lederjacke trug er einen großen Hoodie und eine Jogginghose. Er sah fertig aus und so, wie er vor mir stand, hatte ich ihn noch nie gesehen. Er hätte sicherlich Schlaf gebrauchen können. Er machte sich wohl mehr Sorgen, als mir bewusst war.

Mit schmerzendem Herzen sagte ich: „Harry, bitte hör endlich auf, mich beschützen zu wollen. Ich bin nicht das kleine Mädchen von früher. Ich habe mich in den letzten drei Jahren ebenso weiterentwickelt wie du. Und ja, du bist mir wichtig. Sogar mehr, als mir lieb ist. Mein Gott, ich liebe dich, du Idiot! Und das werde ich auch nicht leugnen können. Aber momentan ist mir alles zu viel. Ich kann mich selbst nicht finden, versteh das doch. Ich kann mich nicht auf jemand anderen konzentrieren, auch nicht auf dich. Bitte, lass mich gehen."

Harry sah mich traurig an, dabei spannten sich bei meinen letzten Worten seine Muskeln an, als hätte er genau vor diesen Worten Angst gehabt „Grace, bitte, ich … Lass mich …"

„Ich denke, dass es besser ist, wenn ich so schnell wie möglich von hier wegkomme. Ich glaube, wir beide wissen, dass das Musikvideo eher eine schlechte Idee ist", murmelte ich schweren Herzens.

„Aber Grace…", fingen Nathaniel und Harry gleichzeitig an, doch ich unterbrach sie, indem ich die Hand hochhielt, „Nicht!"

Dann drehte ich mich nochmal zu Philip um und murmelte: „Wir sehen uns am Freitag. Ich komme nämlich mit."

19. TRACK

Wie Harry es bei mir getan hatte, ging ich ihm nun ständig aus dem Weg. Besser gesagt, ich ging jedem aus dem Weg. Denn immer wieder versuchte man mich davon zu überzeugen, in London zu bleiben. Aber selbst als Nathaniel und die anderen Jungs mich überreden wollten, nicht wegzugehen, antwortete ich mit einem festen „Nein."

Ich hielt mich an meiner Entscheidung fest. Ich würde nach L.A. fliegen und ich habe mich für das Soloalbum entschieden, dabei sollte es auch bleiben.

Jedoch musste ich zugeben, dass der Freitag schneller vor der Tür stand, als ich es eigentlich wollte, und je näher er kam, umso nervöser wurde ich, den Schritt ins Neue zu wagen und alles und jeden hinter mir zu lassen.

Nun stand ich in meinem Zimmer und packte die letzten Sachen in meinen Koffer. Dabei fühlte ich ein wenig Heimweh, als ich die gepackten Kisten in der Ecke stehen sah, die bereit waren, im Laufe der nächsten Woche nach L.A. transportiert zu werden. Das war der Beweis, dass ich tatsächlich gehen würde. So lange hatte ich hier mit meinen Freunden, meiner sogenannten Familie, gelebt und somit war es nicht nur irgendein Haus oder irgendein Zimmer, in dem ich lebte. Es war mein Zuhause. Unser Zuhause.

Ich erinnerte mich noch genau daran, wie ich mein Zimmer bezogen hatte. Denn am ersten Tag nach der Fertigstellung unseres Hauses hatte es eine große Diskussion gegeben, wer welches Zimmer haben sollte. Eine Diskussion, die ich nicht so schnell vergessen würde.

Lorence und Morice hatten am wenigsten Stress gemacht, da sie sofort den Keller für sich beanspruchten. Ihr Argument war, dass sie eine Etage und natürlich den Billardraum für sich wollten. Damit waren die Mädchen auch einverstanden. Denn wer wollte schon freiwillig in den Keller?

Und dann begann das große Rennen. Die Mädchen und ich konnten uns nämlich nicht für ein Zimmer entscheiden und vereinbarten ein Rennen, da der oberste Stock ziemlich begehrt war. Die Jungs zählten den Countdown herunter und dann begann das große Spektakel. Am Ende waren Allison und ich die Schnellsten und bekamen die Zimmer im Obergeschoss.

Und nun? Ja, nun würde ich in die U.S.A. gehen, um ein neues Album aufzunehmen, und das ganz allein. Ich würde dieses Zimmer verlassen und eine komplett neue Welt betreten. Noch immer konnte ich glauben, dass es so weit gekommen war. Am nächsten Tag würde ich ohne meine Band, ohne meine Mädchen und ohne meine Familie auf einem komplett anderen Kontinent stehen. Der Gedanke schmerzte mich und brachte mir auch öfter das Verlangen, alles hinzuwerfen, um doch hier zu bleiben. Aber ich hielt an meiner Sache fest. Ich wollte endlich weg. Besser gesagt, ich musste hier weg.

Die Dreharbeiten des Musikvideos waren schon am vorherigen Tage gestartet. Skyler hatte nämlich am vorherigen Abend mit Andrew auf dem Weihnachtsmarkt gedreht, während Allison an diesem Tag schon früh morgens mit James an ihren Drehort, ein Café, gegangen war. Auch Nina und Claire hatten etwas zu tun und so hätte mein Tag ursprünglich auch ausgesehen. Natürlich war ich für Harry eingeteilt gewesen und unsere Dreharbeiten hätten in einer Bibliothek stattfinden sollen. Inspiriert von unserem gemeinsam Nachmittag, als wir gemeinsam Song geschrieben hatten.

Jetzt war ich jedoch in meinem Zimmer und schloss den Koffer mit dem Wissen, dass ich in paar Stunden in einem Flugzeug sitzen würde.

Ich lief die Treppen hinunter und traf auf Nina, die auf der Couch saß und die neusten Meldungen im Fernsehen ansah. Ich wollte gerade meinen Koffer an die Haustür bringen, da rief sie mir zu: „Hey, Grace! Komm mal her! Ich denke, dieser Bericht wird dich interessieren."

Ich stellte augenblicklich mein Gepäck ab und lief mit fragendem Blick ins Wohnzimmer. Nina zeigte schweigend auf den Bildschirm. Sofort musste ich seufzen und vergrub mein Gesicht in den Händen. „Was bekommen die eigentlich nicht mit?"

Im Fernsehen wurde gerade eine Aufnahme von der Auseinandersetzung vor dem Woodfields Studio gezeigt. Man konnte genau sehen, welche Anspannung in der Luft geherrscht hatte, und ich sah wieder die Wut, die in Harry immer größer wurde, und wie er Philip einen rechten Haken verpasste. Es war, als würden sich die Bilder tief in mein Gedächtnis einbrennen.

Während man die Ereignisse vom vorherigen Tag zeigte, sprach man darüber, was den Streit ausgelöst hatte. Dabei stellten sie sich auch die Frage, ob es etwas mit dem Streit vor drei Jahren zu tun hatte. Aber natürlich war auch die Liebe wieder eines der vielen Themen, die sie nebenbei erwähnten und als Grund darlegten, besonders durch den einen Abend, den Harry und ich gemeinsam am Weihnachtsmarkt verbracht haben.

Die große Frage war also: Ist Grace O'Reilly in den Lockenschopf und besten Freund von Solution 5 verliebt oder weiterhin in ihren Ex-Freund?

Für diese Frage hatten sie sogar Fans interviewt, die alle unterschiedlicher Meinung waren. Die meisten jedoch waren für Harry, was mich nicht wunderte. Wann drehte es sich mal nicht um ihn? Und wann stand man nicht auf der Seite des Schönlings?

„Dabei habe ich noch nicht einmal Gefühle für Philip", meckerte ich und ließ mich mit verschränkten Armen auf die Couch fallen. Nina zog nur kurz ihre Schultern hoch. „Ich weiß. Dein Herz gehört dem Lockenkopf von Solution 5, den du allein in London lässt. Trotz deiner Gefühle, was ich natürlich total logisch finde."

„Ich lasse ihn nicht…", fing ich an und sie sah mich hochgezogener Augenbraue an, um klarzumachen, dass ich mich gegen diese Aussage nicht wehren konnte.

„Was denkst du darüber?", fragte ich nach einer kurzen Schweigepause, dabei verschränkte ich meine Arme, als wollte ich die darauffolgende Aussage vor mir abschirmen.

Nina bemerkte es und fragte: „Über was?"

„Über das", meinte ich und nickte zum Bildschirm, der nun wieder Harry und Philip zeigte. Dann wurde gezeigt, wie sich Nathaniel dazwischen drängte.

„Ich denke, dass du nach L.A. willst, weil du so von Harry wegkommst und diese Sache mit dem ‚Ich muss mich selbst finden.' als Ausrede nutzt, um dich zu verkriechen."

„Wie meinst du das?", fragte ich und sie sah mich mit hochgezogener Augenbraue an. „Mein Gott, Grace! Mach die Augen auf! Du hast doch einfach nur Angst, dass Harry dich verletzen könnte. Du hast Angst, dass er dich im Stich lässt und du nur eine seiner vielen, kurzlebigen Beziehungen wirst."

Ich spürte, wie sie einen wunden Punkt bei mir traf, und die Tränen in mir aufstiegen. „Es ist doch wahr."

„Ach, das ist doch totaler Bullshit", entgegnete sie verärgert und ich fauchte: „Ist es nicht! Harry spielt gerne mit den Gefühlen anderer Menschen. Ich habe es selbst gesehen. Damals in unserer Schule. So viele gebrochene Herzen nur wegen eines Jungen und seiner anziehenden Augen, die einen wahnsinnig machen, wenn er einen nur anstarrt. Wahrscheinlich bin ich auch nur wieder eines der Opfer, denen er am Ende das Herz brechen würde."

„Falsch! Das denkst du! Was ich sehe, ist ein Junge, der die pure Zuneigung und Liebe ausstrahlt, und ein Mädchen, das quer treibt!", meinte Nina und ich hörte immer mehr Verärgerung in ihrer Stimme.

„Nina, versteh mich doch! Harry und ich haben zum zweiten Mal eine Auseinandersetzung und schon wieder einmal geht es um diese scheiß Liebe. Dieses Mal ist jedoch nicht sein Geständnis das Problem, sondern sein Besitzergreifen. Er wollte mir sagen, wo ich hingehöre und was ich zu tun habe, als hätte ich keine Meinung. Wie bei einem Kleinkind! Ich werde so etwas nicht durchgehen lassen", sagte ich verärgert, „Verstehe doch! Harry und ich werden niemals zusammenkommen. Das Schicksal will es so. Schon damals. Und auch heute."

„Und du liegst wieder falsch!", meinte Nina genervt. „Das Schicksal möchte euch zusammen haben und ihr geht nur auseinander, weil du quer treibst. Weil du Angst hast, ihm in dieser Hinsicht zu vertrauen!"

„Ich treibe nicht quer! Harry ist derjenige, der quer treibt!", fauchte ich sie an und sprang von der Couch auf, „Warum versteht keiner, dass das zwischen mir und Harry niemals klappen wird?"

„Verdammt, Grace! Manchmal frage ich mich, ob es für dich so gut war, die Schule abzubrechen", seufzte Nina verzweifelt vor sich hin.

Warum sagt mir das jeder in letzter Zeit, fragte ich mich selbst, bevor ich sie fragte: „Was willst du damit sagen?"

„Was ich damit sagen will? Harry liebt dich. Das sieht jedes Kind. Mach doch endlich die Augen auf! Er ist nicht derjenige, der dir schaden will! Im Gegenteil, er will dich doch nur beschützen! Und du siehst es als besitzergreifend an. Das ich nicht lache."

„Beschützen vor was?"

„Vor Philip!"

„Was hat Philip jetzt damit zu tun?"

„Was er damit zu tun hat? Fragst du das ernsthaft? Findest du es nicht komisch, dass er genau dann auftaucht, wenn unsere Band Probleme hat? Findest du es nicht komisch, dass genau dich unter Vertrag nehmen will? Und findest du es nicht komisch, dass er nur die Solokarriere als Lösung sah? Also ganz ehrlich. Ich finde es sehr verdächtig. Im Gegensatz zu Harry, der dich wirklich unterstützt hat, ist Philip mit einem Scheiß-Vertrag angerannt gekommen", meinte Nina. „Und jetzt sag mir nicht, es war Zufall."

„Und was war es dann?"

„Ich denke, dass Philip dein Talent und dein Ruf für seine Geschäfte ausnutzen will. Die Sängerin Grace O'Reilly von der Girlband Wild Division ist bei ihm unter Vertrag. Was glaubst du, wie sein Geschäft steigen wird?", fauchte sie.

„Ich...", fing ich an, doch musste abrupt stoppen. Was hatte sie da gerade gesagt? Ich hatte das schon einmal gehört und verwundert murmelte ich: „Genau das hat Harry auch gemeint."

„Na, dann denk mal darüber nach, wenn es zwei Menschen sagen, die sich Sorgen um dich machen! Vielleicht ist dann etwas an dieser Sache dran", meinte Nina und stand verärgert von der Couch auf.

„Wo gehst du hin?"

„Ich muss mich für das Musikvideo fertig machen. Außerdem hat mich Skyler gebeten, sie zu wecken, damit sie mitkommen kann. Aber merk dir eins, Grace Marilyn O'Reilly. Die Liebe ist stets mit Risiken behaftet und kann jederzeit zerbrechen. Aber wenn man Mut und Vertrauen schenkt und sich einfach fallen lässt, dann kann etwas Wunderbares und Schönes entstehen. Willst du nur wegen ein paar Ängsten abhauen?", fragte sie und wollte den Flur hinuntergehen, um in ihr Zimmer zu gehen. Doch dann drehte sie sich nochmal traurig zu mir um und meinte: „Grace. Ich weiß wirklich nicht, was los mit dir ist. Du konntest immer mit uns reden und wir hatten uns geschworen, zusammen zu halten. Ja, wir hielten unser Versprechen sogar fest. Aber du hast dich verändert. Und ich sage dir: Es liegt nicht an Harry. Bei ihm bist du nämlich die Grace, die wir alle kennen und lieben."

Mit diesen Worten verschwand sie und ließ mich im Wohnzimmer stehen. In meinen Gedanken verloren und dem schlechten Gewissen, das sich in mir breit machte und mich lähmte. Doch dann wurde ich aus meiner Starre gerissen, als mein Handy vibrierte und ich eine Nachricht von Philip bekam. Er schrieb, dass er in kurzer Zeit vor dem Haus stehen würde.

Sofort schüttelte ich meine tobenden Gedanken aus dem Kopf, atmete tief ein und konzentrierte mich auf den Flug, der mit bevorstand. Zwar ließen mich die Worte von Nina nicht los, jedoch blieb ich bei meiner Entscheidung, zu gehen.

Ich nahm gerade meinen Koffer und lief Richtung Haustür, als ich plötzlich meinen Namen rufen hörte.

Nicht schon wieder. Nicht er, dachte ich mir, während ich mir meinen Wintermantel und Schal schnellstmöglich anzog. Doch leider war es eben Harry, der die Treppen aus dem Keller hoch rannte und ein weiteres Mal meinen Namen rief. Und da ich ihn kannte, wusste ich, dass er so schnell nicht aufgeben würde. Somit blieb ich nicht stehen, sondern lief direkt zur Haustür. Dabei blickte ich nicht ein einziges Mal in die Richtung des hinterherrennenden Wuschelkopfs.

„Grace! Warte! Bleib stehen!"

„Vergiss es! Lass mich in Ruhe!"

Ich hörte ihn hinter mir herummeckern, leider verstand ich nicht ganz, was er sagte. Ich hörte nur ein „Oh Mann, Grace" am Ende.

Ich schüttelte genervt den Kopf. Dann öffnete ich die schwere Haustür, ging hinaus und ließ sie sofort wieder zufallen. Genau vor Harrys Nase. Ich hörte, wie er vor Verärgerung meinen Namen schrie, wodurch ich ein freches Grinsen nicht unterdrücken konnte. Doch dann riss Harry wieder die Haustür auf und mein Gesichtsausdruck wurde emotionslos.

Der Lockenschopf sprach mich ein weiteres Mal an, doch ich ignorierte ihn gekonnt und versuchte, mich von ihm wegzudrehen.

„Mein Gott, Grace! Jetzt hör endlich auf, diesen Sturkopf zu spielen, und rede mit mir!", meinte er genervt.

Ich ignorierte ihn immer noch und verschränkte als Antwort meine Arme, um ihm klarzumachen, dass ich keine Lust hatte, zu reden. Harry seufzte laut, packte mich an den Schultern und drehte mich zu sich um, sodass ich direkt in seine Augen schauen musste, was mir noch weniger passte.

„Grace. Sprich mit mir! Jetzt!"

„Was möchtest du denn von mir hören? Wieso sollte ich mit dir reden, du Idiot!?", antwortete ich schnippisch, worauf er sofort entgegnete: „Weil es mir leid tut, okay?"

„Was?"

„Du hattest recht, okay? Und es tut mir leid. Ich hätte mich nicht in dein Leben einmischen sollen."

„Ja, das hättest du."

Harry rollte mit seinen Augen und schnaubte. „Grace, jetzt lass mich ausreden! Ich werde mich nämlich nur einmal äußern."

„Okay, sprich. Aber beeil dich, wir haben nicht ewig Zeit. Philip müsste gleich da sein", antwortete ich und er stöhnte auf. „Oh Mann. Ich wünschte, ich müsste diesen Namen nicht mehr hören."

„Harry", sagte ich sofort und zog eine Augenbraue hoch, „Wenn du wieder über Philip reden willst und darüber, dass ich einen Fehler mache, dann kannst du gleich wieder gehen. Musst du nicht sowieso zum Dreh?"

„Ja, müsste ich. Leider fällt meine Spielpartnerin aus und deswegen kann ich heute nicht drehen", meinte er verärgert, dabei funkelte er mich mit einem mörderischen Blick an. Doch dann atmete er tief ein und aus, um in einem ruhigeren Ton zu sagen: „Doch ich wollte dich nicht gehen lassen, ohne auf Wiedersehen zu sagen und ohne dass wir uns versöhnt haben. Nicht wie beim letzten Mal. Und ja, vielleicht habe ich überreagiert. Und ja, vielleicht hätte ich mich nicht in deine Entscheidungen einmischen sollen. Aber du musst auch mich verstehen, Grace."

„Ich muss gar nichts, Harry", entgegnete ich zickig zurück und er fauchte: „Jetzt hör mir doch endlich zu!", sodass ich schlagartig still wurde und er weitersprechen konnte.

„Nach drei Jahren habe ich wieder Kontakt mit dir. Dann erfahre ich, dass du Gefühle für mich hast und verbrachte mit dir einer der schönsten Nächte. Ich konnte nach vielen Jahren meine Gefühle für dich äußern und ausleben. Ja, ich durfte dich endlich spüren! Ich durfte dir endlich so nah sein. Aber dann muss ich zusehen, wie du dich Stück für Stück veränderst und deine Meinung durch einen, sagen wir mal, nicht positiven Menschen geschwächt und verändert wurde. Ich wollte dich nur beschützen, Grace. So, wie ich dich immer beschützt habe. Erinnerst du dich noch, wie ich dich vor deinem ersten Freund beschützt habe, nachdem du Schluss mit ihm gemacht hast und er deswegen sauer war?"

„Ja, du hast ihn zu Boden geschlagen", schmunzelte ich und er grinste: „Und für dich würde ich so was immer wieder tun."

„Ich bin aber kein kleines Mädchen mehr."

„Und das weiß ich."

„Wieso beschützt du mich dann immer noch?"

„Mein Gott, fang an, zu denken, Grace!", fauchte er und fuhr mit der Zunge über seine Lippen, dabei konnte ich wieder die Angst bei ihm sehen. „Ich will dich nicht schon wieder verlieren! Ich habe es einmal zugelassen. Ein zweites Mal passiert mir dieser Fehler sicherlich nicht, das garantiere ich dir."

Mit diesen Worten trat er näher zu mir, umfasste mein Gesicht und strich mir über die Wange, dabei murmelte er: „Ich will, dass du bei mir bleibst, Grace! Bitte, ich liebe dich. Ich liebe dich von ganzem Herzen und meine Gefühle für dich sind unbeschreiblich stark. Ich könnte dich niemals verletzen. Niemals, das musst du mir einfach glauben."

„Ich möchte dir ja glauben", entgegnete ich und er fuhr mit einer Hand durch mein Haar. „Warum tust du es dann nicht einfach?"

„Harry, du bist ein Spieler, ein Loverboy. Wer sagt, dass du nicht auch mit mir spielst?", erklärte ich ihm und er senkte seinen Kopf zu Boden. „Denkst du das wirklich von mir?"

„Die Medien…"

„Erzählen so viele Lügen", fauchte er verzweifelt und drückte mit aller Kraft seine Lippen auf meinen Kopf. „Das weißt du doch."

Ich seufzte und wandte mich von ihm ab, unsicher, was ich ihm antworten sollte, und da sagte er auch schon: „Hör zu. Ich verspreche, dich gehen zu lassen, und ich verspreche dir, dass ich auf dich warten werde. Sag mir nur, dass du wieder zu mir zurückkommst, und ich werde es tun. Dann werde ich dir auch beweisen, dass ich nur Augen für dich habe."

Ich schloss die Augen und spürte, wie ich am ganzen Körper zitterte, als ich fragte: „Wie kann ich mir da sicher sein?"

„Ich schätze, du musst mit in dieser Hinsicht einfach vertrauen", erklärte er. „Denn egal, was man dir sagt, kleines Ding. Glaube mir. Ich würde dich niemals verletzen. Ich liebe dich und ich werde es so oft wiederholen, bis du es mir glaubst. Also bitte glaube mir doch einfach."

Ich biss mir auf die Lippen, doch lange konnte ich nicht mehr gegen meine Gefühle für ihn ankämpfen und ich sagte: „Gut ... Ich glaube dir."

Dann hob ich meine Hand und berührte seine Wange, wie er es vor kurzem bei mir tat, und ich spürte, wie er seinen Kopf gegen meine Handinnenfläche drückte. Ich schmunzelte bei dieser Geste und, ohne viel nachzudenken, murmelte ich: „Ich komme zurück."

„Versprichst du es mir?", fragte er und hob seinen Kopf, um den Augenkontakt zu mir zu halten und zu zeigen, dass er es ernst meint.

„Ich verspreche es dir."

Instinktiv umarmte ich ihn, als ich ein erleichtertes Lächeln auf seinen Lippen sah. Harry tat es mir gleich und fuhr mir sachte, in gleichmäßigen Bewegungen über den Rücken. In diesem Moment wünschte ich, dass die Zeit stehen bleiben würde und ich in seiner Umarmung bleiben konnte. Doch da hupte es auch schon und ich spürte, wie sich jeder seiner Muskeln anspannte. Er drückte mich noch fester an sich, als wollte er mich nicht übergeben.

Beruhigend kraulte ich ihm durch die Locken und murmelte: „Harry, lass mich los."

Widerwillig zog er sich zurück und murmelte dabei ein „Ich will nicht", worauf ich ihm ein letztes Mal durch seine Locken fuhr. „Ich weiß."

Nun drehte ich mich um und sah Philip aus einem Taxi aussteigen. Er winkte mir freudig zu, während er Harry nur einen finsteren Blick schenkte.

„Du solltest zum Dreh", sagte ich zu Harry, der mit hängenden Schultern neben mir stand und nicht reagierte. Doch als ich mich umdrehen wollte, hielt er mich am Handgelenk fest und meinte: „Falls du dich doch noch für London entscheidest, du weißt, wo du uns findest."

„In der Bibliothek. Ich weiß", schmunzelte ich und er schüttelte den Kopf: „Es gab eine Planänderung. Wir würden erst morgen unseren Teil in der Bibliothek drehen."

„Also im Studio?"

„Ja."

Ich nickte und wollte mich wieder umdrehen, aber Harry hielt mich ein weiteres Mal auf: „Und ich sage es nochmal: Wir wollen dich nicht wegschicken. Wir sind deine Familie, Grace. Vergiss das nicht. Ich hoffe wirklich, dass du weißt, was du willst."

„Können wir?", hörte ich Philip fragen, der zu uns gelaufen kam, und ich sah unsicher in Harrys Augen, als ich ein „Ja" murmelte. Unbewusst hatte ich beiden geantwortet und Harry wusste, dass er verloren hatte.

Er packte den Koffer und hob ihn hoch, um ihn zum Kofferraum tragen, doch da sagte Philip: „Ich mach das schon. Aber danke."

„Na, dann", antwortete Harry und übergab ihm den Koffer. Dabei musste ich fast lachen. Denn während Harry meinen Koffer mit einer Leichtigkeit halten konnte, ließ Philip ihn fast zu Boden fallen und hatte Schwierigkeiten, ihn zu tragen. Harry zwinkerte mir frech zu und musste grinsen. Aber obwohl er versuchte, etwas lockerer zu sein, konnte ich erkennen, dass er voller Schmerz war.

„Wir sehen uns, Grace. Ich schaue mal, wo Skyler und Nina bleiben. Leider sind sie für mich die einzige Möglichkeit, um zum Dreh zu kommen", erklärte er, winkte mir ein letztes Mal zu und ich sah ihm schweren Herzens nach, wie er mit einem Seufzen zur Haustür ging.

„Harry!"

Abrupt blieb er stehen, um sich zu mir zu drehen, und ich rannte zu ihm. „Ich komme zurück, hörst du? Du wirst mich nicht verlieren."

„Dieses Gefühl habe ich aber", gestand er mir, dabei klang er wieder ein wenig verärgert. Er sah kurz zu Philip, um mir zu sagen, was er damit meinte.

Ich antwortete nur damit, meine Lippen auf seine zu legen, und sagte: „Harry, ich liebe dich, nicht ihn."

„Und trotzdem gehst du mit ihm. Versteh mich nicht falsch, aber ich verstehe es nicht. Aber vielleicht will ich das auch gar nicht mehr", entgegnete er und als ich ihn wieder küssen wollte, trat er einen Schritt zurück und murmelte ein „Bitte lass es und geh", bevor er sich umdrehte und mit gebrochenem Herz im Haus verschwand.

„Grace? Kommst du?", fragte Philip hinter mir und ich nickte sachte, wobei ich bemerkte, dass ich plötzlich nicht mehr sicher damit war.

Tausende Gedanken strömten in meinem Kopf hin und her. Gedanken über die Worte, die ich in den letzten Minuten gehört hatte. An Silvester hatte ich sie schon einmal gehört, doch erst jetzt bewegten sie mich dazu, wirklich darüber nachzudenken. Ich stellte erst jetzt meine Entscheidung wirklich infrage. Doch konnte ich sie jetzt noch ändern? Hatte ich denn noch eine Wahl? Oder war es zu spät?

In meinem Kopf herrschte das Chaos und ich fragte mich, ob die nächsten Schritte, die ich eigentlich gehen wollte, wirklich richtig waren. Für eine kurze Zeit fragte ich mich sogar, warum ich eigentlich weg wollte. War es wirklich, weil ich mich selbst finden wollte oder weil ich mich selbst bestrafen wollte?

Ich sah zu Philip, der vor Begeisterung sprühte und mal wieder von der Zusammenarbeit und von L.A. schwärmte. Doch nur ein „Hm" oder ein „Ja, bestimmt" kam aus mir heraus.

Schließlich wollte ich mich ablenken, nahm mein Handy heraus und stöberte auf den Social Media herum. Da bekam ich eine Nachricht, auf der ich markiert wurde, und klickte aus Neugierde drauf.

Plötzlich stockte mir der Atem, als ich ein Video sah, das von einem Fan gepostet wurde. Unzählige Fans und die Paparazzi standen vor dem Flughafen „Heathrow." Große und kleine Schilder, die in den buntesten Farben und verschiedensten Schriften gestaltet waren, wurden in die Luft gehalten und das Ganze war vor einer Stunde gepostet worden.

Ich atmete jedoch tief ein und aus und redete mir ein, dass es auch ein Bild von unseren früheren Touren sein könnte. Aber als ich weiter scrollte, fand ich ein Bild, auf dem mit großer Schrift stand: „Trennung von Wild Division?"

Ich legte die Stirn in Falten und las den Text, den der Fan darunter schrieb:

Ist es wirklich wahr? Geht Grace O'Reilly für ein Soloalbum nach L.A.? Bitte sagt mir, dass das ein schlechter Scherz von Philip Sawyer ist, weil er Grace und Harry nicht zusammen sehen möchte! Ich möchte Wild Division zusammen auf der Bühne sehen, nicht getrennt!

„Woher wissen die das?", fragte ich ungläubig und Philip sah mich verwirrt an. „Was wissen sie?"

„Das", antwortete ich und hielt ihm mein Handy vor seine Nase, worauf Philip sofort große Augen bekam und mich nervös ansah. Doch schnell versuchte er, wieder einen normalen Gesichtsausdruck zu zeigen, was mich noch skeptischer machte, und ich wiederholte meine Frage: „Woher wissen sie, dass ich weggehen will, Philip?"

Er sah mich wieder nervös an, schwieg für eine Weile, bis es schließlich aus ihm herausplatzte: „Ich habe es gepostet."

„WAS?!"

Mir blieben die Worte im Hals stecken. Als Philip nicht weitersprach, fragte ich ein weiteres Mal: „Was hast du genau gepostet?"

„Ich habe davon gesprochen, dass du mit mir nach L.A. gehst für ein Soloalbum", gestand er und ich sah ihn mit einem fassungslosen Blick an.

Wut stieg in mir auf und als ich etwas dazu sagen wollte, meinte Philip nur: „Es tut mir leid. Ich habe nicht gedacht, dass es so schnell verbreitet wird. Doch so schlimm ist es doch nicht, oder?"

„Wie konnte ich nur so blind sein?", murmelte ich unverständlich vor mich hin und sah Philip mit großen Augen an. Plötzlich wurde mir schlagartig bewusst, dass ich mit der falschen Person gegangen war.

Instinktiv griff ich an meinen Ringfinger, an dem einst der kleine silberne Ring mit den drei roten Steinchen war, und nur ein einziger Satz huschte mir durch den Kopf: „Ich hoffe wirklich, dass du weißt, was du willst."

Mir wurde bewusst, was für einen Fehler ich beging, und zwar denselben wie vor drei Jahren. Ich musste zu ihm. Ich musste zu Harry.

Meine ganzen Erinnerungen von den letzten paar Tagen schossen mir durch den Kopf. Die guten sowie die schlechten Momente. Ein weiteres Mal dachte ich, dass der Blitz mich treffen würde. Mir wurde bewusst, dass er mich genau vor dem hier gewarnt hatte. Er wollte mich genau davor beschützen. Doch nicht nur er. Nina hatte es gesagt. Er hatte es gesagt. Und sie alle hatten recht behalten.

Philip wollte mich wegen des Vertrages und nun begann er schon, damit zu prahlen, indem er es auf den Social Media verkündete. Wie konnte ich so blind sein? Ich war definitiv das Problem hier. Ich und meine Blindheit. Harry war für mich da. Von Anfang an und er hatte an unsere Band geglaubt.

Da sah ich plötzlich ein Straßenschild und wusste, wo ich war. Schnell sah ich auf meine Uhr.

Es ist nicht zu spät, dachte ich nur, *Ich kann es noch ändern.*

„Taxi! Bitte anhalten!", rief ich, woraufhin ich einen verwunderten Blick von Philip sah. „Was machst du? Wir kommen zu spät zum Flughafen."

„Nein", verbesserte ich, „DU kommst zu spät."

„Was? Wie meinst du das?", fragte er und ich wiederholte selbstsicher: „Ich meine damit, dass ich nicht mit dir nach L.A. gehe, sondern hier in London bleibe."

„Wie bitte?"

„Du hast mich schon verstanden", entgegnete ich und wollte gerade aussteigen, da fragte er: „Was ist los? Ich weiß, dass das falsch war, aber wieso gehst du? Wir können das doch klären."

Ich scrollte wieder zu dem Bild, auf dem die Fans vor dem Flughafen standen. „Das ist kein Bild von einer Tour, Philip. Dieses Bild ist neu und es passiert gerade jetzt!"

„Ja, gut möglich. Aber was sollen schon paar Interviews und Autogramme? Wir schaffen das, wenn dich das als Einziges bedrückt."

„PHILIP! Du weißt ganz genau, was ich von Paparazzi und großen Menschenmassen halte! Und du warst sogar dabei als

Kathleen uns die Hölle heiß gemacht hat! Genau du solltest von meinen Ängsten wissen! Trotzdem hast du laut raus posaunt, dass ich heute hier sein werde. Die anderen hatten von Anfang an recht. Du bist nur hinter dem Ruhm her", fauchte ich und er meinte mit Begeisterung: „Es wird aber auch dein Ruhm sein! Deiner ganz allein! Ohne irgendjemand. Nur du."

„Weißt du was? Ich bleibe hier", sagte ich in einer selbstbewussten Stimme und es fühlte sich mehr als nur richtig an.

„Nur weil ein paar idiotische Fans auf ein Schild geschrieben haben, dass du hier bleiben sollst? Ernsthaft?", sagte er mit einem Lachen, als würde er nicht glauben, was ich gerade gesagt hatte.

„Pass auf, was du sagst!", fauchte ich. „Diese *idiotischen* Fans, wie du sie nennst, haben nämlich recht und sind schlauer als ich. Auch Nina und Harry hatten die ganze Zeit recht. Sie alle sahen die Wahrheit, während ich so blind war, alles abstritt und ins Verderben rannte, ja, dich sogar verteidigte! Gott, vielleicht hätte ich wirklich die Schule beenden sollen!"

„Es sind nur Fans!"

„Wage es ja nicht noch einmal, die Fans meiner Band anzugreifen. Sie sind es, die an uns glaubten und uns nicht aufgaben. Niemals. Sogar jetzt nicht. Nein! Im Gegensatz zu dir glauben sie an die Band und wollen uns zusammen sehen", verteidigte ich mich und wenn Blicke töten könnten, dann wäre Philip nicht mehr hier. Aber auch er kochte nun vor Wut und packte mich am Arm, wobei er fauchte: „Die Band ist TOT! Du stehst bei mir unter Vertrag! Für ein Soloalbum und deswegen sollten wir auch los!"

Ich schüttelte voller Enttäuschung den Kopf, als ich das hörte, und hätte nicht mehr enttäuscht sein können. Wie hatte er einmal mein Freund sein können? Seine Worte verletzten mich und innerlich zerbrach ich, weil ich nicht bei den anderen war. Vor allem sein Satz „Du stehst bei mir unter Vertrag!" machte mich nervös. Aber da fiel es mir wieder ein und ein eiskaltes, böses Schmunzeln huschte mir über meine Lippen und ich riss mich aus seinem Griff. „Falsch! Ich bin nicht unter Vertrag. Ich habe niemals etwas unterschrieben!"

„Aber trotzdem ist deine Band tot! Mr. Marks wird euch nicht mehr unterstützen! Also, was gedenkst du zu tun? Geld verdienen musst du. Ihr seid zwar reich, aber das wird nicht ewig halten", erklärte er. „Du brauchst jemanden, der dich unterstützt und dir Auftritte verschafft. Ich kann dir als Solo-Künstlerin so viel bieten. Wild Division war toll und nett, doch leider ist diese Band tot. Dafür können wir jetzt aus dir, einem ungeschliffenen Diamanten, etwas Großartiges machen! Ich will doch nur das beste Leben für dich!"

„Wild Division ist nicht tot!", feuerte ich. „Und das wird diese Band auch niemals sein! Ich werde hier bleiben und gemeinsam mit den Mädchen einen neuen Plan ausfechten. Ich hätte niemals aufhören sollen, an uns zu glauben. Ich hätte deinen Worten nicht Glauben schenken sollen! Denn ich brauche dieses Soloalbum nicht. Und ich brauche auch den Ruhm nicht! Das habe ich noch nie gebraucht! Ich habe in letzter Zeit aus den Augen verloren, was zählt."

„Und das wäre?", fragte er sofort und ich musste an die Momente mit meinen Mädchen denken, als wir gemeinsam mit einem breiten Grinsen auf der Bühne standen. Oder an die Abende, an denen wir gemeinsam mit der WG oder seit neustem mit Solution 5 musizierten. „Die Freude, Musik zu machen, mit meinen besten Freunden zu singen, und die Fans, die an uns glauben, mit dieser Musik, unserer Musik, zu erfreuen. Mehr brauche ich nicht. Damit bin ich reicher als mit jeder Karriere, die ich eingehe."

„Okay. Und was willst du jetzt tun? Was soll ich jetzt tun?"

„Ich weiß nicht, was du tust. Aber ich weiß, was ich tue", murmelte ich mit einem Lächeln.

„Und was?"

„Ich werde zu den Menschen gehen, die mich niemals aufgaben. Und ich werde zu ihm gehen", antwortete ich und plötzlich konnte ich die pure Eifersucht in seinen Augen erkennen, als er zischte: „Er wird dich verletzten. Du solltest lieber bei mir bleiben."

Da erinnerte ich mich an Ninas Worte und sagte: „Die Liebe ist mit Risiken verbunden und ich glaube – Ich ich glaube, mit

Harry gehe ich das Risiko gerne ein. Und vielleicht – vielleicht hätte ich nicht wieder wegrennen sollen. Denn Liebe heißt, zu bleiben, besonders dann, wenn es schwierig wird."

Philip sah mich sprachlos an und fand keine Worte mehr, wodurch ich meinen Moment zum Aussteigen. Ich sah, dass Philip immer wütender wurde, und ich dachte, *Harry wäre jetzt stolz*, als ich sagte: „Guten Flug, Philip."

Dann nahm ich meinen Koffer aus dem Kofferraum und knallte diesen zu. Ich atmete ein und aus und lief dann über die Straße. Ich hörte noch, wie Philip mir ein „Grace, es tut mir leid! Lass uns nochmal darüber reden, mein Mädchen!" nachrief, doch ich ignorierte ihn.

Ich schmunzelte und beeilte mich, um hier schnellstmöglich wegzukommen. Denn ich musste von Philip Sawyer weg und ich musste – das Musikvideo. Ich musste ins Studio.

Als ich in die nächste Straße einbog und Philip außer Sicht war, musste ich erst einmal stehen bleiben, um durchatmen zu können. Meine Brust zog sich augenblicklich zusammen und ich hatte das Gefühl, nicht mehr atmen zu können.

Ich bemerkte, wie sich meine Sicht durch die aufsteigenden Tränen verschlechterte. Ich fühlte mich betrogen. Ich hätte mir niemals vorstellen können, dass Philip so handeln würde. Wie konnte ich ihn einst lieben? Wie hatte ich ihm vertrauen können, aber Harry nicht? Der Gedanke schmerzte und es wurde stärker, als ich darüber nachdachte, dass Harry mich davor schützen wollte. Aber mit der Zeit verspürte ich noch ein anderes starkes Gefühl, und zwar den Drang, endlich nach Hause zu rennen. Dorthin, wo ich hingehöre.

Ich nahm mein Handy heraus und wählte die erste Nummer, die erschien. Es war Claire. Ich wusste, dass sie am Dreh war. Sie waren alle am selben Ort. Nur ich nicht. Doch das würde ich schnell ändern.

„Grace? Was ist los? Bist du nicht unterwegs?", fragte Claire sofort und ich spürte, wie vor Freude Tränen über meine Wange liefen. „Claire, verschaff mir Zeit. Ich komme nach Hause. Ich komme zum Dreh. Ich bin in paar Minuten im Studio."

„Was?", schrie sie förmlich in den Hörer und ich hörte ihre Begeisterung heraus. Ich musste lachen und meinte: „Tue, was ich dir sage! Denn ich komme jetzt nach Hause."

Dann beendete ich den Anruf und begann, mit meinem Koffer zu sprinten. Ich lief die Straßen entlang mit dem Wissen, dass ich in wenigen Minuten wieder bei ihnen war. Je länger ich rannte, desto mehr brodelte plötzlich ein eigenartiges Gefühl in mir. Doch es fühlte sich gut an. Es war, als würde sich alles von mir lösen. Und eins war mir in diesem Moment klar. Diese Entscheidung war die einzig richtige. Das bestätigte sich auch, als ich endlich an dem Gebäude ankam, wo ich an diesem Tag auch ursprünglich sein sollte: das Woodfields Studio.

20. TRACK

„Wo zum Henker ist Grace O'Reilly?", hörte ich eine Stimme laut durch das Gebäude brüllen, als ich durch die Flure des Woodfields Studio sprintete.

Wahrscheinlich war das der Regisseur für das bevorstehende Musikvideo und er klang aufgebracht, was dafür sorgte, dass ich noch schneller rannte, um noch schneller den richtigen Raum zu finden. Leider hatte ich das Problem, dass ich nicht wusste, in welchem Raum wir waren, und das Gebäude war doch größer, als ich gedacht hatte.

Ja, einmal rannte ich sogar in das falsche Studio und unterbrach eine Aufnahme, die ich nur mit einem kleinen „Entschuldigung" verließ, wobei die Sängerin mir wirklich leidtat. Ich wusste, wie ärgerlich es sein konnte, wenn jemand die Aufnahme unterbrach.

Aber durch das Schreien des Regisseurs wurde ich durch das ganze Gebäude geführt und der Drang, zu meinen Freunden zu kommen, wurde immer stärker.

„Grace ist ...", hörte ich Nina anfangen zu sagen, als ich endlich die richtige Tür erreichte und sie mit einem Schwung aufriss, woraufhin unzählige Blicke irritiert zu mir sahen, als ich ein „Ist hier!" rief.

„Verdammt, wo waren Sie denn?", fragte der Regisseur verärgert und zugleich erleichtert, während mich meine Freunde fassungslos anstarrten.

Ich sah zu ihnen, lächelte kurz und antwortete: „Ich habe leider zu spät realisiert, dass man einen Fehler nicht zweimal begehen soll. Besonders keinen so großen. Außerdem habe ich endlich verstanden, wer in meinem Leben wirklich wichtig ist. Leider habe ich es erst zu spät erkannt."

Bei dem letzten Satz sah ich Harry an, dessen Augen mich geheimnisvoll beobachteten. Dabei konnte ich Erleichterung und Freude vermischt mit anderen, nicht erkennbaren Gefühlen sehen.

Währenddessen tauchten bei den anderen entspannte Gesichtszüge auf und ein Lächeln bildete sich auf ihren Lippen, wodurch ich vor Freude sprühte. Nathaniel stand sogar mit einem breiten Grinsen neben ihnen und zeigte mir zwei Daumen hoch, wodurch ich innerlich lachen musste und dachte: *So ein Optimist. Kann einem niemals böse sein.*

Ich sah wieder zum Regisseur, der meinte: „Egal, wie. Sie sind jetzt da. Machen Sie sich sofort fertig. Wir haben nicht den ganzen Tag Zeit."

Dann drehte er sich um und rief einer vorbeilaufenden Frau zu: „Christine! Kümmere dich um sie. Wir müssen gleich beginnen."

Die junge, wirklich attraktive Frau mit zarten, hellrosa gefärbten Haaren kam auf mich zu und reichte mir mit einem zarten Lächeln die Hand. „Hallo. Du bist sicherlich Grace."

Ich nickte und sie fügte hinzu: „Ich bin Christine Jones, die Stylistin von Harry. Da ihr in dem Video zusammenarbeiten werdet, werde ich mich um dich kümmern, damit ihr zusammenpasst. Bitte, folge mir."

„Ich verspreche dir, dass ich sofort nachkommen werde. Gib mir nur ein Augenblick", bat ich sie und ein verständnisvolles Nicken folgte von ihr.

Dann lief sie Richtung Umkleideraum und ich drehte mich mit breitem Grinsen zu den anderen um. „Ich hoffe, ihr wollt mich noch dabei haben."

Ich hoffte sehr, dass meine Entscheidung, hier zu bleiben, richtig war. Ich hatte viel Mist gebaut. Ich habe meine Familie verlassen und den Menschen, der mein Herz erobert hatte, ein weiteres Mal verletzt.

Meine Mädels rannten quietschend auf mich zu und umarmten mich, sodass ich beinahe nach hinten gefallen wäre. Vor Glück bekam ich Tränen in die Augen und mir war klar, dass ich hier richtig war.

Nathaniel beobachtete uns aufmerksam und antwortete: „Du bist immer willkommen. Immerhin sind wir eine Familie. Wild Division und Solution 5 gehören zusammen."

Die Jungs stimmten ihm sofort zu und auch Claire musste lächeln. Sie kamen auf uns zu, um mich gemeinsam mit den anderen in den Arm zu nehmen, sodass eine große Gruppenumarmung entstand.

„Unsere Grace ist wieder da", murmelte Nina voller Freude in meinen Nacken und strich mir durch die Haare, während Skyler ein „Unser Küken" hinzufügte.

„Lass die Band nie wieder in Stich. Begehe diesen Fehler nie wieder", mahnte Allison und ich nickte: „Niemals mehr. Ich muss vielleicht noch viel lernen. Aber diesen Fehler begehe ich nicht mehr. Wir finden eine Lösung. Zusammen."

„Zusammen", murmelten die Mädels gleichzeitig und ich spürte, wie die Tränen hoch kamen, wobei ein „Danke" durch meinen Kopf schoss.

Dann sah ich zu Harry auf, der etwas abseits von unserem Umarmungs-Knäuel stand.

Mit viel Mühe löste ich mich von den anderen und ging auf ihn zu. Er sah eindeutig attraktiver aus als noch vor paar Stunden oder an dem Tag, als er Philip vor dem Studio zur Rede stellte. Seine Haare fielen locker und frisch gewaschen über seine Schultern und er trug mein Hemd, das ich ihm geschenkt hatte. Es war halb offen, sodass man sein Tattoo, die Triskele, und seinen gut trainierten Oberkörper sehen konnte.

Plötzlich stockte mir der Atem, als ich erkannte, dass er auf einmal eine Kette um seinen Hals trug. Zuerst erkannte ich nicht, was genau er trug. Aber als ich nah herangetreten war, erblickte ich den Ring, befestigt an einem Lederband.

Mein Herz zog sich zusammen, ich musste schwer ausatmen und sah ihn traurig an. Er hatte ihn bei sich. Ich spürte, wie eine einzelne Träne über meine Wange floss, und ich wusste, dass ich seine Liebe nicht verdient hatte.

Ohne zu zögern, umarmte ich ihn fest und wollte ihn nie wieder loslassen. Zögerlich legte er seine Arme um mich. Seine

Umarmung war schwach und zurückhaltend. Er war verletzt. Das drückte es wohl am besten aus.

Wahrscheinlich, weil ich heute Morgen gegangen war. Zwar hatte er mich gehen lassen, aber sicherlich hatte er seine Hoffnungen, dass ich doch bleiben würde. Dass ich mich für ihn und nicht für Philip entscheiden würde, aber ich hatte ihn getäuscht.

„Ich erwarte nicht, dass du mir verzeihst, Harry."

Er antwortete mit einem leichten Brummen und knirschte mit seinen Zähnen herum, was mir zeigte, dass er grüblerisch zu sein schien. Ich ließ ihn wieder los und er sah mich mit seinen einzigartigen Augen an. „Ich weiß nicht, was du meinst. Ich habe gesagt, dass ich dich gehen lassen und auf dich warten werde."

„Aber du hattest recht. Und deswegen tut es mir leid."

„Womit?", meinte er und durchbohrte mich mit seinem Blick, sodass ich für einen kurzen Moment dachte, dass mir der Atem genommen wurde.

Ich atmete tief ein und aus und suchte nach den richtigen Worten. Wahrscheinlich wusste er, was ich meinte. Doch er wollte es aus meinem Mund hören.

„Du wolltest mich beschützen. Du hast mich vor Philip gewarnt. Und ich Idiot habe nicht auf dich, meinen ältesten Freund, gehört. Im Gegenteil, ich habe denselben Fehler wie damals begangen. Ich habe dich wieder verletzt stehen gelassen. Und nun habe ich den Menschen, den ich am meisten liebe ... ich ... ich habe ihn ein zweites Mal allein gelassen. Es tut mir so leid", murmelte ich und spürte, wie meine Stimme schwand, dabei zitterte ich am ganzen Körper.

Da hob Harry seine Hand und strich mir über die Wange, um meine Tränen wegzuwischen, und sofort lehnte ich meinen Kopf in seine Hand. Ich genoss seine Berührung. Besser gesagt, ich saugte seine Wärme wie ein Schwamm auf. Auch seinen unverkennbaren Geruch atmete ich in vollen Zügen ein, damit er sich in mir einbrannte. Wie konnte ich ihm nur den Rücken kehren, wenn er es bei mir niemals tat? Er blieb immer bei mir. Egal, was ich tat. Ich war unfair. Ich war ein Monster.

„Wir reden später darüber, okay?", murmelte er, dabei klang er immer noch verletzt und ich nickte traurig, während er hinzufügte: „Jetzt solltest du aber aufhören zu weinen. Sonst stellst du mich als Partner später schlecht dar."

Ich musste sachte lachen, was ihm ein zartes Grinsen zauberte und mit einem Mal griff er an seine Halskette, um sie abzunehmen. „Willkommen zu Hause, kleines Ding."

Er betrachtete den Ring in seiner Hand und sagte: „Nimm ihn nie wieder ab. Das nächste Mal bewahre ich ihn nicht auf" und hängte ihn um meinen Hals, woraufhin ich lächeln musste. „Versprochen."

„Grace, wir müssen dich fertig machen!", rief Christine und ich antwortete: „Komme", bevor ich mich wieder zu Harry wandte und ihm dankte.

Er nickte nur und ich drehte mich um, um mich für den Dreh fertig zu machen. Kurz vorher packte ich jedoch Nina am Arm und zog sie mit mir, woraufhin sie mich verwirrt ansah. „Was ist jetzt los?"

„Du erzählst mir, was wir wo drehen werden. Immerhin habe ich keinen Plan, worum es in dem Musikvideo geht, und du bist die Solution-5-Expertin", erklärte ich grinsend und sie musste mit mir lächeln: „Na dann los, Solution-5-Mama."

Während Christine mich zurecht machte und meine Haare ein wenig lockte, erklärte Nina, wie der nächste Dreh aussehen würde. Wir sollten uns alle im Aufnahmeraum in einen Kreis setzen, während die Jungs den Song für uns singen würden.

„Welcher Song ist es? Und worum geht es?"

„Es ist die neue Single Colours of Love. Und, naja. Ich denke, du weißt jetzt, worum es geht", grinste sie und schwärmte dabei klar erkennbar, da sie voller Stolz auf ihr grünes Outfit verwies.

„Ja. Ich weiß jetzt, warum ihr wie der Regenbogen aussieht", kicherte ich, als ich an den Rest dachte, die immer eine bestimmte Farbe trugen: Allison trug Blau, Skyler Gelb und Claire Lila.

„Naja, das ist Absicht. Die Jungs tragen eine schwarze Jeans und graue Pullover, während die Mädchen den Regenbogen, die Farbe, die sie in ihr Leben bringen, widerspiegeln. Und du hast natürlich die Ehre, Rot zu tragen", schmunzelte sie und ich lächelte: „Meine Lieblingsfarbe. Super."

„Du meinst Harrys Lieblingsfarbe", kicherte sie und ich stupste sie frech an.

Christine kicherte ein amüsiertes „Konzentriert euch, Mädchen."

Nachdem Nina mir alles von dem Musikvideo berichtet hatte, zog ich ein schwarzes, enganliegendes Top an, welches einen großen Ausschnitt hatte, sodass die Kette mit dem Ring erkennbar war. Darauf trug ich eine rote Lederjacke und als ich mich zum Schluss im Spiegel betrachtete, dachte ich: *Ich bin bereit.*

Nachdem Harry sich den grauen Pullover angezogen und Christine seine Haare noch einmal zurechtgelegt hatte, saßen wir in einem Kreis im Aufnahmestudio, umringt von Kameras, und ich wusste sofort, dass ich am richtigen Ort war. Vor allem saß ich neben der richtigen Person.

Nathaniel hielt Allisons Gitarre im Schoss und als man uns ein Zeichen gab, begannen die Jungs, Colours of love zu singen, einen Song, der mit einer wunderschönen, freudigen Melodie begann und sicherlich in meinem Kopf hängen bleiben würde.

Once my days
Were so empty and grey.
But you're a dust devil
Bringing chaos with you.
My little fool.
I thank you.
You brought new colours into my life.
With only your smile.
What have you done to me?

Als Erste kamen James und Andrew dran, die die Strophe gemeinsam sangen und dabei ihre Partnerinnen, Allison und Skyler, gespielt anhimmelten. Währenddessen waren die Kameras genau auf sie gerichtet. Es war interessant, ihnen zu zuschauen, wie sie vor den Kameras die Verliebten spielten.

I see the rainbow in the sky.
It's not a lie.
I see the colours of life.

Während Nathaniel den Übergang zum Refrain sang, bemerkte ich, dass Harry mich amüsiert ansah und als ich seinen Blick erwiderte, kam er meinem Ohr näher und hauchte: „Ich hoffe, du bist gut im Schauspielern."

Ich musste lächeln. „Zum Glück muss ich das bei dir nicht."

„Na, dann zeig mir, was du kannst. Lass mich nicht schlecht dastehen", sagte er und musterte mich dabei gespielt kritisch.

Ich musste leise über sein Verhalten kichern, worauf ich ein „Psst!" von irgendjemandem hörte und mich nah an ihn lehnte, um zu flüstern: „Jetzt sing! Lass mich nicht schlecht da stehen."

The colours you showed me.
They changed me.
Now I won't give you away.
Promise you stay.
I want to see your smile.
My favourite colour of life.

„Jetzt sind wir dran", murmelte Harry neben mir, während er ausatmete, und ein Grinsen breitete sich auf meinem Gesicht aus. Dann versank ich in seinen blauen Augen, während er anfing, zu singen, und ich begann, in eine andere Welt zu driften, wodurch mir alles egal wurde.

I can't think
Without you by my side.
You're a troublemaker
And I'm just a big fool.
My little one.
You should know
Without your colours I can't be
Your smile affects me.
What have you done to me?

Als der zweite Refrain gesungen wurde, legte Harry einen Arm um mich und küsste mich auf die Wange, was ein heftige Kribbeln in meinem Bauch verursachte. Eine unglaubliche Energie durchfuhr mich. Sein kleiner Kuss umhüllte mich mit Wärme und ich fühlte wieder diese Sicherheit, die er mir gab. Ich sah zu ihm auf. Seine Augen strahlten endlich eine innere Ruhe aus. Sie waren diesmal nicht gefährlich, sondern sie waren weich, als hätte sich das Meer von dem langen Sturm beruhigt.

Ich legte meine Hand auf seine Wange, um ihn mit meinem Daumen zu streicheln, und ich musste lächeln, als er seine Augen schloss, um meine Berührung zu genießen. Dabei dachte ich nur: *Dich habe ich nicht verdient.* Dabei bemerkte ich nicht, wie wir bereits an der Bridge angelangt waren und Andrew gemeinsam mit James sang, um sie einzuleiten.

You ask which colours I saw.
So, listen to me, what you can be…

I've seen the colour of power.
I've seen the colour of harmony.
I've seen the colour of trust.
I've seen the colour of happiness.

Jedes Bandmitglied sang dabei einen Satz und jeder sang seinen Satz mit so einer Leidenschaft, dass ich sie mit Bewunderung beobachten musste und eine Gänsehaut bekam. Noch schlimmer wurde es jedoch, als Harry mir meinem Gesicht bedrohlich nahe kam, um mir seine Zeile ins Gesicht zu hauchen.

And mostly I saw the colour of love.

Dann strich er mit seiner Hand sanft durch mein Haar, kam mit seinem Gesicht noch näher und ließ seine Lippen sachte meine aufschnappen.

Er spielte mit mir, bis er es schließlich nicht mehr aushalten konnte und dem Kuss verfiel. Ich versank in eine andere Traumwelt, während die anderen Jungs anfingen, den letzten Refrain zu singen. Harry sang aber nicht mehr mit, sondern umgriff mein Gesicht und lehnte sich mehr in den Kuss. Unsere Zungen waren in einer Art Kampf, um herauszufinden, wer stärker war. Dabei wusste ich, dass ich keine Chance gegen ihn hatte.

„Cut!", hörten wir und wir lösten uns wieder. Doch wir ignorierten weiterhin die anderen, die sich aufgeregt unterhielten, da wir zu sehr aufeinander fixiert waren. Wir bekamen auch nicht mit, wie die Filmcrew aus dem Raum verschwand, um sich mit Gabriel zu unterhalten, sodass am Ende nur noch Claire, Wild Division und Solution 5 im Raum waren und uns beobachteten.

„Danke", hauchte er auf einmal und als ich ihn fragend ansah, fügte er mit einem Lächeln hinzu: „Dass du zurück bist."

Ich musste mit ihm lächeln. „Ich habe dir doch gesagt, dass ich wieder zurückkomme. Ich habe es dir versprochen. Es ist nur ein wenig schneller gegangen als geplant. Aber ich muss sagen, dass es mir so besser gefällt."

Harry umarmte mich, ohne zu zögern, und vergrub mit einem Schnauben das Gesicht in meinen Haaren, um dann tief einzuatmen. „Ich auch, kleines Ding. Ich auch."

Als sich der Geruch von Sandelholz in meiner Nase festsetzte, kuschelte ich mich an ihn und schluchzte laut. „Es tut mir so leid."

„Ist schon gut. Fehler geschehen und du musst noch viel lernen, kleines, naives Ding", meinte er und rieb mir beruhigend über den Rücken.

Bei diesen Worten klammerte ich mich noch fester an ihn und fing an zu weinen. Wieder einmal verzieh er mir. Wieder einmal nahm er mich in den Arm, obwohl ich ihn zum zweiten Mal zurückgewiesen hatte.

„Wieso verzeihst du mir?", fragte ich, während ich an die Kommentare der Fans denken musste. Ich hatte mir seine Güte sicherlich nicht verdient, dennoch war er hier. „Musst du nicht verletzt sein?"

Harry ließ mich langsam und mit einem Seufzer los, sodass wir uns in die Augen sehen konnten, und er schien nachdenklich zu sein. „Ich würde jetzt lügen, wenn ich Nein sage."

Dann beobachtete er mich eine Weile, strich mir durch die Haare und fügte mit einem Lächeln hinzu: „Aber ich möchte nichts an dir missen müssen. Nicht deine Augen, dieses einzigartige Blau-Grün, welches das ruhige, sanfte Meer widerspiegelt. Nicht dein bezauberndes Lachen, das meine Wut verfliegen lässt. Und besonders nicht dein weiches Haar, das, seitdem ich dich kenne, nach Kokosnuss riecht. Ich liebe dich, Grace. Ich liebe jedes kleine Detail an dir, selbst wenn es dich noch so sehr nervt. Und ich liebe auch deine Sturheit, weil sie zu meiner passt. Und eins habe ich in den letzten paar Jahren gelernt: Wenn man liebt, dann liebt man. Dir sollte klar sein, dass ich dich nicht loslassen kann. Egal, wie sehr du mich verletzt. Dafür sind meine Gefühle einfach zu stark."

Es herrschte Stille und ich spürte die heißen Tränen, wie sie mein Gesicht hinunterrollten, während ich immer wieder mit meinen Händen durch seine Haare fuhr, um seine Worte, die mich berührten, zu verarbeiten. Ich selbst fand leider nicht die richtige Antwort. Sein Liebesgeständnis machte mich sprachlos.

Ich habe dich nicht verdient, wiederholte ich immer wieder in meinem Kopf und ich musste noch mehr weinen. „Ich habe dich einfach nicht verdient", murmelte ich mit zitternder Stimme und brach förmlich vor ihm zusammen. „Einfach nicht verdient."

Harry brummte leise „Manchmal" und streichelte mir weiterhin über den Rücken. „Aber ich will dennoch bei dir bleiben."

Ich atmete tief ein und aus, um mich endlich ein wenig zu beruhigen. Dann legte ich meine Stirn auf seine und starrte in seine Augen. „Ich werde es wieder gut machen, ich verspreche es dir. Gib mir nur noch eine einzige Chance."

„Ich habe aber eine Bedingung", kam es von ihm und er sah mich dabei finster an, wodurch ich laut schlucken musste. Aber ich nickte. „Welche?"

„Ich darf dich endlich mein nennen", murmelte er grinsend zurück und platzierte sanft einen Kuss auf meine Nase. „Ich darf dich endlich mein kleines Ding nennen."

„Natürlich darfst du das", nickte ich schluchzend und Harry zögerte keine Sekunde, um mich wieder zu küssen, wodurch er wieder eine gewisse Dominanz zeigte.

„Na, dann hat sich ja alles wieder zum Guten gewendet", kicherte eine Stimme hinter uns und Harry sowie ich sahen auf. Luke stand frech grinsend hinter uns, dabei hatte er einen Arm um Ninas Taille gelegt, und trank aus einer Wasserflasche.

„Und was ist mit der Solokarriere?", fragte Andrew sofort und ich sah zu meinen Mädchen. „Ich habe vor zwei Jahren mit drei Mädchen die beste Band der Welt gegründet. Ich habe mit ihnen ausgemacht, dass wir immer zusammenhalten würden. Nichts sollte uns trennen. Das soll auch so bleiben."

„Also … die beste Band ist ja wohl immer noch Solution 5, Sis. Schau nochmal genau auf die Charts. Wir sind über euch", kicherte Andrew und Skyler stupste ihn an. „Wir holen euch schon noch ein."

„Und was macht ihr jetzt?", fragte James weiter und ich zuckte mit den Schultern, da ich darauf wirklich keine Antwort wusste. Doch Allison stellte sich aufrecht hin und murmelte: „Wir werden wohl erst aus dem Musikgeschäft treten müssen. Und dann schauen wir, was unsere nächsten Schritte sind."

„Was meinst du damit?", kam plötzlich die Frage von einer anderen Person, die verwirrt in den Raum kam und nun die Tür hinter sich schloss. Wir alle sahen zu Gabriel, der die ganze Runde verwirrt ansah.

„Naja. Wir haben doch Probleme mit dem Verkauf von Rising Phoenix, was unser Ende bedeutet. Sicherlich hast du davon schon gehört", erklärte Skyler und plötzlich sah Gabriel uns irritiert an, dabei musste er kurz auflachen.

„Ihr wollt mich gerade auf den Arm nehmen, oder?", fragte er und ein weiteres Schmunzeln huschte über seine Lippen. Plötzlich stand jeder verwirrt im Raum und auch Gabriel merkte, dass wir keinen Scherz machten, da er fragte: „Alles okay?"

„Was meinst du damit?", fragte ich und mein Herz machte einen Sprung. Gabriel runzelte die Stirn, schien kurz nachzudenken und meinte dann: „Naja. Als ich das letzte Mal über die Zahlen geschaut habe, waren eure Zahlen gut. Klar sie sind ein wenig gesunken und das ist ärgerlich. Aber nichts, was man ändern kann. Und ein Aus ist das schon mal gar nicht. Ein paar

Interviews mehr, dann passt das schon. Eins Aus ist das noch lange nicht."

Sofort hörte ich einen Aufschrei von Allison, die Skyler so fest umarmte, dass beide stolperten. Doch ich wechselte mit Nina nur ungläubige Blicke.

Gabriel sah uns an. „Wieso diese Aufregung plötzlich? Ich verstehe diese ganze Situation gerade nicht. Kann mich jemand aufklären?"

„Mr. Marks hat gesagt, dass es für die Mädels nur noch das Aus geben würde und sie sich trennen müssten", erklärte Nathaniel und James murmelte: „Was für ein Arschloch."

„Ihr seid doch dabei, ein Album aufzunehmen", meinte Gabriel verwirrt und sah uns mit großen Augen an. Wir alle schüttelten die Köpfe und als Gabriel fragte: „Was geht hier verdammt nochmal vor?", erzählten wir ihm von dem ganzen Trubel in den letzten paar Tagen, wobei sich sein Gesicht immer mehr verfinsterte.

„Was?", war seine einzige Aussage und er öffnete die Tür und sagte: „Mein Vater müsste da sein. Kommt."

Ein Strahlen war auf unseren Gesichtern zu erkennen. Wir nickten ihm zu und ein Hoffnungsschimmer baute sich auf. Als die Jungs jedoch mitkommen wollten, wies Gabriel sie nur zurück und forderte sie dazu auf, hier zu bleiben. Natürlich waren die Jungs von dieser Ansage eher weniger begeistert und meckerten herum.

Andrew sagte „Wir sind ebenso Wild Division", aber Gabriel sagte ein eindeutiges „Nein!"

Dann scheuchte er die Mädchen und mich aus dem Raum und als wir durch die Flure des Gebäudes gingen, regte sich Gabriel über Mr. Marks auf und sagte dauernd, dass er ein Idiot wäre, wenn man uns trennen würde.

„Mein Gott, ihr seid mit Solution 5 eine der bekanntesten Bands", fluchte er und wir alle sahen uns verwundert an, da Gabriel nur selten aufgebracht war. Doch mich interessierte nur eins: „Warum sollte Mr. Marks lügen?"

Gabriel zuckte mit den Schultern. „Ich weiß es nicht. Eure Band zu trennen, wäre für Woodfields Studio sicherlich ein schwerer Verlust. Theoretisch auch für ihn."

Wir kamen an dem Büro von Mr. Nelson Woodfield an, das sich in der obersten Etage befand, und betraten, nachdem Gabriel geklopft hatte, einen hellen, offenen Raum, dessen Atmosphäre viel angenehmer war als im Büro von Mr. Marks.

„Gabriel, schön, dich zu sehen. Was gibt es?", fragte ein alter Mann, der hinter seinem weißen, großen Schreibtisch saß und uns mit einem Lächeln begrüßte.

Er trug einen weißen, edlen Anzug und eine hellblaue Weste, dabei konnte ich die Kette seiner Taschenuhr, die er immer bei sich trug, erkennen. Mr. Nelson Woodfield war ein Mann, der definitiv Geschmack hatte und dadurch einen imposanten Eindruck auf jeden machte, der den Raum betrat. Nur sein Sohn war immer derjenige, der es wagte, seinem Vater Contra zu geben. Vielleicht lag es daran, dass sie sich dieselbe Gene teilten.

„Ich denke, das sollten die Mädchen selbst erzählen", entgegnete sein Sohn und verwies auf uns. Stillschweigend standen wir hinter ihm, als würden wir uns hinter ihm verstecken wollen, und man konnte schon meinen Herzschlag hören, der enorm hoch war.

Sein Vater sah uns musternd an. „Gut. Ich wollte sowieso mit euch wegen eines Problems sprechen, das sich ergeben hat."

Sofort sahen wir uns wieder alle panisch an.

Bitte nicht noch ein Problem, schnaubte ich innerlich. Gabriel schien unsere Bedenken zu bemerken, denn er fragte: „Um was geht es?"

„Zuerst möchte ich mir aber die Mädchen anhören. Setzt euch", forderte er uns auf und zeigte auf die Couch, die vor seinem Tisch stand. Als wir nicht direkt auf seine Aufforderung antworteten oder reagierten, fügte er hinzu: „Kommt schon, Mädchen. Was liegt euch auf dem Herzen? Ihr wisst doch, dass ich nicht beiße."

Wir atmeten tief ein, bevor wir anfingen, uns auszusprechen. Voller Wut und Enttäuschung erzählten wir Mr. Nelson Woodfield unsere Geschichte und ich erkannte, wie sich seine Stirn in Falten legte und er mit seinen Zähnen knirschte. Er war sichtlich nicht erfreut über diese Nachrichten. Er hörte uns zu und tippte dabei etwas auf dem Computer herum, um eine Seite zu öffnen, auf der alle Zahlen aufgelistet waren.

Nachdem wir uns endlich wieder beruhigt hatten, lehnte er sich vor, drehte den Computerbildschirm um. Man konnte sehen, dass die Zahlen von uns heruntergefallen waren. Aber sie waren nicht im roten Bereich. Gabriel hatte recht. Es gab nichts, was man nicht ausbügeln konnte. Endlich war mein Hass gegen Mr. Marks berechtigt, dennoch wollte ich wissen, wozu das ganze Theater war?

„Es tut mir wirklich leid, Mädels. Ich wollte euch das nicht antun. Wenn ich könnte, würde ich ihn in mein Büro bestellen und Konsequenzen daraus ziehen", seufzte Gabriels Vater und rieb sich am Kinn.

„Was? Vater? Wieso könnte? Wir hätten beinahe eine Band, einen wichtigen Klienten, verloren!", mischte sich Gabriel verärgert ein und sprang von der Couchlehne auf. Doch sein Vater hob nur die Hand, um ihn wieder zum Schweigen zu bekommen, und Gabriel verzog sein Gesicht zu einer Grimasse. Unzufrieden setzte er sich wieder hin und sein Vater erklärte: „Ich kann ihn nicht hierher bestellen, weil er heute Morgen gekündigt hat."

„WAS?!", schrie ich mit den anderen Mädchen und sah, wie Gabriel zusammenzuckte, jedoch schien er genauso verwundert wie wir. „Wie meinst du das, Vater?"

„Naja, Mr. Marks hat heute Morgen gekündigt. Er wollte nach L.A. gehen und dort mit einem anderen Manager zusammenarbeiten. Er meinte, dort sehe er eher den Erfolg", erklärte er und ich bekam große Augen. „Nach L.A.?"

Ich sah grüblerisch zu Nina, doch sie zuckte nur mit den Schultern. Wir hatten sicherlich dieselben Gedanken. Innerlich verspürte ich eine ungeheure Wut und auch die anderen Mädchen schienen zu verstehen, denn ihre Gesichter verfinsterten sich. Ich hoffte sehr, dass wir die Wahrheit niemals erfahren würden.

„Und jetzt?", fragten Allison und Skyler gleichzeitig und wir warteten alle gespannt auf die Antwort.

„Das Problem ist, ich kann euch damit nicht hier behalten, meine Lieben. So sehr ich wollte. Doch ich finde keinen neuen

Manager für euch", erklärte Mr. Nelson Woodfield und unser Atem blieb stehen.

Unser kleiner Hoffnungsschimmer war mit einem Schlag wie eine Seifenblase zerplatzt. Zuerst die Nachricht, dass die Band nicht verloren war, und jetzt hatten wir keinen Platz mehr hier. Würde dieser Horror jemals ein Ende nehmen?

Wir wollten das Studio nicht verlassen müssen, denn selbst, wenn unser Manager kein sympathischer Mensch war, hatten wir in diesem Gebäude andere wirklich wertvolle Menschen durch Woodfields Studio kennengelernt. Thomas, unser Security-Mann, Olivia, unsere Stylistin, und natürlich Gabriel waren Menschen, die ich in meinem Leben nicht missen wollte. Wir wollten uns keinen neuen Platz suchen gehen.

„Bitte! Wir wollen hier bleiben", platzte es verzweifelt aus Allison heraus.

„Das verstehe ich, Allison. Jedoch haben wir keinen Ersatz für euch Mädels. Alle sind beschäftigt", erklärte er. „Es tut mir leid. Ich wünschte, dass es anders wäre. Ihr Mädchen seid eine Bereicherung bei uns."

Für eine Weile herrschte peinliche Stille im Raum, die durch ein Räuspern von Gabriel unterbrochen wurde. „Ich werde mich um sie kümmern."

Wir alle sahen in ein grübler isches Gesicht und merkten, wie er zu Boden schaute, als würde er nochmal über seinen Satz nachdenken. Dann nickte er, als würde er sich selbst Mut zusprechen, und er stellte sich selbstbewusst hin. Er schien sich seiner Entscheidung sicher zu sein und wiederholte: „Ich werde Wild Division managen, Vater."

Ein Lächeln formte sich auf meinen Lippen und ich hauchte ein „Danke" zu ihm. Gabriel lächelte mir kurz zu, um sich dann wieder zu seinem Vater zu wenden.

„Bist du dir sicher? Du kümmerst dich doch schon um Solution 5, oder nicht? Diese Jungs sind nicht einfach. Wie ich hörte, machen die ziemlichen Quatsch und sind unkontrollierbar. Willst du dann wirklich noch die Mädels betreuen? Sie sind manchmal nicht viel besser. Nicht wahr, Allison, Skyler?", fragte Mr.

Woodfield bedenklich und beobachtete die beiden Mädchen genau, die sofort unschuldig grinsten.

„Ich denke, dass ich beide Bands unter Kontrolle bekomme. Ich bin optimistisch", meinte Gabriel und sein Vater verzog das Gesicht, da er immer noch nicht überzeugt zu sein schien. „Und was ist mit der bevorstehenden Welt-Tournee?"

„Vater. Ich werde das schaffen und ich werde sicherlich nicht diese Mädchen aufgeben. Also?", meinte Gabriel immer sicherer und ich spürte die Aufregung, die die Mädchen neben mir versprühten. Nicht mehr lange und sie wären vor Freude in die Luft gesprungen und hätten das ganze Gebäude zusammen geschrien.

„Gut. Wenn du meinst. Ich heiße es mehr als nur willkommen", sagte Mr. Nelson Woodfield, „Dann bleibt nur noch eine Sache. Sind die Jungs damit einverstanden?"

„Nun, das müssten wir natürlich noch klären", antwortete Gabriel und genau in diesem Moment öffnete sich die Tür ruckartig, worauf fünf Jungs herein stolperten.

Sie hatten uns belauscht und Harry hatte ohne Vorwarnung die Tür geöffnet, denn er war der Einzige, der einen festen Stand hatte. Die anderen versuchten vergeblich, ihren Stand zu halten, um nicht auf einen Haufen zu fallen.

„Wir sind dabei!", schrie Harry in den Raum und starrte dabei Mr. Nelson Woodfield nieder, während Gabriel den Kopf schüttelte und ein „Ach, Jungs" murmelte.

Ich sah währenddessen verdutzt zu den anderen Mädels und spürte, wie sich ein Schmunzeln auf meinen Lippen bildete. Allison zuckte mit ihren Schultern, während Nina und Skyler mit freudestrahlenden Augen zu Harry sahen.

„Na, dann wäre das wohl geklärt", meinte Mr. Woodfield und lehnte sich entspannt in seinen Stuhl zurück. „Wild Division bleibt."

„JA!", schrien die Mädels und umarmten sich freudig, wodurch Gabriel wieder zusammenzucken und lachen musste. „Ich glaube, daran muss ich mich doch noch gewöhnen."

Während die anderen über seinen Kommentar mitlachen mussten, war nur noch eine Person in meinen Gedanken und ich sah freudig zu Harry, der zu mir lief und mich in seine starken Arme schloss.

„Ich habe dir versprochen, dir und deiner Band zu helfen. Außerdem lasse ich dich nicht mehr gehen", flüsterte er in mein Ohr und ich entgegnete: „Versprich es mir. Ich neige nämlich dazu, dumme Entscheidungen zu fällen."

„Auf jeden Fall, mein kleines, dummes Ding", knurrte er und knabberte sachte an meinem Ohr herum, wobei ich sein breites Grinsen spüren konnte und ich selbst lächeln musste.

„Gut", flüsterte ich zurück und drückte ihn noch einmal an mich, bevor ich mich wieder zu den anderen drehte und sie mit breitem Lächeln ansah. Wir durften zusammenbleiben. Wir würden weiterhin Musik machen und somit war die Band Wild Division doch nicht verloren.

„Eine Frage: Was sind die nächsten Schritte?", fragte nun Mr. Woodfield interessiert, woraufhin alle Blicke zu Gabriel fielen.

„Wie wir alle wissen, gehen die Jungs auf Welt-Tournee und die Mädels bräuchten mehr Möglichkeiten, um die Einnahmen wieder zu steigern und weitere Fans zu gewinnen. Aber sie brauchen zugleich eine Pause und neue Inspiration für ein neues Album. Deswegen hatte ich eine gute Idee. Schon lange gibt es die Frage, wen wir für die Welt-Tournee als Vorband nehmen könnten. Und wer wäre besser geeignet als Wild Division?", erklärte Gabriel, „Ihr versteht euch prächtig. Ich denke, dass es witzig werden könnte."

„Das heißt, wir würden mit Solution 5 auf Tour gehen?", fragte ich sofort und hörte Nina, die anfing zu quietschen.

„Einfach gesagt, ja. Solution 5 und Wild Division, zwei der größten Bands, gehen gemeinsam auf Tour. Das wird spannend", bestätigte Gabriel und Nina rannte voller Freude zu Luke, der sie sofort in seine Arme schloss. Sie murmelte etwas Unverständliches in sein Ohr, woraufhin er frech grinsen musste und sie noch fester in seinen Armen hielt. „Wir sind auf jeden Fall dabei."

„Gebt bitte endlich zu, dass ihr zusammen seid, bitte", murmelte ich nun grinsend und sah sie herausfordernd an. Luke antwortete, indem er Ninas Hand ergriff und sagte: „Sind wir doch."

Na endlich, dachte ich und Harry schrie: „Nuke ist am Start!"

„Jetzt fehlen nur noch du und Harry", zwinkerte Nina mir zu.

Harry sah mich mit sanften Augen an, legte einen Arm um meinen Rücken und meinte: „Das werden wir langsam gemeinsam aufbauen. Nur nichts überstürzen. Nicht wahr, mein kleines Ding?"

„Genau", schmunzelte ich und musste breit grinsen.

Als wir nach dem ganzen Drama aus dem Büro liefen, überfielen wir erst einmal Gabriel und schlossen ihn in eine Gruppenumarmung, wobei er beinahe erdrückt wurde.

„Danke!", schrien wir, auch die Jungs, und Gabriel musste lachen, dabei kämpfte er sich aus unseren Armen.

„Dankt mir nicht zu früh, denn …", fing er an und die Jungs beendeten seinen Satz: „Denn er fordert viel", worauf der Flur wieder mit weiterem Lachen gefüllt wurde.

„Aber jetzt geht. Für heute habt ihr genug geleistet und erlebt. Ich hingegen werde noch ein wenig beschäftigt sein und noch viel telefonieren müssen", meinte Gabriel und bevor er sich umdrehte, um zu gehen, fügte er hinzu: „Wir werden am Montag über die Tournee, die Proben und ihren Ablauf reden. Seid pünktlich in meinem Büro. Ich verspreche euch, die Wochen werden hart."

Wir nickten und als er weg war, sprangen wir vor Freude in die Luft, dabei fiel ich in Harrys Arme. „Ihr habt uns gerettet!"

„Wir bleiben eine Band und dürfen tatsächlich mit euch auf Tour!", schrien die restlichen Mädchen auf, woraufhin Andrew ein „Das wird genial", entgegnete.

„Das endet im Chaos. Ich sehe es kommen. Diese Tour wird ein Abenteuer", kicherte Luke und drückte Nina an sich. „Aber ich freue mich, euch dabei zu haben. Eine Vorband, mit der ich klarkommen werde."

„Das müssen wir feiern", meinte James voller Freude und Nathaniels Augen leuchteten. „Definitiv."

„Ich habe auch schon eine Idee, wie", kam es von Harry und er sah mich dabei mit einem verschmitzten Grinsen an.

„Was?", fragte ich verwirrt und er meinte: „Du schuldest mir etwas. Und das wirst du heute Abend wieder gut machen. Es wird deine kleine Strafe sein, mein kleines Ding."

21. TRACK

Am Abend fuhren wir in Gruppen zu einem bestimmten Ziel, von dem die meisten begeistert war. Die kleine Strafe, wie Harry es nannte, würde für mich jedoch der Untergang sein. Es war nämlich Eislaufen angesagt.

Ich saß zusammen mit Harry, der am Steuer saß, in seinem schwarzen, heißgeliebten Range Rovers und bekam mit jeder Minute höheren Puls. Luke und Nina hielten während der ganzen Fahrt Händchen und meine beste Freundin hatte ihren Kopf auf seine linke Schulter gelegt. Auf ihrem Gesicht war das größte Lächeln der Welt zu erkennen.

Immer wieder musste ich in den Rückspiegel schauen und über sie schmunzeln. Sie passten wirklich sehr gut zusammen. Vielleicht könnten Harry und ich uns auch eines Tages so nahe sein. Wir beide hatten Gefühle füreinander, das war uns bewusst. Eine Liebe, die wohl immer kompliziert sein würde.

Ich verstand, wenn er ein wenig Zeit bräuchte, um sich von den alten und neuen Wunden zu erholen, und ich würde ihm die Zeit geben. Nur dieses Mal würde ich bei ihm bleiben und nicht verschwinden. Wir würden eine Beziehung wagen, aber sie vor der Öffentlichkeit fernhalten, damit sich alles neutralisieren konnte. Doch ich war optimistisch. Vielleicht würde unsere Liebe kompliziert sein, aber genauso stark. Ich war mir sicher, daran festzuhalten.

Ich bemerkte nicht, dass ich Harry während der ganzen Fahrt anstarrte und als er mich plötzlich mit einem frechen Grinsen ansah, sah ich beschämt weg und aus dem Fenster.

Natürlich fand er genau diese Reaktion amüsant und musste lachen. „Ich freue mich wirklich, dich auf das Eis zu schleifen."

Ich streckte ihm nur kurz die Zunge heraus und meinte: „Freue dich nicht zu früh. Das wird eine Katastrophe."

„Das werden wir ja sehen", schmunzelte er und ich sah, dass die Ampel wieder grün wurde und meinte genervt: „Jetzt fahr."

Er musste erneut lachen und fuhr weiter Richtung Eishalle. Ich war so erleichtert, sein Lächeln wiederzusehen und endlich einen entspannten Abend mit meinen Freunden zu verbringen. Immerhin waren die letzten paar Wochen mehr als nur anstrengend gewesen und so viele Schwierigkeiten waren aufgetaucht, die wir alle bewältigen mussten. Jetzt war alles relativ entspannt und wir konnten wieder zusammen lachen und Quatsch machen.

Der Horror fand tatsächlich ein Ende, dachte ich, auch wenn ich jetzt vor einer anderen Herausforderung stand: Eislaufen.

Ich konnte es nicht und, ehrlich gesagt, wollte ich es auch nicht ausprobieren. Denn ich hatte einmal auf Inlinern gestanden und es hatte in einer Katastrophe und viel Geschrei geendet. Dass Harry noch hören konnte, war mir ein Rätsel geblieben. Ich wollte also nicht wirklich wissen, wie es mit Eislaufen aussah. Doch Harry wollte es mir unbedingt beibringen, wie damals bei den Inlinern, und da er wusste, dass ich es nicht wirklich erlernen wollte, kam er nun auf die Idee, dass ich es ihm nach den letzten paar Tagen schulde. Natürlich konnte ich ihm diesen Gefallen nicht ausschlagen. Denn irgendwie hatte ich diese Strafe verdient.

„Na, zumindest bist du nicht allein. Ich kann ja auch nicht Schlittschuh laufen", murmelte Luke irgendwann hinter uns.

„Ja, zum Glück. Dadurch fühle ich mich ein wenig besser", gab ich von mir und erschrak, als Nina plötzlich ihren Kopf durch die zwei Sitze streckte.

„Auf jeden Fall bin ich gespannt, wer von uns beiden der bessere Lehrer sein wird, Harry", schmunzelte Nina herausfordernd und der Lockenschopf musste verschmitzt grinsen.

„Na dann, pack ein, Nina. Grace und ich sind ein klasse Team. Da könnt ihr leider nicht mithalten mit eurem Geschmuse", antwortete er, während er ganz gelassen weiterhin auf die Straße sah. Da streckte Luke seinen Kopf durch die Sitze und sagte: „Wer sagt, dass Nina und ich kein klasse Team sind? Immerhin haben wir eine laufende Beziehung ohne Komplikationen."

„Pass auf, was du sagst", warnte Harry, blickte in den Rückspiegel und sah Luke provokant an, während sich Nina im Sitz zurückfallen ließ, als sie die Eishalle erkannte. „Wir sind da!"

Tatsächlich fuhr Harry gerade auf den Parkplatz der Eishalle, der komplett leer war. Er hatte es nämlich geschafft, einen Freund davon zu überzeugen, ihm den Schlüssel zur Halle für einen Abend zu überlassen, und hatte dafür gesorgt, dass wir allein sein würden.

Die anderen Mitglieder unserer Truppe waren noch nicht eingetroffen, da wir nicht alle in ein Auto gepasst hatten, und somit mussten wir, nachdem Harry das Auto geparkt hatte, noch eine Weile warten.

Ich legte meinen Kopf gegen die Scheibe und musste feststellen, dass es angefangen hatte, zu schneien. Kleine, weiße Flocken fielen langsam zu Boden und bedeckten ihn mit einem reinen Weiß, was ich mit Faszination beobachtete, da ich mich vor dem bevorstehenden Grauen, dem Eis, ablenken wollte.

„Luke, bitte mach die Tür zu. Es ist kalt", meckerte Harry auf einmal neben mir und erst dann realisierte ich, dass Luke seine Autotür geöffnet hatte. Bevor ich aber nachschauen konnte, was er vorhatte, hörte ich ein Aufschrei von Harry, der mich zusammenzucken ließ, und nachdem ein lautes Lachen von Nina zu hören war, sah ich verwirrt zu dem Lockenschopf, der erst einmal starr dasaß. Erst nach wenigen Sekunden realisierte ich, was geschehen war, und ich musste selbst kichern.

Luke hatte anscheinend die Idee gehabt, Harry zu ärgern. Somit hatte er ein wenig Schnee vom Boden aufgesammelt und zu einer Kugel geformt, um sie dann schnell über Harrys Kopf zu zerbröseln.

Nun waren sein ganzer Kopf und seine schönen Locken komplett in Weiß bedeckt, während er am ganzen Körper schlotterte. Schnell öffnete Harry seine Fahrertür und sprang hinaus, um den Schnee abzuklopfen.

„Was soll das, du Idiot?!", rief er verärgert und ich sah nur, wie Nina und Luke sich mit einem breiten Grinsen abklatschten.

„Das war echt nicht fair", meinte ich zu ihnen und schüttelte ungläubig meinen Kopf, obwohl ich innerlich selbst lachen musste, denn Harrys Gesichtsausdruck war einfach unverbesserlich. Leider kassierte ich durch mein Lachen nur einen boshaften Blick von ihm, der jedoch nicht viel brachte, und somit zuckte ich entschuldigend mit den Schultern, während ich weiter lachen musste. „Tut mir leid."

„Ja, ja, schon klar", meckerte Harry, als er durch seine Locken fuhr, um den restlichen Schnee auch noch loszuwerden, und Nina meinte: „Du hast Team Nuke herausgefordert. Damit musst du nun leben."

„Ganz genau. Ein Hoch auf Team Nuke!", bestätigte Luke und sie klatschten sich ein weiteres Mal ab.

„Das bekommst du zurück, Nina!", meinte Harry fluchend und fügte beleidigt hinzu: „Da sind die anderen."

Sofort sah ich aus dem Fenster und erkannte, dass der bekannte, weiße Wagen von Morice und unser SUV auf dem Parkplatz auftauchten, während Nina ein „Na, endlich" murmelte und aus dem Auto stieg.

Sofort folgte ich ihr und zog meine Wollmütze aus, um sie Harry zu geben, da seine Haare von Lukes Aktion natürlich nass geworden waren.

„Hier. Zieh das an. Ich will mich nicht um dich kümmern müssen", sagte ich mit einem frechen Grinsen und Harry nahm sie mit einem Augenrollen ab, um sie ihm anzuziehen. „Sehr freundlich. Danke."

„Die machen wir fertig", murmelte ich ihm zu und er nickte sofort. „Aber so was von. Sie haben sich mit dem falschen Team angelegt."

„Auf jeden Fall", grinste ich und wir klatschten uns ab, wobei wir gleichzeitig sagten: „Team Hace in Aktion!"

Sein Lächeln verzauberte mich und ich bekam etwas Lust, von ihm zu lernen. Vielleicht würde Schlittschuh fahren doch noch cool werden, wenn er an meiner Seite bleiben würde.

Wir liefen zum Kofferraum, nahmen unsere Schlittschuhe raus und grüßten die anderen, als sie an unserem Auto ankamen, dabei schien Andrew sich sogar am meisten auf das Schlittschuh fahren zu freuen.

Verwundert sah ich zu Lorence und Skyler, die als Einzige keine Schlittschuhe dabei hatten, dafür aber einen großen Korb mit sich schleppten.

„Was ist da drin?", fragte ich sie und Skyler öffnete den Korb, worauf ich eine Thermoskanne und viele verschiedene Snacks sah, darunter auch duftende Schokocroissants. Ich sah sie mit großen Augen an und Skyler antwortete: „Ihr bekommt nichts …"

„Aber …"

„Nein", grinste sie nur frech und ich verschränkte beleidigt die Arme, während Harry fragte: „Ihr wollt nicht mit uns Schlittschuh fahren?"

„Nein. Ich fahre nicht Schlittschuh mit Idioten wie dir, Harry", entgegnete Lorence frech grinsend und als sich Nina heimlich an den Korb voller Essen ran schlich, haute er auf ihre Finger.

Sie meckerte „Aua! Du bist blöd."

„Danke, Lorence. Das bedeutet mir viel", meinte Harry währenddessen, der über Ninas Reaktion lachen musste, und beide Jungs musterten sich genau. Doch ein Grinsen konnten sie sich nicht unterdrücken und Harry wuschelte provokant durch Lorences Haare, worauf der Brillenträger fauchte: „Hör sofort auf oder ich bringe dich um."

Wie früher, waren meine Gedanken und Skyler seufzte: „Jetzt hört auf. Es war schon schlimm genug, als ihr euch in der Schule zanken musstet."

Dann wandte sie sich zu uns. „Zurück zu eurer Frage. Wir sind nicht unbedingt die größten Fans von Eislaufen. Also haben wir beschlossen, mitzukommen und euch am Rand zuzuschauen."

„Und zwar, wie ihr ständig auf das Eis fällt", fügte Lorence hinzu, wobei er dann Harry kritisch musterte: „Warum trägst du eigentlich Graces Wollmütze?"

„Frag nicht", war Harrys einzige Antwort und Nina, Luke und ich mussten lachen.

„Was ist passiert?"

„Luke dachte, er müsste Harry ärgern", antwortete ich und musste wieder kichern, worauf Harry mich an der Schulter boxte. „Hör endlich auf zu lachen, freches Ding."

„Okay. Ich glaube, ich weiß, was geschehen ist", sagte Skyler, als sie den übrigen Schnee auf Harrys Jacke sah, und Lorence ging zu Luke, um ihm auf die Schulter zu klopfen. „Gut gemacht, Lu."

Dann liefen wir in die Eishalle, die ich erst einmal bewundern musste. Sie war wirklich schön und ich fand sie einladend. Ja, ich beschloss sogar, der ganzen Sache optimistischer gegenüberzutreten.

Skyler und Lorence suchten sich sofort ein gemütliches Plätzchen und packten Decken und Proviant aus. Dabei stellte ich fest, dass sie wirklich an alles gedacht hatten.

Andrew entschuldigte sich stattdessen bei uns und verschwand ohne eine weitere Erklärung durch eine Tür. Er meinte, dass er für gute Musik auf dem Eis sorgen wollte, und musste dafür erst einmal herausfinden, wie er die großen Musikboxen zum Laufen bekommen würde. Doch kaum war er weg, schalteten sich bunte Scheinwerfer an, die das glatte Eis wie damals auf dem Weihnachtsmarkt in den schönsten Farbtönen glitzern ließ.

„Wunderschön", murmelte ich erstaunt, doch Harry packte mich am Handgelenk und zog mich mit einem „Gleich wird es noch schöner" zu den Bänken, damit wir unsere Schlittschuhe anziehen konnten.

Während Morice, Claire und der Rest der Truppe sich die Schuhe allein anzogen und recht schnell damit fertig waren, half mir Harry und band mir die Schnürsenkel, dabei schenkte er mir immer wieder ein kleines, aufmunterndes Lächeln, da er meine Nervosität spüren konnte.

„Ich werde am Schluss besser sein als du Harry", kommentierte Luke, der gemeinsam mit Nina neben uns saß und Harry ständig herausfordern musste. Doch dieser nahm es eher gelassen entgegen und antwortete mit einem „Viel Glück dabei, Lu."

„Mit Nina an meiner Seite brauche ich das nicht. Denn ich werde ein guter Schüler sein und sie eine gute Lehrerin. Wir machen euch so was von fertig", grinste Luke am Ende und ging zusammen mit Nina Richtung Eis, wobei man ihn noch einmal schreien hörte. „Team Nuke for the win!"

„Und ich bin ein grauenhafter Schüler", gestand ich nun Harry und ein Schmunzeln huschte über sein Gesicht. „Ich weiß."

Mit diesen Worten stellte er sich aufrecht hin und ich war beeindruckt, dass er so gar keine Probleme hatte zu stehen.

Harry sah mich mit seinen blauen, vertrauenswürdigen Augen an, streckte seine Hand aus und sagte: „Aber zum Glück bin ich ein umso besserer Lehrer."

Ich nahm seine Hand und musste erst einmal mein Gleichgewicht finden, doch Harry gab mir Halt und somit konnte ich fast ohne Probleme zum Eingang, der auf das Eis führte, gehen. Naja, aber nur weil ich mich fest an Harry krallte, der über mein Verhalten immer wieder kichern musste.

Als wir dann am Eingang ankamen, bemerkte ich, dass Luke und Nina noch nicht auf dem Eis waren, und das brachte natürlich dem frechen Jungen neben mir ein breites Grinsen. „Lu, du musst schon auf das Eis gehen, um Schlittschuh fahren zu lernen. Das weißt du hoffentlich."

„Wir wollten nur auf euch warten, damit du, mein lieber Harry White, sehen kannst, dass ich ein Naturtalent bin", antwortete Luke gekonnt und stand ohne große Gleichgewichtsprobleme auf seinen Schuhen, was mich schon beeindruckte, da ich immer noch an Harrys Arm hing.

„Na, dann geh vor, Lu. Ihr werdet die Zeit brauchen", meinte Harry und machte eine Handbewegung, um zu zeigen, dass sie den Vortritt hatten, dabei verbeugte er sich sogar ein wenig.

Nina ergriff die Chance und ging auf die glatte Eisfläche und sie schien gar keine Probleme mit der Balance zu haben. Ganz locker blieb sie stehen und wartete auf Luke, der immer noch nicht auf das Eis gegangen war und nur ein stolzes „Das wirst du bereuen" zu Harry sagte.

Auf einmal sagten Nina und ich gleichzeitig: „Jetzt geh!"

Wir sahen uns beide an und mussten lachen. Nina fuhr sogar näher an den Eingang und wollte mit mir abklatschen, jedoch packte Harry mich vorher am Handgelenk und warnte: „Grace, verbünde dich nicht mit unserem Gegner."

„Vielleicht hat sie nur eingesehen, wer besser ist", kommentierte Luke und setzte seinen ersten Schritt auf die glatte Oberfläche und hielt bei seinem ersten Schritt tatsächlich Stand. Voller Stolz stemmte er seine Hände in die Hüfte und fügte hinzu: „So schwer ist das doch gar nicht."

„Er hat es tatsächlich geschafft. Er steht tatsächlich auf dem Eis", sagte ich zu Harry, der seinen Kopf schüttelte und antwortete: „Warte es ab."

Ich sah wieder zu Luke, der nun seinen nächsten Schritt wagen wollte. Doch kaum traute er sich, passierte es schon. Er verlor sein Gleichgewicht und flog nun mit voller Wucht auf das harte Eis. Ich verzog mein Gesicht, als ich das sah. Sicherlich tat diese harte Landung weh und ich sah mich schon den Boden küssen.

Blaue Flecken ich komme, jubelte ich mir innerlich zu.

Harry grinste verschmitzt neben mir. „Was hast du nochmal gesagt, Lu?"

„Klappe, Harry!", fauchte Luke zurück und versuchte, wieder aufzustehen.

Doch er schaffte es nicht und schlussendlich musste ihm Nina helfen, die ihn danach an den Rand brachte, damit er dort zuerst seine Balance finden konnte.

Der Rest der Gruppe fuhr schon längst gelassen auf dem Eis herum. Morice fuhr neben James und sie unterhielten sich über alle möglichen Dinge, als wäre es das Normalste der Welt. Claire, Allison, Skyler und Nathaniel hingegen zeigten sich gegenseitig Kunststücke, wobei sie meistens hinfielen. Doch sie standen lachend auf und probierten es immer und immer wieder.

„Team Hace for the win!", schrie Harry zu Luke und wandte dann seine ganze Aufmerksamkeit auf mich. „Na komm, jetzt sind wir dran."

Harry löste langsam meinen Griff um seinen Arm, dabei murmelte er „Du kannst das" und führte mich auf das Eis, wobei er meine Hand nicht losließ. Mit sicherem Stand glitt Harry auf das Eis und ich nur noch einen Schritt davon entfernt, ihm zu folgen.

Ich spürte, wie mein Herz schneller schlug und ich mich nicht mehr traute, weiterzugehen. Ich versuchte, meine Aufregung zu kontrollieren, doch ich starrte nur auf das Eis und ließ Harrys Hand los, um mich an den Rand zu klammern. Ich hatte Angst vor dem Fallen. Ich traute mich einfach nicht weiter, auch wenn Harry bei mir war. Jeder einzelne Muskel spannte sich an und sagte: „Tue es nicht."

Ich spürte, wie ich unregelmäßig atmete und mein Puls in die Höhe schoss. Ich konnte mich nicht beruhigen, selbst, wenn ich wollte, dabei murmelte ich: „Ich kann das nicht."

„Grace …", hörte ich Harry mit sanfter Stimme sagen und langsam konnte ich meinen Blick vom Eis lösen, dafür sah ich wieder in zwei wunderschöne, blaue Augen, die mich eine Zeit lang beobachtet hatten und mich nun mit einer beruhigenden Wirkung ansahen. „Vertrau mir. Ich fange dich auf, Grace. Du wirst nicht fallen. Nicht, wenn ich da bin. Vergiss nicht, du wirst mich nicht los."

„Harry, ich kann das nicht", sagte ich ihm und an meiner Stimme konnte man meine Angst klar und deutlich erkennen. Der Grund, warum Harry mit Gelassenheit weitersprach: „Sieh nur mich an und nicht den Boden. Denn der Körper folgt dem Kopf. Also ist die Wahrscheinlichkeit zum Fallen höher, wenn du zu Boden schaust. Richte deinen Blick auf mich. Folge mir."

Mit diesen Worten fuhr er wieder etwas näher zu mir, um zu zeigen, dass er im Notfall in der Nähe war, und ich spürte, wie ich mich langsam entspannte. Seine ruhige Art, seine sanfte, tiefe Stimme und seine vertrauenswürdigen Augen gaben mir mit der Zeit Halt, wodurch ich schließlich mit einem Nicken den ersten Schritt wagte. Dabei richtete ich meinen Blick genau auf den Lockenschopf.

Kaum stand ich auf dem Eis, spürte ich, wie wackelig meine Beine in Wahrheit waren und drohten wegzuknicken. Aber Harry reagierte schneller und fing mich geschickt auf.

Mein Herz schlug schneller und ich murmelte nur ein leises „Danke", während ich wieder auf das Eis blickte.

„Grace, Blick zu mir", hörte ich Harry wieder sagen, doch ich antwortete: „Das letzte Mal wäre ich beinahe hingefallen."

„Bist du aber nicht, oder?"

„Aber beinahe!"

„Bist du jetzt hingefallen oder nicht?"

„Nein."

Als ich ihm diese Antwort gab, stellte er sich hinter mich und behielt meine Hand in seiner.

„Grace. Ich werde dich nicht fallen lassen. Niemals", flüsterte er mir ins Ohr, sodass ich seinen Atem spüren konnte. „Vertraust du mir?"

„Ja."

„Dann sieh mich an", forderte er auf und ich richtete meinen Blick nur zögerlich auf ihn. Aber Harry schien zufrieden zu sein, denn er sagte: „Gutes Mädchen."

Er hielt mich fest in seinen Armen und ließ nicht los. Unsere Gesichter waren nah beieinander und somit konnte ich wieder das Sandelholz an ihm wahrnehmen. Ich wurde automatisch ruhig und versuchte, mich auf meinen Stand zu konzentrieren.

Kaum stand ich aufrecht vor ihm und fühlte mich sicherer, hörten wir ein Knallen. Schnell sahen Harry und ich in dieselbe Richtung. Es war Luke, der wieder hingefallen war und herummeckerte. Nina stand neben ihm und entschuldigte sich, während sie versuchte, ihm beim Aufstehen zu helfen.

„Siehst du. Ich kann dich auffangen und das werde ich auch immer. Bei ihnen wird das eher schwierig", sagte Harry, dabei mussten wir zusehen, wie Luke Nina an der Hand zog und sie mit einem kleinen Schrei auf ihn fiel.

„Okay. Lass es uns probieren, auch wenn ich das alles noch bereuen werde", schmunzelte ich und Harry nickte. „Na, dann versuch, dich vorwärts zu bewegen."

„Oh Mann."

„Ach, das wird schon, kleines Ding."

„Wieso tust du mir so etwas eigentlich an? Wieso quälst du mich?", fragte ich, sah ihn an und wartete auf seine Antwort, dabei legte ich die Stirn in Falten.

Harry lächelte mich an und stupste meine Nase an. „Ich quäle dich nicht. Ich will dir nur zeigen, dass ich dich fangen werde. Dass du du mir vertrauen kannst."

„Ich vertraue dir doch", meckerte ich und er schüttelte den Kopf. „In dieser Sache noch nicht genug. Du denkst, dass ich dich allein lassen würde. Dass ich dich verlassen würde. Doch das werde ich nicht. Und das hier soll ein kleiner Beweis sein."

Ich zog eine Augenbraue hoch. „Und du hast keine Hintergedanken?"

„Doch natürlich. Ich kann dich etwas länger in den Armen halten, wenn du hinfällst und somit dir ganz nah sein", grinste er kurz frech, doch dann verfinsterte sich sein Blick wieder und er sagte: „Hast du verstanden, was ich gesagt habe? Denn ich meine es ernst."

„Ja, habe ich", murmelte ich und Harry legte sachte seine Lippen auf meine. „Du wirst bei mir nicht fallen, hörst du? Du bist bei mir sicher, selbst wenn es einmal schwierig zwischen uns beiden sein sollte."

Ich musste schmunzeln. „Danke."

„Und jetzt versuch, allein zu stehen und einen Schritt zu gehen", sagte er und ließ mich langsam los, worauf ich ein „Harry!" schrie und mich sofort wieder an ihn klammerte, als wäre er ein Anker. Meine letzte Sicherung.

„Du hast gerade gesagt, dass du mich nicht fallen lässt!", fauchte ich ihn an und er lachte laut. „Grace, du schaffst das."

„Sterben? Das glaub ich auch" lachte ich auf und er strich mir beruhigend über die Haare.

„Du redest zu viel, weißt du das? Vertrau dir und vertrau mir. Ich weiß, was ich tue, und ich weiß, dass du es schaffen wirst", murmelte er und ließ mich nochmal langsam los. „Du wirst nicht fallen. Ich bin immer in deiner Nähe."

Sofort fühlte ich mich allein gelassen und wollte am liebsten wieder Halt an ihm suchen. Aber ich konzentrierte mich auf meinen Stand und versuchte, mich auf meinen Beinen zu halten, wie Harry es gesagt hatte. Dabei schloss ich meine Augen, wie ich es beim Singen tat, und atmete tief ein und aus. Als ich mich endlich wieder traute, sie zu öffnen, hatten meine Beine aufgehört zu zittern und ich stand tatsächlich auf dem Eis. „Oh Gott."

„Na, siehst du. Geht doch", lobte Harry mich und begann, in Kreisen um mich zu fahren. Ich verfolgte in mit meinen Augen und bewunderte die Eleganz, mit der er über das Eis glitt und dann locker einige Meter von mir entfernt stehen blieb.

Sofort bekam ich wieder diese Schmetterlinge in den Bauch und ich musste mich innerlich fragen, wie ich diesen Jungen zweimal so verletzen konnte, wenn er doch so ein zuckersüßes Lächeln hatte. Außerdem fragte ich mich, womit ich solch ein Glück verdient hatte, dass er immer noch an meiner Seite war. Ich konnte einfach nur breit schmunzeln, wenn ich sein einzigartiges Gesicht und diese unbeschreiblichen Locken, die aus der Wollmütze heraushingen, sah.

Wie konnte ich dich zweimal verletzen, wenn mein Herz nur für dich schlägt?, sprach ich in meinen Gedanken und musste tief einatmen. „Ich liebe dich."

Harry bekam große Augen, aber musste über meinen Satz breit grinsen. „Ich dich doch auch, mein kleines Ding. Trotzdem wirst du jetzt versuchen, zu mir zu fahren", neckte Harry mich und streckte eine Hand aus. „Jetzt komm schon her."

Zuerst zögerte ich, doch dann murmelte ich ein „Du kannst das" und ich schaffte es tatsächlich, langsam, wenn auch ein wenig unbeholfen über das Eis in seine Arme zu gleiten. Zur Belohnung gab er mir einen Kuss und sagte: „Das ist mein Mädchen."

Ich lächelte ihn an und er fragte sofort, ob ich es noch einmal versuchen wollte, was ich mit einem Nicken bestätigte. Doch nachdem Harry sich wieder ein wenig von mir entfernt hatte und ich wieder auf ihn zufahren wollte, hörte ich Luke voller Stolz rufen: „Ich kann es!"

Ich sah zu ihm und musste schmunzeln, als Luke schon einzelne Runden fuhr. Nina folgte ihm voller Stolz und streckte Harry frech die Zunge heraus. Dieser rief nur: „Noch ist es nicht entschieden, Nina!"

Aber Luke lachte auf und entgegnete: „Doch ist es. Team Nuke gewinnt und Team Hace verliert. Und weißt du, warum?"

„Warum?"

„Darum", antwortete Luke und nahm plötzlich großen Anlauf, wodurch er in einem hohen Tempo über das Eis donnerte und standhalten konnte.

Ich wollte gerade Harry davon überzeugen, dass wir verloren hatten, da sah ich ein verschmitztes Lächeln auf seinen Lippen und er murmelte mir zu: „Nein, noch haben sie nicht gewonnen. Warte es ab."

Dann nickte er wieder zu Luke und plötzlich hörten wir ihn laut ein „Oh Gott! Weg da!!" schreien.

Der Junge mit den Sommersprossen raste unkontrolliert auf Morice und James zu, die es aber noch schafften, rechtzeitig zu entkommen. Dennoch endete es damit, dass Luke auf den Bauch fiel und einige Meter rutschte, bis er knapp vorm Rand stehen blieb. Dabei fluchte er ein lautes „Verdammt" und jeder musste lachen. Nina reagierte nur damit, schnell zu ihm zuzufahren und zu fragen: „Hast du dir weh getan?"

Aber ihr Freund meckerte nur: „Körperlich geht es mir gut. Nur meine Ehre ist verletzt."

„Bremsen muss eben auch gelernt sein!", rief Harry ihm daraufhin zu und man konnte ein beleidigtes: „Ich hab es kapiert! Jetzt halt den Mund, Harry!" hören.

„Er ist trotzdem weiter als ich", sagte ich zu Harry und er meinte: „Dafür bist du noch nicht hingefallen."

„Ich bin ja auch noch nicht wirklich gefahren", erklärte ich und Harry, der seinen Blick nicht von Luke abwandte, sagte: „Na, dann rede weniger und fahr, kleines Ding."

Ich sah ihn finster an und zog eine Augenbraue hoch, doch er sah mich immer noch nicht an. Er blickte immer noch zu Luke, der versuchte, aufzustehen, und sein freches Grinsen wurde immer breiter.

Ich hatte hingegen den Mut, einen weiteren Schritt zu machen, und fuhr in seine Richtung. Dieses Mal hatte ich aber zu viel Schwung und bemerkte, dass ich wie Luke noch nicht bremsen konnte.

„Harry! Wie bremst man denn?", rief ich, doch da war es schon zu spät und bevor Harry reagieren konnte, prallte ich mit voller Wucht gegen ihn. Er konnte nur noch seine Arme um mich schlingen und schon landeten wir gemeinsam auf dem Boden, wobei ich weicher landete als Harry, der schmerzvoll sein Gesicht verzog.

„Tut mir leid", sagte ich sofort und nur ein „Nein, alles gut" kam von ihm. Doch dann als wir uns beide in die Augen blickten, dachten wir wohl beide an dasselbe und sagten gleichzeitig: „Karma."

„Das habt ihr verdient!", rief Luke, der uns eindeutig gehört hatte und mitlachen musste, während er immer noch auf dem Boden lag und versuchte, wieder aufzustehen.

„Klappe, Lu!", fauchte Harry, aber lächelte mich frech an. „Zumindest konnte ich das Versprechen, dich nicht fallen zu lassen, halten."

„Ha ha", meinte ich sarkastisch und wollte gerade noch etwas hinzufügen, da wurde es laut in der Eishalle und Musik wurde abgespielt, wobei ein „Eis-Disco!" von Andrew zu hören war, als er in die Eishalle zurückkam und seine Schuhe anzog.

„Ich habe gar nicht bemerkt, dass Andrew immer noch nicht da ist", gestand ich und musste kurz darüber lachen, weil ich so sehr auf Harry fixiert war.

Der Song, der in den großen Boxen, abgespielt wurde, schien mir relativ neu zu sein, und ich fragte mich, welcher es war. Doch ich bekam schnell eine Antwort, als Nathaniel lauthals schrie: „Stand up! Stand up! Stand up together!"

Genau diesen Song hatten sie im Studio aufgenommen, als ich Harry zum ersten Mal seit langem nochmal gesehen hatte, und ich sah ihn mit einem strahlenden Gesicht an, wobei er ein „Bitte nicht diesen Song" kicherte.

„Du bist zu früh!", lachte Andrew währenddessen im Hintergrund und fuhr auf die anderen Jungs zu, als James fragte: „Und kannst du deinen Text, Harry?" Aber auf eine Antwort wartete er schon gar nicht mehr, denn er begann einfach zu singen.

Hey!
Why are you sitting on the floor?

Hey!
Where did your energy go?

I still remember the time
I saw your smile.
It hurts to see you down.
Why are you on the ground.
Giving no sound.
Is he the reason you're down

Andrew und Nathaniel mussten natürlich über James' Frage lachen und Harry schüttelte den Kopf: „Warum musste es genau dieser Song sein?"

Sofort lachten die Jungs ein weiteres Mal und Andrew zuckte mit den Schultern. „Er wird uns ab jetzt mit den Mädchen verbinden! Durch diese Aufnahme haben wir uns gefunden!"

Dann sang er gemeinsam weiter. Nur Harry blieb still, verpasste seinen Teil und sah mich intensiv an, worauf ich sofort entschuldigend sagte: „Oh Gott! Es tut mir leid. Vielleicht sollte ich aufstehen."

Doch als ich aufstehen wollte, hielt mich Harry fest und zog mich zurück in seine Arme. Er vergrub seinen Kopf mit einem Schnauben und murmelte ein „Bleib!"

„Was machst du?", fragte ich kichernd, doch statt einer Antwort schenkte er mir ein geheimnisvolles Schmunzeln. Er schien überhaupt nicht zu bemerken, dass die anderen angefangen hatten, Fangen zu spielen, und dabei weiter unsere Songs sangen. Er sah mich einfach nur an und ich spürte, wie ich rot werde. Zwischen uns herrschte eine Stille, doch sie war nicht unangenehm.

Harry hob seine Hand und strich mir eine einzelne Strähne hinter das Ohr, worauf ich die Augen schloss. „Harry, was ist los?"

„Ich bin froh, dass du diesmal nicht gegangen bist, kleines Ding."

Our History

It was a choice!
It was a way!
Now look where we are!
We are standing here!
After all this time
Finally this is our live!
And you're a part of it, too!
So, let's write our history!

First time I saw you.
I did not want to be with this crew.
Standing alone on stage.
I thought I had the courage.
Spent a day in England
And love this lunatic band.
Never thought to be
In this family!

(Refrain)

First, what about me?
I say kinda crazy family
Spending time with some fools
Just showed me a different view
I am told that I suck.
Nina tells: „Do not give it a fuck!"
A story with you
Go face something new!

(Refrain)

Being a big star.
A and G did not believe so far.
Founding Wild Division
You know, it was my vision.
Playing with the guitar
Start of being a big, crazy star.
We stuck together.
We are forever!

(Refrain)

We grew up in town.
You know, only acted like a clown.
Well, I had my best times.
We were like partners in crimes.
Our lycris are so strong
We will write the best living song.
We have our big dream.
Yes, this is a team!

Stand up!

Hey!
Why are you sitting on the floor?

Hey!
Where did your energy go?

I still remember the time
I saw your smile.
It hurts to see you down.
Why are you on the ground?
Giving no sound.
Is he the reason you're down?

I'll be sitting next to you.
Holding you.
Just be here for you.

But come on!
Stand up!
Don't tell me you give up!
Come on!
Go on!
I'll promise I am the one!

And trust me!
The way you are, is enough.
I'll show you, my love.

Hey!
You don't think your wonderful?

Hey!
Darling, you are powerful!

Falling in love every time
This is a sign.
It hurts to see you down.
Why are you on the ground?
Giving no sound.
Is he the reason you're down?

I was always there for you.
I'm protecting you.
No one will hurt you.
Love you as you are.
Cause your're a star.
Let's get together.
I'll promise I hold you forever.

Die Autorin

G. M. Panther wurde 2002 in den USA geboren
und lebt heute nun mit ihrer Familie in Deutschland.
Sie begann, 2019 Fan Fictions auf verschiedenen
Plattformen zu veröffentlichen und mit der Zeit wagte
sie es eigene Geschichten zu gestalten, woraus auch
ihr erster Roman „Wild Division" entstanden ist. Eine
Geschichte, die von Freundschaft, Liebe und den
Hürden des Lebens erzählt, und teilweise auf dem
Leben der Autorin basiert.

novum ◢ VERLAG FÜR NEUAUTOREN

Der Verlag

*Wer aufhört
besser zu werden,
hat aufgehört
gut zu sein!*

Basierend auf diesem Motto ist es dem novum Verlag
ein Anliegen, neue Manuskripte aufzuspüren, zu veröffentlichen und deren Autoren langfristig zu fördern.
Mittlerweile gilt der 1997 gegründete und mehrfach
prämierte Verlag als Spezialist für Neuautoren in
Deutschland, Österreich und der Schweiz.

**Für jedes neue Manuskript wird innerhalb
weniger Wochen eine kostenfreie, unverbind-
liche Lektorats-Prüfung erstellt.**

Weitere Informationen zum Verlag und
seinen Büchern finden Sie im Internet unter:

w w w . n o v u m v e r l a g . c o m